道魂之大西宝藏

西狂峰 著

民主与建设出版社
·北京·

目录

contents

第一章　灰袍老人

索家岭发生了一件怪事。

集市口的武家院墙外，这两天总是聚拢着很多的街坊，男女老少驻足在武家门侧的梧桐树下，一边指指点点一边交谈着。

“他四婶，咋个围这么些人，弄啥子龙门阵哟？”人群后挤出一个瘦高妇人，她扯了一把身旁的麻脸胖妇，轻声问道。

“看稀罕嘛。昨天晚上，好端端的夜，半点雨也没下，咔嚓一个响雷，震得脑壳痛，整条街都说那雷又落到这棵树上了，你说怪不怪？这树接连三天，遭雷劈三次喽。”麻脸胖妇向梧桐树一努嘴，细声细语道。

瘦高妇人不轻不重地在麻脸胖妇手背上拍了一下：“莫得乱扯，我咋没听见。”

不等那麻脸胖妇解释，旁边一个络腮汉子将满手的油污往身上抹了抹，凑到两个妇人中间，瞪着杀牛的大眼道：“房上的瓦都震落了，端的吓人，你们看那树干都被雷劈焦了嘛。”

瘦高妇人怕络腮汉子身上的油污沾染到自己，丝毫没有隐藏地表露出厌恶来，她后挪了半步，皱着眉道：“孟屠子，你耳朵灵光得很哟，可我只是不信，那黑黢黢的梧桐，依我说倒像是柴火熏出来的。退一步讲，眼下满世界打仗，炮火炸出来的也说不准。”

“柴火熏的地上总得剩下些草灰嘛，树下哪能半根草棒棒也寻不到。再说炮火，炮火咋个能从树里头往外炸？雷劈的，很多人都亲眼看到了。”孟屠子拍着胸口道，恨不能掏出一颗赤红坦诚的心给大伙看，他担心自己的说辞不够分量，扭过头，看见开粮油铺的何四正火急火燎地奔巷口疾走，孟屠子便一把将他扯住，“何四哥，你住得近，这梧桐咋个弄成这样，你就曲蛇儿钻到土里头，啥都瞧不见？”

何四不耐烦地扒拉开孟屠子的手：“莫拦我，铺子里忙着哪！”

“你老汉是咱索家岭的保长，你也在县里经营着货栈，说得上‘见多识广’，怎么不能跟大伙说道说道？”孟屠子不依不饶地纠缠道。

何四瞧众人期盼似的盯着自己，只好站住：“货栈里忙得很，回来躺下就睡得跟死人一样，啥也莫得知道。屋里头的倒跟我讲过，前两天她吃坏了肠胃，起夜时候就看到白亮亮的雷电，紧跟着就响起炸雷来。今个早上，老汉也说昨天晚上被雷惊醒过来，他恍惚看到有团黑影从树上蹿下来，一眨眼就没影了。”

“莫不是见鬼了？”麻脸胖妇咂嘴道。

瘦高的妇人摇头感叹道：“好邪气哟，这棵老树莫不是要成精嗦。”

街坊们猜不透天雷轰树的缘由，更觉得此事蹊跷，大大地透着邪性：时逢九月，风雨雷电兴，若阴雨天气，有雷倒也正常，可这几日并无阴云，乃是晴空生雷，此为一邪；山地丘峦，因地势高陡，上接乌云，才更易招雷，索家岭依山傍水，地势低洼，武家那梧桐也不算高大，却屡受雷击，此为二邪；雷伴风雨，偶有发生，十个阴雨天，有雷之数很难过五，且接连三日平地雷起，均落在同一处，这是《今古奇观》上也不曾有过的怪事，此为三邪。镇上的百姓都觉得这是百年不遇的怪事，争相前来围堵参观，猎奇过后更添油加醋讲给亲友和街坊们，一传十，十传百，消息长了翅膀般地飞遍整个乡镇。

天降异象，必有大事。适逢1937年，日寇侵华，狼烟生，兵戈起，正是乱世。索家岭的老少爷们站在武团长家的院墙外，看着被天雷劈倒的梧桐树，听着日已迫近的日本枪炮声，大伙尽皆觉得这是不祥之兆。可是当时的人们，仅仅预料到要有更大的坏事发生，至于坏到何种程度，谁也料不到。

在街坊们惊奇和疑惑的时候，梧桐树下的武家团长夫人却急得团团转，她是知道天雷轰树的缘由的。

厅堂上正坐着那灰袍老人，他的头额藏在连身的斗篷下面，只露出蓄着长须的半张红脸。自第一日天雷击树之后，他准会在第二日午后到武家等候一个时辰。

从门口那梧桐树被劈掉第一根枝杈开始，团长夫人就怀疑此事或许与灰袍老人有关。等到第二日老人来到武家，完全坐实了她的猜测，她立即托人去县城送信给男人。无奈前方战事吃紧，武团长正在抓紧时间率众操练，一时抽身不得。团长夫人叫林淑芳，其父是个教书先生，她虽为女人之身，“四书五经”也都读过，可谓知书达理。林淑芳知道男人投身行伍，忙于战事，便将家中大小事务扛在自己肩上，繁杂琐事绝不肯叨扰武团长。然而这次不同，厅堂中那灰袍老人她是识得的，虽只在十几年前见过一面，但那人的古怪和恐怖，她这辈子都不会忘记。就在这三日里，林淑芳每日都会托人送信去县里催促武团长。

这日晌午刚过，灰袍老人又来到武家，一言不发地坐在堂上。依照前两日的惯例，林淑芳知道他不会喝一口茶，但她还是新沏了壶热茶招待客人。灰袍人只当没看见一般，冷冷道：“你没跟他讲来人是我吗？”

灰袍老人的声音一点也没变，一如十几年初次听到那样沙哑，仿佛静夜里盗贼踩在腐朽多年的门板上的声音，让人听了浑身不自在。林淑芳身上瞬间便冒起了鸡皮疙瘩，她谨慎答道：“说了，正因为是先生，他才答应尽快赶回来，想必是军中忙碌，因事耽搁了吧。”

“树都死了。明日我就不来了，今日多等一刻吧。”灰袍人也不多说，缓缓合上了眼。

林淑芳与他无话说，在堂上空自尴尬，便出门去迎武团长。门外看热闹的街坊百姓早已散去，她正撞见因战乱而休学归来的儿子武岳阳。

“娘，你咋知道我今天能赶回来？”学生打扮的半大小子紧走两步，笑着问道。

“来信不是说明天回来吗？”林淑芳疑惑地伸手去接行李。

武岳阳将行李换到远离母亲的另一侧：“赶巧碰到何四叔拉盐的马车，就搭他的顺风车回来了。他的车队可真慢，我打算借他一匹马自己先走，他吓唬我说什么天台山附近有拦路抢劫的胡子，不肯放我一个人上路。”

“他可没吓唬你，天台山那边最近的确乱得很，听说周遭村子都开始召集团兵了。”

“我怎么没遇见？”武岳阳道。他这时忽想起什么，又问，“你不是来接我？”

林淑芳叹了口气，回头又向集市口望了望：“在等你爹。”

武岳阳拎着行李走在前头，向厅堂中瞅了一眼：“家里来客人了？”

林淑芳只顾催促他：“别问了，快回屋。”

厅堂中沉睡的老人忽然睁开了眼，紧盯着武岳阳的背影，死水般的老眼亮了起来，如熄灭的乱草堆凭空生出一点火花。

天黑之前，八匹快马踏着尘土从索家岭东口疾驰而入，转过集市口，奔着武家的方向而来。马背上的一行人都穿着土黄色的军服，领头的青骢马上坐着一个戴着大盖帽的国军校官，他屡屡抬高因颠簸而滑下来遮挡视线的帽檐，明显是因为匆忙忘记了更换更宜骑马出行的圆筒帽。这人生得浓眉大眼，方脸阔口，正是武团长。他望着被雷劈得炭黑的梧桐树，远远地喝住马。

后面随行的卫兵跟上来，街上有邻里出来张望。武团长脚跟轻磕马腹，青骢马扑簌簌地喷出一串气，跑进武家大院。早有警卫跟随过去，牵了马到马棚去喂食草料。

林淑芳小跑着从东屋迎出。事情原委在信中已说得明白，她不用再跟丈夫啰唆，只是伸手接过武团长递过来的军帽，而武团长则阴着脸，径直走进厅堂。

“你来做什么？”武团长操着一口江西口音，板着脸问。

灰袍老人坐在靠椅上动也不动，缓缓道：“来看看你。”

“我有什么可看的？”武团长怒目相向。

林淑芳在身后拽了拽武团长的袖子，示意他收着脾气。

灰袍老人冷哼一声，道：“我不该来看看你吗？”

武团长抽回胳膊，不耐烦道：“有什么事你别绕弯子，直说吧！”

灰袍老人抬头扫视一眼跟进来的警卫兵：“家里的事，还是不要惊扰外人为好。”

武团长先看看左右，然后直视着灰袍老人：“我与你没有家事要说，他们也不是外人。”

“那便让他们听着吧。”灰袍老人似乎感觉不到武团长的怨气，淡淡道，“听说要打仗了。”

“那还用听说？眼下不是一直在打吗？”武团长没好气。

“我是说要真打了吧？”

武团长本打算回他一句“从来也没假打”，话到嘴边却咽了回去，相较于眼下的抗日战争，之前的剿匪内战的确可以算是假打。他冷哼道：“小鬼子要打南京了。”

灰袍老人盯着武团长的眼睛道:“你们的部队近日可是要出川上前线?”

“那又怎样?”

灰袍老人一时说不出话来，他跷起右手食指，一下一下地在茶杯盖上敲着，过了好一会儿才说:“你是张家最后的血脉了。”

“哼，当年我下山时就断了和你们张家的联系。他张大天师那么大的本事，干吗非盯着我这叛徒不放?我早不是张家的人了，我现今姓武，名兴华。”武团长有意弹落肩膀校星上的尘土。

“叫什么名字，你身体里也是张家的血脉。当年的事怪不得天师，也怪不得你，一切都是造化。跟我回去吧，你正犯着天克地冲，此一去妄自白白丢了性命，国运如此，你这螳臂是挡不了车的。”灰袍老人掀起茶杯盖，缓缓转动。

“别和我提这些。命格运势这些东西我不信，为国为家大义小义这些你们不懂，咱们没法说到一块去，说这些全无用处。我跟张家脱离了干系，我想怎么样，你们管不着。”武团长对夫人制止的手势视而不见。

灰袍老人长叹一口气:“小三子，这件事，不能再由着你的性子了。”

“你要怎么?”

“东厢房那个小子是你儿子?你既然不走，让他跟我走吧。”灰袍人淡淡道。

武团长吃惊地看向林淑芳，林淑芳点头示意他灰袍人指的正是他们的儿子武岳阳。武团长太阳穴上的青筋暴起，将手搭在腰间的盒子炮上，咬着牙说:“谁你也带不走。”

灰袍老人将手中把玩的茶杯盖啪地放下去:“我倒要试试。”

第二章　动手

“你要动手吗？”武团长退后一步，身体微侧。

“哼。”灰袍老人冷笑一声，也不答话，手一挥，茶杯盖顺着桌面飞射出去，直奔武团长面门。武团长久经战阵，身手也不弱，他侧身避过杯盖。“啪”的一声，杯盖撞在门框上，碎作满地齑粉。

武团长探手握住盒子炮手柄，却见灰袍老人毫无征兆地突然暴起，以其不该有的敏捷，迎面向自己扑来。武团长刚刚将盒子炮抽出，老人已欺身近前，一手五指簸张，抓向武团长两眼。武团长歪头躲避，哪知老人虚晃一招，已夺了他的盒子炮，顺势跨步向前。两旁卫兵没想到老人动作如此迅捷，来不及摘下肩上挎着的步枪，只得伸手来挡老人。

灰袍老人将从武团长手里夺取的盒子炮反手掷出，击中一名卫兵膝关节，那名卫兵登时捂膝跌倒。老人从他身上跃过，脚还未落地，手已抓住另一名卫兵的胸襟，如扔稻草人般将他抛向尾随而来的武团长。武团长顺势后仰，两人都倒在了地上。

灰袍老人不想逗留，大步向门口走去，门口的两名卫兵端起了枪大喊：“别动！”“再动开枪了！”

灰袍老人没听见般向前疾走。在两名卫兵拉动枪栓时，他上身猛地后仰过去，在地面向前滑行，一个腿绊将两人扫倒，一支步枪走火，“砰”的一声打在房梁上。老人转瞬间放倒五人。他单手撑地，扶摇而起，推门出去。

武岳阳本在门外偷听，见室内吵翻动手，急欲进屋来帮忙。灰袍老人却早就看见了门上的影子。他出门来正撞上武岳阳，顺手一把将武岳阳拦腰夹在腋下。武岳阳大喊着拼命挣扎，却只觉被一只铁臂箍住，使出全身力气也挣脱不得。

院中三名警卫兵齐齐端起步枪，对准了灰袍老人。

“弄啥子？”“快把人放下！”“把门闩上……”

灰袍老人毫不停歇，将武岳阳挡在身前，左一晃右一摇，三步两步便绕过院里的卫兵，直奔院门而去。

武团长和林淑芳冲到院中，武团长大叫：“开枪！”

“别开！别开！打着岳阳……”林淑芳急忙摆手阻止。

警卫兵不敢开枪，发一声喊“追”，纷纷追出院外。

武团长一把从身边的警卫兵手里夺过步枪，翻身上墙，单膝跪在墙头，瞄准，射击，丝毫没有犹豫。

“砰”的一声枪响，百步外的老人打了个趔趄，头也不回继续疾奔，只是他沙哑难听的声音传了回来：“畜生！你竟真敢开枪打我……”

武团长铁青着脸从墙上跃下，从马厩中牵出青骢马跨上去，咬着牙道：“骑马，追！”抖缰绳绝尘而去，警卫兵立刻纷纷上了马，挥鞭追赶。

喊叫声、枪声和马蹄声打破了索家岭贯有的安宁，一时间鸡鸣犬吠。左邻右舍的街坊们凑到闭紧了的门窗前，从缝隙处向外张望。武家大院只剩下林淑芳一人，她冲出院外，焦急却无助地望着远处。

灰袍老人的奔跑姿势很是怪异，身躯并不前倾，悠然自得如漫步一般，只是两腿直直地伸出去以脚尖点地，但双膝不弯曲，手臂也并不摆动，双肩微晃，每步迈出去都有一丈远近。武岳阳被他夹在腋下动弹不得，一路高声叫骂，借此通报追兵自己的方位。

这时天色渐黑，武岳阳知道，再等片刻，天完全黑下来追兵再不赶上来的话，夜色就会掩盖一切。既然挣脱不得，不如省下力气用来吸引追兵，武岳阳打定主意后不再挣扎，歇几口气便杀猪般号叫几声。

武团长心急如焚，索家岭附近全是山路，弯弯曲曲坑坑洼洼，完全没法纵马疾驰，加上这些马原本跑了几个时辰，本就疲倦，这时天色渐暗，更是放不开速度。眼看着灰袍人夹着儿子在前面不远处，可一路紧赶，始终追近不得。

武团长知道族中一向传有赶路的轻身功法，印象中也模模糊糊记得曾见识过，可他因故早早离家，不知道这功法究竟有多厉害，更不相信那灰袍老人竟能跑得过马。他看见前面是山路最后一道弯，拐过弯去有座小桥，小桥过去便是一段相对平直的大路，心中稍安，回头招呼警卫兵跟上。

过了弯路，武团长狠拍了一下马臀，马立即猛蹿出去，追逐的距离很快开始缩短。警卫兵们也挥鞭吆喝着追到武团长身边。

眼看着即将追上，武岳阳不再号了，他扭头看着迫近的追兵，竟得意道："老人家，歇歇吧，两条腿哪能跑得过四条腿？"

灰袍老人在桥前忽地停住，一手仍夹紧了武岳阳，另一只手探手入怀，捏出一个布囊来，入嘴撕开，顺风撒了一地。武岳阳只觉得一股膻哄哄呛鼻惹人欲呕的气味扑面而来，"你弄什么……咳咳……"他双腿乱踢，眼泪鼻涕一齐流出，"放下我！快放了我！"

"再不老实，割了你舌头！"灰袍老人沉声道。他沙哑的嗓音在夜幕中尤其让人感觉寒冷，"敢走一步，我打断你的腿。"老人将武岳阳扔在地上，撩起中弹的裤腿，又探手入怀取出一个瓷瓶，倒出些许白色粉末按在伤口上，简单地包扎起来。武岳阳担心老人说到做到，一骨碌爬了起来，双眼眨巴眨巴地盯着灰袍老人，不敢吵嚷也不敢走动，只是不住地咳嗽和打喷嚏。

武团长一干人等转瞬即至，到桥头离灰袍老人和武岳阳十步远近处齐齐勒住马。武团长看看站立一旁的武岳阳，见他无事，便将目光投向灰袍老人。

"你想试试，试完了吗？"武团长道。

这时，灰袍老人包扎好了伤口，他将完全被血染红的裤腿撕下来，若无其事地甩到一边，抬头盯着武团长。

武团长挪开目光："我是迫不得已。"

"哼！"灰袍老人冷笑一声，"天黑了。"

武团长一时没明白灰袍老人话中之意。错愕间，老人突然发难，伸手抓过武岳阳，仍旧夹在腋下，回头便走，只撇下一句沙哑的话："你还敢开枪吗？"

卫兵们虽然都端着枪但谁也不敢乱放。光线差，视野模糊，武团长不敢再冒险开枪，他两脚一磕马腹："追！"可是青骢马扬起前蹄原地打转，嘶咬踢踹，死活不肯往前半步。卫兵们的马也是一样，任凭如何抽打都不听使唤。

眼看灰袍老人即将去远，众人空自焦急，武团长更是将青骢马抽得不断嘶鸣。一名卫兵鼻翼稍动，忽似醒悟："怎么有一股子膻臊味，莫不是那贼盗撒了虎尿狼粪？"

他这么一说，众人才感觉有一股刺鼻的味道从桥头传来，坐下马匹定是怕这气味不敢前行。前面就是小桥，无法绕过这难闻的气味，而等着气味自然散尽，怕那灰袍老人早没了踪影。武团长想下马来徒步追赶但知道毫无希望，正团团乱转间，看见桥头有条羊肠小道，也不管这条小道通向哪里，便留下一名卫兵守在桥头，之后高喊一声“走小路”，带其余卫兵策马跃上了小道。

武岳阳被老人挟持着飞奔，天色全黑，周遭景物全然不见，只能感到风呼呼吹过，他担心他老子追丢了方向，便又放声号叫起来。灰袍老人只用手在武岳阳脸腮上一抹，便卸掉了他的下巴。武岳阳疼得出了一身冷汗，嘴里只能发出“嗯嗯呜呜”的声响。

灰袍老人见后面不再有追赶的马蹄声，猜测追兵定是绕路堵截，于是放下武岳阳，纵身跃到路旁的一棵大树，转头四处听了一番，跃下树来，重新夹起武岳阳，舍弃大路，拨开路旁杂草，向山上爬去。

灰袍老人携带着武岳阳翻越了数道山岭，刚开始武岳阳还不时能听到追赶的马蹄声和卫兵相互联络的枪声、喊叫声，越往后这些声音越微弱，直到完全消失，他也在饥饿、恐惧和颠簸中慢慢睡着了。

武岳阳是冻醒的，他不知身在何处，身旁的石缝中有月光射进来，照在他的脚上，他感觉是在山洞里。灰袍老人盘坐在他对面，闭着眼一动不动。武岳阳打了一个寒战，他揉揉发麻的腿，扶着石壁刚要站起来，老人眼睛猛地睁开，询问式看着武岳阳。武岳阳刚要说话，下巴一阵刺痛，嘴里含糊不清地发出一连串“呃……”

灰袍老人起身凑近，端起武岳阳的下巴，猛向上一抬，再稍稍一错，给他安上了。武岳阳哎哟哟地揉揉腮帮子，说道：“我我我，我要小解。”

老人挥挥手：“那边。”

武岳阳深一脚浅一脚地摸到角落里，一边解裤子撒尿，一边寻思着如何逃跑。

方便过后，武岳阳到了老人身旁，看着洞外黑漆漆的夜，打着哆嗦问道：“现在什么时候了？”

“东方既白，寅时。”老人说着，递过一张饼子。

武岳阳又累又饿又困，接过饼子，上去就是一口，只感觉又凉又硬，从口中取出拿在眼前端详：“这么凉，要不烤烤吧，正好架堆火也可暖身。”

“哼，你想用火光引来追兵吗？”灰袍老人道。

被识破了心思，武岳阳仍旧嘴硬：“我哪想那么多？这么冷的夜，可不得冻死人！”他的无奈写在脸上。打又打不过，跑又跑不脱，他满腔的恨意便使在牙齿上，狠狠咬下一块饼来，嚼碎吞进肚子里。

“这点苦都吃不得，那也不用继承张家衣钵了。”

“继承什么？”武岳阳转眼间吃完了半张饼。

“白日里你在门外，竟什么也没偷听到吗？”灰袍老人反问道。

武岳阳犹豫着要不要留半张饼等天亮再吃，灰袍老人从地上包裹中又取出一张饼递给他，他飞快地将剩下的半张饼塞进嘴里：“我听见什么‘张家’、什么‘天师’来着，你们说的可是索家岭的刁天师？”

“那个小郎中也配叫‘天师’？”灰袍老人盯着武岳阳问，“张家的事，你老子从未对你说过？你也从不追问家中为何不见任何其他的长辈吗？”

武岳阳将嘴里的饼全部咽了下去，他舔舔嘴唇，长出一口气，道：“是啊，你既然这么说了，那我就问了：你到底是人是鬼？你跟我爹是什么关系？你怎么跑得比马还要快？你在桥头撒的让马害怕的是什么粉末？还有最为紧要的——你干吗要抓我？”

“哈哈哈哈，好说，好说。”灰袍老人把连着罩头的斗篷和肩上披风一起扯落，露出他的庐山真面目。他头上挽着发髻，双眉浓重上挑，方面大耳，面色红润，双目如潭。穿着藏青道袍，胸口巴掌大小的阴阳鱼在月光下神秘而诡异。

第三章　天师血脉

“你这是……”武岳阳挠挠头，“你是打太极的？”

老人满脸不悦，皱着眉头训斥：“数典忘祖！正一！天师道！”

“哦，天师道怎么做起了强盗的买卖？”武岳阳满脸真诚地问。

老人恨不得一拳将武岳阳可憎的脸面打进肩膀。他向前一步，武岳阳缩身向后躲，幸好老人只是用脚挑起长袍，阴着脸摔在他身上。瑟瑟发抖的武岳阳将长袍抖开，裹在身上。

“你是不是有满肚子的疑问？”老人问。

武岳阳点点头。

老人仰起头，微微合眼。

四十年前，武团长还未出生，龙虎山正值第六十二代天师张元昭掌教时期。张元昭生逢乱世，中年承接龙虎符，继任天师，掌管正一派。其人勤勉谦和，精研道术，终日与众弟子编订修补被太平军烧毁的道门典籍。

张元昭忙于恢复张家祖业，平日里或在书院修补典籍，或外出筹集募捐银两，鲜有闲暇，因此夫人贾氏始终不曾生育。眼看张元昭年过而立，膝下却仍无子嗣，而张元昭堂弟张元顺看守活人坑，立誓终生不娶，族中长者便合议做主催迫张元昭纳了书院中的丫鬟陶喜墨。

喜墨过门后很快便有了身孕，怀胎十月，产下一子。天师张元昭欣喜异常，觉得这孩子是老天对他最大的恩赐，为其取名张天赐——如果天师能预知此子会夭折的话，他断然不会为他取这样的名字。

天师有后，传承有人，这是张家的喜事，也是正一派的盛事，族人大多欢喜，除了一个人——大夫人贾氏。

贾氏知道自己不生育不是因为身子有恙，而是因为张天师很少跟她同房。她怨憎喜墨，认定是喜墨勾引了天师冷淡自己，平日里有事无事便找借口打骂喜墨母子。

喜墨穷苦出身，为奴为婢伺候人惯了，挨打受骂本是常事，如今做了二夫人，由伺候别人转为被人伺候，已颇为不安，受些大夫人责怪，觉得是情理之中，哪敢找天师评理告状？只好逆来顺受，一心扑在孩子身上。好在天赐聪明活泼，深受族人喜爱，大夫人贾氏倒也不敢过分欺压。

天赐四岁时，大夫人贾氏竟然出人意料有了身孕，转年开春诞下一个八斤重的大胖小子。尽管贾氏不乐意，天师还是给这个孩子取了个偷懒的名字——张八斤。

两年后，喜墨又添一子，此子即为日后的武团长，他在张家的名字是张金栓，族人习惯喊他“小三子”。

龙虎山张氏一脉向来人丁稀少，不想这一辈儿颇为兴旺，欢喜之余，族中仍有长者表露出一丝忧虑，“子孙多，易纷争”，张家虽然有“家传长子”的惯例，可是贾氏生性好争，日后少不了一场争斗。

果然，在天赐八岁该入内院读书时，大夫人吵着也要送八斤一起进内院，八斤刚满五岁，显然与族中规矩不合，但大夫人以八斤聪慧早熟为说辞，执意要八斤进内院。天师坚决不肯，大夫人闹了月余方才罢休。

却说天赐聪颖好学，入内院后更加勤奋，习文学武总能举一反三，天师对他尤为宠爱。然而好景不常，世事难料，天赐九岁时，因天热泉中戏水，竟溺水而死。

其时天师游历蜀地，闻噩耗赶回已有月余，正逢三伏天气，族人恐尸体腐臭，已将天赐入殓送入仙水岩上的活人坑。天师连此子最后一面也不得见，从此万念俱灰。

另两子天师都不甚喜欢。张八斤贪吃嗜睡，武团长尚幼愚钝憨直，两人身上都缺少灵性，难成“载道之器”，因此对这两个儿子都不亲近。

孩子是娘的心头肉，喜墨更是悲恸欲绝，可是顾不得过多伤心，她还有一个孩子，不容有失。喜墨恳求天师让她到山下长住，由她亲自抚养武团长。

山下屋舍简陋，冬冷夏热，蚊虫繁多，天师恐母子二人受苦，并不同意。喜墨见天师不允，便跪在地上一下一下不停地磕头，直到额头磕破，血流满颊，却仍旧“咣咣”地重磕下去。

天师见喜墨抱着磕死的决心来求自己，忍不住追问喜墨为何定要搬下山去。喜墨犹豫了片刻，回答说不想待在山上，看到什么都会想起天赐来。天师长叹一声，他又何尝不是，无奈只得同意。他吩咐工匠去山下修葺屋舍，叮嘱账房按月划拨钱粮。

母子二人在山下定居，日子虽然清苦，却也不至于受冻挨饿。喜墨本是书房丫鬟，读书识字，亲自教武团长认字，绝不许他到山上玩耍，待到武团长稍长，便送他到县里跟剪了辫子喝过洋墨水的先生读书。

由于路途较远，年少的武团长便住在教书先生家里，逢年过节才回去和母亲团聚。他很少看见天师下山来屋里稍坐，因此在他的记忆里，对天师老子的印象并不是很深。他一直认为，这个天师老爹对他来说有和没有都一样。

民国五年（1916年），十七岁的武团长回龙虎山过春节，可等候武团长的不是母亲欣喜的笑脸，也不是甜美可口的饭菜。武团长站在门口，见茅草屋里站满了人，屋子中间摆着一副冰冷冷的朱红楠木棺材。

“小三子，你怎么才回来啊？你二哥去县里给你送信，寻了一天也没寻到……”一个颧骨高耸的远房婶子大哭着迎向武团长，不停地轻轻拍打他的肩膀。

“三子哟，苦命的娃哟。”喜墨娘见外孙回来了，刚收住的眼泪又连串落了下来。

武团长一步一步挪到棺材旁，伸手取过灵位，上面清晰地刻着“张陶氏”字样。武团长缓缓放下灵位，两手扳住棺盖，猛地将棺盖掀落在地上。众人没想到武团长会如此举动，纷纷惊叫出声，更有两个女人头也不回地夺门而出。

几个年长的族人走近安抚武团长：“小三子，让你娘安心地去吧。”“人死不能复生，莫难过了。”

武团长看着棺内母亲发黄的面孔，伸手去握她的手，着手处冰冷僵硬，他双目圆瞪，转头问外祖母：“我娘是谁害死的？”

喜墨娘无论如何也没想到外孙会这么问，一时不知怎么回答。

武团长见外祖母犹豫不说，以为自己猜中了，叫道：“姥姥莫怕，是不是贾绣花？”

喜墨娘惊慌失措，连连摆手道：“可不敢乱说。你娘是伤了重风寒，硬撑着以为能挺过去，不想烧坏了肺，咯血而死。”

“风寒何至人死？”武团长为母亲捋了捋碎发，在她脑后摸出一块纸屑，用手捏到面前细看，“这符纸是怎么回事？”

“头几日你娘喝了些祛寒汤，病情稍有好转，大夫人见春节将至，不想让你娘将病带到明年去，便去法箓局为你娘求了一张祛病灵符，可还是没能令你娘好转过来。”喜墨娘擦拭着眼角道。

“怕那灵符就是害死我娘的毒药！”武团长道。

“后生无理！小三子，你怎么能这样说？大妈妈平日里对你们照顾是少一些，可她跟你们又没有仇怨，干吗要害你娘？话说回来，她又哪有那害人的胆子？且说这灵符，我知道你们这些后生读过洋人的书，从不信这些，可咱敞开来说，这屋子里都是咱们自己人，谁不知道这符水即便治不好人，也不会加重病情，哪有害死人的道理？”一个留着山羊胡的枯瘦老者忍不住驳斥道。武团长识得此人，他是贾氏的堂兄，在敕书阁做看管。

“是啊是啊。”大伙附和道。

“我说不过你。”武团长扭头不跟他争辩，问喜墨娘，“张元昭呢？”

喜墨娘来此照看闺女才区区数日，哪里知晓天师的踪迹？她抬头看向山羊胡。

山羊胡不急不缓地道：“天师去湖南祈雨，过些时日才会回返。”

“他不在，有人就有胆害人！”武团长分开众人，大步走出茅屋，甩开膀子向天师府跑去。

“拦住他，这孩子一准是去府上找大夫人了，天知道他会做出什么来，快追上他！”山羊胡颤巍巍地喊道。

武团长一路飞奔，直闯天师府后厅。

正是天色刚黑，戌时。东厢房只有一间亮着灯，武团长过去一脚踹开房门。屋里贾氏和她的儿子张八斤正对坐在圆桌两边说着话。门突然踹开，两人吓了一跳，先后站起。

“贾绣花，我娘是不是你害死的？”武团长指着贾氏怒问。

贾氏呆立当场，张八斤瞅瞅武团长，转头瞅瞅他娘，木然道：“二妈妈不是害重风寒病故的吗？”

武团长却不理张八斤，依旧怒指着贾氏大吼：“你害死了我大哥，又害死我娘！你来杀我吧！”

贾氏气得浑身哆嗦，好半晌才缓过气来：“你血口喷人！”

武团长暴跳着上前来：“你来杀我！你来杀我！”

张八斤挡住武团长，不让他靠近贾氏。武团长抡起一拳打在张八斤左腮处，张八斤登时气恼，按住武团长双肩，将他推出屋去。他肥头大耳，身形能装下武团长，武团长力气不敌张八斤却丝毫不肯退缩，一味拳打脚踢。张八斤挨了些拳脚，搂上去将武团长扑倒，兄弟两个在地上打起了滚。

庭院西北角的假山后，一个蒙脸的黑衣人如狸猫般蹿上房檐，悄无声息地溜走了。他后背上长刀的刀柄包铁映着明月划出一缕寒芒，却没有人看见。

第四章　火烧龙虎山

两兄弟在地上不停地翻滚厮打，掀起呛人的尘土。贾氏一手在口鼻前扇着尘雾一手去拉两人，却哪里能近得了前？她一边大喊着“快住手”“别打啦”，一边向院门口张望，远远看见一群族人跑进院子，她仿佛看见了救星：“快快快，快点分开他俩！”

众人围了上来。有人上前去试图拽开两人，人群后突然传出一声：“别拉，让他俩打。”敕书阁看管气呼呼地分开众人，走到前面来。族人不好拂他的意，况且两兄弟都是赤手空拳，滚来滚去全然没有章法，也不用担心谁会打伤谁，便围成半圈，等长者们说话做主。

贾氏如何肯依，场上挨揍的是自己的儿子。她跳脚怒斥堂兄：“看戏吗？”

敕书阁看管瞥她一眼，淡淡道：“这些后生，该吃点苦头了。”

贾氏得不到帮助，只得喊叫：“别打了……快停手……”

武团长吃亏在体型和力气上，他始终不能将张八斤牢牢压住，只能仗着灵活和巧劲绕着张八斤打。而张八斤则依仗力气大直冲直撞，凑近了和武团长摔跤。武团长被他扑倒几次，长了记性，便有意拉开距离，瞄准空当就疯子般地蹿上去拳脚交加。

敕书阁看管刚开始还不时捋一捋山羊胡，最后越看越生气，胡子也不捋了，吹胡子瞪眼大骂：“诸般法门，这些年都学到狗身上了！连招玉兔搏鹰也没学会吗？”

张八斤一愣，随即不再前冲，呆立原地，舌顶上腭，凝气待发。武团长见他忽地不再冲撞进攻，以为他身疲力竭，便不假思索，直冲过去对准张八斤的胸口就是一拳。张八斤丝毫不动，待他拳头近了，猛地仰身顺势而倒。武团长收不住面朝面向张八斤身上压去，张八斤双臂反向以胳膊肘撑地，两腿屈膝到胸前，双脚对准了武团长胸腹猛蹬出去。

人群中有族人阻止道：“不可！”但为时已晚。

武团长肚子如挨了一铁锤，他闷哼一声，高高远远地飞出去，落在十几步远的假山旁边，“砰”地砸起一团尘土，随后嘴里喷出一口血来。

先前阻止的族人看着敕书阁看管道：“这一下稍加不慎会蹬死人的！”

“蹬死人？八斤还差得远。”敕书阁看管道。

“天师回来，看你怎么交代。”那人又说。

“实话实说。”敕书阁看管捋着山羊胡踱步到武团长旁边，蹲下在武团长两肋稍稍按了按，“肋骨断了一根，可得养一阵子。喊着张妙手，让他来瞧瞧。”敕书阁看管扭头吩咐，立即有几个道童跑出院去，很快抬了板架过来，将武团长抬进一间空厢房休养。随后进来一个背着药箱的黑脸道士，细细为武团长查诊伤势。

武团长在天师府后厅的空厢房里躺了四日，第五日才能下地行走。

在第二日头里，张八斤端着一碗贾氏熬的参汤来看他。

“我对你不起。今天来对你说些实话，不说我憋得难受。”张八斤放下参汤，呆呆地站在桌边。他的额头上贴着膏药，脖子上也擦了发黄的药酒，模样憨傻而滑稽。

武团长缓缓坐起，盯着张八斤不说话。

喜墨娘怕两人一言不合再打起来，忙劝道：“二少爷，小三子刚醒过来，身子还很弱。过两天再说吧，过两天再说吧……”

张八斤没听见般，继续道：“那日二妈妈病重，我是去县上找你了。可我嘴馋，到了肥鸭坊没能忍住，多喝了几杯，从晌午睡到天将黑，我不想赶夜路，便没到你先生的府上找你，直接回来了。

“我回来后扯谎说没寻到你，是我不对，前日凝气伤你，更是我不对。你养好伤，打回来吧，我不动就是。只是你说二妈妈是被我娘害死的，那却不该。这是我娘给你熬的参汤，没有毒，你喝了快养好身子吧。”张八斤打开碗盖，端起来喝了一大口，然后放下了汤，转身出去。

这碗参汤放凉了武团长也没有喝一口。

这五日喜墨娘留在府里照料他，老人家刚送走了女儿，又看着外孙伤得这么重，每日流几次泪，又得反复宽慰外孙，劝他不要冲动胡为。武团长静静地躺着，一句话也不说，饭菜端上来，他起身就吃，只是吃得很少。喜墨娘知道外孙肚子里装着心思，怕他再做出什么傻事，却又知道自己劝不住他，几天时间，头发便全白了。

第五日能下地后，武团长便急忙下山来，可是回到山下小屋，棺材已经不见了。原来族人在他养伤的时候，已经替他操办了丧事，喜墨娘怕他阻拦，便瞒着没有告诉他。

族中仙去的族人都要入棺升入悬崖上的活人坑，此坑为龙虎山禁地，许进不许出，有专人值守。喜墨已经进了活人坑，此事怕是死无对证了。武团长不由得瘫坐在地。

喜墨娘怕外孙再去闯祸，赶紧闩上了门。武团长倒没有反对，只是望着虚空，琢磨着夜里去闯活人坑。喜墨娘进屋去，一阵翻箱倒柜，端出一杯水来。

“我不渴。”武团长道。

“这是那符水，你娘只喝了半杯。”老人压低了声音道。

“……”武团长看了看茶杯，杯口上还有小块的灵符灰烬粘在上面。他有些惊讶，像打量怪物一样打量喜墨娘。

喜墨娘将符水递给武团长，哽咽着说：“喜墨是你娘，也是我闺女。”

武团长在他娘死后，一滴眼泪也没掉过，他一直以为自己是一个人孤单地在反抗，这时候，他发现还有人站在自己一边。这个矮小、粗陋、他原以为势利且懦弱的老太太竟然掩藏得这么深。武团长先笑了笑，继而“哇”的大哭起来，像个孩子般肆无忌惮地哭出声来。

喜墨娘轻轻地一下一下拍他的肩膀，絮絮叨叨地安慰他。

哭了好一会儿，武团长将符水递还给外祖母：“姥姥，还是您来存放吧，咱等着张元昭回来。”

喜墨娘接回符水，仍旧端回里屋，武团长道：“等等！”

喜墨娘看着武团长，武团长从怀中掏出一个水囊，从茶杯里分出一半的符水倒进去，塞紧了木塞，放回怀中。喜墨娘笑着抚了抚武团长的后脑勺，然后将剩下的少许符水放回盛针头线脑的竹筐里。

转眼到了喜墨死后的第十三天。错过了头七，武团长要在二七上多为母亲烧些纸钱，天师府内各种祭品齐全，可他不愿见山上的族人，便一大早出山去买烧纸。

等武团长买了烧纸回来已经天黑。他进山来，远远闻到焦煳气，转过山脚，看见许多人围在他的茅草屋处，而茅草屋已经不见了，地上只剩下些焦木残梁。

族人自动让出一条道路。武团长踢开地上救火的水桶，抓过一个族人问道：“姥姥呢？”那人摇摇头。武团长再抓过另一个问，另一个只顾往后退。

火早已熄灭，武团长拨开湿漉漉的灰烬，在里屋的角落里找到了姥姥佝偻成一团的尸骸，而盛针头线脑的竹筐和符水自然寻不到了。武团长怒意冲天，扫视着众人：“我若不下山去，是不是也会烧死在这里？”

没人回话。

“姥姥的丧事你们费心了。”武团长说罢，转身下山。

张氏族人以为武团长悲愤交加，此一去或许永远不会回来了，不想武团长很快便带着怒火潜回。

龙虎山冬天有些阴冷但很少下雪，这一年离奇地下起了大雪，正逢腊月二十九，除夕夜，雪伴着风呼啸而下。

道人大多下山去和家人相聚，山上仅剩下十数名值守的鳏孤老道。晚上用膳过后，道士们聚在万法宗坛做晚课。

天师府后厅的厢房的门窗单薄，怕不能困住人，而贾氏有晚膳后到万法宗坛内正殿西侧的玄坛殿稍坐的习惯。此殿夜不宿人，每逢冬季门窗锁死。这是武团长期待已久的时机。

武团长潜伏在干涸的水池里，看着贾氏走进玄坛殿，周遭无人，武团长一手拎着一捆早已准备好的秸秆，弯腰踮脚跑到殿外，将秸秆架在锁死的窗子下，又迅速跑回，再拎过两捆秸秆，如此几趟，将殿外门窗下面都摆满了秸秆。他从怀中掏出一团浸了油的麻布，绕在一根长杆上，制成简易的火把。之后，背着风蹲在窗下点燃了麻布，轻走几步，顺着风将一排秸秆尽皆点燃。火借风势腾腾燃起，转眼间连成一片。玄坛殿内很快传出了武团长意料之中的尖叫声。

山下不时响起爆竹声，在这个万家欢乐的夜晚，武团长孤身一人顶着风雪，踏着大步，下了龙虎山。从此，他再也不是张金栓，他为自己更名为“武兴华”，投军入伍，辗转来到蜀地，编入饶国华部下。二十年间，他大小仗打了无数，几次重伤将亡，所幸都熬了过来，从炊事兵一路升职到团长。

可是，他一直不知道，他这一把火，毁坏重宝若干、烧毁灵符无数；他这一把火，引得江湖动荡、妖魅丛生。

第五章　山中失宝

“哈哈，烧得好！”武岳阳听到张家三少爷火烧龙虎山一段时，觉得颇有“林教头风雪山神庙”的味道，忍不住拊掌大笑。

“你说他这把火放得好？”灰袍老人沉着脸问。

“杀人偿命，欠债还钱。天师常年漂在外面，不怪我爹自己动手。他也是迫于无奈，这把火正是以其人之道还治其人之身，连着那些唬人的纸符、鬼怪的塑像都烧掉才解气。”武岳阳摇头晃脑道，一副事不关己的模样。

“不许胡说！”灰袍老人忍不住呵斥。他盯着武岳阳，眼中的这个孩子长着和他老子一样的眉眼，可是两人气质又差别很大，他稍一皱眉，问道：“你怎么知道那人便是你爹？”

“不是我爹还能是谁？且我在屋外，听到过你喊他‘小三子’，那还错得了？”武岳阳道。

“换作是你，也这么做？”

“那倒未必。我不反对我爹那么做，可若换了我，不会等到喜墨娘……我该叫太姥姥吧？不会等到她遭了难才搬出山去。也不会这么明地里放火，出山去忍到天师回来。拿出符水跟他讨不来说法吗？”武岳阳见老人面色稍缓，又道，“且那……万宗法坛里有……”

“万法宗坛。”老人纠正道。

“对，那万法宗坛里尚有做晚课的道人，若火借风势，烧到正殿，只怕连累了这些无辜道人。”

“福生无量天尊！”老人突然好似哼唱般抑扬顿挫道。

武岳阳知道自己说对了话，继续道：“谋而后动，量力而行。复仇的办法有很多，必定有比我爹这种方法要更好、更周全的，可这都是事外人的想法，我爹当时的激愤怕不是你我能体会的。”

“哼，你倒会为你爹开脱。”灰袍老人冷笑一声，“复仇？那也得先找出仇人来吧，你敢断定贾氏准是害死你奶奶和太姥的人吗？”

“那还有什么疑义吗？只有宫室、望族或你们这些门派内才会有这种长幼互斗、嫡庶相争的事情，老话有‘无情最是帝王家’，有利益就有纷争，这种窝里斗延伸到你们山头也情有可原。”武岳阳老气横秋地说道。

老人倒不理睬他，悠悠道：“最初我也怀疑此事与大嫂有关，可那日你爹纵火烧了玄坛殿，头也不回下山去，大殿中做晚课的门中弟子听见喊叫求救声，急忙出门来，见到起火，立即扑救。无奈火势过大，众人从院中井里拎了水来泼在烈火上，这几桶水无异于杯水车薪。大火烤得众人发须尽燃，无法近前。里面贾氏呼叫求救声渐弱。在场的弟子中有道术在身者不足十五人，众人正焦急间，五师弟高喝一声，打了一张避火符在自己身上，低头从烧塌的门洞蹿进去。五师弟的驭符之术深得先师真传，人称‘金符子’，可他这一进去，便再也没有出来。

“外面众人等了片刻，不见他出来。天师座下大弟子‘风火轮’魏芝祥跳出来，将一桶水罩头淋在身上，便要冲进火窟。这时火势更大，屋顶上也开始冒烟起火，殿内不见了求救之声，眼看着房梁一断大殿就会坍塌，屋里两人怕是已经遇难，众人哪肯再让他再进去送命？一齐将他拦住。

“魏芝祥忽地蹿起，手撑着身前一名师弟的肩膀，一个筋斗翻到人群外面，脚下风起，瞬间蹿进火红的大殿。外面火光烤得众人面皮发紧，大伙用手遮着头面，从指缝向殿中望去，只见火焰翻滚，黑烟弥漫，哪里还能看见半个人影？”

“风火轮也没能出来？”武岳阳满脸惋惜地问道。

老人长叹一口气，接着道：“他倒是出来了，且带着你爹一意报仇之人——你的大奶奶贾氏，她蜷缩在元帅神像的坐骑底下，堪堪躲过一劫。两人都被大火烧伤了。你大奶奶被救出来时已被烟呛晕了过去，伤了神志，醒后变得疯癫痴傻，整日里叨念‘我没害人’。那风火轮魏芝祥在携你大奶奶向外闯的时候被殿顶掉落的房梁砸中，头面和一只耳朵均被烧伤，从此头上满是疤瘌烫伤，再也没生一根头发，由一个堂堂男子变成了一个人不人鬼不鬼的癞头丑道士。”

老人目如深潭死水，脸似塞外受北风侵蚀多年的黄土坡。他不急不缓地讲着，言语中流露出被岁月过滤沉淀下来的淡淡哀伤。武岳阳不知道自己该如何去劝解宽慰，因为这一切都是父亲种下的因。

武岳阳有意引开话题，但还是没有忍住好奇心，他问道："你那五师弟'金符子'呢？"

"他死在大殿西侧、神像的后面。'风火轮'魏芝祥见到他时，他已烧作一团，大罗神仙也救不活了。想必是他先进来时你大奶奶已被呛晕过去，他没寻到她，便打算去后面抢些祖宗传承下来的稀世符箓和封镇器物，哪知身上衣物干燥，被火烤着，竟活活烧死在后殿。"老人双目涌出一层水汽。

武岳阳说不出话来。

老人翻了翻眼，又道："这些事虽不是我亲眼所见，是从族人或门中子弟处听来，都是经多人对质过的，可以相信这些全部属实。"

"你也找我爹对质过了？"武岳阳道。

"当然。万法宗坛起火之夜，火光映红了半边山，我受命出活人坑，下了仙水岩。其时玄坛殿火势已弱，风势转小，雪化为雨，不虞火花蹿到北面邻近的正殿。即便如此，门中弟子还是将正殿中各式器物挑几样紧要的搬出了大殿。我见火势得控，便又回到了仙水岩活人坑值守。"灰袍老人道。

"那你又何时找我爹对质的？"

灰袍老人起身，推开洞口封挡的石块。外面日头早已升起，阳光从洞口直射进来，武岳阳举手遮眼。

"我回活人坑第二日，便传来了更大的坏消息。正午伙夫送食盒过来时神色慌张，我问他发生了什么事，他说昨天夜里失火，门中弟兄担心火势蔓延烧了正殿，便将殿中几样最紧要的器物搬出，在院中放了一夜。今早搬回大殿清点时，发现少了几样最紧要的器物，包括龙虎山的几件镇山之宝——组金无缝服、银印和三山符箓。"灰袍老人压低了声音，尤其凝重道。

"你怀疑这几件宝贝被我爹偷走了？"武岳阳道。

老人冷哼一声："你爹还没有那么大的本事。那夜院中堆放了这些宝物，门中自然有弟子看护值守，是山上辈分修为都很高的弟子，共有八位，按八卦锁龙阵分了方位打坐于院中各处，按常理来说，这么严密的防守绝顶高手也不能轻易闯入。可最终还是丢了数件重宝，可谓离奇古怪、匪夷所思。事后细细查探院落，只找到两处可疑的痕迹：一是南墙根下发现两只很浅的脚印，二是墙边古樟树上找到一截有着弹力、韧性极佳的绳索。"

“显然不是我爹做的。”武岳阳辩白道。

“可是找不到其他的线索，而这些宝物又尤为重要，重要到可能在江湖中掀起血雨腥风的地步。我受命下山追寻你爹，试着从他身上找些线索。一路跟着他两年，看着他入军打仗，几次重伤，几次升职，更看着他和你娘结识、成亲，随部队来到川地。这期间我没有发现任何有价值的线索，也没在你爹身上找到任何可疑的破绽，最后只好显露身形，当面与你爹对质。你爹承认放火，但绝不承认盗宝，并给了我那杯药死你奶奶的符水。那符水被你爹用军中封闭的药水瓶保存，倒也没有变质，我便带着那符水回到龙虎山复命，亲自检验那符水。”

“符水可是有毒？”武岳阳急忙问。

“有。”老人道。

“那贾氏便死有余辜，不对，她还没死！”武岳阳才不会称贾氏为大奶奶。

老人不跟他一般理论，说道：“有毒也不能断定是你大奶奶所投，这种毒药无色无味，绝不是龙虎山之物。”

武岳阳有些气恼，大声道：“那你们要怎么样，隔了这么多年才想起抓他回去治罪吗？抓不了大的便连坐小的吗？”

“呵呵。”老人笑道，“你嚷什么。万法宗坛被烧了，山上镇山的宝物也失了，族人更稀奇古怪地死的死，伤的伤，还有更糟的事情吗？你爹遭受的苦难尤其多，这时候治你爹的罪又有什么用？”

“那你抓了我，对我讲这许多恩怨又是为了什么？”

“为了让你来找到真正的幕后凶手，替那些被害的长者报仇，为龙虎山寻回丢失的宝物。”老人坐到武岳阳对面道。

“我……我要是这么有本事，也不会被你抓到这里来了！”武岳阳觉得又生气又好笑。

“所以你要跟我回龙虎山学本事！”老人双手把着武岳阳的肩膀，满怀希望地盯着他的眼睛。

“好！”武岳阳点头答应。

老人没想到他竟答应得如此爽快，正愣怔间，武岳阳道：“不过，你先得回答我一个问题。”

“什么问题？”

“你道法精深，能跑得比马快，身上藏有让马害怕的粉末，这些是我都见识过的，可我们家院墙外那梧桐树连遭了三次雷，难道也是你所为？我万难相信。”武岳阳两眼乱转道。

灰袍老人豪气顿生：“好，我现下便招雷给你看！”

第六章　明争暗斗

老人来到洞外，纵身向洞口边的巨石上跃去。他如一只大鸟张开了双臂，右膝抬起，左腿紧绷伸直，嫦娥奔月般纵到巨石秃圆的尖顶。

武岳阳刚要叫好，眼瞅着老人即将站定，不想他却掌拍巨石，打着旋飘飘落地，随后立即俯身撩起裤腿查看。武岳阳见老人眉头紧蹙，知道他纵跃时牵动了伤口，便上前来扶住老人道：“怎么了？”

“用力时牵动了伤口，不打紧。”老人若无其事道，说着解开包扎伤口的绑腿软布，露出牛眼大的一处伤口，暗红色的血早冲散了药粉，小腿上一片血肉模糊。幸好没伤到骨头，子弹只是从小腿外叮掉一块肉，就是伤口较大，没法缝合，老人含了口酒喷在腿上，又掏出金创药敷好重新包扎。

“伤口本不大，这都是带着你奔跑时撕开的。”老人轻叹，他一把揽过武岳阳肩膀，“扶我到那边青石上去。”

“您老腿脚不便，进山洞歇息吧。”武岳阳望着山下劝道。

“我今日要给你开开眼，免得你看低了二爷爷。”老人轻推武岳阳，两人一起向那一人高矮的青灰突石走去。

武岳阳扶老人上了青石，老人稍作休息，吩咐武岳阳下去等候：“你到洞口去，等我作法引雷时，不可乱动！”

“我已相信您能引来天雷，您快下来吧，若被天雷击中，那可是要命的。”武岳阳一脸的关切。

老人冷笑出声：“能引得来雷，不能避得开雷吗？速去山洞，以软布塞住耳朵。”

武岳阳便不再相劝，疾步跑回山洞，躲在山石后边，他的嘴角微微上扬，双眼贼光闪动。

只见老人脚踏天罡步，手捏引雷诀，口念请神咒，如风车般在青石上游走旋转起来，他神情肃穆，如临大敌，身上的道袍随风激荡，猎猎作响。

眼见四下里仍旧晴空万里，天上不见半片云朵。没有乌云，又怎么能来雷电？武岳阳苦笑着摇摇头，不再看青石上的老人，转头远望上下，隐隐听到马蹄声和兵丁驾马的呼喝声。定是父亲派人来找寻自己，武岳阳生出一丝希望，紧张得攥紧了拳头，接连着用舌尖舔舐干瘪的双唇，脸上似笑非笑，翘首张望。

忽地一个黑影落在武岳阳面前的石壁上。武岳阳回过头来，见老人不知何时已站到他身后，他的笑容僵硬在脸上。

“你笑什么？”老人不动声色问。

武岳阳倏地收了怪笑，捏着下巴道：“脸腮……还有些疼，稍作活动，哪里在笑。”

“激我引雷，是为了招来救兵吧？”老人的声音沙哑低沉。

“二爷爷可不能这么冤枉我，跟您回龙虎山是我自愿，并不是您逼迫的，我干吗要引追兵来？且我已说过信您能招来天雷，是您自己定要演示给我看嘛。”武岳阳辩解道。

老人脸上的阴沉立即风吹云散，好似秋菊绽放，他笑道：“你肯叫我二爷爷了？好！很好！”

“您原本便是我二爷爷，前面不知道，失了辈分，二爷爷大人有大量，定然不会怪我。”武岳阳用眼角瞟着山下，讨好道。

老人道：“好孩子，快到山洞里面去，爪子估摸着要来搜山了，我要掩了洞口。”

武岳阳焦急万分，却不得不走到山洞深处。

老人出山洞去，飞速搬过几块山石，摞放起来堵住洞口，折了些枯枝干草掩盖在上面，双臂一挥，卷起一层尘土，将这些石块和枯草作旧。又转过身去，连连挥臂，一阵风起，将洞口附近的杂草吹乱，遮盖了两人的脚印。他见兵丁渐渐上山来，连忙侧身挤进山洞。

武岳阳本想呼喊求救，犹豫间老人已遮掩了洞口钻进山洞来。武岳阳懊悔不已，失了这个时机，不知要等多久才能碰到下回。老人见他双眉凝重，便道：“这点小伤，算不了什么，十日八日便会长好，你不必担心。”

“哦……那也须得小心，眼下天气转冷，新肉长得慢了。”武岳阳连忙含糊遮掩过去。

老人在山洞内部将剩下的窄缝填死，整个山洞立即暗了下来。

武岳阳听着山洞外面隐隐传来的马蹄声，急得坐立难安。老人听他呼吸急促，问道：“你怕黑吗？”

“嗯……有些不习惯。”武岳阳道。

“稍等片刻吧，等爪子去远了，我们便推开洞口。你来我这儿，这儿有几处孔洞向外能看见山下，你便不怕了。”老人道。

武岳阳乱摸着挪步到老人身旁，将眼睛凑到孔洞上去。他看见十数匹马拴在山脚，几个兵丁四散着搜上山来。最近的一个矮胖的兵丁竟爬上刚才老人作法引雷的大青石，站在上面四处张望，他多么希望那兵丁向这山洞处看上几眼，可那兵丁转了两圈，对着远处大喊：“没有，去前面搜！”武岳阳恨不得立即跟老人学会诅咒，将那胖兵一双瞎眼咒成肉包子拿去喂狗。

想到肉包子，武岳阳的肚子开始咕咕作响。老人从孔洞处见兵丁去得远了，便起身推开遮挡门口的碎石。他见武岳阳满脸疲倦，便摊开行囊，拿出两个饼子来，分给武岳阳一张：“咱爷儿俩聊了一夜，填饱了肚皮，睡个大觉养足精神吧。”

武岳阳道：“咱们要夜里赶路吗？”

老人摇摇头：“要道怕早让爪子守住了，咱爷儿俩还是老老实实在这山洞里住几天吧。饼子还够，水不多了，上山时我见山腰有口石井，天黑前去打些水回来吧。”老人说罢，仰头灌口水，将水囊扔给武岳阳。

武岳阳答应一声，白饼就着凉水吞满了肚子。他又乏又累，倒头便睡。老人怕他受凉，到洞外抓了两捧干草回来，在长石上铺好了才让武岳阳躺上去。

这一觉睡到傍晚武岳阳才悠悠醒来，他揉揉鼻子，闻到诱人的肉香味，却见老人已架起一团篝火，正自聚精会神地翻转烧烤着一只野兔，旁边地上是些收拾兔子留下的毛皮和内脏。

老人一身本事，打只野兔自然不在话下，武岳阳也懒得问经过。他一脸馋相挨过去，舔着嘴唇问：“嘿嘿，晚上有肉吃了，熟了吧？这么香！”

“这便好了，稍等片刻。”老人不停地拨弄着树杈。

武岳阳眼珠翻转，想起睡前老人让他去打些水回来，说道：“我去打些水回来吧，井在哪里？”

老人道：“你熟睡时我已打回来了。”

武岳阳拾起水囊，里面果然装满了水。外面天色渐暗，武岳阳瞅瞅山洞外昏黄的山坡，扭头问老人：“道人许吃肉吗？”

“有些许，有些不许，正一派的禁忌门规没那么多。”他缩回树杈，将烤熟的野兔取下，撕下大半只递给武岳阳。

武岳阳倒也不客气，抓过就大口撕咬，老人则微笑着看他吃。

三口两口，一只野兔进肚，武岳阳抹一把油乎乎的大嘴，拍拍鼓起的肚子道：“睡足吃饱了，二爷爷，您再给我讲讲龙虎山上的趣事吧。”

“你倒是吃饱喝足了，我可是从你睡熟后一直忙着。看你睡熟，我下山去探路，果然见要道已遭封锁，回来时去了趟旁边的村子，在农户家买了这十斤饼回来。”老人拍着行囊道，“等我稍睡片刻，养养精神再给你讲吧。”

“兵丁四处搜寻咱俩，您还敢进村买饼？”

老人眼皮一挑道：“改变形貌和声音又不费什么功夫。”

“……您不怕我醒来偷偷溜走吗？”武岳阳好奇道。

“呵呵。我燃了安神香，你不睡够三个时辰哪能轻易醒转。”老人微笑着示意，长条石下插在泥土中的一截土黄色的燃香。

武岳阳上前将香拔出，香头已被掐灭，可是不用凑近鼻孔便能闻到一股从未闻到过的香气，既有晨沐茉莉的淡洁芬芳，又有金钟菩提子的静幽清雅，更隐隐有股陈年紫檀的清远缥缈。

“熄了篝火吧，免得夜里显眼。困了便睡，饿了自己拿饼充饥。如厕不可走远，山上或许有狼。”老人说罢，侧卧在洞内一块方石上。

武岳阳答应一声，便去搬石块封堵洞口。

“你做什么？”老人道。

“我怕咱爷儿俩睡熟被狼拖了去。”武岳阳道。

老人倒不阻止他，任他胡闹。武岳阳将洞口遮掩了一半，偷眼见老人慢慢睡熟，便没有继续搬石封堵山洞。他坐回火坑旁边，假意烘烤炭火，眼睛不时瞟向老人。

时间过得很慢，武岳阳尤其觉得煎熬。外面圆月升起，山野间不时传出蝉虫瞿瞿的鸣叫声。脚下篝火早已熄灭，炭灰多半业已变冷，只有一块不到拳头大小的木炭仍旧透着红光。武岳阳竖起耳朵，等到老人的呼吸逐渐均匀，他将那半截土黄色的燃香放在暗红的木炭上，山洞里立即传出淡淡的香味。

武岳阳捏着鼻子，踮起脚，一步一步来到洞口。他小心翻过碎石堆，轻走几步，等绕过大青石后，他立即使出了浑身的力气，连滚带爬地向山下狂奔。

月光穿过洞口，照在武岳阳的二爷爷灰袍老人张元顺的脸上，他缓缓睁开了眼，脸上露出一抹意味深长的怪笑。

第七章　爷孙相赌

武岳阳咬紧了牙，顺着山势，头也不回地向山下奔逃。风从他耳旁呼呼吹过，前面的山石转眼间就落到后头。他慌不择路，闷头直冲，树木和长草的枝叶划在脸上犹如刀割，竟丝毫感觉不到疼痛。之前在老人面前绵羊般的文弱书生这时候变成了出笼的野猪，他一头扎进草丛最深处。

老人出山洞来，驻足稍听，很快选准了方向。只见他纵身而起，腿不弯曲臂不摆动，直挺挺地迈开大步，追下山去。

武岳阳怕老人醒转追来，马路上没有树木遮挡，月光下极易显露身迹，只好沿着马路，在过人高的长草里穿梭。忽有山石滑落的响动，武岳阳赶紧伏身潜于芦苇丛。

老人失了武岳阳的踪迹，急忙攀上身旁的大树，居高临下四处寻找。

武岳阳不敢稍动，他不确定刚才踏落山石的响动是由老人引起还是山上的野物所为，静静地候了半刻，除了蝉虫的啾鸣和风吹树叶的沙沙声，再听不到别的声响。武岳阳惊起一身的冷汗，大着胆子轻轻拨开芦苇秆，四处张望一番，不见任何人影。

武岳阳长叹一声，怪自己吓唬自己，转过身来打算继续逃跑，却隐隐觉得有人盯着自己。这时头顶猛然一阵风起，响起呼啦啦风吹衣摆之声，他再回头去看，却见老人如凭空钻出来一般，背着手，好整以暇地站在那里。

月光下，老人浅笑着戏谑地看着武岳阳："真是奇怪，小三子憨直粗钝，却怎么生出你这么奸诈油滑的小子来？"

武岳阳逃无所逃，瘫坐在地上，并不答话。

"你不起来，要我拎你回去吗？"

"你杀了我吧。"武岳阳道。

"我干吗要杀你？你可是我的好孙子哪。"老人见武岳阳冻得直打寒战，上前两步将武岳阳拉起，"夜里山风硬，快回去吧。"

“哼。”武岳阳甩脱老人的手，极不甘心地向山上走去。

回到山洞，老人怕武岳阳着凉，封挡了洞口，重新架起篝火。武岳阳赌气不理他，梗着脖子坐在火堆旁烤火。

老人揭开腿上缠绑的软布，只见伤口又抻裂开来，血水顺着小腿流进鞋袜里。

武岳阳见他腿伤加重，心里有些不忍，道：“别跟我耍苦肉计，我根本不信你那些话。你放了我吧，尽快去县里疗伤，我急着回家。”

老人停止包扎伤口，抬头皱眉道：“你不信我？”

“你那故事编得破绽百出，让人怎么相信？”武岳阳道。

“你倒说我听听，都有什么破绽？”老人道。

武岳阳正过身子来，直视着老人问道：“我爹回山见到奶奶病故是在什么时候？”

“宣统八年。”老人回答。

“长辈们习惯用老朝历，你说的宣统八年，即民国五年，这时候大清早亡了，辛亥革命后中国东部沿海一带率先改革，废除封建旧制，龙虎山的宫观田产怕早让江西都督府收了去。我听闻前些年曾有龙虎山天师举家迁至上海，住进洋人的租界，还成立了什么道教总会，这不会有假吧？那么龙虎山上的《三少爷复仇记》又是哪些戏子唱的好戏？”

“我以为你只是当故事听了，不想你听得这么仔细。这一段的确不是我疏忽遗漏了，是我故意隐去，你愿意听，我便说与你听吧。”老人微微感叹，脸上写满了落寂。他长叹一声，望着虚空继续道：“那是宣统三年，辛亥革命爆发，各省先后宣布独立。转过年来，大清朝在内忧外患中终于倒下了，末代清帝溥仪很快退位，清朝灭亡，民国兴起。临时大总统孙中山任命李烈钧为江西都督，同年，江西都督府下令，取消龙虎山张天师封号，并取缔天师府所有的封地。

“天师率众匆忙逃往上海，浩浩荡荡近百人的队伍中，只少了喜墨母子和留守活人坑的老人张元顺。喜墨执意留下，小三子仍旧在县上读书，喜墨则一人伺候着山脚的几亩薄地。

“宣统五年……你所说的民国二年，北方旱灾。大总统袁世凯请天师祈雨，天师从上海连夜赶到京师，立即登坛祈来一场大雨，轰动了全国。民国……”老人稍作停顿，皱着眉，换回他熟悉的清朝历，“宣统八年，大总统下令，恢复张天师封号，发还天师府产田，张氏族人得还祖庭龙虎山。

“不巧这时大总统病重而亡，‘中华民国道教总会’始终未获朝廷承认。天师急于促成此事，或留在了上海求人疏通，或游走江湖筹措款项，是以出事之时，天师并不在山中。”

“在八个身具道法的道人看护下，有人能偷了宝贝去而不被发现，鬼也不会信！”武岳阳道。

“人外有人，天外有天。这八人布了八卦锁龙阵出来，以为牢不可破，有些轻敌，这便给盗贼留下了可乘之机。况且，这八人所布的八卦锁龙阵并非牢不可破。”老人黯然道。

武岳阳嗤之以鼻：“哼，算你编得周圆。可我好歹也要回趟家去，问我爹你所说是否属实。若爹娘同意，我定会随你回山，否则你便杀了我也万难从命。”

“你爹对宗族怨念颇深，他自然不肯随我回去，又哪里肯让我带走了你？”老人见武岳阳眼珠滴溜溜乱转，便翻眼道，“你莫要小心思了，绑我也要将你绑回去。”

“我打定了主意不去，你若用强，我就饿死，你带我尸身回去吧！”武岳阳怒道。

老人被他气笑：“使泼耍赖吗？亏你是个男子汉，也不嫌羞！”

“你不嫌羞，却只会恃强凌弱，你不使道术看看能比我强多少。”武岳阳满脸的不忿。

老人微微合眼，若有所思，片刻后盯着武岳阳道：“我不以道术欺负你，咱们公平比试一场可好？”

“比什么？”武岳阳毫不思索道。

“我想瞧瞧你的韧性和耐力到底强不强。”老人似笑非笑地盯着武岳阳。

“必然要胜过你！”

“那咱们便比试这两样吧。”

武岳阳瞪着眼问：“怎么比？赢了怎样？输了又怎样？”

老人对着篝火，揭开包扎腿上伤口的软布，露出伤口来，他说：“我这腿伤起初并不严重，可接连着发力抻裂了伤口，若不尽快缝合施药，怕熬不了几日，然我携带的金创药业已用完。现下我便用此腿与你对赌，我不饮不食，看能忍几日。”

“我又需做些什么？”武岳阳疑惑道。

“你也陪我不饮不食。”老人道。

“那我不是占尽了便宜？”武岳阳歪着头道。

“让这便宜于你，你也赢不了。”老人捋着花白的胡须道。

武岳阳担心老人反悔，急忙道：“你说话算话？”

“愿赌服输。”老人道。

“咱俩赌什么？”武岳阳又问。

老人瞥他一眼：“还能赌什么？你赢我便放你回家，我胜你便随我回山，那还有什么好说的。”

“一言为定！”武岳阳道。他举手和老人互击一掌，两人就此开始了这场荒唐的赌局。

赌局开始后，武岳阳微微有些后悔，他怪自己醒来时没有多吃一些，肚子里那半只熏烧野兔不知道能不能帮他挨个三天两夜。他寻思，老人年老食寡，拼挨饿还真未必能赢过他，是不是中了他的奸计？可又一想，老人腿上的伤可是真真实实虚假不来的，这样的伤如果不加医治，怕是熬不过三四天的。退一步讲，自己即便真熬不过老人，等挨过三四天后认输便罢了，顶多虚弱些，吃饱肚皮仍旧活蹦乱跳，可老人若熬三四天，怕腿是要废掉了，那时自己要逃跑，他还怎么追赶？

想着自己赢也是赢，输也是赢，武岳阳安下心来，便不再琢磨逃跑，爬上长条石，仰卧在上面。

老人见武岳阳信心满满的样子，不禁问：“你觉得你胜算很大吗？”

“不大也要与你赌。要不你尽早放了我吧，免得咱俩饿死在这山洞里。”武岳阳翻身道。

老人抚须大笑。

白日里睡足了觉，武岳阳这时候只觉得百无聊赖，他见老人在篝火堆旁盘膝打坐，便道：“您还是躺下吧，腿上有伤，压着不好。”

老人闭着眼，不回他的问话。

武岳阳又道："二爷爷，讲讲龙虎山上的趣事吧。你们同门中，都有哪些修为高深的前辈，他们都会些什么厉害的道术？"

不知道"二爷爷"的称呼使得老人内心欢喜还是武岳阳的问题勾起了回忆，老人略微沉吟，缓缓道："上一辈中，未驾鹤者寥寥无几，均已隐世埋名，不说他们。同辈中除了天师和我，尚有十四位师兄弟，以二师兄贺东方修为最为精深，他手持双锏，人称点尸判官。下一辈中，修为不错的有七位，以野人熊曹振刚、风火轮魏芝祥、铁木鱼徐凤春为其中佼佼者。前面说过风火轮魏芝祥，现下我跟你说说他的名号来历吧。"

"魏芝祥的轻身功夫很好，年少时有差人到山上来送信，天师回信顺便让他带走，可这差人吃了些酒，午间小睡时将信落在床榻之上。山上知客[1]发现便送还天师，恰巧让魏芝祥看见，便说'追上那差人便是'，揣了信便下山去追那差人。下山路不过十数里，还未出山，魏芝祥便追上骑马疾驰的差人。差人只感觉一阵风从身边吹过，再看马已被魏芝祥抓住了缰绳，惊得那差人瞠目结舌，结巴道：'这两条腿，跑将起来竟……竟似风火轮般。'后来此事传了出去，他在江湖上便有了'风火轮'的称号。"老人徐徐道。

武岳阳听得出神，他看着老人问："二爷爷，您的名号又是什么？"

[1] 寺庙、道观中主管接待宾客的人员。

第八章　输即是赢

“‘辟谷’一说，不知你听过没有？”老人笑道。

老人皮笑肉不笑，仿佛一只盯着肥鸡的狐狸，武岳阳突然有种中了奸计的感觉，而自己则是被老狐狸玩弄于股掌之间的雏儿。可是他无计可施，摆出一副苦瓜脸看着老人。

“我年少时与同门中人比试此法，每日只以水吞服丹药，对方那人在第十九日上认输，我熬到第二十六日，为此赢了十坛好酒，更得了个‘活死人’的诨号。后来去仙水岩上的活人坑做值守，这称呼倒也名副其实。”老人自嘲道。

武岳阳肠子都悔青了，咬着牙道：“二十六日，您可厉害得很哪。”

“听闻有辟谷可达数月甚至数年的得道高人，只是并未亲眼见过。”老人不管武岳阳满目怒火，悠悠道，“《云笈七签》有云：一年易气，二年易血，三年易精，四年易脉，五年易髓，六年易骨，七年易筋，八年易发，九年易形。形易则变化，变化则道成，道成则位为仙。你想学我可以教你。”

武岳阳呼地跳起，指着老人怒斥：“说好不能用道术！你却为老不尊耍赖骗我！”

老人笑道：“辟谷若是不服食丹药和清水，那是万万不成的。咱们打赌不饮不食，我又如何能辟谷呢？”

武岳阳火气稍降，他跳下地来走到老人的行囊处，将面饼拿出来一一细数，又拎起水囊来，微微晃动，一并放在石台上。

“都是一个脑袋，比挨饿还分什么功夫高低吗！饼子和水都放在这明面处，熬不住尽可以来吃，谁先吃谁就输了！”武岳阳说罢，回到他的长条石躺下。

“你还是将饼子盖起来的好。眼不见，心不烦，免得看了挨饿。”老人打趣道。

武岳阳不理他，翻身侧卧。

一夜无话。第二日武岳阳醒来时，老人仍在打坐，如入定般一动不动。武岳阳起身跳下，首先去清点饼子数量，又掂起水囊轻握，发现并没有减少，便去查看老人腿伤。

“不要肆意乱动，耗费了力气，肚饿便会提前。”老人起身来，稍稍活动手脚，又盘膝坐下。

武岳阳见老人左腿肿胀发红，伤口变白，有化脓的迹象，皱眉道：“你还是认输了吧，腿伤须得尽快医治。”

“我自有分寸。”老人闭眼道。

武岳阳碰了个没趣，在山洞里转了几圈，又翻到长条石上去睡觉。他觉已睡足，却又躺了两个时辰，躺得头晕目眩，肚中饥饿感逐渐加强，他便起身来，在山洞里乱转。

老人枯坐着一动不动，武岳阳跟他说话也不加理睬，武岳阳熬了一天，睡睡醒醒折腾了好几遍，更在山洞里走了几百圈，到天黑时，肚中饥饿犹如猫抓。他几次走到堆放饼子的石台上，舔着嘴唇，咽着唾沫，站那么好大一会儿，犹似看饼充饥，却越看越饿。他几次忍不住抓起饼子来，凑到鼻下嗅闻，终是没有塞进嘴里。有时他拿起一张面饼去老人嘴边挑逗，老人如睡死过去一般，丝毫不动，武岳阳胡闹一番，却不敢太过无礼，最后总是失望地将饼子重新放回石台上面。

第一天好歹熬了过去。第二天一早武岳阳便醒转过来，感觉喉咙里能喷出火。肚饿尚能忍受，可口渴实在难熬，他舔着干瘪的嘴唇，吞咽着唾沫湿润咽喉，弓着腰呆坐在长条石上。

老人左小腿已肿胀如大腿般粗细，却仍旧枯坐不动。武岳阳摇摇晃晃走过去，打量了老人片刻，又走到石台旁，通红的眼睛瞪着水囊，他攥紧了拳头，牙齿咬着下唇，竟咬破流出血来。

武岳阳挥臂将饼子和水囊扫在地上，喘着粗气，对准了一张面饼猛踩。

老人缓缓张开眼，扭头看武岳阳，他道：“熬不住便罢了吧。”

武岳阳对视老人一眼，又踩下去，一边叫道：“谁熬不住！谁熬不住！谁熬不住……”一边猛踩一边大叫。

老人摇摇头，不再言语。

“你看看你的腿吧，都臭了！再不医治要截肢的！”武岳阳发泄了一通，走到老人跟前道，可是老人连眼皮也不抬一下。武岳阳气呼呼地爬到他的长条石上。

这一天尤其漫长。

当第三日初起的晨辉穿过岩石的缝隙射进山洞的时候，武岳阳已经饿得前胸贴后背、浑身疲软、头热脚凉。

武岳阳挣扎着爬起，跌跌撞撞来到老人跟前，老人脸色煞白，左腿业已发黑，伤口流出的脓血腥臭扑鼻。

“二爷爷，你的腿伤不能再拖了，您这是何苦啊？认输吧，求您啦！”武岳阳跪倒在老人跟前。

老人缓缓张开了眼，冲武岳阳微微一笑，并不言语，神情坚定而倔强。

武岳阳掉转了头，爬到石台旁，从地上拾起水囊，拔开木塞喝了半囊水，将水囊递给老人，他道：“你赢了。”

老人接过水囊，将水慢慢吞下：“你是不是不服气？”

武岳阳拾起饼子大嚼，完全顾不上说话，老人怕他噎着，剩了些水，将水囊递还给他。武岳阳狼吞虎咽嚼了两张干硬的饼子，又将水囊里的水都喝了，这才缓过气来，道：“赢就是赢，输就是输，那有什么不服气的。”

“你答应跟我回龙虎山了？”老人道。

“您腿伤养好咱们就上路。”武岳阳填饱肚皮立刻有了精气神，起身去扒洞口封挡的石块。

“你干什么？”老人急道。

“下山去药铺给你抓些消炎粉，先医好了腿要紧。”武岳阳三两下扒开乱石。

老人显得很虚弱，慢慢嚼着面饼道：“也好。”

山洞口的阳光照射进来，洞口处一片尘雾。武岳阳急不可耐地从洞口钻出去，大步向山下奔跑。

武岳阳出山洞后，老人立即起身从行囊取出一个布包，打开层层包叠，露出三柄大小不一的尖刀来，又从怀中掏出酒囊药瓶，他在腿弯处勒紧绷带，先用最大的尖刀刮净污血，喷一口酒洗净伤口，又以最小的尖刀剜净腐肉，重新敷了药包扎起来。

老人知道武岳阳这一走便不会回来，或许更会引了兵丁来山上围捕自己。他收拾好行囊，出了山洞。武岳阳早跑没了踪影，老人苦笑一声，暗叹武岳阳当真是诡诈油滑。他寻思先到县上歇养几天，等腿上稍好再去捉武岳阳回山。

武岳阳下山来，沿着马路向县上进发。没走多远，遇到去县上为川军送米面蔬菜的牛车队，随车几人恰好有武岳阳熟识的何四叔。

“那是谁？那……那不是武家娃子吗？”车夫道。

“停车，快停车！”何四挥鞭道。他跳下车来，疾跑几步：“娃子哟，你咋在这里嘛，你老汉满世界张榜贴告示找你哟！”

“我知道，你们是不是往县上去？”武岳阳道。

“是啊，你怎么也往县上去？你老汉现今不在县上，他带着部队打仗去了。你别害怕，我这就喊人送你回去。”何四说着便回身去招呼人。

武岳阳急忙阻止道：“不用，我没事，我要去县里一趟办件事，搭你们车一起走吧。”说着跳上车去。

一路上，众人围着他不断追问，问他是不是被天台山上那些东北来的胡子掳了去，武岳阳支吾着含糊其词。众人以为这个武家公子哥儿吓坏了胆，便不再追问，只是小声议论着“等咱们的枪支弹药到了手，‘抗日团结会’武装到牙齿，便再也不怕姚大脑袋他们那些散兵游勇了”。

武岳阳的二爷爷张元顺赶了近路，提前来到县里，他头上扣了一顶六瓣瓜皮帽，身着半截的皂灰马褂，打扮成杂货郎的模样。他很奇怪，前两天各处要道上堵截盘查的兵丁今日怎么全不见了。

老人在县里的一家不大不小的客栈住下，把客房选在二楼临街的位置，打开窗便可以将半个县城尽收眼底。他望着街口，正瞧见武岳阳大步走来，火急火燎地钻进旁边的药铺中去。老人内心五味杂陈，摘下头顶的瓜皮帽，盯着窗外空荡荡的大街，脸上浮现出惭愧而欣慰的笑容。

来到县城，武岳阳跟车队分开后便直扑药铺。

药铺清晨刚开张不久，还没有顾客，堂上只有一个小伙计在拿着抹布擦拭药匣。

“有消炎粉吗？”武岳阳道。

“什么伤，伤在哪里？”小伙计见掌柜的师傅不在，自己便做起了大当家。

武岳阳寻思着要不要说出来，想想觉得还是不要隐瞒好，便实话实说："枪伤，伤在小腿。"

小伙计吃了一惊，又问道："子弹是否取出？"

"子弹不在身体里。"武岳阳道。

"没伤到骨头吧？"小伙计追问道。

"没有吧。"武岳阳有些着急，"快些吧，伤者等着呢。"

"没伤到骨头就好，皮肉伤，应该不重。"小伙计一边称药一边叮嘱道，"枪伤西药要更好一些，给你称了二钱消炎粉，洗净伤口外敷，切莫包裹太厚，捂坏了伤口可不好。这些是清热丸，内服。"小伙计告诉了他服药的注意事项。

"多谢先生！需多少药钱？"武岳阳掏口袋找钱。

"总共两块三，只要大洋，不要法币和关金券。"小伙计道。

武岳阳摸遍浑身的口袋也没掏出一个铜子来，他头上沁出汗珠："怎么这么贵，够买几十斤粳米了，却又为什么不要法币？"

"眼下打仗了嘛，药物吃紧，整个县城也就我们铺子托了认识人才进来这些西洋药，换第二家你有银子也买不来的。法币一个劲地跌，没人要的。"小伙计不温不火地解释道。

人家说得合情合理，武岳阳拿不出话来反驳，可是囊中羞涩，脸面生疏，又不好赊账。他寻思要不要先去找何四叔借几块大洋来应急，这时门外一阵马蹄声传来，紧接着店门被推开，风风火火闯进来一个俏生生的姑娘："郎中！把消炎粉都拿出来，我全买啦！"

第九章　蒙汗药

姑娘明眸皓齿，青蛾眉，丹凤眼。上身穿着猩红的湖绉滚宽边小口长袖夹袄，下身穿一条暗青的男式长裤，脚蹬骑马长靴，肩披一件墨绿刻丝披风，娉婷矫健，飒爽英姿。药铺小伙计和武岳阳两人竟双双看呆了。

那姑娘将马鞭往药柜上一拍，星眸微嗔："倒是有药没有？"

店伙计一激灵惊醒过来，忙道："有倒是有，什么伤嘛？需用多少哈？"

姑娘忽视掉他的第一个问题，直接道："有多少要多少。"

小伙计挠挠头，说声"稍等"。看头痛发热、抓几味草药或拿几张膏药这些小事是难不住他的，可碰上了大事他可不敢擅自做主，急忙去后面喊掌柜的出来。

掌柜是一个身体微微发福的圆脸老汉，他挑帘出来，店伙计拢着手在他耳畔低声细语。那掌柜微微打量了眼堂中的一对少年男女，走到药柜后面去："老夫乃这药铺理事之人，敢问这位姑娘，买这许多消炎粉有何用处？"

"除了救人，这东西还能蒸白面馒头吗？"那姑娘冷冷道。

"这……"药铺掌柜被她一句话噎住，"这，这老夫自然知道。客人的隐私店家是不该过问的，可这眼前战乱四起，百姓屡有伤亡，这消炎粉大多自西洋流入，从上海一路辗转来到蜀地，虽不敢说贵重万分，却已是稀罕物。老夫不指望以它发财，只求多救一条人命，也是积下莫大的功德。"

那姑娘见老掌柜摇头晃脑满口仁义道德，挑眉道："我买你这么多的消炎粉，就是上门来送给你天大的功德，你又啰唆聒噪什么！"

武岳阳也是焦急万分，二爷爷在山上等着这药医腿呢，晚一分回去，他就多一分危险。可他不敢这时候离开药铺去找何四叔借钱，担心这姑娘买走了所有的消炎粉，只急得抓耳挠腮想不出办法。

老掌柜立时体会到"秀才遇见兵，有理说不清"的滋味。不等他说话，店伙计上前两步给他帮腔道："掌柜的是怕这药流入歹人之手，那便助纣为虐喽。眼下咱们邛崃县土匪流寇众多，那天台山上便有群棒老二住起。你一次买这许多药，得够医治多少人？掌柜的当然要问清楚些嘛。”

那姑娘柳眉倒竖，杏目圆瞪道：“谁是‘棒老二’？‘棒老二’的命就不是命？”

老掌柜见店伙计的话说得过了，又见那姑娘穿着打扮好似大户人家的千金，见她动怒，忙劝解道：“姑娘不要恼怒，姑娘天仙般的人物，若是强盗，这世上怕也没有好人了。这些药还没有拆封售卖，分量都是一样，不会有错的。只是一人最多可买二十包，多一包也不卖。”他将满满一药匣的消炎粉倒出，以油纸封好，又拨弄几下算盘，将药钱仔细核算清楚，“一共要三十八块大洋。”

武岳阳跳上前来抓住店伙计胸口的衣襟道：“她抓的消炎粉比我几十倍还要多，怎么才三十八块，你这黑店见到生面孔就漫天要价吗？”

店伙计从武岳阳手里挣脱出来，憋得满脸通红道：“清热丸！清热丸！你还抓了清热丸！”

“那几粒清热丸值什么钱？”武岳阳不依不饶去抓店伙计，他算盘打得精明，既然自己身上没有银子，这点药钱好歹要找个出处。

店伙计着实多收了几角药钱，他做贼心虚，左躲右闪。掌柜老汉连连阻止，两人却只如不闻。

突然“啪”的一声脆响，那姑娘从后腰处摘下一个钱口袋拍在药柜上，面似寒霜：“别吵了！还有多少消炎粉全拿出来，钱一分少不了你的！”

武岳阳和店伙计停止追逐，一齐看着那姑娘。

掌柜老汉正色道：“一怕此药去处不明；二怕此药售罄，他人哄抬物价。确是不能再卖了。”

“我再说一遍，有多少要多少！”那姑娘竟从怀中掏出一支盒子炮来，举过头顶退到门口，拉门闩掩了门。

掌柜老汉不敢再说，哆嗦着将几个药匣中的消炎粉全部倒出。姑娘上前去，抖开包裹，一边将消炎粉塞进包裹里去，一边将算盘扒拉给掌柜老汉：“算账！”

掌柜老汉不敢不算，颤着手将药钱算出。

武岳阳见那姑娘竟将自己的药也塞进她的包裹，气得咬紧了钢牙。他突然抡圆了胳膊，猛抽店伙计嘴巴，同时大叫道："我让你多收我药钱！我让你开黑店！我让你多收我药钱……"

武岳阳拎起瘫坐在地上的店伙计边打边骂，店伙计十四五岁年纪，比武岳阳矮了半头，哪里有武岳阳力气大？他哭喊着捂头后退，武岳阳追上去继续打。那姑娘转身刚要喝止二人，武岳阳已来到药柜旁边，探手闪电般抓过盒子炮，并迅速退后两步，他倚墙而立，单手持枪，枪口指着那姑娘。

"你要干吗？"姑娘又气又恼，怒瞪着武岳阳道。

武岳阳计谋得逞，咧嘴而笑："小妹妹，你买你的消炎粉，我买我的消炎粉，咱们本来井水不犯河水，我才不管你是买是抢，也懒得管你买多少，可是你不该将我的药也塞进你的包裹中去。"

"把枪给我！"那姑娘伸手向前。

"别动！"武岳阳松开保险杆，手指按在扳机上，枪管后部的击发锤便微微张起，如猎豹蓄势待发时绷紧的肌肉。

姑娘毫不停歇地继续走上前来。

武岳阳没想到她竟如此胆大，他双手持枪，单膝跪地，将枪端于胸前，"再动我开枪了！"他大叫道。

"可惜了这么标准的射击姿势，你杀过人吗？"那姑娘径直走上前来，劈手将盒子炮夺了回去。

武岳阳呆愣住，仍旧单膝跪在地上。

那姑娘到药柜处丢下两包银圆，将包裹斜挎在肩上，向门口走去。走到门口时她忽地停住，回转身来，从包裹取出武岳阳的消炎粉扔给他："你为什么不开枪？"

武岳阳接过消炎粉，他也不知道自己为什么不开枪，便反问回去："你怎么料到我不会开枪？"

姑娘冷笑一声，拨开门闩："我管你开不开枪，这弹匣子里又没有子弹！"她出门上马而去。

那姑娘虽然走了，可掌柜老汉和店小二仍旧惊魂未定，偷偷地看着武岳阳，武岳阳不好意思地起身来，一边赔笑一边对店伙计道歉，解释说刚才的举动都是为了替大家解围，不想枪中没有子弹，还让店伙计白白挨了十几个嘴巴。他执意要店伙计打回来，店伙计哪有胆子敢打，抹着眼泪跑到后屋去了。

武岳阳也不敢多做停留，他急着带药回山去。可出门时忽然间想起什么，又走回药铺，掌柜老汉见他又走回来，满面担忧。

“老先生，忘了问你，”武岳阳左右查看一番，低声问道，“有蒙汗药吗？”

药铺掌柜一脸茫然地看着他，两个人都满是迷惑，大眼瞪着小眼。

“你指的是那种伤者用来施以手术之用的麻药吧？那种西药只军伍中才有。”掌柜问。

“麻药我还不知道吗？”武岳阳摇头道，“‘吴用智取生辰纲’你看过吧？我就要迷倒杨志的那种蒙汗药。”

掌柜忍不住心头火起，板着脸道：“休要胡闹！我这又不是江湖郎中，哪有什么蒙汗药！”他俯身从旁边药柜里点几味药合在一处，道：“这儿只有催眠安神的药末，成分以洋金花和风茄子为主，取一匙尖溶入酒中，吞服有强效。”掌柜以为他买此药只为充当手术的麻醉剂使用，倒也并未多想。

武岳阳连忙道谢：“我先拿药回去，稍后便来送药钱。”他揣了药便夺门而出。

掌柜眼睁睁地看武岳阳跑远，望着门口无可奈何。

武岳阳又去何四叔的货栈借了纸笔留封报平安的信给家里。何四见他慌慌张张地又四处乱跑又捎信回家，怕他出去惹祸，不肯放他走，哪知一转眼的工夫这小子便跑不见了。

回到小荒山，灰袍老人正端坐在岩石上闭目养神，他早武岳阳一步回来，换回自己原本的装束，从容不迫地候着武岳阳回来。

武岳阳急匆匆跑进山洞来，一屁股坐在地上张着嘴大口喘息。

“我已经做好了你一去不回的打算。”老人笑道。

“您以为我愿意回来？”武岳阳掏出消炎粉和清热丸递过去，“这些药来得不容易，出去时竟忘了与您要钱，我身上又没带半个铜子儿。”

老人接过药包：“那这药是怎么来的？”

“放心吧，没偷没抢，用这个。”武岳阳指指自己的脑门，显出一副高深莫测的样子。

老人淡淡一笑，他知道武岳阳油滑，除了要赖使诈怕也使不出什么光明的手段，便不去追问买药的详情。

“咱们之前的那个打赌，不算了吧。”老人道。

“怎么不算？”武岳阳抬头问。

老人缓缓道：“我赢得有些不光彩，且你替我买了药回来，这条腿好歹保住了，我可不白白受你恩惠，免得以后觉得亏欠。”

“您答应放我回去？”武岳阳激动得站立起来。

“上次赌的不算，咱们重新再赌一场。你如能赢，我定当送你下山，绝不反悔。”老人捻着胡须道。

武岳阳心中暗喜，但由于吃过一次亏，不敢贸然答应，他沉思片刻，舔了舔嘴唇道：“一言为定，可这次赌什么我说了算。”

“便依你。”老人笑道。

第十章　十二式

“你必输无疑！”武岳阳轻掀嘴角道。

老人搓掉脸腮上因易容而残留的蜜胶，漠然瞥一眼武岳阳，说道：“你好像胸有成竹，早预谋好了？”

“是啊，上次饿了三天，后悔之余我便一直在想，如果能重新来过，赌什么我才能赢你。”武岳阳得意道。

“那你想到了吗？”老人捋着胡须，沙哑着嗓子问。

“当然。”武岳阳的一双眼睛闪亮起来，“我知道您的道术是很厉害的，比拳脚比跑步、纵跃我都不如你，连比挨饿也比不过你。可是您想带我去龙虎山做道士，我是无论如何也不肯去的，即便您将我绑了去，终有一天我也会逃下山来，或许也会像我爹当年那样逃跑时放一把火也说不准。我始终搞不懂，你们整日里又是念经打坐又是画符捉鬼的，修炼一些玄玄乎乎神神秘秘的玩意儿，你们拿这些假把戏来糊弄别人也顺手把自己糊弄了，义和团和白莲教的妖人声称刀枪不入水火不侵，枪子挨到身上立即显露了原形。”

老人的红脸立即阴沉下来：“想说什么你便直说。”

“您让我追查真凶，替奶奶报仇雪恨，那是情理中的事情，我愿意去做。可是要先去龙虎山学本事，那却万万不能。我是相信道术里有真本事的，可我不信有什么道术能敌得过火器。”武岳阳轻蔑道。

“你是说，道术是糊弄人的假把戏？”老人沉声问。

“那倒未必，我只是说，如果双方对敌，道术必定比不过火枪！可惜这里没有枪，没法比试，等二爷爷您的腿养好，我回家去偷爹的枪来与你比试。”武岳阳道。

“有什么好不好的？现下便比！”老人倏忽出手，抓住武岳阳右臂一抻一送，将他的肩膀脱臼了。

武岳阳大叫一声，侧歪着身子，皱眉咧嘴，面色痛苦。

“你不愧是你爹的儿子，你们身体里都流着张家的血，可是不仅不为龙虎山增砖添瓦，相反都吃里爬外、崇洋媚外，净悖逆张家行事，不等外人来诋毁，你们自己便拆了祖坟！道门如何不衰落！正一如何不亡！”老人血气翻涌，呼呼直喘，“火枪再厉害，我卸了你的膀子，你怎么开枪呢？”

武岳阳一言不发，他肩膀上剧痛，浑身冷汗一个劲地往外冒，全身上下使不出一点儿力气，他皱着眉咬紧了牙硬挺着。

“山上还有些不甚光彩之事，我难以启齿，一直隐着没说，今日说与你知道。”老人背过身去，似乎下了很大的决心才道，“你爹下山去，没过几年，天师便在为‘中华民国道教总会’正名的奔波中仙去了，可怜他终究也没能如愿。”

老人满面悲色，继续道：“你二伯做了天师，很快赶上农民运动、土地改革，挨批斗、蹲大牢，最后虽然幸免于难，但天师再也不是从前的天师了，龙虎山再也不是原来的龙虎山了。”

武岳阳哪有心思听他讲这些话，肩膀脱臼引起的疼痛使得他心烦意躁，但他不愿求饶，抬起头怒瞪着老人。

“自己不能接回去吗？”老人冷哼道。

武岳阳面皮抽动，有意反驳两句，最终却忍住了。

“两臂曲肘，缓举至胸前成抱球势，屈腕立掌，指头向上，掌心相对。”老人声音沙哑地指点他，一边抬臂屈腕示范给武岳阳看，武岳阳瞥了一眼，便将头扭到一边去。

“你能熬那便熬着吧，法门我教给你了，用不用随你。我去打些水回来。”老人抓起水囊，出山洞去山腰打水。

跑是跑不掉的，武岳阳理智地放弃了逃跑的念头。他发狠以左手抓过右手手腕，猛地向上发力，想自己将脱臼的右臂接回去，哪知刚一发力，立即感到刺骨的疼痛，他忍不住发出一声喊，龇牙咧嘴地不停跺脚。

疼死也不能低头求饶，可是自己又接不上，武岳阳夹着胳膊在山洞里转了几圈，想不出更好的办法，这时他记起老人说的几句法门来，伸头向洞外看了看，老人已去得远了。他抹一把汗，咬着牙默念：“双臂屈肘……胸前抱球……”肩膀剧痛传来，他硬挺着向上抬臂，可无论如何右臂也抬不起来。

“举不起来举个什么！”武岳阳大喊着放下胳膊，又是跺脚又是乱踢，胳膊没有接上，倒把脚踢疼了。他这么发泄了几下，终究不甘，又站立下来，学着老人的架势，咬着牙缓缓抬起双臂，可是右臂稍动就一阵剧痛。武岳阳发狠，闭了眼，使出全身的力气向上抬臂，右臂却只是稍稍颤动。

老人不知何时出现在洞口，他两步跨到武岳阳面前，抓起他的右臂，很随意地一抖便将他的胳膊安上了。武岳阳张大了嘴，但是还没来得及感谢或者怒斥，老人已将一颗药丸塞进他的口中。

“咳咳……”武岳阳捏着嗓子一阵干呕，什么也没吐出来，他眉头紧拧在一起，“你给我吃的什么东西？”

“毒药。”老人满不在乎地在一块岩石上坐下，伸出腿来给伤口换药。

武岳阳倒退几步，故意拉开和老人间的距离。他有些不知所措，心里暗自琢磨，这老人性情古怪、疯疯癫癫，一边认定自己是他孙子，一边又打伤自己喂服不明用处的丹药。武岳阳知道老人没必要毒害自己，而且他相信以老人的本事，想杀自己有很多办法，根本不用费事动用毒药，丹药丸未必用来害自己，却对自己也未必有什么益处。

老人看到武岳阳满面狐疑，不禁笑道：“你不信吗？那确是毒药，虽不致毒死人，却叫你生不如死。”

“你到底是不是我二爷爷？”武岳阳揉着肩膀问。

“那还有假？只是碰到你爹和你这样的不肖子孙，我也只能出此下策了。”老人将腿伤换好了药，稍作停顿道，“此药名为烈阳丹，极难炼制，炼制之法与你说了也没有用，你只知道它化于肠胃、融于丹田、游走百脉即可，每日都会释放烈阳之气，焚灼你周身每一寸肌骨，让你感觉有如身体里吞进一座火盆一般。”

“你这老儿怎么这样狠毒？怕输不赌就是，又犯得着再三要赖使诈吗？算你赢好了，快拿解药给我！”武岳阳气急怒骂。

“打赌是打赌，这是两回事。我所学的道术低浅，论身法快慢、筋骨强硬都不敌火枪和子弹，这次打赌我输了，但仅仅是我输给你，并不是道术输给洋枪洋炮，三年后咱们再来比试一场，我定会让你心服口服。”老人坚定道。

“那你逼我吃这劳什子烈阳丹干什么？”武岳阳叫道。

老人摇头微笑道：“没有解药。给你吃这药是恐你这三年内无甚长进，逼你勤奋上进之用。”

“你……”武岳阳话还没说完便被老人打断，“烈阳丹所散发的阳气淤积在你身体里，会让你燥热难当，骨如蚁噬，只有每日按我传你的法门勤加练习，阳气才自然不会淤积。”

武岳阳皱着眉头问：“你哪传我什么了？”

“刚传你的便是，这是强身健体顶好的法门了。”老人站起身，又将刚示范过的动作重新演示。

“这套慢吞吞的动作还不如太极拳好看。”武岳阳顶撞道。

“你懂什么？”老人瞪眼驳斥道，“这是咱们老祖宗……祖宗传下来的宝贝，可不是什么人都能练得的。别说了，不想受灼肉焚骨之苦便尽快跟我学，我只教三遍，能不能学会看你造化，多一遍我也不教！”

武岳阳冷哼一声，扭着头装作不加理睬，眼睛却一动不动地斜瞄着。

老人不管他是否用心，只顾自己演练起来，一边不住地讲解道：“这一式便是刚刚传与你的第一式，‘韦陀献杵’……”

几日里，老人将十二式强身健体的法门传给了武岳阳。这些动作简单而缓慢，武岳阳记忆出众，通常一遍就能记住，只是动作不到位之处需要老人帮忙稍作调整。另外这套强身十二式须得配合呼吸口诀，初始时武岳阳很不习惯，等到练习次数增多，才逐渐熟悉过来。等他能毫无差错地演示出来的时候，老人的腿伤已渐渐好了，爷孙俩也在山洞里住了二十余日。

这二十天，前几日里，武岳阳偶有偷懒，老人也不管他，可他每天一偷懒，当夜就会大汗淋漓地醒过来，全身灼痛难当，每逢这时老人就会得意地看着他笑。这样过了三次，武岳阳便不敢再偷懒，每日都花完了力气，恨不能练到虚脱，因此半夜也再没疼醒过来。

第二十五日清晨，老人叫醒了武岳阳。

“十二式你已练熟，下山回家去吧。记得三年后的赌约，若不想赌输随我回龙虎山，这三年得勤学苦练，让身体变强，也别忘了把枪法练好。”老人收拾着行囊，一边叮嘱道。

武岳阳站在旁边，身体起落，比画着第三式“掌托天门”，说道：“哼，我敢不练吗？除非你那烈阳丹失了效。”

“别做梦了，走吧。”老人微笑道。

武岳阳对这一天充满了期待，可是这些天他和老人朝夕相处，也隐隐体会到老人的苦衷和无奈。毕竟血浓于水，临别之际，他竟深感不舍：“二爷爷，你这就回龙虎山去吗？”

“不，我还有些事要办，在蜀地还会停留一阵子。”老人抚摸着武岳阳的后脑道。

“什么事，很急吗？要不先去我们那儿住些时日吧。”武岳阳挽留道。

“这件事十分紧要，我须得尽快去办。”老人缓缓道，“且你们家未必欢迎我，好孙孙，再会吧。”老人说罢，纵身而起，大踏步向山下疾驰而去，转眼便消失不见了。

武岳阳站在山洞口，望着老人消失的方向发了片刻呆，也急匆匆地向山下跑去，他急着去县城，他也有一件紧要的事情去办。

第十一章　胡子横行

武岳阳下山来到县城，正赶上何四的车队收拾正在装车，很快就要出发。武岳阳嫌车队太慢，他归心似箭。他急匆匆地找到何四，打算借匹快马先行回去。

“那可不行，天台山早有一群棒老二住起，哪个敢独自从山下过？”何四头摇成拨浪鼓。

“棒老二？就是他们说的胡子兵吗？我怎么从没见过？就算有，我一个人快马加鞭，转眼便冲过去，等拦路劫道的出来，我早去远了。你快借我一匹吧，回去我好草好料伺候着，绝不会让它掉了膘。”武岳阳不住地央求道。

“不行不行。”何四连连摆手，将武岳阳拉进货栈里，瞪着眼睛半吓半劝道，“你老老实实在我这货栈小住两天，等四叔押完这趟车，亲自送你回去。”

“你回来还不得三两天以后？我哪能等得起！不借便是。你的车队什么时候出发？”武岳阳走到门口向外张望。

何四一把拉住他：“这趟车不是去索家岭，你莫得胡闹，乖乖在这待两天，想吃啥子跟你婶子说嘛，千万别再乱跑喽，等我回来一早送你回家。”何四神情慌张地拦住武岳阳，一边喊婆娘过来叮嘱她做些武岳阳爱吃的饭菜。

武岳阳无奈上楼去。杂役们装好了车，喊何四过去清点，何四应声而出。

武岳阳隐隐觉得有些不对头，他将窗口推开一条细缝，往下面张望，何四正和那几个杂役凑在一起低声交谈着。武岳阳猛地发现，那几个杂役竟瞅着有些眼熟，细细想来，好似前几天武岳阳搭车进县城时车上同行的那几个人。

“他们不是那几个讨论‘抗日团结会’的农夫吗？怎么换了杂役的打扮？”武岳阳暗道。他满腹狐疑下楼来，何四婶刚炒好一盘腊肉，她笑着招呼武岳阳坐下吃饭，又问他还想吃什么菜，她立即去做。

何四婶可不是大方的人，她的腊肉哪有人能随意吃了去？只因这武岳阳乃是武团长家的大少爷。根本不用她男人叮嘱，她是懂得这点眉眼高低的，哄住这娃娃，对何家肯定是有莫大好处的。

武岳阳毫不客气地抓起筷子，夹了一块腊肉就塞进嘴里，随口问道：“何四叔怎么这么晚才出发，天黑前能到固驿坝吗？他们怕是要赶夜路了。”

何四婶道：“哪是去固驿坝，他们这趟是回索家岭。”

“哦。”武岳阳不动声色道，“四婶子，我馋回锅肉了……”

“好好，我这便去做。”何四婶立即转回后厨去烧菜。

武岳阳几口吃完了一碗饭，将饭碗抓起，迅速跑上楼。他推开半扇窗，探出一只胳膊，将饭碗对准车队最前面的黄骠马头上砸去。

这一下饭碗没有砸准马头，先砸在了马脖子上，又贴着马腿跌在地上，啪的一声摔得粉碎。黄骠马登时受惊，希律律叫着高抬起一对儿前蹄，继而带着马车向前疯跑出去。

何四正躲在一旁和杂役们低声交谈，见马受惊奔跑，立即喊人前去追捕拦截。

武岳阳瞅准了空当溜下楼来，猫着腰蹿到最后一辆马车上，扒开布匹和茶叶，将身形隐藏在杂货下面。

何四一干人追回了受惊的黄骠马，大骂几句“哪个傻儿捣蛋惊惹了马，逮住可得打死”。众人骂骂咧咧地收拾妥当，便挥鞭出发了。

何四婶听见外面叫嚷，出门来看见车队已经走远了，她回屋上楼去喊武岳阳吃饭，可二楼客房里窗户半开着，屋内哪里还有武岳阳的踪迹？

武岳阳躺在柔软的棉花口袋上，枕着茶叶，身上盖着花布，不冷也不热，很是舒适。马蹄嘚嘚，车轮悠悠，武岳阳捏了一撮茶叶塞进嘴里细嚼，他想不通何四叔为什么不肯带上自己，或许是为了让自己在他货栈中多住几天，日后也好赚爹娘一个人情吧。武岳阳胡乱寻思着，打个哈欠，渐渐睡去。

没过多久，武岳阳的美梦便被一声枪响惊走。紧接着几声呼哨，四下里传出“站住”“别动”的喝斥声。车队众人立即纵马疾驰，可紧跟着前面又是一阵枪响，车队行进速度马上慢下来，继而完全停住，车马拥挤在一起。武岳阳一个激灵惊醒了，他推开面前的布匹，侧耳倾听。

“还跑！”

“再跑老子崩了你！”

“谁敢扎刺儿！”

“给我老实点，别他妈乱动！都给你们包饺子了，还往哪儿跑，妈了个巴子的！”

四周一阵叫骂呼喝声，又响起咔嚓咔嚓的子弹上膛拉枪栓的响动。车队中众人不敢应声，都脸色煞白地聚在一起。

一个粗壮的秃头汉子举起手中马鞭，示意众山匪安静下来：“谁是管事的？站出来！”他破锣般的嗓音在峡谷里响过好几个来回。

何四跳下马来，紧走几步，拱手道：“哥儿几个是天台山的英雄吧？幸会幸会，小老儿便是这车队的管家，不知英雄们有何教益？”

“你叫何四儿？”秃头汉子问道。

“正是小老儿。”何四恭恭敬敬回答道。

秃头汉子斜睨过众杂役道：“你们这趟车，拉的啥货物？”

“是茶叶和花布，还有一些粗盐。”何四示意杂役上车搬开货物给山匪看。

“别动！”秃头汉子瞪眼道，“我怎么听说你们这趟车是拉了些会喷火的铁家伙？”他使了一个眼色，十几个喽啰立即从马背上跳下，很利索地分散开去，跳上马车翻寻搜查。

喽啰们将货物翻弄个底朝天，茶叶和粗盐口袋都被刺刀挑破，白花花的盐粒和褐绿色的茶叶车上车下撒得四处都是。几个杂役欲上前阻止，何四拦住他们，以眼神示意不可妄动。

“没有，二当家的，这车上没有！”

“没有！”

“这车上也没有！”

这几辆车很快被检查完毕，喽啰们失望地大叫着跳下车来。

武岳阳藏身的马车跳上去一个瘦小的尖嘴山匪。他左右扒拉着布匹，武岳阳不敢出半点声，只顾蜷缩着身子，将自己藏在布匹和茶叶间的缝隙里，可是他钻得再深也躲不过，一时那尖嘴山匪掀开布匹，去挪武岳阳身上压着的茶叶口袋。武岳阳使劲护住，那尖嘴山匪拽了两下竟没拽动，立即大怒，撸胳膊挽袖子，叉开腿拉开了架势，非得将这个装着茶叶的口袋弄走。

武岳阳也犯了倔，胀红了脸死也不肯撒手。

“骚猴儿，你吭哧瘪肚的，生孩子哪！”秃头汉子叫骂道。

眼看武岳阳即将被翻出来，千钧一发之际，山后一阵枪响，紧接着一匹快马从山上飞奔下来。马上那人远远地高喊道：“二当家的，不好啦！中计啦！”

转眼快马来到近前，马上的喽啰滚下马来，呼哧带喘地指着山后道：“跑啦，从后面……他们过去……”

秃头汉子唰地一鞭子抽在这喽啰面前的地上，留下很深一条鞭痕，他瞪着牛眼问道：“给老子说清楚点，山上怎么了？”

那喽啰以为这鞭子要抽在自己身上，忙不迭地伸手去格挡，见鞭子抽在土里，急忙哆嗦道：“二当家的，咱们中计了，他们明修栈道暗度陈仓，他们绕道……从后山绕过去啦！”

“废物！你们吃屎长大的？大掌柜呢？”秃头汉子厉声问道。

“大掌柜派大公子带人追去了。”那喽啰道。

“快去增援！”秃头汉子一招手，拨马便行。

一个骑青马的刀疤脸男子拦住秃头汉子：“二哥，那这些人怎么办？”

秃头汉子稍作迟疑：“你带十个崽子，把他们全押回山去！”说完，再不停留，带着众喽啰，策马绕道向山后跑去。

武岳阳擦一把满头的汗水，他听到马蹄声渐远，又听到留下的山匪呵斥车队前行，胁迫着车队往山上走去。

上山的路算不上很陡，可是这些车上满是货物，一路走来很是缓慢。这几个山匪押在后面，着急回山寨喝酒，就在后面不停地催促。

武岳阳蜷缩在布匹下面，悔青了肠子。他心中暗道：“怎么这么多的波折，回个家也这么难。”他拨开面前的茶叶口袋，从缝隙中向外张望，伺机逃跑。

何四见那刀疤脸像是个头目，就凑到他近前，一路哀求，说这些货物本就不值几个钱，权且当作礼物送给天台山上的英雄们，这些赶车和押送货物的杂役都是穷苦出身，他们没见过世面，家里也都上有老下有小，就放他们回去吧。

刀疤脸懒得搭理他，被他絮叨得心烦张嘴就骂：“滚他妈犊子，你们都是‘抗日团结会’的团兵，耍了俺们天台山的老少爷们，还想蹽？”他拎起马鞭照头就向何四抽去，何四哪敢站着挨他的鞭子？这一下挨在身上，非皮开肉绽不可，他赶紧躲到马车前面去。

刀疤脸也不去追赶，只是阴着脸放下鞭子。他身边几个喽啰奉承地大笑起来。

等车队到了山寨，秃头汉子等人也刚好骑马回来。

“咋的，没撵上吗？”刀疤脸跳下马来，仰着头问。

“点子扎手，撵急了咬人。”秃头汉子道。

“狼还能让兔子咬着？”刀疤脸皱眉道。

“兔子可都带着喷子呢。”一个披着墨绿刻丝披风的妙龄女子跳下马来，气急败坏地走进大厅中去。

武岳阳侧耳细听着山匪们的黑话，突然一个似曾相识的声音传来，这脆生生的声音，让他想起在县上药铺遇到的那个姑娘。

第十二章　装死求生

“她还真是‘棒老二’？”武岳阳心中暗自嘀咕。他不敢作声，重新隐藏好身形，只在茶叶和粗盐口袋间拨开一个小孔，将眼睛凑到孔洞处向外张望。

山寨建在天台山的半山腰处，再往上车马就上不去了，因这天台山山如其名，自下而上分成三个台地，溪流顺着山势流淌下来，滋生出茂密的丛林。上山的路蜿蜒曲折，武岳阳心急如焚，如果上了山，怕是更难脱身了，可是后面的山匪跟得紧，一路的道观和佛寺，武岳阳始终也没有找到逃跑的机会。

等到了半山腰的山寨内，武岳阳更是绝望了。他从小孔中向外看到整个山寨建在一块较平坦的山坡上，四周以削尖的山竹和木桩筑成厚厚的围墙，围墙每隔几十步就有一座石块砌成的岗哨，上面有持枪的喽啰把守，而上山途中的各处道观佛寺和险要高地也都有山匪巡视。

山寨内屋舍、草棚众多，建筑成门字形分三排连在一起，环抱着大围院，西侧是木板、竹排搭建起来的马厩和粮仓，东侧是由砖瓦盖建的小屋，当中是一排既非庙宇又非居住用的长形瓦屋，屋檐上挂着一块黑色横匾，上书“官房”二字，很有些衙门的气派。

武岳阳曾听同学讲过，这天台山上有雷音寺、和尚衙门、第一禅林等多处景点，也曾想到此游玩一番，不想今日却是以这种形式游览。武岳阳正贼头贼脑地偷窥着，先前那女子从“官房”大厅中走出来，后面跟着一个腰杆笔挺的中年男人，此人浓眉大眼，短发短须，一个硕大的脑袋杵在水桶般粗壮的肩膀上。更怪异的是此人还穿着一身军装，腰间别着盒子炮，脚上踩着齐膝长筒黑皮靴。

大头男人大步迈到围院里，穿过人群，走到一副担架近旁，蹲下身来细细察看。担架上的山匪喽啰早已气绝多时，身体变得僵硬冰冷，胸口流出的血也都凝结成了黏块。大头男人拉过遮尸布，掩盖住尸体的头脸。

大头男人走到大厅门口的台阶上，虎着脸从左到右逐个扫视着众山匪。他两腿微微岔开，脚同肩宽，清了清嗓子，然后盯着秃头汉子，一字一顿地道：“谢老二啊谢老二，你连这点小事都办不好！”

“大掌柜的，是我办事不利。”秃头汉子谢老二咬牙道，从旁边刀疤脸手里夺过歪把子[1]，闷着头就往外走。

“你干啥去？”大头男人瞪眼喊道。

“咱们天台山丢不起这个人，这场子得找回来，我去追他们！”谢老二回头嚷道，脚步却毫不停歇走向马厩。

刀疤脸和几个喽啰上前阻止，被谢老二一把推开，他跨上马，挥鞭下山。

大头男人一话不说，冷冷地看着谢老二上马去，他从腰间抽出盒子炮，枪口对准了谢老二的后背。

“二哥！快回来！”

“大掌柜的，可使不得啊！”

“爹……”

山上众匪见谢老二立即便会丧命于大掌柜的枪下，齐齐出声阻止。

大头男人好似没有听到一般，枪口一抬，砰的一声枪响。

山上众匪枪法都很准，可是他们的枪法大半都是大掌柜教出来的。大掌柜行伍出身，在石友三[2]身旁做了十几年的警卫长，枪法出神入化，百米外射击袁大头般大小的银圆，十不失一。众匪听到枪响，顿时心凉，暗道：“完了，二掌柜的活不了了。”

等众匪扭头看时，只见山门口悬挂的大红灯笼随枪声坠落下来，正巧落在山门当中。谢老二座下马受惊收势不住，斜着摔倒出去，谢老二在空中翻了一个跟头落地，又在地上踉跄着跑出好几步才勉强没有摔倒。

谢老二回头见众匪望着他，大掌柜的垂臂而立，手里攥着枪。谢老二回转身来，看那马一腿摔伤，露出白色的骨茬，不断嘶鸣挣扎着却站立不起。他啐了一口唾沫，低声咒骂几句，垂头丧气地返回到围院当中。

---

[1] 大正十一式轻机枪，日本在第二次世界大战中广泛使用。枪托为了便于瞄准而向右弯曲，所以在中国俗称歪把子机枪。

[2] 军阀，被称为倒戈将军。

大头男人长叹一口气，打破沉默，他说道：“翅膀都硬了是不是？我还不能说你们了？”

谢老二挠挠额头，道：“大掌柜的，我是受气不过，打猎的被猎物耍了，这口气我咽不下！”

“咽不下也得咽！你要真追了去，追不上倒好，追上去挨飞子吃吗？”大头男人将盒子炮插回腰间，“这件事也怨我，这趟买卖不该这么完全放手让你们去做，我大意了。”大头男人自然就是这天台山上的山匪首领了，他姓姚，因脑袋大了别人一圈，就得了个“姚大脑袋”的名头。他口中所说的“飞子”是东北土匪的黑话，暗指子弹。东北土匪又称胡子或绺子，行事有很多讲究，说话更是包含诸多暗语和黑话，姚大脑袋一伙土匪多半由败兵流寇中途落草，又离开故土逃窜至蜀地讨生活，因此规矩大多流失作废，言语间也失去了纯正的东北味，变得半黑不黑。

“掌柜的，不是咱们大意，是他们耍了花招。况且咱们还没输，现在兄弟们去追，还能追得上，刚才没敢追是因为事发突然，咱们没带几把喷子，不敌他们的火力，现在大伙都抄家伙去，洗了他们！”谢老二脖子上青筋暴起，嚷着破锣嗓道。

“别意气用事了，放过天台山的地利优势我们不用，跑到人家的地盘上去拼杀，这是兵家大忌！我姚金山不会走这步棋。”天台山大掌柜大头男人道。

“那咱们这次就认瘪了？”刀疤脸先看看谢老二，又看看大掌柜姚大脑袋，不咸不淡地道。

姚大脑袋冷哼道：“吃江湖饭，就得按江湖的规矩办事。咱们自己失策，被耍也怨不得别人，没拿着正点子反而扣人，传出去怕老祖宗的脸也给丢净了。”

何四一伙听到山大王这般说，以为他会放了众人，不免喜上眉梢。哪知姚大脑袋话锋一转，他咬牙叫道：“可是今日一个我也不放！全他妈给我扔水牢里去！”

“你们做啥子？”

“快放了我们！”

“谁敢过来！”

“干吗关我们？”

杂役们相互靠拢聚成一团，撸胳膊挽袖子做困兽之斗。

“车上的货物都归了你们，还抓我们有什么用处？放我们下山吧。”何四向前走两步，冲姚大脑袋拱手作揖道。

姚大脑袋怒骂道：“放你大爷！崩了俺们兄弟，你们还想囫囵着下山？玩横的，你们差远了！押走！”

众山匪呼喝推搡着何四一伙人进水牢去。

“花舌子付喜躺了，先给他操办后事吧，忠义堂别忘为他留个牌位。”姚大脑袋神情黯淡，对近旁的一个五十多岁的枯瘦老者道，“葛师爷，这事烦劳你了。”

葛师爷点头答应道：“包在我身上。”

姚大脑袋又道：“大伙儿先去填肚子吧，天黑来忠义堂说事儿。”

众匪依言退去。

武岳阳蜷缩在布匹和茶叶下，腿脚伸展不开，短时间尚能忍受，可一直躲在车上，不敢稍动，把他憋闷得难受至极，只盼着天黑人去好尽快偷逃下山。

姚大脑袋留下粮台管事和账房先生将车上货物清点入库，武岳阳随车被拉入粮草库房，他从缝隙里向外偷看，库房里除了他只有四个山匪。一个油面大腹汉子，武岳阳听到先前姚大脑袋和他说话，知道他是这粮草库房的管事，另一个端着本子写写画画的白净面皮的教书先生样的中年人，想必是管账目的账房先生。剩下两个搬运码放货物的少年和武岳阳年纪相仿，定是山上群匪中地位最低的喽啰了。

武岳阳琢磨着，下山的路必定万分惊险，硬闯是肯定不行的，山上布满了岗哨，若想下山去，只能待到夜深人静，依靠山石草木遮挡，偷偷潜逃出去。可眼下山匪清点货物，马上就要搜查到武岳阳藏身的马车。武岳阳打定注意，等到喽啰靠近，要抓住时机，在四人还没反应过来之前就得解决掉他们，否则即便有一人呼喊出声，引来了众匪，就再也别想逃下山去了。

这时候武岳阳有些后悔前些日子没有央求二爷爷灰袍老人学那逃跑的本领，自己若求他，他一准百倍欢喜地来教自己，今日逃跑也会多个选择。

武岳阳正胡乱寻思着，先前那瘦小的尖嘴喽啰跳上他藏身的马车来，抓起一口袋茶叶递下车去。武岳阳灵机一动，想起一个能将四匪召集过来的办法——他决定装死。

尖嘴喽啰懒洋洋地抓起一卷布匹，扭身扔到车下，另一名大圆脸小眼睛的喽啰接过去，骂道："骚猴儿你想砸死我，轻点儿！"

武岳阳瞅着骚猴儿连连扔下去五六捆布匹，眼瞅着自己要显露出来，连忙眯缝了眼，一动不动缩成一团。

"花布在哪儿？我要挑几捆花布回去给喜子缝件寿衣。"随着清脆的声音，武岳阳在药铺中遇到的那个俏姑娘走进库房来。

骚猴儿拎起武岳阳身上的两袋茶叶，扭头看那姑娘，浑没看见脚下正躺着一个装死的家伙。

"哟，大公子来啦。你看看，你喊一声，我直接送去多好，还劳烦你亲自跑一趟？"肥圆的库房管事谄笑道。

"怕你挑的花色不对，布放在哪儿？"姑娘左右扫视。

"就在骚猴儿那边。"库房管事抬手指道，他见骚猴儿拎着两袋茶叶站在车上，正目不转睛地看着那姑娘，便高声骂道，"看啥看！再偷懒晚上别想有饼子啃！这是第三十几袋来着？"

骚猴儿忙不迭地放下这两袋茶叶，答道："三十三。"

武岳阳本来做好了装死的打算，可从这姑娘进库房来他就知道，这个装死的计划是要泡汤了，快速收拾四个山匪已经有些痴心妄想，要是还打算瞬间制伏五六个人，那就无异于白日做梦了。于是他毫不犹豫，突然暴起，一把将还未回过头来的骚猴儿推下车去，紧跟他身后跃下，几步迈到迎面走来的那姑娘身旁。武岳阳一把勒住那姑娘的脖子，装出恶狠狠的架势道："都别乱动，不然我勒死她！"武岳阳四处张望，他喘着粗气又问道："怎么少了一个？你们的大公子呢？快出来！"

肥圆的库房管事和端着本子的账房先生神情古怪地对视一眼，什么也没说，倒是武岳阳擒在怀中的人质说了话："我就是大公子。"

第十三章　巾帼不让须眉

武岳阳哪里肯信，他懒得和一个女子理论，作势收紧了胳膊：“闭嘴！”他压低了声音道，又冲四个男匪低喝：“快喊你们大公子出来！否则我掐死她！”

两个小喽啰看库房管事和账房先生一眼，等他们主事发号施令。可库房管事咧着嘴，笑眯眯地向旁边走两步，撩起马褂后摆一屁股坐到木箱上。账房先生见他一副看热闹的模样，摇摇头放下本子，看着武岳阳道：“她没诓你，她真是大公子。”

武岳阳有些发蒙，怀里这姑娘虽然蛮横些，可确是女人无疑，“大公子”的称呼是什么道理？女子身形削瘦挺拔，头上挽着堕马髻，身上隐隐传出一股子胭脂香味。武岳阳歪头皱着眉打量怀中之人，正巧女子回转头来，她面似寒冰，瞪着武岳阳道：“你搂够了吗？”

这个关头武岳阳哪里还顾得上避男女之嫌，他收紧了胳膊，推女子向外走，一边低喝：“快让开！别搭上她的小命！”武岳阳指望着以女子为人质，去马厩抢一匹马，携女子冲下山去。哪想到怀中女子突然右臂发力，一肘击中武岳阳腹部。武岳阳只感到一阵气闷，顿时痛苦地捂着肚子蹲下身去。

“你就这么点能耐？”女子回转身来，叉腰揶揄道。

武岳阳怒火中烧，他艰难地呼吸着，不等气息调匀，猛抢上前去，也不抬头，像狗熊一般双臂合拢去抱那女子。两人相距很近，女子猝不及防，被武岳阳一把抱住。武岳阳抱过那女子便给她来了个过肩摔，这是他在学校体育课上学到的招数。体育课的武术操练分为摔跤、拳脚、棍术、剑术四科，武岳阳均无所长，只因在摔跤的分组对练时曾摔断了同学的胳膊而记住了这一招。

因自己心软，不忍用力伤了她，她却利用自己的善良使阴招偷袭。武岳阳这时候可不管什么“好男不和女斗”，也忘记了惜香怜玉，他只记得摔跤老师的动手真言：君子不动手，动手不留情。

武岳阳咬着牙，打算给那姑娘来下重的，可最后关头他眼前忽地闪过同学被他摔断胳膊时的痛苦模样，便不由自主地收了些力。那女子借武岳阳的力一个跟头翻过去，又顺势扳住他肩头下按，武岳阳噗地跌倒，仰着摔在地上。因为这一招旨在摔肩上之敌，所以摔人者腰身前弓，以肩着地，这样才能摔到肩上的被摔之人。武岳阳临阵犹豫，变招不及，加上那女子一按，这一下后背连着脑袋重重砸在地上，只摔得七荤八素、眼冒金星。

身上的伤痛倒还能忍受，接连着被戏耍让武岳阳气恼非常。他简直被气炸了肺，自打在县城遇到这个女子，他就屡居下风，如果真刀真枪实打实地败给她，那也认了，可如今因自己留手而受她暗算，这让他有种重拳打在棉花上的无力感和憋屈感，他目眦欲裂，“啊”地大喊一声爬起身来，玩儿命似的流水价挥拳照那女子搂头便打，完全没了章法，也完全没了男子汉的气度。

那女子莲步轻移，微微向后退出两步，乍退猛进，她侧身向前，一个腿绊子干净利落地将武岳阳放倒。

武岳阳皮筋一般立即爬起，他心里暗骂一声：“怎么回事？老子还不信了！”又蹿上去拳脚相向。哪知那姑娘左一躲右一闪，同样一个腿绊子再次将武岳阳勾倒。

“我有些好奇，你们团结会都这么脓包吗？”女子接连着放倒武岳阳，她以为武岳阳是何四一伙的抗日团结会成员，忍不住蔑视道。因为有传言说邛崃县城附近的几个村庄组成的这个抗日团结会，以索家岭为营地，已经招收了不少村民，编制几近千人，而且近日流传出团结会去县里团部搞出来一批枪支弹药的消息，还有更坏的消息——抗日团结会武装过后首先要来攻打天台山。因此天台山上众匪广布眼线，将消息打探清楚，得知抗日团结会这天要运送很大一批军火从县里回索家岭，中途恰好经过天台山山下，众匪便决定劫了这趟车。可不想团结会竟耍了一个花招，车队一分为二，明着运送布匹、茶叶和粗盐吸引注意，暗地里绕道青草坡，从天台山后绕过。山上众匪中计，又搭上了一个兄弟的性命，正寻晦气无处发泄，武岳阳撞上门来，吃顿苦头是免不了的了。

“你还是自己乖乖地去地牢吧，免得吃更多的苦头。”账房先生好心相劝。

围院里有人听到库房这边的响动，纷纷聚拢过来，当见到是姚大公子在教训一个小家伙，全都喜笑颜开地抱着膀子看戏，更有爱热闹的高声呼叫更多的山匪过来一起观看，很快库房门口聚拢满了大呼小叫的山匪。

武岳阳这时已经没了逃跑的念头，他只觉得丢人丢到了家，身为男子汉，连个弱女子都打不赢，还有什么脸面活着？周遭看戏一般站满了叫嚷起哄的山匪。武岳阳喘着粗气再次爬起，他恨不得立刻扑上去揍扁那女子，可他被几次三番绊倒，对那女子的腿绊子有些忌惮。武岳阳犹豫片刻，岔开两腿，稳步向前，打算冷不防凑上前去跟那女子近身肉搏，不给她腿绊施展的空间。

那女子瞧武岳阳的神情，已猜到他的小心思，当下站定，并不后退，等武岳阳近身来。武岳阳见她托大，心中暗喜，两腿猛地发力，揉身扑上去。眼见那女子要被武岳阳扑住，武岳阳嘴角已咧嘴邪笑，那知女子迎上来推开武岳阳双臂，侧身抬膝，膝盖正顶在武岳阳小腹上。武岳阳“呃”地惨叫一声，再次捂着肚子倒下。

“好！”

“大公子好身手！”

“漂亮！”

众匪不住地叫好，只有那账房先生不住地劝二人休战。

那姑娘听到赞赏，脸上略带得意之色，像个骄傲的公主一样趾高气扬地站在武岳阳近旁。武岳阳很想再给她来次偷袭，可他稍动，那女子就机警地后退一步，有意拉开和他的距离。偷袭不成，武岳阳索性多躺片刻，挨了半天的揍，他知道不耍奸使诈很难斗过此女子，他试图调匀了气息再跟她较量。

那女子戏耍够了武岳阳，轻拍身上灰尘，招呼喽啰道:“押他去水牢！”

立即有喽啰答应着拿绳索过来捆绑武岳阳。武岳阳赶紧起身，高叫道:“还没打完！你怕我了吗？”

“哟呵，又站起来了嘿。”

“哈哈，不孬！”

“小崽子骨头挺硬哪。”

众匪嬉笑道。

那女子回转身来，娇笑道:“我姚青可没怕过谁，你跟大伙儿说说，你有什么让我怕的？”

“说说，你有啥让大公子怕的？”

“你敢掏出来吗？”

“这小子要是有这胆子，咱们大公子保准认输，哈哈……”

众匪有意曲解姚青的话，臊得她满脸通红，姚青急忙呵斥：“别胡说！闭嘴！都闭嘴！”姚青虽从小在匪窝长大，见识惯了匪类强盗的粗话陋语，可女人毕竟不比粗野汉子，并不能完全对这些荤味儿段子完全免疫，她这时候面庞发热，只想着速速离开。

武岳阳只顾耍他的小心思，他咳嗽一声，说道：“你敢不用腿绊儿吗？咱们再比试一回！”

众匪或拊掌叫嚷，或捧腹大笑，均嘲笑武岳阳比画拳脚还提条件，以为这是小孩子过家家吗？

武岳阳摩拳擦掌等对方答应，哪知姚青冷冷道：“懒得搭理你。”说罢，分开人群就走出去。

武岳阳哪里肯罢休，跳起来直追上去。喽啰挡上前来，一把将他按倒，双手反缚背后，绑得结结实实，又将他拎起，向后院水牢押去。武岳阳犹自大骂不绝：“你这阴险的男人婆！只会那一招扫堂腿，有什么了不起？你放开我，咱们再来比过，看我不摔扁你！你名字倒是没起错，姚青？妖精！蛇精！缩头乌龟！下三烂！”

天台山上从未发生过如此有趣的事情，竟然有人敢骂大公子！喽啰们知道武岳阳怕是活不长远了，也不去管他，任他叫骂。

姚青并未走远，听到武岳阳不住地大声叫骂，登时气恼，柳眉倒竖，凤眼圆睁，回身追上去就要教训武岳阳。账房先生正拿了一匹白布要给姚青送去，见姚青杀气腾腾地追向武岳阳，急忙上前来拦住姚青。他是个老好人，最不喜打打杀杀，总是摇头晃头地以“之乎者也”劝众匪要心怀仁义。这土匪胡子本来就干的是杀人越货的勾当，讲仁义道德的地方怕是不多，若不是因这山上无人精于文书和算数，谁会留他在山上吃白食？

“大公子，你跟他一个娃娃较什么真？大人不计小人过，得饶人处且饶人。你快将这布拿回去，给花舌子付喜缝身行头要紧！死者为大。”账房先生递过白布劝阻道。

姚青本不欲听他啰唆，见他搬出死人来，不忍让死人等衣服穿，当下强忍着压住怒气，伸手接过白布，低身自语道：“就饶他这一回。”

可是武岳阳不知深浅的叫骂又不合时宜地传过来："妖精！你也配叫大公子？爷爷才是大公子，你这个冒牌货！你等着爷爷和你算账！"

听到这句话，姚青一把将白布摔在地上，她推开账房先生，从马车上抄起一根马鞭，噔噔噔向后院跑去。

第十四章　大堂议事

武岳阳被推进水牢中去，和何四一伙关在一处。

水牢里并没有水，牢房当中是一个干涸的水池，池底是并排拢在一起的山竹。何四一伙人本聚在一圈小声嘀咕着什么，见又有人被关进来，便暂时停止了谈论。

武岳阳被押送他的喽啰一个跟头推倒在山竹上，那喽啰哐当一声锁了牢门。武岳阳翻起身来，见牢中众人正盯着他。

“看什么看？我干吗要跟在你们车上，倒霉催的！”武岳阳气急败坏地转过身，让何四帮他解开反绑在身后的绳子。

“你咋个藏到车上的嘛？告诉你等我回去你娃偏不听！”何四替他解开绳索，皱着眉问道。

“轻点儿轻点儿……”武岳阳嚷着抖落绳索。他揉着手腕抬起头来，正看见姚青拎着马鞭气冲冲地直奔水牢而来，便扑到牢门上，大叫道：“妖精！你放我出去！”

姚青铁青着脸，更不答话，唰的一鞭照武岳阳抽去。武岳阳立即缩手后躲，鞭子“啪”的一声脆响抽在栏杆上。武岳阳哪敢站在门口挨她鞭子，后退两步，却又不肯退得太远，提防姚青靠近栏杆伸手进来抽自己。他不远不近地站在门口两步远近，打算一旦姚青伸手进来，他就上去抢夺鞭子。

“骚猴儿！站住！钥匙拿来！”姚青顿足道。

“关押这些团结会的团兵可是大掌柜的命令，他们杀了山上的兄弟，跑不了是要陪葬的，这些团兵难逃一死，何必节外生枝？”那黑瘦的喽啰心里暗道。可他不敢将这些话说与姚青，他深知大公子的脾气，一准没等他啰唆完，皮鞭就会搂头抽下。他担心若是依了大公子打开牢门，万一出了什么事端，那罪过可不是自己能担起的。他想着多一事不如少一事，于是攥紧了钥匙，只当没听见，不但没有停下，脚上反而加快了步子。

姚青见小喽啰低着头逃跑般地溜走了，怒火更炽，挥舞起马鞭，左一鞭右一鞭地抽打牢门，只抽得木屑横飞。

武岳阳虽然顽劣，可也知道轻重缓急，这时候他可不敢再出声撩拨姚青。他悄悄地钻到何四一伙人后头，从缝隙中向外张望，马鞭每抽在木栏上他都禁不住打个哆嗦。

有山匪来后院招呼众匪去大堂议事，见到姚青正在以马鞭抽打牢门，几个山上弟兄则灰溜溜地蹿出后院，他也不敢上前来通知她，堆了满脸的笑远远道："大公子，大公子，掌柜的喊大伙去大堂议事了。"

姚青收了手，呼呼喘着粗气，回身看向那喊话的山匪。那山匪见她刀子似的目光，不敢触她霉头，立即低声道："我去喊别的兄弟……"脚底抹油般溜了出去。

天色已黑，山寨上各处燃起火把照明，前院衙门似的"官房"门口更是燃起了成堆的篝火，照得四下里亮如白昼。

"等着回来割了你的舌头！"姚青将马鞭摔在牢门上，怒气冲冲地出后院去。

武岳阳到牢门口探身捡起马鞭，把玩了片刻又扔在地上。他扒着牢门，向外张望着黑漆漆的夜，暗问自己："当初为什么非得猴急猴急地赶着回家去？更为什么不开眼地藏到何四的车队上，以致巴巴地主动给山匪送上门来？"他这时悔青了肠子，懊恼地摇晃、踢踹着牢门，无奈牢门以腿粗的杉木打造，纹丝不动。

"歇歇吧娃娃，莫得使尽了力气，一会儿要肚饿哟。"有人劝道。

那人的提醒勾起了武岳阳的饥渴感，他无力地瘫靠在牢门上，触碰到被姚青摔得红肿的后肩，立即倒吸一口冷气，咬着牙换了姿势躺下，只感到身上没有一处不疼，心里又将"妖精"骂了无数遍。

何四一伙人聚到里面商议着脱困的办法，他们担心武岳阳听到，压低了嗓子小声嘀咕。武岳阳从之前他们和山匪的对话中猜出他们或许就是那"抗日团结会"的团兵，他不满道："大家都被关在这地牢里，谁也逃不出去，你们遮掩个什么？放开了嗓子说吧，我不听就是。"说罢，侧转过身，捂着耳朵看着外面的黑夜，手上却并未用力，有意探听众人所商议之事。何四一伙人瞅他一眼，仍旧小声嘀咕。

山寨前院议事的“官房”里聚满了山匪，大厅内如衙门升堂般夹道对摆着两排座椅，这时均已坐满了人，有座椅的山匪明显是这山寨上地位较高的头目。座椅后边则站着一众喽啰，正各自吵闹着。大厅中间南墙的梁下高悬着“忠义堂”的黑底金字牌匾，牌匾下方虎皮座椅上姚大脑袋阴沉着脸，扫一眼堂中众匪，见人到齐了，便清了清嗓子咳嗽一声。众匪知道掌柜的要说话了，很快静下来。

“都别扯犊子了，说说，今儿个这事咋办？”姚大脑袋直入主题。

谢老二破锣般的嗓音回复道：“大哥，咱们干脆平了他们团结会得了，也不用等，今晚就挺好，先把水牢里那些不开眼的秧子插了（土匪黑话，指用刀杀掉何四一伙人），给花舌头喜子祭灵！”

“好！”

“就这么办！”

立即有山匪喽啰叫喊着响应。

“谢老二啊，你老是这么粗暴冲动，这哪行？团结会那伙人刚得了武器弹药，咱们要是在他们得到喷子之前出手倒也行，现在武器不占优势，人手上更不占优势，有的拼吗？”姚大脑袋数落道。

“我早就说要先下手为强，你们倒是听我的算……”谢老二低头轻声念叨道。

谢老二对面坐着的枯瘦老者葛师爷怕两人伤了和气，急忙调解道：“咱们不是说过吗，师出无名的买卖可不能做，这是咱们山上的规矩。过去的事提它干什么？这次是他们团结会先不讲道义，咱们是该给他们点苦头尝尝，可硬碰硬的强攻确是不妥。”

“我看倒没什么不妥的，趁黑摸上去，先占据了要地埋伏好，然后顺风放一把火，乱枪也扫平他们了。”刀疤脸和谢老二是发小，自幼光着屁股一块长大，说话办事自然维护着谢老二。

“伤敌一千，自损八百。咱们的目的是得到武器弹药，可不是为了跟他们团结会拼命。若能和和气气让团结会交出这批货来，何必动武啊？以和为贵，以和为贵。”库房管事笑着做和事佬。

谢老二重重拍了一下座椅把手，沉声道：“他们用喷子点了咱们的兄弟，这事儿和得了吗？咱们兄弟的仇，不报了？”

“报仇！”

“扫平团结会！”

众山匪喽啰又挥臂齐声喊道。

“这个这个，我不是这个意思……”库房管事连连摆手解释，“大动干戈，对咱们未必有利。”

“别吵了！”姚大脑袋不耐烦地阻止道。他扭头询问葛师爷，“师爷，你说咋整？”

葛师爷长叹一口气，说道：“武取为下策，不到万不得已不可为之。先礼后兵，咱们先文取吧。”

“怎么文取？”众匪一齐问道。

“他们的人可押在咱们手里呢，自然是以货换人。只要他们乖乖交出今日这批枪支弹药和打中喜子的凶手，咱们立即放人。否则，后果让他们自己掂量。”葛师爷捻须道。

“可是喜子被他们点了，谁去说票？”刀疤脸问道。

“我去我去。”立即有人应声。这传话捎信的差事，土匪黑话称其为花舌子，不仅在山上地位较高，分钱时也能多得一些，且每次去说票的时候，更都能从人质家属处捞得一些油水，是土匪窝里难得的一份美差。

应声的是喜子的姑表弟顺子，兄弟俩原本出自贫农世家，祖祖辈辈背朝青天面向黄土，到了两兄弟这一辈儿家风突变，他们好吃懒做，从小偷鸡摸狗，早早就染上吃喝嫖赌的恶习。两人气死了家中长辈，败光了房屋田地，正为生计发愁之时，遇到溃兵问路，仗着嘴甜便借机混进行伍，跟着军阀胡乱打了几年仗，本事没长一点，只混成了老兵油子，更机缘巧合跟姚大脑袋进了四川，霸占住天台山，从溃兵过渡到流寇，最后发展为山匪。

顺子平时便眼红虎哥喜子独占美差，见他总能搜刮到额外的银洋，每逢聚赌或饮酒耍乐时总能掏出更多的本钱，这份嫉妒时日长久逐渐积累。喜子被流弹打死，顺子不但没有感到悲伤难过，心中反而一阵窃喜，他听到说票传信的差事，唯恐好事旁落，赶紧抢着应承下来。

“你可知道说票的规矩吗？”葛师爷正色问道。

“俺跟大掌柜的走南闯北这么些年，也颇见识过一些事情，山上的规矩，更是牢牢熟记。说票其实就是传话给秧子家里，‘望闻问切’，看准点子，说软的要横的见机行事，这些我全都清楚。”顺子眨巴着三角眼，煞有介事道。

“这次是去团结会说票，可不是挨个到秧子家里，你可得分清差别。要不我把说辞写好，你捎过去吧。”葛师爷有些不放心地提醒道。

不等顺子说话，谢老二就反驳道：“有什么不放心的？我们扣着他们团结会这么多人，我就不信他们还敢乱来。”

姚大脑袋看看众匪，皱眉道：“事关紧要，这事可不能再出差错了。”

“放心吧大掌柜的，明天天一放亮我就下山，这趟买卖我指定做成它！”顺子拍胸保证道。

“既然要起早，你先回去早点歇着吧。”姚大脑袋吩咐道，“这事先这么着吧，大伙都回去歇了吧。”

顺子见接下了此事，心中欢喜，兴冲冲地答应着出大堂去。众匪也渐次走出忠义堂，大堂中只剩下这几个主事的头目。

“我还是觉着顺子办事不踏实，我看，咱们还是找个人跟着他吧。”葛师爷建议道。

“你老总怕什么，大不了就干。咱们刀枪火海滚出来的，还怕了他们那些新兵蛋子？”谢老二满脸的不悦。

“还是谨慎点好。”姚大脑袋招招手，姚青走过来。姚大脑袋继续道：“青儿，你明天跟着顺子下山去，不必贴太近，远远跟着就是，发现有什么不对头的事立即回来通报。”

姚青刚要答应，院外突然传出凄厉的惨叫声。几人匆匆跑出大堂，见到众匪正向后院水牢跑去，想必那惨叫声从后院水牢传出。

“快去看看！”姚大脑袋隐隐觉得有坏事发生。

第十五章　囚困水牢

众匪齐聚后院，围拢到水牢门口。透过火把照亮的栅栏缝隙看进去，武岳阳正在水牢当中干涸的池子里痛苦地打滚。他胡乱捶打蹬踢着，不时发出阵阵哀号。

何四一伙人全都茫然地站在水池外，他们原本好好地聚在一起低声谈事，武岳阳躺在门口睡熟。哪知这小子前一刻还呼呼地打着呼噜，后一刻突然猛地惊醒过来，如服了穿肠毒药般又踢又蹬。何四以为武岳阳中了梦魇，打算将他按住唤醒，可没想到他力气大得出奇，三四个汉子竟按他不住，倒险些被他乱抓乱踢伤到。众人无奈，不敢再上前来，只好任由武岳阳自己发作。

“他这是害了失心疯吗？”刀疤脸阴沉地问。

何四等人没有作声。

姚青挤到前面来，见武岳阳在地上夸张地翻滚惨叫，怒道：“你这小滑头，又使诈吗？把牢门打开，我看他能耍什么幺蛾子！”

骚猴儿见头目们都在，不怕姚青惹出祸来，就从腰间摘下钥匙，去开牢门上的链锁。姚大脑袋伸出手来阻止，他向水牢内打量了几眼，看不似有什么阴谋，这才让骚猴儿去开门。

武岳阳心跳加快、青筋凸起，血液仿佛被点燃了一般，筋骨肌肉都要炸裂开来，周身没有一处不感到燥热发胀，火烧火燎地难受。他乱翻乱滚，脑门撞在水池边沿上，头脑登时清醒起来，他想起这准是烈阳丹发作的缘故，心里又将二爷爷灰袍老人暗骂了一遍。

姚青进水牢来，拾起地上的马鞭，就要给武岳阳点颜色瞧瞧，可这时借着火光她才看到武岳阳满脸赤红，大汗淋漓。他衣衫尽湿，沾满了灰土，这绝不是装出来的。

姚青急道：“你们快来看，他是不是中毒了……”

话音未落，武岳阳一个鲤鱼打挺站起身来。姚青暗道：“中计！”抬腿就朝武岳阳胸口踢去。

武岳阳只想尽快打完那十二式怪招，免得周身剧痛，哪里顾得上躲避？这一脚结结实实踢在他的胸口上。姚青没想到武岳阳竟然丝毫也不躲避，等想起收脚已经来不及，只感到这一脚踢得结实，震得她脚腕发麻，可武岳阳仅微微向后退了半步。姚青诧异地大睁着眼，皱着眉打量武岳阳胸口是不是塞了防护的挡板或护心镜之类的玩意儿。

武岳阳没想到“妖精”这一脚竟没踹倒自己，胸口也并未感觉疼痛气闷，他思索间，手上稍有迟缓，气血一滞，周身立即一阵灼痛。他不敢再分心，当下按照二爷爷灰袍老人传授的十二式，一招一式地演练下来。

“青儿，出来！”姚大脑袋叫道。

姚青见武岳阳没有还手，不好再上去缠斗，依言退出水牢来。武岳阳默念着呼吸吐纳的口诀，将十二式练了一遍，身上的灼痛感减轻许多。他不敢停歇，强忍着饥渴劳累和疼痛，又一遍遍演练下去。

“神道道的，有毛病。”姚青摔上牢门，气呼呼地走了。

“嘿！嘿！嘿！真有意思嘿，这小鸡巴跑这儿跳上大神儿了。”

“哎，小心！这招容易把卵蛋抻着。”

“你们看你们看，霸王扛鼎！这小子是个淫门高手啊！哈哈……”

众匪荤话连篇，看耍猴般对着武岳阳指指点点笑骂着。

武岳阳臊得满脸通红，却不敢分神顶撞。

“都散了吧，早点歇了，守夜的崽子们招子放亮些！”姚大脑袋挥手遣散众匪，又叫过那精瘦的喽啰，“骚猴儿，给他们整些干粮啃。”

“好嘞。”骚猴儿答应着给牢门上了锁，跑去前院端过来一筐苞谷饼子。

何四一伙人挤到牢门口抢饼子吃。武岳阳不敢半途而废，打算练完这一遍再吃东西。他闻着饼香味，吞了几次口水，终于忍住没有挪步。

“别装了，快来吃吧，一会儿没有了！”有人好心喊道。

武岳阳匆匆打完最后一式，跑到牢门口，竹筐见底，已经没有半块饼子了。

“你们……你们好歹给我留半块啊！”武岳阳又气又恼，悔不该多等片刻，以致挨饿。他起脚探出牢门，将竹筐踢得老远。

“哎，你个小王八羔子，反了你了！”骚猴儿捡起竹筐骂道。

众人闷头各自啃着饼子，何四招手叫武岳阳过去，从袖口掏出一大块饼子递给他：“快吃吧，莫气，这算啥子哟。被这些棒棒抓山上来，有苦头在后面。”

武岳阳感激地接过饼子大口啃食，他从未觉得苞谷饼子竟然这么好吃，也从未觉得何四叔竟这么可爱可敬。

“慢些吃，小心噎着。”何四叔细心劝道。

武岳阳饿得紧，大口吞咽，果真噎得直翻白眼。他扑到牢门上叫道：“噎死人了，快挑桶水来吧！”

“水你奶奶个爪儿！”骚猴儿抡筐向武岳阳砸来，武岳阳退步躲闪，竹筐“嘭”的一声砸在牢门木杆上。骚猴儿扔了竹筐，一手叉腰，一手指着武岳阳大骂：“大当家的让给你们送些干粮啃，可没说给你们挑水喝。有东西吃就不错了，别他妈不知足！又要茶又要水的，你喊三孙子呢？小狗卵子。”

没来由地挨顿骂，武岳阳简直气炸了肺，他拍着牢门道：“挑些水来，又不会累死你，你凶个什么！”

“明儿个就把你们剁了来给俺们兄弟祭灵！还要喝水，喝个屁吧。”骚猴儿将竹筐踢到一旁，“告诉你！再耍羊角风骗爷爷，割了你小牛儿插你屁眼里！”他拎着钥匙，骂骂咧咧地出院去。

“真是……真是……”武岳阳指着骚猴儿走远的背影，憋了半天，挤出一个词来，“浑蛋至极！”

何四从怀里掏出一个水囊来，递给武岳阳：“省着喝，就这么多了。”

武岳阳接过水囊，本打算少喝一些，可仰起头来，还是一口喝净。他不好意思地将空水囊归还给何四：“就只剩一口水嘛。”

何四接过水囊塞进怀里，他身后一个黄脸汉子凑过身来，问武岳阳道：“娃子，你刚比画的是啥子哟？是少林拳吗？”

武岳阳意兴阑珊地叹口气，四下里打量着水牢，说道：“我胡乱比画的，哪是什么少林拳。咱们还是瞧瞧怎么逃出去吧。”

“逃？哪那么容易，莫说这地牢筑得结实，牢门紧锁，就是现下这儿是一片空地，你又敢闯出去吗？那些岗哨里值守的棒棒喽啰，可都端着上膛的枪呢。”

“哼，不说这个倒好。说到这儿我可要埋怨你们团结会了。”武岳阳掸落身上的灰土道。

“怎么？”何四一干人等一齐扭头看向武岳阳。

“听山匪的意思是你们兵分两路，明地里运送花布和茶叶等货物，暗地里是运送枪支，结果计谋得逞，将枪支经天台山下顺利运回索家岭。对不对？”武岳阳抠着鼻孔道。

“那又怎么样？”先前的黄脸汉子正色问。

“这步棋原本好好的，可是后来怎么走成臭棋了？”武岳阳道。

“臭棋？”何四道。

“是啊，很臭！你们那支队伍是由谁带的队？怎么能真敢下死手啊！他们打死山匪，你们不就遭殃了吗？这是把你们往火坑里推啊！朝天放两个空枪山匪也就不敢追了，又没啥深仇大恨的。你们也是，干吗不带枪，这不是明摆着做肉鸡送给狼来吃嘛？”武岳阳指手画脚数落道。

“你个小娃娃懂什么！”何四板着脸训道，却找不出什么来驳斥武岳阳。他扭过头和黄脸汉子对视一眼，两人欲言又止。众人也都没说什么，互相看看，脸上均都显露出愤恨的神情来。

“你们知道我说得对。”武岳阳打个哈欠，合身躺下，之前他将那十二式怪招练了几十遍，周身灼胀感已经退去，不怕半夜再疼醒。他望着水牢外漆黑的夜，悠悠道：“咱们可不能糊里糊涂地在这山上送了命啊，你们是逃跑还是交赎金，赶快想想办法吧。要不天亮我就跟山匪招了。我和你们可不是一伙的，我冤哪。”

何四与黄脸汉子又对视一眼，黄脸汉子朝武岳阳撇撇嘴，何四摇了摇头。

“你们商量吧，我可睡了。”武岳阳这一天过得惊心动魄，精神一直紧绷着，浑身更是酸痛，早累得精疲力竭。他回到池子里，躺在山竹上面蜷缩成一团，很快睡熟。

第二日天一亮，顺子就收拾妥当，急匆匆地下山去。

姚青牵了马，要尾随顺子下山，姚大脑袋在马棚拦住她：“青儿，跟背风儿哪有骑马的？”

“嗯，那我步行追他。”姚青放下缰绳，跳下马来。

“顺子可骑着马呢，步行你追得上他吗？”姚大脑袋道。

“他落不下我。”姚青迈开腿就追。

姚大脑袋伸手将她挡住：“别逞强啦，我早派骚猴儿去了。天还没放亮他就下山了，去索家岭候着顺子呢。”

姚青柳眉皱起，小嘴微噘：“爹，你又不放心我去办事，小瞧我！”

“爹可没小瞧你，你有事情做，而且更紧要。”姚大脑袋将一串钥匙递给姚青，“你去看着秧子房，这次的买卖不容有失，别人看守我不放心。”

姚青喜动不喜静，她本不愿接这种简单至极、无聊透顶的差事，可是突然想起武岳阳那可憎的面目，就改口道：“好，我管保将他们收拾得服服帖帖。”她古怪地笑着，接过水牢的钥匙。

第十六章　铁血团结会

天台山劫匪顺子领了传话的差事下山来。说票是份难得的美差，苦主家里担心亲人遭受鞭打虐待，哪敢不处处上贡哄着劫匪开心？虽说这次说票是去团结会的堂口，与之打交道的也不是苦主家属，可是一次绑了这么多人，“鱼多不收空网”，这一趟油水指定海了去了。顺子一路上想着美事不住地傻乐，恨不能立即插翅飞到索家岭去，只好接连不断地挥鞭催马。

本来要半天的路，顺子快马加鞭，将时间足足缩短了一半，赶到索家岭时，村寨里的百姓们刚吃完早饭。山坡上的雾气还未散去，和炊烟混在一处，给山村铺上一层薄纱，很是诗情画意。偶有犬吠鸡鸣，也并未破坏山村清晨的宁谧。

骚猴儿原本猫在村口的芦苇丛里迷迷糊糊地正打着瞌睡，听到马蹄响起，一个激灵清醒过来。他用双手狠狠地在脸上抹了一把，拨开面前的芦苇，向村口大路上跑近的马匹望去。

来到村寨东口，顺子拉动缰绳，让马慢下来。他在村口四处张望了一番，瞧准一个飘着蓝牙白条旗的大围院，驱马上前。围院在集市西侧街旁，房屋规整，青砖青瓦，红门红窗，院子很大，呈四合院式构造，这在蜀地是极其罕见的。围院外更有一株焦黑枯萎的梧桐树，树枝上还挂着几片卷曲的树叶。

围院角落新筑起四个砖垛子，这是抗日团结会值守的岗哨，上面持枪的团兵挺着胸脯站得溜直。顺子扫一眼墙上值守的岗哨，轻蔑地笑了笑，径直来到正门。

外面白云悠悠，风平浪静，可是厅堂上却另一番景象，团结会的几个主事的头目正吵得火热。

“咱们枪也到手了，子弹也充足，人数更远远超过他们，干吗还守在这里？兵贵神速！趁早打上山去才好。”满脸络腮胡子的粗壮汉子瞪着杀牛大眼道。他身上的粗布褂子沾满了油污，袖口胸襟磨得锃亮。

“孟屠子，须知道打仗可不是你屠猪宰牛，这是真刀真枪的对杀，儿戏不得的！从长计议，从长计议……”一个扁脸塌鼻梁的秀才样中年人皱着眉头、噤着鼻子，苦口婆心地劝解道。

孟屠子最不愿别人提及他的营生，仿佛受了极大的侮辱，他撸起袖子：“屠猪宰牛怎么了？咱是粗人，虽然没有连篇的大道理，却也不偷不抢，从没勾搭别人的婆娘、丢读书人的脸！”

“你说谁勾搭别人的婆娘？”酸秀才的扁脸顿时就红起来，他年轻时做过一件糊涂事，最不愿别人提及。他气得浑身发抖，上前来揪住孟屠子和他理论。

有人急忙分开他两人：“吵个什么！咱们再啰唆，怕也别指望营救何四他们了！”这人生得臂长腿长，十分枯瘦，如竹竿一般挡在孟屠子和酸秀才中间。

众人帮着一起劝说，将他俩分开到厅堂两侧坐了。瘦竹竿样的高个男子举起胳膊挥动一番，高声道：“大伙儿别吵了，这么吵也没什么结果，咱们赶紧商量个办法出来吧！”

“有什么商量的？你们怕死，我带着我们索家岭的弟兄去好了！”孟屠子刚被众人按坐在藤椅上，突然重重拍了茶几一下，腾地站起，“都是一群孬种！”

酸秀才针锋相对地站起来大叫：“匹夫！勇而无谋！活够了想死，你只管自己去，可没什么权利带村寨里的老少爷们一块送命！”

“廖秀才说得不错，咱们枪弹虽然弄到了手，可这还没捂热乎呢。团结会现在挂名的团兵是不少，先不说枪法准的能有多少，只说会上子弹能将枪摆弄出响动的能有几个？咱们现在去攻山，可不是送命是什么？你们索家岭的骁勇善战、刀枪不入，只管大胆去，可别拉上我们徐家坝的兄弟做垫背。”孟屠子对面的一个白胡子老汉放下手里咕噜噜作响的水烟筒，吐着青烟道。他身穿崭新的青布长袍，头上戴着一顶瓜皮帽，脑后仍旧留着大清的辫子。

“咱们就不顾何四他们了吗？”瘦竹竿般的高个男子轻按作势欲起的孟屠

子，他扭头看向厅堂正中一直端坐在太师椅上保持沉默的军装中年人。此人脚蹬高筒皮靴，方脸盘，高个子，长得较魁梧，眼睛闪闪发亮，右眼下有颗黑痣，大嘴上面一只鹰钩鼻子，整个人显得阴鸷而有城府。

军装中年人轻咳一声，众人立即安静下来。

“现在不能攻打天台山。”军装中年人淡淡道。

“怎么不能？咱们不管何四他们了？”孟屠子连珠追问道。

军装中年人轻叹出声，眼皮耷下来，说道：“何四他们已经被杀了。”

“啥子？！”众人一齐睁大了眼惊问道。

“麻耗子，你把你看到的都跟大伙儿说说吧。”军装男人冲人群中一个脸上有着少许雀斑的蓬头少年使了个眼色。

那少年用手背在鼻子下一抹，鼻子顺势吸溜一声，狠狠地抽动一下。他像根橛子一样直直地杵在厅堂当中，一动不动地看着军装男人道：“马长官，昨天我奉你密令潜伏到天台山上，伺机搭救何四等团结会中的兄弟。哪知……”

“你冲大伙说！”军装男人马长官打断他。

麻耗子转过身，将讲述对象换作了孟屠子，他直勾勾地盯着孟屠子道：“哪知何四一伙人被天台山上的土匪绑在木桩上，更有喽啰持枪警戒。我见土匪们看守得紧密，短时间很难把他们营救出来，就打算回来报信。可没想到，我刚要下山，一伙土匪们高声叫喊着‘报仇’冲出来，一枪一个将何四他们全打死了。”

“全打死了？何四呢？”一个短须老者顷刻间红了眼睛，颤抖着抓住麻耗子的胳膊问。

麻耗子见何四爹情急失控，不敢再刺激他，喏喏地退后几步道：“老人家节哀。”

“天杀的棒老二！我跟他们拼了！”何四爹哭号着，随手不知从哪儿抓过一根木棍，就要去找山匪拼命。另有几人也激愤地抄起家伙，呼喊着要跟何四爹一起去拼命。

“我昨晚就说过要尽快打上山去，你们谁肯听我的？”孟屠子瞪着杀牛大眼道。

“站住！你们是要去送死吗？”马长官见众人有些失控，急忙站起，突然抬高了声音，“咱们就是昨晚攻上山去，怕也救不了他们。匪徒凶恶，杀人如儿戏，哪会给咱们救人的时间？”

厅堂中众人停止吵闹，马长官又道：“君子报仇，十年不晚！这仗肯定是免不了要打的，至于什么时候打？怎么打？咱们得好好布置一番。要么不出手，一出手，就要将他们连根拔除！”

“什么时候出手？”孟屠子急不可耐。

“不是现在。”马长官道。

“遭瘟的棒老二！还我儿子，呜啊……”何四爹将木棍摔在地上，老泪横流，号啕大哭起来，却不再吵着要去和匪徒拼命了。

何四的威胁排除掉，剩下三村四岭八寨的小头目各自为战，毫无主见，马长官辖下的黑水寨一伙团兵成了整个“邛崃抗日铁血团结会”十五个队伍中最为精锐的一支。加上他出自行伍，屡经战阵，有枪法有胆识，自然而然成了这“邛崃抗日铁血团结会”的主心骨。他大权在握，手里掌握着近千名团兵的指挥权，更有充足的枪支弹药、粮草蔬果，正打算规划布置一番，不日便去攻打天台山，忽听到外面传来一声枪响。

厅堂中众人急忙跑出屋外，东厢房的房门大开着，从门口望进去，见一个人仰面倒在地上。众人围过去，屋内仰倒在地上那人旁边慌慌张张站起一个浓眉长脸团兵，手里拎着枪，枪管口透出的青烟还未飘散。而地上那人并未死透，大睁着眼，嘴唇不停地颤抖，手指也在有一下没一下地抽动着，胸口枪眼处仍往外一股股涌着暗红色的血，这些血顺着他身体流到地上，很快形成一个血泊。

中枪这人正是天台山上下来说票的山匪顺子，这一枪打在他胸口心脏的位置，大罗神仙也救不活了。顺子不甘地看着虚空，视野逐渐模糊，眼神变得空洞，他的呼吸先是急促起来，继而转慢，不一会儿就停了下来。

“怎么回事这是？他是哪个！”马长官厉声问道。

“马，马……马长官，他他他，他是天台山的棒老二！他混进山寨，意图不轨！”

“没头没尾的，到底怎么回事？说清楚点！”马长官阴着脸逼问。

“他骗过门口值守的岗哨，我以为是县上来送信的差人，引他来厢房歇脚，领他进门时我就瞧出他鬼鬼祟祟的不像好人，所以留了心眼，故意转身试他，哪知我刚转过身，他就将手探进怀里掏枪。我哪能容他先开枪？你们看他胸口鼓鼓的，定是藏着枪呢。”浓眉长脸团兵一口气解释道。

众人都吓绿了脸，团结会虽然成立了有些时日，可这些团兵都是农夫走卒混杂而成，连枪都没摸过，更没临过阵仗、真正打杀过，这时亲眼见到人死在枪下的惨状，短时间难以接受，他们表情各异，更有人跑到院子里呕吐起来。

“他混进山寨来，就为了杀你？”马长官皱眉走上前来，俯身撩开顺子衣襟，在死者腰侧果见别着一把盒子炮。马长官抽出盒子炮，顺带勾出一个黄色纸封。

有人眼尖看到那黄色纸封，道：“哎，有封信……”

马长官捏起信封，对着阳光看了看，将信封打开，抽出里面的信件。

第十七章　说票

马长官抖开信件，众人一齐看到了信上的内容，因为那信纸上只有四个大字：血债血偿！

“血债血偿……”众人忍不住倒吸一口气。

马长官将信纸丢下，扭头瞥一眼那浓眉长脸团兵道：“这不就是个送信的吗？”

“那……那他干吗要掏枪？”浓眉长脸团兵道。

“他分明是在掏信！你也用不着急着推卸责任，杀就杀了。咱们很快就要攻上天台山去，早晚要跟他们火拼，杀了倒也干净，免得他探清了咱们团结会的底细回去报信。”马长官语气转重，“以后莫再这么鲁莽！要惹麻烦的！”

浓眉长脸团兵急忙点头答应，马长官冲他一瞪眼，道：“还愣着干吗？不赶紧收拾干净，等长警[1]来拿你归案吗？”

那浓眉长脸团兵忙不迭地将顺子尸体拖出屋去。

捧着水烟筒的白胡子老汉凑到马长官身旁，低声道：“马长官，出了人命，这可是天大的事啊！咱们还是报官吧，连着何四他们被害，一并报上去，让县里督察处出兵去清剿天台山不是更好一些吗？”

“督察处要是能管得了这些土匪，还用得着鼓励百姓自主建民团吗。报官有什么用？自打868团调出邛崃、随二十一军出川后，督察处的长警（民国时期职务较低的警察）多半携家逃亡，谁还顾得上百姓的死活？咱们的‘铁血抗日团结会’虽然以‘抗日’为名，可真正的敌人多半是这些趁乱鱼肉百姓的土匪和强盗。以后正面的对抗是免不了的，先零零碎碎试探着打几次，倒也没什么意外。”马长官冷哼道。

[1] 民国初年警衔区别为简任官、荐任官、委任官和长警，后在简任官之上增加特任官一级。

“那咱们还是临阵磨枪，赶紧准备吧！好歹让新兵蛋子们摸摸抢，打两发子弹练练手。”孟屠子叫嚷道。何四被土匪害了，索家岭众团兵群龙无首，孟屠子觉得自己刀快手狠，杀伐果断，没少见血腥，很有取何四而代之的资本。他急于争取到团兵教官或队长之类的头衔，咋咋呼呼表现得越发积极。

廖秀才暗骂孟屠子后知后觉，他一百个看不起、一千个不屑挂在脸上：“孟屠子，你不是新兵蛋子吗？你几时摸过枪？”

“姓廖的，你不用在这跟我泛酸，咱俩到外面比画比画，我只用一只手就打赢你。我要是输了咱们索家岭的队伍就让你来带，你敢不敢？”孟屠子摩拳擦掌，就要和廖秀才动手。

“我从来可没那么大的野心，没啥子能耐带领索家岭的兄弟做一番轰轰烈烈的大事，却也不能任由酒囊饭袋胡作非为，白白葬送了众兄弟的性命。”廖秀才摇晃着脑袋针锋相对。

孟屠子气得呼呼直喘，指着廖秀才的鼻子喝问：“你说谁是酒囊饭袋？”

众人怕两人动手，又将两人分隔开来。廖秀才见孟屠子被众人拉住，便跳脚回嘴道：“说谁谁明白……”

“别内讧！”马长官微微抬高了声音，“现在用人之际，团结会人数众多，而且每日都有村民申请加入，各种事务都要烦劳诸位，大家都有事情做，一切行动都商量着来。万万要抱成一团，切不可各自敌视、相互指责攻击。”

孟屠子和廖秀才听到“大家都有事情做”，就不再争执。众人见马长官丝毫没有兵爷爷的臭脾气，也不见他盛气凌人、独断专行，都放下心来，听他部署指挥。

天台山上，武岳阳天不亮就早早醒来。他蓬头垢面地扒着牢门，嘶哑着嗓子大喊大叫：“水！渴死人啦！人都死了，我要水！”

山上众匪自然没人理他。水牢内何四一伙人蹲坐在地上，或轻松嘀咕，或埋头睡觉，或掏出烟袋有一口没一口地吧唧几口。

“莫喊了，你喉咙都喊哑了。”何四劝道。

武岳阳没听见一般，又叫道：“马桶连盖子都没有，熏死人了！这是关人的地方吗？你们听见没有！你们抓错人啦，我和他们不是一伙的！我只是搭乘他们的车回家啊！骚猴儿！瘦猴儿！妖精！蛇精！白骨精！”

姚青拎着马鞭来到后院。武岳阳见她拎着马鞭，不敢再骂。姚青阴着脸走到地牢门口，星眸微瞪："你怎么不骂了？"

"快放我出去，我跟他们不是一伙的，我只是搭他们的车回家，你们抓错人了！"武岳阳舔着嘴唇道。

姚青唰地一鞭子抽下，武岳阳怕她发难，提前做了防备，见她扬起马鞭就退后躲闪，那鞭子啪地抽在牢门上。

武岳阳："干吗这么粗蛮，你没读过书吗，有本事你把牢门抽断……"

"你再敢说一个字！"姚青皱眉指道。

武岳阳张了张嘴，看着姚青面色如霜，显然是动怒开始较真了，他终究没敢倒捋虎须，只是眨眨眼，又舔舔干瘪裂开的嘴唇，盯着姚青没有说话。

姚青没料到武岳阳竟没有顶撞，又看他蓬头垢面衣衫褴褛，嘴唇干裂出一道道的血口子，水牢中其他人也是饥渴难耐，大多瘫软在地上，她恼怒骚猴干吗不给这些团兵一些水喝，回头喊道："骚猴儿！"突然想起骚猴儿早上去索家岭，做顺子的跟背风去了。她见武岳阳的可怜模样心中有些不忍，打算去水井处拎些水来。

武岳阳见她耀武扬威，不可一世，顿时气恼，哑着嗓子大叫："啊……"

姚青吓了一跳，回身看武岳阳。武岳阳捏捏鼻子嘀咕道："这是号叫，可不是说话。"

牢中众人面面相觑，哭笑不得。

姚青瞥武岳阳一眼，没有回来为难他，径自出院去了。

"哎！你怎么走了？水呢！放我出去！"武岳阳拍着牢门栏杆大叫，他见何四一伙都默不作声，忍不住埋怨道，"你们倒能沉得住气，这里很舒适吗？"

何四身旁的黄脸汉子正半躺着闭目养神，听到武岳阳埋怨，懒洋洋地半睁着眼道："不舒适又能怎么样？你能逃出去吗？听天由命吧。"

武岳阳肚子饿得咕咕叫，懒得和他辩，喊累了，就蹲坐在牢门口，眼巴巴地望着外面。不一会儿的工夫，姚青端着一个竹筐重新来到后院，身后还跟着一个拎着木桶的喽啰。

何四一伙人连滚带爬地扑到牢门上，每人都好似看见救命稻草一样盯着木桶，口中吞咽着口水。

“踩着我了！哎，说你呢，别挤！我的腿！啊……”武岳阳发出一连串号叫，可众人挤到门口争抢水喝，哪顾得他的死活？

原来那木桶里盛的是米汤。姚青将几只碗摆在地上：“别抢！都有份。”她将碗里都盛满了米汤，分发下去，又从竹筐里取了白面馒头分给众人。

众人分得了米汤和馒头，退到牢里大口吞咽，武岳阳这时才得以翻身爬起。他知道姚青是成心捉弄他，心想“人在屋檐下不得不低头”，打算先厚着脸皮填饱肚子再说，可又拉不下脸来吃那“嗟来之食”，正犹豫着，姚青已开始收拾木桶和竹筐。

武岳阳急道：“我还没领，怎么就不发了？”

“你不饿。”姚青浅笑道。

“怎么不饿？”武岳阳火冒三丈。

“你饿还有力气骂人？”姚青拍拍手，美滋滋地逗着武岳阳。

武岳阳涨红了脸，他强压下怒火道：“我已说过我不是他们一伙的，你们误抓了我，干吗还要羞辱我？士可杀，不可辱！你们要么放了我，要么杀了我。”

“我既不杀你，也不放你，你能怎么样？”姚青悠闲地转着竹筐道。

“你……你讲不讲理？我骂人是不对，可全由你们误抓我引起，你放了我，我便给你赔礼道歉。”武岳阳正色道。

姚青将竹筐往地上一顿，板起面孔道：“你说不是一伙就不是一伙？你说误抓就误抓？别使诈了，谁信你的鬼话！”

武岳阳恨不能掏出心肠来证明给姚青看。他回到水牢里面将何四叔拉起，疾步走到门口：“何四叔，你跟她说，我是不是你们一伙的？”

何四来回看两人几眼，不知从哪里解释。姚青冷笑道：“你们不是一伙的，也从来不认识，只是你不该叫他何四叔。我懒得跟你闲扯，你就老老实实在这儿待着吧。”姚青说罢欲走。

“你别走！”武岳阳越发着急，他可不愿一直在这儿耗着。他催促何四，“你倒说话啊！”

何四知道解释也没用，山匪哪肯轻易放人？但他被武岳阳纠缠不过，想帮他解释几句，还没张嘴就听前院伴着马蹄声，远远传来喊叫声：“不好啦！大掌柜的！出事……出事啦！”

姚青急忙跑回前院。

骚猴儿拍马冲进围院，他不等马停住就从马上翻下，顺着势头迈开步子，毫不停歇地跑进大堂。

姚大脑袋正从里面往外走，两人在门口处撞了个满怀。

“咋了咋了，出啥事了？”姚大脑袋急问道。

骚猴儿上气不接下气地喘息着，他咽了口唾沫：“顺子……顺子挨了飞子，被他们用喷子点了！”

“什么！”姚大脑袋揪着骚猴儿胸襟喝道，“他们把顺子点了？”

“嗯，我猫在离他们老巢不远的长草丛里，亲眼看到顺子进了他们的大门，很快……很快听到枪响，不大一会儿顺子就被拖出来……拖出来埋了。”骚猴道。

“操他妈的，跟他们拼了！”谢老二和刀疤脸齐声骂道。

姚大脑袋扬起手，大堂中的众匪安静下来。

姚大脑袋将头凑近骚猴儿，两人的鼻子挨着鼻子，姚大脑袋咬着牙问道：“你亲眼看到的？”

“亲眼看到的。”骚猴儿肯定道。

第十八章　计划砸窑

姚大脑袋额头上的青筋暴起，他压着怒火道：“去后院！”

众匪跟随他走进后院，一伙人浩浩荡荡将水牢围住。

武岳阳从何四那里匀了半拉馒头，就着碗底的米汤可怜巴巴地舔着。他又气又恨，正愁无处发泄，见院里有人进来，他扑到牢门上就要开骂。刚张开嘴，却看到那大头的山匪头领呼啦啦带着一群山匪凶神恶煞地闯进来。武岳阳瞧出气氛不对，赶紧缩身退回人群后面。

姚大脑袋气势汹汹地走到牢门口，黑着脸扫视着水牢内何四一伙人。何四等人相互打量着，都瞧出山匪们来意不善，一时间没人说话，神情紧张地望着牢外。

“大掌柜的，甭跟他们啰唆，直接拽出来全插了！”谢老二瞪着眼高叫着打破短暂的沉默。众山匪喽啰受他煽动，一时群情激愤，“插了”“点了”呼喝个不停。

姚大脑袋举手止住吵闹。他攥紧拳头，手指捏得咔吧咔吧响，喘着粗气道：“你们团结会的是王八吃秤砣，铁了心要和我们玩横的啊！”

何四一伙人不知道姚大脑袋所指的是什么，但都猜到准是团结会又做出什么事来惹恼了这些山匪。何四不敢胡乱回应，嗫嚅地支吾道：“这……这……”

“知道你们这么不讲道义，老子早带弟兄们扫平你们老窝了。我们没动你们一根指头，你们却先后点了我们两名弟兄，今个你们必须得给我个说法，让我和兄弟们有个交代！”姚大脑袋咬牙道。

“你们到底要干吗，请直说。”何四旁边的黄脸汉子不耐烦地说道。

“我们要突突了你们，不行吗？”谢老二瞪眼道。

黄脸汉子要反驳，被何四拦住。谢老二见那黄脸汉子竟有些不服，他大骂着四处寻找牢门钥匙，急着要进牢房去揍扁这些不开眼的。

葛师爷见姚大脑袋虎着脸，急忙拉住谢老二，使了个眼色：“两军交战，不斩来使，你们玩得太绝，怎么连去说票的都不放过？你们现在可还在我们手里哪，团结会的现在谁当家？不管你们死活了？”葛师爷捋着胡子一句一句地分析道。

“说那么多的没用！”姚大脑袋目露凶光，“我得给我的兄弟们报仇，你们这些人全部都得陪葬。现在我需要团结会的情报，谁告诉我就让谁多活两天。”

一伙人顿时慌张起来，何四急忙道：“别中他们的计，谁知道他是不是诈我们。”

姚大脑袋懒得和他解释，头一摆，道：“打开牢门，都拖出去，一律活埋。”

姚青犹豫着拿过钥匙：“爹……”

姚大脑袋眼睛一瞪，姚青不敢多说，哗啦啦地打开牢门锁链。

“出来！”

“都出来！”

山匪喽啰们端枪拎刀催促道。

“我早就说过姓马的不是好人，准是他故意陷害！除去咱们，他就成了团结会的主心骨！”黄脸汉子叫骂道。

“何四哥，要不咱就说了吧，他姓马的不顾咱们死活，咱们又何必跟他们讲什么义气？”有人见山匪推门进牢来赶众人出去，急忙劝何四道。

何四皱着眉头，一言不发。

“冤有头，债有主。杀你们天台山上好汉的又不是我们，干吗要我们背黑锅？”黄脸汉子叫道。

“他妈的，就你不老实！”谢老二抄起枪托抡下，啪的一声砸在黄脸汉子脸腮上，黄脸汉子的脸顿时红肿起来。黄脸汉子怒瞪着谢老二，不敢还手。

“瞅啥！拖出去，点了！”谢老二破锣般的嗓子叫嚷道。

姚大脑袋没有反对，两个喽啰便架起黄脸汉子，往前院拖去。

“老四！”

“四哥，你说话啊！”

水牢内的众人一齐劝道。

何四见黄脸汉子即将被拖出院子，终于开口道："罢了，咱们认栽了！"

姚大脑袋询问般地看向何四，何四道："把他喊回来，我说。"

姚大脑袋给姚青使了个眼色，姚青将两指含在口中，打了个呼哨，紧接着黄脸汉子就被押送回来，重新丢进水牢。

"你别耍花招，你们这几个人的命可全掌握在你自己手里。"姚大脑袋威胁道。

何四从墙角取过竹筒，先点上了水烟，咕噜咕噜吸了几口，众山匪已等得不耐烦他才悠悠说道："团结会也没有什么秘密，你们想了解的情报，无非有多少人，多少武器，这些已经不成为秘密了。目前团兵近千人，武器无非川军淘汰的中正式和一些三八大盖，还有几架歪把子，武装起来五个人也分不到一支枪，你们就想知道这些？"

姚大脑袋冷哼一声，问道："谁是挑事的？"

何四咳嗽两声："他们都叫他马长官，具体姓名谁也不清楚，只知道是固驿坝的一个啥子保长的亲戚，据说是武团长的老下属，很神秘的一个人。"

"怎么个神秘法？"葛师爷好奇地问道。

何四吐口烟，缓缓道："且不说他一个外人是怎么孤零零地在固驿坝站住了脚，并迅速拉起一支队伍，单说前些日子，邛崃县三村四岭八寨的团兵刚刚聚集组成'邛崃抗日铁血团结会'的时候，缺兵少粮，谁也找不到解决问题、扩大队伍的办法，可姓马的带着固驿坝的团兵硬是敲掉了洼头山和黑水沟的两伙棒……两伙强人，收缴了不少物资。后来团结会里缺少武器弹药，我们打听到川军出川抗战，更换枪械，就打着犒军的名义送去几车的粮草果蔬，结果只换回了半车的行军电线。团结会几次派人过去犒送物资，苦求枪支弹药，可团部那些兵爷爷半点情面不开，连半支老套筒子也没换出来。"

"那这次的买卖定是那姓马的做成的了？"葛师爷捻着胡须道。

何四微微点头："他单人单骑去了县里团部一趟，很快回来告诉我们谈成了，即日就可以去拉货。我们自然有些怀疑，但抱着'不妨一试'的心思赶几架车到县里，竟顺顺利利地从团部取出二百条枪、万余发子弹。我们知道兹事体大，不可不慎重，当即决定兵分两路，明地里运送茶叶、粗盐和花布，暗地里让姓马的带人携枪支弹药偷过青草坡，从天台山后绕过去，但是毕竟临时决定，计划不周，我们忘记了携带枪械，以致被你们捉上山来。现在想来，种种迹象显示，发生的这些事更像是一个圈套，我们被人牵着鼻子耍了。”

“你们的命，看似分文不值呢，我也不来为难你们。他姓马的既然往死路上走，我们就依他，我倒要看看他有几斤几两。”姚大脑袋冷哼道，瞪眼扫视一眼牢中众人，率山匪们出院去了。

武岳阳在人群后躲了半天，等众匪退去才敢钻出来，扒在牢门向外张望。眼见众匪都出了院门，逃跑的希望再次落空，他亮晶晶的眼里写满了愤懑和无奈。

“四哥，想个办法吧。”黄脸汉子揉着红肿的脸颊问。

“能有什么办法？”何四轻叹一口气，“姓马的有意置我们于死地，只怕我们活着还是死了，团结会的兄弟们都不知道。”

“咱们不能坐以待毙！”

“想办法送信出去。”

大伙七嘴八舌议论道。

“咱们得使个法子，让团结会的兄弟知道咱们还活着，我不信姓马的一点顾忌也没有，敢明地里置咱们的死活于不顾。”黄脸汉子嚷道。

何四放下水烟筒，缓缓喷出一股青烟：“听棒老二的意思是，团结会把他们派去送信说票的人都给杀了，棒老二哪里还会再派人去？”

“若是让咱们的人去送信呢？姓马的不会堂而皇之地连咱们也杀了吧？”黄脸汉子道。

武岳阳吭哧一声喷笑出来：“你们想得倒美，你们去送信？也得问问人家山大王许不许，你们有眼睛有嘴巴，泄露了山上的布置可怎么办！”

“你懂什么？”黄脸汉子训斥道。

武岳阳没心思跟他争辩，他怕烈阳丹发作，到时候受苦，便抓紧时机练起那十二式来。水牢中众人见惯他花样百出、神经兮兮，懒得理他，就又聚在一起，低声讨论送信下山的计划。武岳阳旁若无人地一招一式比画下去。

前院官房正中，众匪聚集到忠义堂内。

姚大脑袋大马金刀地坐在虎皮座椅上，揪了揪耳垂道："都说说吧，这仗怎么打？这窑怎么砸？[1]"

刀疤脸沉不住气了，站起道："嘎巴乱脆，立马直接围上去，上风头放把火，老幼良贱杀个痛快……"

"肖疤子！"葛师爷急忙劝阻。

"也没什么不好，咱们讲什么道义，别人可不讲！"谢老二大大咧咧一副满不在乎的样子。

"骚猴儿，你说！"姚大脑袋扬头道。

骚猴儿挤到前面来，小眼滴溜乱转，舔舔嘴唇道："团结会的窑砸不得，那是个响窑，院子四角筑了岗哨炮楼，有喽啰端着喷子值守。"

"他们团结会不是上千人吗？即便头目怕也少不了几十个吧，多大的院子能容得下这么些人？索家岭几时有那么大的院子了？"姚大脑袋眉头拧成了一个疙瘩。

葛师爷咳了一声，说道："听说那是武团长的院子，武团长率兵随川军出川抗战，他婆姨回了娘家，那院子就空了下来，正好借给他们团结会做聚集议事的堂口。"

"他们团结会竟跟国军搭上了关系？"姚大脑袋挑眉道。

"这倒说不清楚。不过，据传武团长的公子前些日子在光天化日之下被人掳走，而且是当着武团长和不少的警卫兵的面硬生生掳走的，武团长率着队伍，持枪骑马又追又拦，愣是没救下来。他那公子现今生死难料，下落不明。"葛师爷有板有眼地说道。

姚大脑袋摆手道："我才不管这些破烂事，我只问谁有拿下团结会的办法，兵贵神速，抓紧时间挑重要的说，别扯这些没用的！"

众人相互看看，一时间都没有想出太好的办法。

葛师爷捋了捋他稀疏的山羊胡，沉吟半晌道："我倒有一计。"

[1]　砸窑：指攻打索家岭团结会老巢。

第十九章　复兴社

姚大脑袋盯着葛师爷，等他说出妙计来。

葛师爷不紧不慢地捋着胡须，卖着关子。

谢老二沉不住气，不耐烦地挥挥手：“师爷，有办法你就说啊！”

葛师爷轻咳一声，道：“兵者，凶器也，出师讲究天时、地利、人和，讲究不战而屈人之兵，所谓上兵伐谋，咱们既然不占优势，更不易力敌，只好智取了。”

“怎么智取？”谢老二催促道。

“知己知彼方能百战百胜。咱们现在必须做的只有一点：尽快探听到他们团结会的虚实，先整清楚水牢里那烟袋老儿所说的到底是否属实，然后趁早下手。肖疤子说趁夜火攻，这招儿想想也挺好，只是这火不好放，听说他们的窑建得结实，又是院墙又是炮楼的，外面放火怕烧不进去，里面放火更加不易，那得提前派个兄弟去卧底，而团结会招募团兵听说盘查严格，面生的人都混不进去，咱们兄弟多半是关外跟来的，一张嘴就露了馅儿，要是打算砸响这窑，就得玩点阴招。”葛师爷上身前倾，目光狠毒。

姚大脑袋看葛师爷的表情就知道准是想出了一个阴狠损毒的办法，他皱眉问道：“什么阴招？你直说吧。”

葛师爷环视众人一眼，见大伙都一言不发地瞧着他，有些得意地捋了捋胡子，故意压低了声音道：“咱们挑个天黑风紧的夜里，假装看守不力，被他们逃出去，他们必定回索家岭去报信，咱们提前在索家岭埋伏好，等他们叫开院门，兄弟们一起杀进去，夜里看不清，他们的喷子就变成了烧火棍。近身战，咱们兄弟砍他们还不跟切瓜一样？”

众匪互相对视，交口称赞道：“妙计！妙计！师爷妙计！”

姚青眉头微皱：“他们围院里有多少驻守的团兵你知道吗？你就不怕这窑砸不响，咱们反被人家包了饺子？”

葛师爷早料到会有人这么问，他不紧不慢地回答道:“因此我说要先探听他们的虚实。不过这是以谨慎为上，实际没多大的必要。试想他们团结会是由村民自发组织成立的，粮草军饷不比正规军，有国家供应，自筹的话怕短时间很难准备充足，团兵怕也招不够数目，那院子里房屋不多，团兵夜里多半还得各回自家过夜，因此我断定他们值守的人多不了，这窑绝对能砸响。”

“砸！”谢老二喊道。

“砸他奶奶的！”肖疤子带着一群喽啰跟着起哄。

众匪围着姚大脑袋等他拍板同意，姚大脑袋却只是微微摇头。

“大当家的，你还犹豫什么呢？”谢老二问道。

姚大脑袋虎着脸扫视一圈，众匪立即安静下来。他道:“索家岭可不是咱们的地盘儿，那院子更是武团长家的，咱去人家的家里动武，你们也不考虑考虑后果吗？”

“这……”谢老二说不上话来。

葛师爷略作思索，说道:“武团长随军出川去了，团结会聚在他的院子，是借用还是霸占谁也说不准。”

“哼，你保准他不回来了吗？”姚大脑袋冷哼道，“我跟他武兴华见过两次面，虽然谈不上什么交情，可是咱们天台山从没受过川军大规模的围剿，一方面是咱们讲道义，跟别的山头的绺子不一样，没添什么大乱子；另一方面必定是武兴华留了情面。咱们可不能趁人家不在，毁了人家的宅子。”

“那依大当家的意思，这事怎么了结才好？”葛师爷问道。

姚大脑袋拍了拍座椅扶手:“我怀疑团结会是在闹内讧，水牢里关的那些人票是被利用的冤大头，肯定有人盼着借咱们的手除掉他们，借以挑起事端。咱们得想办法传出信去，让他们的同伙知道，这几个人正活蹦乱跳地在山上做客呢，可没谁宰了他们，他们再敢胡来，咱们可真不客气了！”

“怎么传信？咱们可没时间跟他们穷耗，得尽快派人直接送信过去，可是他们连说票的都敢动，咱们还能派谁去？兄弟们没必要再冒这个险了。”葛师爷看一眼众匪，面露忧色。

“这也不行那也不行，有什么婆婆妈妈的？非要送信的话，我去，我看他们敢动动我试试！”谢老二撸胳膊挽袖子，满脸的不忿。

“你不能去，我不能再让咱们山上的兄弟有什么闪失了。”姚大脑袋道。

“那派谁去送信？”葛师爷问完，很快猜到姚大脑袋的心思，他慌忙劝阻道，“大当家的，你……打算让水牢里团结会他们自己人去？那可不行！咱们山上的布置可就全暴露了！”

姚大脑袋意味深长地说道：“那就找出这么一个人来，他既不会泄露咱们山上的机密，也不会莫名其妙、悄无声息地被团结会的除掉。”

“去哪找这样的人？”肖疤子挠着后脑勺问。

“我哪知道！要么从水牢里揪出几个来，咱们派人押他们一起去索家岭送信，要么下山抓几个村民去传话，总之得竭力避免冲突。”姚大脑袋道。

谢老二双眉上挑，鼻翼狠狠地抽动了一下，破锣般沙哑的声音这时尤其低沉：“大当家的，你是不是还打算回军伍中去？”

肖疤子偷偷冲谢老二使了个眼色，谢老二故意侧过身去当作没看见。

姚大脑袋倒是没有追究谢老二言语不敬，叹口气道：“落草只是权益之计，如今天下大乱，小日本咄咄逼人，正是咱们兄弟建功立业的时候。在小日本面前，大伙怎么说也都是中国人，国共都合作了，咱们犯不着跟团结会的硬碰硬。”

“喜子和顺子的仇咱不报了？天台山丢的场子也不找回来了？”谢老二沉声问。

葛师爷担心谢老二激怒姚大脑袋，连忙道：“大掌柜的，人无害虎心，虎有伤人意哪，团结会那姓马的分明是打算拿咱们天台山开刀。瞅这眼前的局势，别说合作了，咱们就是服软认㞞，人家怕也放咱们不过啊！”

“打吧，大哥！”

“大当家的，跟他们拼了！”

众匪群情激愤，都憋不下这口气。。

姚大脑袋闭上了眼，满脸的倦意，无力地道：“今天就到这儿吧，都回去歇着，我自有主见。”

“大当家的，让我带三十个弟兄，今晚就摸到索家岭去，瞧我砸了他们的窑！”谢老二嚷道。

“谢老二！”姚大脑袋忽地站起，瞪着眼训斥道，“你可消停点吧！咱们手里的武器缺得厉害，拿什么跟人家打？反了你是不是？”

谢老二央求道：“大当家的……”

“别说了！滚回去！”姚大脑袋骂道。

谢老二气鼓鼓地走出忠义堂。

姚大脑袋又冲葛师爷道：“今个夜哨换双岗，喊崽子们把招子放亮，明天再派个人去给索家岭传个信，我倒要瞧瞧，那姓马的到底有几斤几两！”

葛师爷点点头，答应一声，带众匪退出忠义堂去。

姚青上前来，问道：“爹，你真打算明天再派人去索家岭送信？”

“那又有什么办法，爹看出这些人和那姓马的似乎不和，我想着把他们全放回去，让团结会内斗。”姚大脑袋叹气道。

“那可不行，全放了他们可就没什么顾忌了，再者说，天台山上兵防布局也会就此泄露掉，咱们以后还怎么在天台山长住？”姚青皱眉反对道。

“兵防布局倒是可以更换，麻烦些罢了，不说这个了。”姚大脑袋摆摆手，低声自语道，“泄露了又能怎么样……”

姚青眼前忽然间浮现出一个充满朝气的面孔来。她想起了武岳阳，立即拍手道：“爹，我想起一个适合送信的人！”

“谁？”姚大脑袋急问道。

“水牢里关着一个不会泄露咱们天台山兵防的人。这人上山时藏在车里的货物下面，山上布置他想必一点也没看见。”姚青喜道。

姚大脑袋稍作沉吟，问道：“你是说那个时常吵闹犯羊角风的小伙计？”

“正是他！”姚青肯定道。

“青儿，拿纸笔来，这次给那姓马的送封信去。”姚大脑袋冷笑着取过纸笔，唰唰书写起来。

烛光虽然黯淡，可“血债血偿”四个大字仍旧十分清晰。马长官捏着信纸，凑到火苗上，将信纸烧作几片碎灰。

“黑狼，今天你险些坏了事！”马长官淡淡道。

浓眉长脸的团兵站得笔直，两手贴近大腿外侧，挺胸抬头，站军姿般将双脚后跟并在一起，他回答道：“报长官，是属下办事不力，该受责罚！”

“我说多少遍了，私下里咱们不用这么正式，你坐着。”马长官拨过一张长板凳到那代号为“黑狼”的团兵面前，黑狼恭敬地坐下。

马长官又冲屋子里的另一人道：“麻耗子，你也坐着吧。”

“是，马长官。”脸上生着些许麻子的蓬头少年也依言坐下。

马长官吹落灰烬，扫了一眼两人，说道：“能不用枪尽量别用，搞出那么大的响动怎么收场？算了，其实今天事发突然，也怨不得你们。是我考虑不周，他们上门来才匆忙应付。明日得提前去半路拦截，务必断掉天台山传来的一切消息！”

“是！”黑狼和麻耗子齐声应答。

“这事拖不得，早晚得露馅。我设法鼓动团结会早日清剿天台山。黑狼帮我留意着各村各寨的风声，有事立即汇报；麻耗子去山口埋伏，遇见可疑人等，宁杀错别放过，今晚就行动。咱们的别动队能否光大复兴，成败在此一举！”马长官两眼闪闪放光。

“驱逐倭寇、复兴中华、平均地权、完成革命！”三人举拳齐眉、异口同声道。

第二十章　各怀鬼胎

出得忠义堂来，谢老二首先忍不住，一脚将门口盛放木柴的竹筐踢飞，怒骂道：“真他妈的！”

肖疤子连忙拉住谢老二：“二哥！”他示意谢老二隔墙有耳。

葛师爷瞧得明白，叹口气，凑上前来：“宋江总是想着被朝廷招安，葬送了水泊梁山的大好前程。”

谢老二和肖疤子对视一眼，两人都知道葛师爷话里有话，但没猜透他打的什么算盘。谢老二横眉睨视，忍着怒火没有开骂。肖疤子摸摸脸上的刀疤，梗着脖子道：“葛师爷，跟咱们兄弟可犯不上打哑谜，有话直说。”

“唉……”葛师爷一副欲言又止的模样，他见周围耳目众多，使了个眼色，将二人引到一旁僻静处。

谢老二满脸的不耐烦：“躲啥躲！有啥见不得人的？”

葛师爷摇摇头，很是无奈道：“你们看不出来吗？大当家的一门心思琢磨着重回军营。”

“他早就打算撂挑子，去留由他，这和咱们砸不砸团结会的窑有啥关系？”肖疤子追问道。

“他们团结会虽算不得正规的国军部队，可打着抗日的旗号，团兵都是在附近乡里间征召的，更弄到了川军退下来的武器装备，背后没有人撑腰怕是到不了这一步。大掌柜的谨小慎微也有他的道理。”葛师爷试探着道。

“哼，葛师爷也打好穿军装、吃皇粮的算盘了吧？”肖疤子冷笑着问。

“呵呵，人家久经战阵，身手好，枪管直，投到谁的门下也免不了受重用。咱们这些不成器的乡巴佬，只配被塞到前线去添战壕，老家伙可还想再多活几日。”葛师爷说着，捋起了他稀疏的胡须。

“说这些有个屁用！大掌柜的不愿意动手，咱们有个蛋的招？”谢老二一巴掌用力拍在马厩木门上，惊得几匹马希律律抬起前蹄。

“什么人？”围院门口处的岗哨高声发问，两个山匪喽啰举着火把前来查看。

“滚回去！”肖疤子训斥道。

那两喽啰灰溜溜地跑回去值守。

“此地不宜说话，我新弄了两坛成都府大曲，两位如果没有旁的事，不妨去舍下小酌。”葛师爷侧身相邀。

谢老二和肖疤子对视一眼。谢老二冷哼一声：“哼，我倒要尝尝你的酒是啥味儿。”

“请！”葛师爷引两人出院，向山腰的小屋走去。

这一夜极其漫长，武岳阳睡睡醒醒，醒醒睡睡，辗转数十次。天黑前山匪送来了水和红苕，众人得以填饱肚子。武岳阳这时才知道，山匪是不打算放人了，他看着水牢外面天色渐渐放亮，反倒越发跌进无边的黑暗中。

“醒了？”武岳阳身边传来沙哑的声音，他回过头，见何四正打量着自己。

“就一直没睡踏实。”武岳阳恨恨道。

“你有什么事，就那么着急出去吗？”何四蜷缩着坐起，向手心呵口气，搓搓冻得僵硬的手掌。

武岳阳眼神空洞地望着牢外，木然道：“先是被一个自称我二爷爷的怪老头抓去，被逼在山洞里练了一个月的武。刚被放出来，又鬼迷心窍地躲进你们的车队，被劫到这山上来。我吃些苦也就罢了，可家中人不知会急成什么样。”

何四若有所思，沉默了半晌道：“等天亮，我把你的身份跟棒老二解释清楚吧，看他们能不能网开一面，放你下山。”

武岳阳一个激灵爬起来：“此话当真？”

“那又有什么假？”何四看着武岳阳，意味深长道，“四叔哪忍心看着你白白地跟着我们受罪？且不说你一口一个‘何四叔’这么叫着，即便咱们陌不相识，难道我们不愿让你脱身出去吗？”

武岳阳眼珠微转，笑道：“有什么忙我能帮上，何四叔不妨直说。我要是脱身出去，哪能坐视乡亲们一直被囚困在这里。”

“倒不用你帮什么忙……”何四警惕地伸颈向外面张望，见值守的山匪正在远处打盹，他拍醒酣睡的黄脸汉子，问道，“信呢？”

黄脸汉子在脸上用力抹了两把，瞪着眼看着何四：“四哥，你真把兄弟们的脑袋压在这毛孩子身上？”

“但凡有一点办法，我也不会走这条路。你倒说说，可有更好的主意？”何四压低了声音道。

黄脸汉子搓着手想了片刻，摇头道：“我想不出什么更好的办法。可不管怎么说，我信不过这小子。”黄脸汉子虽然口上不同意，但还是从怀里掏出一封信来，递给何四。

两人谈话并没有完全避着武岳阳，山上的早晨又很清静，武岳阳听得一清二楚。他有些不悦，皱着眉头道：“可别把人瞧扁了，传个信好困难吗？下山后我直接去县里兵团喊人，一举剿平了这个山头，还用得着啰里啰唆地传什么信！”

“就怕你这样，把棒老二们逼急了，我们可还有命吗？”何四沉着脸数落道。

武岳阳怔住，他倒没多想。何四也没有怪他，只是神色凝重地将信递给他：“这封信一定要亲手交给我爹，万万不能出错。”

武岳阳伸手去接，何四缩手躲开，又道：“邛崃抗日铁血团结会的前途可交给你了，这一干人的命也都交给你了。”

“四哥！”黄脸汉子等人忍不住出声阻止。

何四不为所动，将信重新递给武岳阳。武岳阳接过信来，见众人都不放心地盯着自己，竟觉得这信有些烫手，他忙不迭地将信递还给何四：“要不换个人吧……”

“我们若能出去，还用得着将宝押在你的身上？”何四没有接信，他又向牢外望了望，压低声音道，“快点放好。”

“你不想下山就把信留下！”黄脸汉子瞪眼道。

武岳阳麻利地将信塞到胸前，贴着皮肉放了。正巧骚猴儿拎着一筐饼子送来，看见武岳阳鬼鬼祟祟地往胸口藏东西，立即叫道：“小兔崽子！干吗呢？”

这事如果败露，怕为祸不小。武岳阳吓得哆哆嗦嗦，不知道怎么解释才好：“我……我……”

“‘我’你奶奶个爪儿！”骚猴儿破口大骂，“塞饱肚子也就算了，还他妈偷藏！你也不怕红苕挤碎了粘你一身！”

水牢中众人都骇得心惊肉跳，见骚猴儿误以为武岳阳昨晚偷藏了红苕，这才松了一口气。

武岳阳见状顺水推舟道：“偏只你会骂人！你凶什么！早晨起来嘴里就吞了马粪吗？虎落平阳被犬欺，你放我出去，咱俩比画比画！”

“嘿呀，反了你个小兔崽子！不给你点儿厉害，你真不知道马王爷有三只眼。今个我豁出去放你出来，让你瞧瞧小爷的手段！”骚猴儿叫骂着，来到水牢门口。

武岳阳挽起袖口，急着出去和骚猴儿厮打。哪知骚猴儿不动声色地举起竹筐来，猛地摔向牢门。牢门挡住竹筐，却没有挡住竹筐内的苞谷饼，鸡蛋大小的饼子兜头盖脸下雨一般砸在武岳阳身上。武岳阳急忙闪身后退，心头火起，怒瞪骚猴儿。

骚猴儿诡计得逞，他扔下竹筐，拊掌大笑：“躲什么躲？小爷赏你的，吃吧，吃不了别忘了兜着走！哈哈。”

武岳阳哪里受过这样的侮辱？他拾起一个饼子，抡圆了胳膊向骚猴儿掷去，骚猴儿躲避不及，鼻脸被苞谷饼砸个正着，武岳阳的怒火转移到了他的头上。骚猴儿一手揉着颧骨，一手指着武岳阳大骂：“操你奶奶的……我他妈今天整死你！”

武岳阳从地上捡起一个饼子，狠狠地啃了一口，不甘示弱道：“别嘴上功夫，你有本事放我出去，咱两个看看谁整死谁。”

“嘿，他妈的。”骚猴儿反手到后腰摸钥匙，不想摸了一个空，想起昨天下山前他将钥匙留下，被大公子姚青拿去了。他冲武岳阳啐了一口：“我让你硬气，你等我回来！”

骚猴儿气呼呼地出院去，显然是取钥匙去了。武岳阳捧着苞谷饼又咬两口，费力地咽下肚去。牢中众人纷纷拾起饼子啃食，黄脸汉子凑到何四身旁：“那瘦子定是去取钥匙了，信放在他身上怕不妥当，要不先拿回来吧。”

何四皱着眉头看着武岳阳，没有说话。

武岳阳横了黄脸汉子一眼：“有什么不妥当的？别瞧不起人！”

黄脸汉子懒得搭理武岳阳，将何四拉到里面窃窃私语。

武岳阳吞了两块饼子，又往胸口衣襟内塞了两个作为储备粮食。骚猴儿一时还没有回返，武岳阳抓紧时间将十二式练了几趟，直到累得呼呼喘气，才在地上稍歇。他倒不怕骚猴儿找他麻烦，只是担心何四不能说服山匪放自己下山，但他左思右想，找不到一个下山的办法。

骚猴儿从后院出来，正四处找姚青讨要牢房钥匙，可是遍寻不见。正丧气地回后院去，碰巧在门口看见大掌柜和姚青父女二人带着一众兄弟向水牢而来。他迎上前去：“大当家的，你这么早过来是……”

“你不老老实实在后院看着那些肉票，慌慌张张溜出来干啥？”姚大脑袋脚步不停，边走边问。

“刚给他们送了苞谷饼吃，有个小兔崽子不老实，刚跟我扎刺儿，大当家的放心，我这就给他紧紧皮子。”骚猴儿赔笑道。

姚大脑袋忽地停住步子，扭头问：“你说的是那个犯羊角风的小伙计？”

“哎……大当家的怎么知道？”骚猴儿诧异道。

姚大脑袋和姚青对视一眼，带头走进后院。

第二十一章　下山

姚大脑袋率一众山匪来到水牢门口。何四一伙人尽皆站起，警惕地看着众匪。武岳阳趁众人不注意，悄悄地溜到水牢深处，躲在人群后面。

姚大脑袋从牢门缝隙看进去，左右看了好一会儿，皱眉道：“犯羊角风的那个小伙计呢？”

“在后边哪！”骚猴儿扒着牢门探着头，指着武岳阳大叫，“小兔崽子你再硬气！别躲在后头，过来！大当家的跟你说话！快他妈过来！”

“有话你就说，我听得见。”武岳阳露出半拉身子，仰头道。

“你过来，有好事告诉你。”姚大脑袋招手道。

武岳阳嗅到一丝阴谋的味道，他摇摇头，不肯上前。

骚猴儿一巴掌拍在牢门上：“还磨叽！你不挺有本事的吗？快麻溜过来！”

“你有本事你进来。”武岳阳挑衅地对视着骚猴儿。

“嘿你奶奶的……”骚猴儿摩拳擦掌掏钥匙开牢门，结果又在后腰上摸了一个空，他扭头冲姚青讨要开锁的钥匙，“大公子，钥匙给我。”

姚青将钥匙丢给骚猴儿，却阻止骚猴儿开门，上前一步说道：“今儿个大当家的要放你们中一个人下山，想下山回家的就往前站。”

何四、黄脸汉子一伙人相互看看，都没有动，他们没有弄清山匪们打的什么主意，只有武岳阳三步并作两步蹿到人群前头来：“妖……姚姑娘，你们可说话算话？”

姚青凤眸微挑，面如冷霜：“啰唆什么！你就那么急着下山吗？”

“我跟他们不是一伙，我本来就是被你们误抓上山的。失去音讯这么多天，家中人不知急成什么样子，你们行行好，快放我回去吧，到家后我求爹娘多送你们些钱财，算是这几日在山上的吃喝花销不行吗？”武岳阳一口气说道，这些话他倒没有扯谎，言语间流露出深深的委屈，险些将自己说哭。

姚大脑袋微微颔首，骚猴儿疑惑道：“大当家的……”

“开锁！”姚青催促道。

骚猴儿只好打开牢门。

事情转变太快，武岳阳一时间难以接受。虽然时时刻刻都盼着逃下山去，可山匪这会儿真答应放他，他反倒升起一股因为没有历经艰辛、冲破万难的空虚失落感，觉得这似乎是一个陷阱。他没来由地谨慎起来，茫然四顾，看看姚大脑袋，又看看姚青，再看看何四。

何四冲武岳阳使了个眼色，示意他赶紧应承着，尽快下山再说。

这时候武岳阳脑袋一片空白，哪里分辨得出何四的意思？他舔舔开裂的嘴唇，瞧着大开的牢门，犹豫要不要出去。

“他妈的，你属驴的吗？牵着不走打着倒退！你到底出不出来？”骚猴儿抖着锁链哗哗作响，比画着要重新锁上牢门。

“你不是天天嚷嚷想家吗，怎么又不打算回去了？”何四出声提醒武岳阳，“快回去吧，这些天你不见踪影，你老汉保准急坏了。”

武岳阳脑袋突然转过弯来，他听出了何四提醒自己别忘去给何四爹送信。武岳阳想通了，就不再犹豫，他大步走出水牢。

“大首领说要放我，可不是要人吧？”武岳阳故意以言语挤对。

“他妈的，废啥话！”骚猴儿横竖看武岳阳不顺眼，借故一巴掌抡向武岳阳。

武岳阳后撤躲过，骚猴儿哪里肯放过？他得势不饶人，又一脚冲武岳阳小腹踢去。武岳阳早有防备，不敢还手，又侧身躲过。

“别添乱！”姚大脑袋怒斥道。骚猴儿不敢放肆，瞪武岳阳一眼，退到旁边。

姚大脑袋摸摸下巴，上上下下瞧了武岳阳几遍，见他身着藏青的学生装，虽然满身褶皱，且沾满了灰尘，可依然掩盖不了浓浓的书生气。

“你和他们不是一伙的？”姚大脑袋问。

武岳阳不敢乱说，他询问似的看看何四，何四微微点头。

武岳阳回家心切，便不再隐瞒，将自己如何混在何四的车队上、如何被劫上山、如何逃跑不成被囚水牢说了个明明白白。

众山匪没想到竟然误抓了武团长的公子。这个毫不起眼的小子怕是没有说谎的必要，众匪一时间议论起来，有人欢喜，有人忧虑。

姚大脑袋稍作沉吟，问何四道：“何老四，这小子说的是否属实？”

“他确是武团长的儿子。”何四道。

姚大脑袋咧嘴笑了笑：“那就更好了，我还愁他能不能活着把信送去呢，这回不用担心了。”他使了个眼色：“瞧瞧他身上有没有夹带东西？”姚大脑袋身后蹿出两个喽啰，径直上前来按住武岳阳，不由分说将他衣服扒下。

“你们干什么！”武岳阳缩胳膊蹬腿拼命挣扎。何四一伙人更是按捺不住，如果武岳阳身上的密信被搜出来，水牢里这一干人等再也不用指望活着下山了。众人一齐拥向牢门。骚猴儿赶紧往牢门上拴锁链，可是何四一伙人已拥到门口，将木门扒开。骚猴儿急切间哪里拴得上，锁链被黄脸汉子夺过去，顺手甩在地上。没了铁链缠绕，骚猴儿抵不住众人之力，牢门哐当一声由内而外打开，骚猴仰面跌倒。

“砰！”一声枪响，一颗子弹钻进门口的土里。何四等人立即止住步子，不敢稍动。

“锁上！”姚大脑袋举着枪，黑洞洞的枪口冒着烟，直指何四。

骚猴儿爬起身，探身捡起锁链，将牢门重新锁好。

“接着搜！”姚大脑袋收了盒子炮，插进腰间枪套。

武岳阳身上的衣裤很快被扒下来。一个喽啰按住武岳阳，另一个喽啰翻弄搜查从武岳阳身上扒下来的衣裤，在上衣口袋里翻出两个苞谷饼，又从左右袖筒里翻出一本画有各种招式的图册和一个粉包、一个盛有灰色粉末的瓷瓶。

何四扒着牢门栅栏，巴望着武岳阳身上的密信不被搜出，可他知道自己的期盼必定会落空。但眼瞅着武岳阳的衣裤被扒下，没有翻出密信，何四即将消逝的期盼又生出一线生机。

“快放开我！啊……”武岳阳杀猪般叫嚷着挣扎。山匪们哪管他，连扒带拽，又将武岳阳贴身小衣剥了，仍旧没有搜到什么。

武岳阳被剥光了上身，急怒攻心，他吸足一口气，胸腹鼓动，奋起踢腿，生出一股大力，将按住他腿的喽啰蹬倒在地。

那喽啰揉身而起，拼着力挨了两脚，重新按住武岳阳两腿。另一个喽啰又去剥他贴身的亵裤，武岳阳哪里肯依，使出了吃奶的力气挣扎。

“爹……”姚青忍不住皱眉阻止。

姚大脑袋瞧着武岳阳空瘪的亵裤，根本什么也藏不了，就挥手道：“行了行了。”

两个喽啰依言放开了武岳阳。

“还搜吗？还搜吗？你们这群天杀的棒老二！爷爷身上藏满了宝贝哪！”武岳阳骂骂咧咧地拾起衣服穿好。

姚大脑袋不动声色地探手入怀，武岳阳不知道姚大脑袋会不会掏出一把枪来，便不敢再骂。结果姚大脑袋只从怀里掏出一封信来。“下山去，把它捎给团结会管事的。”他将信扔到武岳阳跟前。

武岳阳有意反抗，但想想好汉不吃眼前亏，于是很识时务地将信捡起，塞到胸前。

“狠话我就不说了，你老子带兵去了前线，这一亩三分地可就成了俺们的地盘。你好好地将这封信送去，你还是快活地做你的大少爷。山上的情况也别乱说，你们家可好找着呢。把他眼睛蒙上，送他下山！”姚大脑袋边说边不停地拍着腰间的枪套。

武岳阳一言不发地揣好十二式图谱、消炎粉包和“蒙汗药”瓷瓶，拍拍身上的尘土，转身向院门走去。还未出院，他被两人堵在门口。

“这就放人了？”谢老二打着酒嗝，仰头看着姚大脑袋问。肖疤子在他身后不断地拉扯着他：“二哥，你喝多了，快回去吧！”

谢老二猛地将肖疤子的手甩开，他像座铁塔般，将院门堵得结实。武岳阳不敢硬闯，默默地退到一边，冷眼旁观。

“咋的？”姚大脑袋虎着脸反问道。

“喜子和顺子的账怎么算？你真不管咱们弟兄了？”谢老二瞪着通红的眼睛继续问。

“怎么算我有数！别喝点马尿就要酒疯，给老子滚回去死觉去！”姚大脑袋突然间怒吼道。他为了山寨上众兄弟的前程费尽了心思，好几天没睡一个囫囵觉，山下团结会的人捣乱也就算了，山上自己人还趁乱拆台，这把怒火他再也憋不住了。

葛师爷气喘吁吁地跟上来，帮着肖老疤往回拖谢老二，无奈谢老二身强力壮，更借着酒劲，哪里听劝，死活要找姚大脑袋给个说法。

姚大脑袋气急，掏出盒子炮:“反了你了！今儿个我崩了你！”

姚青急忙阻止，推开姚大脑袋胳膊。

“砰”的一枪，打在院门旁一颗青石上，将青石打掉一角。

谢老二受惊出了一身汗，顿时酒醒过来，不再胡乱言语。肖老疤和葛师爷趁机赶紧将他半搀半背弄回他的小屋。

武岳阳恐事情多变，不想拖延，他扫一眼水牢中何四等人，又瞅一眼众匪，低头往院外疾走。

“送他下山！”姚大脑袋喝道。

姚青上前来，将武岳阳的两眼蒙住，押到马背上，亲自护送他下山去。

第二十二章　节外生枝

下山之前，姚大脑袋将姚青唤到跟前叮嘱她一路小心。

姚青微微皱眉道：“爹，你总是不放心我。”

“不是对你不放心，是有人不愿意让他们下山。”姚大脑袋这话自然是指谢老二一伙人。

姚青自然能听懂。她点了点头，压低声音道：“爹，谢老二和葛师爷他们这些日子走得很近，难保没商议什么见不得人的勾当，咱们不可不防。”

“哼，谢老二脑后生着反骨，我一早就知道了。反正大伙儿在一口锅里吃饭的时候也不多了，随他去吧。”姚大脑袋意兴阑珊道，“这些以后再说吧，你好好看着这小子下山去，尽早回来是打还是和，咱们做两手准备。”

姚青点头答应后，就押着武岳阳下了天台山。到得山下，姚青拉住了马，将武岳阳头上蒙眼的黑布扯去。

“老老实实把信捎过去，团结会几百条人命可就看你的了。”姚青跳下马来，将缰绳甩给武岳阳。

“我怎么就不信呢。”武岳阳用手遮住刺眼的阳光，皮笑肉不笑地看着姚青道。

“不信什么？”姚青柳眉轻挑。

“最初我的确担心团结会不敌你们天台山，可是，这几日被你们囚在山上，虽然没有瞧见什么，可多少还是感觉到，你们天台山似乎有什么不利的情况，你们怕着团结会哪。”武岳阳摇头晃脑地分析道，“所以，我不信团结会的人命掌握在你们的手里，包括水牢里何四一伙人，你们可不敢要了他们的命。”

姚青气恼，顷刻间粉面含霜。她可不管武岳阳是怎么分析的，她只是看不惯武岳阳骑在马上居高临下、小人得志、趾高气扬的嘴脸，“你居然说我们不敢？”

“何止不敢，你们连去送信的人也挑不出来一个，你倒告诉我这又是为什么？”武岳阳笑谑道。

姚青紧咬着贝齿，直盯着武岳阳道：“你下马来，把信给我。”

“好啊，整个天台山只有姚大公子最有种。”武岳阳探手入怀，去拿姚大脑袋交给他的信。

武岳阳竟然用“有种”来形容她，让姚青简直气炸了肺。她伸手去接信，可武岳阳却不下马，他从怀中掏出一团黄乎乎的东西扬手抛给姚青：“接着！”

姚青接过一看，分明是块啃了一口的苞谷饼。她甩臂将苞谷饼扔下，跨步上前拦马。武岳阳哪容得她近身？他两腿一夹，用力一巴掌拍在马臀上，座下黑马瞬时飞蹿出去，转眼间将姚青甩到后头。

武岳阳心情大好，这回可出了一口心头的恶气，他回身大笑：“哈哈，你来追我啊，棒老二跑得可比马还快哪！”

姚青咬碎了银牙，迎着马蹄刨起的尘土直追过去。

武岳阳占够了便宜便策马飞奔。他虽然断定天台山上的山匪不敢将何四一伙人怎么样，可事关重大，他不敢马虎。何四给他的密信还藏在他的裤裆里，刚才险些被山匪搜出，他心里琢磨着，这封信必须尽快送给何四他爹何保长。

在县城中何四的货栈里，武岳阳曾见到何保长捧着水烟筒靠在货栈门口的躺椅上晒太阳，要将密信亲手送给何保长他就得去县城。可这时武岳阳急着回家，他在岔路口犹豫了片刻，最终还是纵马驶向县城。

姚青追到岔路口的时候，马蹄扬起的尘土已经散尽。她远远望见武岳阳拐到去县城的大路上去，恨恨地一跺脚：“我看你能绕到哪儿去！”她反向奔索家岭方向跑去。

很快进了县城，武岳阳驱马直奔何四的货栈。

何四一伙人被天台山的山匪劫去多时，何四的婆娘失去了男人的音讯，每日寝食难安，她几次到索家岭找公公何保长追问何四下落。何保长遮掩不住，只得告诉她何四被山匪劫了去。何四的婆娘知道男人怕是性命不保，本着破财免灾的愿望，翻出箱底陪嫁的金银首饰给何保长送去，指望公公能尽快将何四赎回。何保长怕她承受不住，不敢将听到的坏消息告诉她，只能反复催促马长官早日出兵攻打天台山。

何四的婆娘整日扒着门框向外翘望，期盼街口能出现何四的身影。这日清早她听到街口传来一阵马蹄声，赶紧迎出货栈门口。

“四婶，何保长呢？”武岳阳下马问道。

武岳阳蓬头垢面，衣衫褴褛，和当初干净整齐、意气风发的书生判若两人，何四婆娘险些没认出他来：“他不是在索家岭吗？几时回来过？”

武岳阳暗叹白跑了一趟，他更不答话，跨身上马，拨转马头，抖缰绳绝尘而去。

何四婆娘高叫道：“你找他干吗？”

武岳阳急着回索家岭，哪有时间理她？他双脚一磕马腹，转眼间就去得远了。

索家岭这几日很是热闹。团结会很快就要与天台山开战，马长官为了便于集权指挥，打乱了团结会之前的村寨家族式结构，重新以射击、投掷和骑兵的功能性调整分队，这几日正抓紧时间操练。索家岭周边划分出几个训练场，每日枪弹射击、刺刀拼杀和骑兵马蹄声不断。同时团结会担心天台山的前来探查情报，在索家岭周围远近布置了数十个岗哨，所有靠近索家岭的贩夫走卒，都得经过盘查后才能通过。

除了这些明地里的岗哨，马长官又私自布下几处暗哨，专门用以截断来自天台山的消息。那被马长官称为“麻耗子”的麻脸少年就奉了命令，到索家岭东口路旁的竹林埋伏起来。这里位置极佳，是进出索家岭必经之地，而且离道路很近，行动起来完全出其不意。

这几日里，麻耗子出手三次，杀了三个可疑的过路人。他出手没有什么准确的依据和参考，只要感觉来人像是天台山送信的，就果断出手。他只记得马长官的命令：宁杀错，不放过。

麻耗子在竹林里趴了一早晨，只见到从索家岭往外去了些挑送茶叶和菜果的农夫，并不见从外面向索家岭里来人。他回身看看用杂草和枝叶草草掩盖的三具尸骸，琢磨着用不用挖一个深坑掩藏得仔细一些，正犹豫着，忽听到一阵脚步声由远及近。麻耗子伏下身子，从草丛间向外观望。那人很快跑得近了，麻耗子再仔细观看，发现来人竟是个女子。

来人正是姚青。

姚青远远望到索家岭四周遍布岗哨，道路上多处设卡，她不敢靠近，又瞧到岭口一片竹林，竹林离路很近，当下决定到竹林等候武岳阳。她想起武岳阳骑着快马，到时候自己未必拦得住他，就从路边搬了些枝木、石块摆在道路当中。

麻耗子好奇地看着姚青来来回回搬弄杂物阻隔道路。他眯起小眼，心头充满了疑惑：“这丫头是马长官另派过来的？怎么从没听说过队伍里有这么一个女成员……”

姚青布置妥当，拨开长草，进竹林来。

麻耗子还没来得及掩埋那三具尸骸，只在上面铺了些枝叶遮挡，这根本掩藏不住，这时正被姚青看到。麻耗子索性站起身来，侧身而立，左肩在前，右脚靠后，整条右臂被身子挡住，袖口露出刀柄，右手两指夹住刀尖。

两人四目相对，谁也没有妄动，竹林中骤然变冷。对峙了好一会儿，麻耗子率先说话：“黑鞋黑袜黄皮带。”

姚青呆愣住，她听出对方显然是在跟她对暗语，她哪里对得出？姚青看了看旁边树枝下面的几具死尸，又瞧瞧对面麻脸少年蓄势待发的姿势，暗道，“今日若要脱险，怕少不了一番争斗。”姚青瞧着麻脸少年的架势就自知不是他的对手，她对不上暗语，就闭口不答，偷偷瞅准了逃跑的方向，腿上发力，迅速跑向林外。

不等姚青跑远，麻耗子袖中短刀已经出手。那短刀三棱尖刃，在空中翻着跟头，快速旋转着飞向姚青。姚青只见一束青芒射向自己的咽喉，急忙扭头躲避，一边抽出腰间的盒子炮。她堪堪躲过第一刀，麻耗子第二刀又到，“叮”的一声脆响，盒子炮被飞刀击落，姚青右手的虎口也被飞刀刺伤，划出一道血痕。

麻耗子见到姚青竟然携有枪支，断定她的身份绝不简单，或是天台山的山匪，或是流窜于此的共党分子。麻耗子庆幸自己抢先动手，并决定生擒了她，以从她身上着落些有价值的情报。

姚青左右躲闪，转眼间逃出竹林，麻耗子在后面紧追不舍。姚青一边跑一边回头查看，以防为麻耗子飞刀所伤。麻耗子拾起一枚飞刀攥在指尖，瞅准姚青扭头之际抖手甩出，刀柄正中姚青膝盖后窝，她登时摔倒。

麻耗子上前来扭住姚青双臂，将她反绑得结结实实，塞住了嘴，拖回竹林。麻耗子擦一把汗，从前胸掏出一支爆竹，打算招来帮手将姚青秘密押回审问。麻耗子掏出洋火来，忽听到一阵马蹄声由远及近，赶紧揣好洋火，又潜伏起来。

武岳阳很想掏信出来看看上面写着什么，但强忍着好奇心，一路紧赶，终于在晌午前赶到了索家岭。这时他又饥又渴，还憋着一泡尿，正急着将信送妥，好尽快回家去，可绕到岭口，远远看到竹林旁的道路上堆满了石块和树枝，他不得不收了收缰绳，将马喝停。

“谁啊？有病啊！好好的路摆这些树枝干吗……”武岳阳下马来，抓过几根树杈甩臂扔到路旁。那几块石头他倒懒得管，他觉得马可以直接跃过去。

搬完了枝木，武岳阳瞅瞅前后都没有人，就到路旁解开了裤子，这一泡尿再憋一会儿可就要尿裤子了。他方便完长出一口气，顺便将裤裆里的密信掏出，这封信硌了他一路，搞得他浑身不舒服。武岳阳捏着信，再也忍不住好奇。他又前后瞅一眼，舔舔嘴唇，刺啦一声撕开了信，取出信纸，对着阳光默读起来。

第二十三章　风雨索家岭

这是一封血书，信上字不多，猩红缭乱的字迹在阳光下尤其显眼：

> 我等囚于和尚衙门后院水牢，性命无虞。马氏深有城府，为坚其位，或欲假贼手以除我，其身份可疑，可至县衙验其名址以处之。另，贼无意交战，可私使谈判。如能换回我等，不可吝惜条件，万勿逼迫以绝其心。慎之慎之。

武岳阳眼珠微转，暗忖道：“信中说的‘马氏’就是那铁血团结会的头领吗？”他琢磨着，又从胸口掏出另一封信来，信没封口，他伸手到信封中取信。还未取出，身旁的黑马忽的希律律躁动起来。武岳阳扭过头，竟见前方道路当中不知什么时候多了一个麻脸少年。

“我的天……你什么时候冒出来的？你你你，你干吗？”武岳阳成了惊弓之鸟，他哆哆嗦嗦地将信塞回胸口。

麻耗子悄无声息地拦在道路中央。他盯着武岳阳的咽喉，右臂微动，袖口露出半截刀柄，毫不理会武岳阳的问话，只顾给出他的暗语：“黑鞋黑袜黄皮带。”

武岳阳傻眼了，麻脸少年分明是在与自己对暗号。他瞅瞅自己，再看看麻脸少年，见到对方正穿着黑色的布鞋，黑色的袜子，并腰扎棕黄的牛皮腰带，当即灵机一动，对道：“铁血铁骨红心肠。”

麻耗子木然地眨眨眼，他看到对方自信满满的样子，当即发蒙，手足无措道：“改暗号了？”

“为防奸细混进来，暗号早就改了，你不知道？你不会是奸细吧？”武岳阳装腔作势道。

麻耗子拼命摇头，一边从怀里掏出一个印有“中华民国，绝密”字样的绿皮折子：“有证在此，你的呢？”

“我……”武岳阳胡乱摸遍了身上的口袋，“我的没有随身携带。”

麻耗子眼中闪过一丝凶光："空口无凭！"

"要么你随我去取好了。"武岳阳纵身上马，他做好了硬闯的准备。

"不行！"麻耗子袖口内两指夹紧了刀尖。

"你要对暗号，我就对出了暗号；你要看证件，我就答应你随我去取。你还要怎么样，我可是有任务在身，耽误了大事全由你承担吗？"武岳阳以攻代守，厉声责问道。

麻耗子伸出左手："把信拿来。"

"什么信？"

"你刚刚看的。"麻耗子不依不饶道。

武岳阳被他纠缠不过，失去了耐心，提缰绳就要硬闯，这时忽听到竹林中沙沙作响，他眼角的余光看见草丛一阵晃动。"原来这竹林中还藏着他们的人哪！"武岳阳暗道，"再不跑就来不及了。"

"你既然信不过我，这信给你便是。"武岳阳应承着，从胸口掏出信来，低头看一眼，悄悄�回姚大脑袋的信，只将自己偷读过的何四的信拽出来，"给你。"他假意递给麻耗子，却手一抖，装作失手，将信甩到路旁。

麻耗子迈步俯身去拾信，武岳阳突然抖动缰绳，拍马逃跑。

麻耗子对武岳阳早有预防，见武岳阳意欲逃跑，立即挥臂甩出飞刀。

武岳阳眼见一团亮光飞向咽喉，急忙歪头躲避，正逢座下黑马落蹄，将他颠簸起来，飞刀偏了方向，扎到他胸口。胸口立即传来剧痛，武岳阳咬紧了牙，俯身贴着马鞍，风一般从麻耗子身旁蹿过。

麻耗子又一刀甩出，飞刀刺中马臀，黑马受痛，嘶叫着向前飞奔。麻耗子追了几步，知道追不上，就返回竹林。姚青被捆绑在地上，正不住地挣扎，她见麻耗子回来，便停止了挣扎，怒目而视。麻耗子不理她，掏出两根爆竹点燃，紧跟着竹林传出砰砰两声巨响。

穿过了竹林，武岳阳瞧着后边没有追兵，这才放缓了马，咬着牙从胸口拔下刀来又从胸口掏出被飞刀刺穿的苞谷饼，庆幸私藏的这两个苞谷饼救了自己两回。饶是有苞谷饼的阻隔，飞刀也刺进他胸口稍许，好在伤口不是很大，不用缝合，武岳阳倒出一些消炎粉按在伤口上。马臀所中的飞刀早被颠簸掉了，武岳阳也撒出一些消炎粉为黑马疗伤。一人一马伤势都不是很重，武岳阳收拾妥当，继续赶路。

不远处是个路口，四个持枪的团兵盘查着过往的行人。武岳阳想多一事不如少一事，打算绕过去，左右张望了一番，见远处的高地和要道上也都设有关卡，只好硬着头皮走上前去。

“下马下马！”四人中的一个黑瘦的团兵拦马道。

武岳阳依言下马。

“是要进寨子吗？来办什么事？”那黑瘦的团兵喝问道。

“哥哥们辛苦了。我不办什么事，只是回家。”武岳阳恭敬地回答。

“回家？你是谁家的？你家里大人呢？”另一个脸上长着大痦子的胖团兵凑上前来打量武岳阳。

“武家，家父武兴华。”武岳阳谨慎地压低了声音道。

“武兴华？你是武团长家的少爷……哎，真是武少爷！你怎么这身打扮，我都没看出来，你们快来看看，真是武少爷！”大痦子胖团兵嚷道。

“还真是！”

“错不了，我看着他长大的……”

几个人将武岳阳围在当中，七嘴八舌说个不停。那脸上长着大痦子的胖团兵又问道：“武少爷，你不是被一个灰袍老头儿捉走了吗？听闻那老头刀枪不入、轻功了得，你是怎么逃回来的，到底怎么一回事儿？”

“这个……说来话长。”武岳阳捂着胸口道，“我有事急着回家去，哥哥们要是没有别的事，我就先回去了，改日再找哥哥们说话。”

“要得要得，先回家要紧。”胖团兵笑道。

“我身上也检查一下吧，哥哥们辛苦了。”武岳阳作势要解衣服扣子。

“不用不用，咱们这是防止天台山的奸细过来踩盘子。自己人查什么？”胖团兵将武岳阳扶上马，“快回去吧。”

武岳阳冲四人拱了拱手，拍马进了村寨。

看着武岳阳走远，胖团兵忽然拍腿道：“我怎么忘了！武团长随军出川守南京去了，他夫人就回娘家去了，武家的院子早借给了咱们团结会，这娃子怕是都不知道哇。”

“白跑一趟也累不着他，这种纨绔子弟是该吃点苦的。”另一个矮个子的团兵道。

“那娃子身上好像带着伤。”胖团兵摸着下巴道。

“你管那么多！看那边又来人了。”黑瘦的团兵迎上去叫道，“干什么的？担子里放的什么……”

武岳阳回到家，站在门口不敢进去，才离开一个多月，武家就完全变了模样。原本平整的院墙被加宽许多，四角修筑起四个垛子，上面站有持枪巡视的哨兵。墙外屡受雷劈的梧桐树掉光了叶子，已经枯萎多时。门侧供人休息的长椅消失不见，取而代之的是两个站得笔挺的警卫。

“看什么看？再看给你抓起来！”门口左侧的警卫见武岳阳在门口不住地张望，忍不住出声轰赶。

武岳阳憋了一肚子的气。在外面被人剥衣羞辱、追赶刺杀、呵斥盘问也就算了，如今回到了家，竟也被警卫兵轰赶，他心中暗道：“到底谁是主子？这到底是谁的家？”

“看你一眼就要抓人？好啊，你抓我吧！”武岳阳挑眉道。

“嘿，你个小叫花子，你来消遣本大爷？”那警卫上前来就要对武岳阳动手脚。大门另一侧的警卫年长一些，他见武岳阳身上打扮虽然破烂一些，可举手投足不似穷苦出身，而且身后矫健的高头黑马也不是普通人家该有的坐骑，他当即拦住那年轻的警卫，问道：“这位小哥，此地是我们团结会的堂口，敢问你是有什么事吗？”

武岳阳急着进院，懒得和这两个警卫啰唆，他说：“我们武家什么时候成了你们团结会的堂口？是我爹同意的？”

“武家？令尊是……”年长的警卫小心问道。

“我爹武兴华。”武岳阳提步就往里走。

两个警卫没想到面前叫花子一般的小子就是武团长的公子，拦也不是，不拦也不是。两难之际，院中有人咳嗽一声：“大公子回来了，有失远迎，有失远迎。”

迎出的这人浓眉长脸，正是马长官的心腹黑狼。他听到麻耗子传来的两声爆竹暗号，知道必定天台山又派人送信来了，且麻耗子已经失手，他便立即着手准备再次暗杀。可他哪里想到来人骑了马，这么快就来到堂口，更没想到竟是武团长的儿子。黑狼心中稍作盘算，决定仍按计划行事，将武岳阳引到东侧厢房将其除掉，断绝掉团结会与天台山和谈的一切可能。

东厢房原本是武岳阳的卧室，武岳阳记挂着母亲林淑芳，径直奔西厢房走去。黑狼在前面领路，发觉到武岳阳没有跟随自己，急忙回身召唤，可武岳阳已经推开西厢房的房门。

武岳阳被灰袍老人张元顺劫走后，林淑芳大病一场，武团长因战事随军出川，林淑芳老父恐女儿无人照应，便将她接回娘家，这西厢房就空了下来。武家院舍借给团结会以后，西厢房专门用以存放枪支弹药。黑狼刚刚清点弹药数量，还未来得及将门锁上。武岳阳推门进去，浓重的枪油和火药味扑鼻而来。但见满屋子的枪支弹药，一些收拾齐整贴着墙壁摆放，另一些仍成排地码放在木箱当中。

武岳阳进到了弹药库，黑狼就更有杀他的理由了。他不动声响地跟在武岳阳后面，悄悄从后腰掏出枪来。

第二十四章　作战计划

“那么多的弹药，都用来做摆设的吗？哪来那么多的规矩！马长官，老马！”孟屠子叫嚷着闯进院来。

黑狼闪电般将枪收起。

孟屠子见黑狼在西厢房门口站着，于是走过去：“大长脸，马长官呢？”

“马长官有要务，早晨出去，还没回来。”黑狼阴着脸道，他不喜欢别人叫他“大长脸”。

“你看看，这一有事还找不着人了。兄弟们要练枪，没人批子弹还练个什么！”孟屠子不停地走来走去，一边伸头向西厢房张望，“几十箱的子弹，放在那等着生锈吗？哎，库房里那是哪个？”

武岳阳从屋子里走出来，看看黑狼，又看看孟屠子，问道：“这厢房怎么成了你们的仓库？我娘呢？”

“哎哟，这不是武少爷吗，你被放回来了？”孟屠子上下打量着武岳阳，“你这是挨打了？没事，回来就好，回来就好！”

“我娘呢？”武岳阳又问道。

“你被歹人劫去，你娘急怒攻心，生了场大病。你爹率部出川后，她就回娘家去了。你们家院子大，我们团结会借来暂住一段时间，过些日子我们搬走，这院子还是你们武家的。”孟屠子解释道。

武岳阳听到母亲林淑芳生了场大病，心中万分焦虑，急着要去后街外公家。他问道：“你们马长官什么时候回来？”

黑狼摇摇头：“难说。”

“何保长呢，你们知道他在哪儿吗？”武岳阳继续追问。

孟屠子拍着脑袋道：“他……他好像出寨子去购置硫黄……”

“孟屠子！”黑狼大声喝止，“你嘴没把门的吗”

“我……这，哈哈，武少爷不是咱们自己人吗……”孟屠子意识到自己不小心泄露了团结会的机密，打着哈哈赔笑道。

武岳阳本想继续问何保长什么时候回来，但想想算了，孟屠子未必知道，就算知道，旁边那长脸的家伙也必定不会让他说，那人像防贼一样防着自己。

“我晚上再来。”武岳阳气呼呼急匆匆地向院外走。

“武少爷还是在这儿歇两天吧！”黑狼探指到嘴里打了个呼哨，立即从后院跑出来两个团兵。

武岳阳被拦住去路，皱眉问道：“你们又要干吗？房子被你们占了，连人也不放过！这是要杀人灭口啊？”

孟屠子一副丈二和尚摸不着头脑的表情：“大长脸，不至于吧？”

“他进了咱们的弹药库，看见了不该看的东西，怎么能放他走？这要是泄露出去，咱们有几个脑袋都不够砍！”黑狼使了个眼色，那两个团兵立即将武岳阳按倒拖走。

武岳阳气急败坏，一边挣扎着一边破口大骂：“放开我！你们团结会恩将仇报，房子占了，又要杀人，禽兽不如！”

“这娃子可杀不得，不看僧面看佛面，他老子那是武团长啊！”孟屠子道。

“没说要杀。”黑狼横孟屠子一眼，“关到后面柴房，等马长官回来处置。”

孟屠子稍稍出一口气，不再提取弹药的事情，悻悻地出院去了。

整个一上午过去了，姚青还没有返回，姚大脑袋怕是出了岔子，他骑马亲自下山，绕着山脚转了一圈，也没有发现蛛丝马迹。他心乱如麻，觉得姚青肯定是被团结会掳走了。那姚青可是他的心头肉，谁也动不得的。关心则乱，姚大脑袋立即将天台山众匪召集起来商讨对策。

“依我说，咱们跟团结会好比耗子和猫，那是死敌，早晚免不了一战。晚打不如早打，早打早利索，干他娘的！”骚猴儿抢着叫道。

“那你可得说好了，谁是耗子谁是猫啊？”葛师爷道。

“自然咱们是猫。咱们这就找上门去，给他们来个一窝端，新仇旧恨一起算！”骚猴儿情绪激昂，他关心着姚青的安危，恨不得马上杀到索家岭去。

肖疤子上前一步，说道：“他团结会凭什么这么嚣张？这账是得算一算了。妈了个巴子的，血洗了他们索家岭！”

“算账！血洗索家岭！算账！血洗索家岭！”喽啰们齐声叫嚷道。

姚大脑袋不耐烦地挥手止住了众匪吵嚷："吵吵啥！叫你们来不就是为了商量对策吗？谢老二，你平时主意挺多，碰到真章怎么消停了？你还没醒酒吗？"

"醒了……大当家的说打咱就打。"谢老二淡淡道。

谢老二这个态度令众匪都很意外。依着他的性子，听到大当家的决定与团结会交战理应万分激动才对。姚大脑袋瞧出谢老二有些异常，可这会儿担心着姚青，他哪里管那么许多，当下道："既然大家都没反对意见，那这事就这么定了。具体行动就按上次葛师爷的策略进行，先放了水牢里那些秧子，咱们尾随着他们冲进院子，手脚要利索，别给他们反应的时间。骚猴儿，你说他们在围院四角盖了垛子？"

"嗯，垛子上面都有拿着喷子的团兵把守。"骚猴儿道。

"这好办，肖疤子，这事靠你了，到时候你带几个枪管直的兄弟，进院子后先把这几个钉子拔了。"姚大脑袋吩咐道。

"妥了，我带三个兄弟办这事。"肖疤子点头道。

姚大脑袋又叮嘱道："那就说好了，你们动作一定要快，这几个垛子间不知道离多远，要小心别射程够不上。到时候我会在后面照应你们，放心吧。"

肖疤子点头答应道："好。"

姚大脑袋扭头冲两个相貌相似的粗壮汉子道："于老四，于老五，你们多带些弟兄堵门……"

"等等等等，大掌柜的，这次砸窑……你要亲自出马？"葛师爷瞪着眼睛问。

"他们团结会可是一个响窑，不容有失。交了几次手，咱们一直处于下风，这次须得亲自跟他们过过招。我倒要瞧瞧，那个马长官，到底是哪一路的妖魔鬼怪！"姚大脑袋咬着牙道。

谢老二干咳一声，凑上前来："大当家的，兄弟们都有事情做，你可不能让我干闲着。"

姚大脑袋道："你的任务是最重的，这次你看家。"

"我看家？"谢老二眉头拧成了一个疙瘩。

"你看家怎么了？别人我还不放心呢，听说他团结会这些日子召集了上千的团兵，咱们天台山才多少弟兄？咱们现在是以少搏多，想吃人家的同时还得防着人家吃咱。我现在没时间跟你理论，你和葛师爷看家，愿不愿意？不愿意我这就换人。”姚大脑袋阴着脸道。

谢老二赶紧应承道：“愿意愿意，我看家。”

姚大脑袋捏捏鼻梁，想说什么，突然忘记了，抬起头道：“……我刚才说到哪儿了？”

那两个相貌相似的粗壮汉子提醒他：“你让我们多带些兄弟堵门。”

“对对对，老四老五，你们负责堵门，把他们的人都堵在屋子里。有不老实的就放倒，要么不下手，下手就别留情。”姚大脑袋道。两人一齐答应了。

姚大脑袋又给余下的众匪安排了任务，大伙得令各自去做准备，只等着后半夜一齐行动。

武岳阳被绑了手脚扔在后院柴房里，他大声呼喊求救。柴房两边都是临时搭起供团兵休息暂住的棚屋，这时团兵都在村寨外面训练，棚屋里自然没人，武岳阳喊破了喉咙也无人应答。他又拼命挣扎，试图挣脱手脚上捆绑的绳索，可也是徒劳，牛皮筋般的绳索箍在手腕脚腕上，仿佛缠得更紧了。他急得心突突乱跳，好不容易回到了家，可是三件顶重要的事他一样也没有完成：一没有见到母亲；二没有将密信送到；三没有练那十二式。母亲病重，不知目前是否好转。密信如果再不送到，团结会和天台山两伙势力交战，不知道后果有多严重。那每日必练的十二式更如催命灵符，白天不练准逃不过半夜时的灼骨之痛。

武岳阳不敢迟疑，他侧身以肘撑地坐起来，一点点挪到柴堆旁。四处找不到斧头，他就将一块尖木垫到身后，将手腕上的筋绳向尖木上来回摩擦。

直到日落前，马长官才回到武家。黑狼使眼色将他引到无人处，指指柴房，又指指东厢房，悄悄对他一阵耳语。马长官点点头，向柴房走来。

武岳阳很是气恼，手被反绑在身后，有力使不出，且身后是视野的盲区，他看不见筋绳和手腕，只能凭感觉去磨。结果整个一下午，绳子没有磨断，手腕倒被磨得血肉模糊，每动一下，都钻心地疼。

门前传来脚步声，紧接着哗啦哗啦的开锁声。武岳阳停止摩擦筋绳，将尖木压在身下。

马长官和黑狼走近屋来，黑狼道：“就是这小子，从麻耗子手里溜走，我本来打算将他偷偷做掉，不想被孟屠子坏了事。”

武岳阳怒瞪着两人，暗叹自己刚脱离虎穴，又进了狼窝。

马长官冷笑一声，说道：“你搜他身了吗？”

“哟，这我倒忘记了。”黑狼说着上前来在武岳阳身上翻找，很快搜出他前胸的信。“我就瞅着这小子有点不对劲儿。”他瞥武岳阳一眼，将信递给马长官。

马长官三两眼读完了信，冷哼道：“天真！姚金山做了这么些年强盗，脑子仍没学得灵光一些，他当初真不该离开石友三。”

黑狼询问道：“长官……”

“姚金山想着求和呢。下了贼船就想上岸，嘿嘿……我可没时间跟他们耗，去把那丫头带过来。”马长官道。

黑狼听令出去，很快和麻耗子一起将姚青押到柴房来。

第二十五章　风暴来临

“你们果然是一伙的！”武岳阳盯着麻耗子道。

麻耗子没有应声。

武岳阳和姚青两人看到对方也都很意外。姚青对武岳阳怒目而视，武岳阳暗道：“你瞪我干吗，又不是我将你绑来的，肯定是你追我追到索家岭地界上才被人家捉住的，活该！今日让你也尝尝做阶下囚的滋味。同样被绑，我还怕你吗？咱看谁的眼睛瞪得更大些吧。”他针锋相对地反瞪回去。

“我没时间审问你们，也懒得管你们是共党还是土匪，这是天台山的地图。”马长官从怀中掏出一张绘制得颇为精细的地图来，让黑狼分别拿到武岳阳和姚青面前。马长官道：“何四他们关在哪儿？谁将位置指出来，就立即放谁走。”

马长官使了个眼色，麻耗子将姚青口中堵嘴的布团取出。

姚青干咳几声，没有说话。武岳阳也没有吭声。两人心里都很清楚，不招或许还有活命的机会，一旦招了就会失去任何价值。

“都是闷葫芦啊？那你们就闷着吧。”马长官瞧瞧两人，吩咐麻耗子道，“给她腿绑上！”

麻耗子上前来，利索地将姚青两腿绑在一起。

“召集团兵集合！”马长官头也不回地走出门去。

黑狼和麻耗子立即跟随而出，将柴房大门重新锁上。

武岳阳立即将身下的尖木踢出来，咬牙咧嘴地开始继续磨手腕上的筋绳。他见姚青一直瞪着自己，心头有些发毛：“你瞪我干吗？我可什么也没说！”

“你坏了我们天台山的大事！”姚青厉声道，眼睛似乎要冒出火来。

“你喊什么！你们让我来送信，我这不是把信送到了吗？我又没给你们泄密，刚才我要是将你们水牢的位置告诉他们，我也不至于和你一起被扣在这屋子里。狗咬吕洞宾！”武岳阳怒骂道。

“我追了你一路，就是怕你把信送错，就怕这封信落在姓马的手里。他竭力制造摩擦，无非是想挑起双方的矛盾，他铆足了劲要与天台山火拼。何四一伙人的死活他都不顾，怕是早就编排好何四他们被我们杀掉的假象了。我们设法要将何四等人仍旧活着的消息传出来，让他们团结会有所顾忌，避免交战，你倒好，直接把信送到了姓马的手里！”姚青数落道，她又气又恨，若没有绳子捆绑，定会扑上去将武岳阳暴打一顿。

武岳阳满肚子的委屈，辩解道：“是我送到他手里的吗？是他自己搜去的！话说回来，现在瞧这形势，他怕是已经将团结会牢牢控制住了，这信送到谁手里还不是一样？你瞧他手下那几个帮手，又是飞刀又是暗器的，你还指望团结会中有谁能反了他？”

姚青恶狠狠地盯着武岳阳，说道：“你是不是无端被我们关了这几天，心中恼恨，盼着团结会把我们天台山剿灭？”

武岳阳满脸的无辜：“哪有……”

“你别撒谎，咱俩都绑着呢，这儿又不是在水牢，你怕什么？”姚青打断道。

武岳阳看姚青一眼，继续在尖木上磨筋绳，他说道：“你要听实话，那我就说实话。我的确盼着团结会把你们剿灭掉。眼下日军侵华，兵荒马乱，百姓们苦不堪言，本就苟延残喘，你们不思报效国家也就算了，反倒占山为王、趁火打劫、鱼肉乡里，简直十恶不赦！我想不通我爹为什么一直留你们到现在，换作我，早出兵将你们清剿得干干净净了！”

“呵呵……”姚青好似听到一个十分好笑的笑话，银铃般笑出声来，却又马上阴下脸来，“你读书读坏脑子了！”

“我哪里说得不对？”武岳阳问道。

“有太平的日子过，谁愿意背井离乡违法作乱？你说得倒轻松，你见过变卖亲生子女吗？你见过窑子里不足十岁的女孩被逼着接客吗？你见过人吃人吗？你当天底下的老百姓都跟你一样有个做团长的爹吗？”姚青眼睛里弥漫着浓雾，又道，“天台山上没有一个善男信女，喊我们土匪、棒老二都可以，可鱼肉乡里的罪名别扣在我们的头上，我们只抢乡绅恶霸，我们天台山是响当当的‘替天行道’！”

“我不跟你辩，恶人总有作恶的理由，全无道理可讲！”武岳阳扭过头去。

姚青冷哼一声，也不再说话。

柴房中两人安静下来，可是院子里逐渐闹腾起来，脚步声呼喊声连成一片。

武岳阳面庞突然痛苦得扭曲起来，紧接着露出一丝微笑，他费劲地抽动着血肉模糊的双手，将磨断的筋绳抖落："你就在这柴房里替天行道吧，恕不奉陪。"他解开脚腕上的筋绳，左右活动一番发麻的双腿，又揉揉磨破的双腕，迈步走向门口。可是他手还未搭到门上，门外的锁链就哗啦啦一阵响动，紧接着两扇木门由外向内被推开。

武岳阳手脚麻利地将脚边解开的筋绳踢到墙角，又将手背到身后，躺倒在地。武岳阳见来人正是何四的父亲何保长。

何保长进屋后小心地将房门掩上，他眯缝着眼睛，不住地打量两人。

"何保长，你可来了。"武岳阳带着哭腔道。

何保长掸了掸身上的白衣，斜睨着武岳阳："你盼我来干吗？"

"何四叔让我给你捎信，可是晌午你不在。"武岳阳道。

"你说什么……何四没死？！"何保长上前来，俯身瞪着眼问武岳阳，满脸的震惊和企盼。

"好端端地在天台山上呢，我今早刚被从山上放下来。"武岳阳咽着唾沫道，他感觉喉咙里快要冒出火来。

"他给我捎什么信？信呢？"何保长伸手要道。

武岳阳摇头道："被你们的人搜走了，还诬陷我是奸细，把我绑起来关在这儿。"

"你别诓我，我可是听说你从天台山过来找我，才冒险拿了钥匙赶来。你倒说说，我凭什么信你，何四可给你什么信物了吗？"何保长瞪着泛红的眼睛问道。

"哪有什么信物，当时我下山急切，连信都是藏在裤裆里才带出来的。而且那信是用血书写，我猜何四叔想到你认识他的笔迹，哪会想到额外附带什么信物。"武岳阳解释道。

"你果真油滑得紧，真该将你扒光了搜查！"姚青冷冷道。

何保长看看姚青，又盯着武岳阳道："信被谁搜走了？"

那封密信当然是被武岳阳以壁虎断尾的方式甩给了麻耗子，他哪敢如实相告，悄悄将“甩”改作“搜”，“被你们那满脸麻子的小哥儿搜去的。”武岳阳舔舔嘴唇，又道，“不过，我偷看了那信。”

何保长捋了捋胡子，问道：“那你记着信上写了什么吗？”

“我虽然只看了一遍，所幸信上字不多，我记忆还算好，背给你听，绝不会错一字。”武岳阳闭了眼睛，默背道，“我等囚于和尚衙门后院水牢，性命无虞。马氏深有城府，为坚其位，或欲假贼手以除我，其身份可疑，可至县衙验其名址以处之。另，贼无意交战，可私使谈判，如能换回我等，不可吝惜条件，万勿逼迫以绝其心。慎之慎之。”

何保长眼珠微转，略作沉吟，厉声叫道：“你莫在这演戏了，我儿多少也读过几年书，写给我的信，信头信尾总少不了‘父亲大人膝下，跪禀者’和‘颂祝、叩上’的问候语，你要弄假，也弄得高明些！”

不待武岳阳驳斥，姚青气不可耐道：“你这老儿好不糊涂！你儿关在水牢里，性命攸关，写这几个字不知冒了多大的风险，哪还顾得啰唆什么问候语？荒唐！”

武岳阳感激地看了姚青一眼，道：“何保长，你信不信我，都不影响你去验查那‘马长官’的身份，也不影响你私下派人到天台山核对何四叔他们的生死。”

“哼，那得需要时间啊。”何保长冷哼道。

“明日你就派人去嘛。”武岳阳道。

何保长面如死灰，说道：“可是今晚团结会就去围剿天台山了，他们已经出发了。”

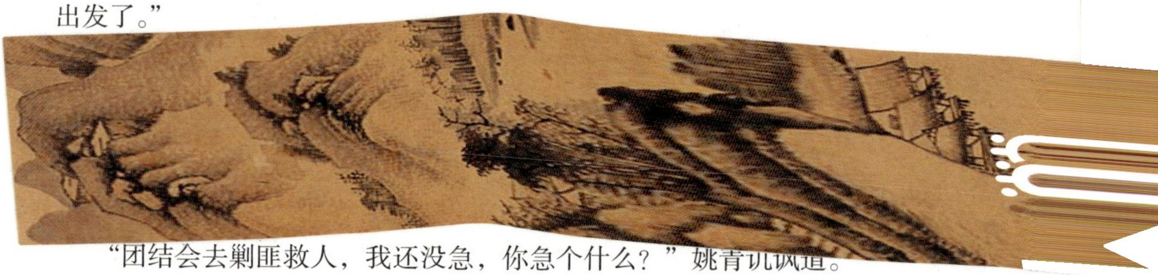

“团结会去剿匪救人，我还没急，你急个什么？”姚青讥讽道。

“姓马的这是去杀人灭口了！他不会留着何四叔他们，你们天台山上的人也全都活不了！”武岳阳满屋子乱转，“我听见他们说预备了硫黄，这准是要烧山用……”

何保长呆若木鸡，道：“是有硫黄，那还是我去购置的。”

“还不解开我！”姚青叫道。

武岳阳赶紧上前将姚青手脚上的绳索解开。

姚青跃起前去开门，何保长拦住她：“外面还有些值守的团兵，你们出不去这个院子。”

武岳阳拾起一截筋绳道：“只有以你当人质了。”

“不可！他们未必顾忌我这把老骨头。你们把手绑上，我押你们出去。”何保长道。

姚青和武岳阳对视一眼，何保长催促道：“别磨蹭了，再晚什么都来不及了！”他抢过绳子向武岳阳手上套去，武岳阳没有躲避。何保长将他双手草草缠了几圈，又将姚青双手绑了。

将两人绑好，何保长拉开门来。

第二十六章 血夜

何保长押两人向外走去，院中三四个巡视的团兵扬起火把照了照，见到是何保长就没有过问。三人提心吊胆地走到门口，被两个值守的警卫拦住，这时值守的已不是白天的两人。

“这是怎么回事？”其中一人问道。

何保长迎上前来，说道：“这两人是天台山的奸细，今晚咱们要围剿天台山，马长官早有安排，他让老朽务必将他俩押去，以作谈判之用。”

那警卫疑惑道：“他们怎么不自己押送呢？还有，你怎么这会儿才出发？马长官率着大队人马，上路已快一个时辰了，你们还赶得上吗？”

何保长略作沉吟，说道：“每个人都有各自的任务，正如两位小哥儿在这守卫咱们堂口，他们才无后顾之忧，放心去剿匪，大伙儿都是为了团结会。马长官安排我这时候出发，自有他这么安排的道理吧。”

“可是他们走时将马都骑走了，你押着他俩走去天台山吗？”那警卫又问道。

“小哥放心，马长官在村寨口早为我们留好了马。”何保长焦急万分，他冲武岳阳和姚青使了个眼色，呵斥着催促两人快走，“你俩给我老实点，这儿可不是你们天台山！”

“等等！”另一个一直没说话的警卫拦住何保长。

何保长、武岳阳和姚青一齐站住，三人都感到不妙。武岳阳左右张望，偷偷寻找逃跑的方向。姚青暗暗将手从绳索里抽出半截，她的盒子炮早被麻耗子夺去了，她盯着警卫拎着的步枪，做好了抢枪夺路的准备。何保长默默用身子挡住两人，打算一旦事情败露，就用身体挡住团兵，舍了老命也得让两个娃娃跑出去。

“你一个人怎么能押送了他们俩？给你这个。”那警卫从肩上卸下枪来，递给何保长。

三人谁也没想到那警卫竟是担心何保长押送不了两人。何保长木然接过了枪，感激道："还是小哥儿想得周到，这枪我回来就还你。"

"枪里上好了子弹，拉栓就能打。"那警卫叮嘱道，"明早换班前可得还我，要不我可不好交差。"

"忘不了，我得赶紧走了。"何保长冲两个警卫点了点头，立即押着武岳阳和姚青奔村口而去。

转过了集市口，姚青扯掉手腕上的绳索，道："村寨口当真有马吗？"

"你做梦呢！"武岳阳揶揄道。

"你……"姚青怒视武岳阳。

"没工夫吵了！"何保长拦住两人，"我那院子里还有几匹瘦马，脚力不算好，却总比徒步要快上许多。"

姚青瞥武岳阳一眼，随何保长向前街疾行。武岳阳站在原地未动："咱们在这儿分开吧，跟着你们我也帮不上什么忙。"

何保长有些傻眼，他回身道："那谁去山上报信……"

"不用他！咱们快走！"姚青头也不回地催促道。

何保长一步三回头地带着姚青消失在黑夜里。

武岳阳心里有些不是滋味，暗暗埋怨自己不够义气，何四叔一伙人还关在水牢里，自己脱离了危险就不管他们了？可还能怎么样？送信有姚青一个人就够了，自己总不能随她上山公然和团结会对抗吧？况且说破了天，土匪终究是土匪，天台山一伙怎么说也算不得好人，团结会前去攻打，不管打着什么旗号、抱有怎样的目的，也是堂堂正正的剿匪。武岳阳一路上劝慰着自己，向后街外公家奔去。

天台山上，姚大脑袋将夜里的砸窑行动部署完毕，山上众匪各自准备，一片混乱。

姚大脑袋心神不宁地坐在忠义堂的[illegible]椅上，右眼皮一个劲儿地跳个没完，跳得他心烦意乱。姚大脑袋暗骂了一句"妈了个巴子的"，起身出大堂来，高声喊道："疤子！肖疤子！"

肖疤子答应着，从东侧砖房跑出来。

"召集兄弟们，收拾家伙，走！"姚大脑袋挥臂道。

"天刚刚黑，走这么早？"肖疤子道。

“早去早准备，咱们这呼呼啦啦一大群人，跟在何四他们后面肯定瞒不过去。咱先走，到索家岭候着他们。”姚大脑袋道。

“嗯。”肖疤子答应一声，跑出院去，很快将人马召集整齐。

谢老二和葛师爷也双双赶来。“是不是早了点？”葛师爷上前问道。

“青儿还在他们手里，我可等不起。”姚大脑袋牵过马，按马鞍翻身上去，“谢老二，水牢里那些秧子你可看好，记得半夜放人，别早也别晚。今晚让兄弟们精神点！”

“大掌柜的，你放心吧，我备好酒菜，等着你们的好消息。”谢老二瞪着大眼道。

“走！”姚大脑袋拍马率先跑出，肖疤子带着众匪紧随而去。

见到姚大脑袋一伙人去远，葛师爷和谢老二对视一眼，葛师爷使了个眼色，和谢老二一前一后走进忠义堂。

“布置妥当了吗？”葛师爷低声问。

谢老二摸摸光溜溜的脑袋，笑道：“万无一失。”

“事关紧要，可容不得丝毫马虎！”葛师爷老脸肃然，沉声说道。

“我知道，派去的人都是我的心腹，已经在黑树林里埋伏好了。过半夜后，等水牢里那些秧子下山通过后，他们会立即在黑树林那段路上埋雷，二十颗，整整二十颗！保证让他姚大脑袋有去无回。”谢老二咬牙道，破锣般的嗓音在这空旷的大堂里显得尤其沙哑。

“那就好。”葛师爷捋着胡须道，他又问，“你跟肖疤子透风没有？”

“没有，你不是怕走漏了风声，不让我告诉他吗。”谢老二道。

“没告诉就对了！成大事当有割舍，无毒不丈夫！”葛师爷恶狠狠地说道。

谢老二仰头看着头上的“忠义堂”的牌匾，缓缓地叹了口气，道：“我有些不踏实，总觉着这事咱做得是不是太绝情了？”

葛师爷冷哼一声，说道：“是他不仁在先，他闺女被人家捉去他才着急，咱们兄弟被人家点了两个，他可曾有过什么动作吗？他闺女的命是命，咱们兄弟的命就不是命了？他一门心思想着重回军伍，可曾给咱们兄弟打算过？”

谢老二闻言额头青筋暴起，当即一拳砸在桌子上，道：“去他娘的！就干了，爱怎么着就怎么着吧！”

过拱桥去，就算是进了索家岭的地界。拱桥那边是一片曲折的山路，在山路上前行几里，再穿过一片竹林，进到村寨不过十几分钟的路程。

竹林夹道，是理想的藏身之地。姚大脑袋毫不犹豫，率先纵马过桥，率众匪冲上曲折的山路。可是刚刚拐过第了一道弯，众匪远远见到一队骑兵自竹林迎面而来，这支骑兵人数众多，数倍于众匪。

猛然撞见，两支队伍都是一惊。

姚大脑袋眯眼细看，瞧见对面骑兵哗啦哗啦从肩上取下长条状器物端在手里，夜色中看不清楚，不过姚大脑袋断定对方这是抄起了武器。

“快撤！”姚大脑袋压着嗓子低喝道。

众匪立即掉转马头，拍马回返。

骑兵队伍发现了姚大脑袋一伙人，先是一愣，继而奋起追赶。

两伙人好似在同一座山上狩猎的两个狼群，虽然彼此难得见上一面，可是他们深知对方的气味，即便相隔再远，也能准确感觉得到。

“必是天台山的土匪，他们这是偷袭咱们来了。给我追，开枪！”马长官喊道。他刚刚集结起团结会的主力团兵，正向天台山进发，意图趁夜剿平天台山，哪知正赶上前来潜伏偷袭团结会的众匪。仇人见面，分外眼红，马长官有意除尽众匪，更是极力挑唆。

众匪见团结会人多势众，自然不肯正面相抗。姚大脑袋率着众匪，边逃边回身射击，迫使团结会骑兵不敢追得太紧。

两伙人马一追一逃，很快离开了索家岭地界，向天台山方向移去。

黑夜里，由于能见度不是很高，射击的准头自然下降很多，加上双方都骑在奔跑的马背上打移动目标，准头又打了很大的折扣。因此，团结会的人也不指望击中敌人，只求在声势上压倒对方，而天台山众匪，只求尽快逃回天台山去，开枪更是包含了威慑警告的成分。这场追逐中，并没有多少伤亡，只是吧嗒吧嗒的马蹄声和乒乒乓乓的枪声响个不停，远远传出几十里地去。

天台山上，谢老二和葛师爷正坐立不安地守在忠义堂内，猛听到远处一阵枪响。两人跑出屋外，向山下眺望，可是黑黑的一片，什么也看不见。

“怎么这就打起来了？水牢那些秧子还没放呢啊！”谢老二跳脚道。

“这……难道是他们没藏好，暴露了？或者是他姓姚的等不及，先出手了？”葛师爷皱着眉头猜测道。

“那我埋伏在黑树林里那些兄弟怎么办？我去给撤回来？”谢老二瞪着牛眼问。

“不能撤！”葛师爷揪着胡子道，“既然提前打起来了，那咱们就提前行动。管他胜了还是败了，他姓姚的不是都得回天台山来吗？你速速派人下山去，通知他们提前行动！”

谢老二没有动，又问道：“要是没炸死……”

“炸没炸死这地雷都是团结会埋的，咱们什么也不知道！”葛师爷听着密集的枪声，焦急万分。

“这事儿还是我亲自去吧。”谢老二去马厩里牵了匹快马出来，“我这就去，再磨蹭就来不及了。”

谢老二上马去，又回身扭头问道：“水牢里那些秧子怎么办？”

葛师爷犹豫了片刻，说道：“你快去快回，这些人留不得。”

谢老二从腰间拔下一支盒子炮，丢给葛师爷：“这点事还得等我回来吗？”

“我哪做得来这种事……”葛师爷发慌道，他从地上拾起盒子炮，再看谢老二，早去得远了。

谢老二下山来，一路飞赶，抵达黑树林的时候，座下马已口吐白沫。谢老二蹿进林子里，将林中埋伏的几人惊得一跳，都抄起了枪。等看清是谢老二，他们立即围上来。

“二哥，你怎么才来？急死我们了！这路口来来回回过去好几个马队，我们都蒙了。你再不来，我们都没主意了。”一个肥头大耳的圆脸胖子凑上前来嚷道。

谢老二见枪声[illegible]

[illegible]见他

“咱们用的是拉发地雷，牵动拉火索就会触发地雷爆炸。”圆脸胖子将两根细线递给谢老二，“怕到时候出现臭雷，我们连了两根拉火索，确保万无一失。”

谢老二见那两根细线绷得紧直，摆手道：“我控制不好，你来。”

第二十九章　火并天台山

天台山上乱成了一团。众匪翘首等待着姚大脑袋砸了团结会的窑，得胜而回，哪知一阵乱枪从远处传来，众匪暗道不妙，一直等不到大掌柜的回山，却等来了密集的枪声。众匪正手忙脚乱、焦急不安，突然山下一片亮光闪过，这股亮光刺破黑夜，竟将月光的亮度比了下去，紧接着轰隆一声巨响，震得地动山摇。

众匪面面相觑，闹不清山下这是什么情况，却又毫无办法。大掌柜的迟迟未归，二当家的又不知去哪儿了，葛师爷也找不到踪影，山上这时完全没了主事的人。众匪中有人主张去山下接应大当家的，有人嚷嚷要按计划固守天台山，一时间争执不休。

葛师爷拎着盒子炮，在水牢前走来走去，几次举枪要射杀何四一伙人，终究还是没有下得去手。出主意葛师爷倒是拿手，可是亲手杀人，他还真没有这个胆子。

几个喽啰跑进后院来，见到葛师爷，叫喊着跑上前来：“葛师爷，你在这儿转悠啥呢？兄弟们都乱成一团啦！”

“去去去，你们先回前院去，我这有点事要办。”葛师爷将枪藏到身后，另一只手挥舞轰赶。

“你倒是给拿个主意啊，是下山接应大掌柜的，还是在山上固守？兄弟们完全乱了套啦！”

“按计划行事！按计划行事！全回去将隘口和要道守严实了！”葛师爷叫道。

喽啰们吵嚷着拥向院外，院口忽然一阵拥挤，有人叫道：“疤子！疤子回来啦！”

“怎么了，疤子？”

“大当家的呢？”

众匪哄吵着围上前去。肖疤子带着几个头脸黢黑、浑身破烂的喽啰冲进后院来。他左右推开围拢过来的众匪，从人群中挤出来，瞪着通红的眼，冲葛师爷吼道："你们在这儿干鸡巴毛呢？谢老二呢？谢老二！"

众匪见肖疤子说话声调不对，不敢招惹他。葛师爷怔了一下，说道："二当家的下山接应你们去了，你没碰到他？大掌柜的呢？"

"你说啥？大点声！"肖疤子侧头喊道。

葛师爷凑近才发现，肖疤子右耳下方脸腮处一条暗影，细看却是血块，这些顺着耳孔流出来的血早已凝固多时。肖疤子说话时侧头大喊，显然是因为这只耳朵被炸聋了。

葛师爷趴到他耳旁喊道："大掌柜的呢？"

肖疤子抹了一把脸，哽咽道："炸死了，都炸死了……他们在黑林子那埋了地雷，就我们几个逃了回来……"

众匪立即炸开了锅，本来大当家的是去砸团结会的窑，现在窑没有砸响，退回来也就是了，怎么反倒遭了人家的暗算，白白搭上了自己的性命？

葛师爷只感到心乱跳个不停，颤音问道："你……你说什么？大当家的怎么了？你可是亲眼看见？"

肖疤子皱着眉歪过头去，喊道："你大点声，我听不见！"

葛师爷又凑到他耳旁喊道："大掌柜的也受伤了吗？他在哪儿？"

"他们正被地雷炸中，都找不到囫囵身子了！"肖疤子额头青筋鼓起，他扔下手中打空子弹的马枪，从身旁喽啰手里夺过一支新的来，"你们还在这叽歪啥呢？都跟我下山去，跟他们拼了！"

"拼了，干他娘的！"

……踏上保险片，几步走到水牢前，一句话也不说，抬手砰砰砰砰将一梭子二十发子弹尽数射出。

水牢中"呃啊"一阵惨叫，何四一伙人悉数中枪倒地。

肖疤子怕人没死透，换了梭子，又补了几枪，水牢中再无任何声音，十三人尽皆毙命。

众匪上山虽然日久，劫道砸窑的买卖也没少做，可这么血腥的场面还是第一次见到。谁也没想到肖疤子竟然如此心狠手辣，转眼间就将秧子杀了个干净，他们一时间都惊得目瞪口呆。

肖疤子挥舞着盒子炮高声叫道：“抄家伙！今个咱们跟团结会的拼了！”他率先冲出院去。

山下传来阵阵密集的枪声，团结会已经集结完毕，开始分配兵力集中攻打天台山防卫的碉堡和岗哨。天台山一方，虽然山匪枪法准头要高过团结会一方许多，且仗着山势的优势，可仍旧在极短的时间内被团结会攻下数个岗哨——黑夜使得天台山一方的优势大打折扣。而团结会则仗着兵力上的巨大优势，一阵猛攻，不给天台山众匪丝毫喘息的机会。

肖疤子呼喝着要下山去支援，葛师爷连忙制止，一味主张坚守。双方争执之际，一阵马蹄声近，谢老二率着一众山匪冲上山来。

“二哥，你可算回来啦！”肖疤子叫道。

葛师爷虽然从肖疤子嘴里得知姚大脑袋已经被炸身亡，可终究不敢完全相信，他见谢老二率队回来，就话里有话地问道：“事情办得怎么样？”

谢老二瞥他们一眼，却不回答，含糊道：“还能怎么样？他们团结会都欺负上门来了！你们还在这磨磨叽叽没完没了，都跟我下山！揍他狗娘养的！”

“揍他狗娘养的！”

“兄弟们早咽不下这口气了！”

众匪举着枪高声叫嚷，随谢老二下山抵抗。葛师爷听出谢老二已经将事情办妥，便不再阻挡。

团结会一群乌合之众，短短操练这些时日，只学会了给步枪添加子弹、瞄准射击等简单的要领，初经战阵，半点经验也没有，初时仗着人多势众，对山下各处岗哨群起攻之，进攻还算顺利，就都以为打仗不过如此，于是个个奋勇当先，争着做急先锋，哪还顾惜个人性命？可是这伙团兵刚刚冲到半山腰，谢老二带着大部山匪从山上迎下来，招呼众匪四散开来，占住各处据点，仗着地利予以还击。局势立即急转，一阵有节奏的枪声过后，山腰空地上几十个团兵倒在血泊之中。幸免的团兵立即一哄而散，重新退回山下。山匪躲在掩体后面，也不追击，牢牢地固守着阵地。

马长官亲手枪毙了两个溃逃的团兵，高叫道：“临阵脱逃，杀无赦！”

众团兵畏畏缩缩挤在一起，虽不敢贸然进攻，却也并未再四散溃逃。

“孟屠子！喊你的投弹手上来！”马长官喊道。

孟屠子连滚带爬地跑上前来，喘着粗气道：“马长官，这……这么远，还是往上扔，够不上啊……”

“够不上就跑近点！”马长官怒道，他举起枪指着孟屠子，“上不上？”

孟屠子慌张地左右张望一番，回身喊道：“廖秀才！带你的人上来！”

“别叫我，我不打了……不打了……”一个扁脸塌鼻梁的瘦弱中年人受惊般突然从树后跳出，扔下手中一枪未发的汉阳造，哭号瘸拐着向山下跑去。

团结会的团兵大多由远近相邻召集而来，短短操练数日，哪经历过什么阵仗，都知道打仗要流血要死人，可从没做好直面死亡过程的心理准备。当震耳欲聋的枪声和爆炸声在身边响起的刹那，当倏倏乱飞的子弹穿过身躯、掀飞树皮的瞬间，当枪油和硝烟气弥漫了整个山头的时候，初次作战的团兵多数都出现了脑中一片空白的状态。他们眼见前一秒还活生生的伙伴后一秒就抽搐着跌倒，暗红的血和白花花油腻腻的肠子流了一地，折断的骨头从身体刺出扎在泥土里……这些是他们一时还无法承受的，多数团兵都将胃里的食物呕吐得一干二净。

廖秀才的逃跑起到了引导和提示的用处。在他的带领下，众多团兵丢下枪支，灰溜溜地随廖秀才向山下奔逃。

马长官漠然地看着逃跑的团兵，一动不动。所有人都以为他放任逃兵下山，这时山下传来一阵枪响，带头逃跑的廖秀才等人被尽数枪毙……

……马长官只简简单单喊了一声。

孟屠子哪敢不上，但心里将马长官祖宗十八代问候了一遍，咬着牙叫道：“上！每人领五枚手榴弹，三人一队，匍匐前进！”

三十几个团兵极不情愿地领了手榴弹，趁着夜色蹿出去，躲在树木、岩石后面，巴望着别人冲在前面打头阵。

“炸了炮楼的有赏，躲在壕沟里装死的逃兵立即枪毙！”马长官举起枪，连连对着天空放空枪。

孟屠子将手榴弹掖在腰间，抄起两支盒子炮，左右两手双枪装备齐全，挥臂叫道：“格老子的！都莫做软骨头！横竖是死，给我冲！”

“火力掩护！”马长官带头向岗哨和炮楼开枪，他手下众团兵听令一齐开火，将岗哨和炮楼上的沙石打得四处乱溅。孟屠子趁机率投弹手迅速向前插进。

团结会对天台山的火力压制持续了不到二十秒，可这二十秒时间换得了投弹手以基本没有伤亡的代价进入到对岗哨和炮楼的攻击范围之内。

投弹手们毫不迟疑，拉开了引信，一枚接一枚地投掷出去，顷刻间如下了一阵手榴弹雨，十几个岗哨瞬间在火光和巨响中化成一地的碎石。

谢老二一伙山匪躲避及时，没有被手榴弹直接炸中，却也被气浪激射过来的沙石掀翻在地。谢老二吐出满嘴的泥土，骂骂咧咧地爬起身来，十几处掩体都已经被完全破坏，固守是不成了，谢老二率众匪冲山下一顿扫射，趁团结会众团兵躲避之机，迅速向山上撤去，试图继续纠结众匪到山腰处抵抗。

第三十章　毒气封山

姚青远远见到黑树林方向一片亮光闪过，紧接着轰隆隆一阵震天巨响，地面随之颤了又颤。姚青座下马突然受惊，前蹄扬起，险些将姚青掀下马背。她紧抓缰绳，将马控制住，隐隐觉得心惊肉跳，暗道:“不好！”拍马急速回奔。

很快到得黑树林，路口处一片惨象，血腥之气扑鼻，姚青木愣愣地看着满地的死尸，“哇”地张嘴呕吐起来。她腹中空空，吐尽了酸水，跳下马来，四处寻找，“爹，爹……”她的声音颤抖起来。

最终在断树前，姚青找到了还未断气的姚大脑袋。

“爹，这是怎么了……”姚青泪水连珠般顺着脸颊流下，她看着姚大脑袋空荡荡的左臂，左胳膊齐根而断，露出白森森的骨头，胸口一片血肉模糊，两腿都以怪异的角度扭向一旁，腿骨显然早已断成了几截。

姚大脑袋嘴角一阵抽搐，姚青赶紧附耳上前，可姚大脑袋只是急促地喘息着，说不出半个字来。他又竭力地抬起右臂来，姚青托住他的手，抽噎着问:“你想说什么？爹……”武岳阳这时赶了过来，姚青竟没听到。

武岳阳不动声色地凑到姚大脑袋身旁，姚青抬头看武岳阳 [illegible]

[illegible] 顺着姚大脑袋的目光，看到一顶军帽端端正正地落在草丛上面。武岳阳捡起军帽，吹落上面的尘土，递给姚青。

姚青见父亲死死地盯着这军帽，明白了他的意思，她接过军帽来，轻轻地戴在姚大脑袋的头上。姚大脑袋右臂落下，睁着大眼，停止了呼吸。

“爹，爹你说话……”姚青慌乱起来，摇晃着姚大脑袋的手臂道。

姚大脑袋一动不动，大睁着眼，好似在看着虚空思考着什么。月光下，他空洞的眼神充满了向往和不甘。

“他走了。”武岳阳从草丛中捡起一片碎布，想要遮住姚大脑袋的头脸。姚青一把将武岳阳推翻，冷冰冰地瞪着他。

武岳阳也刚刚经历了这种惨痛，他理解姚青此时此刻的心情。武岳阳虽对姚青同病相怜，可是他并没有也没打算告诉姚青自己的遭遇。他看着姚青将姚大脑袋的尸身背到树林中挖坑掩埋。

武岳阳一言不发地从四周搜寻起几十个弹夹，统统塞在怀里。他看姚青一眼，想说些安慰的话，却又不知道说什么好，索性不说。正巧前面传来了密集的枪声，显然团结会开始攻山了，武岳阳牵马绕过地雷炸出的大坑，打算尽快赶到天台山去。

姚青冲上前去，一把拉住武岳阳，一手将武岳阳腰间的盒子炮夺过。

武岳阳任她夺去盒子炮，俯身又去满地死尸身上搜寻，很快就找到一把沾血的盒子炮。武岳阳满不在乎地将盒子炮在腿上蹭了蹭，塞进怀中。

姚青翻身上马，回身望了望掩埋姚大脑袋的坟包，咬牙毅然离去。武岳阳又在乱草间挑了两支马枪背在身后，牵过马来，尾随姚青奔向天台山。

天台山上，团结会倚靠兵力和武器装备上的绝对优势，一个个拔掉天台山各处岗哨，快速向山腰的大寨推进。

谢老二带着众匪拼死抵抗，无奈团结会兵多弹足，倚靠火力压制，使得众匪地势上的优势完全无法发挥。眼见阵地一片片失去，谢老二急红了眼，可是丝毫没有办法。他和肖疤子借着一个石块砌成的碉堡硬守了片刻，最终还是被团结会一轮手榴弹撵了出来。他们身上多处被弹片炸伤，众匪多有伤亡，虽然在反击中也给团兵造成一定损失，可相对于团兵众多的基数，这点损失对他们的战斗力完全构不成什么影响。

随着一声巨响，山腰处的一个道观被炸断了梁柱，轰然倒塌，天台山众匪只得退回到山寨中去。

众匪若是固守山寨，或可抵挡一阵，可毕竟不是长久之计，一旦被团结会围困住，怕是插翅也难逃了。葛师爷见情势危急，谢老二却仍旧安排众匪死守大寨，他急忙阻止道：“山寨这就要被人家围上了，还守个什么？趁着他们还没围拢，赶紧撤吧！”

“撤他爷爷个蛋！老子跟他们拼了！妈了个巴子的。”肖疤子侧头叫骂道，他一只耳朵被炸聋了，幸好另一只耳朵渐渐恢复了听觉。

“留得青山在，不怕没柴烧。火烧眉毛了，这工夫哪是置气的时候？”葛师爷苦劝道。

肖疤子朝手心吐了口唾沫，搓搓手，将盒子炮的空弹夹卸下，一颗颗填满了子弹：“爷爷咽不下这口气！杀一个保本儿，杀俩赚一个！”

葛师爷正不知该如何说服他，谢老二仰头望着山寨外，突然说道：“咱们还能撤到哪里去？”

“后山，从后山下去，赶紧绕道青草坡撤离。再磨蹭想走也走不了啦！”葛师爷催促道。

谢老二眼见团兵正在山前集结休整，犹如搬家的蚂蚁，黑压压的一片，当下不再迟疑，亮开破锣嗓叫道：“收拾弹药和银圆，三分钟后在这儿集合撤离山寨！”

众匪一哄而散，飞奔着去收拾各自的物品。葛师爷抓过早已收拾妥当的行囊，站在院子里不断催促：“快点快点……衣服鞋帽就别带了……还拿什么行李！”

团结会推进到距山寨前门不足五百米处，团兵将山寨通向山下的几条道路牢牢占住，马长官更下令以树木和乱石阻断道路，就地设置掩体。他后悔没有随军携带铁锨和镐头，以致无法挖掘战壕，否则就有十足的把握将天台山众匪尽数剿灭。

“停下干吗停下干吗？”孟屠子不忍看到自己拼了命获得的优势就这么白白放走，气势[illegible]

[illegible]出来，仔细地擦拭着手中的盒子炮，缓缓道：“穷寇莫追，这山寨已经是咱们的了，还怕它飞了去？”

“你要是怕里面有埋伏，我率领我们索家岭的投弹手打先锋，一轮手榴弹扔进去，将整个山寨炸平算了！”孟屠子叫嚷道。

“你可知道还有多少手榴弹吗？”马长官不动声色地问。

孟屠子回答不出，扭头喊道：“齐敦子，手榴弹还剩多少？”

“哪还有了！”不远处有人扯嗓子回答道，那人又道，“你等下，”过片刻后喊道，“还有十一颗！”

“不能吧，怎么才剩这么点？他妈个傻儿……”孟屠子低声嘀咕道，也不知道是在骂别人还是在自责。

马长官也不理孟屠子，他抬头向山寨望去，见群匪集结完毕，开始向山后转移。马长官令团兵舍弃马匹，就地埋伏，又招招手，将一名团兵叫到近前，吩咐道：“去吧，是时候了。”

那名团兵点头答应一声，从身后背囊中取出一支爆竹，点燃了举在手里。嗖嗖几声过后，爆竹在半空中噼啪地炸裂开来，夜幕中短暂地显现出几朵绚丽的烟花。

麻耗子带着十余个黑衣人在后山潜伏了大半个晚上，听到爆豆般的枪声，断定交战激烈非常。他们一行人早早在后山各处备下干草和硫黄，可是迟迟不见马长官发射的信号弹，有人想去山前打探一番，被麻耗子制止住。麻耗子不善言辞，只用了一句话将其余黑衣人安定下来，他说“按计划行事”。

看见了夜空中的信号弹，麻耗子立即率众黑衣人点燃干草和硫黄，顿时刺鼻的烟雾升起，滚滚浓烟很快将后山笼罩其中。麻耗子一伙黑衣人不敢耽搁，迅速绕向山前去与团结会大部会合。

众匪这时已经冲出大寨，呼呼啦啦一队人马绕向后山，对于后山的陷阱竟无半点察觉。麻耗子一伙黑衣人躲入草丛，避过众匪，顺利地回到山前与马长官碰头。

谢老二一路点下，心里估摸着团结会可不会轻易放任他们离开，他担心后山下去的道路已被团结会封锁，可又不得不硬着头皮闯上一闯，因为这是他所知道的仅有的一条逃生之路。谢老二不知道另有一条近路直接通向山下，即便知道他也不会走这条路，缘于这条近路陡峭，根本无法骑马。

姚青绕过山脚，见山前各处要地都已经被团结会占了，火把密密麻麻地遍布各处。她跳下马来，悄悄地顺着山谷间一条羊肠小道向山上爬去。这条小道崎岖曲折，沿溪流延伸到山寨，夜色中根本无法发现，正是山脚下通往山腰大寨的近路。

武岳阳跟着姚青攀上小路，不动声色地尾随在身后。

“别跟着我！”姚青直接掏出盒子炮来，枪口对着武岳阳。

夜色中，武岳阳看不清姚青的表情，却可以感觉到姚青由愤恨和绝望滋生而出的浓浓杀意。武岳阳犹豫了一下，咬牙道：“团结会中，混进去一些国军的特务，我要杀光他们。”

姚青微微一愣，没有追问，但也没有再轰赶武岳阳：“你敢不老实，我立即崩了你！”姚青收回了盒子炮，转过身去，快速向大寨进发。武岳阳仍旧不动声色地尾随其后。

第三十一章　铁血少年

后山一片嘈杂，乱马嘶鸣，众匪剧烈地咳喘。一股刺鼻的气味弥漫山间，越往前走，气味愈加浓烈。谢老二喝停众匪，急忙差遣两名喽啰前去打探，很快得到回信，原来是团结会在后山多处燃烧硫黄，以毒气隔绝众匪的逃跑路线。

天台山方圆数十里，后山地势宽广而险恶，团结会虽然人数众多，但也远远无法对天台山完全形成合围，因此便以毒气封山，马长官这一招不可谓不阴毒狠辣。

众匪无奈，只能退回山前，而这时大寨早被团结会占了。团兵盘踞着路口，见众匪又一窝蜂般退回来，当即不容分说，一起端起枪，对着人影就是一顿乱射。

谢老二拨马后撤，率众匪退出团兵的射击范围。

“妈个巴子的，这是要赶尽杀绝啊！”肖疤子叫骂道。

“二当家的，这可怎么办？”

“咱们绕过山寨，从山谷间的小路下去吧。”

“跟他们拼了！骑马冲锋，豁出去冲进山寨，这仗还有的打……”

局势很是不妙，众喽啰都有些慌乱，七嘴八舌吵个不停。

葛师爷凑到谢老二身旁，低声道：“今天怕是要折这儿了，我这一把老骨头了，活到今天也够本儿了，可是兄弟们跟着咱们哥几个南征北战，都是正当壮年的汉子，把性命扔在此地……”

“这时候别他妈绕弯子了，你想投降是吧？”肖疤子抬枪指着葛师爷的脑袋骂道。

“缓兵之计！缓兵之计你懂不懂？”葛师爷急道。

“缓他舅舅！”谢老二将腰间的盒子炮抽出来，都压满了子弹，大声喊道，“两人一马，空出十几匹马来在前面蹚路！快，从前山冲下去！”

生死攸关，谁也不愿让出自己的马来，可若是再耽误时间，怕大伙都得困在山上。谢老二举枪就将一个喽啰打落马下："进山不到一年的崽子，麻溜儿地下马！"

几个小喽啰哆哆嗦嗦地下马来，手忙脚乱地向身旁山匪的马背攀去，可是这关头，哪有人愿意拖着尾巴？谢老二发一声喊，驱赶几十匹空马向下山的路口发起冲锋，众匪则紧随在后面。没马的喽啰或者从一侧的小路滑下山去，或者叫骂哭喊着追赶骑马的同伙。

马长官没想到天台山众匪竟狗急跳墙，发起自杀式突围，当即叫道："开火！"

"砰砰砰砰"，黑衣人们率先开枪，团兵们跟着一齐扣动扳机，冲在前面的几匹马顿时嘶叫着栽倒在地。

武岳阳和姚青刚好从小路爬上山来，众匪赶在前面挡子弹的几十匹空马已被射杀殆尽，众匪将身子贴在马背上，死命催马猛冲。只有百余米的距离，众匪一旦冲进团结会阵地，马兵对步兵的优势将显露出来，那将是一场屠杀，但是在冲进对方阵地之前，情况则正好相反。

虽然众匪在迅速拉近双方阵营的距离，可是骑兵的兵力也在快速消耗。

眼见山上一边倒的屠杀，武岳阳和姚青的眼里都冒出火来。姚青毫不犹豫地从树后跳出，抽出一对儿盒子炮，双枪齐射，立即放倒数名团兵。

武岳阳哪里料到姚青竟这般不要命的寻死打法，他伸手抓姚青回来，被姚青一把甩开。

姚青暴露了自己，立即将众团兵的火力吸引过来。武岳阳眼见姚青活不

山阳脸上，又要继续厮打，左肩传来剧痛，扭头查看才发现肩膀中了一枪，肩上衣服破了个大洞，子弹擦着锁骨从肩膀三角肌穿过，肩头一片血肉模糊。

武岳阳没有还手，他下了姚青的枪，退出弹夹塞进怀里："想死还不简单？急个什么劲儿！"武岳阳弓身溜走，先到一块磨盘般大小的圆石后藏了，紧接着又蹿出，滚到水缸般粗细的一株乌柏树后隐住身形。

姚青见武岳阳只会如老鼠一般没头没脑地东躲西藏，却装模作样地背了满身的长短枪支，更是大大地瞧他不起。眼见天台山已被敌兵合围住，他还能躲到哪里去？“杀光团结会中的特务”这种假话自己也能骗得了自己……姚青鄙夷地看了武岳阳几眼，感到空前的疲倦袭来，她绝望地从小腿处拔出暗藏的一支盒子炮，抵在自己太阳穴上。过往如潮水般在眼前闪过：五岁以前一片空白，记事起便是白山黑山、占山为王，每日里打打杀杀，和众多土匪流寇一起过着刀头舔血的日子。除此之外，姚青在记忆里找不到更多有趣、温情的画面，她记不起“娘”的模样，她想不出自己和山下花朵般的女孩有任何相同之处。

夜色似以稀薄的墨砚调和而成，泼洒出半透明的天地，将巍巍山头半隐其中。漫天繁星拥着一轮明月从黑夜的怀抱中挣脱出来，不紧不慢地向西天斜去。

姚青遗憾的只有两件事：一是刚刚没有来得及安葬父亲；二是长这么大，她还没有穿过一次长裙。她轻叹一声，推开保险片，手指搭在扳机上。

“砰”的一声枪响。悄悄摸上来的黑衣人一个跟头翻倒在地。

姚青扭头看去，只见武岳阳端着中正式，枪托抵住右肩，头向右微偏，脸腮贴在枪托木柄上，拉动枪栓，接连又开了两枪，对面立即随枪声又有两个黑衣人中枪跌倒。

武岳阳侧翻顺势滚到旁边半截土墙下，他刚刚藏身的灌木立即被一阵乱枪扫平。

武岳阳从土墙的凹形缺口伸出枪管，再次旋转拉动枪栓，扣动扳机，“砰砰砰”连开数枪，将几个黑衣人放倒，立即伏身钻到一棵大树后头，不等团兵的子弹追过来，又如幽灵般兔起鹘落，像一阵风一样，从一个掩体换到另一个掩体后面。武岳阳每次开枪都不超过三发子弹，他频繁移位，绝不让团兵的火力封锁住自己。他手中的中正式步枪因连连开火枪身发烫，枪机与枪匣受热膨胀紧贴在一起，拉动枪栓填子弹越发困难，便换一支枪继续开火。

姚青放下枪来，皱着眉盯着神出鬼没的武岳阳，从没想到武岳阳竟有如此神准的枪法。姚青觉得眼中的少年似乎换了一个人，不再是那个多嘴多舌的无赖，也不再是那个一无是处的纨绔少爷，倒像一个将自己深深隐藏在泥土和落叶中的老猎人。

山寨前的团结会众人更没想到山上还藏着拼死顽抗的悍匪，原本打算一哄而上占领整个山头的团兵，见到马长官的黑衣人部队接连受阻，立刻放缓攻势，少有人敢出头涉险。

“有意思，这山上还有狙击手！”马长官阴着脸冷哼道。

而谢老二一众山匪则在这短暂的时间内，趁机冲开一条血路，逃下山去。

黑狼凑近马长官，问道：“追吗？”

“那几个残兵掀不起大浪，先料理了山上的事再说。”马长官摆摆手，不耐烦地说道，“没想到这山上还有个会玩枪的，你和麻耗子各带几个人，速战速决。”

黑狼和麻耗子依言而行，各率了三个黑衣人从左右向武岳阳藏身之处包抄过去。

快速后撤是脱离敌人包抄的有效办法，可是武岳阳看着逐渐逼近的两伙黑衣人，再瞧瞧姚青，竟始终不能狠下心来一个人逃跑。

“死就死吧，又有什么放不下的。”武岳阳暗道。他犯起倔来，打定了主意半步不撤。只是心中越发焦急，暗恨那团结会主事的马长官距离较远，加上视野不够清晰，否则擒贼擒王，先射杀了他，大仇也算报了一半。

武岳阳左支右绌，连连开枪，可是再不能轻易击中对方。他手中的步枪反倒被黑衣人一枪打成两截，左手手掌边缘也被子弹削去颇大一块皮肉。两伙黑衣人相互掩护，快速靠近武岳阳藏身之处。

武岳阳丢下手中的中正式步枪，一边掏出盒子炮来一边逃窜到断树后面，倚着断树还击。“哎呀，疼疼疼……”伴着喊叫声，武岳阳感到脚下一阵晃[illegible]武岳阳掉转枪口，只见地上一具尸体缩回手去，

[illegible]

着，一个腾跃扑到断树前的井口上，毫不犹豫地跳了下去。

武岳阳脑袋一时转不过弯来，一动不动地望着井口，一枪射来，噗的一声，钻进他头顶的断树中，将他惊醒。

武岳阳回过神来，见两边的黑衣人近在咫尺，慌忙举枪迎敌。哪想到伴着风，一条黑影急速冲来，他猝不及防，被黑影撞个正着，径直跌进井去。

第三十二章　深井密道

下落的过程仅有短短一瞬，武岳阳却感到极其漫长，他如溺水一般乱蹬乱抓，一番手忙脚乱终究没有白费力气，在落到井底之前抓到身后将他撞到井中来的那人，仿佛抓到救命的稻草一般，将那人紧紧抱住。

两人一齐重重摔到井底，然而两人都没有受伤，井底竟铺着厚厚的干草。武岳阳半压着那人，着手处纤细而柔软，他惊得一头雾水，他抱住的哪里是二爷爷灰袍老人？怀中一股草木清香，这分明是个女子！难不成这井中出了妖怪？

武岳阳忙不迭地松开了手，上身后仰，以便借井口映射进来的月光看清面前那人。

井下昏暗，看不清怀中之人，不过仅凭轮廓，武岳阳也能判断出对方的身份来。他急忙向后躲，但终究还是慢了，一个响亮的巴掌“啪”地扇在脸上。武岳阳两眼星光飞动，他又气又怒，本待还手，姚青咬牙闷哼一声，捂住左肩，显然是牵动了伤口。

武岳阳想起姚青身上有伤，手举到半空中停住：“我又不是有意，你讲不讲道理？”

“你救我一命，我还你一命，眼下两不相欠。想活命就别啰嗦，跟我走！”姚青起身推开武岳阳，向井壁一侧走去。

“你……”武岳阳被噎得说不出话来，他见姚青消失在井壁的阴影里，料到井底定有密道相连，急忙跌跌撞撞地紧随过去。

“刺啦”一声，骚猴儿擦亮洋火，他顾不得点亮油灯，借着光亮回头看到姚青和武岳阳跟进来，眉头立即扭成了一个疙瘩：“你们怎么跟进来了？出去出去！”

姚青一言不发，怒目而视。

骚猴儿欺软怕硬，见姚青面如冰霜，便自己寻找台阶，讪讪道：“这是死路，我偷着进来躲躲也就是了，你们都进来他们一准儿封了井，大伙都得死这儿！哎哟！”洋火烧了手，骚猴儿重新划了一根洋火，将油灯点亮。

武岳阳看到前面有亮光，赶紧扶着墙壁奔亮光走去。他前脚刚走，几颗手榴弹就落进井来，随着轰隆隆一声巨响，井壁被炸坍塌，泥土将密道入口完全掩埋起来。

油灯被风吹灭，密道中漆黑一片，半点光亮也没有，武岳阳虽然没被炸到，但仍被气浪掀了个跟头，一头杵进土堆里，塞了满鼻子满嘴的泥土。

“咳咳……呸……”武岳阳一边吐出嘴里的泥土一边翻身爬起，手忙脚乱地抠耳朵挖鼻孔，狼狈不堪。

若是密道只有这一个出口可就坏了。武岳阳暗自着急，他打算跟姚青核实下目前的处境，但不想被她奚落，正犹豫着要不要出声，忽觉小腹胀起，数道气流蹿出，如潜行的田鼠在田间奔跑，悄无声息却又矫捷迅速。

武岳阳忽然记起，今日还没有打那套十二式怪招。他的冷汗顷刻间就冒了出来，当即顾不得其他，忍着腹内灼痛，一招一式演练起十二式来。

“我说什么来着！”骚猴儿骂骂咧咧地重新点燃了油灯，要去打探洞口情况，可油灯亮起，见到武岳阳衣衫褴褛地挡在土屋门口，两脚齐肩并立，双手环抱上举。他脸面通红，牙关紧咬，口中呼呼作声，嘴角流出的血混着泥土，黑乎乎地粘在脸上。

“哎呀妈呀！”骚猴儿惊叫着跑到姚青身后，哆哆嗦嗦地攥住姚青的胳膊“他他他，鬼鬼，鬼上身了……”

淡削弱，每练一遍，灼痛便减去一分，

武岳阳体力透支，身体醉酒般晃了两晃，瘫倒在地。

“哎，哎……他这诈尸是不是？”骚猴儿扭头看看姚青，拾起一块拳头大的岩石，比画着要向武岳阳扔过去。

“你干吗？”姚青阻止道。

“我试试他死透没有……”骚猴儿将石块举过头顶，作势要扔出。

“你放下！”姚青挡住骚猴儿，“别胡闹，咱们三个被困在这密道里，要想出去，还得靠他。”

“靠他？还是算了吧！井口都被团结会的炸塌了，大罗神仙也逃不出去了！”骚猴儿赌气似的将石块向墙上砸去，接着抱头蹲在地上。

姚青一只手扯下衣袖，在肩上缠绕两圈，用牙咬紧布头，打结系紧，简简单单做了包扎。

骚猴儿一跃而起，跑到洞口，手脚并用，疯了般地挖土。

“井壁被他们炸塌了，你这么用手挖，怕挖一个月也出不去。”姚青用脚踢了踢武岳阳，武岳阳睡得正酣，丝毫没有反应。

“我不想死我不想死我不想死……”骚猴儿喊叫着胡乱挖了一通，累得呼哧呼哧大口喘气。

“你还是歇歇吧，虽说这密道宽广，咱们不用担心会闷死在这儿。可是没有食物果腹，你这么用手挖，能挖多久？想出去还得想别的法子。”姚青从见到武岳阳神准枪法的那一刻起便冷静下来，只要练成武岳阳那样的枪法，大仇何愁不报？她对自己这些年在山上虚度光阴感到深深的懊悔，平时若是多花一点心血，今日也不必眼瞅着团结会的恶人行凶。

姚青心中的复仇之火依旧猛烈，但是不再狂躁。从跳进井中起，她就做好了活下去的打算，只有活着才能报仇。姚青去油灯下抓了两把干草，扔到武岳阳身旁，铺平整后将武岳阳挪上去。

骚猴儿咀嚼着姚青的话，忽然想起这密道里不可能一件工具也没有遗下，他从泥土堆中跳出来，快步奔进密道深处。

“你干什么去？”姚青问。

骚猴儿没有回话，转眼间消失在密道深处。

密道外，天已渐亮。

团结会众团兵扫平了山寨，马长官令孟屠子带人去打扫战场，他则带着黑狼和麻耗子等人守在已被炸塌的枯井旁。

“井都塌了，还怕他们钻出来吗？”黑狼将半截断木踢进井坑中。

马长官冷笑一声，道：“狡兔三窟，我还真不信这枯井没有别的出口。”他抬头四下里瞭望一番：“这儿留几个人看守，余人去别处搜寻，即便掘地三尺，也要斩草除根！”

安排妥当，马长官使了个眼色，黑狼和麻耗子等黑衣特务悄悄地向后山赶去。

后山各处布置的硫黄已经燃尽，可呛人的刺鼻味道还未完全消退。马长官哪肯继续空等下去，顾不得许多，率众径直冲向后山的城隍庙。

一行人来到城隍庙西侧，扒开乱草，搬走事先摆好的两块条形石，一个黑黢黢、泛着潮气的洞口显露出来。众人见计划即将实现，忍不住露出欣喜的神色。

马长官点点头："咱们别动队这次行动损失不小，不过，也没有白费心血。黑狼，麻耗子，你们这次立大功了。"

麻耗子立正敬礼。黑狼用胳膊肘拐了麻耗子一下，麻耗子发愣片刻，立即意识到自己过于正式，连忙放下手臂，退到黑狼身后。黑狼皮低头谄媚道："功劳自然是长官的，属下不过听令行事、恪守职责罢了。"

"别谦虚了，等拿到东西，大家都有好处。不过，那东西怕不会被轻易拿到，咱们还是下去瞧瞧吧。"马长官挥手让人送来木梯，顺到洞口中去。

"下面不知道有没有机关，长官一夜辛劳，还是先歇息片刻吧，待属下下去打探清楚。"黑狼劝道。

马长官略作沉思，道："那好，我先小睡片刻。有关资料记载，下面应该不会有什么机关，不过还是谨慎为上。大家分组下去，四人一组，相互照顾，打探着慢慢搜索，切不可粗心大意，一有发现，立即通报！"

"是！"十余个黑衣人齐声作答。

木质构造。两人合力上撑，推开了挡板，……

在城隍庙里。

原来密道的出口原本就在城隍庙中，只因密道开凿的时候，由于匆忙，并未完全以粗木坚石充当梁柱，加上密道又很长，偶有沙砾碎石集中之处，因时日长久，风吹水浸，密道薄弱处难免坍塌——别动队在城隍庙附近发现的洞口就是这样形成的。

而灰袍老人则以为只有自己找到了密道的入口，殊不知“殊途同归”，黑衣别动队在城隍庙外面找到的洞口竟也能进到密道中。他若知道对方也找到了密道，必定不会从容不迫地等时机适宜的时候才去出手——他们要找的东西异常珍贵，断不会拱手让人。

第三十三章　溶洞

武岳阳悠悠醒来，只感觉浑身酸软，饥渴难耐。他坐起身，手掌不小心撑在地上触碰到伤口，疼得他咧着嘴缩回手去。武岳阳对着昏暗的灯光，发现身处不大的一个方形土洞内，进来的那条通往井口的密道已经被土完全堵死，而反方向油灯旁边有另一个黑黝黝的洞口，不知通往何处。他受伤的虎口已被布条缠好，姚青坐在他身旁，倚着一条长石，呼吸均匀，睡得正熟。武岳阳扭过头去，不远处骚猴儿不知从哪里找来了铁锨，正呼哧带喘地挥锨挖个不停。

武岳阳将目光重新移回到姚青身上，趁机细细打量。他看到她肩上草草包扎了两圈布带，伤口仍半露在外面，血从伤口慢慢流出，染红了布带。而武岳阳手掌上的布条则平平整整地缠了很多圈，将伤口完全包住。武岳阳心中暗觉不是滋味，忽然觉得姚青也没那么讨厌。

姚青胸口微微起伏着，她的额角被蹭黑了一块，鼻子上也沾了几点污泥，不过并未破坏她的天生丽质。头上的发辫虽然乱了，可这么垂下来，更显得落落大方，乌黑长发半遮住饱满的额头，脸若鹅卵，口似樱桃，眉目如画，

他强忍住痛，连皮带血剥下僵硬的布条，

从怀中掏出水囊和消炎粉，水囊是从黑衣人身上搜来的。他拔掉水囊木塞，闻到一股刺鼻的酒味，不想竟然是一个酒袋，里面盛着满满的绵竹老酒。

武岳阳一阵窃喜，他咬着牙用酒洗净伤口，敷上了药，重新包扎起来。武岳阳不知道自己睡了多长时间，只觉得浑身上下没有一处不疼，肚子更是咕咕叫个不停。他又从怀中翻出几个布囊，翻找一番，摸出一包红苕干来，

当即打开，大把塞进嘴里，草草嚼了两口，含了一口酒“咕嘟咕嘟”吞了下去。

吃了些东西，武岳阳立即就有了精神头，他不忍心吵醒姚青，要去跟骚猴儿问清楚目前是什么处境。他晕晕乎乎地刚站起身，骚猴儿已来到近前。

骚猴儿横眉怒目，劈手夺过大半包红苕干，又抓过酒袋，凑到鼻下闻到酒味，嗤着鼻子将酒袋掼在地上，抓了红苕干大口吞咽。

武岳阳怒火瞬间被骚猴儿点燃，他跳起伸手去抢，骚猴儿跑到密道口，一把拎起铁锹。

武岳阳以为骚猴儿为一口吃食就要跟他玩命，急忙站住，哪知骚猴儿竟将铁锹递给他。

“我一口气挖了好几个时辰，你倒又吃又睡安逸得很，想出去咱仨都得挖！”骚猴儿将铁锹塞到武岳阳手中，向一旁撤了两步，又抓一把红苕干塞进嘴里。

“挖土是为了活命，那还有什么说的？活三个人干，红苕也得三个人分，你要是敢独吞，我这别的吃的你别想再分到半点！”武岳阳厉声道，狠狠地将铁锹插到土堆上。

姚青被两人吵醒，嘤咛一声站起。

骚猴儿瞅瞅武岳阳，又瞧瞧姚青，抓一大把红苕干攥在手里：“你带再多的粮食，又能熬几天？赶紧挖，过一会儿我再来换你。不许偷懒！”骚猴儿绕过姚青，去密道里面寻水喝去了。

武岳阳将剩下的红苕干递给姚青：“吃吧，不够我这还有。”

姚青眨眨通红的眼，接过红苕干。

“我手上的伤，是你包扎的？”武岳阳明知故问。

姚青没有答话，见密道中灯光黯淡，她去油灯前挑了挑灯芯，密道里顿时亮了许多。

“你救了我几次，都不知道怎么谢你好。”武岳阳从地上拾起酒袋，“你肩上的伤口用酒清洗一下，我这儿还有消炎粉，你敷上重新包扎吧。”

姚青眉头紧蹙，斥道：“说过一命还一命，两不相欠，你还啰唆什么？”

武岳阳张嘴便要辩驳，可见她两眼通红、神色憔悴，终于无法狠下心跟她一般见识：“你是女儿家，我不方便替你敷药疗伤，你自己能拾掇最好。需要帮忙时，不妨喊我。”武岳阳将药瓶和酒袋在她跟前放好，回身抓起铁锨，开始挖掘堵住密道出口的泥土。

伤口一阵阵火燎般的胀痛，姚青疼得浑身不停地冒虚汗，若不及时消毒处理，等伤口流脓溃烂再行医治就要麻烦许多，姚青清楚这一点。她草草吃了些红苕干，瞟一眼武岳阳，看见他正背对着自己在塌方处挖土，她悄悄地转过身，解开肩上包扎伤口的布条，洗伤口，敷药，重新包扎，可是布条不小心被她扯成两截，原本就短的布条接上后只够绕肩膀一圈，无法将接头按在一起打结。姚青用力一拉，布带勒进伤口，疼得浑身打战。姚青一拳砸在石壁上，气恼地扯下布条，丢在一旁。武岳阳回身看了一眼，他知道万难等到姚青主动求软。“看在她趁自己睡熟，悄悄替自己包扎了手上的枪伤的分上，也帮她一回吧。”武岳阳劝自己道。他扯下衣袖，撕成长条首尾系在一起，走近抛给姚青，“快包扎起来吧，你流血过多，面色吓人得很。我去给你盛些水来。”

“不用，我这还有些水。”姚青冷冷道，从怀里掏出一个水囊。

“……哦。”武岳阳抢过姚青手中的药瓶，“你够不着，伤口若是发炎就麻烦了，我替你敷上吧。”

姚青疑惑地看向武岳阳。

武岳阳握着药瓶蹲在姚青身前，他看到姚青将上身衣服向下褪了褪，堪堪遮住胸口，露出精致的锁骨、半条沾着血污的臂膀和整个洁白的肩头。武岳阳血流加速，酒气上涌，呼吸顷刻间急促起来。

骚猴儿举着火把，从密道

蹲在姚青跟前，他咳嗽一声，钻出密道。武岳阳如初次行窃被逮到的蟊贼一般，缩回手，起身退到一旁。

骚猴儿满脸不快地绕过武岳阳和姚青，到洞口处站定，猛力摔下火把，抬起腿，一脚将铁锨踢得老远，指着武岳阳破口大骂：“他妈的！才挖这么一点，你倒是还想出去吗？”

武岳阳并不理睬骚猴儿，扭头问姚青道：“这密道是怎么回事？”

姚青将额上的头发向后捋了捋，说道：“因担心官府派兵清剿，这是我们挖的逃生通道。”

武岳阳向黑黑的密道内望去：“那咱们为什么……”

“挖了几年，没有挖通。”不等武岳阳问完，姚青打断道。

“我去探探。”武岳阳拾起火把，到油灯上点燃，低头钻进密道。

“密道深处有泉水，不想死就少喝一些！”姚青警告道。

“你给我回来！”骚猴儿拎着铁锹疾步追去。

姚青一手扶着石板慢慢坐下，淡淡道：“他可带着枪呢。”

骚猴儿立即停住，他见识过武岳阳精准的枪法，这时想起来一阵后怕，哪敢继续追赶？原本打算强迫他替自己挖通井口，眼下怕是再难如意了。骚猴儿不满道：“大公子，这密道里面是死路一条，咱们三个的命都着落在井口这儿呢，密道里没有粮食，多耽误一刻咱们就少一分活命的希望，你还由着他去探个啥？”

“就一把铁锹，你让他用手挖吗？”姚青闭着眼道。

骚猴儿看看自己手里的铁锹，说不出话来。他气鼓鼓地走到洞口，又一锹一锹地挖起土来。

马长官的特务别动队则一直在密道里向前不停地打探着。如马长官所料，密道中一处机关陷阱也没有遇到，于是加快了行进的速度，可随着他们渐渐深入，发现密道越来越宽广，再往前走了一会儿，密道一侧的石壁竟有泉水涌出，泉水源源不断地汇聚在一起，形成一条地下河。也不知是密道沿溪流冲出的沟渠挖成，还是溪流顺着挖出的密道流淌，密道和河床走向一致，以很缓的倾角斜着向下延伸开去。

密道和地下河最终通到一个开阔的大溶洞中。溶洞高达数十丈，方圆半里左右，无数乳白和淡黄色的钟乳石从溶洞穹顶垂下，一节一节地连接到洞底的石笋上，在火光的照耀下，这些钟乳石千姿百态，晶莹剔透。

马长官跟着黑狼和麻耗子进入溶洞中来，他没想到这密道中竟别有洞天，一时惊得目瞪口呆。

“马长官，这溶洞我们四下里打探了个遍，没有洞口。”黑狼举着火把道。

马长官摇摇头：“不可能，再找！”

众黑衣特务又四下分散打探了片刻，仍旧没有任何发现。

“会不会搞错了？”黑狼一双死鱼眼四下扫视着道。

“绝不会，这情报可是……”马长官话说了一半，及时收住，“这溶洞里可有什么不一样的、人为的东西吗？”

“不一样的……人为的……这倒没有……”黑狼喃喃道。

麻耗子盯着一侧石壁上突出的钟乳石看了好一会儿，走近前去，举起枪，将枪柄用力向突出的钟乳石砸去。

麻耗子“咔咔咔”一顿狠砸，钟乳石被砸碎飞溅，露出下面灰黑的岩石来。别动队众人均吃惊不小，一齐围上前来。

第三十四章　断龙石

别动队众黑衣特务以枪托、匕首和尖石为工具，又刺又砸，如同破冰一般，很快清理掉灰黑岩石上面薄薄的一层钟乳石。整块岩石没有什么棱角，两端略尖，中间鼓起，倚着石壁，圆滚滚的如一枚平躺的巨卵。

“这颗状如鸡子儿的破石头，能有什么门道吗？”有人拍着巨石撇嘴道。

众人半围着巨石，都瞧不出它有什么不同之处。

马长官远近打量一番，冷冷道：“这巨石怕是真有文章，你们看四周的地势。”

众人经他提醒，才注意到大溶洞地面呈四周高中间低的半截漏斗状，而这块巨石所处之地最为低洼，乃是整个溶洞的最低处，若不是一旁的岩壁间有几个孔洞将溪流导出，这巨石定会浸没在水里。

“哎，果真有些门道，此地十分低洼，莫不是被这颗巨石压下去的？”黑狼道。

“我怎么没看出有什么不寻常的地方……”黑狼身旁一个黑衣特务皱眉道。

马长官以枪柄敲了敲巨石，比画着上面的几条长痕：“这圆滚滚的石头，分明人工打磨而成，而且它恰好处于整个溶洞的最低处，也像是有人有意为之。”

“可是它原本被钟乳石覆盖，你又是怎么瞧出来了？”黑狼满腹狐疑，盯着麻耗子问。

麻耗子看着马长官，马长官点点头：“但说无妨！”

“别处石笋多为雪花似的凝白或炼乳般的淡黄，可这巨石上的石笋，只有薄薄的一层，呈半透明状，显然年份不够久远。”麻耗子面无表情道。

“这巨石后面难道能是入口？”黑狼转到巨石后面，只见巨石因地势缘故紧紧地倚靠在石壁上，巨石和石壁连接处的钟乳石虽然被清理了一些，但巨石过于庞大，钟乳填满了巨石和石壁间的缝隙，将巨石和石壁粘连成了一个整体，使得巨石如眼球一般镶嵌在山洞的石壁上。

“八成就是这儿了。”马长官举手在巨石旁边的石缝中插好火把，“这东西没有一个固定的称谓，构成它的形状和材质也不尽相同，传说帝王的墓穴中多有此物，江湖人多称其为‘断龙石’‘金刚墙’‘隔世门’之类的玩意儿。”

“里面到底是什么宝贝，还至于用这么一颗巨石拦路！”一个黑衣特务忍不住发问道。

“不该问的别问！”黑狼训斥道。

“是，属下无心失言！”那人惊慌失措，立即低头垂手认错。

马长官冷眼瞧瞧二人，道：“哼哼，错不了，后面应该就是密室。先别好奇里面的东西，稍后你们自然会知道。眼下紧要的是，咱们如何移开这个‘绊脚石’？都想想，咱们的时间可不多。”

众人马上围在一起商讨对策。

很快，别动队一行人想出三个可行的方案：第一，清理干净巨石和石壁间的缝隙，以长木撬开巨石，只需露出容一人进出的缝隙即可；第二，以铁镐刨开地表，挖出一条地势更为低洼的沟渠，以绳索牵引，将巨石引入沟渠；第三，从巨石四周寻找较为松软的地方，开凿通道，绕过巨石。

三个方案看似都可行，却都能找出其不足之处。第一个方案，巨石紧贴石壁，以长木撬石，细想发现这个方案根本无从施为，仿若背对墙壁而立，脚跟贴墙，很难蹲下去一般，有种有力使不出的感觉。第二和第三个方案差[illegible]

[illegible]

儿人出密道去，[illegible]炸药等杂物和工具回来。

马长官亲自守在溶洞中坐镇指挥，几伙人分头行动起来。

另一条密道中，骚猴儿的逃生之旅也在紧锣密鼓进行中。

“滚！滚！滚！”骚猴儿毫不停歇地挖着土，每挖一锹就大骂一声，近似疯狂。姚青眯着眼坐在油灯下，眉头微蹙，冷眼盯着骚猴儿。密道深处，武岳阳站在密道尽头，举着火把，仔细打量着面前的沙土堆。一路上，武岳阳注意到每隔几十步，密道顶部就有一个出口，他知道这定是输送密道挖出的泥土的通道，不过每一个出口都被木板封死，下面以树干和长杆支撑，武岳阳不敢贸然触碰封板，上面的土层极有可能倾泻下来将自己活埋。

密道尽头是一个葫芦底般的土屋，有泉水从一侧石壁间的凹槽中流过，消失在岩石的缝隙里。武岳阳趴过去，捧着水喝了两口，一股清冽甘甜顺着咽喉而下，他打个哆嗦，精神为之一振。

土屋里几根粗木梁支撑着密道顶部的封板，四下里散乱着几截绳索、数堆用来吸潮的草灰、折断的铁锨把手、残破的酒袋和旧盘碎碗。武岳阳拾起铁锨把手，向墙壁上敲了敲，"噗噗"地击落一些泥土，根本无法根据声响判断土层的厚薄。

武岳阳抬头又瞧瞧头顶的封板，心道："如果万不得已，只有冒险将这些封板逐个拆除，但愿有封土少的出口……"武岳阳暗自琢磨着，往水囊中盛了些水，沿着密道返回到塌井的一端。

姚青倚着石板小憩，眼角仍噙着泪水。她双手紧紧地攥着，胳膊不时地抽动一下，显然噩梦连连。武岳阳将水囊轻轻搁在石板上，姚青立即惊醒过来。

见姚青如受惊的小鹰一样盯着自己，武岳阳赶紧后退两步："给你盛了些水回来，你喝吧。"

姚青从石板上取下水囊，道："这水里含着石灰，不能多喝。"她一边说着一边拧开木塞，仰脖喝了一小口。

骚猴儿听到身后的响动，回身瞧见了武岳阳，他咬着牙跳起，奔到武岳阳跟前，一言不发地将铁锨杵到武岳阳怀里。

武岳阳哭笑不得，端着铁锨，打量着堵住洞口如山一般的泥土："别白费力气了，就凭这一只铁锨，咱俩怕是半个月也挖不通。"

"那咱就在这吃饱等死！"骚猴儿瞪眼道。

"你愿意怎么都好，我去别处看看。"武岳阳拎着铁锨向密道走去。

骚猴儿两步追上他，夹手夺回铁锨，拉开了架势，叫道："你又不挖土，拿铁锨做什么？"

“密道顶部有许多封板，捅开封板，咱们或许能找到一个出口借此逃生。”武岳阳说着去夺铁锨。

骚猴儿远远躲开：“你活够了尽可以自己去送死，砸死活埋由着你，这铁锨死也不让你带走！”

武岳阳见骚猴儿拼死相夺，叹口气道：“我不与你抢便是，只是你这么挖是挖不通的，即便挖通了，井口上面怕也有团结会的兵丁把守，你逃得了吗？”

“不用你管！”骚猴儿宝贝似的护着铁锨道。

武岳阳看姚青一眼，转身又消失在密道里。

骚猴追上几步，叫道：“哎……你回来！又他妈让我一个人挖……你死在里面好了！”他对着洞口叫骂着，想去追回武岳阳，却担心武岳阳回来夺自己的铁锨，跑到洞口挖了两锨，又怕武岳阳触碰封板被活埋，死在密道里没人回来帮自己挖土，就又跑到密道口大叫：“快出来！我挖通了！”

姚青擦擦眼角，塞回水囊的木塞，靠着石板，继续闭目养神。

黑狼和麻耗子各带了几人爬出密道，先遣散了团结会众团兵。麻耗子率人悄悄地潜伏到城隍庙四周，守着密道洞口。黑狼一伙人则分散开来搜集一干杂物和工具。

马长官等了不大一会儿工夫，黑狼一伙人就满载而归。每人都背了满满的一个大背囊，所有要寻找的物什一应俱全。

这块巨石拦在密室门口，[illegible]出，都感到有些气馁。

马长官上下看了看溶洞的岩壁，略作沉思。“用凿子在巨石靠近岩壁的一侧打几个炮眼，在这就行。”马长官在巨石上指点道。

“长官是想用炸药炸？这溶洞没有柱梁，怕是经受不住气浪冲击，咱们还是稳妥着一点点凿吧。”黑狼提醒道。

“我可等不起。”马长官使了个眼色，命令众人赶紧动手，他接着道，“放心吧，这岩壁结实着呢。且咱们只将炸药放在凿出的炮眼里，冲力大多集中在这大石头上，不碍事。”

别动队众人点头领命，分好了锤子和凿子，开始在巨石上“咔咔”地打起炮眼。

第三十五章　圣谕碑

马长官虽然宽慰众人炸药不会炸塌岩壁，可是他心里也没有底，不敢直接将炸药塞到巨石和石壁之间的缝隙中去。等众人在巨石上打好了炮眼，他又让手下在炮眼外遮了几块石头，避免炸药直接炸裂石壁。

一切布置妥当，别动队众人远远躲开，黑狼将炸药长长的引信点燃，轰隆一声巨响，碎石激射，烟尘弥漫。

武岳阳在密道中来来回回走了好几趟，终于选定了尽头密室内的封板，这处封板四周有木梁支撑，坍塌的危险相对小一些，而且地上有一块树根可以踏足，他能更接近封板。武岳阳甩下肩上的汉阳造，划开刺刀，一手抓着枪托，仰起头小心翼翼地探着上方的封板。他慢慢地撬开一根撑柱，正全神贯注地以刺刀一点点挑开封板下面的泥土，仿佛走在悬空的绳索上，当真是千钧一发，豆大的汗滴从他耳前流下，这时猛听到爆炸的声响，吓得他脚下一滑，一个后仰摔倒在地。他以为自己弄塌了密道，就地向后几个翻滚，狼狈地滚出密室。武岳阳这才敢回过头来，见到密室上方的封板依旧牢牢地嵌在泥土和碎石当中，他惊魂未定，爬起来，谨慎地绕过撑着封板的梁柱，再

[illegible]

[illegible]碎巨石，不过马长官的目的已经达到，众人清理干净碎石，岩壁上不大不小地显现出刚好能容一人进出的洞口。

黑漆漆的洞口向外透着凉飕飕带着潮气的冷风，几支火把凑到洞口，只照出几步远，洞内多年未见光亮，火光如雨滴落在龟裂的干土上一般，立即就被吸走了。

马长官扒着洞口，将火把向洞内伸进去，火苗呼啦啦微微摆动，马长官回头看看众人，冷哼一声，说道：“我一直没有详细交代此行的目标，是担心走漏了风声。不过想必你们早已经猜出来了。没错，张献忠的那些宝贝，就在这洞里，现在咱们就进去把宝贝取出来。看看，有风，有风就好，不用担心憋死在里面。谁打头阵？”

别动队众特务相互对视几眼，黑狼冲一个粗矮敦实的特务使了个眼色：“老荀，你身手好、行事稳妥，当仁不让。”

叫老荀的粗矮汉子瞥黑狼一眼，目光中闪过一丝怨憎，他一言不发地接过火把，俯身钻进洞内。

黑狼带着余人尾随进去，马长官若有所思地回头向溶洞内另一端进来的密道处张望几眼，也跟进洞去。

洞内一条弧形密道，没几步就走到尽头，进入一个颇为方正、十分宽广的石洞中。

一股带着古怪腥味仿佛锈蚀多年的金属潮气扑面而来，别动队众人捂住口鼻连忙后退数步。

“胆子就这么大？”马长官冷眼瞧了瞧黑狼，面露不悦。他将火把抛进石洞中去，火把在地面石板上弹了几下，掉落许多火星，又在地上烧了片刻才缓缓熄灭。“这儿又不是古墓，怕有机关吗？走！”马长官带头走进石屋。

“长官且慢！”黑狼拦住马长官。

“怎么？”马长官扭头打量着黑狼。

“这是什么？”黑狼举近火把，向洞口旁边一块立着的石板上照去。

“有什么不对劲？”

“上面好像刻着字……这是一块石碑……”黑狼大睁着眼，皱眉道。

马长官凑上前去，在火把的光亮下，细细打量石条，只见那石条果然是座石碑。石碑底端陷在土里，地表部分就有一人余高，半扇门板般宽窄，一尺余厚，表面青灰色，上面斑斑点点地结满了红褐和灰绿类似苔藓般的尘垢。马长官划出刀刃，在石碑表面刮了刮，发出金属摩擦的刺耳声响，随刀刃掉落下的尘垢粉末像铁锈铜绿，呈片状沙沙落地。

清理后的石碑如铜镜般平整光滑，碑首刻有龙纹，碑文楷书竖排篆刻，额题“圣谕”二字。

马长官打量着石条道："石碑又怎么了？石碑有什么让你害怕的……"等看清石碑上的碑文，他立即猛地倒吸一口气。火光下，石碑上的字迹在光和影的罅隙中波动，虽然陈旧，但很清晰：

天生万物与人，人无一物与天，鬼神明明，自思自量。

石碑底部落有"大顺二年"等字样，后面的字迹看不清楚，显然是落款时间。

众人纷纷对视，均有惊骇之色。

"看什么看？绕过去！"马长官道。

"它杵在这洞口，怕有什么说道吧？上面这些字是啥意思？"老苟皱眉问道，"这……这石头莫不就是那'七杀碑'？"

马长官咳嗽一声，道："不许乱猜！"他从怀中掏出一张纸，展示给众人："咱们此行有着可靠的情报，你们把心搁在肚子里吧。绕过去！"

众人犹豫着不敢上前。

"怎么着，还得让我亲自去探路吗？"马长官淡淡道。

老苟看黑狼一眼，不等他下令，就抓起火把，贴着密道一侧绕过了石碑。

武岳阳只用刺刀在墙上掏了几下就收到了成果，土墙被他掏出一个盆口大小的凹洞，他不敢停歇，一下一下刺个不停。忽然感到刀头一顿，刀身传来一丝异样，明显碰到了一块硬物。武岳阳血气上涌、心跳加速，他试探着用力推了推枪柄，刺刀微微前进了分毫，知道刀头抵住的绝不是岩石，加大力气，刺刀又向前刺进稍许。片刻后，随着咔嗤一声，武岳阳感到刺刀刺穿了阻碍物。

……将阴洞完全清理出一个

脚步声的时候，那人已来到他的身后。……

对准来人："谁？"

"他们挖了几年也没挖通，你还白费什么力气？"姚青幽幽道。

武岳阳被她吓出了一身的冷汗，恨恨道："你好歹出点声，吓死人哪！"

"你的心思全放在挖洞上，我轻咳了几声你都没听到，这怨得着我吗？"姚青柳眉倒竖，粉面含威。

武岳阳被她呛住，无可反驳，又不愿认错，索性闭口不答，只是呼哧呼哧地将洞口扩大。

姚青也懒得跟他吵，独自走到一旁，背对着武岳阳，解开肩上早已被血浸透的绷带，重新敷药包扎。

武岳阳回头看见她血肉模糊的肩膀，心中不忍，一边轻轻地撬开洞口外面的钟乳石，一边问道：“你肩头的伤可不轻，能熬到出去吗？”

“姑奶奶可没那么柔弱，不劳烦你担心！”姚青头也不抬道。

“哼。”武岳阳后悔自己多余问这一句，冷哼一声，回过头来继续挖洞。

由于担心洞口外面有铁血会团兵，武岳阳谨慎地将撬开的钟乳石放在地上，俯身将眼睛凑到钟乳石间撬出的缝隙前，向外张望。他看到了外面宽敞的大溶洞，也看到了对面巨卵一般的圆石，并闻到一股刺鼻的火药味，立即掩上洞口。

姚青听到武岳阳手忙脚乱的声音，回身瞥他一眼：“你鬼鬼祟祟地在干什么？”

武岳阳呼吸急促，道：“我我……我，我挖通了！那边是个溶洞。”

姚青立即起身上前来，动手就要扒开洞口的泥土。武岳阳制止住她：“别动！火光会暴露了咱们！”

“那就熄了火把算了。“姚青说着，伸手去拿插在墙上的火把。

“不用！我不怕暴露。”一个声音从两人身后传出。骚猴儿不知什么时候悄悄地来到土屋，推开武岳阳，双手齐上，三两下便扒开了洞口，低头弓身就向洞口外钻去。

武岳阳还没来得及阻止，骚猴儿如偷蜂蜜挨蜇的狗熊一般迅速地又倒着钻了回来，手脚麻利地用泥土重新遮住洞口。

姚青和武岳阳好奇地盯着骚猴儿。

“还他妈真有人啊，对面一颗石头顶上插着火把呢，好像还有火药味。”骚猴儿惊魂未定道。

“应该是团结会的人，不知道这土屋是否有孔洞和缝隙，火光传出去就不妙了，快把火把熄掉！”武岳阳急道。

骚猴儿罕有地立即照办，抓过火把按在地上滚动，火把熄灭，土屋中一片漆黑。

“嘿嘿嘿嘿……”骚猴儿忍不住笑出声来，“天不亡我，天不亡我啊！”

“你欢喜个什么？外面这溶洞通向哪里还说不准，而且有团结会的人在外面，想逃出去，怕少不了要费一些周折。”武岳阳低声道。

“他们怎么进到这儿来的？咱们顺着他们进来的路出去便是。如今他们在明，我们在暗，我非得阴死他们。臭秧子，想活埋本小爷，看我今日以彼之道还施彼身！”骚猴儿咬牙道。

第三十六章　一线天

武岳阳、姚青和骚猴儿耐着性子候在土屋中，三人坐立难安，不住地从孔洞处向外张望。对面卵状巨石上插着的火把仍在燃烧着，火苗被吸向洞口。随着时间流逝，火把顶端烧成了红炭，火苗渐有熄灭之势。

三人都巴望着火把快些熄灭，好早些逃出去。这阴冷潮湿、不见天日的幽闭密道已快将他们逼疯，尤其是骚猴儿时刻处在崩溃的边缘。他挤在最前面，霸占着武岳阳挖出的孔洞，眯缝着眼打量着外面黑乎乎的溶洞。眼看着火把将熄，骚猴儿的视线越发模糊，他猴急地扒开洞口的土堆，正准备钻出去，一阵微弱的枪声传来，骚猴儿如一只埋伏了许久刚要出击的猛兽，突然一阵风吹草动惹得猎物抬起头来，他只好重新掩藏身形。

骚猴儿分不清枪声从哪里传来，他回头询问似的瞅瞅武岳阳和姚青，两人同样一脸迷茫。骚猴儿仰头向头顶的封板看去，武岳阳和姚青随他视线抬头来。

枪声的确从头顶传来。在厚厚的土层上面，灰袍老人张元顺正大开杀戒。

灰袍老人紧赶慢赶，还是迟到了一步。他追上山来的时候，武岳阳已和团结会正面交火。其时双方交战正酣，山头上乒乓作响、子弹乱飞，武岳阳和姚青被团结会的火力死死压制住。灰袍老人纵身跃到一棵茂密的水梨子树上，居高临下看得清楚，可又插不上手。眼见武岳阳要命丧当场，危急之下，灰袍老人顾不得许多，从衣囊中掏出一块镇纸般的长方条状乌木，掰断一截攥于手心，敛神内视，静心凝气。

一阵风起，枝叶摇动，晴朗的夜空不知从何处凭空涌出大团的云雾来，更有雷声隐隐传出。

武岳阳和团结会众团兵忙于激战，对夜色中悄然发生的异象一无所知。退无可退之际，骚猴儿跳入枯井逃生，随后武岳阳也被姚青推了下去。

灰袍老人原本打算引雷击树，好趁乱救走武岳阳，哪知突生变故，三人跳入井中，紧接着数名团兵投了手榴弹进去。灰袍老人来不及阻止，眼见爆炸声起，尘土四溅，井壁在爆炸中完全塌落下去。

这一切只如电光火花，倏忽即逝，转眼间鲜活的人儿就被埋在了土下。灰袍老人怒不可遏，满腹的悔恨，怨自己没有控制住武岳阳，任由他赶上山来白白丢了性命，更怨自己没有及早布防，以致惨剧突发而不及阻止。

盛怒下的灰袍老人须发皆张，脸色愈加赤红，两眼透出浓重的杀气。他如鬼魅一般贴着树干滑下树来，手足轻摆，草丛微晃，如水面被轻舟撕成两半，不到片刻，他已到山下。

秋意尚浅，草木枝叶也刚刚泛黄，湿气仍旧很大，况且天台山溪流瀑布众多，山体极大，灰袍老人略微犹豫，放弃了纵火烧山的想法。他下到醉石林处见山势陡峭，道路极其狭窄，山壁夹道垂立向上，夜空在头顶只有丈宽一条窄缝，正是天台山上最难行的“一线天”。他在一线天入口处站定，面向石壁，上下打量一番，心道：“以牙还牙，埋了你们做陪葬再好不过！”

灰袍老人纵身几个起落，来到一线天东侧一块顶大底尖如倒摆的靴子一般的岩石旁，以掌击木，震断树根，拔出数棵白果树，连着泥土抛到道路当中，又从石壁顶推落许多石块，将道路完全阻塞。

东方已发亮，天色渐白。灰袍老人又回到一线天，先挪动几块大石摞在一起挡住一线天出口。他毫不停歇，又拔身而起，在山石凸起处或蹬或按，很快蹿到一线天石壁顶部，如法炮制，以掌力震断许多树木，更备下几十颗石块，分堆堆放在一线天顶部悬崖边上。

后面需要做的便只有等待了。好在很快便传来了马蹄声，团结会众团兵

[illegible]

见肥肉即将入口，哪肯轻易离开！可是[illegible]了马长官和他所率的一众黑衣人的本领，没人敢公然哗变造反。众人嚷嚷几句，嘴上讨些便宜，也就罢了。当下众团兵商议一番，留下几个团兵和黑衣人一起看守库房，其他人和孟屠子一起下山去了。

孟屠子又饥又渴，浑身无力，而且身上多处都挂了彩，但精神亢奋，威风凛凛地率着一行人马下山来。到了醉石林，在倒靴石旁，队伍停住，有团

兵来报：“前方道路被乱石和树木挡住了，马过不去，孟屠……老孟，让大伙儿下马来去把杂物搬开吧！”

孟屠子怒火噌的涌上头来，抖开马鞭，唰的一鞭子抽向团兵，那兵勇急忙缩头，马鞭啪地抽在路旁草丛上，削断了一片草茎。孟屠子瞪眼骂道：“抽死你个龟儿子，老子拼死拼活保着你们，不知道喊一声‘长官’吗？”

那团兵不敢辩驳，怯懦地答应着：“是，是……长官。”

“闪开！”孟屠子驱马上前，像模像样地探查一番，道，“塌方了嘛，搬什么搬？那边有路干吗不绕过去？”

众团兵扭头张望，果见杂草间有一条小路从“倒靴石”另一侧绕过。孟屠子是这伙人的主心骨，他率众团兵绕过倒靴石，毫不提防地走进“一线天”。

团兵们很快走到夹道尽头，队伍前面的团兵见道路又被乱石和枝木阻塞，惹不住破口大骂：“妈个胯子这是咋了嘛，这里咋个也堵死了？”

一线天道路狭窄，连两匹马都无法并行，团结会浩浩荡荡几百号人根本不能全部进到狭道中去。灰袍老人也没指望赶尽杀绝，他见队伍行到狭道出口处停住，便立即蹿到入口上方，双臂齐挥，将事先备好的石块和树木推落。

伴随着呼呼的风声和扑通扑通的撞击声，石块、树木纷纷落下，紧接着团兵人群中发出惨号，队伍立即骚乱起来。

“有埋伏！”

“快撤，啊……”

“谷口被堵住啦！闪开！”

团兵们被前后堵死在狭道里，慌乱之际，急于逃命，互相拥挤推搡践踏，人一旦被挤倒就很难重新站起。灰袍老人更是毫不留情，将狭道顶部备好的数堆石块和树木全部推落下去。他站在一块凸石上，不动声色地向下看了看，用脚尖挑起一根粗枝，折成四段，又从怀中掏出一团油纸，撕开，将里面药膏一般的油黑黏稠状湿物取出，涂抹在粗枝顶端，吹燃火折子，将四根粗枝点作四支火把，抛进狭道中去。

火把遇到团兵衣物或树枝树叶，燃烧起来，加重了团兵队伍的骚乱，也同时暴露了灰袍老人。狭道外的团兵高叫道：“上面有人，在上面！”一边喊一边纷纷举枪对着天空砰砰乱放。

灰袍老人退到狭道另一侧顶部，他贴着石壁纵身跃下，刺溜刺溜沿着石壁落到地上。随后头也不回地向山上奔去，几个起落，他灰色的身影便消失在晨曦中。

且不提困在一线天狭道中团结会众兵丁伤亡怎样，单说灰袍老人又重新来到山上。他想着团结会众兵丁大多都是由远近的村民武装而成，受人摆布，幕后的罪魁祸首终究是那马长官和其所率领的黑衣特务。灰袍老人双目如潭，面色潮红，他躲在树后，远远地看着在城隍庙前放哨的几个黑衣人，将头顶有些散乱的头发重新用发簪别好，一边暗暗道：“你们这些鹰爪子，通通都该死！”

灰袍老人更不迟疑，悄无声息地贴上前去。等团兵发觉后，他突然跃起，最近的团兵还在木愣愣地呆立着，根本没回过神来，灰袍老人左臂已挥出，一颗鸡蛋大小的石块已带着风声击中那团兵面门。团兵鼻梁被砸塌，捂着面门哀叫倒地。

另一名稍近的团兵赶紧卸下肩头的枪，可是灰袍老人早已洞察先机，没等他抬起枪口，另一颗石块已从右手掷出，团兵慌忙用枪筒去格挡，哪知石块势大力沉，虽被他拨开稍许，却仍旧砸在他脸颊上，痛得他捂着腮帮子蹲下身去，嘴里呜呜叫个不停，也不知掉落了几颗牙齿。

远处两名团兵端起枪，毫不迟疑地冲老人开火。灰袍老人左躲右闪，借着树木掩护，向那两名团兵迫近。两名团兵从没见过这么诡异的事，这灰袍老人是人是鬼，怎么身形如此敏捷，竟能赤身肉体躲避子弹？

[illegible]

“鹰爪子，超生去吧……”[illegible]

来。他两手擎着两人，不及回防，寒芒快如闪电，眨眼间已到胸前，他侧身躲避，堪堪避开，可是胸口衣衫仍被飞刀划出很大一个口子来。

偷袭者站在十步远近，是个黑衣少年。他头发蓬乱，眼神冰冷，脸上十几颗麻子在朝阳下很是清晰。

第三十七章　藏宝铁箱

麻耗子有些吃惊，很少有人能躲过他的飞刀，况且他还是趁着灰袍老人双臂举起、不易躲避的空当偷袭出手的，可飞刀仅仅划破了灰袍老人的衣襟。麻耗子暗道，这老人身手了得，怕是大有来头。当下后退半步，两腿微曲，侧身而立，凝神注视着灰袍老人，琢磨着如何救下被擒的两个伙伴。

灰袍老人见麻脸少年全神戒备，身子重心放低，两腿暗中发力，双足陷进地表，整个人仿若绷紧的弓弦，随时可以弹射出去。他又注意到麻耗子低垂的双臂，见他袖口微动，手腕一翻，两手各捏住一把锋利的飞刀。

“哼！”灰袍老人不屑地冷哼一声。他双臂发力，把手中尚在不住挣扎的那两名团兵猛地对撞在一处，同时前踏一步，双掌前推，将两名晕死过去的团兵一前一后推向麻耗子。

两团黑影裹着风呼啸而来。麻耗子见来势太猛，不敢伸手格挡，一个驴打滚向旁边躲开。刚抬起头，只见灰袍老人紧跟着后面飞来的团兵，如影随形一般，瞬间来到面前。麻耗子后背唰地发麻，惊出一身的冷汗来。他脑中一片空白，但还是本能地上身后仰，双臂前伸，手腕外抖。

没等麻耗子甩出飞刀，灰袍老人早已捉住他的双臂，两手如铁箍似的攥住他的手腕，缓缓抬起。麻耗子立即感到钻心的疼痛，手指不听使唤地松开，飞刀叮当落地。他头上冒出大颗汗珠。他咬紧牙关，强忍着没有喊出声来。

灰袍老人想着这些黑衣特务守在城隍庙附近，难保没有发现密道的入口。他原本打算速战速决，杀尽这些黑衣人，可是这个麻脸少年竟让他一时间下不去手。灰袍老人手上稍稍加了劲力，他说：“硬气得很哪！”

麻耗子只觉得骨头都要被老人捏碎了，双臂一阵钻心剧痛，他面颊抽搐，硬挺着没有答话。

灰袍老人以为麻耗子会受疼不过，出声讨饶，他也好将其羞辱一番杀掉，但没想到这少年倒挺倔强。他双眼望天，手又握紧了些，道：“服不服气？说服气我就放了你。”

“不服！”麻耗子声音发颤却毫不犹豫道。

“嗯？”灰袍老人再次加大劲力，将麻耗子手腕捏得咯吱咯吱作响。

“不服不服！”麻耗子叫道。他将头后仰过去，猛地朝前撞向老人胸口。

灰袍老人哪容麻耗子近身？他侧身避过，顺势扭转了麻耗子肩膀，将他反剪胳膊押住，正盘算着是杀还是放，忽地一阵枪声响起，远处几十名团兵叫嚷着追上山来。老人立即提起麻耗子，两个起落，消失在密林中。

“那边那边！跑不远，分散开，快追！”团兵们发一声喊，四散开来，向老人消失的密林围去。

“敢吭声，我割了你的舌头！”灰袍老人低声道，一如当初劫持武岳阳般恐吓麻耗子。

麻耗子虽然倔强，可也不傻，他猜不透老人性情，不敢犯险，索性顺从，正好可以监视老人的动向和意图。

灰袍老人绕了一圈，悄悄地潜到城隍庙中，掩上门。庙堂中一片阴暗，十殿阎罗环立四周，这些塑像姿态各异、面目狰狞，仿佛随时会扑过来将人拉到十八层地狱去过刑一般。灰袍老人将麻耗子丢到地上，背着手质问道：“你们这些国军的特务，坏事做尽，不想着杀鬼子除日寇，却专蛊惑百姓、残害同胞！你们打着剿匪的旗号攻打天台山，暗中到底在做些什么见不得人的勾当？”

麻耗子不善辩解，坐在地上一言不发，两手交替按揉着手腕，眼角却向庙

“好一招瞒天过海！”灰袍老人笑道，沙哑的嗓音在这阴森的庙堂中尤其让人胆寒。老人站在密道口一旁，看着麻耗子道：“带路吧。”

麻耗子无奈起身，走到密道口，跳了下去。灰袍老人紧随而上。

绕过了圣谕碑，进入石洞中，锈烂潮湿气愈加浓重，马长官一行人掩住口鼻，高举火把，将石洞照得通亮。

石洞内空间很大，长宽均有三四十丈，四壁岩石上遍布刀砍斧凿的痕迹，好似力夫或役兵匆忙间建造而成。马长官一行人自然不会关注这些，他们大睁着眼，被眼前的景物惊呆。

只见石洞内地上堆积着小山一样的兵器，从最内侧的墙壁逐渐倾斜下来，样式不是很多，其中以红缨长枪和单刃长刀为主。原本贴着内侧墙壁码放在一起，由于时日长久，捆绑兵器的筋绳腐烂，导致部分兵器散落下来。这些长枪长刀均已发霉生锈，三三两两地粘连在一起，更有马镫、炊锅、箭镞等辎重，无不堆积成山。

左侧贴着墙壁码放着无数个木箱，大多也已枯朽糟烂，里面盛放的铜钱和银锭压塌木板，滚落满地，形成了锥形的“金银山”。不过最下面的铜钱浸在一指高的水中，早侵蚀掉了原本的光泽，结上黑绿的铜锈。上面的铜钱相对要好一些，但也锈迹斑斑，穿铜钱的麻绳已化成了灰，留下道道灰痕。银锭倒好，不怕时光侵蚀，仍旧银白发亮。

石室另一侧乱糟糟一片，几个土丘高矮不一。黑狼抓过一只汉阳造在土丘里拨动几下，挑出几片褪色的绢绸来，表明这些土丘原本都是布匹。

石室中央的地上，各式稀奇古怪的器物摆放在一起，有青铜四足方鼎、双耳圆腹簋、兽首提梁壶、编钟等青铜器，也有红壶、白碗、花瓶等各式瓷器，更有雕花木椅、石刻佛头和闪闪发光的鎏金方盘，诸多器物或完整或残缺不一而足，众人看花了眼，嘴张开就再也合不上了。

马长官则疑惑地绕着石室当中三个铁箱转了几圈，左右上下不住地打量。

“马长官，这……这果真是张献忠的宝藏吧？”黑狼欣喜道。

“嗯，应该假不了。”马长官微微笑道。

“恭喜马长官，贺喜马长官，您智谋深远，出师必捷，小的们跟着您也沾光了。”黑狼谄媚道。

“不用拍马屁，这次的行动完成得漂亮，功劳都记在大伙儿的头上。党国复兴，各位都是功臣！”马长官道。

“驱逐倭寇、复兴中华、平均地权、完成革命！”黑狼举拳齐眉，大声道。

别动队众人随之一齐举拳齐眉，念道：“驱逐倭寇、复兴中华、平均地权、完成革命！”

“很好，大伙儿的精气神都很足。咱们一鼓作气，把这里有价值的东西通通带走！”马长官道。

“是，长官！”别动队众人发一声喊，便要四散开去搬运金银珠宝。

“都回来。”马长官叫道，“别只顾埋头出苦力，也要抬头看看方向！”

众人左瞧右看，不明白马长官葫芦里卖的什么药。黑狼低身道：“长官的意思是……”

马长官盯着三个铁箱子：“金山银山咱们自然都得搬走，可别忘了咱们是冲什么来的。咱们想要的宝贝，应该就在这三个箱子里。”

“哦，那我就喊兄弟们找几根竹竿来，先抬这三个箱子。”黑狼道。

“你就不想知道这三个铁箱子里面是什么吗？”马长官斜睨着黑狼道。

“这个……属下不敢……”

“哼，我倒不怕你们看。”马长官走近最大的一个铁箱，撩起铁箱外面缠绕的锁链，“我不大相信宝贝能这么轻易到手，先把这三个箱子打开我看看。”

众特务面面相觑，不知道马长官是什么意思。

“打开它，现在就打开。”马长官淡淡道。

黑狼率人立即返回大溶洞，找来了锤子、凿子和撬棍，几下将铁锁砸断。正当众人满怀期待要打开铁箱时，外面传来一阵急促的枪声，他们立即停止动作，竖耳倾听。

武岳阳、姚青和骚猴儿三人也听到了枪声，重新掩藏好身形，不敢稍动。

枪声正是追赶灰袍老人的团兵胡乱射击发出的。武岳阳三人和别动队同样听到枪声，都竖着耳朵听外面的响动，可是外面又重新安静下来。这时灰

“有麻耗子他们盯着，料不会有什么事，先打开箱子验验宝贝要紧。”马长官示意打开箱子。

众人微微后退，担心铁箱子打开会触发什么危险的机关，但又对铁箱中存放的宝贝充满了好奇，翘脚探头向箱子中张望。

“好！”黑狼答应着，拨落缠绕铁箱的几道铁索，拔出铁销，缓缓地掀开铁箱。

第三十八章　神木现世

黑狼使出浑身的力气，才将箱盖咯吱吱掀开，立即闻到一股清淡的香味。铁箱封闭得很好，箱盖边缘都有胶土状白泥填充，使箱内完全与外界分隔开来。这些胶土状白泥一部分如奶油般挤成固定的形状贴在铁箱口上，另一些风化成了粉末从箱盖边缘脱离下来，沙沙落地。

别动队一行人向箱内看去，只见有木箱，为紫楠木打造，呈厚重的暗紫色，正是它发出淡淡的香味。木箱没有雕花，也没有任何装饰，简简单单的长方样式，同样扣着箱盖，只是没有上锁。

黑狼抠开箱盖，露出里面码放得满满当当的古书。

众人都傻了眼，一行人猜测放着的必然是价值连城的宝物，要么是玛瑙翡翠，要么是美玉黄金——外面堆积着小山一样的铜钱和银锭，连价值不菲的各式古玩都散放在地上，锁在铁箱子里的东西没理由不是极为罕见的宝贝。谁也没想到存放的竟然是古书。

众人相互询问地对视几眼，一齐看向马长官。马长官眉头紧锁，显然他也没料到铁箱中所藏的只是满满当当的古书。

“这，这……”黑狼诧异地看看马长官，伸手去拿最上面的一本书。

马长官拦住他：“小心点！”

黑狼缩回手。

马长官俯身近距离探查一番，没有发现有什么蹊跷，捏起最上面的一本书，吹落土黄色书皮上的灰尘，显出封皮上的几个扭扭曲曲的篆字：《阴符经疏》。

马长官担心这些古书稍加触碰就会化成灰末，他小心地端着书，轻轻翻开，里面尽是“观天之道，执天之行”这种之乎者也、佶聱难懂的词句。他随手翻的几页，满篇“五行”“阴阳”。整本书的纸张虽然已经枯黄发脆，但尚未严重风化，并不影响翻阅。马长官读不懂，索性放下，拿起旁边的一本

《太平清领书》，胡乱翻几页，也尽是“天道”“人道”之类的词句，他又丢下《太平清领书》，向书堆下面翻去，结果翻到箱底也没有任何其他的物件。

“咱们被耍了？”黑狼问道。

马长官皱着眉没有回答。他也曾有过类似的疑虑，因此才会急着开箱验证，但很快他说服自己眼下的怀疑是没有道理的。他留心观察过，这藏宝窟百年来绝不可能有人来过，而且不远处的铜钱和银锭堆积成山，那是假不了的。排除了对情报真实性的怀疑，事情的可能性就只剩下一种结果——这些书就是宝贝。

可是马长官左右瞧不出这些书有什么价值，至少在他眼里这些破书没什么价值。马长官敲了敲前额，让黑狼先后关合了内外两层箱盖。众人将目光投向第二个铁箱。

第二口铁箱较第一口铁箱要小些，方方正正，与腰齐高。这口铁箱更诡异一些，横竖纵密密麻麻共缠绕了九条锁链，绑成了粽子。最奇怪的是每条锁链都由臂粗的钢索首尾相连，一个铁锁也没有。九道钢索相互交叉穿过，每个交叉处都有铁环将两条钢索扣在一起，因此铁箱外面无须设置固定钢索的凹槽，每条铁索都纹丝不动地固定在自己的位置上，动不得分毫。

黑狼绕着铁箱走了两圈，骂道：“哪个缺德的把箱子捆成这样！”

马长官阴着脸，心中喜忧参半，喜的是铁箱封闭如此严实，想必里面所放之物珍贵无比，忧的是这箱子若想打开，免不了要费一番周折。他令人用

[illegible]横三道竖二道交

[illegible]

第三口铁箱最小，高不过膝，形状略显狭长，仿佛一口缩小的棺材。这口铁箱与前两口铁箱一样涂了厚厚一层黑漆，由于年久，黑漆早已碎裂鼓起，从铁箱上一片片掉落下来，露出锈蚀成褐红色的箱体。箱顶箱底都生着厚厚的青苔，箱盖上挂着一把锈迹斑斑的铁锁。

马长官让部下砸开铁锁，撬开了箱盖。

众人都以为铁箱里面必定如第一个铁箱一般还会有一层木箱，可是出乎意料，铁箱里并没有第二层木箱，也不见什么让人惊喜的宝贝，只见一片空旷。仔细寻找才发现贴着铁箱一侧，箱底和侧壁底角处躺着方楞楞、黑不溜秋的一根长木棍。

马长官探手抓起这根四棱方木，没想到竟出奇的重，险些脱手坠地。马长官不敢大意，双手托住方木，捧到面前仔细端详。别动队众特务也一齐围上来，瞪着大眼小眼左右打量。

这根方木长两尺有余，截面四棱正方，宽约两寸，表面呈紫黑色，六面均刻有无人认识的怪字和符号。方木入手微凉，似木非木，似铁非铁。马长官扣指轻弹，发出噗噗的闷响。

“可有谁识得此物？”马长官举着方木问道。

众人纷纷摇头，无一人认识方木。

黑狼凑到近前来，险些将鼻子贴到方木上，他噤着鼻子道：“这根门闩有什么名堂？它就是咱们要找的宝贝？”

这时马长官再深的城府也有些忍不住了，他阴着脸咬牙道：“我管它是门闩还是烧火棍，先拿出去再说。”马长官“当啷”一声将方木丢回铁箱：“搬！都搬走！先搬这三个箱子！”

别动队众特务立即行动起来，山洞内金银铜铁、珍珠、古玩等各式器物过于零散，搬运少不得用箱子和麻袋，而且狭窄的洞口也不利于来回出入。当下众人分工完毕，几人去入口拓宽洞门，几人归类整理洞内散落的各式器物，另有几人受马长官委派去外面取竹竿、麻袋和箱子。

武岳阳、姚青和骚猴儿饱受煎熬，守着密道口不敢轻易爬出，一动不动监视着对面不断传出声响的山洞。这会儿黑狼带着四个特务从藏宝洞出来，一行五个黑衣人高举火把，急匆匆地从原路返回。

“快点跟上他们！”骚猴儿伸手猛扒面前的洞口。

武岳阳赶紧拦住他。骚猴儿火燎毛一般，瞪眼道：“你他妈小兔崽子……”

武岳阳做了个噤声的手势：“那洞里还有人！”

“有人怎么了？好狗不挡道，滚开！”骚猴儿将武岳阳推向一旁。

武岳阳担心骚猴儿出去暴露行踪，哪肯放他出去，拼命挡住洞口，与骚猴儿揪打缠斗在一起。

突然，土屋里火光闪动，“呼”的一声，火把带着风声袭向两人，武岳阳和骚猴儿急忙向后躲闪，火团瞬间将两人分开。武岳阳和骚猴都眯着眼，用手臂遮住刺眼的火光。

姚青举着刚点燃的火把道：“别打了，眼下时机不对，再等等。”

“你们等吧，我走自己的，即便被他们抓住，也绝不把你俩供出来！”骚猴儿向姚青身后绕去。

姚青横跨一步，挡住骚猴儿：“不行。”

骚猴儿知道跟姚青断无道理可讲，他索性不开口争辩，闷着头又向另一个方向闯，姚青再次挡住他：“不行！”

骚猴儿闯了几次，终究无法绕过姚青。他下不了狠心与姚青动手，也知道未必是姚青的对手，何况她后面还有一个挎着枪的傻小子。骚猴儿虽然急不可耐，却无计可施，他一言不发，狠狠地剜武岳阳一眼，气鼓鼓地返身回到土屋门口的树根上坐下。

灰袍老人押着麻耗子直奔藏宝窟而来。一路上，麻耗子琢磨了多套逃跑方案，但都被自己推翻了。身后的老人身手不俗，他一不小心不但会逃跑失败，而且很可能搭上自己的小命。麻耗子磨磨蹭蹭慢慢前行，老人也不催他，不紧不慢地跟在后面。

眼瞅着在密道中走了挺长一段路，麻耗子越发心焦。灰袍老人耳朵微动，一把按在麻耗子肩上，两人停下来，老人侧耳倾听。

稍等了半刻，灰袍老人出手如电，在麻耗子喉下、小腹处一按一戳，并

老人要把自己隐藏在暗处，以便更好地掌控全局。

灰袍老人提着麻耗子疾步如飞，迅速地退回到城隍庙中，将麻耗子塞到隐蔽的角落里。他自己纵身跃上房梁，如老猫看鼠洞一般一动不动地蹲守在密道出口上方。

第三十九章　结伴涉险

黑狼一行五人出密道来，从城隍庙外的塌陷处钻出。灰袍老人从木板的缝隙向外望去，眼见五个黑衣人吃惊地打量着四周，但很快镇定下来，训练有素地将那几名被灰袍老人杀死的黑衣特务拖到草丛深处掩盖起来。

团结会的几十名团兵追丢了灰袍老人，悻悻而回。黑狼从这些团兵口中得知队伍在一线天处遭受伏击，立即率众赶向一线天。

一线天峡谷外的团兵已经搬开了阻挡物，将峡谷中的团兵救了出来。得救的团兵多被火烧得灰头土脸，狼狈不堪。虽然遭受伏击，可团兵们的伤亡并不大，直接被石块砸死或被火烧死的团兵寥寥无几，受伤者多半因相互拥挤、踩踏所致。

脱困的团兵攀到一线天悬崖顶部，又分散开来四处搜寻，可哪见半个人影？

孟屠子的络腮胡子和头发被烧得所剩无几，头额沾满了黑灰，正叉着腰站在凸石上胡乱叫骂。见黑狼一伙从山上下来，他气势汹汹地迎上前去："你们这群傻儿跑哪里去了？"

黑狼险些没认出孟屠子来，道："怎么了？"

"还问怎么了？老子拼死拼活把山寨打下来，你们倒安逸地在山上分赃，老子差点被龟儿子烧死你们看不见？"孟屠子瞪着杀牛眼大骂。

四个特务不动声色地分列在黑狼两旁，将手放到腰间，只等黑狼一句话，就会拔出盒子枪来将孟屠子打成筛子。

黑狼捏捏眉心，强忍着没有发作："马长官早下山调兵去了，逃下山去的山匪势必会聚集残部反扑，能不先做提防吗？难道长官做什么事，还要跟你请示？"

"他们逃下山去也就十余人，能掀起什么大风浪？"孟屠子道。

“你若不信邪，那便留在山上，正好可以看守库房，不用担心别人暗地里分赃。我们全下山回索家岭去，先好酒好肉填饱肚子，再美美地补上一觉。哈哈，兄弟们跟我下山！”黑狼喊道。

“等等等等！凭什么？瘦竹竿儿和曹胖子他们早不知从哪条路下山去了，干吗单独留着我们？冲锋时候我们打头阵，现在又让我们守山，我们活该送死吗？我们伤员极多，要下山去休整！”孟屠子怒火中烧，挥着粗壮的手臂大叫大嚷，仿佛受了莫大的委屈，“这我们可不是怕死逃跑，索家岭几百户百姓，上千条人命，马虎不得，咱们身为铁血团结会的主力，哪能坐视不管？大家赶紧跟我回去保护大寨！”

孟屠子不等黑狼回话，跨上马带着所率分队呼啦啦下山去了。

黑狼没想到孟屠子如此容易中计，更没想到他脸皮竟这么厚，逃跑也能说得这么大义凛然。黑狼冷哼一声，使个眼色，四名特务立即分散开来，去寻找竹竿、箱子和麻袋等物。

片刻后，灰袍老人看见脱去夜行衣的五名别动队特务各自取了许多藤条筐和麻袋回来，聚集到距城隍庙不远处塌陷的密道口。

黑狼四下里打探一番，道：“他们几个死得不明不白，麻杆子也没了踪迹。事发蹊跷，我和老苟带东西下去送信，你们守着洞口，不可擅离半步！”

“是！”三名特务齐声道。

黑狼和老苟抓起麻袋和藤条筐，一前一后下入密道中去。

灰袍老人有意下去将这几个特务尽皆击杀，刚一用力，牵动腿上还未完[illegible]

[illegible]神来。

黑狼和老苟回到藏宝窟，将外面发生的事与马长官说了。马长官满腹疑惑，暗道：“逃下山去那几个山匪可没有胆子回来送死，会是谁来捣乱？”他心惊肉跳，心想费了这么多的周折才找到这张献忠宝藏，若是最后被人堵在这密道里可就糟了，到时候插翅难飞，当真落得人财两空了。

马长官不敢迟疑，当即下令速速按计划行事，先将此行的目标——三个铁箱抬出去。

马长官知道此次寻宝不会轻易得手，前期行动过于顺利，眼下遇到坎坷倒也在意料之中。他寻思着这么明晃晃地将三个铁箱抬出，等于告诉别人箱子里盛放着珍贵的物件。为遮人耳目，也为节省人力，马长官令手下将大书箱中的古书悉数倒出，盛放到四个麻袋中搬运，又掀开了最小的铁箱，抓出方木，想着插在盛放铜器的竹筐中，担心重物磕碰折断了此物，想塞到藏书的麻袋里，又担心痕迹过于明显，终究放心不下，转了几圈也没有找到合适的地方。忽然灵机一动，何不就这样攥在自己手里，如拐杖一般使用，谁会想到它是一件貌不惊人的宝物——但愿它是一件宝物，马长官心中暗暗期待。

最让别动队众特务头疼的是九索铁箱，敲不碎、拆不开，又难于搬运，但它也是众人最抱以期待的一个铁箱。因此即便这个铁箱出奇的沉重，别动队众人仍旧争抢着挤上前去搬运。

六人抬九索铁箱，四人扛古书，剩余所有人分前后两伙将这十人夹在中间，别动队一行人首尾相连，徐徐向城隍庙附近的出口而来。

武岳阳眼见别动队十几个黑衣人抬着麻袋和箱子浩浩荡荡地从对面山洞中走出，进入大溶洞另一侧的密道去，很快没了脚步声。他强压住仇恨的怒火，又观察了片刻，再不见对面山洞走出半个人，也听不到一丝响动。武岳阳觉得时机到了，回头询问式地看向姚青和骚猴儿。

骚猴儿早就等不下去了，从树根上跳起来，叫道："要走就尽快，你磨磨蹭蹭地看什么？"

武岳阳不理他，盯着姚青，等她说话。姚青一言不发地挑亮火把，颦眉微嗔。

骚猴儿推开武岳阳，几下扒开洞口，率先爬了出去。武岳阳紧随而出，姚青将火把递出，武岳阳接过火把，姚青也爬了出来。

骚猴儿毫不停留，快速穿过溶洞，追进别动队黑衣人消失的密道。武岳阳紧跟着骚猴儿跑了几步，发现姚青没有跟上来，回头望时，却看见姚青站在洞口，直愣愣地盯着卵状巨石后的山洞。

“快走啊！”武岳阳压低了声音喊道。

姚青满脑子的疑问，对面的山洞到底是怎么回事？这些特务又是如何找到的？黑衣人刚刚带走的麻袋和箱子里面又都是什么？这山洞到底藏着怎样的秘密……这一刻，姚青隐隐觉得抗日铁血团结会剿灭天台山和这山洞里藏着的东西脱不了干系。她上前来，一把从武岳阳手中夺过火把，返身向卵状巨石后面的山洞走去。

武岳阳也很好奇特务们从那山洞里带走了什么，也很想进去一探究竟，可是这时候，他觉得先逃出密道，伺机狙杀黑衣特务给娘和阿公报仇才是最紧要的事。武岳阳叫道：“你干吗去，再不走就来不及了！”

“你自己走！”姚青绕过卵状巨石，消失在对面山洞中。

武岳阳原地转了几个来回，从没做过这么难的选择。若是特务们从那山洞中已经得到了他们想要搜寻的东西，若是他们发现了跟随过去的骚猴儿，若是骚猴儿供出自己和姚青还在这密道中，他们都有可能炸塌或封死密道。

随时间一点点流逝，武岳阳逃生的机会逐渐消失，他有一万个离开的理由，但最终还是留了下来。他没法说服自己扔下女孩儿孤零零一个人去涉险。

武岳阳掏出水囊，拔出木塞，狠狠地灌了一大口，摔下水囊，追进卵状巨石后面的山洞中去。

姚青举着火把正聚精会神地读着圣谕碑的碑文，猛听到脚步声，立即回

[illegible]

[illegible]

能土遁进来吗？”武岳阳有些气恼，提高了声音道。

姚青从小就生活在土匪窝中，见惯的是打杀劫掠，交往的也都是粗鄙的汉子，她哪明白武岳阳的心思，微愠道：“跟着就是跟着，干吗不承认？准是不怀好意！”

武岳阳好心反被冤枉，一时间涨红了脸：“好！你随他们出密道去，看我

是不是跟着你！”

“你……”姚青说不过武岳阳，便不讲道理，“你去那边，离我远些！”

“谁愿意挨着你？”武岳阳梗着脖子，走进藏宝窟。

第四十章　大西王宝窟

天生万物与人，人无一物与天，鬼神明明，自思自量。

姚青逐字读罢碑文，目光落在碑文落款处的“大顺二年”上面，心中疑惑愈加浓重。“大顺”是闯王李自成的国号，但闯王新建的朝廷第二年就被大清推翻了，这个短暂的政权夹在明清之间，更多时候都直接被百姓忽略掉。闯王世人皆知，可无论汉人还是满人都很少有人记得“大顺”，又有谁会冒着杀头的罪过敢以“大顺”立碑？怕是只有闯王自己的人了。

“闯王的碑怎么会在这里？难道此地是李自成的墓？”姚青暗忖道，她觉得有些不可思议，问武岳阳，“这石碑有些古怪，你来看看……”却发现武岳阳没了踪影。

“哎！那个谁……”姚青叫道，没有人答应。她只好绕过石碑，追进后面的山洞中去。

山洞很大，扑面而来的锈烂潮湿气中透着一股树油味，四周石壁上插着的黑衣特务留下的火把仍旧燃烧着，照得四下里通亮。但见满山洞的刀枪器具和金银珠宝，铜钱和长刀长矛都长满了绿锈，遍布各处，银锭金砖如小山

露出“开元通宝”四字，他随手将铜钱递给姚青。

“外面那石碑上刻着‘大顺’，这莫不是闯王李自成的墓？”姚青道，她接过铜钱，很是惊讶，“开元通宝？这……这怎么又出来唐朝的东西了？”

“快走！”武岳阳猛地转过身，夺过姚青手中的火把，拉着她就向藏宝窟外跑。

姚青一头雾水，在这谜一般的古墓中，她的心神本就紧绷着，这会儿哪管发生了什么事，只顾大步随武岳阳跑出洞去。

武岳阳直奔到先前藏身的土屋洞口，俯身钻入。姚青虽有一肚子的疑问，但也跟着爬回土屋中去。

姚青靠着土墙坐到地上，呼哧呼哧不待气喘均匀便问：“怎么了？你看见什么了？”

武岳阳舔舔嘴唇，瞪着发红的眼道：“那山洞里满是金银财宝，团结会的黑衣特务还会回去。”

“回去就回去，犯得着这么跑吗？我以为你看见鬼了。”姚青不屑道。

“你想被他们堵在山洞里？”

“反正逃不出去，密道外面怕是也被他们守住了，藏在这土屋里，咱们能撑多久？而且，这土屋不见得安全了。”姚青道。

武岳阳当然知道姚青指的是骚猴儿，他很难逃出去，一旦被黑衣特务捉住，则极有可能供出两人藏身之地。

“听天由命吧。”武岳阳道。

“哼，那你还跑什么？”姚青道，“你还有子弹吗？”

武岳阳从怀里掏出一把子弹，丢给姚青。姚青自腰间取下盒子炮，卸了弹夹，将子弹压进去。武岳阳也将身上几支长枪短枪都填上了子弹，又取出身上所有的干粮，分给姚青一半：“都吃光吧，攒些力气好多拉几个陪死鬼。”

姚青接过干粮，没说什么，不过看武岳阳的目光中多了些柔和。

两人各自想着心事，土屋中一时静寂下来，武岳阳反复擦拭着长短几支枪管，姚青小憩了片刻，忽然睁眼对武岳阳道：“有几件事我始终想不通。”

“什么事？”武岳阳拿起一支盒子枪将子弹塞满。

“我始终想不通，闯王李自成怎么会将墓建在这里。”姚青柳眉微蹙。

“你怎么知道这是闯王的墓？”

“那石碑上分明写着‘大顺二年’，‘大顺’是闯王的国号，还有谁能用这二字立碑？”姚青道。

武岳阳忍不住冷哼一声。

“你哼什么？”姚青怒道。

“那‘大顺二年’是题在石碑末端吧？”武岳阳问道。

“正是。”

“此‘大顺’，非彼‘大顺’，叫‘大顺’的不止是李闯王的国号，他同时代的另一个农民起义领袖也用了‘大顺’二字，不过这二字是被用为年号，这个人在成都称帝，建立了大西政权。”武岳阳将刚擦拭完的盒子炮别在腰后。

“你说的是张献忠？”姚青问道。

“除了他还有别人吗？”武岳阳反问道。

“是了！应该是他，就该是他，这是张献忠的墓！”姚青豁然开朗。

“你凭什么敢断定这是张献忠的墓？”

“那洞口石碑上的碑文。”

“都写着什么，你还记得吗？”武岳阳正色道。

姚青捏了捏眉心，道：“字数倒不多，好像写着什么‘天生万物与人，人无一物与天，鬼神明明，自思自量’。后面还有一些模糊的小字，我不记得了，只记得碑额刻着‘圣谕碑’，碑石尾刻着‘大顺二年’。”

武岳阳倒吸一口气：“墓碑的碑文大多走的是歌功颂德的路子，它这哪是墓碑的碑文，倒像是起警示作用的暗语。”

“怎么？难道这不是张献忠的墓穴？”

“不像，当年满清铁骑入川，肃亲王豪格派鳌拜等将领分率八旗护军轻装偷袭，在太阳溪射杀张献忠，并枭首示众。张献忠在放弃成都之前就杀光了妻妾和儿女，他手下的部将也随着兵败死的死逃的逃，又有谁给他修建这么

墓穴！[illegible]

宝窟。”

“那当真是踏破铁鞋无觅处，得来全不费工夫了。”姚青面色如霜。有谁会想到天台山群匪竟守在宝藏上十几年而一无所知，当真是造化弄人。

“原来团结会攻打天台山是为了这宝藏，难怪他们不肯招抚整编我们，更不愿与我们和谈。”姚青逐渐理清了整件事情的原委。

“匹夫无罪，怀璧其罪。”武岳阳感慨道。

武岳阳眼珠一转，突然没来由地想起二爷爷灰袍老人来。前些天两人分开时，他曾问老人“你这就回龙虎山去吗”，老人含糊道“我还有些事要办，在蜀地还会停留一阵子”。武岳阳心道：“二爷爷在蜀地逗留，莫不也是为了这宝藏？”

“你发什么呆？是不是怕死了？”姚青道。

“我……”

武岳阳没说完，忽然一阵脚步声传来，他急忙熄灭了火把，但脚步声还是直奔他和姚青藏身的土屋中来。来人到了洞口，更不停留，手脚并用，迅速地掏开遮掩洞口的泥土，俯身爬了进来。

武岳阳退后一步，以枪指着来人。

借着外面溶洞中火把传来的微微光亮，武岳阳和姚青看清了来人，正是先前追着黑衣特务离开的骚猴儿。

“你怎么又回来了？”武岳阳道。

“枪口别对着我！”骚猴儿瞪眼道，挥手示意武岳阳移开枪口，一边迅速重新掩埋了洞口。

“你怎么又回来了？”武岳阳从姚青手中接过洋火，重新点燃火把。

“嘘！嘘……别出声！”骚猴儿瞪眼低声道。他趴在洞口，从手指捅出的一个孔洞向外张望。

溶洞里一阵人影晃动，几个别动队特务去而复返，继续搬运藏宝窟中的财物。

骚猴儿重重儿拳砸在泥土堆上，低声咒骂数句。他一抬头，看见武岳阳仍旧拿枪对着自己，当即怒火上涌，瞪眼站了起来。

武岳阳不好意思地收了枪，退后两步，坐在树根上，问骚猴儿道：“你这是……”

骚猴儿看看姚青，拾起武岳阳遗落在洞口的几根红苕干，塞进嘴里，狼吞虎咽。

“他奶奶个爪儿的，外面出口处他们守着人哪！”骚猴儿喝一口水道。

灰袍老人眼见别动队的特务们从密道里扛出一个铁箱和许多塞得满满的麻袋来，这些东西见不得光，特务必定不会露天堆放，难保不会藏到城隍庙中来。灰袍老人急忙从房梁上跃下，抓起麻耗子，将他打晕，塞进阎罗王塑像下面的桌布底下。

正如灰袍老人预料的一样，别动队众特务为遮人耳目，直接将从藏宝窟中盗出的宝物抬进城隍庙中。马长官推开庙门的时候，灰袍老人刚刚跃上房梁。

“先搬运贵重的金银珠宝，武器先不急。”马长官吩咐道。

“是！”中特务抓起竹筐和麻袋，重新跳进密道。

“黑狼你等等。”马长官叫过黑狼，贴耳密言几句，黑狼谨慎地点点头，最后一个回到密道中去。

骚猴儿逃跑不成，心中的希望之火被浇灭，绝望的怒火燃起，燎得他坐立不安，在土屋中来来回回走个不停。

姚青检查了下手里的盒子炮，确定子弹填满，就要出土屋到溶洞中和黑衣特务拼命。武岳阳拦住她：“现在还不是拼命的时候，三十六计走为上策，咱们须得先逃到地面上去，再寻机报仇。”

“到地面上去，他们有人守着洞口，你莫非真要土遁吗？”姚青揶揄道。

武岳阳摇摇头，目光迥异而坚定：“不是，我想到了一个办法，虽然有些冒险，可是到了这个关头，不得不拼死一试。”

第四十一章　谋而后动

骚猴儿一对三角眼瞅着武岳阳：“试？你倒说说怎么试？”

武岳阳将火把插在土墙上，直视着骚猴儿道：“你可知道对面那山洞里藏着什么？”

“我怎么知道，有屁快放！”骚猴儿不耐烦道。

武岳阳也不跟他一般计较：“那山洞是张献忠的藏宝地，洞里金银财宝堆积如山。”

骚猴儿拧在一起的眉头瞬间打开，两眼闪烁放光，歪着脑袋问：“张献忠？藏宝地？”

武岳阳点点头：“我的想法是这样，团结会那些神神秘秘的黑衣特务总共不过十余人，虽然训练有素但毕竟人手少，可那山洞里金银器物众多，他们三趟两趟必定搬不完。咱们瞅准他们运送财宝出去的空当，去洞内偷出几件大些的器物回来，等他们回洞时候咱们冒充他们搬东西出密道去。一旦上到地表，不管守洞口团兵多寡，咱们率先发难，攻敌不备，打他们个猝不及防，之后是拼还是逃，随机应变。”

“嘁。”骚猴一撇嘴，“你说得倒轻巧，你怎么知道他们不会喊更多的团兵过来？你又怎么断定他们每次搬运财宝出去洞里不会留人？”

姚吉没有言语，不过微微点了点头，表示她也有这样的疑问。

武岳阳摇头道：“不会，和尚多了没水喝。这藏宝地是被咱们误打误撞发现的，除了咱们，怕只有他们这些特务知道。你看他们偷偷摸摸蹑手蹑脚的样子，唯恐铁血团结会那些民兵来分一杯羹，我敢断定他们宁肯多折腾几趟，也不会找更多的人来瓜分财物，更敢断定守洞口的人多不了——都守洞口，谁来做苦力搬运财宝？而且为了防止这些特务监守自盗，洞内也不大可能留人看守。”

“嘿哟”这家伙的，可了不得，分析得头头是道。”骚猴儿嘲笑道。

姚青略有迟疑，道："我觉得他说得合情合理，咱们还能怎么办？难道你有更好的对策？"

骚猴儿抠了抠鼻孔："我没意见，反正别让我打头阵就行。"

"自然我先上去，你们跟在后边就是。先别安排这个，咱们得先去弄几件既轻便又结实的器物出来，出密道时可遮掩头脸，逃跑时可遮挡子弹。"武岳阳一边说一边小心凑到洞口向对面张望。

对面洞口很快传出脚步声，一片人影晃动，几个特务或拎或扛，将大小不一的几个麻袋和竹筐运到大溶洞中来，毫不停歇地钻进密道，向洞外走去。

"走吧，抓紧去寻些遮身的器物，尽量一次拿齐全。"武岳阳伸手去扒洞口的泥土。

"等等。"姚青道，"他们可都穿了黑色的夜行衣，咱们仨可只有你穿着这种衣裳，一旦出去不立即就露馅了？"

武岳阳一时间被难住，怔在那里，不等他想出办法，骚猴儿道："不会，现在外面都到晌午了，他们也只有几个人穿着黑色的夜行衣，其余都脱了去，乍看和咱们的打扮也没啥两样，只要别让他们看见了脸，估摸也不会立即就认出来。"

武岳阳暗自松一口气，想着密道外面二爷爷这会儿差不多也追上山来了，不论知不知道自己的生死，他都不会坐视特务们将张献忠宝藏吞了去，一旦老人发难，三人逃生就会容易很多，当下道："那好，咱们行动吧。"

姚青拦住武岳阳："等等，万一那山洞里他们当真留了看守的人怎么办？"

费时间，扒开洞口泥土，率先爬出去。

姚青辩他不过，一咬牙就跟了上去。骚猴儿见两人爬出，也只好跟在后面。

三人一溜小跑绕过卵状巨石，又绕过圣谕碑，进到藏宝窟中。

武岳阳从成堆的器皿中取过两件从朽木上脱离下来的编钟，一手一只提着。姚青见地上有特务们留下的一摞麻袋，取过一只，胡乱捡些圆腹簋和铜壶银盆塞进去。两人招呼骚猴儿尽快离开，可骚猴儿这会儿哪还搭理他俩？

骚猴儿血气上涌，呼吸加快，胸口怦怦地跳得厉害。他这会儿眼睛已经不够用了，不停地左瞧右看，他拾起脚边的一块银锭，咬了咬，塞进怀里，又俯下身，大把大把地抓起银锭往怀里塞。他一边塞一边抬头张望，猛地看见左侧不远处堆积的金条，忙不迭地跑过去，摸起一根金条，在手里掂了掂，再咬了咬，掩饰不住地笑出声来。他一边自怀中向外掏出银锭，一边抓起金条塞进怀去，不等银锭完全掏出，金条就将银锭压在了下面，他索性只顾大把往怀里塞金条，直到将大褂高高撑起，导致一挪步就会有金条掉出。

“要钱不要命啊你！装这么许多金条还怎么逃跑？”武岳阳压着嗓子叫道。

骚猴儿充耳不闻，看见珠宝玉器也拿，看见木石古玩也舍不得放手，怀里塞得满满当当，就解开裤绳，往裤筒里放。可是他上身塞的金银过多，失去裤绳的束缚，金条和银锭掉了满裆满地。

“他奶奶个爪儿的！”骚猴儿手忙脚乱地满地拾取金银财宝。

武岳阳急得像热锅上的蚂蚁，抓过一枚银锭向骚猴儿丢过去，跳脚道：“你别出去了，在这儿守着金山银山过日子吧！”

银锭叮的一声砸在骚猴儿脚边的提梁壶上。骚猴儿怔了一下，好似醒转过来，丢下金条，起身系牢裤绳，向洞口跑过来。

“你倒是拿件遮身的器物！”姚青指着编钟提醒道。

骚猴儿返身跑到编钟前，抓起一只编钟，看了看，扔到一边，探手拿起编钟下面的一个金闪闪的盾牌。

“快走！他们该回来了！”武岳阳拔腿跳出藏宝窟，跑回之前藏身的土屋洞口，钻了回去。

姚青和骚猴儿也一前一后回到土屋。

武岳阳呼哧呼哧大口喘息着填埋了洞口。姚青嫌弃麻袋中的金属器具相互碰撞发出声响，就将它们全部倒出，从土屋里抓了树根和破烂的衣物往袋子里装。

武岳阳劝道：“树根能轻便些，可是挡不了子弹，终究还是这些铁疙瘩管用些，你嫌它们碰撞发出声响，用那些破衣服将它们包住即可。”

姚青没有答话，不过还是按武岳阳的建议去做了。

骚猴儿坐在一旁，从裤筒里掏出几根金条和一些小件的珠宝，小心翼翼地塞到怀里。他把黄灿灿的蒲团端到面前，吐一口唾沫上去，用袖子反复擦拭，神态极其专注。

“骚猴儿，我有一事问你。”姚青突然道。

“大公子，你想问啥？”骚猴抬起头来。

“我押着他下山去送信，山上都发生了什么？”

“没发生什么，只是不见你回来，大掌柜的担心你被团结会掳了去，临时改了作战计划，亲自带领兄弟们下山去索家岭砸窑，让谢二当家的和葛师爷看守山寨……”

“你说我爹让谢老二和葛师爷一起看守山寨？”姚青挑眉道。

“是啊。”

姚青沉默片刻，又追问道：“后来呢？”

“天黑后，大掌柜的就率领兄弟们下山去。我看守水牢里那些秧子，留在山上，没有见到山下都发生了什么，只知道大掌柜他们下山后一个时辰左右，谢二当家的担心他们失手，就下山去接应大当家的去了，可是很快山下传来一声巨响，紧接着肖疤子带着几个兄弟逃回山来，说他们迎面碰上了团结会的大部队，本来打算撤退回山，可是在黑林子中了团结会埋下的地雷，结果大掌柜他们……”骚猴儿瞅着姚青眼泪在眼眶里打转，就没说下去。

姚青将眼泪含了回去，咬牙道：“接着说！”

谢老二下山去接应我爹，带了多少人？[illegible]

“应该有二十来个兄弟吧……”骚猴儿含糊道。

“应该？你到底是不是亲眼所见？”姚青凤眼圆睁，脸色如霜。

“我……我偷懒到后院睡觉去了，并没看到谢二当家的带多少人下山。后来是因为地雷爆炸的巨响将我惊醒，后面发生的事确是亲眼所见。”骚猴儿摇头道，他将蒲团也用破布包裹起来，并塞了些树根进去，做成鼓囊囊一个大包袱。

姚青见骚猴儿不似说谎，微微叹口气，没有继续追问。

武岳阳将手指竖到唇前，示意两人噤声。外面先是传来一阵脚步声，紧接着一小队特务穿过溶洞，进到藏宝窟中。

“有几件事最后叮嘱你们二位一声。”武岳阳扔给两人一人一支盒子炮，“第一，出去后，别立即逃跑，更不可出声，先查明情况再说；第二，我不开枪，你们谁也不准开枪，跟在我身后便是，一旦逃跑，最好倒退着逃，将这些金银铜铁挡在身前；第三，外面可能会有一个灰袍老道接应我们，真动起手来，别开枪打这个人。”

“好，你说怎样就怎样。”姚青道。

“依你就是！”骚猴儿也爽快地应承了。

“那好，咱们这就动身！”武岳阳点头道。他扒开洞口封土，提着两个编钟，悄无声息地钻出土屋去。

第四十二章　逃出生天

藏宝窟中的财宝被别动队众特务一批批搬运出来，堆积在城隍庙大殿当中。

马长官又累又困，却不肯休息片刻。他抓着方木，绕着胡乱堆积在一起的金条银锭走了两圈，在九索铁箱跟前站定。他用方木在铁箱一侧当当地敲了两下，心中暗道：“里面到底藏着什么器物？”

灰袍老人在房梁上俯视着众特务一趟趟将金银珠宝搬进大殿。他扫了一眼地上的黄白之物，眉头跟着微微皱起，目光停留在马长官手中的方木上，深潭一般的双目不知何时亮了起来。

马长官突然停住，侧耳倾听，他分明听到一阵沙沙的声响。

灰袍老人暗道不妙，自己的行迹有可能暴露了。他双手扣在横梁上，暗暗发力，心中计议已定，一旦下面那人发现自己，立即先行动手。

又是一阵沙沙声，好似鞋底在地上来回摩擦发出的响动。这回灰袍老人也听清了，响动来自阎罗王塑像下面。灰袍老人眉头紧锁，他纳闷自己分明将那麻脸少年击晕了过去，怎么这么快就苏醒过来了？

[illegible]守洞口的几人不明不白被杀，麻耗子更是

[illegible]

发生了什么，都有些摸不着头脑，他俩见马长官掏出盒子炮来，也只好将枪拿出，缓缓地向阎罗王塑像迫近。

阎罗王塑像又砰砰砰猛地传来一阵急促的敲击声，三人都惊起一身冷汗。

城隍庙里本就阴森压抑，十大阎罗面目狰狞，牛头马面也好似随时会跳过来拿人一般。

马长官很是恼怒，他想那塑像后面藏着的人小心谨慎还来不及，这怎么还故意发出声响，唯恐别人不知道他藏在那里吗？他一手持枪，一手攥着方木，几步走到阎罗王塑像后面，见到并未藏人。而这时塑像下面不单发出砰砰的敲击声，还传出一阵断断续续“啊啊”的呻吟声。安放塑像的圆桌筛糠般左右摇晃，桌布下面更是露出一双脚来。

“有这么挑衅的吗！他妈的，不对头！”马长官暗骂道，抬腿一脚将圆桌踹倒，阎罗王咔啦啦摔出去老远。马长官三人呈包围状将圆桌下那人围在中间，三支枪口一齐对准了他。

“出来！”

“不许动！”

两个特务同时喊道。但二人立即认出麻耗子来：“哎，麻耗子！”

“你躲在这儿弄啥？你这是怎么了？”一个特务问道。

麻耗子蜷缩成一团，面色惨白，好似吸了烟土一般浑身哆嗦个不停。

“马长官，他这是……”

“呃……”麻耗子面庞扭曲，双拳紧攥，嘴里含糊不清，显得极度痛苦。

马长官蹲到麻耗子旁边，掰过麻耗子的头，果见他的下巴被摘掉了。马长官端正他的头，要为他接上下巴，哪知麻耗子竟挣扎起来，瞪着眼拼命地抬头。

“你别动，我帮你把下巴接上！”马长官道。

麻耗子先是摇头，之后又一阵抬头，两眼上翻，很是急躁。

“他不是抽烟上了吧？我来按着他。”一个特务道，他将枪揣好，伸手来拉麻耗子。

马长官总觉得事有蹊跷，他不解地盯着麻耗子，竟从他眼里看到了一团黑影。马长官暗道：“糟了！”他突然领悟到麻耗子是在提醒他们，有危险从头顶来。

灰袍老人眼见形迹即将暴露，再躲下去不是办法，他瞅准时机，从天而降。

那两名特务猝不及防，还没来得及反抗，就被灰袍老人掐住脖子。灰袍老人知道这些特务心狠手辣，而且都带着枪，打蛇不死，反受其害，便出手不留情，直接拧断了两人的脖子。

马长官应变极快，脚步后退，枪口前抬，砰砰砰砰接连开枪。

灰袍老人以两具尸身挡住几枪，并掷出尸身砸向马长官。马长官担心灰袍老人跟着这两具特务的尸身追到跟前，不敢封挡，侧身躲到一旁，枪口始终向前。

灰袍老人算盘落空，闪身躲到十大阎罗像后。马长官将方木插到腰后，一手开枪一手迅速换了弹夹，接连开火射击，迫使灰袍老人不停地转移方位。

大殿中枪声不断，木屑乱飞，塑像大多遭了殃，被子弹打得面目全非。马长官得势不饶人，又是一弹夹子弹打出去，灰袍老人左右逃窜，很是狼狈。眼瞅着就要被那特务头子逼到大殿角落，到时候没有蔽身之物，自己这条老命怕也要交待了，灰袍老人须发竖起，气冲斗牛，大吼一声，抓起身前十殿轮转王一腿，抡起抛向马长官。

马长官没料到灰袍老人竟有这么大的力气，一时不及细想，俯身一个驴打滚，堪堪避过。灰袍老人逆转了局面，也乘胜追击痛打落水狗，他接二连三地抓起阎罗像向马长官砸去。偌大一个城隍庙，竟在顷刻间被两人毁成一地的碎石断木。

马长官手里的盒子炮和腰后别着的方木不知什么时候都甩掉了，他左右逃窜，哪敢空手与灰袍老人较量？当下顾不得捡枪，起身拔腿向外面跑去。

灰袍老人哪容他说走就走，纵身直追过去。眼见即将追上，灰袍老人五指已经快要搭到马长官的肩头，麻耗子忽然斜刺里冲出，避过了马长官，当[illegible]

灰袍老人追到密林边上，终究没敢进到林中去，他不清楚马长官身上是否还有盒子炮，他恨恨地站在密林边，无奈地任由马长官逃走。

麻耗子面如死灰，嘴角不断向外流出血来。灰袍老人走到他跟前：“小小年纪，为虎作伥，今日须留你不得！”灰袍老人就要下杀手，忽然有人叫道：“等等！”

武岳阳拎着两口编钟，从塌陷的密道口爬出，骚猴儿和姚青也跟着一前一后爬上地面。三人一时间不太适应外面刺眼的阳光，不住地用手遮挡眼睛。

三人早就来到了密道口，可是听到外面连珠般噼啪作响的枪声，不敢轻易出来。武岳阳守着密道口，一点点探头向外张望，没有看到半个人影，只听到城隍庙里响声不断。他耐着性子等候片刻，见到马长官先跑出大殿来，钻进密林，紧跟着麻耗子倒飞出来，躺在地上吐血，最后才看见灰袍老人追出来。

灰袍老人又惊又喜，他没想到武岳阳竟然没死，上前来一把抱住武岳阳："哈哈，我以为你死了哪。你没死！哈哈，你没死！好，好得很哪！"灰袍老人捏捏武岳阳的脸，又拍拍他的头，眉开眼笑道："总算老天怜我张家，孩子，你被埋在井里，怎么从这儿钻出来……那枯井地下连着这密道？是了，一定是！"

"二爷爷，咱们稍后再说，先容我问他几句话。"武岳阳说着扭头看向麻耗子。

"好，好。"灰袍老人急忙答应道。

武岳阳走到麻耗子近前，掏出盒子炮，顶在麻耗子头顶，问道："你们为了这宝藏，攻打天台山倒也在情理之中，可我娘和阿公他们怎么招惹你们了？干吗去害死他们？你说！"武岳阳咬碎钢牙，手指勾住扳机，恨不得立即开枪。

麻耗子"呃呃"地说不清楚，灰袍老人上前将他下巴推上。

麻耗子吐出一口血沫子，面容抽搐道："不知道，你问马长官去！"

武岳阳抡起枪拍在麻耗子头上，只一下就将他砸得头破血流，晕死过去。

武岳阳正要补他几颗子弹，骚猴儿忽然叫道："快开枪，他们追来了！"

姚青和武岳阳赶紧跑到塌陷的密道口，向下一顿乱射。

密道里也是一阵枪声，几颗子弹啾鸣着斜飞出来，钻上天空。

双方都没有伤亡，武岳阳、姚青和骚猴儿仗着地利优势，将密道中的特务打退回去。

"那逃跑的特务头子怕是下山搬救兵去了，事不宜迟，咱们得赶在他带兵回来之前下山去。"灰袍老人道。他见武岳阳三人仍旧如临大敌地守着密道口，又道："他们一时半刻不敢冒头，走，进庙中去，你仨都来。"

三人盯着密道口，不放心地退着进到庙中去。

灰袍老人从地上捡起马长官遗落的长木，又用脚钩起盒子炮，扔给武岳阳。

“都别闲着，他们可着先搬运最好的宝贝，这堆东西价值不菲，你们喜欢什么赶紧拿，拿完咱们便下山。”老人说着，撕开盛放古书的几个麻袋，翻找一通，挑出一本不起眼的黄皮旧书来，吹落封皮上的灰土，放进背囊。

骚猴儿一手拎着黄金蒲团不放，一手大把大把地抓起散落在地上的金银珠宝，一股脑塞进怀里。

“你俩怎么不动？”灰袍老人奇怪武岳阳和姚青并不挑选财宝，急忙问道。

“我不下山，我要报仇！”武岳阳道。

姚青一声不吭，只是看武岳阳的眼色中多了一丝赞许。

“君子报仇，十年不晚。”灰袍老人走近九索铁箱，轻轻地敲了敲，“留在山上不但报不了仇，自己的小命都得搭上。”

武岳阳知道老人说的是实情，他只想着躲在暗处，等那马长官回来，一枪崩了他，杀母之仇也算报了一半，自己的死活倒没有过多考虑。

“仇一定要报，但这事急不得。先下山去，暂避锋芒，他们总不会扔下这些财宝不管。咱们藏在暗处，还怕找不到报仇的时机吗？”灰袍老人道。

武岳阳看看姚青，姚青将头扭向一旁，两人虽不情愿，可也同意了。武岳阳起身到那两个被灰袍老人杀死的特务身上搜寻一番，找到两册特务证，

我们已取了两件，留下这些也不算什么。”灰袍老人抓过背囊，看着九索铁箱，似有不甘道，“那一件，先让他们代为保管吧。”

“下山！”灰袍老人踏出城隍庙。

第四十三章　分道扬镳

山寨受剿被毁，群匪几近全军覆没。下山时，四人看到天台山一片惨象，原本葱翠的树木在战火舔舐后变得枯黄，山坡上断木残枝随处可见，疮痍满目，许多屋舍都被烧成了白地。明火虽都已被团兵扑灭，可仍有余烬不断地向上飘起薄烟。

武岳阳、姚青和骚猴儿三人随着灰袍老人下了天台山，来到县城。一行四人在集市上买了斗笠，遮了头脸，又买了许多竹筐、竹篓，扮成过往的篾匠和杂货商，悄悄地潜入一家偏僻的小客栈。

“缘来相聚，缘尽人散。喝一杯酒，各奔天涯吧。”客栈二楼的一间客房内，四人围桌而坐，酒菜上齐，灰袍老人抓过水酒坛子，自斟自饮。

武岳阳知道二爷爷这是在撵人。他这番话自然是说给姚青和骚猴儿听，他不信任两人，而且不愿意被二人拖累。武岳阳跟姚青和骚猴儿相处时间不长，谈不上有什么深感情，可不知为什么，竟隐隐对这二人有些依恋，不愿就此分离。他心里虽然五味杂陈，嘴上却不好说什么，只是一言不发地端起碗筷，大口往嘴里扒拉饭菜。

骚猴儿巴不得早些离开，他早就厌恶着武岳阳，一直苦于找不到机会坑他一顿，如今又多了这位古里古怪的牛鼻子老道，更是横竖瞧他不顺眼，听到老人这么说，正好顺坡下驴。他大口撕下手中鸡腿上的肉，瞪着小眼吞下肚，抹抹油腻腻的嘴：“也好，咱们在一起目标太大，少不得被官府四处通缉，就此散了也好。”

天台山垮了，骚猴儿想着自己没什么营生的本事，又出不了苦力，心中计议许久，想着川地混乱，到处劫匪，说不得也只能重操旧业，挑个大点的山头上去入伙，凭着自己的机灵劲，混碗饭吃应该不成问题。现如今更是因祸得福，凭空捞了这么多金银财宝，身上黄白之物坠得他心中无比踏实。这许多钱财何时才能花完？怕以后住在花楼里，日日逍遥快活也足够了。

骚猴儿唯一放心不下的是姚青，以往有大掌柜的娇宠和庇护，山上的兄弟都让着她，养成她大小姐般跋扈的性子，离开了天台山，世道险恶，她这性子给人做奴做婢自然万万不肯，可又有谁肯像少奶奶一样供着她？

“大公子，你有什么打算？”骚猴儿小眼滴溜溜转道。

姚青没动一口饭菜，她眼前时常浮现出姚大脑袋临死前大睁着眼、伸手讨要军帽的面容，她心中暗暗发誓，那些特务她一个也不会放过。

“报仇！”姚青冷冷道。

武岳阳和灰袍老人对视一眼，不知道该劝她什么，只好继续埋头吃饭。

骚猴儿讪讪道：“大公子不要意气用事，再怎么说你也是一介女流，哪能跟他们硬拼？听我一句劝，如果能找到二当家他们，尽可催他们招兵买马，去给兄弟们报仇，到时候别管出人出力，别忘喊我一声。如果寻他们不到，还是暂且隐姓埋名吧。留着青山在，不怕没柴烧……”

“你闭嘴！”姚青打断他。

“大掌柜的在天之灵，必定不愿你贸然涉险。忠言逆耳，你不听也罢……”

“你还说！”姚青拍桌子站起，说着就要动手。

“你别恼，我不惹你厌就是。”骚猴儿灰头土脸地冲灰袍老人一拱手，下楼去了。

武岳阳跑到楼梯口，想叫住骚猴儿，却找不到留下他的理由，站了片刻，垂头而回。

[illegible]眼正瞅着窗外发呆的武岳阳，道：

[illegible]

向外走去。

武岳阳站起身来，磨磨蹭蹭地走到门口站住，回头问姚青道：“你可有亲戚在这县城？我们送你过去。”

姚青面无表情地看着武岳阳，并不答话。

“那……你保重吧。”武岳阳冲她拱了拱手，追灰袍老人出客栈去。

灰袍老人不急不缓地走着，武岳阳几步追上，他惦念着姚青，不知道她到底还有没有亲人可供她投奔。武岳阳想，自己还有爹和二爷爷可以依靠，可姚青若是没有亲人就只能自己孤苦伶仃了，他想到此处心情黯淡，闷不作声地跟在老人身后，不住回头张望。

“你就那么放心不下那丫头？”灰袍老人道。

“她爹是那天台山匪徒们的头领，日前铁血团结会攻山，他爹被炸死在山下，我猜测她没有别的亲人了，即便有，这关头也没人敢收留她。”武岳阳道。

“怎么不见你这么关心刚才那尖嘴猴腮的小子？”灰袍老人嘲笑着问。

“他带了好多金银出来嘛……”

“果然和你爹一样，倒是个情种子呢。”灰袍老人耳朵微动，停止言笑，在一个拐弯路口，将武岳阳拽到身后，低声耳语，“别说话！”

武岳阳不敢稍动，屏气静听，果然一阵急促的脚步声由远及近。

来人很快追到墙角，灰袍老人闪电般扑过，探手抓向来人咽喉，但五指已触到来人领口，忽然猛地收回，他看清来人竟是姚青。

“你跟来干吗？”灰袍老人阴着脸问。

“跟你们回天台山报仇。”姚青淡淡道。

灰袍老人瞥武岳阳一眼，问他道：“是你告诉她的？”

武岳阳使劲地摇头，满脸无辜道：“你可别冤枉我，再说，你也从没跟我说要回天台山啊。”

灰袍老人想了想，自己的确没对武岳阳说过要回天台山，他眼中闪过一抹厉色：“丫头，你敢诈我！”

姚青道：“下山前，你曾无意中说过‘三件宝贝已取了两件，留下那铁箱，先让他们代为保管’，是不是？”

灰袍老人一愣，丝毫不留情面道：“那又怎么样，我是说让他们代为保管，但并未说什么时候取回来，也未必要回天台山去取，你缠着我们有什么用？”

“我要是有一手好枪法，也不来烦你们了。你们只管去夺宝，我跟着二位，相机报仇，绝不拖累你们。”姚青道。

武岳阳感慨姚青表面看起来泼辣蛮横，却粗中有细，仅从灰袍老人无意间的一句话就能分析出他要回天台山夺宝，比自己要强上许多。

武岳阳于心不忍，道：“二爷爷……”

“你莫多事！”灰袍老人对武岳阳不耐烦道，“走！”他话音未落，便转身疾走。

武岳阳充满歉意地看姚青一眼，追老人而去。

姚青腿脚要比武岳阳快上许多，很快追到武岳阳身后，不急不缓地跟在他身后。

灰袍老人本可一走了之，可又不放心丢下武岳阳，想携他一起走，又怕招摇过市引人注意。“当断不断，反受其乱。”老人暗道，他面露杀机，在一个空巷子里停下站定，背手等武岳阳和姚青赶来。

片刻后，武岳阳和姚青一前一后赶到。

“姑娘，老夫最后劝你一句，速速去吧，跟着我们你未必能如愿。”灰袍老人沉声道。

“听闻道人悯世人疾苦，今日一见，不过如此！”姚青讥讽道。

灰袍老人冷笑道：“你莫用言语挤对，我又不是和尚，哪讲什么慈悲。眼下好言相劝，你若仍旧无理纠缠，休怪老朽不留情面。”

“我一个人可没法报仇。反正这世上一个亲人也没了，你杀了我倒也干净。”姚青道，“你们要么带上我，要么杀了我，否则我一路缠着你们，让你们无法顺利夺宝！”

灰袍老人怒不可遏：“敢威胁老夫，那便如你所愿！”他身子直挺，臂不微晃，腿不弯曲，却突然暴起，如鬼魅般一道幻影径直移到姚青跟前，右臂

[illegible]

下仙水岩之时，老祖宗反复叮嘱不可喜怒无常，由着性子行事。

“你当真不怕死？”老人松开手，“老夫杀人无数，可手里没有一条冤魂。今日有意让你知难而退，你竟执迷不悟。看在傻小子面上，今日饶你一回，你还要跟着我们吗？”

姚青惊诧于老人鬼魅般的身手，更想不通他和武岳阳是什么关系，武岳阳虽然叫他二爷爷，可两人不像是爷孙俩。她干咳两声：“死有什么？”

灰袍老人瞥她一眼，对武岳阳道：“这县城不能住了，随我速速出城。咱们先找个地方歇歇脚，我有些事要交代你。”灰袍老人也不待武岳阳答应，转身顺大道向县城外走去。

武岳阳松了一口气，做了个让姚青先走的手势。

姚青面无表情地看武岳阳一眼，迈步向灰袍老人追去。老人虽未同意，可也没有再赶她离开，算是默许了。

武岳阳无奈地摇摇头，刚要尾随姚青前行，身体内突然传来一阵灼骨剧痛，他心道：“糟了，烈阳丹怎么在这会儿又发作了？”

第四十四章　天蓬尺

灰袍老人和姚青见武岳阳没有跟来，返回找他，看见他腿扎马步，双臂上举，竟当街练起拳来。

姚青眉头皱起，柳眉倒竖。她在地下密道中曾见到武岳阳神经兮兮地耍过这套怪拳。她百思不得其解，想不通武岳阳到底在想什么。

“你吃错药了？这关头又抽什么风！”姚青训斥道。

灰袍老人在一旁冷眼看了片刻，走上前去，伸掌抵住武岳阳小腹。

武岳阳本能地向后躲避，却感到老人手心发出一股吸力，身体不由自主向前挪，小腹被老人手掌按住，顿时感到如一块冰疙瘩贴住小腹，转眼间将他体内乱窜的灼热吸走，焚骨般的剧痛立即消去了。

老人撤了手掌，武岳阳呆愣愣地撩起衣衫瞧着肚皮，没发现有什么异样，他抬起头，看见姚青正冷冰冰地盯着自己，目光如打量一只演杂耍的猴子，赶紧放下长衫下摆，手忙脚乱地整理一番仪表。

“还不走，等我背你吗？”灰袍老人道。

“哦。”武岳阳回过神来，“不打完那十二式，一会儿不是又要遭殃？”

“今日不用练了，你的经脉还未打开，导引之法尚显粗鄙，我也只是替你暂时压下了狂躁之气，明日少不了还得继续练功。”灰袍老人转身疾走。

丹焚骨之苦，却硬是逼着自己每日里遭这么大的罪，武岳阳憋了许久的怒火顷刻间犹如爆竹般点燃爆发。他猛地站住，指着灰袍老人叫道：“你怎么不看着我疼死？咱们到底有什么仇怨，你这么害我？”

灰袍老人头也不回地疾走，武岳阳见他不做辩解，忙不迭地起身追去，一边大喊：“你说！你说！”

灰袍老人懒得搭理他，却被他追问不过，但脚步毫不停歇，沙哑的声音徐徐传回：“在山上告诉你的都忘记了？这烈阳丹可是张家不外传的灵药，助你修为，逼你上进。你还啰里啰唆，倒打一耙！”

“我不练了，二爷爷你行行好，你必定有办法，快快帮我拔除这药毒吧。”武岳阳求软道。

眼见出了县城，灰袍老人带头钻进一片竹林，转身负手而立。姚青和武岳阳一前一后进竹林来，呼喘着走到老人近前。

灰袍老人面色阴沉，红脸变成了酱色：“我逼你练功是为你好，你以为你枪法很了不起是不是？你开枪打我。”

武岳阳一时气急，想也不想，侧身左腿后撤，右手抓出盒子炮，单臂前抬。灰袍老人倏忽出手，一片幻影晃过，武岳阳手腕已被攥住，灰袍老人转动手腕，武岳阳腕骨险些被他捏碎，龇牙咧嘴地松开了盒子炮。

灰袍老人单脚将盒子炮挑向武岳阳，武岳阳接过，满脸的不服气：“若是真正对敌，我可不会让你迫这么近。”

“若是真正对敌，我可不会徒手相搏。刀兵、暗器，不见得就比不过你这西洋武器。”老人针锋相对道。他说着甩动衣袖，从地上卷起一块尖石，抖手掷出，尖石带着风声击在一棵碗口粗的毛竹上，咔地将其击穿。毛竹抖了两抖，轰然折断倒地。

武岳阳撇撇嘴，他知道老人执拗顽固，指望改变主意怕是很难，就不再央求。

“武功和道术的玄妙一时半刻说不完，你以后自然能看见。先说今晚的事。”灰袍老人道，有意无意扫姚青一眼。

武岳阳在刚刚折断的毛竹上坐下：“今晚当真要去劫宝？”

老人又看姚青一眼，道：“那些特务好不容易才寻到宝藏，自然担心夜长梦多，今晚必定会连夜将宝物运走。咱们山上去，倒不必一定要在山上下手，敌在明处，我在暗处，相机行事即可，报仇和夺宝两不误。”

老人略作停顿，又道：“不过，你俩现在后悔还来得及。到时候真动起手来怕是后果难料，不小心咱们的小命都可能扔在上面，你二人还是老老实实在这儿等着吧。”

武岳阳和姚青两人一意报仇，哪肯听他劝阻，一齐摇头。

“我不放心你们二人，此事不容有失，我须得尽快赶回龙虎山去，时间紧哪。”灰袍老人叹口气，“天色不早了，你二人稍事休息，这包囊里有水和干粮，别空着肚子。”

武岳阳掏出一个白面馒头递给姚青，又翻出一个水囊来，拔了塞子咕咚咚往肚子里灌水。

姚青虽然没有胃口，可腹中确实饥饿，而且等天黑以后，还要回山报仇，她强迫自己将馒头一口口吞下。

灰袍老人盘坐在一块岩石上，端着从马长官手里抢来的方木细细观看。他手指摩挲摸着方木上繁杂的字迹，口中念念有词，刚刚的怒气烟消云散，神色中掩饰不住透出欣喜来。

“这根棍子是干啥的？上面那些字怎么都鬼画符一样呢？‘电……雷……’上面这些笔画是什么？”武岳阳探头问。

“不懂了吧？”老人扣指轻弹，方木发出金属一般的清脆响声，“这根不起眼的木头可是个宝贝。”

姚青也好奇地向方木看来，灰袍老人索性竖起方木来，让两人看得更清楚，他说道：“此物为我道家的法器，这一根尤其独特。”

姚青看着老人捧着方木爱不释手，冷冷道：“这根木棍有什么文章不成？”

灰袍老人捋了捋胡须，悠然自得地扫两人一眼，却看到武岳阳对这根方木完全没有兴趣，他吃饱喝足，抓一捧干草铺在身下，躺倒就睡。

灰袍老人干咳了两声，武岳阳没听到一般，动也不动。灰袍老人略有失

时必不可少的六大法器之一，起镇坛辟邪之用。

“此物通常由上好的紫檀或楠木打造，这一根……”老人转动方木，继续说道，“由千载阴沉木所造，即为你们说的‘乌木’，形成它的似乎是千年铁力木，这种木纹很独特。”

老人抬起方木，又用指尖按了按方木底端，笑道："哈哈，它果然不枉被张献忠留在这宝藏中。老夫绝不会看走了眼，此物是木中之王——硬度最大的千年铁力木之木心打造。此木坚逾钢铁，入水沉底，乃是不世出的一件奇物。"

灰袍老人一阵唏嘘，姚青却不为所动，仰头看了看天，说道："你说了这么多，尽是虚张夸大之词，你只需说这根破木头能有什么实际的用处。"

"破木头？好生狂妄的丫头！不过话说回来，你说得也有道理，再好的宝贝也得看谁使用。赤兔到了农夫手里，怕连一匹骡马也不如。它到你手里不过是一根'破木头'，但是到了识货的行家手里，用处可就大了——它五行属木，树木在形成阴沉木的途中被淤泥包裹起来，经历千载，木性不但没有消散，反而淤积精纯，致使木质发生异变，形成似木非木，似铁非铁，刚柔并济的原木，后经过工匠精雕细琢才变成如今的样式……"

"咳咳……"姚青担心灰袍老人再次将话题扯远，咳了两声打断道，"它有什么实际的用处？"

灰袍老人捋须道："它不仅是一件难得的法器，还因它可柔可刚，是做武器的上佳之选。更由于它木质奇特，能散发出清淡的香气，起到提神醒脑、驱邪祛湿的用处，是以多被用来做防毒防身的傍身之器，端的妙不可言。

姚青眼中露出一丝艳羡，盯着方木问："这木头……"

"别'木头''木头'地乱喊，这种法器有它的名字——天蓬尺！"

"哦。"姚青点点头，又像突然想起什么，问道，"我还有一事问你。"

"说吧。"

"天台山上那宝藏确是张献忠的藏宝吗？你和那些特务分明都提前知晓那宝藏，你们怎么发现它的？"姚青蛾眉微微皱起。

灰袍老人抬头看着夕阳西下，想想道："当然是张献忠的宝藏。至于是怎么发现的，这涉及两张藏宝图，具体得从张献忠说起。你当真想知道？"

姚青点头道："你说吧。"

第四十五章　诡异小道

时值九月，气候转凉，瑟瑟秋风吹散了酷暑，打黄了树叶，给天地间带来一片肃杀之气。

武岳阳睡醒时天色已暗，他抱着膀子连连哆嗦。灰袍老人从包囊里取出两件黑袍，分别扔给武岳阳和姚青。两人穿上，除了没有遮挡头面，与别动队的黑衣特务没什么两样。

“宝藏的事，稍后再说。天快黑了，你们也歇得差不多了，上路吧。”灰袍老人道。

武岳阳睡眼惺忪，连连打哈欠，听到去报仇，立即精神起来。他一骨碌爬起，随姚青向灰袍老人追去。

一路无话。等三人来到天台山下时，日头已经落山。姚青轻车熟路，带领灰袍老人和武岳阳从隐蔽的小路再次返回到山上，一行三人从密林中潜伏到后山城隍庙近旁。

“怎么来了这么多人？”武岳阳诧异道。

灰袍老人面露忧色，冷哼道：“他们这是担心到嘴的肥肉被别人夺了去，

把守在城隍庙四周的团兵岗哨，说道：“他们看守这么严密，怕是不好下手呢。”

“不急着下手，这些团兵看着像是那逃跑下去的头领去索家岭召回来凑数的，你看他们懒懒散散四处乱逛，真打起来，战斗力估摸远远不及那些黑衣特务。咱们瞅准时机，务必一次成功，一次不成，他们势必加强戒备，再下手就更加不易了。”灰袍老人分析道。

“我倒觉得该尽快下手。你看他们又有一队人下密道去，眼下必定还有很多财宝他们没有搬出，人手相对分散，等他们搬完了财宝，人数集中起来，那可就不好对付了。”武岳阳道。

姚青摇头道：“不可！如果爷爷说的那第三件宝物确是被锁链封在那铁箱中，眼下可不是动手的好时机。”

“怎么？”武岳阳反问道。

“那铁箱沉重，少说也得有三五百斤，白日里它可是由六名黑衣特务从地下抬上来的！咱们且不想如何应付这些团兵，只那箱子摆在山上等你去取，凭咱仨就能抬下山吗？”姚青反驳道。

“这……咱们干吗抬着整个铁箱下山？想法打开它，只取里面的宝物不行吗？”

“你说得倒轻巧，若能轻易打开，他们也犯不着费那么大力气将铁箱整个抬出来了。”姚青瞥武岳阳一眼，转头看向灰袍老人。

灰袍老人被姚青一句“爷爷”喊得很是受用，点头道：“确是不易打开，孙儿，难道你有什么打开铁箱的好办法？”

“那又有什么难，从高地一脚踹到悬崖下面，你看它开不开……”

“胡闹！”灰袍老人板着脸道，“你知道那铁箱中存放的是什么器物，就敢这么处置？粗蛮至极！”

武岳阳轻声低语道：“我哪知道里面到底是什么。”

灰袍老人向林外看了看，见团兵正源源不断从密道中向外搬运财宝，一时半刻估计很难搬完。灰袍老人转过身，盘膝而坐，道：“免得你们诸多疑问，今日将这宝藏来龙去脉详细说与你二人。”

武岳阳和姚青向老人凑近稍许，听他娓娓道来。

灰袍老人捋着胡须道：“此事要从张献忠和李自成两人说起，张、李两人你们自然是知道的。明末清初，天灾人祸，为了活命，无数百姓揭竿造反，起义的队伍多如牛毛。这些起义军融合吞并，先后形成以王自用为盟主的‘三十六营’和以高迎祥为首的‘十三家’等军事同盟，王自用和高迎祥先后战死，张献忠和李自成继续率领残部征战，势力越发壮大。后来……”

武岳阳一脸的不耐，抢话道：“后来两个人先后称王称帝，李自成挥师东进，很快兵破大同，逼近京师，崇祯飞檄加封吴三桂为平西伯，令其率军援护京师。吴三桂奉旨入援京师，哪知刚走到半路，京城已经被李自成攻陷，崇祯帝在景山自缢身亡，吴三桂退兵死守山海关，拒不受降。闯王亲率十万大军赴山海关攻讨吴三桂，吴军兵败，引清军入关。后来李自成和张献忠都被清军杀了……这些谁不知道？二爷爷你直接说宝藏嘛……”

灰袍老人作势要打，武岳阳赶紧住嘴。老人闪电般跃起，向武岳阳扑来，武岳阳来不及细想，侧身躲过。灰袍老人从他头上蹿过，一溜烟消失在林子里。

武岳阳迷茫地看向姚青，姚青向武岳阳身后看了看，道：“他回来了。”

武岳阳回身，果见灰袍老人悄无声息地跑了回来，只是手里多了一只犹在猛力蹬腿的灰兔。

老人在灰兔腿根处捏了捏，将它扔在地上，灰兔死了一般一动也不动。老人继续道：“……话说张献忠死后——死前，明参将杨展率明军与张献忠部队激战于彭山江口，张献忠大败，为避免粮草军饷为明军所得，遂沉宝江中，只在一张羊皮上画了沉宝图，便率余部仓皇逃回成都。不想兵败如山倒，清军又对成都发动猛攻，张献忠知道大势已去，于是打算将连年征战掠夺的金银财宝藏到一隐秘所在，以图他日东山再起。可是一时间找不到令他满意的藏宝之地，正当无计可施之时，其最为器重的部将，也是他四养子中的长子孙可望来见。

“孙可望与明军交战兵败撤退之时，曾路过邛崃夹门关，被天台山的三千

[illegible]事情发生了波折。”

“什么波折？有高人来救下这三千棍僧了吧？”武岳阳问道。

姚青以指尖搓揉眉心，似有所想。

灰袍老人道：“又有什么高人能从几万名流寇手里救下三千个和尚的命来？那三千棍僧在一个时辰内便被坑杀干净。孙可望令士兵四散开来，将下

山的路全部封死，下令放火焚烧所有的宫观寺庵。那时宫观寺庵中多半都是住了人的，有修行的方外人，有暂住于此的隐士和游者，也有来山朝拜的信人香客。孙可望不管老幼良贱，问也不问，要将一干人等全部烧死。”

“姓孙的怎么这般歹毒！那些人跟他又没什么仇怨，何必妄造杀孽！”武岳阳怒道。

“孙可望自是罪孽深重，可那些和尚不识时务，以卵击石，也算狂悖自大到了极处，最终惹火烧身，害得他人无辜受戮。不说这些也罢。点燃了房舍宫观，里面的人自然蜂拥推门外逃。而这些流寇早已候在外面，将逃出的人一一射杀。这些无辜百姓被火烧死的寥寥无几，多半都是死于流寇的刀箭之下。”老人漠然道。

“好狠！”武岳阳一拳砸在树上。

姚青忍不住骂道：“畜生！”

“谁？”有团兵听到响动，提着枪向三人藏身的密林走来。

老人在脚旁的灰兔后背上一拍，灰兔立即跳起，三蹿两蹿没了踪影。

“原来是只兔子，瞧你大惊小怪的，我还以为闹鬼了呢……”一个团兵责怪道。

另一个团兵挠挠头：“夜里看不清，换了白日，我一枪崩了它，咱也多道菜。”

“吹好大牛皮……”两人说着，走了回去。

武岳阳和姚青双双握着枪，都出了一身冷汗。

“小心些。”灰袍老人扭开水囊，含了一口水，又道，“孙可望下令焚烧所有宫观寺庵，他部下流寇只能依令行事，不过有些老兵没有即刻便放火，他们寻思着趁火打劫搜刮些财物，也不枉白跑一回。他们的心机果真没有白费，一行人趁着夜色，从香客身上搜夺了不少的铜钱和银钞。可是随后他们遇到诡异的一幕。”

“怎么了？”武岳阳好奇地问道。

“这几个老兵高举火把，大叫大嚷地跑到后山，远远见到城隍庙，如恶狼看见了肥羊，眼冒绿光就围了上去。领头的老兵一脚踹开庙门，城隍庙中原本亮着的烛光突然熄了。”灰袍老人停下来，似笑非笑地看着武岳阳。

武岳阳不由自主地打了个寒战，后背唰地沁出一层冷汗，他抱着胳膊不满道:“你说就说，不说就不说，吓人好有趣吗！”

灰袍老人摇摇头:“没有吓你，这是真的。城隍庙中的灯突然便熄灭了。那几个老兵举着火把将城隍庙里外翻了个遍，除了形貌怪异的罗汉塑像，就是乱七八糟丢得满地的道经书籍，竟不见半个人影。老兵们火冒三丈，退到大殿外，要一把火烧了城隍庙。正当此时，大殿中的烛火又突然亮了起来。一个十二三岁年纪的道童走出庙门来。”

第四十六章　前因后果

武岳阳毫没来由感到一阵寒冷，眼前莫名浮出一幅画面：漆黑的夜，城隍庙阴森幽静，蜡烛发出萤火一般的微光，一阵似有似无的脚步声响起，门窗上先是映出孩童的身影，并逐渐缩小，紧接着影子消失了，从城隍庙门口走出一个头戴庄子巾、身披阴阳道袍的孱弱小道士来。

“这小道是怎么回事？”武岳阳搓着手问。

“往下听你便知道了。”灰袍老人向林外望了望，黑衣人正蚂蚁搬家一般将宝藏从密道中搬运出来。老人继续说道：“那道童出来，这几个老兵都是一惊，相互打量着摸不着头脑。先前他们在城隍庙中分明仔细搜索过，哪见有人，这个小道童到底是从哪里冒出来的，到底是人是鬼？换作你们，遇到这种事，是不是也会失了方寸？”

武岳阳点点头，姚青则拄着腮想着什么。

灰袍老人又道：“道童出来，说道：‘你们别烧这城隍庙。’这几个老兵哭笑不得，一个领头模样粗矮的老兵悠悠晃动着手中的火把道：‘怎么不许烧？’道童回答他：‘庙里存放着师父留下的秘术古籍，烧不得。’那领头模样的粗矮的老兵向四处张望一番，问道：‘你师父的秘术古籍有什么不同吗？他在哪儿？让他出来！’道童道：‘我师父在下面炼丹洞里，他仙去已有几日了。那些秘术古籍是师父费尽千辛万苦从世外搜集来的，全部参悟透了，可得不死之法。师父仙去前曾反复叮嘱，这些古籍要送出去。’那几个老兵听到‘炼丹洞’，立即如嗅到鱼腥味的猫儿一样，两眼放出光来。粗矮的老兵面带得意之色，与其余老兵交换了眼色，说道：‘小师傅，你一个人守着你师父的尸骸，不害怕吗？’道童回答道：‘不怕，等师父过了头七，我就下山去。’老兵问道：‘下山去干什么？’道童说：‘完成师父的遗愿，下山去送信，将这些古籍物归原主。’那粗矮的老兵又问：‘炼丹洞里除了你师父的尸骸，可还有别的什么吗？’道童道：‘有些草药，半成的丹丸，还有几个炼丹鼎。你们若是喜欢尽可以拿去，只是这些古籍须烧不得。’粗矮的老兵道：‘你刚刚可是藏在那炼丹洞中？’道童道：‘是呀，我原本打算将这些古籍藏到洞中去，可是我年幼体弱，只拿了几本下去你们就冲进来了，我吹了灯，藏到下面密道中去，听你们说要烧了城隍庙，便忍不住出来央求。’粗矮的老兵放下心来，点了点头，咧开大嘴道：‘你带我们去炼丹洞瞧瞧。’道童道：‘你得答应我不烧这些古籍。’另一个老兵抢道：‘尤墩子，跟一个娃娃啰唆什么……’粗矮的老兵一眼横过去，那急不可耐的老兵便不再言语了。粗矮的老兵对道童笑道：‘我答应你便是。小师父，带我们去炼丹洞瞧瞧吧。’”

“道童上当没有？”武岳阳问道。

“还有什么上当不上当的，你指望一个十二三岁的娃娃力挫群匪，保住城隍庙和古书吗？”灰袍老人摇摇头，叹息道，“那小道带着两个老兵进了密道，下到炼丹洞中去。咱们长话短说，他们在炼丹洞中见到一狰狞老者盘膝而坐，那老者白发白须，面色青黑，龇牙瞪眼，似乎经历着极大的痛苦。两个老兵都吃了一惊，举着火把战战兢兢地躲得老远。道童却不害怕，他一个人走上前去，匍地跪倒，咚咚咚磕了三个响头，说道：‘恩师在上，徒儿无能，不能完成恩师遗愿，那些秘术古籍我不能眼看着被他们烧毁……若让他们夺去，他日或可寻回……我想不出更好的办法……师父，你饶过徒儿吧……’那道童竟大哭起来。旁边的那两个老兵只想速速离开，当下在洞中四处搜寻，可是只找到两个炼丹鼎、一些朱砂和几支长柄银勺，两人收起这些物件，但心有不甘，一人将目光投向坐化的老者，使眼色让另一个老兵去老者尸身上去搜。另一个老兵只得上前去，在老者身上搜出一个巴掌大小的紫竹牌来，对着火把，看清上面写着……

……从城隍庙中的密道口钻出，大殿里早聚满了人。原来那匪兵首领孙可望迟迟不见这几个老兵回去，以为他们遇到了埋伏，便领兵来救。这几个老兵将前后经过对孙可望讲了，又将从炼丹洞里搜出的诸般物件交出。孙可望捏起紫竹戒牒来看了半晌，盯着道童问道：‘你师父姓甚名谁？’道童不敢隐瞒：‘师父从未对我说过他的名号和身

第四十七章　灭口

武岳阳、姚青和灰袍老人回身看着山上冒起的腾腾大火，一齐愣在当地。

“你二人在这里等候，我回去瞧瞧！”灰袍老人不等二人回答，身形微晃，树叶沙沙响过，他已去得远了。

山上一片混乱，一伙黑衣人护送着车队下山来。武岳阳和姚青见车队从面前小路通过，姚青抄起枪来瞄准，武岳阳赶紧抓住她的枪管。姚青凤眼圆睁，蛾眉斜挑，她用力回夺，武岳阳攥住不放。姚青挥拳击向武岳阳，逼他放手，武岳阳向后避过，道：“你要动手，我不拦你，但好歹也得等二爷爷回来。”

姚青趁武岳阳说话的时候夺回了枪，瞪武岳阳一眼，没有再举枪瞄准。

伴着猎猎风声，灰袍老人去而复返。

“快走，跟上他们。”灰袍老人毫不停歇。

武岳阳和姚青立即跟上。

“山上怎么了？”武岳阳追近问道。

灰袍老人没有立即回答，一味向运宝车队疾追过去。“这边有近路。”姚青低声道。她掉转方向，沿着一条溪流向山下跑去。武岳阳爷孙二人对山势地形都不太熟悉，只能由着姚青领路。

东转西转，绕了几个弯，姚青带领武岳阳和老人在山脚的一片乱石林停下来。三人远远望着一条黑影迤逦而来，自然是别动队的特务的运宝队伍了。

“山上怎么了？二爷爷。”武岳阳忍不住追问。

“整条密道都被炸塌了，山坡陷下去一个巨坑，团兵都被埋在地下。”灰袍老人冷冷道。

武、姚二人吃惊不小。武岳阳问：“那是怎么回事，有别人来夺宝了？”

“有可能，但我觉着更像是他们团结会内讧。”灰袍老人捋须道，“那些黑衣特务有条不紊地撤离，人数没有减少，死的都是索家岭的团兵，这事有些蹊跷，似乎是那些特务有意为之。”

“除了他们团结会，别人怕是也凑不够这么多的炸药。”姚青道。

“他们这么做，究竟是出于什么目的？”武岳阳看着运宝车队靠近过来，将一支汉阳造从面前岩石上的裂缝中伸出去。

“兔死狗烹，这些团兵本来就是他们特务利用的工具，财宝已经到手，团兵自然便失去了用处，他们这么做倒也在情理之中。先别打草惊蛇，等财宝出了山咱们再下手不迟。”灰袍老人冲武岳阳摆手道。

武岳阳心有不甘地收了枪，将身上携带的子弹掏出细数清楚，然后塞进衣兜。姚青几次想暴起动手，终于忍住，她死死地盯着别动队众特务一一从眼前通过，押着运宝车队逐渐走远。

“他们走远了，还不追吗？”武岳阳道。

“别出声，你俩听。”灰袍老人将手按在岩石上，双目微合，侧耳倾听。

武岳阳和姚青四处张望，除了黑漆漆静谧的夜和明晃晃噪乱的山头，没有觉察到什么异样。

武岳阳歪着脑袋问：“怎么了……”

“嘘！”老人打断武岳阳，悄悄指了指山上。

这时，武岳阳和姚青两人才从噼啪的树木燃烧声和嗤啾的虫鸣声中听到一阵嘚嘚的马蹄声由远及近。三匹快马借着山势，转瞬间奔过。

“跟上。”灰袍老人低喝道，如影般率先向山下追去。

姚青和武岳阳不敢疏忽，一前一后紧随而上。

马长官率着运送宝藏的车队下山而来，他回身望了望山坡上闪闪跳跃的火光，正要催促车队加快速度，忽有哨兵压着嗓子喊道：“有追兵迫近，原地警戒。”

[illegible]跟前，没说什么，只是点了点头。

马长官心领神会，挥臂喊道：“走了。”

哨兵牵马追过来，马长官和黑狼双双上马去，脚跟轻磕马腹，与车队拉开一段距离。马长官低声问：“事办妥了？”

“办妥了，埋了六处炸药，全部响了，整条密道连着那藏宝窟和溶洞，全塌下去了。”黑狼压着嗓子回应道。

“没漏网之鱼？”

“有那么六七个胆小的，在城隍庙里候着，没下密道，被我们仨下了枪，都毙了。”黑狼道。

“可千万要做得干净，屁股擦不干净，以后少不得会有麻烦。”马长官道。

“长官放心。这黑锅得让那些逃下去的山匪来背，天一亮我就去索家岭报信。”黑狼狞笑道。

“现在知道我为什么放那些匪徒下山去了吧？”马长官冷哼着问。

“长官计谋深远，小的佩服！”黑狼恭维道。

马长官摇摇头：“不可得意过早，这些东西只有运回总队大营才算吃到肚里，眼下是谁的还说不准哪。”

“又有谁吃了熊心豹胆，敢从咱们手里抢东西？”黑狼左右张望道。

马长官想起白天的一幕，忧心忡忡道：“白日里城隍庙中那白胡子老道身手十分了得，你们没看到罢了。他似乎就是冲着这宝藏而来，而且瞅着不像是一个人，咱们路上多多留意，别到嘴的肉被人夺了去。”

“小的知道，我带人去后面断后，今晚连夜赶路，多有辛苦，长官不妨到车上稍睡片刻。”黑狼道。

马长官挥挥手，黑狼知道他无意休息，只好驱马到路旁，等运宝车队通过，留几个黑衣特务布置了一番，才不远不近坠在车队后面。

灰袍老人、武岳阳和姚青三人跟行了一夜，从天台山尾随着运宝车队逐渐接近邛崃县城。眼瞅着天色将亮，可三个人还是没有找到动手的好时机。武岳阳和姚青几次三番要动手，都被灰袍老人阻止了，灰袍老人劝二人道：“以后你们二人少不得要行走江湖，千万记得一点，做什么事不要只想着眼前痛快，能全身而退才是最紧要的。留得青山在，不愁没柴烧！老话自有道理。”

两人哪听得进这些话？他们一路跟着运宝车队，只要追得近了，总有人按捺不住要动手。老人屡次劝阻，到后来恨不能收了二人的枪。天色渐亮，正是一天中最冷的时候。武岳阳和姚青燃烧了一夜的复仇热血渐渐冷却，被一点点积累起来的疲劳和困倦代替。

灰袍老人见武岳阳连连打瞌睡，自怀中掏出一个瓷瓶，倒出一颗黄豆粒大小的黑色药丸，塞进武岳阳嘴里。武岳阳顿时被一股极其刺鼻的恶臭激醒，他连连干呕，险些吐出胃液来。困顿随时一扫而空。

“姑娘，你吃吗？”老人又倒出一颗药丸，递给姚青。

姚青见武岳阳抽搐成一团的表情，知道药丸的味道不会很好，摇摇头，不肯吃药。

老人将药丸塞回瓷瓶，说道：“你们再坚持一会儿，他们运了财宝回去，总要找地方存放。咱们硬攻不如巧取，明抢不如暗偷。等他们安顿好了，咱们去悄悄带走便是。”

姚青揉揉通红的眼睛，没说什么。武岳阳漱了几遍口，有气无力地道：“随你好了，快些动手吧，我要挺不住了。”

“你们要是坚持不住，便找个隐蔽的所在歇息吧，别跟着我坏了事。”老人又劝道。

武岳阳和姚青哪里肯从，强打了精神继续跟在车队后面。

灰袍老人本以为黑衣特务会将车队赶进县城，稍作休息调整，哪知车队毫不停留地绕过县城，径直向城南码头而去。

老人心中暗暗焦急，却无计可施。

运宝车队到了码头，别动队更不停留，直接将装得沉甸甸的大小箱子流水般运到早已等候在岸边的三艘船上。

武岳阳、姚青和灰袍老人三人躲在码头近旁的鱼铺后，隔着竹木栏杆向船上张望。武岳阳几次上前来催促老人快些动手，都被老人喝退

[illegible]

[illegible]道：“走！”他上前搬起一个木箱抱在胸前，直奔最大的一艘双桅白帆大船走去，他先前看得清楚，那九索铁箱就被抬到这艘船上。

武岳阳和姚青也各自抱起一个木箱遮住了面孔，跟在老人身后。一个灰衣梢公催促道：“恁地磨蹭，快些吧！”

三人不敢应声，只把木箱遮住头面，正想瞒天过海，忽斜刺里蹿出一个麻脸少年，他抢先跳上大船，一脚踢开了登船的舢板，咬牙道："你们不能上船！"他反手一刀割断船绳，捂着左腹大喊道："快开船！有奸细！"

灰袍老人没想到那麻脸少年仍活着，看他捂着左腹喊话，似乎断了肋骨，内伤也不轻。灰袍老人心道："看来只能强取豪夺了。"他肩膀微晃，两步迈到岸边，纵身起，一道虚影向船上飞来。

麻脸少年不待灰袍老人下落，手中匕首掷出，直取灰袍老人胸口。灰袍老人单掌拍落匕首，落到麻脸少年身前。麻脸少年哪敢等到灰袍老人动手，就地滚倒，翻身跳船入水。

船上马长官挑门帘探出头来，咬牙道："天堂有路你不走，地狱无门你闯进来！开枪！快开枪！"

第四十八章　河上缠斗

十余步远近，又没有遮身之物，灰袍老人不及细想，侧身一个筋斗，随麻耗子前后脚跃入水中。

“打！向水里扫射！”马长官手拎双枪跳出，趴在船舷上对着灰袍老人落水处将两匣子弹尽数射尽。

马长官所在的双桅大船的船舱中钻出十余个灰衣特务来。这一行人是马长官事前安排来接应的特务，每人都手持双枪，跟着马长官呼啦啦钻出船舱来。

随马长官从天台山下来的穿黑衣夜行服的特务，都乘坐在双桅大船两旁的两艘小乌篷船上。双桅大船左侧的乌篷船被大船隔开，船上的特务无法援手，只是扒着船舷干着急。

另一侧的乌篷船的船头斜靠着双桅大船，麻耗子和灰袍老人跳水处正在两船中央。这艘乌篷船上的特务瞧得真切，纷纷掏出枪来，可是灰袍老人和麻耗子都落在同一处，这些黑衣特务怕误伤了麻耗子，犹豫着没人敢开枪。

马长官脸色铁青，显然动了真怒，他哪顾麻耗子死活？马长官见众特务看着河面发愣，又急又怒道：“看什么？开枪！”他换了弹匣，又将两匣子弹射进水中

河水浑浊昏黄，在水中看不出两米远，灰袍老人寻不到麻耗子，转身凭感觉向船体所在的阴影处潜去。

左侧的乌篷船绕过双桅大船合围过来，两个特务从船板上抓过两根长杆网兜，在水中反复打捞，但是捞了好一会儿，只捞上来些许水草和淤泥。

“别捞了！快开船！”马长官喝道。

艄公急忙撑篙掉转船头，水手扬帆摇橹，双桅大船缓缓驶离码头。

船尾泛起一股水花，灰袍老人五指簸张，指尖插进船头木板，如狸猫一般悄无声息却又异常矫捷地攀上船来。

马长官、黑狼和一众灰衣特务在船尾望了好半晌。船离岸已驶远了，马长官悻悻然收了盒子炮，返向船舱。撩开了门帘，马长官忽然觉察到一丝不安，侧头向船头瞧去，只见到几个水桶和木箱。马长官觉得自己过于紧张，低头要进船舱，这时看见甲板上一摊水迹从舱外延伸进船舱内。

黑狼看到马长官面色凝重，问道：“怎么了，马长官……”

“他进船舱了！”马长官倏忽后退，闪电般掏出盒子炮，瞄准了舱门，“快出来，给你个痛快，否则让你死无全尸！”

船舱内静悄悄的，无人应答。

“他妈的，敬酒不吃吃罚酒！给我打！”马长官率先勾动扳机，双枪齐射。众灰衣特务每人都手持双枪，共计二十几个弹夹中的子弹倾泻而出，只把船舱打得千疮百孔。

马长官使了个眼色，四名特务两两向船舱两侧绕过去。

灰袍老人趁这个间隙突然从船舱后面暴起，脚尖挑起一个水桶袭向最近的特务。那特务侧身闪躲，老人这一招早用熟了，如影迫到近前，不等这名特务抬起枪，对他肩膀只一按一转，已掐住他的喉咙，挡在身前，两脚不停，向马长官冲去。

“后退！开枪！”马长官在城隍庙中吃过灰袍老人的亏，对他的意图有所了解，一边后退一边迅速地换了弹匣，毫不犹豫地扣动扳机。

被灰袍老人擒住做肉盾的特务顷刻间中了十数枪，血肉四溅，圆睁着眼，连声惨叫都没能发出，就咽了气。

灰袍老人算盘落空，他原以为这些特务会投鼠忌器，没想到那马长官这般冷酷无情，竟丝毫不顾惜手下的性命。灰袍老人又将脚边两个水桶踢出，双臂发力，将手中死去的灰衣特务推出，趁机又贴着船帮跳进河里。

马长官带着众灰衣特务又对着灰袍老人落水处一顿乱射，更丢了几个手榴弹下去，炸起老高的水花，可仍被灰袍老人逃走了。

武岳阳和姚青没能冲上双桅大船，眼瞅着麻耗子和灰袍老人先后跳船。两人急于救起灰袍老人，抢了一艘竹苇扁舟。这时传来一阵枪响，马长官带着特务们正向水中扫射，码头上一片混乱，鱼铺酒肆货栈都掩上了门，贩夫走卒四散躲避，眨眼间码头上一个人影也不见了。

武、姚二人寻不到灰袍老人，正无计可施，双桅大船上又传来一阵密集的枪声，两人望着大船，猜测灰袍老人很有可能又回到大船上去了。两人赶紧划船追赶，可武岳阳和姚青都不会摇橹，小船在河面上打着旋，没头苍蝇一样原地打转。

随着扑通的落水声，紧接着又传来一阵枪声，枪声响过，更传来手榴弹轰轰的爆炸声。武岳阳傻了眼，望着被手榴弹炸起几丈高的水花，摇橹的手停住了。

“你发什么呆！”姚青急道。

武岳阳丢了船桨，从肩头卸下一支三八大盖端起，稍作瞄准，果断地开了枪。可是小船颠簸，本就不稳，加上双桅大船早已去得远了，武岳阳枪法虽然了得，可这关头又如何能打得中？随着“砰”的一声枪响，武岳阳这一枪早不知道偏哪里去了，连双桅大船的船帮也没沾到。

这一声枪响，立即招来了无数的还击。三艘船上数十名特务将这艘竹苇扁舟当作了靶子，一齐聚到船尾对准小船开枪。

特务们的还击自然也没什么准头，船间距离早超出了有效射程。饶是如此，由于人多枪多，仍有几发子弹打中小船。武岳阳和姚青被特务的火力压制住，低头趴在小船的船舱里，连头都抬不起来，更别提还击了。

……想在特务的枪林弹雨中全身而退，怕也千难万难。武岳阳摇着小船在河面上茫然地转了几圈，哪里寻得到灰袍老人。他望着河面发愣，是该上岸去换了船继续追赶盗宝的特务报仇，还是找些渔夫来撒网搜寻二爷爷？

正当武岳阳茫茫然不知所措之际，姚青大睁着眼指着岸边道：“那……那是他吗？”

武岳阳顺姚青指处看去，见灰袍老人正丢了怀中的圆石，从河中一步步走上岸去。

“二爷爷！二爷爷！”武岳阳欣喜异常，竟笑着流起泪来。他这几日患得患失，精神紧绷，已到崩溃发狂的境地。武岳阳拼命划动船桨，待离岸近了，跳下船，蹚水跑到岸上，一头栽倒在二爷爷怀里，放声大哭。

“乖孩子，爷爷没事，你怕爷爷被他们炸死，是不是？二爷爷教过你们，不管做什么事，能全身而退才是最紧要的，难道自己会忘记吗？”老人浅笑着，抚摸武岳阳的头安慰道。

武岳阳抬手擦了擦眼泪，看见手上一片殷红，刚松弛下来的神经立即又重新绷紧，上下打量灰袍老人，在他前胸上找到了枪眼。

“二爷爷……”武岳阳带着哭腔喊道。

灰袍老人在自己胸口摸了摸，沾了一手的血，他干咳几声，坐到地上，喘着粗气道：“好孩子，二爷爷怕是不行了……想不到今日栽在这些鹰犬手里……咳……你能不能答应……答应二爷爷一件事？”

武岳阳惊慌失措，他撕了布条按住灰袍老人前胸的伤口，试图堵住枪眼：“二爷爷，你不会有事，你坚持一会儿，我去找大夫！”扭头对姚青道：“帮我照顾好二爷爷，我去去就来。”

姚青点头答应。

武岳阳将灰袍老人的背囊在他身后垫好，转身就要去找大夫，被灰袍老人一把拉住。

“怕是来不及了，你不答应爷爷吗？”灰袍老人有气无力道。

武岳阳摇了摇头，又赶紧点头，他含着泪道：“二爷爷，我答应我答应，你说吧，我什么都答应你。”

“你别急着去报仇，这几年好好练武，三年……三年后千万记得回龙虎山仙水岩一趟……好不好？”灰袍老人道。

武岳阳赶紧点头答应，他扶着灰袍老人，一手死死地按住灰袍老人胸口的枪眼：“我绝不偷懒，好好练武，先保住自己的小命，然后……然后再想着报仇，三年后去江西龙虎山仙水岩……我全答应你二爷爷。”

“你真答应吗？”灰袍老人攥紧武岳阳的手，声音越发沙哑。

“嗯……”武岳阳终于忍不住，泪水又顺着下巴吧嗒吧嗒落下来。

“男子汉，可要说话算数！”灰袍老人仿佛突然好转过来一样坐起来道。

武岳阳将这当成了老人的回光返照，哽咽道：“说话算数。”

“好！好！你小子答应便好，老朽先不死了。”灰袍老人如奸计得逞的老狐狸一般咧嘴笑道。他推开武岳阳捂在他胸口的手，扒开青灰道袍，露出血糊糊的枪眼，闭起眼，略一发力，子弹被肌肉和血水从伤口中挤了出来，啪地落在岸边沙砾上。

武岳阳再次傻眼，脑中一片空白，不知道该不该欢喜。武岳阳扭头看看姚青，姚青揉揉眼睛，气鼓鼓地转过头去。灰袍老人计谋得逞，只顾自己欢喜，可不管两人空自担心。他嘿嘿地笑出声来，忽然看着河面，笑容僵硬在脸上。

武岳阳和姚青回头向河面望去，只见远处河面闪过两股亮光，紧跟着传来轰轰两声爆炸巨响，那两艘已变成黑点的乌篷船，在波光粼粼的阳光下，化成了两团跳跃的烛火。

第四十九章　灰鹤传书

三人伫立良久，河面上发生的爆炸令三人目瞪口呆，以至于老人都忘记了胸口的枪伤。

武岳阳最先回过神来。他感到手指发黏，抬起手来看见凝固的血液，突然想起灰袍老人胸口的枪伤还没有包扎，赶紧取出消炎粉来，为二爷爷包扎伤口。

灰袍老人倒是浑不在意，嫌弃地将武岳阳的消炎粉扔了回去，先用手指在伤口周围按了几下，从怀中取出一个白瓷瓶，在耳边晃晃，扒开塞子：“幸好没进水。”老人弹出少许白色药末涂在伤口上，血很快止住。灰袍老人又掏出一个蓝瓷瓶，以手指挑出指甲大小的一块黑色药膏来，敷好枪眼，以软布包扎起来。

“子弹穿透了那个倒霉鬼，打到我身上已经没了力道。若不是人多混乱，我疏于提防，哼哼，你二爷爷可没那么容易吃亏。”

武岳阳为他敷好伤口，灰袍老人仰头望着江面，唏嘘长叹。

武岳阳也抬起头来，望着江面一言不发。

“怎么了，你怪二爷爷骗你了？”灰袍老人斜睨武岳阳一眼，“二爷爷又没死，哭丧着脸干什么？你怎么不急着要报仇了？”

武岳阳面无表情地摇摇头，他不想大仇未报，反而搭上更多条人命。可是灰袍老人哪明白他的心思，只道武岳阳心中埋怨自己骗了他。正想着如何劝解，姚青突然道：“果然还有另一伙人盯着这批宝藏，这个机会倒适合趁火打劫，咱们还追吗？”

灰袍老人遥望着远处河面腾起的黑烟：“你怀疑是有人潜伏在暗处下的手？”

“难道不是？”姚青道。

“我反而觉着更像是他们特务自己人所为，这样灭口的事，他们又不是没做过。”灰袍老人捋须道。

姚青和武岳阳都觉得不可思议，两人对视一眼，姚青又道：“在山上，他们炸塌密道，埋住的都是团结会的民兵，为了封锁消息杀人灭口倒也说得通。可是这次三艘船上都是他们国军的特务，他们除掉自己人，又为的什么？”

“怕也是为了防止走漏消息吧。”灰袍老人道。

“那咱们还追不追？”姚青打量着灰袍老人前胸中弹处问道。

灰袍老人冷哼一声：“这点皮肉伤又算得了什么，接着追！”

“二爷爷，咱们别追了，要不，你在码头近旁找个客栈稍事歇息。我一个人去追击，杀了那姓马的我就回来。”武岳阳道。

“你的枪法我见识过，若是寻常对手，我早由着你去了，可那姓马的是国军别动队的一个头目，本领是不弱的，身手溜滑得紧。你和他斗，犹如麻雀对敌鹰隼。”灰袍老人欠身要站起，武岳阳赶紧上前搀扶。

“我去叫船。”姚青道。

“别叫了，这些小船怕是追不上，他们总要上岸，咱们骑马沿河追吧。”灰袍老人叫住姚青。

“你的伤怕受不了舟车颠簸，还是……”

“别啰唆了，快去买几匹马要紧。”武岳阳话没说完，就被灰袍老人打断。

“我去吧。”姚青话音未落，已转身走远。

灰袍老人看看精神萎靡的武岳阳，无奈地摇摇头，道：“你怎么还没那丫头有血性？你不想给你娘报仇了？”

“想。”武岳阳叹气道。

“那你还磨蹭什么？”

灰袍老人脸色微变，道：“你这么菩萨心肠，出家去做和尚好了。”

“二爷爷……以前我从来没想过这些事情，可是这几日发生了这么多的事，我脑袋浑僵僵的，你告诉我，人活这一辈子，到底为的什么？”武岳阳直视着灰袍老人道。

灰袍老人哭笑不得，他捋了捋胡须：“先上码头去，找个客栈换身干衣服再说。”

武岳阳才注意到老人浑身湿透，顺着圆口十方鞋往下淌的水已经洇湿了脚下的泥土。他赶紧扶着老人上岸，到客栈里换过一身干净衣服。

“你的那个问题，不是你这个年纪该去想的。若换了别人，我或许会用道家的‘修身养命、天人合一’去回答。可是眼下跟你说这些没有半点用处，你先别想‘一辈子’那么远，你要做的只是学本事和报仇。”灰袍老人说着，出了客栈，姚青已骑一牵二，带着三匹马回来。

姚青翻身下马，将两根缰绳递给武岳阳。

天空忽传来高亢的鸟鸣声，灰袍老人仰望天际，一只大鸟正快速从头顶盘旋飞过。

灰袍老人打了个呼哨，那大鸟立即低头寻找，它发现灰袍老人后又啾啾鸣叫数声，翩翩落下。

到得近前，武岳阳和姚青才看清那大鸟，只见它红顶黑尾，长颈长腿，通身羽毛或黑或灰，正是一只灰鹤。

灰鹤落到灰袍老人伸出的手臂上，一边鸣叫一边微微扇动双翅，可以看出来和老人很是熟稔。

“好啦好啦，别动。”老人说着，解下一根绑在灰鹤腿上的半截芦秆，捏碎外壳，取出一张纸片，只扫了一眼，神色当即大变。

武岳阳和姚青均知事有变故，不便明问，只是静静地看着老人，等他说话。

“你俩……”灰袍老人咽下后半句话，拍拍灰鹤的背，一扬手，灰鹤振翅飞起。灰袍老人从武岳阳手里接过一根缰绳：“先上马吧，路上说。”

武、姚二人踏镫上马，追上老人。

灰袍老人闷着头催马骑了一段路，想到分别的话早晚都要说，索性开门见山道：“龙虎山出了大事，我须得尽快赶回。”

武岳阳从见老人从灰鹤腿上解下芦秆的一刻就知道有事发生，并隐隐觉得二爷爷灰袍老人随时可能与自己分开，这一刻心中的不安变为现实，他悬起的心反而踏实平静下来，淡淡答应道：“嗯。”

灰袍老人完全没料到武岳阳听到自己要走会是这么平静，他扭头盯着武岳阳瞧了好一会儿，回身问姚青道：“丫头，你有什么打算？”

“报仇。”姚青想也不想就回答道。

灰袍老人又问武岳阳：“那你呢？跟我回龙虎山还是另有打算？”

“报仇。”武岳阳同样不假思索道。

老人哑然失笑：“你俩个娃娃，真以为凭你们自己就能报得了仇？”

“报不了也得报！”武岳阳两眼目光发直。

“这两个执拗的娃娃不知道会惹出多大的祸来。”灰袍老人心道。他不知道该如何劝解，沉思间，天空传来灰鹤的啾鸣声，三人已来到那两艘乌篷船爆炸的河段。但见河中冒着烟的木板四散漂浮，两艘好端端的乌篷船被炸作了成百上块碎片，大一些的船体上仍有火焰燃烧。双桅大船在远处河面上，张满了帆，顺风顺水，快速向下游驶去。

灰袍老人喝住马，三人在一个岔路口停下，灰袍老人徐徐说道：“你俩执意要报仇，我知道劝你们不住，只是提醒你们，那姓马的特务头子，行事狠辣歹毒，连自己手下的兵丁都不放过。你们可都长着嘴呢，他盗宝的事情你们可是亲眼所见，他又怎么会放过你们？父母之仇，不共戴天，你们想报仇，那是情理之中，但是万万要记得二爷爷的话，‘做什么事不要只想着眼前痛快，能全身而退才是最紧要的’。行走江湖不是对弈棋局，你即便丢光了车马炮，只要拿下对方的老帅就算赢。江湖对局，不仅要赢，而且要自己尽可能不付出任何代价，你可明白其中的道理？”

姚青盯着逐渐远去的双桅白帆大船，皱紧了眉头。武岳阳一言不发地看着河面，若有所思。

“你们看看我便明白了。”灰袍老人指着自己前胸的伤口道，“因为你一旦付出代价，即便depth

……走会饶你们不过。你二人切不可鲁莽行事，自己轻易送上门去，免得白白丢了性命。”老人苦口婆心道。

武岳阳经灰袍老人一番劝解，迷茫急躁渐渐转化为平静和理智，同时内心也升起一股要与马长官缠斗到底的斗气和决心。他从腰间掏出一把盒子炮递给老人，说道："我知道了二爷爷，三年后我一定活蹦乱跳地去龙虎山应约。这盒子炮你带着吧，如今世道混乱，你也好路上防身。"

"我用不来这玩意儿，你自己留着吧。"老人将盒子炮丢回给武岳阳，"亏你惦记二爷爷的安危。时候不早了，咱们就在这岔路口分开吧，你们先走。"

武岳阳下马来，跪地磕头，灰袍老人没有动，受了他这一拜。

姚青跟着跳下马，冲老人拱了拱手。

"去吧去吧，后会有期。"老人催促道。

武、姚二人重新上马，抖缰绳拍马而行。"稍等！"灰袍老人忽然想起什么，他从背囊中取出天蓬尺，扬手抛给武岳阳，"拿着！"

"我不要这东西……"武岳阳要将天蓬尺归还给灰袍老人，哪知灰袍老人已拨转坐骑，驱马从岔路口向另一个方向飞驰而去。

第五十章　巧遇故人

武岳阳从上到下瞧了瞧天蓬尺，又掂了掂，将它递给姚青："给你吧。"

姚青冷眼道："你爷爷给你的，又不是给我。"

"他给我就是我的，我愿意给谁是我的事。这东西我拿着没用，带着它凭空多个累赘。"武岳阳道。

"有眼不识金镶玉，可怜你爷爷一片苦心。哼，我可受不起。"姚青拍马蹿出，沿着河岸向下追去。

武岳阳感觉这根天蓬尺犹如鸡肋，带着没多大的用处，又不能随手丢掉。他将天蓬尺别在后腰，满心不是滋味——侠客行走江湖都是背刀负剑，自己却好不尴尬地背块木疙瘩。

追上了姚青，武岳阳扭头道："二爷爷说得对，咱们可不能以卵击石，大仇一定要报，至于怎么报，咱们不能贸然行事。"

姚青不咸不淡道："有什么主意你直接说就是！"

"我担心你按捺不住，见了那姓马的立即动手。"武岳阳道。

姚青冷哼一声："我自有分寸。"

武岳阳还有些不放心，可是看姚青冷冰冰的也不好多说什么，只是尾随在姚青马后。两匹马又跑了几里路……

[illegible]……地爬到河对岸，再逆流而上，等摸到双桅白帆大船停泊的半截木桥近旁，已过去了一炷香的时间。

武岳阳和姚青躲在草丛后面窥视，可是过了好一会儿，也不见一点动静，也不见半个人影，姚青失去耐心，起身要去查探。武岳阳抓住她手臂："你干吗去？"

“还能干吗？”姚青甩开武岳阳的手。

“你在这儿帮我照应着，我过去。”武岳阳掏出盒子炮检查了一下子弹，猫着腰向河岸靠近过去。

武岳阳看到河岸上满是凌乱的脚印和重物拖拽过的痕迹，心中暗道：“不好！”他拾起拳头大小一颗鹅卵石，丢到船头近处的河水中。伴着“扑通”的落水声，水花溅起数尺高，几只水鸟扑棱棱惊起飞走，可大船上仍旧没有半点声响。武岳阳不再迟疑，他几步跑上半截木桥，顺船帮垂下的绳索攀到大船上去，缓缓挑开船舱门帘，里面一片空旷，连着那许多被财宝装得满满的箱子和麻袋全都不知所踪。

武岳阳满脸失望地跳下船，姚青迎上来问他：“怎么？船上没人？”

“一个人也没有，连着那些金银财宝全都不见了。”武岳阳道。

姚青咬碎银牙，几个起落冲上大船，搜索一番，果然没见到半个人影，她脸色铁青地从船头跃下：“他们逃不远，追！”

“往哪儿追？”

“有脚印。”姚青顺着河岸上深浅不一的脚印追去。

武岳阳见脚印通向不远处的树林，他无奈地摇摇头，大步跟在姚青身后。

果然不出武岳阳所料，脚印一到树林里就寻不到了。两人看着几处倒伏的长草，分不清哪处才是被马长官一伙人刚刚踩出的。

“咱们中计了。”武岳阳望着河面道。

姚青挑眉看着武岳阳，等他解释。

“宝藏到了手，只有两条路走：要么远远逃走，要么就近隐藏起来。他们完全没有必要将船驶到这里停下。”武岳阳分析道。

姚青四顾张望，寻找着蛛丝马迹。

“你若不信，咱俩分开来，从两个方向包围着将这片林子搜遍就是。”武岳阳举臂遥指，“你从那边搜，咱们一炷香后还在这里会合。”

姚青更不答话，向武岳阳所指的方向飞奔而出。武岳阳也毫不迟疑，背向姚青而行，很快消失在丛林里。

秋意愈浓，秋风吹蓝了天，吹熟了庄稼，吹走了莺燕呢喃，吹来了凉爽和萧瑟。秋蝉伏在枝头，鸣声悲切，似乎正为消逝的盛夏和即将走到尽头的生命而放声悲歌。

武岳阳踩过枯黄干脆的草木枝叶，扎进丛林更深处。他知道这次的搜寻必定劳而无功，走这个过场只是为了令姚青死心。武岳阳闷着头在林间穿梭，将昨夜至今发生的所有事情一幕幕在脑中重新过了数遍，可是仍旧没有找到一丝可疑之处，马长官究竟要了什么把戏，竟在光天化日之下消失了踪迹。武岳阳百思不得其解。

丛林背山向水，遍布了整个山坡。武岳阳不知不觉已爬到山坡最高处，他居高临下，整个河畔尽收眼底：稀拉的树叶遮掩不住阳光，树荫下光点斑驳，叫不出名字的虫豸在草尖爬动。远处河面波光粼粼，几只水鸟在浅滩上戏水捕鱼，不时地飞起落下。半截断桥延伸到河中去，双桅大船斜着搁浅在木桥边。这一刻武岳阳竟恍惚产生一种幻觉，眼前的景物让他觉得到了另一片天地中，这片天地没有杀戮、没有仇怨，也没有蝇营狗苟尔虞我诈。

远处一个移动的黑点让武岳阳清醒过来。他看见姚青绕过了半边丛林，正向断桥处赶去。武岳阳跳下高坡，去岸边与姚青会合了。

姚青等了好一会儿，武岳阳才姗姗赶到。姚青自然没给他好脸色："怎么这么慢？"

"什么也没找到吧？"武岳阳不答反问。

"明知故问！"姚青盯着双桅大船道。

"既然追不到，咱们还是回县城去吧，我总怀疑那姓马的要了什么把戏，那些财宝不易搬运，说不准被他们偷梁换柱就近藏了起来。"武岳阳说着，向下游悬梯桥走去。姚青却没有立即跟上，返身又攀上双桅大船。

"你不走吗？"武岳阳叫道。

姚青没有回答……

……马缰绳，纵马向县城赶去。没行多远，忽听河面上几声震天巨响，两人驻马回望，看见双桅大船已炸成几截，同先前的乌篷船一样，化作碎木，飘散河中。

两人不禁一阵后怕，都猜不出这大船的爆炸到底是不是特务做的手脚。两人稍作停留，又催马再行。这对少年男女都是又累又困，即使一路颠簸，也险些双双在马背上睡去。好不容易熬到县城外的码头，但见十几个长警四处拦人查问。两人远远绕开，由于担心马长官联合督察处通缉二人，武岳阳和姚青可不敢大摇大摆地进城去，早早在城外拴了马，捡了两顶斗笠，小心装扮一番，才进城来。

果然不出两人意料，城门旁贴着醒目的红字告示，无非天台山匪徒杀人作恶，在官兵围剿中漏网云云，更贴了两男一女三张肖像图，画的正是灰袍老人张元顺、武岳阳和姚青三人。

武岳阳满腹的感慨，一个月前，他还是团长武兴华的大公子。不想父亲去前线，前脚刚走，家中就发生了如此巨变，自己也从一个纨绔公子变成了漏网的山贼。这种巨大的落差让武岳阳一时间难以适应，他一动不动地望着通缉告示发愣。

姚青推武岳阳一把，使个眼色，两人一前一后悄悄地走到偏僻处商量对策。

“看来那姓马的确是藏在这县城里。”武岳阳先道。

“废话！”姚青道，“从那告示上看，我也知道他藏在城中，你鬼主意不是多吗？你倒想个办法怎么将他找出。”

武岳阳低头想了想，摇头道：“我想不出好办法。”

“那咱们只能堵在城门附近等他自己送上门来吗？”姚青掀开斗笠，扫视城门两侧，寻找着合适的藏身之处。

“咱们找不到他，可是有个人或许能找到他。”武岳阳望着不远处的货栈道。

“谁？”

“何四他爹，何保长。”武岳阳道。

姚青皱眉问：“你说的是索家岭放你我出来那个烟袋老儿？”

“正是。”武岳阳点头。

“你去索家岭问他？”姚青道。

“这县上有他的货栈，县城离天台山要近些，他记挂着何四叔的安危，或许此时已来到了县上，咱们去他货栈里瞧瞧。”武岳阳眼睛一眨不眨地盯着货栈门口。

姚青四下里张望一番：“我在暗处给你把风，你速去速回。”

“嗯！”武岳阳稍稍整理了一下衣衫，大步向货栈走去。

姚青跟着武岳阳，走到货栈前街拐角处，藏身药铺窗下的柳树后，仔细留意着每一个来往的行人。

武岳阳没有看见可疑的对象，就抬步迈进货栈。可他刚踏进货栈，只见眼前一团黑影，不及躲闪就被撞出门外。武岳阳和来人一齐跌倒在地。

“奶奶个爪的，好狗不挡道，没长眼睛啊？”那人大骂着起身，抬腿就冲武岳阳踢来。武岳阳暗中防着长警和特务埋伏，手一直搭在腰间的盒子炮上，他以为中了埋伏，不假思索地掏出盒子炮，将枪口对准了来人。

“你他妈掏啥……好汉饶命！”那人见武岳阳掏出枪来，立即改口求饶。

姚青也以为出了变故，几步冲过来，拔枪对准了那人的后脑：“动一下打死你！”

“我就换几块大洋你们拿去就是了，犯不着杀人哪！”那人带着哭腔道。

武岳阳和姚青同时认出那人来，异口同声道：“是你？”

第五十一章　赌鬼

那人衣衫褴褛、蓬头垢面，一对三角眼嵌在稀疏的眉毛底下，枯瘦的小脸中央偏又生着一只大酒糟鼻子，名副其实的尖嘴猴腮相。他抬起头看见武岳阳，也是一愣，回过神来又扭头看了看姚青：“怎么是你俩？”

武岳阳和姚青不想竟这么巧，前一天刚刚别过的骚猴儿，就在这货栈门口撞上。三人还未来得及说话，货栈里女人的尖叫伴着脚步声追出：“可了不得啦，救命呀……光天化日抢劫……”何四老婆刚出货栈来，看见骚猴儿并未走远，同时看见武岳阳和姚青还未来得及收回的盒子炮，她喊了一半再也喊不出，张开的大嘴来不及合拢，脚步却展现出与她年纪和肥胖不相称的敏捷来，她瞬间躲回客栈，手脚麻利地掩上了门板。

“此地不宜久留，速退！”姚青见来往行人躲在远处冲三人指指点点不敢靠近，急忙提醒武岳阳和骚猴儿尽快撤离。

骚猴儿将散落在地上的大洋抓起，撒开腿就跑。武岳阳和姚青紧紧跟随，三人首尾相连，奔着房屋稀少的偏僻处跑去，很快出了县城。

“你俩别跟着我好不好，等着被跳子[1]一锅端是不是？分头跑啊！”骚猴儿见武岳阳和姚青一路跟在身后，忍不住停下来阻止。

“你一身的金银财宝，怎么还去打劫？而且在这县城里打劫，你不要命了？”武岳阳问。

“管得着吗？你算老几！”骚猴儿瞪武岳阳一眼，扭头又走。

姚青蹿上前去，拦住骚猴儿：“你当真是去那货栈里抢劫？你的那个黄货呢？”

骚猴儿扬扬手，走到一旁坐下，掏出水囊灌了一口水，叹口气道：“别提了，跟你们分开以后，我原本打算在县里买个宅院，置办它几百亩田地。哪

[1] 跳子：官兵、长警。

知一时手痒，碰到有人放台子[1]，就没忍住，摸了几把，结果运气比狗屎还臭，一输再输，连那金蒲团一起搭进去了。”

“那黄货可价值不菲。”姚青有些疑惑地盯着骚猴儿的眼睛道。

“哼，镂空的，没多少斤两，才当了一百块大洋。”骚猴儿打着哈欠道。

姚青也觉得困倦难熬，她强打起精神，又问：“刚才是怎么回事？”

骚猴儿瞥武岳阳一眼，道：“我急着翻本，可黄货白货都输光了，好不容易从兜底掏出来一根玉簪，想着那当铺再好的宝贝也换不了几块大洋，就到货栈去换。那货栈的婆娘有眼无珠，死了男人一般，板着脸看也不看玉簪一眼，我让她出十块大洋也不肯。我急着用钱，见左右无人，哪管那么多，踢翻了钱匣，抓两把大洋就跑，哪知道刚出门就撞在这傻儿身上。”

武岳阳没心思跟骚猴儿斗嘴，他急着找马长官报仇，这时候只在意关于马长官的线索，他问：“何保长不在县里，那货栈只有何四婶？”

“何保长是谁？”骚猴儿问。

“一个抽水烟的老先生。”武岳阳道。

“你多此一问，有旁的人在我还能贸然动手吗？”骚猴儿撇嘴道。

希望落空，一股无助感升起，武岳阳想不出还有谁能知道马长官的下落，他想着是否有必要去绑一个长警回来逼问，随即又否定了这个想法——那姓马的狡猾得紧，为防止他人追踪，断不会贸然显露形迹。

骚猴儿一对三角眼瞅瞅两人：“怎么就你们两个，那牛鼻子老道呢？你们不远远逃走，去那货栈又要干什么？”

姚青自动滤掉骚猴儿的第一个问题：“我们要找那特务头子报仇，你既然一直在城里，可听到什么风声[illegible]

[illegible]有什么好处？”骚猴儿梗着脖子道。

“你要什么好处？”武岳阳道。

骚猴儿抓抓耳朵，两眼快速地眨了眨，眼珠溜溜乱转：“我卖条消息给你，一百块大洋，怎么样？”

---

[1] 放台子：聚众赌博。

“我心里有数。”骚猴儿背着手向码头走去，“县城是不能回去了，能吃饭的怕只有码头上的几个客栈了，据说那观波轩的乌棒鱼汤鲜美异常，咱们去尝尝吧。”

武岳阳和姚青双双阴着脸，无可奈何地跟在骚猴儿身后。三人到城外林间找到了马，姚青自然独乘一匹，武岳阳和骚猴儿共乘一匹，三人两马，奔码头而来。

码头上盘查的长警早就撤了，即便如此，武岳阳和姚青仍旧以斗笠遮住了头脸，才敢进到观波轩中去。

三人在二楼临窗的雅间坐定。武姚二人哪有心思吃饭，武岳阳接连喝了两壶茶，便拄着前额打盹儿，姚青则望着窗外河面愣愣地发呆，只有骚猴儿左一个右一个点了十几道菜，又要了甜点和老酒，将小二支使得团团转。

酒菜流水般上来，武岳阳草草吃了两个馒头，便倒头睡去。姚青更似吃药一般强迫自己吃了几口饭菜。她看见餐桌当中的辣子鸡，那正是姚大脑袋最爱吃的一道菜，想起父亲惨死时的不甘眼神，姚青吧嗒吧嗒地落下泪来。

骚猴儿本在挥动双臂饕餮大餐，见到姚青这副模样，再也吃不下去，扫兴地丢了筷子：“人是铁，饭是钢。我知道你难过，可是不吃饭，又怎么有力气报仇？”

姚青转过身去。

骚猴儿被姚青的哀痛传染，想起自己从小就无父无母，为了活命，乞讨、偷盗、劫掠无所不为，稍微大一些和几个小贼[illegible]

骚猴儿很少想这些事情，他懒得去想，也知道想不出结果，因此每次被触碰到这块“雷区”的时候，他就有意地绕过去。正如此时，骚猴儿烦躁地斟满一杯酒，仰脖吞下，一股热辣从咽喉蔓延到腹中，紧接着冲上脑门，感到阵阵幸福的眩晕，独自“嘿嘿”地笑起来。

“你有完没完？”姚青怒视道。

骚猴儿火气上涌，心道：“你还以为是在山上做大公子的时候吗？谁都得宠着你让着你，干吗每次说话都吹胡子瞪眼的，老子又不欠你半吊子……”可是他仅存的一点理智没让他将心里的话说出来。他压着怒火道：“就喝杯酒也不行吗？”

“你笑什么？”

“我笑……我笑了吗？我……”骚猴儿想不起自己笑过，可大公子说他笑过，那就是真笑过。他挠挠头，努力寻找自己笑的原因。

姚青忽将手指竖在唇前，示意噤声，她蹿到门口，向楼下窥去。

只见楼下拥进来一群人，一个少年躺在担架上，被抬到客栈门口。

第五十二章　追踪

“使不得使不得，死人可不能抬我这店里来呀。”观波轩的胖掌柜老远看见这伙人向他的客栈而来，急忙挡住门口。

“还喘着气呢，怎么就死了？”一个黑脸渔人叫道，“救人一命，胜造七级浮屠，你就这么见死不救！”

“单老六，你别站着说话不腰疼，这人若是死在我的店里，即便没有晦气，可督察处的长警盘查起来，少不得多出许多麻烦，走走走，你别害我！”胖掌柜摆手道。

店中一个郎中模样的老者放下茶盏，上前道：“快让开，救人要紧，出了什么事我担着！”

那一伙渔人似乎得到了依仗，一起冲进店来，胖掌柜怕担架撞到自己身上，赶紧让开。

“小心些小心些，慢点，他伤得不轻。”黑脸渔人道。

“好像肋骨断了两根。”郎中模样的老者轻轻在少年胸口按了按，“先将他这身湿衣服脱去吧，他身上有伤，若是着了风寒，可要落下病根儿的。”

胖掌柜吩咐小二去后院取了一身干净衣服过来，为那少年换过，又熬了驱寒的姜汤，给少年服下。忙了好半晌，少年……

……楼下张望。

骚猴儿眯缝着眼看了片刻，压着嗓子问：“这谁啊？哎，你要干吗……这里人多眼杂，哪是动手的地方？”骚猴儿见武岳阳掏出盒子炮，怕他不计后果地开枪，急忙劝阻。

姚青也担心惊扰到楼下，赶紧关了房门：“他怎么还没死？”

武岳阳意识到自己有些慌乱，将枪收起，抓起茶壶，对着壶嘴喝了半壶凉茶，慢慢地冷静下来，道：“或许是渔人将他救起的……”

“那是谁啊？你们认识？”骚猴儿刨根问底儿道。

“何止认识，我们俩险些死在他手里。若不是他，那姓马的又哪能再三逃走！”姚青恨恨道。

“莫非他们是一伙的？”骚猴儿抹抹嘴上的油污，“那你俩什么打算，是先弄死这小子吗？”

武岳阳和姚青对视一样，两人一时间都没有主意。骚猴儿见两人都不言语，便道：“反正人多不好下手，咱们静观其变吧，暗地里盯紧这小子就是。顺着这只鸡崽子，能更早找到那只老鹰也说不准。”

“他可不是‘鸡崽子’。”姚青感到肩头一阵灼痛，起身到内屋，拉了帷帐，撕开肩上包扎伤口的布条。只见肩头一片红肿，伤口近旁的肉已经溃烂，显然是伤口腐烂发炎了。姚青知道如果不尽早削去腐肉，洗净伤口，只怕枪伤会越来越严重。可是她无法安心疗伤，她急着报仇，一刻也不愿等。姚青草草换过了药，有些担心，担心自己熬不到大仇得报的那一刻。

楼下一阵吵嚷，麻耗子挣扎着起身，由于发力过猛，他立即剧烈咳嗽起来，咳出大口的血沫子，咣当一声重新倒下。

床榻一旁，观波轩的小二脸上神色有异，牵了牵胖掌柜的衣袖，挤眉弄眼的似有话说。胖掌柜烦他不过，皱眉道：“有话你就说，要上茅厕吗？”

“不是……老爷……”小二抬了抬下巴，示意胖掌柜看床头木盆里的黑衣。

“怎么了？你吞吞吐吐的。”胖掌柜说着踢了木盆一脚。

小二看了看床榻上又躺下呼哧呼哧喘气的麻耗子，压着嗓子道：“老爷，这人……这人有古怪。”

胖掌柜满脸疑惑地俯下身去，盯着木盆里麻耗子换下的湿衣服，瞧不出个所以然来。

小二在木盆中翻了翻，摸出两把匕首、一个绿皮折子和一包沉甸甸的钱袋子。围在床榻周围的一干老小眼见小二翻过印着太阳旗的绿皮折子，现出折子正面来，只见上面横竖印着金黄色的六个字：“中华民国”“绝密”。

众人相互瞅瞅，大都意想不到这麻脸少年毫不起眼，竟身属国军。胖掌柜是个见过世面的，干咳一声："也不奇怪，头晌里那几艘船一阵枪战，他必定是那时候落下水的，不是胡匪就是官兵，也没什么稀奇。"

胖掌柜说这话的时候，麻耗子又睁开了眼，再次爬起。

"哎哎……可不敢乱动哇，你伤得可不轻哪……"立即有人劝阻道。

麻耗子只如没听见一般，捂着胸口下床来，摇摇晃晃奔门外走去。

老郎中赶紧拦住他："你肋骨断了两根，内伤也不止一处，妄动势必导致断骨刺伤肺腑，你这么乱动还要不要命了？"

麻耗子手臂一抖，可是出乎意料没甩出匕首来。他低头看了看身上，这时才发现昏迷之际，湿衣服已被换下。他左右张望一番，在床榻旁边的木盆里找到自己的衣服，他上前去三两下抓出滴水的衣服，可是脸色随即一变，颤声道："我的东西呢？"

众人恼麻耗子无礼，怪他不感激是谁救他的命，反而一副恶狠狠跟大伙偷了他八百块大洋一般，一时间没人吭声。不过麻耗子顺着众人的视线，在床榻另一旁的餐桌上看见了自己的几样宝贝，他猛咳几声，大步过去，抄起特务证、两把匕首和钱袋子塞进怀里，踉跄着走出客栈去。

"这位小哥……"店小二追上几步，他替麻耗子换了干净衣服，又灌了热腾腾的姜汤，可瞧着麻耗子，竟板着脸像是谁亏欠着他的模样。同是少年，也正血气方刚，店小二忍不住开口："你不顾惜自己的性命也就罢了，众人救了你的命，你连一声谢谢也不说吗？"

麻耗子在门外站住，转过身来，掏出钱袋子，抖手扔给店小二："这二十块大洋……咳咳……你们分了吧。"他捂着胸口走远。

"好无礼的后生！早知道[illegible]

[illegible]请大伙吃饭，你们吃什么，尽数算在我头上。"

商人重利，众人没有脸皮和他分大洋，黑脸渔人将老郎中请到一桌上坐了，聊起这几日发生的怪事。

武岳阳、姚青和骚猴儿三人下楼来，远远跟在麻耗子身后。

麻耗子步履蹒跚地晃到渡口，叫了一条乌篷船，顺流而下。武岳阳也立即叫过一条乌篷船，继续尾随着麻耗子。

骚猴儿在船舱中躺下，打着哈欠道：“你们要动手就快些，时间耽搁久了，找不到那姓马的可别怨我。”

姚青侧身靠在舱门旁，眼睛一眨不眨地盯着舱外。武岳阳上船后倒头就睡，可是翻来覆去地睡不实，他听到骚猴儿催促快些动手，于是回应道：“先别动手了，跟着他，应该没错。”

“你们不找那姓马的了？跟着他能找到姓马的？你俩信我还是信他？”骚猴儿连连发问。

武岳阳头也不抬道：“跟着他必定能找到那姓马的，跟着你则未必。”

骚猴儿登时怒极，跳起叫道：“你既不信，干吗跟着我？”

武岳阳懒洋洋地翻过身：“是你跟着我。”

“你……”骚猴儿忌惮着武岳阳身上的盒子炮，不敢跟他动手，只好叫道，“靠岸，我要下船！”

“你别胡乱叫嚷！”姚青呵斥道。

骚猴儿强压住火气：“好，这船总要靠岸，到时候咱们各走各的吧。”

武岳阳闭起眼养神，姚青看着舱外发呆，两人不理骚猴儿，骚猴儿气鼓鼓地去找船夫的麻烦：“船老大，有酒没有？”

“没有。”船夫应了一声，嘴里小声咕哝，“我这小船又不是客栈、酒肆，要什么酒……”

骚猴儿讨了个没趣，不干不净地骂了几句，和衣躺下，抱着膀子盯着姚青。

麻耗子所乘的小船顺流而下，行了没多久，到了先前双桅大船所处的河段，大船的船头扎在河底淤泥里，船帮斜歪在木桥边，船身早已不知踪影。河岸被浪冲上去许多碎木，大小形状不一，根本无法辨别从船体何处炸下来的。

“停在那里。”麻耗子指着木桥对船夫说。

船夫手里不停地摇着橹：“那木桥太高，咱们的小船靠不上去，要不咱们在别处停船？”

麻耗子看着岸边四散的碎木，眼一黑，直直仰倒在小船上。

“小哥儿，哎……师傅你怎么了？”船夫惊慌失措，俯身拍了拍麻耗子脸颊，麻耗子咳了两声，吐出一口血来，眼见有出气没有进气了。

“来人哪，快来人哪！”船夫大喊起来。

武岳阳翻身爬起，冲到船舱门口，正撞上船夫过来询问是否要靠过去。

“过去。”武岳阳钻出船舱，看着前面小船上高声求救的船夫，他觉得虽然事有蹊跷，但不像是一个陷阱。

“你不怕有诈？”姚青也钻出船舱来。

“不会。我亲眼见到那麻子被二爷爷打伤，这不是装出来的。”武岳阳笃定道。

说话间，两船已靠在一处。

武岳阳将手搭在盒子炮的手柄上，跨过船去。只见麻耗子一动不动躺在船头，脸色煞白，鲜血顺着嘴角流过脖子，躺在脑后船板上，眼见活不成了。

第五十三章　黑白善恶

武岳阳本以为神不知鬼不觉地跟着麻耗子，自然就能找到马长官报仇，可是打好的算盘竟就这么落空了。武岳阳俯身凑到麻耗子头顶，只见麻耗子两眼紧闭，嘴角和脸腮上沾着红黑的血污，面色惨白、气若游丝。

“你们别只干看着，快救人哪……”船夫手忙脚乱道。

这条线如果断了就只能把希望寄托在骚猴儿身上了，可是武岳阳一百个信不过骚猴儿，他抓着头发，想不出更好的办法。

骚猴儿走近，踢了踢麻耗子：“嘿，不是装死嘿。”

姚青在一旁默不作声地冷眼旁观。

船夫是个酒鬼，头晌里河上的枪战闹得县城沸沸扬扬，无论是跑水运的货商还是出船捕鱼的渔人、摆渡的船夫，都不敢贸然涉险，大伙不约而同地将船只靠上了码头，都想着先观望几天等风平浪静后再下水。唯独这个酒鬼船夫，大咧咧的一副天不怕地不怕的模样，完全不顾他人的劝阻，平时晚起早睡三天打鱼两天晒网，这日得知河上出了乱子，想到囊中酒钱已经用尽，便一反常态，早早到船上等生意。酒鬼船夫眼尖，他看这三个少年男女的神色，不像是来救人，又看到武岳阳和姚青身上好像也带着伤，并且武岳阳一只手始终有意无意地放在鼓囊囊的胸口，船夫盯着武岳阳胸口鼓起的管状凸起，猜到八成是枪，他没有胆子蹚浑水，只好退而求其次：“摆渡的银子我也不要啦，只是你们须得给我做证，这人的死活与我没有关系……要么你们行行好，快些把他带走，能救活也未可知。”

武岳阳见船夫一副急于摆脱瘟神的模样，没好气道：“你的船客，死在你船上，跟你无关，跟我们有关？”

“小哥儿，话可不能这么说，你们认识此人吧？可得救救他呀……老汉上有八十岁卧病在床的老母，下有嗷嗷待哺的妻小，你们行行好，可不能让我背这个黑锅啊。”船夫惊慌失措，连连作揖道，“小爷，姑奶奶……”

武岳阳懒得和船夫理论，他伸手在麻耗子鼻前探了探，抬头询问道：“怎么办？”

“还能怎么办，一脚踢河里省着埋了。”骚猴儿撇嘴道。

武岳阳看向姚青，姚青冷冷道：“你下不去手吗？”

武岳阳一言不发到船舱里抄起一只酒坛，自顾自地到河里盛了些水上来。

姚青和骚猴儿原本就是匪类，杀人越货那是做惯了的，两人在下山砸窑劫道时，手里都沾过血腥。区别在于姚青吃软不吃硬，对扎手的硬点子，她是半点不肯手软的。对手无寸铁的老幼妇孺，她可从来都下不去手。骚猴儿倒是生冷不忌，他平日里看管着秧子房，土牢、水牢、火牢和铁牢等关押秧子的牢门钥匙都归他掌控，拷打审问秧子自然留不得情，这些年早就练得心狠手辣了，他在麻耗子身边走来走去，一双三角眼滴溜溜乱转，好似琢磨着从哪里下脚更好。

姚青对这些特务恨极，她嫌恶地瞧着麻耗子，“时候不早了，咱们耽误不得。”姚青催促道。

“我要救他。”武岳阳道。姚青不解地看向武岳阳，骚猴儿则晃晃悠悠地搂着船夫的肩膀，走到船头去。

“这人现在还不能死。”武岳阳重新蹲到麻耗子身旁，伸手在他身上轻轻按了按。

“他伤成这样，你还指望靠他带路？”姚青问。

武岳阳抬起头来，看着骚猴儿不怀好意地勾着船夫的脖子，嘀嘀咕咕不知说着什么。武岳阳道：“相较那位，我更愿意相信他。”

“你这么瞧不起我们

来，不想着手处滚烫，麻耗子浑身筛糠般地哆嗦成一团，完全没有复苏的迹象。

“你是下定决心了，要在他身上着落出那特务头子的线索来？”姚青道。

“嗯。”武岳阳应了一声，起身四望，寻找做担架的木杆。

姚青犹豫了一下，喊道：“骚猴儿！”

骚猴儿想着自己在赌场输得精光，身上空无一文，若是一时赌气独自上路，免不得要吃许多苦头。可是豁出去脸皮跟着这二人，一路上的吃喝必定全由二人花销，免不得要看人家的脸色，受些肮脏气。他心思一动，便把主意打到了船夫身上，这会儿正软硬兼施，要从船夫身上勒索几块大洋出来。

船夫是个酒鬼，正是因为家中揭不开锅才不顾死活地出来讨营生，哪里掏得出大洋孝敬骚猴儿？酒鬼碰上了赌鬼，两人好似嫖客与花楼姑娘一般你来我往，讨价还价。

听到姚青招呼，骚猴儿赶紧答应一声，他推开船夫："大公子，什么事？"

"你当真知道那姓马的特务头子的踪迹吗？"姚青直勾勾地盯着骚猴儿的眼睛，"你要是当真知道，咱们就尽快追去，如果不知道，你也别扯谎，事情终有水落石出的时候，你明白我的性子，这件事上你若骗了我，我须放你不过！"

"大公子，嘿嘿，这……"骚猴儿眼神躲闪，不自然地笑了笑，挠头道，"我是当真听到他们逃跑的消息的。可是咱们耽误了这么久，想追上他们怕也不容易……"

姚青瞬间就清楚了骚猴儿在胡编乱造，她摆摆手，转头对武岳阳道："看来只能指望他了，不过，你得让他尽快醒过来，还得想办法撬开他的嘴，这人怕是不好对付。"

武岳阳将两根木杆用缆绳往返穿梭连接起来，形成一个简易的担架。"你俩谁方便，来搭把手吧。"武岳阳道。

姚青上前来帮忙，可是刚一发力，肩膀就一阵钻心的剧痛。骚猴儿一对三角眼眨了眨，凑到麻耗子身边，不轻不重地踢了一脚："装死是吧，再不起来给你掀河里喂王八！"

麻耗子死人一般没有半点反应，武岳阳小心地将他抬到担架上面。骚猴儿满腹怨气地抓起担架，猛地抬起，有意将麻耗子掀到甲板上去。武岳阳看出他的恶意，立即跟着抬起，将担架平衡住。骚猴儿瞪武岳阳一眼，道："你不走，咱们就这么抬着他在这船上干站着吗？"

"他若是死了，咱们可就没了线索，我们报不了仇，你想夺回那些财宝自然也没了指望。"武岳阳担心骚猴儿继续使坏，好言劝道。

“哪那么多废话？”骚猴儿翻眼道。

武岳阳被他呛了一句，不再说什么，两人一前一后，抬麻耗子下船来。姚青也随着二人，从断桥上了岸。

“这荒山野岭的，去哪找大夫给他疗伤？”姚青道。

“没办法，咱们被悬赏通缉的告示都贴了出来，旱路水路怕是都不安全。接骨的法子我知道一些，疗皮肉伤的消炎粉我这也还有不少，能不能活过来，看他自己造化了。”武岳阳领路，带着骚猴儿将麻耗子抬到一棵大叶杨下。

“你们稍等片刻，我去打发那两个船夫离开。”武岳阳道。

“我去！”骚猴儿拦住武岳阳，返身跑回断桥，船上突然传出一声惨叫，随之响起扑通的落水声。武岳阳和姚青暗道不好，正要上前去看个究竟，这时远远见到骚猴跳到另一艘船上去，紧接着又是一声惨叫和一声扑通的落水声。武岳阳急奔过去，却见骚猴儿面带得意之色跳下传来。

武岳阳从骚猴儿身旁飞速掠过，跳上船去查看，只见两艘船上两摊血迹，武岳阳趴到船舷向河中寻找，果见两名船夫双双毙命，泡在两团血水中向下游漂去。

武岳阳怒不可遏地下船来，到大叶杨树下面，一把揪起骚猴儿胸前衣襟：“你杀这两个人干什么？”

骚猴儿挥臂甩开武岳阳的手，说道：“这二人可看到了你俩的面孔，也知道咱们在这儿下了船，回去少不得去县衙督察处报警领赏，咱们等着被抓是不是？”

“咱们远远躲开，谁又能找到？”武岳阳喊道，“那可是两条人命啊！你怎么这般滥杀无辜！”

“小爷就滥杀无辜，你能怎么样？”骚猴儿瞪着小眼道。

武岳阳掏出盒子炮对准了骚猴儿的头，说道：“可没人给你草菅人命的权利，杀人偿命，今日我容你不得！”

“你不能杀他。”姚青突然挡在骚猴儿身前。

武岳阳皱眉看着姚青：“这么说，你认为他做得对？”

姚青道：“未必对，但也未必错。”

“不对就是错，不错就是对，你替他狡辩什么！”武岳阳咬牙道。

“你假惺惺地装什么大尾巴鹰？在山上你杀起人来可比谁都多！”骚猴儿从姚青身后探出头来骂道。

武岳阳叫道：“那不一样……你闪开！”

“这个世道不是你想的那样非黑即白。这两人不该死，但必须死，他们不死，我们仨就会死。”姚青道。

武岳阳想不到姚青竟这么毫不惭愧地说出这番话来，他点头道：“不愧是做山匪的，你们的脑袋里压根儿不存在什么善恶观念，也根本没有是非观！咱们果真是道不同不相为谋，你们走吧，咱们井水不犯河水，大路朝天，各走半边！”武岳阳收了盒子炮，独自抬起一边的担架，拖着麻耗子走进密林。

骚猴儿抠了抠鼻子：“大公子，咱们……”

“别再轻举妄动！”姚青蹙眉道，“走，跟上去。”

第五十四章　离乡

武岳阳在林子里搜索马长官的时候，曾发现一处榕树林，几十棵榕树交织缠绕在一起，树下形成宽阔的树洞一般的封闭空间。此处榕树林较为隐蔽，离河岸又不算太远，武岳阳计较已定，拖着麻耗子向榕树林走去。

姚青和骚猴前后脚跟上来，武岳阳气还未消，停下来，回身瞪两人一眼，知道无法奈何这二人，他冷哼一声，拖着麻耗子一步一步向前蹭。

姚青冲骚猴儿努努嘴，示意骚猴儿上前去帮忙。骚猴儿撇嘴道："他有力气爱逞英雄，你就随他去嘛……"

姚青略一皱眉，骚猴儿赶紧答应道："行行行，我去我去！"他紧走几步，追上武岳阳，抬起拖在地上另一端的担架来。

武岳阳停下来，回身看着骚猴儿道："你放下！"

"嘿，你奶奶个爪的，好心当成驴肝肺啊？别他奶奶的不识好歹！"骚猴儿挺起胸来，瞪一双小三角眼骂道。

"我不用你帮忙，咱们说好各走各的！"武岳阳怒道。

"谁跟你走了？别不要脸，你放下这麻脸小子，爱哪去哪去，看谁跟着你！"骚猴儿往回拉了一把担架，武岳阳险些被他拖倒。

武岳阳没想到骚猴儿和姚青打的是麻耗子的主意，一时间不知如何反驳。姚青上前劝解："别争了，救人要紧，你俩这么争个没完，等着他咽气吗？"

武岳阳想想也是，自己没必要跟一个浑人争这一时之气。他瞪骚猴儿一眼，转过身，抬着担架向榕树洞走去。

骚猴儿手上毫不用力，任由武岳阳向前拖拽着前行。武岳阳回头不满地瞥他一眼，骚猴儿立即嚷道："看什么看？不是小爷好心帮你，怕等到天黑你也拖不了多远。"

武岳阳懒得和他计较，幸好离树洞不是很远，三人片刻间就赶到了。

武岳阳将麻耗子胸前衣服解开，只见麻耗子两肋赫然两个手掌印清晰可见。武岳阳在他两肋按了按，找到骨折的位置。肋骨骨折，医治起来与腿或手臂不同，不宜用木板夹紧固定，多是在骨折处外敷化瘀通络的药膏，以软布环胸包扎，令断骨自动愈合。武岳阳对于这点粗浅的医理还是懂得的，他从怀中掏出白、蓝两个瓷瓶，从白瓷瓶里倒出一抹白色粉末，在麻耗子断骨处涂抹均匀，又从蓝瓷瓶里抿出稍许黑色药膏，覆盖在白色粉末上面。

麻耗子闷哼一声，双眼仍旧紧闭。

武岳阳撕破衣袖，绕麻耗子胸口包扎了两圈。

骚猴儿噤了噤鼻子："涂的啥啊，胭脂吗？"

武岳阳不想理他，又担心他无理取闹，不耐烦道："是药。"

姚青从不记得武岳阳身上有这么两个药瓶子，她狐疑地盯着武岳阳。武岳阳见姚青盯着自己，又补充道："二爷爷换下湿衣服时留给我的。"

姚青想着这药是灰袍老人给武岳阳的，自然不会很差，不知疗效比不比得过消炎粉。她感到肩头一阵痒痛，打算向武岳阳讨些药膏涂抹，却见武岳阳宝贝似的将两个瓷瓶塞回怀去。

"你们看着他，等他醒来喂他吃些东西。"武岳阳掏出两个油纸包来递给姚青，里面是从观波轩中带出的肉饼和桂花糕。

"我们照顾他，那你去哪儿？"姚青问道。

"我有些事要去做，日落前赶回。"武岳阳留下几个弹匣便向树洞外走去。

骚猴儿拦住他："你要耍什么幺蛾子？哪儿也不能去！"

武岳阳冷冷道："还轮不到你来管我！"

"嘿呀，玩儿横的哈？"骚猴儿摩拳擦掌，挡住武岳阳不肯放行。

"让开！"武岳阳掏出盒子炮来。

骚猴儿恨自己没有偷着留下几支枪防身，以致今天受制于人。"好，你行，你小子有种！"骚猴儿指着武岳阳，退到一旁。

武岳阳出了树洞，径直向河岸走去。姚青的声音在身后响起："我们只等你三个时辰！"武岳阳充耳不闻，迈开了大步，沿着河岸向下游走出不远，上悬桥，回到河南岸，先去邛崃城外找到了马，驱马拐上小路，绕道驶向索家岭。

武岳阳没有告诉姚青和骚猴儿，他是要在离开四川之前再回索家岭一趟，娘和阿公肯定还没有安葬。武岳阳要回去看看武家大院，也要去看看阿公的老宅子，更要去跟娘和阿公道个别。

小路绕远不少，加上道路崎岖，尽管武岳阳快马加鞭，赶到索家岭时也到了黄昏时分。

武岳阳不敢堂而皇之地骑马进村寨去，他在路口竹林里拴了马，沿一条羊肠小道绕进村寨。集市口几处显眼处都张贴着悬赏通缉的告示，灰袍老人、武岳阳和姚青的头像一字排开。武岳阳克制住去撕下告示的冲动，谨慎地转过几条街，靠近了阿公的老宅。

老宅对门的街口，倚着墙站着两个农夫模样的汉子，有一句没一句地聊着，视线总是有意无意瞟向老宅。武岳阳不敢冒险，可又不能这么白跑一趟，他远远地绕着阿公的老宅转了几圈，始终没有找到进去的办法。

武岳阳探手入怀，攥住了盒子炮的把手，做好了硬闯的打算。他正要出其不备地先结果掉那两个乔装成农夫在老宅门口监视的探子，突然肩膀被人拍了一下。

“糟糕！”武岳阳没想到这么快就形迹暴露了，他转身的同时抽出了盒子炮，枪口对准了来人。

没想到来人竟是何四爹，武岳阳不知他是何用意，说道：“是你！何老爷。”

何四爹向后半步，盯着武岳阳的枪口：“你先把这铁家伙收起来再说。”

武岳阳赶紧收了盒子炮。

何四爹压着嗓子道：“你好大的胆子，怎么还敢回来？你别说话，跟我来。”他四处张望一番，带着武岳阳回到自己的院舍。

武岳阳谨慎地掩了院门，随何四爹进到一间厢房中去。

房中无人，何四爹挑亮一盏油灯。

“娃子哟，满世界都在通缉你，你怎么还敢自己送上门来！”何四爹数落道。

武岳阳见何四爹双目红肿，脸颊还带着泪痕，显然是已经得到了何四身亡的消息，悲痛所致。武岳阳想到自己同样失去了最近的人，可是连披麻戴孝的机会也没有，神色黯淡道：“我要去见我娘和阿公一面，送他们最后一程。”

“你有这份心就行了。眼下不比往常，你一旦被抓住，万难幸免。赶紧跑吧，跑得远远的。逃出四川，去找你爹武团长，把这里发生的事情都告诉他，让他带兵回来报仇！”何四爹老眼浑浊，噙着泪道。

“何老爷，你信我了？那告示上写着……”

“他们那告示鬼也不会信！天底下哪有儿子带土匪血洗自己家的事情？”何四爹恨恨道，“快别磨蹭了，快走，找到你爹，让他主持公道！”

武岳阳摇摇头：“不行，我得埋了我娘和阿公。”

“他们故意留下你娘和你阿公的尸骸做诱饵，等你自投罗网！我们这些老街坊还能瞅着你娘和你阿公暴尸荒野不成？他们的后事我们自会料理。你也不小了，男子汉大丈夫做事不拘小节，保住自己，去给你爹送信才是当下最紧要之事。你若是死了，再没人给你爹报信，也没人给你娘、阿公还有那一干糊里糊涂死在天台山上的民兵报仇，他们被人利用啦！死得冤哪！”何四爹跺脚道。

武岳阳被何四爹训得哑口无言。

院子里一阵脚步声走近，一个穿着粗布大褂的老者来到厢房门前，挑着灯笼叫道：“谁在厢房？”

武岳阳紧张地摸出盒子炮来，凑到窗口。

何四爹拦住他，摆摆手，冲门外喊道：“老宋，是我，在跟一个朋友商量事情，你去忙你的吧。”

“是，老爷，前街的范老大来送话，说……说棺材都已经打好了。您用不用抽空去看一看？”管家老宋犹豫着问。

何四爹叹了口气：“……你去瞧瞧，你做主吧。”

“哎，那好，我这就去。”管家老宋答应一声，出院去了。

何四爹听到门响，知道老宋去远了，又对武岳阳道：“打了七口棺材，有你何四叔的，也有你娘和你阿公的，都是上好的木料……你放心吧，夜长梦多，恐生变故，你赶紧走！去找武团长回来！”

武岳阳当即跪倒，冲何四爹磕了一个头：“葬母之恩，来日再报！”

何四爹赶紧扶起武岳阳：“你若找武团长回来，为我儿和那些冤死的民兵报得了仇，我给你下跪叩头也无妨。快走吧，孩子……”

武岳阳起身，对何四爹一拱手，出厢房，翻墙跳出围院，消失在并不浓郁的夜色中。

何四爹看着武岳阳从墙头消失，抹了抹眼角，愣愣地在院子里站了好半晌。

武家大院仍被铁血团结会占据着，武岳阳无法凑到近前观看。他远远地望了望院墙下的梧桐树，一步三回头地离开了索家岭。

第五十五章　一命换一命

武岳阳回到榕树林的时候，天早就黑了。

麻耗子醒了一次，挣扎着要起来，无奈两腿酸软，一个跟头栽倒在地。骚猴儿将他拖回到担架上面，姚青喂他肉饼，麻耗子挥手打落。

骚猴儿叉着腰大骂麻耗子不识好歹。麻耗子转过头去，他紧闭了眼，似睡非睡，骚猴儿跳着要上去动手，被姚青挡住。

骚猴儿担心武岳阳出事，他不敢留在树洞，跟姚青争了几次，姚青执意等武岳阳回来，他只好独自躲出去。

姚青从天亮等到天黑，直到明月高悬，也不见武岳阳归来。她来来回回走了几十圈，终究放心不下，转身出去接应武岳阳。

不远处的长草深处传来“咕咕”的鸟鸣声，姚青知道骚猴儿藏在里面，扭头道：“看着！别让人跑了！”说罢，向悬索桥跑去。

“咕，咕！咕咕咕咕……哎！哎！”骚猴儿想不到姚青竟把烂摊子交给自己了，情急中鸟语变人言。无奈姚青已经去远，骚猴儿挥手将面前的枯草折断，“真他奶奶的！”

武岳阳从悬索桥下到南岸，正看见姚青急三火四地跑过来。

两人面对面远远站住。过了好半晌，姚青道：“你可说日落前赶回！”

“怕被巡警发现，绕了不少路。”武岳阳有气无力道。

武岳阳担心被人追踪，掏出了从麻耗子身上搜来的匕首，可是看着手臂粗细的悬索铁链，心知万难斩断，便退而求其次，划断了悬索桥上将木板三三两两捆绑在一起的绳索，将松散下来的木板抛进河里。

他将悬索桥破坏出很大一个缺口。他不想被别人追踪到，也断绝了自己的退路。

姚青默不作声地看着武岳阳将悬索桥上的木板抛进河中，两人一前一后走回榕树林。

麻耗子再次昏睡过去，他脸色潮红，急促地喘息着。武岳阳摸了摸他的脑门，觉得麻耗子的体温比白日里还要高，显然是因为落水得了风寒。武岳阳赶紧用湿布为麻耗子敷了额头，又解开他前胸的衣衫，探查他的伤势。

“他一直没醒？”武岳阳问。

“醒了一次，爬起来要走，跌倒后被骚猴拖了回去。一直不说话，闭着眼，也不知道是真睡还是装睡。”姚青皱眉道。

武岳阳给麻耗子重新系住包扎胸口的布条：“他可吃了东西吗？”

“什么也没吃。他脾气大得很！”姚青没好气地出树洞，寻找骚猴儿去了。

武岳阳给麻耗子身上搓了酒，看着他虚弱得厉害，心想，这么耗着不是办法，得让他尽快吃些东西。武岳阳正琢磨着要不要给麻耗子拍醒，麻耗子一个激灵，自己醒了过来。

麻耗子见了武岳阳，神色突变。他双臂一抖，要甩出匕首来，哪知匕首早被武岳阳搜走了，他抓了个空，两手相互在袖筒处捏了捏，果然没有摸到匕首。

武岳阳掏出匕首晃了晃，又塞回怀中：“你的飞刀先在我这存放着，等你伤好就还你。”

麻耗子想撑起身来，挣扎了几下，不得不放弃。他半坐在担架上，恶狠狠地盯着武岳阳：“要杀要剐由你！只是休想拿我做俘虏！”

“你们害死了我娘和阿公，对你们，我恨不能食肉啖骨。杀剐那是早晚的事，你急什么！”武岳阳怒道。

“你带我到此地，打的什么算盘？直说吧！”麻耗子道。

“你们知道我爹是谁，对不对？”武岳阳道。

麻耗子没有应声，算是默认了。

武岳阳又道：“我爹好歹也算是国军的将领，奉令到前线抗战，他前脚刚走，你们就来迫害我们母子，你们这些特务隶属哪支队伍？是戴笠部吗？”

麻耗子皱着眉将头扭到一旁，并不答话。

武岳阳从麻耗子不经意间流露出的嫌恶得到了结果，自己猜错了。

虽然有着团长父亲这个近水楼台，但武岳阳并未先得到什么难得的消息，这缘于武团长从不将军伍和党务中的要事讲与家人。不过武岳阳在学校中，多少也知道一些党国之事，“难道统辖特务的还有旁人吗？”武岳阳心道。

“只要我将事情原委告诉我爹，他自会查出真相。你知道瞒不住的，到时候看谁肯包庇你们！其实我没必要从你这儿得到答案，只是我一直想不通，更急于知道的是，你们此行明明是冲着那天台山上的宝藏来的，为防止走漏消息不惜杀人灭口，这完全讲得通，可是你们有害死我娘和阿公的必要吗？”武岳阳说着说着，两眼又红了，似要喷出火来。

麻耗子抬起头，木然地看武岳阳一眼：“自己人都能杀，别人又为何不能？”

武岳阳道：“前几年，孙殿英毫无顾忌地盗了东陵，结果全国轰动，满人哗然，孙殿英四方打点，花费巨万才保住性命。有这样的前例在，你们为了封锁消息而断腕自保，倒也不难理解。难理解的是，我娘和阿公对你们的事毫不知情，你们……”

“原因在你身上。”麻耗子打断武岳阳，“你娘将你家的宅院借给团结会做堂口，团结会众团兵才会有了聚集的所在，为我们掌控团结会省了不少心思。我们即便不感谢她，也不至于……”

“恩将仇报是吧？”武岳阳怒道。

“我说了，原因出在你身上。”麻耗子无力支撑身体，索性躺下，呼呼作喘道，“你若是不回索家岭送信，他们就不会有事。”

武岳阳皱着眉头思索，想不通此事与自己有什么关系。麻耗子接着道：“你回来送信，对山上情况必定有所了解，我们能留你活命吗？前面你也说过，为了防止走漏消息，我们取宝藏的事，越少人知道越好。既然你从局外闯进来，我们自然留你不得。而你下山回索家岭的一路上被许多人看到过，我们担心这消息传到你家里，事后再被武团长知道，凭空惹来许多麻烦，便一不做二不休……”麻耗子的话说了一半，他看见姚青和骚猴儿出现在树洞口。

不过武岳阳已经将前因后果想通了。他这一刻恍然大悟，攥紧了拳，砰地一拳砸在树藤上。

姚青和骚猴儿在外面听了好一会儿，也都捋清了事情的原委。两人担心武岳阳怒极失控，怕他冲动间杀了麻耗子，赶紧进来阻止。

武岳阳瞧了瞧两人，又问道：“杀我娘的是谁？”

麻耗子犹豫了片刻，道："不妨告诉你，派去做刺杀行动的有四人，其中三人被与你们在一起的那老道给杀了。活着回来的那人叫宋达有，我们称呼他'黑狼'。"

武岳阳盯着麻耗子的眼睛，问道："你不在场，又怎么知道？"

"哼，小爷再不济，也不至于敢做不敢当，是就是，不是就不是！再者说，换作我动手，也不会出这么大的麻烦。"麻耗子不屑道，"这些是我之后听他们说的。事发之时，天早黑了。当时我要去天台山后山布置硫黄，早早就离开了索家岭。"

武岳阳稍作沉思，道："那姓马的，真名实姓叫什么？"

"不清楚，我们称呼他马长官，只知道他叫马三，但不知道是不是他的真实名讳。"麻耗子舔舔干裂的嘴唇，"你还有什么要问的？"

武岳阳挑眉道："你为什么告诉我这些？我可并没有逼迫你。"

"一命换一命。"麻耗子道。

"怎么一命换一命？"

"你救我一命，我告诉你这些，你也好赶紧去逃命。"

武岳阳老大不解，追问道："我赶紧去逃命？"

"马长官来天台山盗取宝藏，他会尽一切努力防止消息传出。铁血团结会近七十人被埋在藏宝窟里，我们别动队近二十多个弟兄随船沉落河中，现在只剩下冲出山去的谢老二一伙和你们一行四人，马长官又哪会放过你们？对了，那老道都被炸死在河里了，又有谁能保护得了你们几个？"麻耗子道。

武岳阳心道："原来他不知道二爷爷是因为有事突然回江西龙虎山去了。"武岳阳怕姚青和骚猴儿透露出去，急忙转移开话题，他道："既然他要杀我灭口，那随他好了，我也正要找他报仇。咱们还是一命换一命，只不过不是用你的生来换我的生，而是用你的生，来换马三的死！"

"你执意要找他报仇？"麻耗子抬起头来，看向武岳阳身后的姚青和骚猴儿，"你俩也是？"

武岳阳和姚青一齐咬牙道："是！"

骚猴儿摸摸鼻子，没有应声。

"你们既然铁心寻死，正好我也要去寻他，我带你们去吧。"麻耗子同样咬牙道。

武岳阳道:“你原本就要去寻那姓马的?”

麻耗子两眼立即泛起浓雾来，他双唇微颤，哽咽道:“我要找他问几句话!”

武岳阳见他神色大变，不好继续追问。他掏出贴身的肉饼和水囊来，将这温热的食物递给麻耗子:“你先填饱肚子再说。”

麻耗子看武岳阳一眼，一言不发地接过肉饼和水囊。

“嘿，你奶奶个爪的，你不是不吃吗……”骚猴儿上前去就要争抢。武岳阳和姚青一人探前一步，如两尊门神一般，隔在骚猴儿和麻耗子中间。

“干吗?你俩……这是要叛变呢?”骚猴儿瞪起一双三角眼叫道。

第五十六章　抓来的夫子

麻耗子撕开油纸，瞪着骚猴儿狠狠撕咬了几口。

骚猴儿撸胳膊挽袖子，恨不得立即扑上去暴打麻耗子一顿。他来回走了几圈，一屁股坐在树藤上：“好！好得很！你们护着这病秧子，看他还得活几天！”

武岳阳和姚青也不说话，只是挡住骚猴儿，防止他动手伤人。

武岳阳又掏出几张面饼，与姚青和骚猴儿分了，几人一言不发地吃起面饼来。

几人都是又饥又渴、又累又困，填饱了肚子，都在地上铺了些干草，各自睡去。武岳阳担心半夜烈阳丹发作，那灼骨之痛他可不敢贸然尝试，等三人的呼吸都均匀下来，他悄悄起身，先用凉水蘸湿了毛巾，递给麻耗子。麻耗子果然装睡，他咳嗽几声，伸手接过毛巾，敷在额头。

武岳阳出船舱去，到河畔寻一处树丛下站定，一边警戒着河对岸，一边反复练那十二式怪招。

已入深秋，天气愈冷，正逢中旬，明月高悬。凉风轻抚，河面泛起层层波浪，天上的皎月便如万盏烛火般碎在微波里。

武岳阳出了一身汗，被凉风一吹，顿觉清爽无比，所有的困倦似乎都随风消散了。他望着夜色中的浓墨峰峦，白练星河，心台清灵无比。

这些日子发生的事情一幕幕在眼前闪过。这一刻，武岳阳突然生出一丝疑虑，麻耗子是不是在演一出苦肉计？不过紧接着就排除了疑虑。他想，他与姚青、麻耗子三人是在观波轩偶遇到麻耗子的，并一路跟随他到此地，一路上麻耗子没有丝毫伪装的痕迹。

随后的两天，三人留在榕树林守着麻耗子，等他渐渐恢复起来。麻耗子身上的伤有些古怪，他的肋骨被灰袍老人震断两根，落水后又感了风寒，更被武岳阳以盒子炮砸了额头，旧伤新伤加在一起，原本伤重难愈，可是养了这么两天，竟也能下地缓慢行走。只是胸口被灰袍老人击中而留下的一对青紫的手印仍旧没有消除，时不时地咳嗽起来，每咳一声，胸口都似针扎般疼，显然受了不轻的内伤。

麻耗子无法翻山越岭，为躲避官兵的追截，更不能乘坐马车走官道，四人无奈，只能等天黑乘船顺流而下。

“不管江河如何回转蜿蜒，总归是要入海的。”麻耗子这样解释道，他坚信马三带着那些宝藏，终归要回南京总社。而选择水路追踪别动队，未必是最快的，却是最安全和最省力的。

四人商议已定，从南河向东入临县新津，从新津顺岷江向南，经眉山、乐山转向东南方，从宜宾入长江，顺长江向东，直抵南京。

武岳阳只感觉心脏突突乱跳，身上热血上涌，去南京不仅为了追寻仇敌，更可顺路寻找率部去南京作战的父亲大人武兴华。他恨不能立即插翅飞到南京。

然而前途漫漫。第二日夜里，四人费了九牛二虎之力，好歹在天亮以前，将船驶过新津码头。四人不敢从码头上岸，悄悄地驶船绕过港口，在新津近郊的一处河湾中泊了船。

四人歇息片刻，等天大亮后便决定上岸打尖。航程遥远，船上需要补充几套铺盖，还要添置些米面油盐。麻耗子伤势未愈，船上须留一人，一为照顾他，二为监视他。骚猴儿在船上闷了两天，嚷嚷要上岸去溜达一圈，武岳阳想上岸去打探下最近的风声，只好留姚青在船上。

武岳阳披上斗笠，换上渔人的装束进县城去，很快购置了所需之物。他携物返回船上，等了好半晌，骚猴儿还迟迟不见人影，船上三人渐渐感觉不妙。

“这么半天，也该回来了。”武岳阳急得团团乱转。

“他去买些什么？”姚青问道。

“上岸前我俩说好了，我去买吃食和铺盖，他拿一把盒子炮去当铺，换些大洋做路上的盘缠。”武岳阳道。

姚青将一副被褥在船舱铺好，将另一副被褥扔给麻耗子，柳眉微皱道：“你怎么能由他自己去？他嗜赌如命，准是换了大洋，又去赌场了！”

“也许是得了钱财独自溜走了。”麻耗子咳嗽着，将被褥放下。

姚青柳眉竖起，说道：“一把盒子炮能换几块大洋？你放在眼里我们可不放在眼里！别看扁了天台山的人！”

“他溜走了倒好，我更担心他去投官领赏。”麻耗子木然望着舱外道，“通缉悬赏的告示上最显眼的是那灰袍老道、你二人和那逃下山去的谢老二，你们四个可都贴有肖像图哪，余人只是涂了个名字在下面。你们四人的悬赏金换了谁都会动心。”

武岳阳和姚青不免一惊，两人虽然心里隐隐担忧着，可都没敢往这个方向想，现今被麻耗子说出来，两人才不得不直视这种可能。

“以己度人！”姚青嘴上并不服软。

“那咱们等着看好了。”麻耗子无所谓地坐下。

武岳阳爬出船舱，向县城方向眺望，恨不得立即回县城将骚猴儿搜出揪回，可是他刚刚从县城回来，看到街上成群结队的长警和巡捕，哪敢再次涉险？武岳阳来来回回转了好几个圈，心道：“这么等下去不是办法。”当下收了压舱石，撑起竹篙，将船推离河岸。

“咱们不等他了？”姚青问道。

“你们顺流向下，到彭山县等我。”武岳阳说着，将船帆升起。

姚青见武岳阳撩起长袍前襟，掖在腰间，急忙问他：“你干什么去？”

“我去等他回来！”武岳阳说着，挽起裤腿，紧跑几步，扑通一声跳到河里，半游半蹚上岸去。

麻耗子追出舱来，看着武岳阳爬上岸，不由得摇了摇头。

姚青忍不住出言讥讽：“你摇什么头？你觉得不该等骚猴儿回来？”

“不该等。”麻耗子毫不犹豫道。

“多一个人，多一份力！”姚青道。

“不见得。”麻耗子到船尾把住了舵杆，“你们那兄弟，早晚会坏事。”

姚青冷哼一声：“咱们就这么扔下他二人？”

“你那兄弟八成不会回来了，咱们将船驶到偏僻处，尽快将那姓武的喊回来要紧。”麻耗子话说得多了，又连串咳嗽起来。

“哼，只有那书呆子对你有利用价值！”姚青冷笑道。

“咳咳……互利互助。”麻耗子按了按胸口，气喘吁吁道。

“不用狡辩！你带我们去找你们的长官，到底打的什么算盘？”姚青盯着麻耗子问道。她一只手悄悄搭在腰间，目光似箭。

麻耗子抬起头来，直面着姚青审问的眼神：“马三教我养我，我舍命报他两次。我不怨他丢下我在城隍庙不顾，也不恨他在河里为炸那灰袍老道不管我的死活，只是他不该将整支别动队一起毁掉，负责直接行动和负责接应的总共二十六人，二十六人！除了灰狼和他同船不知生死，余人全被他炸死在这河里，尸骨不全，这些人不能死得这么不明不白。”

“你们的命是命，我们天台山上的人命就不是命了？”姚青掏出枪来，对准了麻耗子。

麻耗子静静地注视着枪口：“我下去陪他们也好，开枪吧。”

“那天晚上，我爹率领众兄弟下山夜袭索家岭，中途正好是与你们所率的团结会相遇了吧？”姚青道。

“没错。”麻耗子道。

姚青拨开了保险，问道：“后山的硫黄也是你们安置的？”

“咳……咳……是我。”麻耗子道。

“山下黑树林处的地雷也是你们布置的，没冤枉你们吧？”姚青手指勾动扳机，击锤半张。

“地雷？不是。”麻耗子摇头否认。

姚青怒极，她粉面含煞，举着盒子炮走到麻耗子跟前，将枪管顶在麻耗子额头上，说道：“做都做了，不敢认？”

“我也曾怀疑过那些地雷是马长官暗中使人布下的，可之后了解到，我们此行根本没有携带一枚地雷，而以团结会剿匪的名义从川军驻扎邛崃部队讨来的一批退役枪械中，就更没有地雷了。”麻耗子笃定道。

姚青愣了愣，寻思着要不要相信麻耗子之际，忽听上游传来一阵呼喊声。

“等等……等等……”

姚青退后几步，收了盒子炮：“脑袋先寄存在你脖子上，等我查清此事，再做理论。”

麻耗子并不答话，两人向上游望去，之间三个人沿着河岸狂奔，向小船追来。待三人追得稍近些，麻耗子和姚青看清了其中的两人，正是武岳阳和骚猴儿，两人身后一个魁梧的黑汉子大步跟随着。

麻耗子转舵，将船靠近岸边，三人涉水上得船来。

“让我如何说你们好，急个什么？我去办一件顶重要的事，你们就抛下我自己走了？”骚猴儿上船就不停地嚷嚷道。

姚青递过些干布给三人擦拭身上的河水。麻耗子一言不发地盯着那魁梧的黑汉子。

武岳阳见麻耗子神情紧张，解释道：“这是请来的艄公，咱们不熟悉河道水文，幸好这位师傅肯来帮忙。”

那魁梧黑汉子大大咧咧在船上转了一圈，道：“咱可说好了，先付一半的工钱，等到了宜宾三江口，即刻兑现剩余工钱，路上吃喝用度算你们的，可不许拖欠赖账。”

“他奶奶的，唠叨了一路的钱钱钱，你掉钱眼里了？”骚猴儿跳脚骂道。

“咱这是先小人后君子，谈不拢我下船便是！”魁梧黑汉子是骚猴儿磕头作揖求来的，哪知刚上船骚猴儿就变了脸，那汉子瞧着姚青和麻耗子脸色都不善，怕是上了贼船，心里打好了脚底抹油的算盘。

“这是你家毛楼儿（方言，指茅厕）吗，容你说来就来说走就走？”骚猴儿皮笑肉不笑道，眼冒凶光。

第五十七章　刮骨疗伤

“你们……你们要讲道理啊。”艄公后退道。

“你水性必定不错，跳下去吧，看你游得快还是小爷枪子儿快！”骚猴儿看出那汉子要跳河，威胁道。

艄公立即求饶：“这……好汉饶命，我上有老，下有小……”

武岳阳赶紧打圆场，说道：“师傅莫怕，我这兄弟与你开个玩笑罢了。你只管安心掌舵，工钱绝不会少了你的。你们约好这一趟要多少银圆？”

“……十块……”艄公瞟着骚猴儿道。

武岳阳从怀中掏出十块银圆，递给那汉子。

“不着急不着急。”那汉子见了大洋，两眼放光，口上说不要，却又伸手去接了，但扭头瞧见骚猴儿阴着脸，赶紧将攥满大洋的手缩回去。

骚猴儿上前来，也不说话，伸出手摊开在那汉子面前。

艄公心有不甘，却又无可奈何地将大洋交给骚猴儿。

骚猴儿一枚一枚数出五枚银圆，抓过艄公的手，拍在他手里，得意地瞥武岳阳一眼，进船舱去了。

武岳阳尴尬地看看黑艄公：“师傅……师傅贵姓？”

“我姓孙，小哥叫我老孙就行。”艄公谄笑道。

“孙师傅，这一半银圆你先揣好，我那兄弟是开玩笑，等我跟他讨回那五枚银圆来立即还你。”武岳阳一拱手，也进船舱去了。

“不急不急……”艄公老孙连连摆手，他见船斜着向对岸靠去，赶紧去扶稳船舵。

武岳阳进了船舱便质问骚猴儿：“谈好的十块银圆，你干吗克扣人家一半？”

麻耗子从怀里拽出用油纸包裹的烧鸡，打开来大口撕咬，仰起头挑衅地瞥着武岳阳。姚青和麻耗子担心二人动手，尾随入船舱来。

“该扣。”麻耗子少有地插口道。

武岳阳不解地皱起了眉头。麻耗子在摊开的被褥上躺下，懒得多说半句话。姚青只好代为解释：“工钱若是先行支付，人卷了酬金溜走怎么办？”

武岳阳恍然大悟，明白这和大户人家雇用长工一样，没有“上打租”的道理。

骚猴儿得意地点了点头，翻白眼道：“读书有什么用？这点浅显的道理都不懂。”

武岳阳暗道这三个人虽然与自己年纪相仿，可是相较自己而言，都可以算作老江湖了，自己遇事毫无经验，以后记得要多看少说，免得遭受讥讽。武岳阳低头看到长袍正往下淌水，就出舱去拧干晾晒衣服去了。

骚猴儿撕下半只烧鸡递给姚青，并不管武岳阳和麻耗子，只顾自己狼吞虎咽。

姚青看武岳阳出舱去，扭头对骚猴儿道：“他涉水去寻你，你怎么也该跟他客气些。”

“我还能卷了他银子跑了不成？”骚猴儿哼道。

姚青将鸡腿扔给麻耗子：“我没胃口，你吃了吧。”

“谢了。”麻耗子接过鸡腿，也不客气，当下大嚼大咽，只蹭了满嘴的油。他像突然想起什么，问道：“对了，那灰袍老道呢？”

“他是回……”姚青停顿了一下，“他有事去做。”

麻耗子见姚青不愿说，也不追问，抹了抹嘴上的油污，闭目假寐。

武岳阳、姚青和骚猴儿也是各自休息，艄公老孙按四人的要求将船驶进一处茂密的芦苇丛中，停下来等待夜里上路。

船上几个少年虽然不甚和睦，却也能暂时相安无事，只是心里都各自打着算盘，时时相互提防着。姚青肩头枪伤未愈，这日夜里到甲板上吹风，竟两眼一黑栽倒，险些跌落河中。

艄公老孙唤出武岳阳和骚猴儿来。骚猴儿将她扶回船舱，武岳阳挑亮了油灯，微光下，只见姚青嘴唇发白，面如死灰，肩头却渗出血迹。

武岳阳摸了摸姚青额头，只觉得似火烧般烫。他吸口凉气，低声道：“糟了，准是伤口发炎，引发了高烧。”

当下顾不得太多，两个少年又点燃了几盏油灯，将船舱内照得通亮。武岳阳小心地剥开了姚青肩头的绷带，露出她血糊糊的肩头来。

武岳阳以棉絮沾酒洗净了姚青的伤口，现出龙眼大的伤口，血洞四周尽是发白的腐肉。武岳阳知道若要治好这枪伤，须得尽快将腐肉剔除，可是他又担心自己掌握不好力道，救人不成反害人，攥着尖刀久久下不去手。

“你还磨蹭个啥？”骚猴儿急道。

“我……我看不清，肩头的筋络太多，我怕割伤她。”武岳阳抹一把额头的汗水。

“真是废物！”骚猴儿骂道，急得抓耳挠腮。

“要不你来试试吧。”武岳阳说着，递过尖刀去。

骚猴儿挥手拨开尖刀，怒道：“我又不是郎中，你他奶奶的跟我抬杠是不是？”

“小点声，吵醒了她，怕是要生受这份割肉刮骨之痛了。”麻耗子不知什么时候悄然起身，站到了两人身后，他从武岳阳手里接过尖刀，“我来吧。”

武岳阳有些不放心，却又没有别的办法，只好抓过一盏油灯，将灯芯挑高，尽量将伤口照得清晰一些。

“这柄刀子不合用。”麻耗子问武岳阳道，“我的飞刀呢？”

武岳阳一直提防着麻耗子，麻耗子的几把匕首也一直由他保存着。如果以动物来比较，那么在武岳阳看来，麻耗子的气质就像一条盘伏起来的毒蛇，隐藏起来毫不惹人注意，偷冷子施毒手一招致命，而这几把被麻耗子当作飞刀的匕首，就好比蛇嘴里的毒牙。

这时候麻耗子以给姚青疗伤的名义讨要，不管是不是借机行事武岳阳都没法拒绝。武岳阳看看姚青毫无血色的脸庞，掏出一把匕首递给麻耗子。

“可惜没有麻药，一会儿她会疼醒过来，你俩帮我按住她。”麻耗子含口酒，喷在刀刃，又以火熏烤刀尖消毒。

武岳阳似乎突然想起什么，浑身翻找。

“你抓虱子呢？”骚猴儿瞪眼道。

武岳阳并不理会，他从怀中掏出白、蓝、黑、红四个瓷瓶来，那白、蓝两个瓷瓶是灰袍老人留下的疗伤药，红色瓷瓶盛放的是消炎粉，黑色瓷瓶是武岳阳从邛崃县城药铺跟店掌管讨来的“蒙汗药”。武岳阳没想到这东西今日竟能派上用场，当即取出少许，溶进酒中，给姚青灌了下去。

“你给她喝的什么？”麻耗子鼻孔翕动，他觉得药味有些古怪。

武岳阳含糊着答道：“以洋金花和风茄子为主的中药粉……有麻醉作用。”

麻耗子和骚猴儿一齐狐疑地看向武岳阳，骚猴儿道：“你身上带着这玩意儿干啥？”

“有备无患。”武岳阳道。

三人静静坐了一会儿，等着药酒生效。

姚青急促的呼吸逐渐均匀下来，麻耗子以酒洗净了手，开始提刀为姚青剔除腐肉。

尽管喝了药酒，中途姚青还是疼醒一次，她目光呆滞地扫了几眼，又昏昏睡去。过了半个时辰，麻耗子终于将她伤口腐肉清除干净，武岳阳为她敷了灰袍老人留下的药，又用软布重新包扎起来。

麻耗子擦一把额头上的汗，干咳两声，道：“天亮后须得上岸去，为她买些内服的清热解毒药。”

武岳阳掏出几颗棕黄的药丸来：“我这还有几颗清热丸，等她醒来先给她吃了吧。”

“你身上带着杂货铺吗？东西倒全。”麻耗子揉揉眼睛，和衣躺下。

武岳阳反问道：“只有这点保命的药。你能在这昏暗的灯光下给她做手术，眼神自然很是可以的。问你一句：我自幼被我爹逼着练枪，眼睛也算好用，可跟你还是没法比，难道练过暗器的眼睛，与普通人相比当真不同吗？”

“咳咳……”麻耗子捂着胸口道，“有机会你练过就知道了。”

“哦。哎……那个……你叫什么名字，这一路上我总不能这么‘哎哎’地称呼你吧。”武岳阳又道。

“我无父无母，无名无姓，你叫我麻耗子或麻六都行。”麻耗子道。

“好，麻六。”武岳阳觉得“麻耗子”的称谓略显贬义，就选择了另一个中性的称谓，他又扭头问骚猴儿，“你呢？”

“你查户口呢？爷爷姓侯，以后叫侯爷就行。”骚猴儿打着哈欠不耐烦道，“天亮再唠叨！困死人啦！”

武岳阳冲麻耗子点点头，不再说话，各自睡了。

天亮后姚青醒来，丝毫不记得昨晚发生的事。骚猴儿将经过告诉她，她神情复杂地看了看麻耗子，并未说感激的话，只是日后言语间，不再刻意针对麻耗子。

乌篷船走走停停，这么昼伏夜出过了六日，终于到了宜宾。途中船上的食物又补充了两次。离开了邛崃地界，关卡明显越来越少，一行人渐渐放下心来，后两日更是将行船的时间延长，在黄昏和黎明的时候大胆地没有停船隐藏。

武岳阳越发着急，这还没有出川，囊中的银圆就将要告罄了。之前的这些银圆都是从黑衣特务的死尸身上搜集的，死人钱用尽了，活人以后花什么？难不成真要将剩余的几把盒子炮都拿去换了银圆做路上吃喝用度？武岳阳愁得团团转，去南京之途，何止万水千山，这才刚刚起步就没了粮饷，后面的路还怎么走？

这日清晨，乌篷船正经过宜宾渔港。武岳阳将姚青、麻耗子和骚猴儿召集到船舱中，打算将窘境说与三人。话未出口，河面一片躁动，远远地听到锣鼓声起，三条渔船呈犄角状向乌篷船迎面而来。

待得船头接近，锣鼓停了，忽听对面一人高叫道：“你穿红来我穿红，大家服色一般同。”

船舱中四个少年人顿时傻了眼。艄公老孙慌慌张张地跑进来：“不好啦，大事不妙哇！”

第五十八章　袍哥

武岳阳掏出盒子炮，将弹匣塞满子弹："都走这么远了，竟是放我们不过！他们要追到天边去？"

"不是追兵。"姚青伸手阻止武岳阳道。她肩头的枪伤好了些，只是失血过多，面色仍显苍白。

"那是谁？"武岳阳问道。

艄公老孙拍腿道："袍哥！袍哥啊！"

袍哥的官方称谓是哥老会，是蜀地最大的公会，相传是从"天地会"中分离出来的，又有说是白莲教余孽勾结而成，传言众多，不一而足，总之做的是反清复明的买卖。天高皇帝远，公会在蜀地得到了极大的发展扩张，所谓"明末无白丁，清末无倥子"，"倥子"即指没有入会的百姓，由此可见清末时期袍哥庞大如斯。

等清朝亡了以后，袍哥成了荒田里的野草，更是肆无忌惮地疯长起来，渗透到各行各业，无论士庶绅商、耕渔樵卒，抑或杂役苦力、贩夫走卒，大多能营生的行当，均有拜码头的袍哥。政府明令禁止、取缔解散哥老会，蜀地各处袍哥聚集的码头稍作收敛，各堂口表面上收了招牌，可是暗地里仍旧继续发展。川中无论妇孺老幼，哪有不知道袍哥的？

武岳阳曾听他父亲武团长说过，就连国军队伍中，也有大批的袍哥兵，这是社会风气使然，凭一纸限令可无法在短时间内制止住。

"他们要干什么？是在对切口吗？"武岳阳扒开船舱门帘，从窄缝向外面张望。

骚猴儿冷嗤一声，说道："你这不废话吗！"

艄公老孙急道："几位小爷，莫吵啦！谁懂得'盘海底'赶紧去递个话吧！"（"盘海底"即袍哥间的隐语黑话，指初次见面不明底细的袍哥间相互交流沟通，借此了解双方在公会中的辈分及所属分支）

四个少年相互对视几眼，都摇摇头。

骚猴儿抽着鼻子道：“老孙，你常在这江河上跑营生，遇这事该有应对的办法，怎么事到临头你先慌了？”

“我我……我不是不放心你们吗！”艄公老孙跺脚道，“你们火急火燎地催着赶路，既不带货物，又不上港口，问你们干吗非得夜里行船你们也不说，谁知道你们是什么来路嘛……”

骚猴儿眨巴眨巴一对三角眼，像煞有介事道：“哥儿几个是国军特务，奉令入川做项秘密调查。”说着，下巴冲麻耗子一扬：“他就是我们的长官。”

“满嘴胡扯，哪有特务肯将自己的身份公布出来。”艄公老孙心里嘀咕道。他平日里见这四个少年男女神神秘秘，时不时地相互冷嘲热讽，彼此没个大小，哪里是什么国军特务，分明是一伙犯了事儿急于逃案的山匪。他记着前几日城里张贴着悬赏抓捕山匪的告示，只因多喝了几杯，并未留意告示上山匪的模样。艄公老孙看一眼麻耗子，虽然未与记忆中模糊的山匪形象对上号，可是瞧他呆愣愣的跟个闷葫芦一样，横竖不像国军长官。

“你穿红来我穿红，大家服色一般同！”船舱外不依不饶地催促着这小船上的人尽快给出回音。

麻耗子犹豫了一下，自怀中掏出绿皮折子特务证：“别拿我们当山匪流寇，这个只给你看，不能传扬出去！你可懂吗？”

“晓得晓得……”艄公老孙瞧到绿折子上面写着“中华民国”“绝密”，连计较真伪的心思也没有了，只忙不迭地连连点头应承。

“去打发他们走开，用什么办法，你自己想。”麻耗子面无表情道。

“我能有什么办法……”艄公老孙支吾着出舱去。

武岳阳一行四人凑到舱门口，观察着外面的动静。

左右的大船各自绕了一个弯，向小船靠拢过来，正前方的大船也是调换过船头，在正前方挡住小船，三条大船这么呈品字形从三个方向将小船合围在当中。

三条大船已经钉死了小船。艄公老孙把着船舵，心中暗暗叫苦，拱手喊道：“咱是拜码头的兄弟，和兄弟穿一样的袍子，自己人哪！”

先前大船上喊话的那人走到船尾，撩开黑色衣袍的前摆，打算要跳到小船上来，可是江上风浪大，船颠簸得厉害。那人退后几步，就要借着冲劲跳过船去，被身旁的一个手持鱼叉的渔夫样老汉拉住：“郝老六，风浪这么大，可使不得。”

郝老六看了看滚滚江水，禁不住打个寒战，他打量了艄公老孙一番：“自己人？你拜的是哪个码头？”

艄公老孙想了想，说道：“邛崃码头。”

“堂口呢？”郝老六居高临下审问道。

“……兄弟拜的是邛崃码头智武堂的香火。”

郝老六又问：“没入排吧？”

“没入排，兄弟还只是个跳滩的。”艄公老孙挺胸答道。

“排”指的是哥老会中的内部分工。哥老会按地域分布成若干码头，本着“官绅不与役夫同伍”的原则，每个码头又按袍哥的身份地位分成“仁、义、礼、智、信”五个堂口：“仁”字堂口专门接纳有面子有地位的达官贵人；“义”字堂口则接纳家财丰厚的绅士商家；“礼”字堂口接纳的多是兵匪士卒——所谓“仁字讲顶子，义字讲银子，礼字讲刀子”；至于“智”“信”两堂多由夫役苦力组成，这两堂的袍哥都是难以维持温饱、身份最为低微的底层劳苦大众。有“仁字号一绅二粮，义字号买卖客商，礼字号又偷又抢，智字号尽是扯帮，信字号擦背卖唱”之谚，形象地概括出这不同堂口的特征。

而不同堂口内部又按“排”划分确定出不同的等级和分工。每堂八排，以一二三五为上四排，六八九十为下四排。头排大哥即舵头，也称舵把子、老摇、社长，总领帮内大小事务；二排则由大家推举，称“圣贤二爷”，通常此人为人正直、重义守信，或管人事提拔，或为挂名闲职；收管银钱者为当家三爷；五排称“管家五爷”，分红旗五爷专掌传话派人，黑旗五爷掌刀杖打杀；六排“巡风六爷”，专司放哨巡风，侦察官府动静；八排掌管公会纲纪；九排称挂牌，登记会内弟兄排名；十排老幺，多是有身份背景的年轻后生，负责守门、跑腿办事和组织训练新人。四七两排曾出叛徒，为避忌，不立此两排。[1]

哥老会入会没什么要求，只要“身家清、己事明”即可入会，可是艄公老孙在“身家清”上出了问题，晚清蜀中兵荒马乱，老孙的父亲死得早，扔

[1]　袍哥相关资料出自：王纯五著《袍哥探秘》；刘师亮著《汉留史》；李子峰著《海底》；《四川文史资料》。

下老孙五个兄妹。孙母为了将这五兄妹养大成人，毁节再嫁他人。哥老会有条不成文的规矩，可收横刀跃马占山为王的山贼，可收持枪劫掠杀人无数的兵痞，可收地主乡绅土匪流氓，却唯独不收这几样人：偷人养汉的，青楼卖笑的，净身入宫的，母亲改嫁的。

艄公老孙虽然屡被袍哥拒之门外，可他贼心不死，对于袍哥的事尤其用心，因此对于这些公会组织构成及浅显的切口都有所了解，当下见招拆招，一问一答，倒也没被难住。

郝老六刚刚截了几条船，切口对过，全是吃这江河饭的袍哥弟兄，不得不放行。这回本以为截住了一条倥子船，却不想又是袍哥，他暗骂道："他妈的，这江上来往的都是袍哥？老子吃了半天的江风，就不信碰不到一点荤腥！"

郝老六虎着脸，有意刁难艄公老孙："你没入排，也该懂得一点事儿来！"

艄公老孙挠挠头，有模有样道："操码头跳滩子各有各的规矩，兄弟腿短，少来亲侯，两眼摸黑，条子不熟，还请你老大灯笼高挂海涵海涵！"

郝老六倒憋一口气，险些忍不住骂出口来。他强压住火，咬牙道："'你穿红来我穿红，大家服色一般同'。你对出下句，我立即放行！"

艄公老孙拱手道："兄弟出门急，忘了讨要过路海底。"

郝老六就要发作，他身后的老汉又扯了扯他，冲小船船舱一努嘴，说道："对面的兄弟，这鬼天气，风高浪大，颠得人头昏脑涨，你准是忘记了。既然船舱中还有别的兄弟，你不妨回船舱去问问，或许有人记得。"

艄公老孙见对方发现了船舱中还藏着人，再多说就没意思了，固定了船舵，一拱手，回舱去了。

"这帮天杀的，雁过拔毛！这是跟咱们要买路钱呢！"艄公老孙一脸苦相咒骂道。

武岳阳道："多一事不如少一事，给他们几块大洋就是了……"他探手入怀，只摸到那几个瓷药瓶，猛想起大洋都花光了，尴尬得唰地红了脸。

"怎么，你还有别的主意？"姚青问道。

"不是，我突然想起来……钱都用尽了。"武岳阳红着脸道。

姚青朱唇微启，不知道说什么好，愣在原处。

武岳阳扭头问麻耗子："麻……麻六，你身上可还有银圆吗，借我几块大洋，稍后就还你。"

麻耗子伸二指从袖筒里夹出一把匕首："我浑身上下，只有这铁玩意儿。有几块大洋，在邛崃时候就都留给客栈中那些人了。你还是把我那几柄飞刀都还我吧。"

武岳阳脸腮发烫，当作没听到麻耗子的请求。他和姚青的目光投到骚猴儿身上。

第五十九章　智永堂

“瞅我干啥？别说我没钱，有钱也不给这些傻狍子！”骚猴儿叫嚷道，“你还是把匕首都还给麻子吧，一会儿比画起来咱们也不至于太吃亏。奶奶个爪儿的！要钱没有，要命一条。咱跟他拼了！咱们天台山又不是没跟他们狍子较量过！”

麻耗子木讷的脸上少有地露出表情来，皱着眉头盯着骚猴儿，一言不发。

“我替你说话，你瞪我干啥？”骚猴儿一双三角眼怒瞪回去。

麻耗子道：“叫我麻耗子或麻六。”

“不一样吗……”骚猴儿起身来，迈步向舱外走。

“小哥！别……别，我求求你们啦！好汉不吃眼前亏，他们人多着呢！”艄公老孙连连作揖求四个少年男女切莫声张。

“让开，他奶奶个爪儿的！”骚猴儿推开艄公老孙钻出舱去。

武岳阳、姚青和麻耗子见既然已经躲不过，索性出去见招拆招，三人紧跟着走上船板。

小船已被铁爪钩住，连在大船船尾，被拖向宜宾港口。

四个少年男女一排站定，与对面船上的袍哥对峙起来。艄公老孙仍在竭力周旋，他拱手道：“咱们袍哥自古是一家，讲的是‘千里不要柴和米，万里不要点灯油’。兄弟们江上受苦，吃尽了冷风，全凭一身热血，咱忘不了兄弟的义气，今日行得匆忙，回头给兄弟烫壶老酒！”

艄公老孙这几句虽然说得恭敬，可是与袍哥的切口完全不符，且话语间又透出身上没有银子，先赊账来日再还的意思。那郝老六费了这么半天唇舌，竟没挤出半点油水，当即大怒：“哼，还敢胡言乱语？龟儿子也敢穿黑袍！”（穿黑袍：指冒充袍哥）

武岳阳一行四人原本都穿了黑色的夜行服，在离开新津县的时候，武岳阳涉水去寻骚猴儿，回来后就换下了从特务身上扒来的黑袍，穿回浆洗干净的白色校服。姚青的那身黑袍很是肥大，更因刮破、沾了血迹而被她早早换下。麻耗子的黑色夜行服是在观波轩被店小二脱下的，换上了一身青灰的长袍。艄公老孙则上身穿了青灰粗布短衣，下身着卷腿长裤。只有骚猴儿仍旧一身黑色打扮，他听到郝老六的叫骂，觉得尤其刺耳。

“哪个龟儿子满嘴喷粪？”骚猴儿满不在乎地抠着鼻孔还击。

郝老六火冒三丈，他好歹也是这宜宾洪业码头智永堂的巡风六爷，手底下随他调度的有十几条船、四十多个跳滩的弟兄，平日里不说是一呼百应，也鲜少有人敢驳他面子，更别提正面顶撞、讽刺挖苦了。

不等郝老六发作，他身后的一众喽啰早已按捺不住，只听一阵乱嚷：

“哪个儿来的瓜娃子，可晓得在跟谁说话么？”

“敢穿黑袍，吃了豹子胆哟，抓起抓起……”

“抓起别跑喽！”

“……”

眼见小船被大船拖着驶向港口，艄公老孙越发着急，想去松开钩住小船的铁爪，又怕大船上的袍哥掷鱼叉过来。他手足无措，冲袍哥连连作揖：“误会呀，误会！自己人自己人……”一边求饶一边又去和武岳阳一行人商量：“小哥儿，人到屋檐下，不得不低头。破财免灾，再迟就来不及了……要么从我工钱里扣，船进码头咱就任人摆布啦！”

武岳阳当然愿意掏几块大洋平平安安地过了这一关，可无奈囊中无物。麻耗子和骚猴儿之前都表示过身上没有钱财，武岳阳只能寄希望于姚青。他眼巴巴地看向姚青，盼望着她能掏出几块大洋。

艄公老孙以为姚青是四人中主事儿的，赶紧求道：“姑娘，眼下不是惜财的时候，该破费就得破费，要不他们可不会放咱们过去！赶紧拿主意吧……”

姚青道：“骚猴儿，你身上要是有大洋赶紧掏两块出来！”

“大公子，我真没有。”骚猴儿拍打翻遍了全身，果真没有一枚银圆。

对面大船上众袍哥不知道骚猴儿在寻找什么，赶紧呵斥道：“做啥子？别动别动！”

骚猴儿不屑地笑道：“瞅瞅给他们吓得……”

“你少说两句！”武岳阳举起双手，向前走了两步，双臂慢慢地降低合拢，抱拳道：“各位哥哥，容小弟一言。”

郝老六见四个少年中走上前来这么一个学生模样的公子哥，瞧着有股读书人的酸腐气，老大不耐烦地哼一声：“还要啰唆啥子？”

武岳阳不卑不亢地问：“你们是治安队还是保卫团？可有设卡拿人的文书吗？”

“嘿呀……瓜娃子跟咱讲啥子‘文书’，一会儿上岸让你看看什么叫‘文书’！”大船上人群后面一个打赤膊的粗大汉子嚷道。

众袍哥一阵哄笑。

郝老六身后的老汉上上下下打量武岳阳半晌，附耳对郝老六细语一番。郝老六摇摇头，不听老汉的劝告，叉腰道：“咱们既不是巡官长警，也不是团兵民兵，哪来什么‘文书’？”

“那凭什么拦住水路，强拖我们的船？这光天化日的，没有王法了吗？”武岳阳道。

“王法？在这宜宾水路上，咱智永堂就是王法！袍哥人家，绝不拉稀摆带，你们几个瓜娃子竟敢穿黑袍混到咱们的码头上来！警察所求咱们兄弟协助追捕逃犯，现今我怀疑你们几个是犯了案子的贼人，老老实实跟咱们兄弟走一遭吧！”郝老六趾高气扬道。

“哥几个是国军145师饶国华治下868团特别行动队侦察员，特来宜宾做一项秘密调查，是以不愿表露身份。望哥哥行个方便，放我们过去，耽误了行程上峰责罚可是承受不住的。”武岳阳一番话软硬兼施，上峰责罚谁没有明说，给郝老六一伙人留下很大猜测的空间。

武岳阳掏出当日在城隍庙从特务尸身上搜出的特务证，扬手晃了晃，麻耗子和骚猴儿也配合着掏出绿皮特务证来给袍哥看。

众袍哥不想这几个瓜娃子竟大有来头，一时间安静下来，等着郝老六发号施令。

若换作往日，郝老六也会看人下菜碟儿，拦到有身份地位的主儿，他会先掂量掂量自己的分量。可是今日，他在江上吹了半日的冷风，又受了骚猴儿的言语挤对，哪肯轻易罢休？他在这河道上作威作福惯了，今日更有众兄弟在身后看着，更是不能在这节骨眼儿上掉了面子，当即硬气道：“管你是天王老子，也得跟六爷走一遭！”

武岳阳心道：“岸上是人家的地盘，上岸去就如同鱼肉上了砧板，任人宰割。”他回头环视一眼，姚青微微摇头，骚猴儿将手搭在腰间，麻耗子则一动不动，不过武岳阳见他双腿岔开，两脚一前一后呈倒八字侧身站立，明显是攻守兼备的姿势，再看他袖口低垂，袖筒里的匕首不消说已经蓄势待发。

几个少年人都明白一个道理：不能上岸。

眼见乌篷船即将被拖进港去，对峙的双方也如紧绷的弓弦般一触即发，武岳阳哪敢犹豫，闪电般掏出盒子炮，枪口向天，大声道："先对众哥哥说声对不住了，咱兄弟确实有紧急任务，身不由己，今日不能上岸叨扰哥哥们啦，来日必定厚礼来拜。哥哥们见谅！"

郝老六一众袍哥尽皆倒吸一口气，他们没想到这几个瓜娃子还真是不好相与。

郝老六额头上青筋鼓起，攥紧了拳头，琢磨着试探一下武岳阳手里的铁家伙到底是真货假货。他身后那老汉又附耳低语几句，郝老六心有不甘地冷哼一声，挥臂喝道："让他们走！"

"六哥！不能这么放了他们！"

"六哥……"

"闭嘴！"郝老六扭头喝止道。

艄公老孙如蒙大赦，他深怕袍哥反悔，忙不迭地将钩住船舷的铁爪卸了，推船舵，掉转船头，将小船重新驶回航道。

武岳阳也不多说什么，揣回盒子炮，冲袍哥又一拱手，返身低声叮嘱姚、麻、侯三人道："他们未必真肯放过咱们，到前面荒凉处下船上岸行一段路吧。"

三人没有反对，算是认可了武岳阳的建议。

四个少年男女小心翼翼地提防着郝老六一伙袍哥的暗算，升起船帆，加速向下游驶去。

一众袍哥眼巴巴地看着小船驶远，那打赤膊的粗大汉子终究忍不住道："六哥，这事要是传出去，咱们智永堂的招牌可不要挂起了！他有枪又咋个嘛？"

"铁牛，你别没的分寸！老六自有办法，你慌个啥子？"跟在郝老六身后的瘦弱老汉训斥道。老汉是郝老六的娘舅，是以整条大船上，只有他一人称呼郝老六不叫"六哥"。

"他们拿着铁玩意儿，那就离他们远一些。等枪泡了水，咱再跟他们亲近。哈哈，哈哈哈哈……"郝老六仰头大笑。

“这……六哥是想‘顶牛’？”铁牛恍然大悟道。

“那还不赶紧追上去打落水狗？哈哈。”

“对嘛，让瓜娃子喝够咱们宜宾的江水。哈哈哈！”

众袍哥相顾大笑起来。

郝老六绽开的笑脸突然绷紧，叫道：“发旗语！”

一个喽啰爬上桅杆，抓过两面绿旗一阵挥动。下游江面上很快蹿出一艘铁皮大船，一边打黄旗回应，一边斜着朝小船冲过来。

武岳阳瞧得真切，暗道：“不好！”他招呼姚、麻、侯三人赶紧想办法应对。几人慌乱之际，铁皮大船已经追近。武岳阳喊道：“开枪！”

江面上立即“砰砰”一阵枪响，可是大船上的人都躲在暗处，子弹打在大船上，如泥牛入海。艄公老孙捂着耳朵将头埋在裤裆里，趴在船底瑟瑟发抖，小船失了控制，躲避不及，被铁船毫不费力地顶翻过去。

船上四个少年男女，连着艄公老孙一起跌落冰凉的江水里。郝老六一众袍哥嗷嗷叫嚷着驾船过来，抡起长柄网兜，很快打捞起四个人。

可是找了半个时辰，仍是没有找到最后一个。麻耗子好似沉到了江底，消失不见了。

第六十章　审问

武岳阳、姚青、骚猴儿和艄公老孙被郝老六一伙袍哥捆上岸来，回到江畔的临涛茶楼。武岳阳四人被反剪了手丢进茶楼内隐藏的地牢里。

茶楼门口围了不少看热闹的百姓。铁牛从茶楼内出来，一脚踢飞门口晾晒蔬菜的箩筐，撒了满街的萝卜干。铁牛叫道："看啥子看看啥子看！咱们兄弟抓了几个棒老二，又没的妖魔鬼怪，里三层外三层你们摆起龙门阵来喽！走走走！"

众看客哪敢招惹袍哥，一哄而散。

客房里面，郝老六与三五个袍哥弟兄胡吃海喝一番。郝老六抹抹油腻腻的下巴："嚼了姜片子（姜片子：肉），灌了黄汤（黄汤：酒），别吃到狗肚子里去，守卡放滩招子都亮着点，别出去有的没的胡说，谁敢放风出去莫怪六哥短了他的利子（短利子：割舌头）！"

众袍哥知道郝老六这是要审肉票了，答应一声，各自出客栈去。铁牛照理留下来，如铁塔般守在客房门口。

客房内只剩下郝老六和他的狗头军师娘舅。两人推开圆桌，掀起一侧墙壁上的山水画，露出后面三尺宽的暗门来。郝老扭动门环，向一侧拉开暗门，顺着狭窄而昏黑的一条甬道向下进到地牢中去。

地牢较为宽广，呈长方状，中间被胳膊粗的木栅栏隔成两半。武岳阳一行四人被关在木栅栏里面。突来的光亮使已经习惯了黑暗的武岳阳有些不适应，他眯起眼，看着郝老六噔噔走下木梯，点亮油灯。

翻船时，姚青被扣在船底，她身上的伤势没有痊愈，原本就没有精神，这次受了江水浸泡，浑身冰冷，更显萎靡。

骚猴儿生于东北，水性很差，落水后慌乱间连狗刨也忘记了，灌了满肚子的江水，被袍哥救起后一直处于昏迷状态。这时候正仰面躺在地上，呼噜呼噜地睡得正香。

艄公老孙倒是安然无恙，只是浑身湿透，江水顺着裤腿流了满地，他嘴唇发青，牙齿咯咯作响，冷得蜷缩成一团。

郝老六隔着牢门瞥四人一眼，到一旁摆满了铁钩、烙铁、皮鞭等刑具的长桌上掂起一把盒子炮来，对着油灯细细打量。

“老崔，这几把匣子枪，能看出什么文章吗？”郝老六是个浑人，从小好勇斗狠，人送绰号“好泼皮”。他自幼就一口一个“老崔”称呼娘舅。老崔是个屡试不中的秀才，早些年从未正眼瞧过这个游手好闲的外甥，不想这外甥自从做了袍哥，混得风生水起，几年间从一个跳滩的跑龙套袍哥升到了下四排中的“巡风六爷”。无奈郝老六还未到而立之年，尚不够称呼“六爷”的资格，码头上的兄弟只好叫他“六哥”。

老崔早就习惯了外甥对他这样称呼，并不以此为忤。码头上众袍哥都是弟兄相称，那又有什么不对的？他读了半辈子书，没混得半点功名，只好投靠外甥混碗饭吃，平日里跟在郝老六身旁为他出谋划策。郝老六虽嫌他唠叨，但他的建议还是听从的居多。

老崔捏着绿皮折子，皱着眉翻看完毕，倒吸一口气，道：“有文章，大有文章啊！”

“怎么？”郝老六一把夺过绿皮折子，可他斗大的字不识几个，瞄了两眼，又递还给老崔，问道，“这上面写着什么？念念，念念。”

“这是那娃子的身份证明，这证件被水泡了……模糊得很。看不出真假，看着不像是伪造出来，莫非瓜娃子真是国军的特务？”老崔狐疑道。

“去去去！都被水泡烂了还讲什么真假！”郝老六甩了甩盒子炮里面的积水，当啷一声扔到长桌上，抓起他用惯的皮鞭，“老子给他们用用刑，看他们还死鸭子嘴硬！”

郝老六走到牢门前，嚷道：“你们这些棒老二到底是从哪个山头下来的？犯了什么案子，麻利讲出来，免得六爷抽你个皮开肉绽！”

牢内醒着的四个人一齐看向郝老六，没人答话。

“龟儿子！敬酒不吃吃罚酒！”郝老六气恼地打开牢门，高举起皮鞭问武岳阳道，“你再硬气给老子瞧瞧？”

武岳阳怒目而视。

郝老六挥鞭照头就打。武岳阳左右躲闪，无奈双手被反剪在身后，行动不便，郝老六又是一味追打。武岳阳被逼到角落里，结结实实地挨了十几鞭子。武岳阳也算硬气，皮鞭啪啪地抽在身上，隔着浸湿的白袍，能清晰看见一道道血痕，他始终没有吭一声。

姚青看不下去了:“住手！你怎么说也算个长辈，这么打一个毫无还手能力的后辈，传出去也不怕臊了面皮丢你们码头的人！”

郝老六擦了把汗，刚喘息两口，听到姚青这么说，又气又怒，提鞭便冲姚青走去。老崔急忙抱住郝老六:“老六老六……可不敢打死人哟，这几个还有用。你歇着你歇着，我来审他们。”老崔好说歹说劝住郝老六。郝老六瞪姚青和武岳阳一眼，提鞭又要抽艄公老孙，老孙一边连连求饶一边缩着脖子往武岳阳身后钻。郝老六骂道:“妈勒屁，软骨头还敢穿黑袍！”顺手将皮鞭朝老孙丢过去，皮鞭砸在老孙肩头，掉落地上。老孙猛一哆嗦，连叫“不敢不敢，饶命饶命”。

骚猴儿雷打不动地躺在地上酣睡。郝老六气不过，跨步过去，一脚踢在骚猴儿腰间:“让你穿黑袍！”骚猴儿惨叫一声疼醒过来。郝老六又踢，边踢边重复着:“穿黑袍！穿黑袍！看你还敢！”

骚猴儿吐了两口水，将头后仰，保护面部不被踢到。郝老六恼着骚猴儿在船上对他讥讽:“叫你油嘴滑舌！”抬起大脚，又朝骚猴脸上踏去。骚猴儿双手捆在身后，无法抵抗，可是并不影响他还嘴。“杀人啦！救命呀！”他扯嗓子大叫起来。

郝老六怒气尤盛，这一脚就要踢烂骚猴儿可憎的嘴脸。骚猴儿没法还手，上身倒还灵活，脖子一扭，躲过郝老六的大脚，一口咬在他裤腿上。江上风硬，郝老六穿得较为厚重，骚猴儿没咬到肉，咬住了裤腿不放。郝老六抖了抖腿，没有挣脱，他劈手啪啪打了骚猴儿七八个耳刮子，又使足了力气，将骚猴儿甩到空中，可是骚猴儿如王八咬人，死不撒口。郝老六腿上挂了这么个肉秤砣，一时间竟对之无可奈何

骚猴儿也犯了倔，打死也不松口。郝老六怒极，一手薅住骚猴儿头发，另一只手握紧了拳头，照骚猴太阳穴比画一下，高高举起，叫道:“再不松口，我打死你！”

骚猴儿晃着脑袋摇摇头，瞪着郝老六不肯松口。

郝老六一咬牙，抡拳向下。眼见骚猴儿小命不保，武岳阳和姚青同时喊道:“松口啊！”

郝老六的拳头最终被老崔截住。他挡住郝老六的胳膊，劝道:“老六，这几个娃娃身份还没查清楚，莫要意气用事！”

“他跟王八似的咬着我不放，找死！”郝老六甩开老崔的手。

“我说两句，听我说两句嘛。”老崔见郝老六又要打，再次拦住他，俯身对骚猴儿道，“你娃真不要命了吗？还不松口！”

骚猴儿呼哧呼哧喘着粗气，嘴里呜呜啊啊嚷着：“打死小爷也不松……”

“你先松口，我给你们搬个火盆来烤烤火，再搞些热乎的饭菜，想必你们又冷又饿，你要是愿意穿着这淌水的衣服也由得你。”老崔以退为进道。

“说话算话！”骚猴儿道。他这么一张嘴，郝老六赶紧退开，躲瘟神一般逃出地牢去，哗啦啦用链子将牢门重新锁好。

出了地牢，两人上木梯，回到茶楼包房。郝老六长长出了一口气：“费了吃奶的劲儿，屁也没挤出来半个。尽早给这些龟儿子扭到治安队去，省得老子看了心烦！”

“可不能往治安队送。”老崔摇头道。

郝老六看贼一样盯着老崔：“你今儿个咋了，神叨叨的。又不让打又不让送出去，你要把他们当老汉供起来？”

“六子，不是不让你送，问题是往哪里送。”老崔一副莫测高深的模样。

“还能往哪送？”郝老六抓起圆桌上的一壶酒，仰头灌了两口。

“往治安队送，没有一点好处，即便他们真是犯了案子的棒老二，功劳也归在治安队朱队长头上。话说回来，若他们真是……”老崔稍作停顿，意有所指道，“若他们真是‘有来头的’，咱们私自扣押他们，难保他们不会报复。”

“你别卖关子！直接说送哪里嘛！”郝老六不耐烦道。

老崔抿一口茶，道：“送堂口上去。”

郝老六放下酒壶：“为啥子？”

“不知道你前阵子听没听说到一个消息：大西王张献忠的宝藏被人挖到了。”老崔压着嗓子道。

郝老六有些吃惊，道：“怎么？”

“咱们舵头就此事曾派人去邛崃天台山探查，听闻被派去探查的兄弟前两日回来了。舵头立即分派咱们弟兄们守好各处要隘，盘问寻查过往可疑行人。她虽然名义上打着防止日寇入侵的旗号，其实不然，我倒觉得她另有图谋。”老崔侃侃而谈。

郝老六冒了一身的冷汗：“你是说，这几个瓜娃子……”

第六十一章　六爷拜山

老崔咂嘴道：“他们几个娃娃，哪里是什么棒老二。你想，他们是从上游而来，都带着铁家伙，且那瘦猴儿又操着外地口音……种种迹象表明，他们或者是碰巧挖到张屠子（传言张献忠屠川，杀人无数，后世往往贬称其为“张屠子”）宝藏的纨绔子弟，或者真如他们说的那样，是国军派来的特务。我觉着后一种可能性更大一些。”

郝老六目光发直，喃喃道：“你这么一说，是有点古怪。”

“不好！”老崔惊道，“或许更糟，他们既发现了张屠子的宝藏，又是国军的特务！”

“那还往堂口送啥子？咱们自己审，使些手段，不信撬不开他们的嘴。”郝老六道。

老崔眼皮一翻：“就算你审出宝藏的下落，能有锤子用？”

郝老六眼睛泛着贼光：“有锤子用？咱们吞了那宝藏……”

“你倒吞得下！你想吞也得有那么大的肠胃才行，贪心不足蛇吞象！”老崔瞪眼道，“大西王张献忠的宝藏，可不是寻常的财富。头几年，孙殿英盗了清东陵，从乾隆和慈禧的地宫中盗出来的金银财宝，装了三十辆大车！你以为张屠子的宝藏会有多少？”

“那依你的意思，咱们巴巴地看着到嘴的肥肉从眼前溜走？”郝老六咧咧嘴，言语间充满了惋惜。

“别惦记啦，那笔财富莫说咱们未必能寻到，即便寻到了，也不是咱们能消化得了的。你看着是场荣华富贵，到手就变成亡命的祸根了。”老崔劝着郝老六，想起自己读了半辈子的书，无非为了功名，可是现如今机会真来了又怎样，眼瞅自己头发都白了一半，哪还有半点雄心壮志。“唉……冯唐易老，李广难封，自古以来好男儿的遭遇都是一样的。”老崔长叹道。

郝老六不明白老崔为啥子突然发这么一句感慨，他只关心如何能从武岳阳这几个来历不明的少年男女身上捞点好处，“× 他个先人板板，难不成咱们白忙活了一场。干脆一不做二不休，把这几个龟儿子……”郝老六做了个刀抹脖子的手势。

老崔摇头道：“不可！你不记得他们原本是五个吗，咱们只从水里捞起四个，另一个要是沉到江底倒也安逸，若是潜水走脱了，早晚会带人回来寻仇。”

“瞧你分析得头头是道。可把他们送到堂口里面，有咱们什么好处？”郝老六道。

“舵头让咱们把守宜宾的水路，盘查形迹可疑之人，又不肯交代清楚‘形迹可疑’的人是啥个模样，越是这么遮遮掩掩，我越觉得有问题。将前因后果串联起来，我觉得堂口里八成是在拦截从邛崃下来、跟张献忠藏宝沾边儿的人。既然这几个瓜娃子身份着实可疑，咱们索性顺水推舟，把他们送堂口里去。若是恰巧碰对了，咱们自然居功至伟，得了宝藏，他们吃肉，咱们分一口汤也好；若是踢上雷了，挨炸的也不是咱的脚，咱们只是奉命行事，天塌了，脑壳高的顶起。”老崔道。

郝老六点点头：“那还磨蹭什么，尽早给他们送去算逑！”

“不可妄动！你先去堂口，将这事儿说与舵头，是咱们自己将人送过去还是她派人过来取，让她做主。”老崔抓几个白面馒头，又拉开地牢暗门，说着侧身下到甬道中去。

“你还真这么伺候他们！”郝老六咂舌道，“你快些上来哈，稍后你和我一起去堂口。”

“你自己去就好嘛……”

“有什么事情，你也好帮我出个主意！”郝老六对着甬道口喊道。他想着，去见舵头少不了要受些盘问，自己没读过一年书，文绉绉的话半句也不会说，平日里带众兄弟在水路上打打杀杀倒没手软过，今日可是要去拜会舵头，一身的本事都要使在嘴上，自己是个粗糙汉子，不会说好听的话，没来由地惹恼了舵头，可为祸不小。

老崔亲自给武岳阳一伙人解了绑，又端来火盆，拿来热乎的饭菜给他们填肚子。这几个阶下囚都揣着“既来之，则安之”的心思，不管怎么样，先吃饱了再说。三个少年男女一边烤火，一边大口吞咽，唯独艄公老孙，苦着脸捏着半拉馍馍发愣。

武岳阳一伙阶下囚吃饱了肚子，烤干了衣服，分别将目光投到牢门外面，这几人是否开始琢磨着如何逃跑，暂且不表。只说郝老六带着老崔和铁牛来到宜宾最大的茶楼“三江社”，这里明面做的是茶楼生意，暗地里却是宜宾地界上袍哥聚事的堂口。

舵头很少露面，帮会中的大小事务平时都由乔三爷打理。乔三爷年过五十，是个精明干练的老者。他头上扣着瓜皮帽，鼻梁上架着老花眼镜，正捧着一根细长的烟袋杆，一边喷云吐雾，一边翻看流水账本。

“乔三爷，兄弟给您问安。”郝老六拱手道。

“今儿是什么日子？”乔三爷微微低头，从老花镜顶部望出去。

郝老六左右看看没人，压着嗓子道：“今儿艳阳天，兄弟打着鱼了，听说舵头要吃金尾鲤鱼，咱正好网到了四条。”

乔三爷触电般站立起来，放下账本和烟袋杆，沉声问道：“‘金尾’鲤鱼！你没看错了？”

“兄弟打了三十年的鱼，不会看错。现已捉回舱中，都是活的。”郝老六道。

“你三人路上辛苦，楼上沏了好茶，喝两杯润润嗓子。我去去就来。”乔三爷拱手辞了三人，去后院安排人手送信去了。

郝老六、老崔和铁牛三人到楼上，用过茶水，小睡一觉，午后忽被一阵马蹄声惊醒，得知回信到了。乔三爷传话令三人立即去南岸舵头府上说话。

三人乘船过江，上到南岸，又走了一个时辰的山路，终于在天黑以前，来到宜宾南郊的七星山。

七星山下，石子路尽头是一栋青砖红瓦的大宅子。

糙汉子如郝老六者看着紧闭的朱漆院门，竟如厌学的顽童被长辈强扭到学堂，满心的不安和惶恐。

这栋宅子郝老六只在三年前来过一次，那次“单刀会”上，郝老六受提拔成为智永堂的“巡风六爷”。

要知道“单刀会”是哥老会中最隆重的聚会，一年仅一次，定在每年的农历五月十三日，相传这一天是关羽单刀赴会的日子。每年此日，哥老会中所有大小码头、堂口都要隆重举办盛会，杀雄鸡，喝血酒，礼关公，念誓言。

燃放鞭炮，敲锣打鼓，排香案，大摆宴席。在会上对会中骨干论功行赏，或提拔，或降职。对于初次参加的袍哥，要挂牌排名，确定其在帮会中的地位。辈分是顶重要的大事，是万万不能出错的。聚会的袍哥除吃吃喝喝借此相互结识以外，还要借此机会解决内部仇怨纠纷，由各方头面人物站出来“捞梁子”，由舵头裁决孰是孰非，并划下道道了结恩怨。

郝老六受提拔是因为在那年单刀会之前的几个月里，他曾率码头上的众兄弟数次与一股自金沙江窜来的水匪缠斗，并在最后一次激战中，全歼了这股水匪。郝老六做梦也没想到自己也有当官的一天，虽然这个官摆不上台面，却也让他一阵狂喜，在宴席上便多吃了几杯酒，以致宴席结束后，在去拜见舵头俞青红时，错坐了五排黑旗五爷的席位。

黑旗五爷没说什么，可眼红“巡风六爷”落到别人头上的八爷九爷不干了，两人不肯善罢甘休，嚷嚷这个新上任的巡风六爷目中无人，刚刚受了提拔，就触犯了十大帮规中的第二条“尊敬长上”和第九条“上下宜分晓”两条帮规，当受“打红棍”之刑。

打红棍又称打法棍，量刑轻重郝老六当受法棍八十。八十法棍倒也不至于将人打死，要命的是乍一得到提拔就挨八十法棍，这以后还有什么脸面在码头上混？郝老六宁肯受“三刀六眼”的重刑也不愿受八十法棍，当即拔出刀来，叫道：“是兄弟瞎了眼看错了座位，当挨三刀六眼！”说着提刀对准自己大腿就扎下去。

这一刀闪着寒芒刺下去，眼瞅郝老六大腿不保。忽“叮当”一响，他手腕被震得发麻，一枚“袁大头”随着尖刀掉落地上。一个老妇人的声音传出：“今天是个好日子，还是别见血了吧。”

郝老六愣在那里。乔三爷提醒道：“还不谢舵头免罪大恩！”

郝老六当即跪地砰砰磕头。

“他也不是有意，你们只记得第二条和第九条，不记得第五条了吗？我今日身体不适，不见你们了，都回去吧。”老妇人道。从始至终，老妇人竟都没有现身。

“舵头让咱们‘兄宽弟忍’，以后大家相亲相爱，不能忘了舵头的话！”乔三爷对着虚空拱手道。

众袍哥齐齐拱手答应一声，各自出了俞府。

从那以后，郝老六再也没见过俞舵头——如果那次只闻其声不见其人的拜访算是见面的话。

郝老六挥去记忆中的画面，叮嘱老崔和铁牛道：“你们谨慎些，别乱说话！”

老崔不用叮嘱，这话是说给铁牛，铁牛瞪着大眼，使劲地点点头。

郝老六拾阶走到俞府门前，抓起门上铁环，“噹，噹，噹”，缓慢地扣了三下“拜山扣”。

院内有人问道：“月黑风高，何人敲门？”

第六十二章　俞青红

郝老六恭敬答道:“智永堂郝老六来给婆婆送金尾鲤鱼。”

门内哦了一声，紧接着响起一串脚步声，门闩划动，院门被一个粗手大脚的丫鬟由内向外推开。

“进来吧！”那丫鬟也不多说，关起大门，引郝老六一行三人绕过照壁，从前厅几间低矮的小屋前穿过，推开两道仪门，来到内院。内院左右两边各有一排厢房，有两间亮着灯，不过灯光微弱，相较起来，正房中的灯光尤显明亮。

丫鬟将三人领到正房前，嘱咐一句:“在这等着，不许乱走！”说完进屋去了。

郝老六垂手而立，眼睛盯着鞋尖，连大气也不敢喘。铁牛倒是浑若无事地东张西望。老崔用胳膊肘拐了铁牛一下，狠狠地瞪他一眼，铁牛才稍作收敛，学着郝老六的模样垂手低头，身子微躬，只是一双牛眼仍旧不安分地四处打量。

不多时，丫鬟出来，说道:“婆婆喊你们进去。”

郝老六、老崔和铁牛依次进到厅堂，可是厅堂中空无一人。郝老六和老崔不敢造次，站在原地静静地候着。铁牛却不是个沉稳的主，他仰起头，左右看看，就要出声询问，老崔瞧见内屋门帘微晃，赶紧冲他使个眼色。紧接着，里屋传出老妇人的声音:“郝老六，这两人是谁？”

“回婆婆，这上了年纪的，是我娘舅，他老人家是个读书人，平日里跟在我身边，帮我出个主意。您知道老六是个粗人，斗大的字不识一个，办事莽绰绰的，须得有人时时教诲……这个傻大个，是个直脑筋，跟着我们驾车撑船出些力气。”郝老六毕恭毕敬地如实回答道。

里屋静了片刻。老妇徐徐道:“听闻你们在江口截住几个形迹可疑的毛孩子，没有带来？”

郝老六道：“小的怕路上发生什么波折，暂将那几个娃娃结结实实地关在地牢里，没接到婆婆的命令，小的不敢擅自做主。”

“你做得很好！”老妇道，“你们坐吧。”

“站着就好，站着就好。”郝老六如履薄冰。

里屋中的老妇人也不与郝老六客气，微微扬声道：“喊她进来。”

门外答应一声，很快那粗手大脚的丫鬟带了一个蒙面人进屋来。

郝老六三人各自向那蒙面人瞧去，只见那人步履矫捷，走路毫无声息，头脸被黑纱布遮得严严实实，看不见相貌，从体型和头上长发来看，似乎是个年轻女子。郝老六和老崔看一眼便礼节性地回过头，只有铁牛仍旧瞪着牛眼一眨不眨地看那蒙面女子。

那蒙面女子猛地将头转向铁牛，铁牛只觉得冰锥一样的寒意突然笼罩了全身。蒙面女子的目光似刀子般，透过面纱，直射向铁牛，铁牛赶紧做贼似的将头扭到一旁。

老妇人隔着门帘，不知是没看见还是根本就懒得管，她说道：“郝老六，你说吧，你捉住那几人都是什么模样？”

郝老六道：“都是十五六岁的娃娃，一个瘦些……那个……好像都不胖，有个撑船的侹子，能说两句海底就想‘穿黑袍’打马虎眼，被兄弟识穿……还有个女娃子，长得倒算标致……对了，他们带着铁家伙呢。”郝老六掏出盒子炮，双手托起给老妇人看。

“问你这几个人的相貌！”老妇人加重语气道。

“这……就是几个娃娃嘛……”郝老六放下盒子炮，挠挠头，拉了拉老崔的袖口，催促道，“你说你说！”

老崔向前一步，冲里屋门口作了个揖：“婆婆，容不才一一道来……”

“别啰唆了！快说！”老妇人叱道。

“……好好，咱们共捉住四人，其中三个娃娃，一个掌船的艄公。这三个娃娃两男一女，女娃娃柳眉凤目，面带煞气，眉眼很是周正，气色不好，身上似乎有伤；一个男娃穿着学生的长褂，身上有些书生气，浓眉大眼，中等身材；另一个男娃又矮又小，像个瘦猴儿，操着一口东北话；那撑船的艄公倒寻常得很，看着是上游吃江上饭的，说话听着也是咱本地人。除这四人，还有一个娃娃在动手时候落江里了，没打捞到，估摸是沉江底了。他们身上带着匣子枪，还有国军的特务证。”老崔一口气说完。

老妇人点点头，道：“秋蝉，你让他们认认，是不是那几人。”

“是。”蒙面女子从怀中掏出一沓纸，展开来，竟是那画着谢老二、灰袍老人、武岳阳和姚青四人头像的通缉告示。

“正是正是！”郝老六指着武岳阳和姚青二人的头像道，“有这两人，错不了的。”

“另两个没有吗？你可看清楚了！”老妇人道。

“没得，这个刀疤脸和这长胡子老儿好认得很，若是有，我必定能认得出，确没有这二人。”郝老六不放心地扭头问老崔，“你看看是不是没这两个？”

老崔皱着眉瞧了瞧，慎重地点点头：“确无此二人。”

老妇人喃喃自语道：“我糊涂了。你们哪能捉住他，你们捉不住的……”

蒙面女子收了告示：“师父……”

老妇人回过神来，叹一口气：“你随他们去一趟，这就去！将这几人押过来，我要亲自审问！”

“是！”蒙面女子答应一声，出门去了。

老妇人又道：“郝老六，这件事你办得很好。今日你三人再辛苦一番，回去调些人手，好好地将那几人押送过来，回头自有你的功劳。若有半点闪失……”老妇人的话没有说完，其意不言自明。

郝老六打个哆嗦，舵头俞青红的手段他早听说过，他深信若是不能完成好这次的任务，这个喜怒无常的老妇人有一百种方法收拾自己。

“应该的应该的，婆婆先歇息，我们这就回去安排。”郝老六带着老崔和铁牛冲里屋拜了拜，退出门去。

那叫秋蝉的蒙面女子已收拾妥当，正在院子里等候。丫鬟备好四匹快马，牵与四人。四人跨上了马，顶着头顶的月亮，纵马驶向江岸。

武岳阳头脸、脖子和肩头都留下不少鞭痕，不过都是皮外伤，武岳阳浑不在意，连药膏也懒得抹。他草草填饱肚子，烤干了衣服，对着墙壁，一遍遍地练起那十二式怪招来。

姚青和骚猴儿早已见惯不怪。姚青看了看长桌上的钥匙，心中默默估算着牢门到长桌的距离。

骚猴儿脸腮高高肿起，乍看如薄皮的红苹果。他眼睛里似乎要喷出火来，一边哗啦啦地扯着牢门上缠绕的铁链，一边揉几下肿起的圆脸，嘴里则一直不干不净地低声咒骂。

艄公老孙无可奈何地蹲在火盆旁边发呆。他很是沮丧，琢磨着自己原本好端端地过着一人吃饱全家不饿的逍遥日子，没来由地被这几个混世小魔王抓了夫，逮到这船上来。本有大把的机会逃跑，可鬼使神差地被猪油蒙了心，贪图他们那几块大洋，又好死不死地假扮袍哥，如今被关在这地牢里，当真是上天无路入地无门。他知道袍哥向来最是忌讳"穿黑袍"的倥子，听闻有炸油锅、钉门板等多种酷刑惩处违犯者，这一遭不但不容易逃出去，怕是想捞一个囫囵的全尸也是妄想了。想到此处，老孙悲从中来，竟抹着老眼，默默地哭了起来。

姚青和骚猴儿各自琢磨着如何逃出去。姚青拾起先前郝老六丢下的皮鞭，隔着牢门伸出胳膊去，抡起皮鞭，向长桌上甩去，要以辫梢将钥匙一点点蹭下长桌来。

"大公子别费力了。你这样不行，抽十下不见得能中一两下，而且这鞭子又不带钩，什么时候能将钥匙带到门口来？"骚猴儿摇头道。

姚青停下来，看着骚猴儿道："那你说怎么着？"

"我倒是有办法，可是现在没有趁手的工具。"骚猴儿托起牢门铁锁。

"你要什么工具？"

"有细根铁丝就好，你可带着发卡吗？"骚猴儿向姚青头上看去。

姚青摇摇头："我从不用发卡！"

"那就没法撬锁了，只能用笨方法。"骚猴儿道。

"什么笨方法？"姚青问。

"用火燎烤这铁锁，等把它烧红，再快速用冷水浸泡，铁锁骤热骤冷，里面的锁芯受热不均，会被破坏掉，到时候用手一掰就开了。"骚猴儿揉着肿脸道。

"那还磨蹭什么？"姚青催促道。

"好，咱们这就动手，我先把火盆搬过来。"骚猴儿说罢就要动手。

艄公老孙在一旁听得真真切切，他见这几个小魔王在地牢里也不安生，赶紧阻止道："可不敢胡来！咱们老老实实等他们回来，低声下气求求他们，或许饶得过咱们。你们非得硬闯，惹恼了他们，怕得不到啥子好处，他们可都是杀人不眨眼的袍哥哟！”

“你这老东西咋这么多废话？边上去！别碍事！”骚猴儿瞪着一对三角眼道。

姚青眉头微蹙，不满骚猴儿没大没小，不过她也并未对此多加训斥指责。她自幼和众兵匪流寇生活在一起，性格上难免沾染些无礼、霸道和残暴。相对于骚猴儿的无礼，她更不能接受的是艄公老孙的胆小懦弱，没有气节。武岳阳却看不惯骚猴儿的泼皮行径，收了招式，转过头道：“你即便想出去，也犯不着烧那铁锁！”

骚猴儿本就满肚子的怒气，见武岳阳语气不善，当即发作，怒道：“咋了？”

武岳阳冷哼一声：“干吗舍近求远？想出去，直接烧木门就好了。”

骚猴儿愣了一下，满腔的怒火顿时烟消云散，咧着大胖脸道：“哎……好主意嘿！”

骚猴儿拾起两根木枝，兴冲冲地去夹起火盆，要端到牢门下烧断木栅栏，忽听头上茶楼内一阵躁动，地牢甬道尽头的暗门被砸得砰砰作响。

第六十三章　麻耗子发威

骚猴儿听到头上突然传来响动，立即仰头张望，连火盆也忘记放下了。只见从头顶木梁的缝隙向下沙沙地飘落几缕灰尘，上面的吵闹打斗声很是激烈。

骚猴儿手里攥着两根树枝，紧紧地夹着火盆，他回头看看姚青，烧不烧木栅栏？他犹豫了。

姚青也犯了难，她想到茶楼里虽然忽生变故，可来人是敌是友还不清楚，是静观其变还是尽早动手里应外合？她盯着甬道口拿不定主意。

“还磨蹭什么？快烧！”武岳阳见骚猴儿端着火盆发愣，忍不住催促道。

“不能烧！”艄公老孙摆手道，“小祖宗们哟！没等烧断牢门先把咱自家烧死了！等等，等等嘛！若是有人来救，击退了那些袍哥，来到这地牢里，自会打开牢门放咱们出去，咱们还烧牢门不是多此一举吗？反过来说，若是来人本事不济，打不退袍哥，进不到这地牢，咱们即便烧断了牢门，又准能冲出去吗？”

“别听他的，咱们不能坐以待毙。趁外面正乱，机会难得，咱们抓紧逃出去。烧！”武岳阳道。

姚青附和着重重地点了点头。骚猴儿不再犹豫，将火盆凑到牢门旁，倒出炭火来

“哎呀，可不能烧哇……”艄公老孙无可奈何地缩到地牢的角落中去。武岳阳三人不管他，抓过地上的草木，源源不断地添进火里。

茶楼里麻耗子闹得正欢。白日里，郝老六一伙袍哥出其不意地用大船拦截，将小乌篷船撞翻，麻耗子和姚青当时一起被扣在船底。麻耗子水性颇好，且他自幼在别动队长期受训，本就善于逃生，每逢生死危急时刻，总能稳住心神，于绝境之中找到出路。

麻耗子不敢急着浮出水面，他屏住呼吸，在浑浊的水中转了两圈，找到一团黑影，当即潜水过去，等接近了黑影，他浮出水面，果见是在大船底下。

麻耗子扒住船板的缝隙，被船拖拽而行。此时正是秋冬交替的季节，天气渐寒，川地虽属西南，可也有了冬意。等船靠了岸，麻耗子浑身已经冻透，他筛糠一般哆嗦个不停，费了好大的力气，才将僵硬的手从船板间的缝隙中拔出。又等了半个钟头，大船上的袍哥终于散尽，麻耗子趁着无人，先到大船上找一身干衣服，将自己身上浸湿的衣服换了，又四处翻找，从一个竹篾筐中找到些零碎法币，也顺到自己身上。

下了大船，麻耗子追众袍哥上了岸，一路尾随到江畔的临涛茶楼。麻耗子眼见武岳阳四人被押进茶楼，等了好一会儿也没有见到有治安队的警察或保卫团的民兵前来拿人，显然袍哥还没有将此事报官。麻耗子稍稍放下心来，在临涛茶楼近旁找了家酒铺，叫一碗热姜汤，又要了些热乎乎的饭菜，一边上气不接下气地咳嗽，一边趁着不咳嗽的空当大口吃喝，只是一双死鱼眼牢牢地盯紧了临涛茶楼。

好不容易挨到天黑，麻耗子摸几块法币丢给店小二，大摇大摆地走进临涛茶楼。

正是吃饭的时候。收网上岸的渔夫，跑水路的货商，南来北往的行人，三教九流，各色人等，三五成群地拥进茶楼。麻耗子跟着几个渔夫上了茶楼二楼，选一个不起眼的角落坐定，叫壶峨眉竹叶青，装作品茶的模样，偷眼向四处打量。

茶楼的布置摆设尤为简洁，整层二楼方方正正，横竖摆着不到二十张方桌，每张方桌配四把长凳。窗下的几张方桌靠着墙，均少配一对长凳，除此之外却也没什么不同。麻耗子看了看头上房梁，又跺了跺脚下楼板，看不出有什么异常，便端着茶壶噔噔噔下楼来。

楼下和楼上桌椅摆设大致相同，除了面朝江水临窗一侧多出的三间客房。麻耗子断定武岳阳四人必定被困在这三间客房中的一间里面，他不想惊动袍哥，“先文后武”“能智取勿力敌”都是他早在别动队就学会了的，如果能神不知鬼不觉地将武岳阳四人救出，那当然最好。

麻耗子推开第一间客房，里面围着一张圆桌满满当当地坐了七八个人，一个肥头大耳的中年男子背对门口，正端着一杯酒，向对面的一位身着红色马褂的老者敬酒道：“……说哪里话。徐老板精神矍铄，正当壮年，咱们兄弟不仰仗着您，哪能有今日？今日您老大寿，咱兄弟无以为报……”那肥胖男子见红褂老者盯着自己身后，便停止了贺词，回头看见麻耗子，上上下下将他打量一番，确信自己并不认识此人。

这种情况，通常是由后进屋的先说话，无非“请问，某某是在这屋子里么？”或者“打扰各位，小的找某某进一步说话”。可是麻耗子如木橛子一般杵在门口，一句话不说，目光从众人身上掠过，向四壁瞧去。

这日是那身着红色马褂的老者的寿辰，他正在款待几位好友。别人不方便说话，老者作为主人，咳嗽一声，问道：“这位小友，您是……”

麻耗子咳嗽两声。

老者顿时不悦，脸色沉了下来。

麻耗子没有找到可疑之处，木然道：“走错了。”说完自顾自地退出屋去，哪管留下这满满一屋子的茫然。

第二间客房里面锁上了，麻耗子推了推，没有推动，只好当当当地敲了几下。

客房中原本桌椅移动的声响骤然停歇。麻耗子又敲几下，里面做贼似的回应一句男声：“谁啊？”

麻耗子也不解释，边敲门边道：“开门。”

“你找谁？”里面的男人有些不耐烦道。

“开门。”麻耗子仿佛只会说这一句。

客房中一阵窸窸窣窣，好一会儿，门开了一条缝，一个奶油小生探出半边身子问道：“做啥子？”

麻耗子看到这张比女人还精致的脸，心中已经明白了一半。他翘脚看进去，果然见到一个妇人侧身端坐在桌前，只是衣衫不整、发髻凌乱，显然这对野鸳鸯先前锁着门，在做些见不得人的买卖。麻耗子对这对男女的勾当毫无兴趣，他伸长了脖子，向屋中墙壁和地上张望。

“哎哎……你看啥子看？”奶油小生两道弯眉皱起，愠怒道。

麻耗子眼睛一翻：“打扰！”说罢，走向第三间客房。

“嘿，有病噻！”奶油小生骂了一句，重又将门锁了。

第三间客房也被锁着，和第二间客房不同的是，这间客房在外面锁着，一把铜锁横挂在门把手上，很有一夫当关的意味。

麻耗子拨弄了一下门锁，想着是偷偷撬开从正门进去还是出茶楼，从后窗翻进屋去，忽听有人问道：“你找谁？”

麻耗子向来人看去，见一身着黑色长袍的黑脸汉子气势汹汹地走过来。

“不找谁。”麻耗子若无其事道。

“我看你在这贼手贼脚地转了半天，你这小贼，胆子倒大！”黑脸汉子张手来按麻耗子。

麻耗子吃了一惊，突然记起，这黑脸汉子正是大船上的一个袍哥。

黑脸袍哥追上前来，待得进了，看到麻耗子的死鱼眼，突然间也认出了他，心道：“不好！”想收脚，却已来不及，麻耗子前踏一步，双手迎着黑脸袍哥抓去，正抓在黑脸袍哥腰间。黑脸袍哥也伸出双手，向麻耗子肩头疾按。麻耗子向后仰倒，躲开黑脸袍哥一对大手，顺势将黑脸袍哥向后掷出。黑脸袍哥如炮弹一般，啪地将房门撞碎，整个人头前脚后，平飞进屋中去。

麻耗子毫不停歇地跟进客房，不等黑脸袍哥爬起，飞跃过去，一拳将其砸晕。麻耗子下手狠辣，一招制敌，整套动作如行云流水，从动手到制伏对手，不过片息之间。

既然已经闹出了响动，麻耗子便不再犹豫，一脚踢翻圆桌，拎着一把座椅，对着墙壁和地面四处敲打，可是找了半天，也没有找到地牢入口。

黑脸袍哥一伙六七人受郝老六差遣，守在茶楼门口，盯着出出进进的顾客，预防逃掉的那个少年带人来劫牢。他们百无聊赖地守了一下午，屁股都要坐出茧子来，可仍旧迟迟不见郝老六回来。这几个袍哥商量着要不要轮流去耍会儿，黑脸袍哥眼尖，见到麻耗子一间间客房推开，似乎在寻找什么，赶紧过来找他的晦气，哪知道正碰上了钉子，瞬间被麻耗子打晕过去。

听到黑脸袍哥的惨叫声，另几个袍哥呼啦一声围过来，堵住客房门口。

麻耗子正要逃出去再想别的办法，不想被这几个袍哥堵在客房里。他见这几个袍哥都不时地扭头看向一侧墙壁上的山水画，心中一动，暗道：“莫不是玄机就在这幅山水画上？”

麻耗子抡起椅子，结结实实砸在山水画上。只听咔啦一声，暗门被砸出一个窟窿，露出后面黑黝黝的甬道来。

这一伙袍哥尽皆变色。

“抓住他！”

“一起上！”

“快！抄家伙！”

堵住门口的这几个袍哥大声嚷嚷，无人敢上前。他们看到麻耗子两只手里不知什么时候各多出一把闪着寒芒的匕首。

麻耗子拖起黑脸袍哥，将匕首逼在他脖子下，正要带着他一起下到地牢中去，忽闻到一股刺鼻的浓烟味。

“他奶奶的，呛死小爷了！”暗门又是咔的一声，整个从墙上飞了下来，骚猴儿、武岳阳、姚青和艄公老孙四人先后从地牢中钻出来。

第六十四章　越狱

若是等着牢门完全被火烧成灰，怕是得等半个时辰，地牢中武岳阳一伙哪有耐心等，其实更多是因为等不了——地牢空间逼仄，通风孔本来就小，浓烟散不出去，这几人险些被呛死过去。武岳阳和骚猴儿扑灭了火，牢门黑漆漆的完好无损。骚猴儿瞪着一对儿三角眼，被烟雾呛得眼泪鼻涕齐流，他抹一把脸，大骂武岳阳出的馊主意。

武岳阳也不跟他吵，也不信火盆架在牢门上这么半天，一点用处没有。他飞起一脚，咔的一声脆响，将一根手臂粗的木杆踢成两截。

牢门被武岳阳破坏出一尺宽的一个缺口，足够这几人钻出去。武岳阳清理掉这两截断木，侧了身子，率先钻出去。骚猴儿身体瘦小，更是毫不费力地钻出地牢。

姚青毕竟是女孩儿，看看被烟火熏得黑黢黢的牢门，再瞧瞧身上的衣服，皱起眉头。

骚猴儿看出大公子不想蹭一身黑灰，他后退两步，冲上前去，使足了力气，一脚踏在缺口旁边的木杆上。骚猴儿原以为自己这一脚下去，木杆必定应声折断，哪知腿都震麻了，牢门却只被他踩出一个脚印。骚猴儿臊得无地自容，不管不顾地起腿又踹，接连踹了五六脚，牢门被他踢得直晃，带动铁链哗啦啦，可那根木杆依旧坚挺。

“他奶奶个爪儿的，这根木头没被火烧到。”骚猴儿咧嘴大骂。

武岳阳被烟雾呛得头晕脑转，一刻也不愿在地牢里停留，他从骚猴儿旁边绕过，走到牢门前，“退后了！”抬腿侧蹬，只一脚就将骚猴儿连踹不断的木杆踢飞。

姚青从地牢里钻出，瞥武岳阳和骚猴儿一眼：“桌子上分明放着钥匙，你们干吗非得跟这牢门过意不去？”

武岳阳和骚猴儿顿时傻眼，两人手忙脚乱间，竟忘记了还有钥匙这码事。

“愣着干吗，快走！”姚青催促道。

武岳阳迈步走近长桌，看到桌上凌乱地摆着各式刑具，他那儿把盒子炮哪里还能寻得到？他不甘心，俯身到长桌下面搜寻。“找啥啊？那儿把枪早被他们拿走了。”骚猴儿捂着口鼻，从长桌上抓起一把斩马刀，挥舞几下，觉得还算趁手，干咳着叫道，“快走吧，真要呛死啦！”

武岳阳从桌下拾起沾着污泥的天蓬尺，他虽然觉得无甚大用，但这件器物是灰袍老人二爷爷留下的，不能随手丢弃。武岳阳先前见姚青很是喜欢，打算送与她，哪知她坚决不收。武岳阳仿佛带了件累赘。他擦去天蓬尺上的污泥，嫌恶地将其插到后腰。没了盒子炮，武岳阳如同虎豹失去了爪牙，没有半点安全感。他挑挑拣拣，扔了铁钩，捡起烙铁来看看，又丢回去，哪一件都不合用。

“还磨蹭个什么？奶奶个爪儿的不要命了！”骚猴儿跳脚骂道。

武岳阳忍无可忍，他怒瞪着骚猴儿，本待还嘴，可顺着骚猴儿视线，见到他骂的是艄公老孙。只见老孙仍旧蜷缩在地牢的角落里，丝毫没有逃生的意思。

老孙捂着嘴呜噜呜噜道：“我不走我不走……咳咳……你们别管我！”

上面客房里又传来一阵打斗声，尽是桌椅茶盏摔碎的声响。

武岳阳不想将老孙一个人丢下，可对他又束手无策，便耐着性子劝道：“冲出去还有一条活路，留在这儿那些袍哥肯饶过你吗？”

“他们要抓的是你们，和我不相干……你们放过我吧……咳咳！”老孙赖着不肯动。

“谁也不许留下！走！”姚青柳眉倒竖，厉声道。

骚猴儿本来不打算管艄公老孙的死活，这时候听姚青发了话，一双贼眼四处扫视一番，见到墙上挂着的油灯，上去一把拽下来，拎着油灯走到地牢门口。

“你要做啥子？”老孙惊恐道

骚猴儿也不答话，他抿着嘴，像是想到了一件身心愉悦的美事，闷不作声地将灯油淋在牢门上，又从地上捡起两根草棍，夹起燃着的灯芯，对准淋了灯油的牢门点去。

艄公老孙顿时如被狗咬了屁股，杀猪般跳起，一步蹿到牢门口，捂着脑袋从地牢里蹿出来，手脚快得惊人。骚猴儿惊得目瞪口呆，险些被老孙撞倒。

“狗急跳墙啊。”骚猴儿缓过神来，捧腹大笑。

艄公老孙恨得咬牙切齿。

“咔啦”一声木板断裂的声响从甬道传来，暗门被砸出一个圆洞，黑黢黢的甬道顿时射进光亮来。

骚猴儿被烟熏得一阵干咳，赶紧将灯芯抛在牢门上，霎时间大火燃起。

姚青见暗门已被破坏，时机难得，她抄起皮鞭：“快走！”说着上了木梯。骚猴儿、武岳阳和艄公尾随而上。

四人合力将暗门推倒，骚猴儿率先捂着鼻子从墙后跳出来。

“操他奶奶的，呛死小爷了！”骚猴儿骂道。他抬起头来，看到麻耗子正将匕首抵在一个黑衣大汉脖子上，与门口的一众袍哥对峙。

“哟，麻子，行，你一个人就敢来救哥几个，还不算无情无义。”骚猴儿将斩马刀换了只手握住。

麻耗子眉头一皱，不满道：“叫我麻耗子，咳咳……或者麻六！”

“行行行，你身手是挺麻溜的，比我差不了多少。你先歇会儿，这几个傻狍子，就交给我啦。”骚猴儿一脸的轻松自得。

骚猴儿那点本事，也就能靠吹牛皮糊弄一下陌生人。别人不知道骚猴儿的底细，姚青可知道，她攥紧了皮鞭，四处张望一番，心中暗暗琢磨着如何逃出去。

武岳阳怀的是和姚青一样的心思。他想着对方人多，自己手里又没有枪，拼都没法拼，须得尽快逃出这茶楼去，否则等到附近的袍哥得到音讯前来增援，四人将插翅难飞。

“着火了！快去喊人救火！”

“水！快点拎水来……”

“水你个铲铲，你脑壳遭门夹了吗？这几个棒老二要是趁火跑了，六哥回来还不扒了咱的皮！先收拾了他们再说！”

“上！上！一起上！”

这几个袍哥呼喊着，捉了棍棒一齐冲上来，要将四人一齐拿下。

武岳阳随手抓过一把椅子，横挡竖砸，一时间没人能近得前来。骚猴儿握紧了斩马刀，一边大声叫嚷，一边胡乱挥舞，气势很是惊人，几个袍哥远远地伸过棍棒去与他磕碰，并不敢近身相斗。姚青更是抖开马鞭，东指西打，噼啪作响，不仅迫得袍哥无法上前，更是屡屡抽在自己人身上，武岳阳和骚猴儿误中了几鞭子，也远远地躲到了姚青的攻击范围之外。整个客房被他们几人占去大半，袍哥畏首畏尾地退缩到门口，聚作一团。

地牢中竹木颇多，火势越烧越旺，浓烟滚滚从墙壁后的甬道涌出。武岳阳见这么耗下去不是办法，打斗的时候他就留意到客房后面有窗，这时不逃更待何时，当即喊道："快从后窗出去！"

后窗尚无袍哥把守，骚猴儿向前虚晃一刀，掉头向后窗跑去："我去前面开路！"他大义凛然道。

此时姚青手中马鞭的鞭梢被一个袍哥抓住，姚青夺之不回，索性弃了。另两个袍哥见姚青两手空空，赶紧抢上前来夹攻。眼见姚青即将被擒，武岳阳急忙将手中木椅掷出，那两名袍哥以长棍拨开木椅，姚青已经退回麻耗子身后。

袍哥一齐围上来。麻耗子揪起昏迷的黑脸袍哥，将匕首抵住他的喉咙，手上稍稍使力，立即划出一道血口，鲜红的血顺着黑脸袍哥的脖子流淌而出。

"咳……咳……谁再敢往前走一步，我就割破他的喉咙！"麻耗子木无表情道。

众袍哥停住脚步。

"你先走！"武岳阳冲姚青使了个眼色。

"你俩怎么办？"姚青问。

"别管我俩，你先走，我们自有办法！"武岳阳急道。

骚猴儿也在外面催促："快快快！他们来人啦！"

艄公老孙见双方闹到这步田地，显然无法轻易和解了，他悄悄地溜到窗口，一声不吭地爬了出去。

"你俩都走！"麻耗子道，"他们困不住我！"

武岳阳和姚青站着不动，麻耗子只得补充一句："你俩只会拖累我，快走！"

武岳阳一咬牙："我们在外面等你。"说完紧跑几步，跳上窗台，翻出客房去。姚青也不再犹豫："你快些跟上！"随武岳阳跳出茶楼。

麻耗子见武岳阳和姚青跳出茶楼，便放开了黑脸袍哥，缓缓站起，一双死鱼眼扫过众袍哥，后退两步，一转身，如狸猫般跳起，扑出窗外，在地上打个滚后站起。街道上，已围上十几个袍哥，正与骚猴儿和武岳阳厮打。麻耗子上去，两把匕首使开了，刺、挑、劈、划，下手毫不留情，转眼间，将四个袍哥放倒在地。

武岳阳见他有一刀刺中了一个袍哥的心窝，血似泉涌瞬间喷洒了一地。武岳阳擦擦溅射到脸上的血滴，忽然觉得似乎回到了天台山上的那个血夜，这一切是那么的不真实。

“跑啊！”骚猴儿将武岳阳吼醒。

麻耗子刀刀致命，没有人再敢迫近麻耗子以身涉险。

武、姚、麻、侯、孙五人聚到一起，向城里发足狂奔。

众袍哥发一声喊，一边喊人救火，一边分拨出几十人，多路追截武岳阳一伙。

一阵马蹄声响起，郝老六携老崔、铁牛，带着蒙面人秋蝉回到临涛茶楼，听闻武岳阳一伙逃出地牢，四人立即纵马追赶。

第六十五章　蒙面女子

宜宾地处岷江和金沙江的交汇处，两条河流汇聚到一起，形成长江。郝老六一伙袍哥聚集的“三江社”茶楼地处江口南岸。

“三江社”茶楼是宜宾袍哥码头的总堂口，位于县城中心地带，那茶楼原本叫作“福满楼”，被盐商乔三爷盘了下来，捐给宜宾地界的袍哥作为聚事的堂口，他也因此换了个“乔三爷”的名头。因为宜宾江段的袍哥码头叫作“三江社”，乔三爷便将茶楼改成了码头的名字，给茶楼挂上了老大一张“三江社”的黑底金字匾额。

郝老六一伙袍哥很少到“三江社”喝茶，这缘于帮会不同堂口间的尊卑差异。郝老六所属分支为“智永堂”，既然犯着“智”字，自然矮了“仁”“义”一头。郝老六不愿仰人鼻息，平时也只在江畔港口活动。然而毕竟做得了“巡风六爷”，虽然不比一二三五上四排的大爷在帮中有说话权，可也掌管着放哨巡风、侦察寻访、把守宜宾水路的重任。这些工作人少是做不成的，郝老六借着为帮会更好打探消息的由头，大肆招收新人入伙，几年间便将“智永堂”壮大起来——整个宜宾水路上的袍哥，挂名的有上百人，未挂名的近千人，全部打着智永堂的名号在江上往来。

这近百名挂名的袍哥又分作两伙，其中半数是有着正当营生的渔夫、艄公、扛码头的长短工苦力，另一些由整日打杀劫掠的水贼、吃拿卡要的真假治安警察构成。所谓清水袍哥、浊水袍哥便分指这两类性质不同的袍哥

郝老六偶尔带领众兄弟做些见不得光的买卖，但鲜少放开手脚伤人性命，严格说起来，他自己还算得上是清水袍哥。既然“清水”，必然相对清苦一些，平日里少不得风吹日晒、霜打雨淋。虽然清苦，郝老六却乐得逍遥自在，他将江畔的临涛茶楼当成了落脚点，过起了天高皇帝远的快活日子。

说远也不远，临涛茶楼所处的港口码头，离县城的三江社茶楼不过几里

路之遥。可这几里路多在荒郊野外，不似县城中房屋密集，街巷繁多，东一拐西一转就能甩脱追兵。

武岳阳回头看见袍哥渐渐追近，急忙喊道：“在一起太显眼，分开跑！”

“有啥用？这荒郊野外的，躲都没地方躲，咱还不如跳江了，奶奶个爪……”骚猴儿脚下没有留意，险些绊个跟头。他虽然口上未赞同，可一双三角眼已经开始东张西望，寻找藏身之地。

“若能侥幸逃脱，什么时候，在哪里碰头？”姚青道。

武岳阳上气不接下气道：“看见前面那三棵大树没有？明日天亮……在那棵大树下会合！”

“好！”姚青答应一声，扭头跳进草丛，向一旁荒山上跑去。

骚猴儿发一声喊：“等等我！”追姚青去了。

“我跑不动了……哎哟……跑不动了……”艄公老孙一屁股坐在地上。

武岳阳立即停下，返回去拉他起来。

艄公老孙连连摆手：“莫得耽误工夫啦，你们快走……”他捶打着胸口不停地喘息。

武岳阳执意将他拉起，拖着他跑了几步，老孙脚下发软，踉跄着摔倒在地。

“走不成了。”麻耗子看着几匹马已经追近，他纵身蹿到路旁草丛中躲起来。

四匹马载着郝老六、老崔、铁牛和蒙面女子，四人眨眼间追上武岳阳。四人喝住马，郝老六率老崔和铁牛前后将武岳阳、老孙二人围住。

武岳阳寻思凭一双腿可万难逃跑，他看了看四匹健硕的高头大马，想道：“你们既然送马来，我也只好却之不恭了！”他悄悄地从身后抓出天蓬尺，二话不说，突然暴起出手，抡开天蓬尺，对准郝老六乘坐的黄骠马前腿横扫过去。

黄骠马受惊，不等主人发号施令，立即抬起前蹄躲避。这正是武岳阳希望看到的。他很熟悉马性，知道马儿受惊会有什么举动，他这么一扫，那马儿必定高抬前蹄，郝老六难保不从马背上摔落下来。

郝老六果真不负岳阳的期望，他根本没有设防。坐下黄骠马希律律嘶鸣着扬起前蹄，缰绳从郝老六手中滑脱，他两手乱抓，只从马后颈上揪下几绺马鬃，“哎哟”一声跌落马下。

“瓜娃子找死！”郝老六怒从心头起，恶向胆边生，一骨碌从地上爬起，撸起袖子冲武岳阳而来。武岳阳哪有工夫和他纠缠，伸手牵住马缰绳，翻身上马，“上来！”伸手要将艄公老孙拉上马。

郝老六哪容武岳阳如此放肆，他心道：“龟儿子又是夺马又是救人，当我好欺负吗？”他一个箭步扑上去，将艄公老孙扑倒。铁牛和老崔更是拍马前来夹击，要一举将武岳阳擒获。只有那叫“秋蝉”的蒙面女子举着火把一动不动地在旁边冷眼观察着。

武岳阳左右躲闪，避开铁牛和老崔，他心中琢磨，这么下去一个也逃不走，而且若当真带上艄公老孙，座下马背负着两人，必定难以放足，终究无法逃脱。他一咬牙，狠心一巴掌拍在马臀上，抖缰绳催马上路。

可是黄骠马只是原地转了两个圈，并不奔跑。武岳阳又急又怒，两脚狠踢马腹，又回身重重拍了马臀几下，无奈这黄骠马就是不听使唤，中邪一般，从鼻孔扑簌簌喷出一串气，摇头摆尾，始终不听武岳阳指挥。

“大黄，掀他下去！”那蒙面女子不轻不重地说了这么一句。

黄骠马如能听懂人话一般，立即扬起前蹄，要将武岳阳掀下马背。

武岳阳听到蒙面女子所说的话，已经有了心理准备，牢牢地抓住缰绳，两腿夹住马腹，身体贴在马背上。黄骠马这一下竟没将他掀下来。

武岳阳并未因为没被掀下马背而感到欣喜，相反，他心中满是震惊，须知牛马不似猫狗般容易驯养，它们通常只能听懂“驾、吁”之类最简单的指令。可那蒙面女子只这么随便说了一句，这黄骠马竟听令照做，简直匪夷所思。

黄骠马不顾武岳阳胡乱琢磨，它一掀没将武岳阳掀下来，又抬起后蹄腾空踢踹，或人立而起，或垂头高踢后腿，形似倒立。如此反复，只几个回合，武岳阳终于掌握不住平衡，被甩下马背。黄骠马趾高气扬地跑回蒙面女子旁边，促狭似的看着武岳阳

武岳阳气不过，将气撒在郝老六身上，他挥舞着天蓬尺，要与郝老六厮打。铁牛早跳下马来，伸出蒲扇般的大手，一把夺过天蓬尺，又一拳黑虎掏心，将武岳阳打得喘不上气来，直接用绳子绑了。

艄公老孙自然不敢反抗，乖乖受擒。

“龟儿子，让你跑！让你跑！”郝老六抓起皮鞭，又劈头盖脸地抽了武岳阳几鞭子。武岳阳一边躲闪一边恨恨地盯着那蒙面女子。

远处荒野里尽是火把，将夜色照得亮如白昼。众袍哥追上姚青和骚猴儿，将二人分别捆了，远远地押过来。

武岳阳和艄公老孙被郝老六和铁牛捆住了手，拖在马后，一伙人掉头回返。

麻耗子借着夜色掩护，瞅准了时机，在蒙面女子拨马回身的一瞬间，双手紧捏的匕首一齐甩出。两道黑芒如闪电，又如毒蛇，倏忽飞向蒙面女子后心。

老崔驱马坠在队伍最后，他听到草丛一阵窸窣响动，转头看去，只见麻耗子站在草丛间，眼睛死死地盯着蒙面女子，扬起的双臂还没有放下。老崔心知不好，想出声提醒已经来不及了，眼见蒙面女子命悬一线，她却毫无察觉一般。

老崔半张着嘴，大睁着眼，喉咙里不自觉地传出：“哎……”

两把匕首转瞬即至，蒙面女子后脑勺仿佛长了眼睛一般，猛地扭腰转身，一手持着火把，单手就将两把匕首都接了去。老崔揉揉眼，寻思道：“怎么眼睛一花，那两把飞刀就到了她的手里？”

麻耗子同样感到不可思议，他原本就预料到这个蒙面女子怕是最难对付，因此想着先解决了她，旁人便不足虑了。可没想到这神秘的蒙面女子竟有这么好的身手，麻耗子脑中一片空白，傻愣愣地呆立在原地。

郝老六等人听到后面的响动，急忙大叫大嚷地掉转马头，回来围捕麻耗子。那蒙面女子更是行动如风，她一个筋斗翻下马背，几步蹿到麻耗子跟前。

“你是自己跟我们走，还是要我动手？”蒙面女子捏着麻耗子的两把匕首问。

麻耗子回过神来，哪管那么多，明知不是对方对手，仍旧不肯服输。当日在城隍庙中与灰袍老人交手，他被灰袍老人抓住双腕时宁死尚且不肯服软，这节骨眼上，更是一句话也不说，干咳两声，握紧了拳头，猛地击向蒙面女子颈部。这是他在别动队受训时，从武官那里学过的少林长拳，虽然不是很精熟，可这一拳如果打实了，轻则一招将对手打倒，重则击碎喉骨，一招杀敌。

蒙面女子丢掉两把匕首，同时闪电出手，一把攥住麻耗子拳头，顺势向后一拖一按，直接摔麻耗子一个狗啃屎。蒙面女子出手狠辣，毫不留情，她飞起一脚，踢中麻耗子胸口，直将他踢出老远。

麻耗子又是干咳两声，吐出血来，想要爬起，郝老六和铁牛一溜烟似的扑过来。两人合力按住麻耗子，也将他捆了。

蒙面女子拾起麻耗子的两把匕首，收在自己的袖筒中。

第六十六章　七星山

众袍哥这时呼啦啦赶过来，姚青和骚猴儿也如武岳阳等人一般无二，被捆住双手，拖拽而行。

“六哥，这五个找死的瓜娃子凶得很，那个死鱼眼的臭麻子，把邱娃、阿海、刘伢子都给捅了，你可不能饶过他！”一个瘦高的袍哥抹着眼泪骂道。

众袍哥立即附和道：“就是就是！他们把茶楼都给点着了……”

“都闭嘴！还有脸哭？灌黄汤、嚼姜片子个个是把好手，办正事一个硬气的也莫得有，连五个娃娃都看不住！别在这丢人，回茶馆去救火！回头看老子咋个收拾你们！”郝老六瞪眼训斥道。

众袍哥见郝老六动怒，无人敢顶嘴，只是愤愤地瞪着武岳阳一伙。

一行四十余人迤逦而行，回到临涛茶楼。呛人的烟味老远就能闻到。大火虽然已被扑灭，可是茶楼被烧毁半边，草木燃烧后的灰烬浸泡在水里，剩下的木石砖瓦都被烟火熏得漆黑，仍旧冒着青烟，到处都是一片狼藉。茶楼门口并排摆着蒙着白布的两具尸体，在这夜色中尤其显眼。

留在茶楼救火的一众袍哥被烧得灰头土脸，正蹲在空地上喘息，见郝老六将人抓了回来，一齐站起。

“六哥！”

“六哥，你可回来了……”

郝老六下马来，径直走到蒙着白布的两具尸体前：“这两是哪个？咋还把命丢了！”

“是阿海和刘伢子，他俩一个被切断了气管，一个心窝子遭了一刀。邱娃也伤得不轻，刚送到老苗那医治，不知能不能救得起……使刀的娃下手恁歹毒，成心要人命哟……”一个上了年纪的老者扼腕唏嘘道。

“六哥，把他几个全沉江里去！”

“不能这么便宜，得剐了他们！”先前瘦高的袍哥道，他的鼻眼像极了阿海，显然是阿海的门内兄弟。

“剐了！剐了！”众袍哥齐声喊道。

郝老六掀开白布，分别瞧了瞧阿海和刘伢子。月光下，两人伤口上的血迹还没有干，死前的痛苦却已凝固在脸上。郝老六又气又怒，转了一圈，没有找到趁手之物，忽然记起蒙面女子收了麻耗子的两把匕首，他暗忖道：“你用这两把匕首害了我的兄弟，现下我就用你的匕首要你的命！也应一场因果报应。”

“姑娘，那两把匕首借我一用。”郝老六道。

蒙面女子从袖口掏出匕首，递给郝老六，但见他目露凶光，手一抬：“你要它何用？”

“我要用它豁了那个死鱼眼！”郝老六咬牙道。

“你现在不能杀他，师傅可没让我带死人回去。”蒙面女子将匕首收回。

“你让我怎么跟兄弟们交代？”郝老六道。

蒙面女子瞥一眼围在周遭的几十名袍哥，若无其事道：“那是你的事。”

郝老六怒道：“你……”

“别磨蹭个没完，时候不早了，师父等着要审他们呢。”蒙面女子催促道。

“慢着，你不能就这么把他们带走！”郝老六见众兄弟个个面有怒色，自己若不出头，怕以后难以服众。他摸了摸腰间的盒子炮，这铁玩意儿是他从武岳阳身上缴来的，他之前可从没打算用它。

蒙面女子很是不耐烦：“这么说，你是要违逆师父的意思了？”

铁牛在俞府被蒙面女子瞪了一眼，心中一直很不是滋味，此事如鲠在喉，眼下机会难得，不趁机报复，更待何时？他大大咧咧往前走两步，揶揄道：“在这儿可是咱六哥说了算，你狐假虎威个啥子劲儿？”

蒙面女子冷哼一声：“狐假虎威？你若小瞧我是个女子，咱们比试比试，看看到底是谁狐假虎威！”

铁牛想着这蒙面女子到底是个女人家，仗着是舵头的徒弟就耀武扬威，不把自己放在眼里也就算了，竟对六哥出言不逊。她身法纵然灵活些，可终究敌不过自己的千斤之力，须知习武之道，“身大力不亏”，“一力降十会”，难道她不懂得这个道理？是该让她吃点苦头。

“好！拳脚不长眼，打疼了你，可别说铁牛欺负人！”铁牛指着蒙面女子粗声叫道。他提起一对茶壶大小的拳头就要动手。

老崔眼见双方剑拔弩张，一触即发，赶紧阻拦：“自家弟兄，说几句也犯不上动手，平白地让人看了笑话。姑娘不要着恼，我劝劝他们。”老崔扭头冲铁牛使了个眼色：“铁牛！你莫要耍蛮！”

铁牛瞪着一对儿牛眼回嘴：“是她不知进退！”

“你先闭嘴！舵头要审他几个，姑娘也是奉命行事，咱们照办就是。这几个娃娃先是穿黑袍混进咱们码头，后又毁我茶楼杀我兄弟，难道舵头不会按帮规处置他们吗？”老崔话锋一转，“可是，若咱们自行处置，那便有理也成了没理，不但违反了帮规，更多了杀人灭口的嫌疑。你们要害六哥挨红棒还是受那三刀六眼的刑罚？”

众袍哥一时间无言以对。

老崔到郝老六耳边低语几句，郝老六皱紧的眉头稍作舒展，将盒子炮重新插回腰间，大手一挥道：“兄弟们辛苦了半夜，都回去歇着吧。老子亲自押这几个龟儿子去南岸，好歹跟舵头讨个说法！老崔，你留在这儿替我张罗这摊子事，阿海和刘伢子的丧事你要办得风光一些，他们屋里头得去安抚些大洋……邱娃也仔细盯着，你看着办就好。”

“你片刻就回来了嘛，又不会在那边长住。”老崔嘀咕一声，拉郝老六向一旁走几步，低声道，“这里的事你放心，我倒担心你……到舵头那谨慎些，收着性子，有什么事回来再说，切不可直言顶撞……”

“行行行，我知道了！”郝老六上马去，啪地甩了一个响鞭，叫道，“铁牛，挑几个兄弟跟我再跑一趟，将这几个龟儿子押南岸去！”

铁牛领命去挑选精壮的汉子随行押送，自不必说。

等人马挑齐，郝老六发一声喊，众人便踏夜色上路。武岳阳一行五人被推到岸边，上了船，被连夜送到南岸去。

子夜时分，船靠南岸。早有车马在岸边等候，武岳阳五人下船上车，郝老六率着众袍哥骑马护送。一行人头顶星光，脚踏碎石，向七星山而行。

“哎！傻大个儿，跟小爷说明白，这黑咕隆咚的，再急也不至于赶黑走山路是不是？你们要把哥儿几个发送到哪儿去啊？”骚猴儿躺在木板车上，扭头冲铁牛喊道。

“送你们上刀山！”铁牛瞪着牛眼道。

“哦，这秃山叫‘刀山’哟，你们宜宾的傻狍……袍哥可真是没文化，这‘刀山’算是什么名字嘛？”骚猴儿学着铁牛的川地口音挖苦道。

“山名是老祖宗留下的，跟我们袍哥有啥子干系？你莫得乱扯，这山叫‘七星山’。”铁牛受激不过，直言相告。

骚猴儿哦了一声，点点头：“这个名字还过得去。傻大个儿，你们送俺哥儿个来这儿干啥？”

“哼，还能干啥？要你们的命！”

“为啥要我们的命？”骚猴儿一骨碌坐起身来。

铁牛粗声粗气道：“你们害了我们智永堂两个兄弟，不该偿命吗？”

“冤有头，债有主。杀死你们兄弟的是那个麻子脸。”骚猴儿冲麻耗子一努嘴，“都是他杀的，和我们无关，要杀要剐你们找他去，干吗跟我们平头老百姓为难？”

“你们不是一伙的？”铁牛憨声憨气地问。

“天地良心，我真不认识他！”骚猴儿拍胸口道，“我对月亮发誓，这麻子脸不是个好东西……”

“闭嘴！你们擦干净脖子，等着挨刀吧！”郝老六喝道。他知道骚猴儿在戏弄铁牛，而铁牛毫无机心，再任凭他口无遮拦，必定会被这瘦猴儿套出更多的消息来。郝老六回过头对铁牛道：“你别听他胡言乱语！”

“嗯。”铁牛答应一声，拨座下马紧跑几步，远离了马车。

姚青和麻耗子自然知道骚猴儿在与那大个子袍哥耍心眼，也就并不阻止，任由他胡说一气，两人清楚，对方随行押送的这么许多人哪肯轻易听信骚猴儿胡说八道？二人懒得搭理骚猴儿，各自闭目养神，等待相机行事。

麻耗子老伤未愈，又添新伤，他腹部的断肋刚刚长好，胸口又受蒙面女子重创，虽未伤及胸椎，却也震动了肺腑，咳嗽更加急促起来。

艄公老孙没来由地受武岳阳一伙牵扯，卷入与袍哥的纠纷当中，当真是天降的祸事。原本花几块大洋就能相安无事，哪知现今闹出了人命，袍哥断然不会善罢甘休。他万念俱灰，眼睛一眨不眨地望着星空，悔青了肠子。

武岳阳则一直没有闲着，他将手压在身下，仰面躺着，手腕不停在车板上磨个不停。一路颠簸，马蹄声，车轮声，骚猴儿与铁牛的争吵声，种种声响掩盖了武岳阳磨绳子的嚓嚓声。这么磨了一个时辰，武岳阳双臂酸痛，手腕发热，手掌边缘磨破了皮，幸好绳子也快被他磨断了。

第六十七章　婆婆真容

武岳阳心中正自暗喜，忽然瞧见不远处石子路尽头的一栋宅子。没想到这就到了此行的目的地。他心有不甘，发力挣了几挣，骨头硌得咯吱咯吱响，绳子仍旧牢牢绑在手臂上。“挣断了怕是也跑不了，索性进去瞧瞧也好，随机应变就是。”武岳阳暗自安慰自己。

郝老六一反在江北时的威风，他敛气收声，神色肃然道：“到了，一会儿进了院，你们都悄悄地候着，莫要出声，更不许胡乱走动，知道噻？”

众袍哥不明白郝老六干吗如临大敌的模样，却也不敢发问，一齐点头答应了，各自退到一旁。那蒙面女子倒似乎并不觉意外，上前拍了拍门环。

“噔，噔，噔，噔，噔噔噔噔。”四长四短，八下敲门声响过，门里问了一句：“秋蝉回来了？”

“是我，姐姐开门吧。”蒙面女子道。

大门吱呀一声，向外推开。院中出来一个粗手大脚的丫鬟，将蒙面女子、武岳阳五人和郝老六一众袍哥引进院去。

丫鬟先领众袍哥去内院的厢房饮茶歇息，又牵马去外院马厩喂食草料。

蒙面女子和郝老六押着武岳阳五人来到正房门口。

“在这儿候着！”蒙面女子交代一句，进屋去了。

“嘿，把咱哥几个带这儿来干啥？三进的宅院，来头不小哈！”麻耗子咂舌道。

武岳阳等人也是四处乱看，各自暗暗琢磨：“这些袍哥到底打的什么算盘？”

不多时，蒙面女子从屋中出来，冲郝老六道：“押他们进去。”

郝老六和铁牛将武岳阳一行五人推进屋去。

“别推别推，小爷自己长着脚呢！”骚猴儿翻着一对三角小眼嚷道。

厅堂上简洁地摆着几套红木桌椅，地面以竹木拼就，竹木边缘打磨得极其平整，光可鉴人。室内一侧搭有低矮的卧榻，上面铺着樱花图案的薄被。

卧榻旁边摆着一张四方短腿的矮桌，桌上香炉中正源源不断地散发出淡淡的草木香气。整个屋子透出别具一格的韵致，安静详和，雅而不华。

室内格局、装饰风格这些对于武岳阳来说，是枝端末节的小事，他只环视一圈，看到屋里没人，便悄悄地忙他的小动作，仍旧跟他手腕上的绳子较劲。

“你们将小爷带到这儿来，到底想干啥？要打要杀麻溜儿的，这么磨磨蹭蹭弄神弄鬼烦不烦？”骚猴儿扯着嗓子喊道。

“闭嘴！再嚷嚷短了你的利子（舌头）。”郝老六训斥道。

骚猴儿撇撇嘴，满不在乎地就地坐下。

厅堂中一时间无人说话，只有麻耗子不时发出的咳嗽声偶尔打破宁静。

姚青和麻耗子站在骚猴儿身后，姚青四下里不住地打量着，麻耗子眼睛一眨不眨地盯着里屋。

里屋响起一阵“笃笃”的声响，如拐杖敲击着地面。门帘后慢慢地出现一个人影，对着门口坐下。来人正是宜宾地界袍哥总码头“三江社”的舵头俞青红。她清了清嗓子，问道：“就是这几位小友吗？怎么多了一个？”

“他们原本就是五人，先前跑脱一个。又返回来放火杀人，将那四个劫出。我们费了好大的力气，才将他们抓住。”郝老六叹一口气，瞪着麻耗子道，“就是这个龟儿……这个心狠手辣的棒老二，先烧了我们的茶楼，又捅死两个小老幺（小老幺：刚入伙的兄弟），还有一个正救着呢，不知能不能救得起……”

“你客客气气地将他们请来，怎么动起了手？又何至于闹出人命？郝老六，你怎么办事的？”老妇人责问道。

郝老六慌忙解释：“婆婆，是他们蛮不讲理，先行动手……”

“别说了！你们智永堂下挂名的兄弟上百人之多，难不成敌不过几个孩子？”老妇人打断郝老六。

郝老六有意辩解，张了张嘴，终于忍住，低头闷声道：“属下无用，请婆婆责罚！”

老妇人冷哼一声：“责罚倒也不必，你好歹将他几人押了过来，功劳不小，若是从这几人身上着落到那件宝物，死两个小老幺也算不得什么。”

众人一阵心惊，包括郝老六和铁牛在内，都觉得老妇人这么平淡地说出这番话来，简直不可思议。众人都怀着一样的心思：人命在她眼中竟连蝼蚁也不如吗？

老妇人可不管众人怀着什么心思，继续道："郝老六，现下我要问他们话。你先下去歇着吧。"

郝老六答应一声，带铁牛出门去。

屋中再次静了下来，老妇人隔着门帘将武岳阳一伙逐个打量了个遍。片刻后道："你们几个，是顺流从上游邛崃县过来的吧？"

姚青紧闭着嘴，将头扭到一旁。骚猴儿咧开了嘴，头一下一下地点着，一副玩世不恭的模样。麻耗子从来都是闷葫芦，木讷寡言。艄公老孙更是噤若寒蝉。武岳阳担心骚猴儿信口胡说，凭空惹来祸事，上前一步，抢先说道："谁说我们是从邛崃那边过来的？"

"那还用谁说吗？通缉你们的悬赏告示可是张贴遍了整个邛崃县，你们悄悄地盗了大西王张献忠的宝藏，哪容易一走了之！"老妇人道。

"你别血口喷人！"武岳阳拒不承认。

"不见棺材不落泪吗？"老妇人不悦道，"秋蝉，把通缉告示给他们看！"

"是！师父。"蒙面女子从怀中掏出告示，展开丢到武岳阳脚前。

武岳阳立即没了说辞。

"你们几个娃娃倒是好大的本事，能从那些官兵和土匪的手里抢出宝藏来，我确实是佩服你们得紧哪。你们不用害怕，你们能盗去宝藏，那是你们的能耐。这世间的稀罕物，本来就应该落在能者之手，那也没什么好说的。今天给几位小友请来，实在是迫不得已。因为那张献忠的宝藏之中，有我门内一件物件，这物件于你们无用，却是我门内的重宝。我想问问几位是否见了此物，若见得，是卖是换，任由你们开价，我想尽办法与你们做成这笔买卖，你们看可好？"老妇人言辞恳切道。

武岳阳回头与姚青等人对视一眼，见大家都是一副不知所措的模样，只得自己拿主意。他想着先问出这老妇人想要得到的是什么物件再做计较，于是问道："婆婆不妨先说出你想要得到的那个物件，究竟是什么。"

"一册古籍。"老妇人直言道。

武岳阳只觉得心脏猛地一跳，他记起灰袍老人曾从堆积如山的金银财宝中挑出一册泛黄的古籍带走。老妇人要的古籍莫非就是那本？

武岳阳心头充满了迷惑，可是仍旧装出一副无辜的表情摇摇头：“我们确是从邛崃顺流来到宜宾，也的确在机缘巧合下见到了张献忠的宝藏，可是从没见到你说的古籍，倒是有一个装满了书的箱子，不知道你要的那本是不是在那箱子里。”

“那装满了书的箱子现在居于何处？”老妇人颤声问。

“那便不知道了。我们几个也只瞧了一眼，就被四处追杀，至今连家都回不得。”武岳阳道。

老妇人想了想，厉声道：“你敢骗我！告示上明明写着你们几个盗挖了宝藏，如今怎么又推说没有？”

“那告示上的东西全是嫁祸他人！凭我们几个手无缚鸡之力的瘦骨头，又如何能挖出宝藏来？得了宝藏我们又哪会似乞丐般衣不遮体？”武岳阳比画着一身褴褛道，“你搜我们身，看我们身上可有一枚大洋没有！”

“你们不会将金银财宝藏到别处吗？”老妇人反问道。

“藏了金银财宝我们还聚在一起做什么？各自隐匿起来守着宝藏过逍遥日子便是，用得着背井离乡到处被人欺负吗？”武岳阳假话里掺着真话，将满肚子的委屈倾泻出来。

老妇人一怔，道：“你说得倒也合情合理，但是假的永远真不了，有件事情你如何也隐瞒不过去——你们身上的特务证可都是真的吧？你们既是国民党特务，现在又被国军通缉，演的这是哪一出戏？”

武岳阳顿时愣住，不知道该继续假扮国民党特务还是该道出实情。假扮特务终究难以自圆其说，被拆穿反而加重了盗宝的嫌疑，而说出实情等于交代了几人的底细，若袍哥将四人押回邛崃领赏，马长官定然难以饶过几人性命。

见武岳阳犹豫，老妇人坐实了自己的判断，当即威逼利诱：“我可没空管你是谁，不想受苦便痛痛快快将那册古籍交出，我也好尽早放你们离开！”

武岳阳无奈道：“我们拿不出你要的古籍。”

“还装腔作势！”老妇人叫道，“张元顺躲在哪里，让他出来吧！”

武岳阳心头巨震，心道：“张元顺是二爷爷灰袍老人的名字，这老妇人难道与他相识？”他不自觉地低头向脚前通缉告示上画着的灰袍老人头像看去。

这一下露了馅，老妇人冷笑一声，叫道:“果然大有文章！秋蝉，喊郝老六进来，今晚咱们给这几个娃娃上上刑！”

“是！师父。”蒙面女子到门口去喊郝老六和铁牛。很快，郝老六拎着马鞭，铁牛攥着从武岳阳手里夺得的天蓬尺，气势汹汹进屋来。

一道幻影从里屋蹿出，众人只觉眼前一花，一个中年美妇已来到铁牛跟前，劈手夺过铁牛手中的天蓬尺。她凤目流转，不怒自威:“这天蓬尺，从何而来？”

第六十八章　黑塔

美妇自然就是“三江社”码头的舵头俞青红了。

铁牛听到美妇说话分明是舵头婆婆的声音，可是面前之人丰姿冶丽，气度雍容，哪里是上了年纪的老妇？铁牛中邪一般盯着俞青红，不知道她是人是妖，他傻愣愣地半张着嘴一动也不动。

武岳阳一伙又何尝不感到离奇诡异，众人都是倒吸一口凉气。骚猴儿更是惊叹出声：“我的妈呀……”

俞青红双目微瞪，眉宇间隐隐发黑，平添出一股煞气。她举起天蓬尺，厉声道：“这根天蓬尺，从哪里来的？快说！”

铁牛打了个激灵，似乎惊醒过来。他虽然憨头憨脑，可瞧着舵头面色不善，也知道不是好事。铁牛少有地机灵起来，连忙摆手，一边后退一边指武岳阳道：“是他的是他的！”

俞青红摆摆手：“你俩下去。”

郝老六和铁牛又退出屋去。

俞青红将天蓬尺递到武岳阳跟前：“你有什么话说？”

武岳阳打量俞青红一番，瞧到她头上以玉簪盘着发髻，和二爷爷灰袍老人的道士发髻一般无二，又想她能叫出二爷爷的姓名来，且一眼就能认出天蓬尺，想必是道门中人。武岳阳心中充满了疑惑，这美妇瞧着不过三四十岁年纪，可声音如暮年老妪一般，她原本躲在里屋不愿见人，见了这天蓬尺却立即蹿出，轻身功夫更是丝毫不比灰袍老人差。武岳阳深觉此人身上处处透着古怪，他无法断定对方是友是敌，只好含糊道：“是我的又怎么？”

俞青红将天蓬尺托在掌心，掂了掂，翻转着瞧了一会儿，道：“这是道家之物，怎么会在你的手中？”

“这根木棍是别人送我的，那人想收我做徒弟，我没有答应，只收了他这根木棍做来日相见的信物，你若喜欢，拿去就是了。”武岳阳道。

“此物可是张元顺送与你的？”俞青红盯着武岳阳道，如刀的目光似乎要看透武岳阳一般。

武岳阳挠挠头，看着地上通缉告示上灰袍老人的画像道：“我不知道他是不是叫张什么顺，只知道他似乎是个道士，他让我们叫他灰袍爷爷……难不成这根木棍有什么名堂不成？”

俞青红将手中天蓬尺向竹木地板上重重一顿，道：“他躲在哪里，没与你们在一起吗？”

武岳阳道：“灰袍爷爷临时有事，招呼也没打就不见了。”

俞青红紧绷的神情稍微缓和些，到一旁方椅上坐下，又细细地打量武岳阳一会儿，说道：“那告示上虽未写他的名字，可是化作了灰，我也能一眼认出他来。你别信口胡说，我现下问你，这告示上你的名字也是假的吧？你到底姓武，还是姓张？”

武岳阳怒道：“名字是爹娘起的，又有什么见不得人？我爹是国军145师饶国华治下868团团长武兴华！我是他的独子。武家在邛崃索家岭也算个大户人家，街坊邻居们哪有不知道的？这假得了吗？大丈夫行不更名，坐不改姓！我叫武岳阳！”

“好！”骚猴儿喝了一声彩。

武岳阳固然说得理直气壮，可骚猴儿这一嗓子仍避免不了起哄的嫌疑。俞青红满面杀气地横了骚猴儿一眼，没有跟他计较。

俞青红满腹狐疑道：“你的眉眼，像极了一个姓张的人。”

武岳阳心中琢磨：“这女子所说的隐隐与二爷爷之前告诉自己的相互印证，莫非爹与我真是龙虎山张氏一族？爹与这中年美妇又是什么关系……”他搓搓鼻子，没有应声。

姚青静静伫立一旁，一直耐着性子听俞青红审问武岳阳，这时候已接近天亮，她又累又困，火气上涌，开口道：“还有完没完？我们有任务在身，无端地被你们抓来，该说的不该说的全告诉了你们，到底什么时候放我们走？”

“好厉害的小丫头！”俞青红瞥了眼姚青，面色一沉，“你们的谎话如何能瞒得过我？劝你们别耍花招了！你们既然从邛崃逃到此地，又以盗宝的罪名受到通缉，难道凭空诬陷你们？退一步讲，即便你们没有盗得宝藏，至少也知道些宝藏的消息，你们什么也不说就想大摇大摆地离开，那是做梦！”

“所有的宝藏都被国军特务马三率兵盗走了，你不管想要古籍还是金银财宝，只需找到此人。”武岳阳恨恨道。

“这个马三又在何处？”俞青红道。

武岳阳看看呆立着的麻耗子，悠悠道：“他早逃回南京去了。”

俞青红怒极，闭了眼默默地坐了片刻，道：“把他们送到那儿去！看看他们中有几个铁嘴钢牙。”

“是！师父。”蒙面女子取过几条黑布，分两条与那粗手大脚的丫鬟，要将五人的眼睛蒙上。

骚猴儿将脑袋摇成了拨浪鼓，挣扎起身四处躲避：“哎哎……又要把我们关哪儿去……你们抓错人了，我跟他们不是一伙……”

丫鬟一脚将骚猴儿绊倒，按上去，包粽子一般将骚猴儿鼻眼都给蒙住。

“又要把我整哪儿去？哎哟，别蒙眼哪……奶奶个爪儿的轻点！我招了还不行吗？人是那麻子脸杀的，古籍是那灰袍老道拿走的，其余的宝贝都归了那特务马三。干吗跟我们为难？大美妞……不是不是，天仙姐姐！观音菩萨！我说的都是实话，你行行好，放过我吧……”

蒙面女子听他这么说，喊道：“阿曲，等等！”她拉住骚猴儿，停在门口，等俞青红发落。

俞青红脸色铁青：“别信他鬼话，再敢胡言乱语把他嘴也堵上！”

蒙面女子便不再犹豫，和丫鬟阿曲一起将武岳阳五人推出屋去。

五人被重新推上马车，丫鬟阿曲在前面驾车，蒙面女子跟在后面押车，一行人缓缓向七星山上赶去。东方已经渐白，马车东转西绕，来到七星山的峰顶，最终停在一座黑塔前。

那黑塔塔身为空心八方圆锥形砖石结构，共八层。塔内有石室，石壁上多有石刻浮雕。塔身逐层内收，有蹬道盘旋而上。塔门西向，两侧刻圆弧形“龙柱”，底层藻井刻“二龙抢珠”。

当然这些武岳阳一伙是看不见的，他们五人被蒙了眼分散开来，从一层到五层，每人单独关在一间。

“又要耍什么把戏，你们都长着榆木脑袋还是耳朵塞鸡毛了？要我说多少遍？人是那麻子脸杀的！宝藏是国民党特务盗走的！你们抓了我有什么用？他奶奶的你们这是缘木求鱼，南辕北辙……”骚猴儿尤自唠唠叨叨没完没了，押送他的丫鬟阿曲早受够了他的废话，一脚将他蹬进第一层石塔，厌恶地将铁门锁上。

“哎哟！你奶奶个爪儿……好歹给小爷松绑啊！”骚猴儿趴在地上，拱着屁股低着头一下一下将头上蒙眼的黑布蹭掉，见被独自关在石室中，又扯开嗓子大声叫骂。

蒙面女子秋蝉和粗手大脚的丫鬟阿曲懒得搭理骚猴儿，任由他大呼小叫。两人沿石阶蹬道盘旋而上，将武岳阳、姚青、麻耗子和艄公老孙一一关进黑塔石室。

阿曲从上到下检查一遍，看见并无疏漏，就在塔下放声喊道：“婆婆交代过，先饿你们两天。熬过去了再挨样受零零碎碎的各式酷刑，总要你们供出实话。谁若不想皮肉受苦，趁早老老实实将那古籍交出，咱们也早早放他出来。如若执意隐瞒，便等着死在这儿吧！”

阿曲说罢，驾车与蒙面女子下山回俞府去了。

折腾了这么一夜，天色已大亮。

武岳阳只觉得自己被推着磕磕绊绊地爬了很多层石阶，目前应当被关在一处建在山顶的寺庙或石塔里。

静静地候了片刻，马蹄和车轮声逐渐远去，武岳阳伸腿向四处探了一圈，踢到墙壁，起身来小步挪过去，将脸贴在墙上，蹭了几下，终于将眼睛上蒙着的黑布蹭掉。他环视一周，见身处之地是一间不大的圆形石室。四周石壁上刻有众多形态各异的菩萨浮雕，人物体态圆润，神情宁静而端庄。石壁上设有多处佛龛，然里面佛像或被毁坏或被搬空。武岳阳找到一个石阶，蹲下身去，将手腕上的绳子在石阶边沿刺啦刺啦地磨个不停。

“这是哪儿啊？哎……有人吗？你们几个呢？他奶奶个爪儿的！”骚猴儿走到门口，隔着铁门门板间的缝隙向外张望。

清晨的山林，秋阳初升，雀儿鸣唱。骚猴儿远远地能看出几里远，放眼尽是山林，看不到一间房屋，他嘀咕一句：“给老子关山顶上来了，真打算饿死小爷吗？”又将嘴对准了门缝，向山下放声高喊：“哎……有人没有……救命啊……”

“你省点力气吧！”姚青的声音从头上传来。

骚猴儿得知姚青也在，顿时松了一口气。他抬头向上喊道：“哎呀，你们既然在怎么不说话？”

“折腾了一夜，你不困吗？我要打个瞌睡，你别一个劲儿地鬼喊鬼叫！”姚青哑着嗓子道。她背靠着石壁蹲坐在地上，满脸的疲倦。

“你在楼上？咱们在寺庙里吗？哎，其他人呢？都死啦？”骚猴儿连串问道。

“我也在，咱们被关在一座石塔里面，我在第四层。”艄公老孙被关进石室前，眼上蒙着的遮眼布脱落下来，他便多看了一眼，是以知道众人被关在石塔里面。

“我在你下面这层，应该是第三层。”是麻耗子的声音。

第六十九章　塔顶怪声

武岳阳手上一松，终于将手腕上的绳子磨断了，他抖落绳索，奔到门口，啪啪拍了几下铁门，震得他手生疼，铁门竟纹丝未动。向外面看去，只见树尖都在脚下，武岳阳感到一阵眩晕，叫道："我挨着你，难不成是第五层？"

"我这是第一层，大公子在第二层，麻子在第三层，老孙第四层，书呆子第五层。奶奶个爪儿的，这是哪儿啊？"骚猴儿叫道。

"哎……现在是逃不出去喽。倒霉催的……我眼睛睁不开了，也得先睡一会儿哈。"老孙闭了眼睛，躺下便睡。

骚猴儿仿佛受了姚青和艄公老孙的传染，也觉得浑身酸痛，眼皮沉重，想着已然被困，睡醒了再琢磨逃跑也不打紧，他打个哈欠，跟着悠悠睡去。

麻耗子吸一口气，屏住呼吸，双手在背后一阵扭打，再一张一合，就从绳索间抽出一只手来，紧接着将缠绕在另一只手上的绳索抖落下去。麻耗子在别动队受过特殊训练，必要时可以几昼夜不睡，他闭眼微微打了个盹儿，只三两分钟就醒过来，甩甩脑袋，登时精神不少。他起身来，开始细细打量容身的这层石室。

武岳阳倒是半刻也没睡。他接连着将那十二式怪招从头到尾练了十几遍，只练得浑身大汗，满面通红。最初武岳阳极其讨厌练这套怪招，每日都是因不想在半夜子时受那烈阳丹灼骨之痛才迫不得已苦练，可是练了这些时日，日益发觉，每次练这十二式怪招的时候，都会自小腹升起一股热气，随举手投足而游走全身。每逢练完收招，他全身都会湿透，仿佛周身上下的汗孔都已打开，这时候每每感到神清气爽，浑身似乎积攒了使不完的力气。

最近几日武岳阳更是发现，修炼这十二式怪招不仅能驱散烈阳灼骨之痛，更有驱困止乏的功效。他是受过新式教育的知识青年，自然不愿相信中华武功的神奇和虚妄，可是事实摆在眼前，他亲自体验，确是切身感受到修炼这十二式怪招前后身体上的差异。武岳阳无法简单将其理解为强身健体的结果，心中更是对灰袍老人多了一分敬畏，对武学和道术多了一分好奇。

武岳阳苦练了这么一会儿，虽然驱退了困倦，却引来了饥渴。他在地牢时曾藏了两个白面馒头在身上，其余四人也都多少藏了些食物，逃跑前武岳阳还在长桌上拿回了水囊和盛放着药粉和药膏的几个瓷瓶。侥幸俞青红没有再次搜身，这些东西才得以保存。武岳阳心道，既然那粗手大脚的丫鬟说过要饿五人两日，那便要做好最坏的打算，这两个馒头要留着吃足两日才好。他尝过挨饿的苦头，很是“吃一堑长一智”，这时先做好了规划，将一个馒头掰作两半，只吃了半个。

三两口吃完了馒头，再抿一口水。武岳阳草草应付了肚子，又四处打量起来。石室内建筑构造极其简单，除了墙壁、石壁雕像、佛龛外别无一物。武岳阳转了几圈，再次来到铁门前。铁门厚重，难以毁坏，武岳阳向铁门四周细细摸索，他想在门框、门槛或门轴等相对薄弱的连接处下手破坏。可是他摸了半天，发现铁门并无门框和门槛，仅有根臂粗的铁柱作为门轴，还牢固地嵌在上下石条的凹槽里。只有三个铁环作为铰链连接着门板和门轴。门板以硬木拼成，外面蒙了一层铁皮，虽非浑然一体的铸铁，可绝非赤手空拳所能破坏。

武岳阳使足了力气，狠狠踢了铁门两脚，将愤恨稍作发泄。

麻耗子遇到的情况和武岳阳差不多，他将第三层仔细搜查了个遍，也没找到一丝漏洞。麻耗子微微皱起了眉头，他不相信这么个地方，能将特务困住。

“特务”其实是一个非正规的称谓，内部习惯统称其团体为“别动队”或“行动组”，个体成员称为“组员”。作为最为神秘和特殊的部队，别动队时常要完成一些高危、高强度、高复杂度的任务，稍有不慎就可能前功尽弃，轻则暴露目标打草惊蛇，重则被俘被毙，更可能导致任务内容泄露，给己方带来难以估量的损失，因此别动队对内部成员的个人素质要求极高，甄选极其苛刻。而别动队组员也一向自视甚高，以“四无”作为信条：无破不了之机关、无逃不出之牢笼、无偷不到之情报、无除不掉之敌人。

麻耗子犯了倔劲，趴在铁门上一寸寸寻找漏洞，忽听到头顶砰砰作响，想必是有人在跟铁门过意不去。他伸手在铁门上按了按，又敲了敲，听到几声闷响，当即打消了在铁门上做文章的念头。

铁门牢不可破，周围墙壁又都是厚重坚硬的岩石，武岳阳再三寻查，最终将目光投向头顶和脚下。石室顶部和底部都是以长石条层层磊建，接缝处抹以石灰，由于年久受潮，多处生了青苔，尤其是头顶，青苔连成了片，如斑癣般一块块黏在石条上。

武岳阳搬过两个佛龛，摞在一起，拾了半截断木爬到佛龛上面，以断木剥落一片青苔，露出后面的石灰来。武岳阳再以断木尖端刺挑石灰，石灰早已被青苔侵蚀成颗粒状，随尖木沙沙掉落。武岳阳见小有成效，心中燃起一丝希望，也不顾断木尖端已经磨秃，仍仰着头，举着酸胀的胳膊，一点点将两块石条间的石灰刺落。

麻耗子与武岳阳思路相反，他想到即便挖穿了头顶或脚底的石板，从洞口爬出，也不过上到四层或者下到二层中去，最终还是在这石塔里。他想的是一步到位，“何不从墙壁上开个洞，直接钻出塔去？”

麻耗子身上原本藏着四把匕首，先前与灰袍老人在船上搏斗时，落入江中两把，另两把被武岳阳搜去，代为保管了一段时日，刚刚还给他，又被那蒙面女子秋蝉夺了去。如今他身上别无长物，只有一块从地牢中带出的冷馒头。麻耗子绕着石室转了好几个圈，一块块石条看过去，最终选中了门口旁边的一块方石。他抓起一片碎石在墙上做好了记号，掏出馒头大口吞嚼。

姚青翻来覆去怎么也睡不踏实，恼怒地起身来，在石室角落里找到几张草席和一个瓷碗，几双筷子，显然这层石室先前关押过什么人。她一脚将碗踢碎，背对着捏起一片碎片，割起手腕上的绳索来。没多大的工夫将绳索割断，她活动一番手脚，舒舒服服地躺在草席上，重新睡过。

石塔一层、二层、四层都相继响起了鼾声。

武岳阳和麻耗子各自忙碌着。武岳阳仰着头，举着手，颇为费力，费了好半天工夫，也只草草将一块石条清理干净。

麻耗子这边情况要好一些，毕竟侧壁清理起来要比棚顶容易一些。他从一堆破碎的佛龛木架中翻出几颗锈迹斑斑的洋钉，以石块砸进一根木条当中，制成一支简易的箭状利器，借此清理石缝间的石灰和沙砾。

事实证明武岳阳和麻耗子过于异想天开。无论棚顶还是侧壁，都是由大块的方石拼结叠压而成，石块间的缝隙以石灰勾填抹平，使得整座石塔浑然一体，极其坚固。武岳阳和麻耗子费了好半天的劲，才沿着挑中的石块四周挖出浅浅几道窄缝，而这几道窄缝，也只是剔除了石块和石块之间微量的泥沙和石灰。而若要将棚顶或侧壁破坏出一个能够供人钻出的洞口，仅仅挖落些石灰和沙石显然是不够的。

武岳阳从佛龛上跳下，左右扭扭脖子，扒拉掉头发上的尘土，再看看手中的断木，尖头早磨秃了，他心中暗道：“这么挖，怕是挖半年也出不去！”他有些丧气，抹一把汗，将断木使劲摔在墙上。静了好一会儿，武岳阳突然发现，自己一时心血来潮不计后果地乱挖乱戳棚顶，是多么愚蠢的主意。这么挖，多久能挖穿且不说，即便挖穿了，难保棚顶不塌下来，届时不仅逃不出去，怕是得个全尸也是妄想。

麻耗子倒懒得想那么多。他一味低头猛挖，不大一会儿就挖出两小堆沙土，锈迹斑斑的洋钉也被他磨得滚烫锃亮，只是尖头已经变作了圆头。麻耗子换了根洋钉，继续猛挖，遇到一个难题，洋钉不过一寸长短，可是黑塔墙壁厚逾两尺，麻耗子越挖越有一种鞭长莫及的感觉。不过他不在意，愚公移山，贵在坚持，他始终相信一点：无逃不出之牢笼。麻耗子毫不鄙惜力气，一刻不停地沿着石缝乱挖乱戳。

突然间，一阵“咔咔”的敲击声自黑塔上层传来。麻耗子停下挖掘，侧头静听。这敲击声不紧不慢，一下跟着一下，节奏平缓，轻重一致，有些像敲木鱼的声音，却又不如木鱼声悠扬、空灵，相比要清脆、铿锵很多。麻耗子断定这声响绝不是武岳阳发出的，他凑到门缝上，抬头问：“武……武岳阳，咳咳……你听到了吗？”

武岳阳早听到这“咔咔”的怪声，他仰起头，向上面张望，敲击声毫分明从头顶传来。“难道上面还关着其他人？”他寻思道。

武岳阳不理会麻耗子的问话，仰头叫道：“上面有人吗？”

“咔咔”的敲击声丝毫没有受到影响，仍旧一下跟着一下。可是武岳阳和麻耗子都从这敲击声中捕捉到一阵脚步声。

脚步来自黑塔外面，由远及近。

第七十章　石木鱼

丫鬟阿曲拎着一个竹桶上山来。

骚猴儿睡得直流口水，听到脚步声却机警地一骨碌爬起。他跑到门口，从门缝望出去，见那粗手大脚的丫鬟拎着竹桶向黑塔走来，咧嘴叫道：“我还以为你们真打算饿我们两天呢……那可要命了。姑娘真是菩萨心肠，我正饿得肚子咕噜咕噜叫，你就送吃的来啦。哈哈哈，姑娘行行好，先给我松了绑吧！”

丫鬟阿曲瞥骚猴儿一眼，并不回话，拎着竹桶从黑塔第一层门口走过，顺石阶向上面爬去。

“哎，哎！你从下往上分哪！先分给我呀，喂！你聋啦？”骚猴儿眼巴巴地看着丫鬟阿曲消失在头顶。

阿曲在第二层也没有停留，这么一直爬上第三、四、五层，仍旧没有停下的意思，拎着竹桶上到黑塔第六层。

姚青和艄公老孙先后被惊醒，眼看着阿曲漠然地经过门前。

“腊肉！是蒸腊肉！错不了的！”骚猴儿鼻翼翕动，舔着嘴唇叫道。

武岳阳也闻到一股菜香味，他扒着铁门向外面张望。阿曲有意无意向石室内看了几眼，看到武岳阳等人脱掉蒙眼的黑布和捆手的绳索也并未多管。

黑塔的各层建筑格局完全一致，每层石室的铁门均朝西而建，第六层石门在第五层石门的正上方，从上向下，能看到每层石室的外壁，可从下向上，则除了天空什么也看不见。武岳阳只看到阿曲从自己所在的第五层石室铁门前走过，沿石阶向斜上方转去，上到第六层，就完全看不见了。

在一下跟着一下的“咔咔”敲击声中，六层突然响起“当当”两声脆响。武岳阳听出这是手指敲击铁门的声音，暗忖道：“看来那六层和这五层也没什么分别，同样都是石墙铁门。”武岳阳又听到竹桶盖拿起放下的声响，想必是阿曲从竹桶中取出了饭菜给六层石室中关押的人。紧接着一阵脚步又沿石阶爬上七层。

“难不成第七层也关了人？”武岳阳寻思道。他将耳朵凑到门口屏气静听，可是石塔上部那怪异的“咔咔”声毫不间断，武岳阳听不到更多的声响。他正疑惑间，阿曲拎着竹桶从六层下来，在第五层石室的铁门前停下，看武岳阳一眼，又一步步地下到四层去。

阿曲沿石阶逐层走下。骚猴儿见她在门前停住，急忙叫道：“你把吃的全分给他们到我这就一点儿也没有了？凭啥？你们他奶奶个爪儿的摆明了欺负小爷是不是……”阿曲听他满口污秽，嫌恶地瞪他一眼，骂道：“饿死你这臭猴子！”说完顺来时的小路，下山去了。

“哎……别走哇！你想知道什么我全告诉你，你放我出去，姑娘！姑娘……他妈的，你给小爷回来！回来！放老子出去！等我出去，不赤条条地把你捆起来我就随你姓！”骚猴儿破口大骂道。

“她带来那些吃的根本不是给咱们，这塔上好像还关着别的人呢。她早走远了，你别喊了。”姚青懒洋洋地劝道。

“放我出去放我出去放我出去……”骚猴儿使足力气，猛踢了好几十脚，将铁门踢得咣咣响。这么发泄了一通，他一屁股坐在地上，呼哧呼哧大口喘着粗气，怒气仍无法消散，他晃晃膀子，开始跟手腕上绑着的绳子较劲。

姚青自怀中掏出一个白面馒头，举到嘴边停住，她对着门口道：“我这还有一个馒头，咱俩一人一半儿吧。”

骚猴儿身上可没有藏半块馒头，他肚子早就饿得咕咕叫了。这会儿正背对着铁门，骂骂咧咧地在门板下沿磨手腕上的绳索，听姚青这么说，他反倒有些不好意思：“大公子，我……我还不饿……再说了，这铁门都锁着，你怎么给我？你自己吃了吧。”

姚青知道骚猴儿死鸭子嘴犟，就不跟他多啰唆。她将割断的绳索分成多股，重新连接成近丈长的一根长绳，将半块馒头系在一端，从门缝中塞出去，慢慢地顺到一层。

“看见了看见了！”骚猴儿欣喜道。

“你倒是接过去啊！”姚青急道。

“我手上的绳子还没磨断呢……你等等，快了快了！”骚猴儿蜷缩成一团，将绑着的双手从后背用力伸到臀下，绕过双腿和两脚，绕到身前。他找到结头，用牙咬开，顷刻间解了绳索。

骚猴儿抖落绳索，从门缝中伸出手来，一把抓住馒头，拽进石室内。他两口就吃掉了这半块馒头，仰头道：“大公子，还……还有吗？”

姚青很是无语：“我自己也只吃了半块，你以为我不饿吗？我这儿还有些水，你喝不喝？”

“喝喝喝。”骚猴儿噎得真翻白眼。

姚青提起绳索，又顺下去一个水囊。

“大公子真是救命的观世音菩萨啊。”骚猴儿一口气喝干了水，重新将水囊绑在绳索上。

姚青拉回绳索，见水囊中滴水不剩，摇头道：“我只是忘了提醒一句，你还真一点儿水也不留，吃喝完了这顿，明儿个扎脖是不是？”

“大公子，我一时大意……没事儿，你不用担心，他们那儿可是带了不少吃的呢！”骚猴儿仰头大叫，“哎！老孙老孙！你不是揣了四五个馒头吗？你顺几个下来咱们分分！”

艄公老孙在蒙面女子上塔送饭的时候惊醒过来。他等蒙面女子下山去，就忙不迭地在铁门门沿上磨起了绳索，只一会儿的工夫就将绳索磨断了。

骚猴儿扯脖子喊艄公老孙，他正就着凉水大口啃着白面馒头，听到骚猴儿喊自己，一阵心慌，暗道：“天知道袍哥会关我几天，这几个馒头说不上就是救命的粮食，可不能分给这些娃娃。”他计议已定，开口道：“你们早些说哟！我起来饿得慌，一口气把那几个馒头都吃了，哪还剩了嘛。”

“他奶奶个爪儿的，你也不怕撑死！”骚猴儿叫骂道。

姚青冷笑一声，心里明镜似的：“骚猴儿，你省些力气吧。老孙上有老，下有小，他是使力气的，多吃些那也没什么不对。你没吃饱，还是问问上头那哥俩儿吧。”

艄公老孙一阵脸红，诺诺道：“是啊……是啊，我吃得多……”

骚猴儿又仰头大叫：“上面那两位！麻子！书呆子！你俩死没死？有没有啥吃的？”

麻耗子在营救武岳阳四人之前，曾潜伏在茶楼一个时辰，顺手揣了两把油盐蚕豆在身上，早上起来，他只吃了几颗，剩下的都用油纸包着塞在怀中。

“有几颗蚕豆，怎么给你？”麻耗子抹一把汗。墙上石缝间的泥土被他掏出来小山似的两堆，左右两边一边一堆，呈锥状贴在墙壁上，很是对称。

“你搓开绑手的绳子，连成长绳，将蚕豆绑在绳子上，慢慢顺下来。”骚猴儿喊道。

“好。”麻耗子答应一声，就开始搓长绳。

武岳阳两个馒头只吃了半块，剩下的打算留半块给自己，另一个要分给骚猴儿。他捡起几截绳索，也开始搓起长绳来。

黑塔上层那怪异的“咔咔”声这时忽然停了。

武岳阳和麻耗子立即有所觉察。两人侧耳倾听，头顶先是传来哗啦哗啦的铁链声，紧接着响起一阵似笑非笑似哭非哭的嚯嚯声：“老四，你终究是忍不住嘴馋，连石木鱼也不敲了。”

“嘿嘿，吃完再敲也是一样。”又是哗啦哗啦几下铁链摇晃撞击声，那称作“老四”的人笑道，“果然是蒸腊肉，塔底下那小子鼻子倒是灵光。还有酒，嘿嘿，大师兄，今个日头莫不是从西头出来了？你说那妖妇又要耍什么阴谋诡计？”

“事出无常必有妖，反正不是好事。”被“老四”称作“大师兄”的那人道。

“管她那么多！酒也喝得，肉也吃得，有毒也不妨。黄泉路上总有大师兄做伴，也不怕做一条孤魂野鬼，哈哈。”老四笑道。

“嚯嚯……她倒舍不得咱们兄弟死，给咱们吃个甜枣，要玩软刀子哪。”大师兄道。

“我瞧着跟下面这几个新关进来的崽子有关，咱们瞧好吧！”老四嚼肉喝酒，嘴里含糊不清道。

“十二年了，她还是不死心。嚯嚯……”大师兄又是一阵怪笑。

这二人不再言语，想必是正忙着闷头吃饭。武岳阳没想到六层、七层都关着人。这两人不仅被关在石室当中，而且似乎更被铁链所禁锢着，他俩到底是什么人？他二人所说的“妖妇”必是俞青红无疑了，他俩又是怎么得罪了俞青红，以至于被囚禁十二年之久？武岳阳暗自揣测，百思不得其解。

麻耗子同样觉得匪夷所思，他脑中犯着琢磨，手上结绳就慢了些。

骚猴儿苦等半天，不见塔上顺吃的下来，心头火起，仰头骂道：“我先前推脱说人是你杀的，只是骗他们的权宜之计！难道我出去了不会想法回来救你们？为这事你们就只将吃的留给自己独吞，见死不救！也太他奶奶的小心眼儿了！”

武岳阳和麻耗子都觉得哭笑不得。麻耗子不善言辞，并不辩解，结好了绳索，拴住那包蚕豆，慢慢向塔下顺去。他那绳索不够长，只能顺到二层。姚青就接过蚕豆，接力传到一层给骚猴儿。

骚猴儿接过蚕豆，对麻耗子自然千恩万谢，同时又骂武岳阳不讲义气。

五层石室门缝狭窄，馒头塞不出去，武岳阳收回馒头，想将馒头压扁后塞出去。他知道这个馒头一旦分给骚猴儿，自己就有可能要挨饿了。武岳阳想起了在山洞里与二爷爷灰袍老人打赌挨饿的情形，他脑中混沌一片，却清晰地浮出一个名字来：铁木鱼——徐凤春。

第七十一章　天黑交谈

“铁木鱼”和“石木鱼”，这两者是什么关系？俞青红和二爷爷分明有着什么恩怨，这“大师兄”和“老四”两人又为何被俞青红困在黑塔里十二年之久？他二人会与二爷爷相识吗？“老四”会不会就是二爷爷所说的徐凤春？那“大师兄”又是谁？武岳阳模糊记得灰袍老人讲过天师座下大弟子是那轻身功夫极好的“风火轮”魏芝祥，难不成第七层石室中的“大师兄”就是他？武岳阳倚着铁门，心头泛起层层巨浪。

“姓武那书呆子！小爷口渴了，你有水没有？”骚猴儿叫道。

武岳阳不想理他，又怕他没完没了地纠缠，就回了一句：“我这水也不多，你先忍忍，总得留些水熬过明日吧？”

“嘿你奶奶个爪儿！不愧是读过书的，推三阻四倒真有一套，小爷这就从这破屋子里出去，你留着馒头和水在这破塔里过日子吧！”骚猴儿叫骂道。

“别吵了！”姚青娇喝道，“咱们是得尽快从这儿逃出去，多耽搁一日，追寻马三就困难一分！若等他回到南京，那真是放虎归了山，再难与他为敌。咱们必须尽快赶路，在他回到南京之前追上截住他。”

“大公子说得好！我早就憋了一肚子的气，他奶奶的！咱们招谁惹谁了？被那臭娘们稀里糊涂地关到这里来。咱们既不是狐狸也不是白蛇，干吗当妖怪似的压在塔里？咱们这就拆了她这破塔！”骚猴儿跳脚道。

姚青四处看了看，眉头微皱：“吹好大的牛皮！这铜墙铁壁的，怕是不容易逃出去，赶紧想办法要紧。”

“碰到别人也就算了，可是他们碰到的是猴爷爷，就是李天王的宝塔，咱也能钻出去！”骚猴儿从门缝中伸出手去，竭力伸长胳膊够到铜锁，他以指尖将铜锁翻转过来，歪着脑袋瞧了瞧锁孔，“你别忘了，上山以前，俺可是学过手艺的！”

姚青听到骚猴儿翻转铜锁，就贴到门缝向下张望，可是根本看不到，她急问：“你会开锁？”

“这种铜锁沉重牢固，专门防止有人以蛮力打开，以棍撬，以锤砸怕是都不管用。”骚猴儿看了看锁眼，撇撇嘴，当啷一声将铜锁放下。

“怎么？打不开？”姚青道。

骚猴儿得意道：“到咱手里就没有打不开的锁！在山上看守秧子房，我可从来都懒得用钥匙……”

“你别吹了！你倒是能不能打开？”姚青斥道。

“只需一根长针，半截细铁片也行。”骚猴儿抠着鼻孔道。

姚青怒道：“合着这么半天你说的都是废话！咱们被关在这儿，还能去哪儿给你找长针和铁片？”

“那我就没办法了，锁孔狭窄细长，只有以掰弯的长针伸进去，压住簧片，才能打开。”骚猴儿叹声气，慵懒地躺倒在地上。

姚青浑身上下翻了一遍，除了脖子上戴的一块云纹玉佩，别无一物。姚青仰头喊麻耗子：“麻子！你可有长针或细小的铁片吗？”

麻耗子木然道：“咳咳……叫我麻耗子，或者麻六……”

“有还是没有？”姚青很是不耐烦地催促。

麻耗子无奈道：“……倒是有几个洋钉，咳，咳……只是都已磨秃了，能用吗？”

骚猴儿没有回话，姚青以为他没听到，代为传话道：“麻子问你洋钉能不能用！”

“我听到了。”骚猴儿懒洋洋地仰头喊，“洋钉不行，没法掰弯啊……算了，你还是顺下来我试试吧。”

麻耗子从木板上抠下一颗洋钉，系在连接起来的长绳上，顺到二层，再由姚青顺到黑塔底层。骚猴儿顺利接过洋钉。可是结果如料到的一样，洋钉原本就不长，又被麻耗子磨掉了尖，只剩下半寸长的一截，骚猴儿稍作比量就将洋钉丢到一旁，冲门外叫道：“你拿它干啥了？怎么磨得只剩这么一点儿？不合用！”

“你用不了就还我吧，咳咳……”麻耗子咳喘着说道。

“都磨成这样了你还能用它做啥？”骚猴儿嘀咕一句，拾起洋钉，仍将它系在长绳上，经姚青返还给麻耗子。

麻耗子想反正出不去，既然没有更好的办法，那就以自己的方式解决问题——他继续用那半截洋钉挖掘石缝间的泥土。

“老孙！你还醒着吗？”姚青喊道。

艄公老孙听到三人的对话，知道是问他讨要撬锁的长针或细小的铁片，他直接回答道：“我哪有长针和铁片嘛，你问问五层的小哥噻。”

“我隔着这么远，怕是再大声他也听不清。你帮忙问问他就是了！”姚青道。

艄公老孙哦了一声，仰头问武岳阳：“上面的小哥，下面问你有没得洋钉一样结实的小玩意儿，他们拿来撬锁用。”

武岳阳正独自发着呆，他琢磨了好半天，最终还是觉得不妨试探着与关在黑塔六层、七层的两个怪人交谈几句，确定这二人的身份再进一步行事。他听到下面喊话，四周找了一圈，并未发现任何可用的撬锁之物，于是回答道：“我这也没有，你们再想想别的办法吧。”

姚青哪肯善罢甘休，她找不到撬锁的工具，又打起铁门的主意，撬门轴、抠门环……连排放粪便的沟槽也用石块砸几下，自然少不了一番忙碌，暂且不表。

却说武岳阳打定主意要与六层、七层的两个怪人搭几句话。他酝酿了半天，终于准备好了说辞，六层却又响起了“咔咔”的敲击声。“想必是那叫作‘老四’的怪人吃完了饭菜，又恢复了他的消遣活动。”武岳阳寻思道。

七层好半天不见有半点动静，武岳阳原以为“大师兄”和“老四”还会聊几句，可没想等了半天，这二人也不再交谈一句。武岳阳舔舔嘴唇，使劲干咳一声，对着门外大声说道：“上面的两位前辈，可识得‘活死人’张元顺吗？”

这一句话，犹如晴天霹雳一般，六、七层石室中的两个怪人一齐愣住。武岳阳听到“吧嗒”两声脆响，像是木槌落在地上的声音，“咔咔”的敲击声立即停住。

武岳阳又问一遍：“两位前辈，听过‘张元顺’这个名字没有？”

过了好半晌，七层突然传出鬼哭狼号般的声响：“嚯嚯嚯嚯……”

武岳阳、老孙、麻耗子、姚青和骚猴儿全都忍受不住这刺耳的怪叫声，五人一齐捂住耳朵，抱着头，痛苦不已。

过了好一会儿，怪叫声停住，七层那“大师兄”缓缓道：“老四，别上了那妖妇的当！”

“哈哈，没那么容易。”黑塔六层中那“老四”笑道。他刚说完话，六层又“咔咔”地响起了敲击声。

“两位长辈没有必要对我们设防，我们五人也是受俞青红所害……您二位不相信我们也在情理之中，可是一定要回答我的问题：张元顺，你们认不认识此人？”

“咔咔”的敲击声加快加重了很多，“大师兄”和“老四”两人并不回答武岳阳的问话。

武岳阳急得红了眼，赌气似的迎着“咔咔”的敲击声叫道：“你们不说我也知道，你们一定认识张元顺！而且我还知道两位前辈的姓名！”

“咔咔”的敲击声如疾风骤雨一般，一声一声强烈而密集。

武岳阳又道：“六层敲木鱼的是‘铁木鱼’徐凤春，七层的是‘风火轮’魏芝祥。我猜得对不对？”

两个怪人并不回答武岳阳，只以“咔咔”的敲击声回应着他。若武岳阳不说话，敲击声就平和缓慢一些，而每逢武岳阳说话之际，敲击声就加快加重，明显是故意与武岳阳作对，不愿听他多说。

武岳阳又气又怒，他敢断定自己的猜测没有错。他想不明白两位长辈为什么不肯承认，难不成有什么苦衷？武岳阳气鼓鼓地躺下，独自生着闷气。

躺了一会儿，武岳阳悠悠睡去。过了晌午，日头偏西，阳光从铁门的门缝中照射进来，晒到武岳阳的脸，将他照醒。

六层“咔咔”的木鱼声一刻也不停歇。武岳阳没觉得受到影响，黑塔底层的骚猴儿却不胜其烦，高叫道：“敲敲敲！有完没完了？吵死啦！”可是他的抗议毫无用处，这“咔咔”声又从晌午一直响到日落。

武岳阳无计可施，他既找不到逃跑的办法，又无法与六、七层的两个怪人有效沟通，他感到深深的无奈，强迫自己先安下心来，静观其变。武岳阳将佛龛拆下的木板平铺开来，困了就席地而睡，醒了就练几遍那十二式怪招，倒也不觉得难熬，只是腹中饥渴。等到天色将黑，武岳阳吃下半块馒头，喝了两口水，草草糊弄了肚子。

远处又传来一阵脚步声，丫鬟阿曲来黑塔送饭给六、七层的两个怪人。

骚猴儿先是苦苦哀求，之后放声怒骂，可谓软硬兼施，也没能让阿曲给他留下半口食物。

武岳阳把剩下的一个馒头顺到塔下，麻耗子、姚青和骚猴儿将这个馒头和早晨剩下的半包蚕豆分食干净，又将水轮流喝了。艄公老孙掏出私藏的馒头和水，静悄悄地大口吞咽。

寒气涌起，夜幕降临，一轮圆月不知何时滚上了天空。

“咔咔”的木鱼声终于停歇了。武岳阳又练了几遍十二式怪招，正准备躺下睡觉，忽听到六层的“老四”道：“那丫头终于走了。”

“她偷听了一天，倒真能沉住气，嚯嚯……”七层的“大师兄”怪笑道。

“想跟咱们耗？那可不成，哈哈！”六层中的“老四”又道。

“你问他吧，这娃娃有些古怪！”“大师兄”道。

“嗯！”六层中那怪人答应一声，锁链哗哗一阵响动，那人问武岳阳道，“五层的小子，你是什么来头？”

第七十二章　同门相认

“我……”武岳阳张了张嘴，想回答是张元顺的徒弟，话到嘴边又觉不妥。论起辈分来，灰袍老人张元顺该与武岳阳隔着一辈儿，而这二人若当真是“铁木鱼”徐凤春和“风火轮”魏芝祥，则矮张元顺一辈儿，高武岳阳一辈儿。武岳阳犹豫着，石塔六层那敲木鱼的“老四”说道：“白日里那蒙面的丫头在塔下偷听，说话不方便，我们便没有理你。现今她走了，有话不妨直说。”

武岳阳恍然大悟，哦了一声，说道：“我是张元顺的徒孙，觉得与两位前辈有些渊源，因此斗胆相问。”

“嚯嚯！”黑塔七层传来大师兄两声怪笑，“你就这么‘张元顺’‘张元顺’地直呼你师爷的姓名吗？”

武岳阳懊恼地拍了拍自己的脑门，怨自己大意了，江湖中人，最是讲究礼数，哪有直呼长辈姓名的道理？武岳阳急忙解释道：“他并未正式收我入门，平日里我都称他‘二爷爷’的。”

“嚯嚯……有何凭证？”大师兄怪笑道。

武岳阳想了想，灰袍老人并未留下什么信物，如果勉强算来，天蓬尺倒算一件，当即回答道：“二爷爷回山前，给我留了一根叫什么‘天蓬尺’的四棱木棍。”

“从门缝里伸出来，老四，你看一下。”大师兄又道。

老四嗯地答应一声，紧接着黑塔第六层的铁门响起咔啦啦一阵声响，铁门底部被拉开半尺宽一道豁口。

武岳阳仰头道：“眼下可没法给你们看，那根木棍被他们袍哥的女头领拿去了。”

“嚯嚯嚯嚯……”又是一阵怪笑，大师兄叫道，“你推脱得倒是干净，没别的信物吗？”

“他还教过我一套怪招，共有十二式。”武岳阳道。

“说来听听。”老四道。

武岳阳不虞有他，从头到尾将那十二式怪招说了一遍。

“这是什么拳？像是形意，又似太极，却又都不是。这可奇了，大师兄，你可识得？”六层铁链哗哗作响，显然老四按武岳阳所说的招式比画了几下。

大师兄沉吟半晌，说道：“我也不识得此拳，闻所未闻，不过，这套功法走的是道家的行气法门，确是咱们龙虎山的东西。”

“我怎么从未听说过？”老四问道。

“嚯嚯！他们张家的秘密还少吗？”大师兄怪笑道。

老四长叹一声：“那倒是……”

武岳阳等着这二人继续发问，可两人好半天也不说话。武岳阳哪里沉得住气，问道：“你们怎么不说话了？还不信我吗？”

六七层沉寂片刻，老四缓缓道：“你姓甚名谁？到底想干什么？”

武岳阳道：“我叫武岳阳，只想问两位前辈是否是‘风火轮’魏前辈、‘铁木鱼’徐前辈。”

大师兄突然厉声道：“小贼！你从何处偷学了这套功法？快说！快说！”

武岳阳心头火起，说道：“招式能偷学，呼吸吐纳的诀窍也能偷学吗？我听到你们被困在这塔中十二年之久，心中老大不忍，或许我想错了，你们大概是已经习惯了在这儿过笼中鸟儿一般的生活，那也由得你们，算我多问了，我们自己想办法便是！”

“放屁！放屁！”大师兄气急败坏地骂道。

武岳阳知道自己这几句话说重了，可是这两位前辈顽固又多疑，这么审问个没完没了，白白地浪费了时间，他不得不出此以退为进的下策。

老四轻咳一声，说道：“大师兄，你休要跟他着恼，且听我问他几句。”

大师兄嚯嚯冷笑两声，却不说话。

“小子，我能再问你几句吗？”老四道。

武岳阳冷哼一声：“还有什么要问的？我说了你俩也不信！”

“那倒未必。”老四加重了语气，“事关重大，不得不谨慎。谁知道你们是不是那妖妇派来演戏的。”

“哼！你问吧！”武岳阳没好气道。

“你若当真见过张元顺其人，应当知道他的相貌、性情，请详细说来。”老四道。

“我当是什么难题呢。”武岳阳揉揉眉心，仰头对着门缝道，“二爷爷方脸大耳，双目精光四射，面色红润，英雄浓眉，头上挽着发髻，下颌留有三髯长须，身上穿一套藏青的道袍。”

老四听着武岳阳的描述，眼睛望着虚空，仿佛眼前就站着这么一个仪范清冷、湛然矍铄的老者。他心中如洒了五味瓶，泛起各种滋味，轻叹道：“只这些吗？”

“二爷爷说话有些古怪，他的声音沙哑低沉，像是喉咙里塞了什么东西，且口音浓重，如‘整齐’、‘力气’、‘喜欢’等词句，他总会反过来说成‘齐整’、‘气力’、‘欢喜’……”武岳阳想说“我爹也是这样”，生生咽了回去，又道，“二爷爷功夫了得，寻常人十几个都不是他的对手，他轻身功夫更好，跑起来姿势很是怪异，全身僵硬，手脚绷直，跟木人一般，可并不比马慢。”

武岳阳讲到这里，六七层那一对师兄弟已经信了他。武岳阳继续道：“除此之外，我还知道一些龙虎山上的事情，可您二位的身份我还不确定，先不说了。”

过了好半晌，老四道：“大师兄，看来这小子不像是冒充的。只是我想不明白，龙虎山的山门什么时候这么容易进了？这小子是什么来头，还未正式入门就能让五师叔出活人坑亲自授艺，此事好生古怪！”

大师兄怪笑几声，说道：“嚯嚯！我倒更是好奇，那妖妇干吗把这小子抓到这儿来陪咱哥俩儿，天底下哪有这么巧的事？她不会不知道这小子的身份吧？”

“哼哼，难说……”老四想了想，悠悠道，“小子，我们不管你是谁，也不怕你使什么阴谋诡计。咱兄弟就是你说的那两人，我是徐风春，上面的是魏芝祥。你有什么话说？”

武岳阳喜道：“果然是两位师叔！这就好办了。适才多有冒犯，恕晚辈不能当面给两位师叔磕头认错，嘘寒问暖的话也不多啰唆了，此处不是说话之地，等出了这石塔少不了与两位师叔长谈一番。现下咱们务须想办法尽快逃出去。敢问两位师叔，可有什么好主意？”

徐凤春长叹一声，说道：“寻常囚牢，又如何能关得住我们老哥俩，这黑塔于明嘉靖年间所建，从顶到底，整个塔身全部由铁青色砖石砌成，坚硬非常，历经四百年风雨，丝毫未损。若我和大师兄行动自如，或许有法脱离，可是……哼哼，那妖妇可不是吃素的。”徐凤春说着故意抖了抖铁链。

武岳阳听到哗哗的铁链声，猜到俞青红定是忌惮二人道术了得，故意以铁链禁锢二人，预防其逃跑。武岳阳道：“你们被捆了十二年，就一点办法也没有吗？”

徐凤春意兴阑珊道：“有和没有都是一样，不说也罢。”

“四师叔，可别把人瞧扁了！需知鸡鸣狗盗之辈，也各有一技之长。有什么法子你说出来，即便有一丝希望，也总比憋在你肚子里烂掉要好。”武岳阳耐心劝道。

“他不死心，你说与他听听也不妨。”魏芝祥道。

徐凤春答应一声，说道：“你们若要逃出去还简单些，以钥匙开了铁门上的锁便可。我们老哥俩怕是要死在这塔里了，我们身上的锁，可没有钥匙。”

“怎会没有钥匙？”武岳阳奇道。

“锁眼被铸死了。”徐凤春淡淡道。

武岳阳说不出话来。

隔了一会儿，徐凤春又道：“底层那话最多的小子先前说过他会开锁，可是真的？”

武岳阳忙道：“或许是真的，可是这塔里找不到撬锁用的细小之物。”

“我这儿有一枚钢针，给他试试吧。”徐凤春道。

“嗯嗯，可是你怎么将它送下来呢？”武岳阳问。

徐凤春没有回答，自顾自喃喃道：“‘银针穿红线，新妆为谁看？’我将你藏在这石木鱼当中，已有十二年之久，十二年，针还在，不知红线还在不在……”他将石木鱼抓起，捧到眼前看了看，猛地摔到地上，石木鱼顿时碎成一堆粉末。

武岳阳听到黑塔六层咔嚓一声脆响，紧接着是铁链哗哗声和衣服刺啦刺啦的撕裂声。

“我将钢针扎进一块木板中，顺了下去，你们接好。”徐凤春道。

武岳阳所在第五层的门缝狭窄，他无法伸出手去接住绑了钢针的木板，只好喊徐凤春继续往下顺，直到艄公老孙接过木板去。

艄公老孙再将木板顺给石塔二层中的姚青，姚青喊醒骚猴儿，将木板传给他。虽然夜色浓重，幸好天空圆月高悬，不至于让人成了睁眼瞎。风吹得细绳来回摇晃，木板就在塔外荡起了秋千，从六层到四层，再又四层到三层，再又二层传到底层。这一番接力，尽管每层传下去都不是很顺利，却总算磕磕绊绊地完成了。

骚猴儿找到钢针，可是对着月光根本看不清锁眼。他仰头喊道："你们谁带了洋火？"

众人一齐傻眼，原本倒是有几人带了几盒洋火，可是被袍哥关进地牢后，都被搜了去，等到麻耗子救大家出来，急切间，谁也不曾从地牢长桌上拿回。

"这啥也瞧不见，咋撬啊？等天亮再说吧！"麻耗子骂骂咧咧地又躺下了。

众人没有办法，只能眼巴巴地等着天亮。

第七十三章　撬锁

武岳阳抱着膀子，蜷缩成一团，半睡半醒熬到天亮。

姚青也是早早被冻醒，她拍着铁门大声道：“骚猴儿，别睡了！”

骚猴儿极不情愿地爬起来，揉揉眼睛，打了个哈欠。

“奶奶个爪儿的，冻死了，嘶……哈……”骚猴儿搓搓手，从地上找到木板，拔出钢针来，用石块将一端砸个小弯钩。他从门缝伸出手去，抓起铜锁，将头探过去，眯缝着眼睛向锁眼里打量。瞧了一会儿，骚猴儿将砸成了弯钩状的钢针从锁眼里伸进去，扭了扭，又拽出来，再用石块砸几下，将弯钩扩大少许。

姚青扒着铁门的门缝向下张望，只瞧到骚猴儿托着铜锁不停地捅咕着。

“成了吗？你到底能不能弄开？”姚青催促道。

骚猴儿一言不发，全神贯注地将弯钩重新插进锁眼，微微转动弯钩，一推，一拉，只听铜锁发出“咔嗒”一声脆响。他嘴角一侧翘起：“真没意思，这锁太好开了。”

骚猴儿故意将铜锁丢到地上，并使劲晃动门闩，大声告诉众人：“俺小爷可出来了！”

铁门哐啷一声，被骚猴儿向外踢开。

武岳阳、麻耗子和艄公老孙都很感到意外，没想骚猴儿竟真没有吹牛，这么容易就撬开了锁。武岳阳和麻耗子又是欣喜又是着急，一边盼望着麻耗子也能顺利地将这儿层的铜锁尽数撬开，早早救大伙儿逃出这黑塔去，一边又担心那粗手大脚的丫鬟碰巧赶来送饭，破坏众人逃跑。两人一会儿向塔下俯视，一会儿向山下张望，眼中尽是焦急。

艄公老孙更是急得像热锅上的蚂蚁，他看着骚猴儿开了锁，从底层黑塔中出来，脸上的死灰之色一扫而空，像是抓到了救命的稻草，想立即喊骚猴儿先来救他出去，可又放不开脸皮。眼见骚猴儿蹲在黑塔二层铁门门口，捧着铜锁翻来覆去撬了半天也没撬开，他忍不住道：“我这儿还有两个白面馒头，全是给你留的……你先吃了嘛，有了力气才好专心开锁……我这层的铜锁看上去要容易好多，要不你先撬它试试……”

他不说这番话，骚猴儿或许不会针对他，可是听他这么说，显然是先前藏了馒头准备留给自己吃独食。骚猴儿气不打一处来，叫道：“你的馒头不是吃光了吗？怎么又变出两个来？这两个你一定小心藏好，那婆娘说是困你两日，可你没听到六七层有被关了十二年的人吗？你这两馒头留好了，慢慢吃吧！”

“老子可是你雇来的！为保护你们老子才平白受了牵连！你们逃出去就撇下我不管了吗？做人可得长点良心！”艄公老孙骂道。他只道骚猴儿言行一致，当真故意弃他不救，情急间，哪管什么“老子”“小子”，先出了气再说。

骚猴儿被气歪了鼻子，站起身来对骂：“嘿他奶奶的……”

“你别理他！分清轻重缓急！”姚青蹙眉道。

“骂吧，看你把铜锁骂断！”骚猴儿嘲讽一句，蹲下继续撬锁。

老孙也是一时间情急，话刚出口就有些后悔了，暗叹自己这么一大把年纪干吗跟个娃娃怄气，他们逃出去哪有把自己独自留下的道理？缺了谁他们也不能缺驶船掌舵的人嘛。这么安慰了自己，老孙就不出声了，静静地蹲在门口，等着骚猴儿逐层撬开铜锁，救自己出去。

逃生有望，武岳阳趁骚猴儿撬锁的空当，感谢徐凤春道：“今日多亏了四师叔，若没有您的钢针，我们只怕万难逃脱。”

“别欢喜得太早，能不能出去还很难说，你们未必能顺利地将这些铜锁一一撬开。”徐凤春道。

武岳阳说道：“能逃出去一个就多一分希望，我们既然能出去，断不会置两位师叔于不顾。”

徐凤春苦笑两声：“呵呵，你们上到六层七层来就知道了，没你们想的那么容易。”

“即便两位师叔被铁链捆绑住，咱们也总有办法打开。大师叔、四师叔，您二位再休息片刻，稍后出去少不了要奔波劳累。”武岳阳安慰道，“我们几个带着的武器都被袍哥搜走了，好汉不吃眼前亏。若是有两把盒子炮，我倒要让他们吃几颗子弹，也好给两位师叔出一口恶气。”

“谁说我们有恶气？”徐凤春问道。

“他们可是将两位师叔关了十二年……”

“你不用绕弯子！你不过想知道那妖妇为何囚禁我们十二年之久，是不是？”徐凤春冷哼道。

武岳阳没想到自己有意奉承两位长辈却被他们误会，他想了想，觉得否认反而不妥，索性承认了，正好自己的确想知道俞青红为何囚禁这两位师叔。

“……四师叔说的‘妖妇’可是那宜宾袍哥码头的大舵把子俞青红吗？我倒真有些好奇，两位师叔到底如何中了她的诡计？那妇人看着也像是道门中人，她与两位师叔有什么深仇大恨，以至于囚禁两位十二年之久？”武岳阳道。

“‘俞青红’？逾越‘青帮’和‘洪门’吗？嚯嚯！她给自己起的好名字！这妖妇的野心可从没小过。痴心妄想！痴心妄想！嚯嚯嚯嚯……”魏芝祥突然放声大笑，笑了一阵，又道，“小子，那妖妇不仅跟我们俩相识，与你师祖‘活死人’也是关系匪浅，若论起来，你还得叫她一声师叔祖呢……”

“大师兄，这些还是出去再说吧。”徐凤春有意阻止道。

魏芝祥又是嚯嚯地怪笑几声，不再说话。

武岳阳脑中一片混乱。他努力捋清这几人之间的关系：我叫俞青红师叔祖，俞青红就该是二爷爷的师妹，而魏芝祥和徐凤春又都是二爷爷的师侄，那么俞青红也该长魏芝祥和徐凤春一辈儿，是二人的师叔或师伯。可是，俞青红将二位师侄关押了十二年，两人又称她‘妖妇’，龙虎山到底发生了什么事？更奇怪的是，俞青红眼看着不过三四十岁年纪，明明是个风韵犹存的少妇，该与魏芝祥和徐凤春同辈，怎么事实上却与二爷爷张元顺同辈儿？蒙面女子和那粗手大脚的丫鬟称呼她‘婆婆’，魏芝祥话中还透出‘俞青红’是个假名字的意思，那这美貌妇人本名又是什么？这几人之间的关系怎么如此错综复杂？

武岳阳满脑子的疑问，他忍不住说道：“这里说话有什么不方便吗？”

“不急这一刻，出去自会告诉你！”徐凤春冷冷道。

武岳阳心中憋得厉害，感慨道：“本是同根生，相煎何太急？我实在是好奇，都是同门中人，有什么事不能面对面坐下说开，又是囚禁又是阴谋诡计，江湖中人都这么人心险恶吗？”

“哼哼！”

“嚯嚯！”

徐凤春和魏芝祥都是冷笑几声，却不答武岳阳的话了。

骚猴儿费了好半天的劲，好不容易才开了第二层的铜锁，将姚青救出。

第三层耗时极短，骚猴儿三下两下就将锁梁取下，拉开铁门，麻耗子也出了石室。

到了第四层，艄公老孙满脸堆笑迎在门口：“先吃些东西先吃些东西！”说着把馒头从门缝中塞出去。

骚猴儿翻着一对三角眼瞥了瞥，并不理睬。他捧着铜锁摆弄几下，撇着嘴摇摇头站起：“这锁不好开，最后撬它吧。”

“哎哎……你再试试，你再试试嘛……”老孙一手捏着馒头，一手拍着铁门仰头央求道。

骚猴儿优哉游哉道：“适才你还一口一个‘老子’，怎么这会儿不骂了？你是杂耍变脸的吗？变给我看看。”

老孙结结实实打了自己几个嘴巴，一边赔不是道：“老孙这张嘴莫得把门的，总是惹祸，小哥儿你大人大量，别跟咱家一般计较。千般不是万般不是，都是老孙的不是。你莫赌气，这锁和你们那几层的也没什么两样，你再试试，求你再试试……”老孙眼泪巴巴地哀求道。

“一大把年纪，也不嫌羞！”骚猴儿不由分说爬上五层。老孙仍旧啪啪地拍打铁门。

“行了行了！”姚青看不惯他挺大一个汉子哭哭啼啼，“他一会儿下来再开也是一样，你急什么？”

老孙唯恐姚青反悔，急忙道：“姑娘可要说话算话。”

“算话算话！”姚青应付一句，和麻耗子前后脚跟着骚猴儿爬到黑塔第五层。

骚猴儿虽然一副信心满满的样子，心里却在不停地打鼓，唯恐丫鬟阿曲早早上山来送饭。他一边哆哆嗦嗦地撬锁，一边不住回头张望。

“你专心撬你的锁。”姚青挡在骚猴儿身后。

麻耗子在别动队受过特殊训练，开锁对他来说本是雕虫小计，可他一无撬锁的工具，二不喜争抢风头，只是默默地站在一旁，眼睛一眨不眨地盯着骚猴儿开锁的手法。

“你瞅啥？像那么回事儿似的，你能学会咋的？”骚猴儿翻了个白眼道。

“容易。”麻耗子理所当然地说道。

骚猴儿满脸的不悦，皱起眉头：“那你来试试！”说着把拗弯的钢针递给麻耗子。

麻耗子接过钢针，凑到铁门前，先托起铜锁对着锁眼瞧了瞧，又放在耳边轻摇几下，他将钢针伸到牙齿间狠咬一口，再插进锁眼，试探着扭了扭，只一用力，锁梁咔的一声弹开，铜锁应声落地。

第七十四章　暗度陈仓

“嘿呀！”骚猴儿一对小三角眼对上了麻耗子的死鱼眼，“瞧不出来，你小子倒有点儿本事嘛。”

麻耗子干咳两声，将钢针递还给骚猴儿。

骚猴儿并不接钢针，扭头看着姚青和武岳阳问道：“干啥？上面几层不是还有人吗？不救了？”

“救！”武岳阳道。他出石室来，和麻耗子、骚猴儿、姚青一起上到黑塔第六层。

第六层石室的铁门与下面五层稍有不同，铁门底部有个可以掀开的简陋小门，显然是留以递送食物之用。

麻耗子更不停歇，蹲下专心撬锁。

武岳阳凑近门缝，探头向石室内张望。

黑塔第六层和下面五层并没有什么不同，也是空荡荡的一间石屋，几尊残旧的菩萨塑像，三两个破损的佛龛，以及满墙凸凹不平的浮雕，只是在石室角落里多了套铺盖。

武岳阳放眼扫视一圈，见石室正中摆着一张磨得发亮的竹席，竹席上盘膝端坐着一个乞丐般蓬头垢面的中年人。他的视线停留在那人身上。

那人瞧着五十来岁年纪，发须皆白，身形瘦削，身着一件褪了色的道袍，相貌极其普通，像是私塾里的老先生，只是一对眼睛精光四射，发出异于常人的亮光来。这人显然就是徐凤春了。

武岳阳盯着徐凤春双臂上箍着的那副异常厚重的手镣，瞬间就明白了之前徐凤春所说的逃跑并不容易的话。

徐凤春双目似电，盯着门口，他双手各攥着一把磨细的竹签，如高僧盘捏佛珠般一根根捻过去。

武岳阳看徐凤春要比父亲年长，忽觉叫其师叔不太妥当，但这个关头哪有时间细细打探对方年纪，他仍旧延续之前的称呼，叫道：“四师叔，您再稍等片刻，这就好啦。”

徐凤春捻出一根竹签，夹在食指和无名指之间，眼睛一眨不眨地盯着武岳阳。武岳阳清澈的眼神中透出焦急，徐凤春将那根捻出的竹签在指间转了几圈，又收了回去。他突然闭上眼，耳朵微动，皱眉道：“你们快走！”

武岳阳道：“四师叔，你别担心，咱们先逃出这石塔，你手上的镣铐总有办法打开……”

“别在我们两个废人身上耽误工夫了，那蒙面女娃回来了，你们现在走还来得及。”黑塔七层忽然传出这么一句话来。

骚猴儿赶紧向山下眺望，并未看见有人上山来，他说道：“没人哪！”

姚青绕到黑塔另一侧，躲在隔墙后面，从扇形窗洞向外窥视，果见山下一个黑点绕开小路，从树林和长草间穿过，快速地向山顶黑塔靠近过来。

姚青回到黑塔六层门口：“那蒙面女子从后山绕上来了，咱们快走！”

“咱们四个，还怕她一个不成？”武岳阳道。

“麻子的飞刀不在身上，你的盒子炮也被他们下了去！赤手空拳，即便八个，怕也敌不过人家。”姚青急道。

“六层七层这两人是我的长辈，我一定要救他们出去！”武岳阳直视着姚青道。

“磨蹭个啥呀？赶紧走吧，咱们伺机回来救他们也是一样，快快快！”骚猴儿火急火燎地催促道。

姚青蛾眉倒竖：“若是让姓马的先去到南京，你我的血海深仇怕再也难报了！多耽搁一刻，报仇的希望就削减一分，你不明白这个道理吗？”

“没救出两位长辈，我不走。”武岳阳抓起铜锁，用力扳了扳，哪里扳得动。

“麻子！这破锁你还能不能打开了？”骚猴儿扭头问道。

“叫我麻六或麻耗子！”麻耗子先是义正词严地纠正道，继而摇摇头，翻转锁眼给骚猴儿看，“这锁有些年头了，里面已经完全锈死，根本撬不开。”

“那你还较什么劲？快走！”骚猴儿叫道。他掉头向下跑去，跑到六层拐角，见无人跟上，回头问道：“倒是走不走了？”

姚青见武岳阳执意要救出这第六、七层的两个人，只好退一步，劝道："咱们先逃出去，寻几件趁手的武器再回来搭救他俩。"

武岳阳道："不行！咱们一旦逃出去，袍哥必定加强守卫，再救他们势必难上加难。要逃务必一起逃，一次全部出去。"

"那我们走了！"姚青一咬牙，"麻子！你走不走？"

"叫我麻耗子！"麻耗子翻着死鱼眼道，他捏起钢针，"应该走，但我不能走。"

"没有人家的这枚钢针，咱们可连逃跑的机会也没有！"这话麻耗子没有说出来，可是他举起钢针的动作，鄙视之意溢于言表。

姚青将拳头握得咯咯响，跺脚道："回去！各回各层！"

骚猴儿一时间摸不到头脑："啥意思？回去？"

"还问什么！"姚青叫道，头也不回向下跑去。

武岳阳来到麻耗子跟前："帮我锁门。"

麻耗子点点头，随武岳阳下到黑塔五层。

眨眼间姚青、武岳阳和麻耗子三人从五层拐角处消失，噔噔噔地拾阶而下，只有骚猴儿愣在第六层与第五层中间的拐角处。

"你还不走吗？"徐凤春的声音从黑塔第六层的石室中飘出。

骚猴儿回过神来，急忙向塔下飞蹿。

武岳阳回到了黑塔第五层，门缝狭窄，麻耗子替他重新上了锁。

麻耗子毫不停歇地回到黑塔第三层的石室，自己从门缝中伸手出来将铜锁锁上。

骚猴儿到黑塔第二层的时候，姚青已经收拾妥当，正在石室中对着铁门的另一侧扒着窗洞向山下张望，可是她的视线被黑塔外壁遮挡住，只能瞧见巴掌大的一块天空。

蒙面女子绕道上山，正是要避开众人的视野。

骚猴儿顺着石阶盘旋向下，回到黑塔底层，更手忙脚乱地将铜锁重新挂在铁门上。

等了好一会儿，不见蒙面女子上塔来，塔上众人知道蒙面女子定是潜藏在塔下偷听，说话不方便，只好都静下来闭目养神。

又过了约莫一个时辰，日头高升，丫鬟阿曲拎了竹桶上山送饭来。

骚猴儿扑到铁门口，免不了一番哀求，哀求无用，又是一番叫骂。

丫鬟阿曲恨不能进石室去痛打骚猴儿一顿，隔着铁门与他对骂几句，悻悻离去。

魏芝祥和徐凤春一口也没吃，将饭菜包裹起来，顺给下面五人食用。

这点食物填不饱肚子，却也聊胜于无。吃了些东西，武岳阳百无聊赖地躺在床上，思索着如何尽快地带两位师叔逃出去。他想着黑塔下面这五层石室铁门上的铜锁已然开过一遍，再开一次想必不会太难。至于六层七层的铜锁，因年代久远而锈死，只能用蛮力撬开，若是有铁棍或榔头等工具，撬开这两个锈锁也不是什么难事。难的是四师叔被手镣限制住，若想逃脱就得想办法打开他臂上的手镣，否则即便逃出去，他也会拖累众人。眼下武岳阳不清楚麻耗子和骚猴儿能否顺利打开徐凤春臂上的手镣。

另有几个未知之处也令武岳阳有些担忧，如黑塔七层那铁门上悬挂的铜锁是否也和六层一般锈死？如魏芝祥是否也和徐凤春一般被铁镣锁住双手？这两人是否已经丧失了行动能力？毕竟被囚在这黑塔里十二年之久，他们是否还能长途跋涉，受舟车劳顿之苦？俞青红又是否会设下别的什么埋伏，防止几人偷逃出去？这些不明的隐患都令武岳阳感到头疼。

武岳阳觉得若要逃出去，有必要先弄清这些问题。他沉吟片刻，仰头问道："四师……六层的这位师傅，您说您的双臂被铁镣锁住，那您如何吃饭呢？"

徐凤春笑道："这铁镣四十余斤，重是重了些，可也不至于让我双臂都无法抬起。退一步说，即便铁镣有千斤重，使我双手不能挪动分毫，难道我不能低下头，俯下身子在地上吃吗？"

"七层的老先生也和你一般被锁住了双手吗？"武岳阳知道蒙面女子在偷听，故意装作漫不经心地问道。

徐凤春明白武岳阳的用意，也不咸不淡地说道："他是'风火轮'，功夫出在脚上，铁疙瘩自然箍在他两腿上。"

"四十余斤重的脚铐，'风火轮'变成了'铁秤砣'，嚯嚯嚯嚯！"魏芝祥怪笑道。

武岳阳心中一亮，忽有所悟："大师伯魏芝祥轻身功夫好，俞青红自然重点防着他的两腿。四师叔徐凤春有'铁木鱼'的绰号，他被锁住双手，显然是俞青红忌惮他的手上功夫。”他暗自琢磨着，却琢磨不透徐凤春的独门功夫是什么拳招，抑或是什么掌法。

“两位前辈身体可还好？”武岳阳问道。

徐凤春冷哼一声，简短答道：“功夫荒废了，骨头倒还硬朗。”

武岳阳心中暗喜，大声道：“我们身体可不好，被他们饿扁了。上次从他们江边的地牢偷逃出来，伤了几个袍哥，算是跟他们结下了梁子，这回他们怕是轻易放我们不过。这黑漆漆的石塔外面，山上山下，袍哥定然布下天罗地网，预防着咱们小哥几个呢。”

“你倒忒高看了自己。凭你们几个，还能逃出这黑塔去？”徐凤春嘲笑道，“倒不是那妖妇狂妄自大，凭你们几个还翻不起浪。且这七星山上有那妖妇修炼的绝密之地，哪容寻常人等靠近？他们帮规更是明令‘许进不许出’，袍哥向来视此山为禁地。除了那送饭的丫头，你们可还在这山上看到过别人吗？”

“哦……看来咱们兄弟凶多吉少了！”武岳阳叹气道。他咬破食指，在一块布条上写下“静待天黑”四个字，传给黑塔三层的麻耗子。

麻耗子看过布条，又将其传给姚青和骚猴儿。

第七十五章　耗子下山

这一日极为难熬。武岳阳将那十二式怪招练了数遍，直练得腹中咕噜噜乱叫，收势不敢再练。塔中众人知道隔墙有耳，就不怎么说话了，各自静静地想着心事。

这段时间发生的这些事，如剧场里的无声影片，在武岳阳眼前闪过。

几个月前武岳阳还是一名普通的学生，在国立四川大学读电机工程。小鬼子的枪炮声日益迫近，学校终于停了课。武岳阳休学回家，当日被二爷爷灰袍老人掳上荒山，在山洞中被老人强逼练那十二式怪招，过了近一个月，刚下山来又误入何四的车队，被谢老二一伙山匪劫上天台山，在水牢里关了几日，最终做了山匪欲与团结会求和的送信人。他回索家岭见至亲遇害，追击团结会重回天台山，血拼过后被堵到井下，机缘巧合发现了张献忠的宝藏。好不容易逃出暗道，却又追丢了特务头子马三，先被袍哥扣押在茶楼地牢，后又辗转囚禁在这黑塔石室内。

短短几个月间，武岳阳从原本无忧无虑的团长少爷、国立大学知识青年到浪迹江湖、四处躲避官府追捕的通缉犯，身份和生活都发生了翻天覆地的变化，这种巨变每每使他觉得如置身噩梦当中，苦于一直等不到梦醒的时候。

发了好一会儿呆，不知怎么，武岳阳突然想起他在回索家岭送信的路上，曾被麻耗子拦住索问通行的暗语，武岳阳没有答出，麻耗子当即动手，他甩出两把飞刀，一把刺中武岳阳胸口的馒头，另一把刺中马臀。

武岳阳想起麻耗子问他的暗语来。

“黑鞋黑袜黄皮带。”武岳阳突然道，“下一句是什么？”

“啥子下一句？”艄公老孙有些发蒙。

“麻子……麻六！麻耗子！”武岳阳叫道。

麻耗子直直坐起：“黑鞋黑袜黄皮带，灰衣灰腿白衬衫。咳咳！”

姚青在麻耗子下面一层，听得真切，当时她也被麻耗子拦路盘问过，听到武岳阳询问，虽不理解怎么突然想起追问起这个问题，可也难捺心中好奇，走到门口，留意着两人的谈话。

“黑鞋黑袜黄皮带，灰衣灰腿白衬衫。”这副暗语如此贴切、形象地概括出马三一伙特务的衣着特征。武岳阳听麻耗子念这两句，眼里不由自主地跳出当日麻耗子持刀拦路的画面。

“咳咳……你怎么想起问这个？”麻耗子道。

“没什么，就是突然想起，一直没猜到后半句。”武岳阳轻叹一声，又问道，“那么，‘你穿红来我穿红，大家服色一般同’。这个又该怎么对？上面的两位前辈可知道吗？”

“嚯嚯嚯嚯……”魏芝祥一阵怪笑。

徐凤春也笑了几声，淡淡道：“这切口他们倒是沿用至今，早该换换了。再有人问你，记得回他‘你穿黑来我穿黑，咱们都是一个色’。”

武岳阳“哦”地答应一声，心中暗道：“粗浅有余，却不如麻耗子他们特务的切口对仗了。”又寻思道：“这两位前辈被关在这塔山十二年之久，怎么会知道袍哥的切口？有谁会透露给二人？”

武岳阳不好直接问，跟魏、徐二人打了个招呼，和衣躺下，为夜间行事而储蓄体力。

过了晌午，又熬到天黑，终于挨到蒙面女子撤离。

“嚯嚯，她走了。”魏芝祥道。

骚猴儿憋得快要发疯，不时地爬起疯狂踢打铁门，乱喊乱叫，闹累了就躺下埋头大睡，睡醒了就再胡乱发泄一气，如此反复。这会儿他听到蒙面女子已经离开，忙不迭地爬起来：“麻子麻子，钢针可是在你那儿？放小爷出去，快快快！”

麻耗子白日里端着铜锁摆弄了好几个时辰，早熟悉了这把铜锁的构造，当下也不看，一手攥住铜锁，一手将拗弯的钢针从锁眼探进去，摸着黑，扭了几下，铜锁应声而开。

麻耗子出石室去，下到黑塔底层，先将底层的铜锁撬了。又一层层向上，顺次放姚青、老孙、武岳阳出来，开这几把铜锁虽然没他所在的第三层那么容易，可是有骚猴儿换手，两人轮流上阵，倒也没费多少功夫就将五扇铁门悉数打开。五人来到黑塔六层，目光一齐投向铁门上那锈死的铜锁。

想撬开锈锁只能用蛮力，麻耗子抓起一块岩石砸了几下，当当当地震天响，砸得火星四溅，也没将铜锁砸开。武岳阳担心敲击声引来山下的袍哥，赶紧拦住他："别砸了，这样不是办法。"

"不救人了？"麻耗子道。

"这么使蛮力气硬砸，不等砸开铜锁，先惊扰了袍哥。"武岳阳谨慎地探头向山下张望。

石室内铁链哗啦啦一阵响动，"你们即便开了外面的锁，这里面的锁也能打开吗？"徐凤春晃了晃双臂上的手镣，"这副手镣和脚铐不除，我们两把老骨头就是两个废人，出去后也跑不远。你们的心意我领啦，赶紧走吧，迟则生变。"

"是啊，别婆婆妈妈的了，咱们先逃出去吧！他两个好歹每日还有饭吃，咱们不走反而连累了两位前辈饿肚子。"骚猴儿苦口婆心劝道。

姚青冷冷地盯着武岳阳，等他拿主意。

武岳阳沉吟片刻："你们想走随时都可，我绝不阻拦，这话我再说一次。他二位是我的四师叔和大师伯，无论如何，我是要救他们出去的。"武岳阳坚定道，又扭头看着麻耗子："今夜我要下山去，设法找几件合用的工具，我求你帮帮我。"

麻耗子咳嗽两声，问道："你想要什么工具？"

"撬棍，铁锤，东洋钢锯。"武岳阳道。

麻耗子眨了眨一对死鱼眼："这几样东西可不好找。"

武岳阳撩衣襟就要跪下。麻耗子赶紧拦住他："我答应帮你。"

"那咱俩这就下山！"武岳阳欣喜道。

"不用，我一个人去。"麻耗子道。

"你一个人？"武岳阳皱眉问，"你是怕我拖累你。"

"是。"麻耗子又咳了几声，毫不避讳地承认道。

武岳阳有些恼怒，说道："两个人好歹可以相互照应，不强过你一个人吗？"

骚猴儿气冲冲走到两人中间，叫道："哎呀我的天老爷呀！到底走不走？你说你俩，一个愣头兵，一个书呆子，能不能掰扯明白了？"

麻耗子不理他，看着武岳阳说道："要么你自己去，要么我自己去，咳咳……你来选。"

“不管怎么说，麻耗子的本事是高过我的。”武岳阳咬了咬牙，暗劝自己不能意气用事，他强迫自己点头答应，“好，你速去速回。”

麻耗子将钢针拍在骚猴儿手里，下塔去，转眼间消失在夜色中。

“嚯嚯！这娃娃下盘倒挺扎实。老四，你觉得呢？”黑塔七层传来魏芝祥的声音。

徐凤春会意一笑：“大师兄，你莫不是想收徒了？”

“嚯嚯嚯嚯……”魏芝祥笑而不答。

骚猴儿打个哆嗦，双手揣进袖子里，问姚青道：“大公子，麻子趁机溜了。咱陪他们到现在，也算仁至义尽了，咱也走吧。”

艄公老孙帮腔道：“是哟是哟，此地不宜久留！袍哥人家绝不拉稀摆带，咱们留下等死吗？”

姚青看着武岳阳道：“反正已经浪费了这么长时间，不在乎多等一晚。咱们哪儿也不去，就在这塔里候着，看麻子能不能回来。”

艄公老孙咂舌道：“这是何苦……”

姚青一眼瞪过去，老孙立即闭上嘴，不敢再说。

骚猴儿看着姚青脸色，不敢触她霉头，独自找了个避风的角落蹲下，说句“麻子回来喊醒我”，蜷缩成一团就睡下了。

不表武岳阳一伙人守在塔上等着麻耗子尽快盗取工具回来，只说麻耗子下了山，借着银色月光向江畔潜行。

麻耗子原打算找条小船回到江北岸，去郝老六一伙袍哥歇脚的临涛茶楼，抓个袍哥严刑逼问，总要将那几件工具着落出来。可是还未到江畔，远远见江边一片光亮。他悄悄凑近过去，从树后向江里张望，只见十来条大船首尾相连，排成了一串，泊在江边，每条船上都有手持火把的黑衣人值守。麻耗子好生奇怪，细细辨认，瞧出船上的黑衣人竟都是郝老六手下的袍哥。

“他们守在这江边干什么？”麻耗子暗道。他从树后走出，钻进芦苇丛，又向江边的停船靠近少许。

船尾几个袍哥半坐半躺围成一圈，正喝着酒吹牛。

“哈哈，狗娃你是个没记性的，赌一次输一次，还敢偷你老汉的钱去耍，可不怕他打断了你的狗腿？”一个大鼻子中年人喝一口酒，笑道。

大鼻子中年人旁边的一个细脖子青年道：“他是狗改不了吃屎，不止偷钱去赌，还偷钱去嫖嘞……”

“细脖子！哪个去嫖哪个去嫖了？”靠着船舷的瘦弱青年道，显然他就是前两人所说的“狗娃”了。

“细脖子”咧嘴道：“哎哟，哪个冤枉你啦？前儿个你老汉抄根木棒去‘戏春园’追你打，全县城都看见了，你还狡辩个啥？”

“狗娃”将嘴里叼着的洋烟烟屁丢到江里：“那是我喝了他的泡蛇黄汤，你莫信口胡说！”

“细脖子”又要争辩，船头走出一人，叫道：“吵啥子吵！东倒西歪可没长骨头吗？站好站好！招子都放亮点！出了差错，都把你们抛江里喂王八！”

三人赶紧站起，齐齐应了一声。

船头那人又骂几声，回船舱去了。

“细脖子”撇撇嘴，低声道：“日你个龟儿子，这深更半夜的不让人睡，不知道这七星山上关了啥子人，三头六臂吗？让咱们防鬼一样防着。”

“你懂啥？”大鼻子中年人道，“不是防山上的人下来，是防外面的人上去。”

“到底咋个回事？神神秘秘的！”狗娃向船头方向看了看，问道。

“是嘛，你知道就跟咱兄弟说说嘛。”

大鼻子中年人捏起酒囊，抿一口酒，咂舌道：“你们不知道，咱宜宾码头，出大事了！”

“啥子大事？”两个青年异口同声道。

“郝老六前两天抓住了一伙人！”大鼻子中年人压低了声音，“大西王张屠子的坟，被人刨了，就是这伙人，他们让舵头给困在了七星山上！”

第七十六章　警队介入

“哎哟……吹好大牛皮哟？大西王张屠子？你说的莫不是张献忠？”狗娃撇嘴道。

“你娃娃晓得个锤子！哪还有第二个‘大西王’？你爱信不信！”大鼻子中年汉子没好气道，他对狗娃的质疑很是不满，扭头只说给细脖子听，“据说这伙人是国军派来的特务，虽说只是几个乳臭未干的娃娃，可身手很是了得。先一把火将智永堂的茶楼点了，又扎死扎伤郝老六手下十几个弟兄，凶得很！”

狗娃厚着脸皮向前凑了凑。

细脖子倒吸一口气：“我也听过这个传闻，当时不太信，只把它当耳旁风，原来竟不是空穴来风。可他们说郝老六一伙，只伤了三两个……”

“传实话出来，可不把脸皮都丢到外婆家去喽！你娃自己动脑壳想想！你们不知道，郝老六他们堂口全军出动，几百号人，踏着黑漆漆的夜，点了火把，漫山遍野地去搜，才将这几个特务抓到。这事瞒住别人，可瞒不过我，我相熟的好几个弟兄，都拜在郝老六的堂口里面——郝老六就在那边的大船上，不信你自己去问！”大鼻子中年汉子瞪眼道。

“郝老六的堂口全加起来也没有一百号人！”狗娃嘟囔着走到船尾，解开裤子方便。

细脖子瞥一眼狗娃的背影，冲大鼻子中年汉子讨好道：“狗娃是个抬杠的傻儿，莫理他！”

“他烂泥扶不上墙的货，懂个屁！咱们这十来条船有没有一百人？不还是紧张兮兮地守在这岸边吗？不要啥子都不信，事实摆在眼前，这几个刨坟的娃，连舵头都不敢掉以轻心，你说他们能好对付吗？”大鼻子中年汉子有意提高声音，让狗娃听见。他将酒囊递给细脖子：“灌口黄汤，暖暖身子。”

细脖子千恩万谢地接过酒囊去。

麻耗子从这几人的只言片语中听出，这些袍哥守在江口，是防止有人上岸。可是他想不通，袍哥干吗搞这么大的阵仗，竟布下这么多人。这上百人的编制规模，都够发起一次小型战役了，难道有什么势力要介入己方与袍哥的这场纠纷不成？

麻耗子想不出结果，懒得多费脑筋，他脱了衣服，借着夜色掩护，泅水爬到船上。船舱中嘈杂的叫嚷声远远传出来，麻耗子避过值守放哨的袍哥，蹑手蹑脚地靠近船舱，从木板间的缝隙向船舱中窥视，见到里面灯火通明，五六个汉子正喊着行酒令大吃大喝。麻耗子咽了咽口水，四处寻找一番，见船舱中没有找到撬棍、铁锤等工具，倒是四处散放着刀枪棍棒，他不敢停留，顺船帮拴船锚的缰绳下了水，游近旁边的另一艘船，又顺着缰绳悄无声息地爬上去。

这艘船只在船头有一个放哨的袍哥，麻耗子见他拄着下巴倚在桅杆上，猜他多半是睡了。麻耗子翻身上了甲板，贴一侧船舷小步蹿到船舱口，轻按舱门，顺门缝向里面张望一眼，见舱内横七竖八和衣躺着十来个袍哥，都睡得正香，呼噜声此起彼伏，他余光瞥到窗下躺着的一个袍哥身旁有把斧头。

麻耗子担心推门发出响动惊醒了舱内的袍哥，他绕到船舱一侧，轻推木格窗，探身抓起斧头。麻耗子轻轻关闭了木格窗，正要再去别的船上找寻另几件工具，忽听旁边船上有人叫道：“醒醒！快醒醒！有人，来人啦！”

麻耗子暗道自己不小心，只找到这么一把斧头就被袍哥发现了，他回身就地一个翻滚，靠近船舷，就要跳进江中，可是见旁边船上火把摇晃，那喊话的袍哥正举着火把向远处眺望。远处正有一艘张满了帆的三桅大船向江边驶来，原来那袍哥发现的不速之客是这条大船。麻耗子浑身冰冷，不想再跳进冰冷的江水里躲避，他见身旁有堆渔网，当即掀起渔网盖在身上。

众袍哥手忙脚乱地都从船舱中爬起，抄着刀枪棍棒冲上甲板来。

“是哪个？哪个来了？”

“哎哎哎，莫推莫推！莽绰绰的慌个啥子哟……”

“莫慌莫慌！喏，是你喊的不是？咋了嘛？”先前从船舱出来喊狗娃“招子放亮些”的那袍哥站了出来，铁塔一般低头喝问道。火把的光亮映照在那人脸上，麻耗子从渔网中瞧得真切，这人不是那叫作“铁牛”的袍哥又是谁！

“有船来了。”细脖子指着远处道。

众袍哥这才注意到远处驶来的那条张满了帆的三桅大船。

铁牛迈开长腿，紧走几步，直接跳到另一条船上去。郝老六不动声色地站在那条船的船头。

“六哥，我喊几个兄弟去撞沉它！”铁牛瞪眼道。

郝老六盯着迎面驶近的三桅大船，皱起眉头。

铁牛道：“再这么放它，靠近就来不及啦……”

“这船可不小，有三根桅杆。你撞得沉它吗？再说你晓得对方是哪个？”郝老六训斥道。

铁牛瞪着牛眼道：“管他是哪个，还撞得过咱们的铁皮船？”

老崔从郝老六身后钻出，喝道：“你娃晓得个锤子！闭嘴！”

铁牛愤愤站到一旁。

三桅大船很快驶近，在距贴近岸边一字泊开的郝老六船队百步远收帆停住。

郝老六夺过身旁袍哥手中的火把，跳到一只木箱上，高举了火把左右晃动，放声叫道：“你穿红来我穿红，大家服色一般同！”

三桅大船船头站着一伙头戴大盖帽，斜挎武装带，肩后背着中正式步枪的军警模样的大头兵，其中最前面领头模样的警官生得肥头大腹，身后没有背步枪，只在腰间别着一对儿盒子炮，此人威风凛凛地叉腰而立，听到郝老六喊话，鼻孔喷出一股气，说道：“郝兄弟，咱家哪知道你们袍哥的切口呀？怎么，连兄弟也不认识了吗？跟兄弟打上哑谜啦。”

郝老六瞧不清楚说话人的模样，听声音是县上保安警察队的曹警长，他心头一惊：“这姓曹的死胖子怎么来了？”于是打了个哈哈，笑道：“原来是曹大队长，失敬失敬。这黑灯瞎火的，曹队长不辞辛劳踏着夜色巡逻，当真是咱宜宾百姓之福啊！”

“哈哈，兄弟咱是劳苦命，可不得整日奔波吗。万幸这宜宾江段上有郝兄弟帮忙维持着秩序，咱家倒是省心不少。”曹队长皮笑肉不笑地恭维道。

郝老六知道这曹队长最是口蜜腹剑，嘴里说着好话，心里不知打着什么鬼主意。郝老六相信今日相遇绝不是偶然，他没心思与曹队长继续绕弯子，便道：“那是应该的。咱们宜宾码头上的袍哥可个个是守规矩的汉子，不敢作奸犯科给曹队长添乱。我手下这几个智永堂的兄弟更都是清水袍哥，向来不沾荤腥的。敢问曹队长是遇到什么案子了吗？若在咱码头上遇到什么麻烦，上刀山，下油锅，你一句话的事！”

“此话当真？”曹队长道。

“那还有假？”郝老六笃定道。

曹队长又笑几声，说道：“既然郝兄弟快人快语，曹某也就不藏着掖着了。前几日有几个从邛崃顺流逃窜向下的通缉犯，在咱们宜宾江口被一伙袍哥拦住，撞翻了他们的船，将那几个通缉犯囚进江边的临涛茶楼，这本是一桩好事。可哪知这伙袍哥没有报官，竟对这几个通缉犯用起了私刑，导致通缉犯狗急跳墙，越狱而逃。这几人先是烧毁了临涛茶楼，又扎死两人，重伤一人。你们袍哥平日里打打闹闹，咱们警察队可从来不管，可这次被人家烧了茶楼，还出了两条人命，上峰责令严查，兄弟没的办法。今日特意来此寻你，就是想问问，此事，你知不知道？”

郝老六心里嘀咕：“你比狐狸还要精明，扮啥子迷糊嘛！”他不善说谎，不假思索地承认道：“是有这档子事。当日这几个通缉犯就是我抓到的，被他们扎死的那两个，也是俺们智永堂的兄弟。”

“那就好了。今日求郝兄弟一事，请将那几个通缉犯交由我们带回警察队，并有劳兄弟不辞辛苦跟咱走一遭，到警察队做个笔录。曹某不胜感激！”曹队长拱手道。

郝老六在这许多兄弟面前，哪肯掉这个面子，登时气恼，骂道：“你算个什么东西！那几个通缉犯就在这七星山上，你带得走吗？”他啪的将火把摔到江中。

“凭啥子跟你去？”

“警察好了不起吗？”

“你们上七星山去搜吧……”

众袍哥趁机起哄。

“老六！”老崔想拦住郝老六，连连冲他使了几个眼色。郝老六冷哼一声，转身回到船舱。

老崔尴尬地咳了两声，冲曹队长道：“今日老六身体不适，还望曹队长大人有大量。”

曹队长对比了下双方人数差距，知道今日讨不到好去，他咧嘴一笑："好说，好说，今日不早了，众兄弟早点儿歇息，改日咱家再来叨扰。"他挥臂喊声"撤"，三桅大船掉头原方向返回。

麻耗子浑水摸鱼，趁乱从渔网下钻出，到船舱里摸了几把短刀裹在袖口。撬棍、铁锤和东洋钢锯这三样工具他一样也没找到，只有斧头勉强可以当铁锤用。麻耗子抓住时机又溜到一个木箱下面，琢磨着撬棍和东洋钢锯该去哪里寻找，不经意间从木板间的缝隙瞧到郝老六走进旁边那艘船的船舱。

麻耗子想起，郝老六腰间别着的盒子炮，正是夺自武岳阳的。

第七十七章　出塔

郝老六担心曹队长去而复返，更怕他绕道偷上七星山，就率了两艘船远远跟去，一直跟着三桅大船回到北岸，见曹队长带着众长警下船上岸才放下心。老崔怕曹队长要什么花招，又让铁牛带几个袍哥留下监视，这才和郝老六乘了另一艘船转舵返向南岸。

众长警撞了一鼻子灰，灰溜溜地掉转船头，返回北岸。不过曹队长脸上并未见愤怒之色，依旧笑眯眯的弥勒佛模样，显得没心没肺似的。曹队长身边的随从却咽不下这口气。这些长警一路上强忍着怒火，等下船登岸时，回头见到郝老六的船远远坠在后头，再也忍不住，跟在曹队长身后的一名长警破口骂道："日他先人哦！这伙袍哥恁么猖狂！"

"曹队长，你喊一声，咱兄弟命不要也把他们拿下。瞧他龟儿子硬是嚣张得不得了，老子一梭子下去，龟儿子全都安逸喽。"另一名长警接口道。

曹队长收了笑，将这两人一人头上敲一下："懂个屁，懂个屁，小不忍则乱大谋！晓得不？"

那两个长警拾起被曹队长打落的帽子，捧在手上。

"还要我给你们戴上撒？"曹队长瞪眼道。

两人规规矩矩地将警帽戴好。

曹队长继续训斥道："莫说这江口是他们袍哥的地盘，就连咱们警察队里都有不少拜码头的。没看到他们十多条船，上百多人，你个憨包莽绰绰就要开火？岂不闻兵法有云'十则围之'，你娃要送去被人家围攻，是不是？"

"曹队长读过书嘛，俺几个哪懂什么兵法……"先前说话的长警道。

"啥子不懂还瓜兮兮地乱讲！"曹队长扭头走在前面，摇头晃脑道，"哼，政府都要迁都到重庆来，他们这些袍哥就是秋后的草蜢子，还能蹦跶几天？早晚有收拾他们的时候，着啥子急呦。今儿个回去，上面问起，都晓得咋说不？"

众长警一齐点头："晓得，晓得。"

"晓得个屁！"曹队长伸出手来，一条一条数着道，"郝老六一伙勾结滋事，持械抗法，藐视警察，聚众拒捕……”

众长警恍然大悟：“要得要得。”

七星山黑塔上，骚猴儿、姚青和老孙都已各自睡熟，发出微微的鼾声。

武岳阳却睡不着，扒着窗口望向远处上山的路口。他把赌注押在了麻耗子头上，这是一个无奈的选择，现在连着姚青和骚猴儿都陪他等结果。随时间一点一滴流逝，武岳阳心里越发没底。他几次站起，想让姚青和骚猴儿先行撤离，又一次次坐下，自己劝自己最后再等片刻。这么犹豫了三四次，眼见东方渐白，他再也沉不住气，咳嗽一声站起，说道：“这么干等不是办法，你们三个先走吧。”

姚青没有睡实，听到武岳阳说话立即起身来，伸头向山下看了看，说道：“我就知道他不会回来。你不走吗？”

武岳阳摇摇头。

姚青盯着武岳阳，冷冷道：“我向来瞧不起你们这些迂腐的读书人。你留在这儿也救不了这两人，倒是为什么要把自己搭上？别以为我求着你走，有你没你，我都一样去找姓马的报仇！”

武岳阳不知道该怎么回答，想了想，仍旧道：“你们先走吧。”说完走到铁门前坐下，靠着铁门坐下。

石室内铁链哗哗响了响，徐凤春道：“丫头说得没错，你留下也于事无补。你若当真惦记着我们两把老骨头，抽空回趟龙虎山，把我们被困在此地的消息传回去……”

“老四！”魏芝祥的声音从黑塔七层传下来，打断徐凤春。

徐凤春打了个哈哈，说道：“是我糊涂了，妖妇难道不能将我俩转移关到别处吗？”

姚青不愿听他们啰唆，她一脚将流着口水熟睡的骚猴儿踢醒：“起来，走！”

骚猴儿一骨碌爬起，揉着眼睛问：“麻子回来啦？锁都整开了？”

姚青并不答话，气鼓鼓地下塔去。

“怎么了这是？”骚猴儿急忙追下去。

艄公老孙老早就醒了，不声不响地蹲在一旁听姚青和武岳阳争吵。这时他见姚青和骚猴儿下塔去，立即起身尾随下塔。

“来人了！像是那小子回来了。”徐凤春侧头静听了好一会儿，突然道。

武岳阳一个高蹿起来，扑到窗口。日头还未升起，天地仍旧浸在墨蓝色的夜幕中，在这半透明的山坡上，一个模糊的身影快速向塔飞奔过来。

姚青、骚猴儿和艄公老孙刚下了塔，远远见麻耗子疾奔回来，瞧着麻耗子身上穿着不知从哪儿偷的宽大的衣服，如披着一身戏袍，三人目瞪口呆，看怪物一般看着麻耗子呼啦啦地带着风声跑近。

“咳咳……”麻耗子双手拄在膝盖上，呼哧呼哧喘着粗气道，“你们……怎么出来了？咳咳，铜锁打开了？”

骚猴儿从头到脚，又从脚到头，反复打量了麻耗子几遍，眨巴着一对三角眼，说道：“咋这身打扮？麻子，你弄到东洋钢锯了？”

“没有。”麻耗子起身向黑塔走去。

“你他奶奶的，你榆木疙瘩脑袋吗？没弄到东洋钢锯你回来看热闹……”骚猴儿看见麻耗子后腰别着的斧头，硬生生咽回后半句话。他转头问姚青：“大公子，咱等他一会儿？”

“回去看看。”姚青尾随麻耗子爬回黑塔第六层。骚猴儿紧跟而上，老孙原地转了几圈，想自己走，可是苦于身上没有票子——他私藏的那几块大洋，早在被袍哥囚进地牢前就被搜了去。他好不容易逃出黑塔，自然不肯回去，一个人在塔下急得团团转。

武岳阳见麻耗子上塔来，忙迎上去。他感激的话还未出口，麻耗子先从身后掏出斧头，说道：“这锁交给你了，我去看看七层的锁锈死没有。抓紧！”麻耗子说着将斧头丢给武岳阳，毫不停歇地爬上黑塔第七层。

武岳阳不敢耽搁，抓起斧头，抡圆了胳膊向铜锁砸去。只当当两声巨响，铜锁横梁崩出，铜锁当啷落地，武岳阳将铁门打开。

徐凤春仍旧盘膝端坐着，手里攥着两把竹签，一根根捻过去。看着他手腕间那锃亮的手镣，武岳阳暗忖凭这把斧头万难将其砍断，只能先救徐、魏二人出去，之后再慢慢想办法。武岳阳将斧头别在后腰，拱手道：“四师叔，你腿脚可还方便吗？”

徐凤春目光越过武岳阳，望着大开的铁门，浑身抑制不住地微微颤抖，他挑眉道：“那有什么不方便？”话音未落，倏忽起身，大步向前，绕过武岳阳，冲出门外。

姚青和骚猴儿刚上到六层，只听铁链哗啦一声响，一条人影蹿出石室，如风般消失在第七层拐角后。

武岳阳和姚青、骚猴儿只打了个照面，尾随徐凤春身后上到七层。

麻耗子见七层的铜锁果然锈死了，他返身要下六层去取斧头，徐凤春迎面而来，麻耗子紧退两步，袖口微动，两手各捏住短刀刀尖，刀柄从袖口露出来。徐凤春从门缝向石室内看了一眼："大师兄，想不到你我还有出塔之日。"

"嚯嚯嚯嚯……"魏芝祥一阵怪笑。

麻耗子见武岳阳跟着上来，忽然想起这说话的老人就是刚从六层放出来的，他收起短刀，对武岳阳道："这锁也锈死了，直接用斧头劈开吧。"

武岳阳要上前去劈开铜锁，可徐凤春并没有让开的意思。

武岳阳道："四师叔……"

徐凤春冷哼一声："从里面伸手出来，不便发力，否则凭这么个铜疙瘩又如何能锁住我们？"他说着单手抓起铜锁，猛地向下扯动，锁梁嘎嘣弹出。这挂在铁门上十二年之久的铜锁，就这么被他举手投足间轻易损毁了。

铁门打开，石室中面门而立一个秃头怪人，与其说是"怪人"，倒不如说他是"怪物"。因这人头上不仅没有头发，连眉毛和胡须也不生一根，半张脸泼了墨似的黑，耳朵少了一只，满头满面的疤瘌。这三分像人七分像鬼的怪物，眼睛一眨不眨地盯着武岳阳，咧着嘴，喉咙里传出似哭又似笑的怪声，"嚯嚯……"说不出的恐怖瘆人。

武岳阳远没有想到大师伯魏芝祥是这副模样。他印象中魏芝祥的形象来自灰袍老人的描述：被大火烧毁容貌的癞头丑道士。耳闻不如眼见，这一刻武岳阳亲眼见到魏芝祥的容貌，才真切体会到民国五年龙虎山那场巨变竟造成如此残酷的结果，而这一切都缘于他父亲放的那把火。

"大师兄，快走吧。"徐凤春道。

"嚯嚯……这小子让我想起一个人。"魏芝祥仍旧死死地盯着武岳阳，"老四，你没觉得他的眉眼像极了那个人吗？"

徐凤春点点头："你不说我还未多想……世上总不会有如此凑巧之事吧？"

魏芝祥一跃而起，带着风声落到门口，两脚交错，小步滑动，竟丝毫不受脚铐所限，瞬间来到武岳阳面前。他一只手簸张，五指鹰爪般抓住武岳阳脖子，单臂上举，将武岳阳提了起来："你姓张，是不是？说！"

第七十八章　黑塔第八层

武岳阳哪还能说出话？他两脚离地，双手拼命地向外掰魏芝祥的手指，可这五指如铁爪般，死死掐住他的喉咙，掰不动分毫。

姚青和骚猴儿一前一后爬上塔来，武岳阳正被魏芝祥锁喉举在半空，脸已憋成了猪肝色。骚猴儿眨着一对三角眼：“这……这是干啥呢？”

魏芝祥微微扭头，妖魔般凶神恶煞地斜睨众人。

麻耗子趁他分神之际，袖筒间两把短刀突然出手。这两把短刀是他刚从郝老六一伙袍哥的船上顺来的，相较他原本使用的匕首，无论分量和尺寸都相去甚远，用着并不算顺手。可麻耗子哪顾得理会这些，他夹住刀尖，抖腕将短刀甩出。这两把短刀似毒蛇吐芯，黑芒一闪，直扑魏芝祥胸腹要害。

癞疤头魏芝祥立即发觉，却并未躲避。眼见这两把短刀翻着跟头就要刺中魏芝祥，徐凤春突然横挪过来，很随意地挥动手臂，一手将两把短刀都抓了去。他手臂并不屈伸，手腕也不甩动，只弹动手指，两把短刀铮铮响，竟如机簧劲弩所发出，贴着麻耗子皮肉，噗噗射入他脖子左右两旁墙壁的石缝中。而徐凤春手中的竹签并未散乱，随他手指捻动一根贴着一根有条不紊地旋转。

麻耗子惊出一身冷汗，这两把短刀若是偏离半寸许，自己的喉咙就会被割破，他知道是徐凤春手下留情，干咳几声，不敢再轻举妄动。

“师兄，这小子慢慢审问不迟，咱们须得先离开这破塔。”徐凤春劝道。

武岳阳快要窒息过去，他手脚乱踢乱打，丝毫不起作用，情急中摸出后腰别着的斧头，掉转过去，抓着斧子铁头，将木柄向魏芝祥头上打去。

不知是听了徐凤春的话还是为了躲避武岳阳的攻击，魏芝祥手掌发力，将武岳阳推出。

武岳阳这一下打空，扭着身子摔在地上，剧烈地咳嗽个不停。

“走吧！”徐凤春催促道。

魏芝祥神情古怪地盯着武岳阳，面容抽搐几下，“嚯嚯嚯嚯……”怪笑数声，下塔去了。

骚猴儿见魏、徐二人这般无礼，破口大骂道：“俺没读过书，也懂得‘知恩图报’的道理。他奶奶的，咱们纯粹多此一举，这不是东郭先生和狼吗？书呆子，你来说，我说得对不对？”

武岳阳咳了好一会儿，终于将气喘匀了。他对骚猴儿的挖苦无从反驳，只好垂头不语。

“眼下不是埋怨的时候，咱们快些出塔下山去！”姚青向塔下看了看，见魏、徐二人已到塔下，正回身向塔上张望。

麻耗子将石缝间的两把短刀拔起收回，又扶起武岳阳：“你可还好？”

“我没事。”武岳阳拾起斧子，“你们先走！”

“你不走？火上房了，你还要磨蹭！你在这儿住下吧！”骚猴儿怒道。他连姚青也不招呼一声，头也不回地下塔去了。

麻耗子疑惑地看着武岳阳。姚青则阴着脸一言不发。

“上面还有一层，我去看看有没有关着别的人，我一并放他出来。”武岳阳说着向八层爬去。

“我们下去等你！”麻耗子喊道，说罢和姚青前后脚一步三阶地飞蹿着下了黑塔。

武岳阳爬上黑塔第八层，后背不知何时汗毛突然竖起，麻沙沙地起了一层鸡皮疙瘩。他预感到八层石室内会有难以名状的危险，迟疑着想要离去，可终究忍不住好奇，脚步缓缓向前，慢慢移到大开着的铁门门口。

石室正中，一个妇人背门盘膝而坐。

这妇人身着道袍般的长身大褂，斜襟，大袖，宽腰带，不同于道袍的是其并非青灰色，而是如雪般洁白。妇人身姿端正，双足相叠，两手垂于双腿膝弯之上，自然摊开，掌心向上。

武岳阳见不到妇人的容貌，可仅仅从她头上以玉簪盘着的发髻，就认出她来。他心知不妙，蹑手蹑脚就要离开，石室中一阵沙沙声响，不见妇人身上任何一处发力，她就端坐着转过身来。

武岳阳大惊失色，这妇人明明是俞青红，怎么竟变成了一个满脸皱纹的老太婆？虽然她多了一脸的皱纹，但是眉眼依旧是原来的眉眼，衣着打扮个人气质也未改变，武岳阳确认她就是俞青红无疑。

事出无常必有妖！武岳阳不及细想，脚上发力，没命地逃下塔去。

武岳阳还未到塔下，就听塔下众人一阵惊呼，那白袍老妇竟从八层塔顶破损的窗口跃出。

白袍老妇或手按或脚踏，每每在塔角突翘处借力减弱坠落之势，如白鹤一般翻转腾挪，又似蝴蝶翩翩起舞。她衣摆飘动，青丝飞扬，竟安然落地。

武岳阳只觉眼前一道白影从窗口掠过，等他下塔来，看到塔下六人分成三伙，魏、徐二人并肩站在一起，姚青、骚猴儿和麻耗子站在一处，离魏、徐二人有四五步远近，两伙人隐隐成犄角之势。而刚从黑塔塔顶跃下的老妇不偏不倚走到犄角尖上站定，背着手，以俯视众生的眼神瞧着魏芝祥和徐凤春。

武岳阳绕道避开老妇，走近姚青一伙，他低声道："老孙独自走了？"

"不知道，我们下来就没见到他。"姚青看着白袍老妇道。

武岳阳又问："你们看清没有，这老妇是从塔上跳下来的？"

骚猴儿不耐烦道："废话！"

武岳阳上下打量一眼塔身高度，寻思道："这八角石塔，可不得三十多米高！"他倒吸一口气，盯着老妇，悄悄地从身后掏出斧子。

老妇手里不知何时多了一根拐杖，她将拐杖在地上顿了一下，说道："也不打个招呼，就要走吗？"

武岳阳听到老妇的声音，确认她是俞青红无疑。他皱眉向她脸上看去，寻思着俞青红与二爷爷师出同门，既然同为道士，想必也会些画符捉鬼、念经炼丹、易容隐遁的本领，俞青红定是易容戴了伪装的面具。

魏芝祥眼角抽动几下，裂开了嘴："嚯嚯……妖妇！多说无益，动手吧！"

老妇冷哼道："你师父的本事你没学到多少，臭脾气倒是有过之无不及。我倒真不怕落了以大欺小的骂名，替你们师父指点你师兄弟几招。你二人手脚不便，也不用逞英雄，真动起手来，凭你俩也配？"

魏芝祥怒不可遏，可是慑于老妇的身手，并不敢轻易出招。他怪笑几声，暗暗凝神戒备。

"九师叔，我们师兄弟受您热情款待，在这黑塔上白吃了十二年的饭菜，顿顿都是好酒好肉。我们兄弟无功不受禄，一直深觉惭愧，不想这么叨扰下去。今日机缘巧合出了黑塔，本想悄悄溜走，却不想惊动了师叔，请师叔饶过，师侄给您赔礼啦。"徐凤春笑道。他口中说着赔礼，却并不拱手弯腰。

“你也不用这么冷嘲热讽。我难道会无缘无故关你俩十二年？念着同门之情，我忍你们到今日，再不能任你们这么拖下去了。”老妇长叹一声，随即望着天空，口中喃喃道，“今日立冬，干吗不下雪？那一年的立冬，可是下了雪的。”

徐凤春收了笑脸，正色道：“九师叔还是要追问十三师叔的下落？”

“明知故问！”老妇面色如冰，眉宇间隐隐发黑。

徐凤春还未说话，魏芝祥抢先道：“呸！你两人不要脸也就算了，偷盗山中宝物，私练禁忌秘术，妄自扣押同门，还有什么事做不出来？龙虎山一脉已然毁在了你二人手里，还想从我们嘴里挖消息！嚯嚯嚯嚯……都十二年了，你还是死了心吧！”

老妇将拐杖攥得咯咯作响，魏芝祥和徐凤春各自后退半步，侧身站立，预防老妇突施毒手。哪知老妇竟仰起了头，也似魏芝祥一般怪笑起来，笑声凄厉而绝望。

“你们也不用冠冕堂皇大仁大义。我们是偷了山中的几件物什，你们就干干净净吗？龙虎山是张家的龙虎山，正一一脉传了一千九百年，天师的法印也从未落到外姓头上。魏芝祥，你是天师张元昭座下大弟子，他传了什么给你？符箓、剑诀、法印和丹鼎，你可得了一样？是谁时常藏身内院的樟树上窥探先天罡步？！又是谁整日粘着讨好张八斤，只为多偷瞧一眼针灸铜人！”老妇咄咄逼问道。

魏芝祥和徐凤春对视一眼，两人均想起当年在龙虎山偷师的情形。老妇所言非虚，龙虎山正一派向来一脉单传，外人可以拜入门下，诵经习武，修炼道术，可总有些不传之术仅张氏子孙可学，外姓万难得传。

徐凤春捻着手中的竹签，悠悠道：“十二年前，十三师叔也这么劝我们，让我们背叛师门。结果我们两个榆木疙瘩不开窍，总记挂着天师对咱的恩情，就跟他吵翻了脸，合手将他杀死……”

“闭嘴闭嘴！凭你们两个，再练十年也不是穆师弟的对手！我知道是他不愿见我！他躲到哪儿去了？你们告诉我！告诉我！”老妇面目狰狞，衣袍鼓动，手中拐杖啪地炸裂开来，一柄银丝拂尘被她抓起。

“紫藤拂尘！”魏、徐二人齐声道。

第七十九章　同门相争

“紫藤拂尘”是当日万法宗坛失火后，众道人恐怕火势从玄坛殿蔓延到正殿，从正殿救出的几件宝物之一。哪承想当日夜里就随组金无缝服、银印和三山符箓一块儿丢失了。

镇山之宝竟能在门中众高手布下的八卦锁龙阵中眼睁睁地丢失，这对龙虎山来说是丢尽脸面的奇耻大辱。龙虎山本就逐渐衰落，经过此事，更是人心涣散，声势大不如从前。

那一年适逢天师张元昭有事外出，等年后他得信回到龙虎山，亲眼见到被烧得残垣断壁的万法宗坛，当场吐血晕倒，就此生了一场大病。他卧榻养病之际倾尽派出门中好手，四处找寻失落的宝物。可丢失的这几件宝物犹如泥牛入海，一直寻不到踪迹。

魏、徐二人当年受天师委派，前往蜀地寻找山中失宝，偶然间从醉酒的十三师叔穆纯口中得知，山中失宝竟是穆纯与九师叔丁敏合谋盗出。当日两人与十三师叔穆纯动手，两人曾在他身上见识了组金无缝服，坐实了穆纯和丁敏盗宝一事。现下又见到紫藤拂尘，魏、徐二人喜怒交加，恨不能立即夺回山中失宝，生撕活剥了叛徒丁敏。

寻常拂尘多由马鬃、鹿尾等兽毛缠附木柄制成，用于扫除灰尘和驱赶蚊虫。在道人和僧尼眼中，拂尘是扫去烦恼的法器，到了习武人的手里，更成为一种独特的武器。丁敏手中的这把紫藤拂尘尤其特别，拂尘尾长二尺，出自鲸须和蚕丝，手柄长一尺九，由无花紫藤盘旋缠绕制成，相传为第四十三代天师张宇初曾用之物。

“你二人现在求饶还来得及！”老妇道。

魏芝祥咧嘴道：“嚯嚯！我们死都不怕，还惧你什么？你肆意修炼邪功，到如今人不像人，鬼不像鬼，更名改姓藏身此间，一会儿是妖娆少妇，一会儿变成皱脸老太婆，连我这个疤瘌秃子都嫌恶你，姓穆的还用说吗？十年前他尚且躲着你，现今就更不愿见你啦！嚯嚯，你还是夹紧了尾巴老老实实地做袍哥的舵把子吧……”

“大师兄！你不该这么与丁师叔说话！”徐凤春板着脸道。

“丁师叔？妖妇不是换了头面，叫作‘俞青红’了吗？”魏芝祥叫道。

“还有这事？哈哈哈哈……”

“嚯嚯嚯嚯……”

魏芝祥和徐凤春两人一唱一和地大笑起来。

白袍老妇丁敏气得浑身发抖，她满面煞气，目露杀机，身上白袍无风而动。

魏芝祥和徐凤春早料到会有这么一天，两人明白，双方一旦动手，必定雷霆万钧，以命相搏。他们知道心神不宁、狂躁失措是练武人的大忌，就故意先激怒丁敏，等丁敏怒不可遏之时，两人同时果断出招。

魏芝祥揉身而上，两腿蹚小步，足底贴地滑行，丝毫不受脚铐所限。待迫近丁敏，以擒拿武岳阳相同的手势，一手五指簸张，对准丁敏咽喉抓去。

丁敏不避不让，挥动拂尘，自下向上抖动紫藤手柄，银丝似甩出的铁鞭，后发先至。拂尘柔中有刚，鲸须受力激射，无异于无数刀锋，带着风声抽向魏芝祥面门。魏芝祥知晓其中利害，急忙缩臂侧身躲闪。丁敏只一招就解了魏芝祥的鹰爪，并化被动为主动，就势抢攻。她招式不待用老，手腕一抖，拂尘尾在魏芝祥头顶挽了个花，顺她手势劈头罩下。这一招叫“黄龙盖顶”，拂尘尾在空中铺散开来，呈扇面合围向魏芝祥。魏芝祥无奈后退，丁敏得势不饶人，又一招“追云赶月”向前掠去，补一式“横扫千军”，将拂尘向魏芝祥拦腰横向挥击。魏芝祥再退。

魏芝祥被压制得只有招架之力，无还手之功。他大叫一声，两脚不动，突然将双手高举过顶，瞧着似乎要硬挨一下，与丁敏拼命。

徐凤春暗道不好，魏芝祥这种两败俱伤的打法很没有道理，丁敏的拂尘显然要更快一些，不等大师兄伤到丁敏，他的腰腹就要被拂尘划开。徐凤春不及多想，双手疾弹，接连弹出多根竹签。

丁敏听到有尖锐的破空之声，知道是徐凤春偷放暗器，冷哼一声，并不收招。

眼见魏芝祥要伤在紫藤拂尘下，却突见他缩腹向后，道袍被拂尘扫出一个豁口，小腹也被扫掉一块皮肉，幸好伤口不深。魏芝祥心知是徐凤春偷施暗器使得丁敏稍稍收力，救下自己一条命。他冒此大险，堪堪躲过这一击，哪肯放过得来不易的机会，立即欺身向前，将扬起的五指鹰爪向丁敏头上抓去。

丁敏旋转拂尘，挡落徐凤春弹出的竹签，却已不及躲避魏芝祥拍落的鹰爪。

魏芝祥这一下使足了力气，若被他抓在头上，势必头骨破碎，脑浆迸裂。丁敏情急之下，仰身向后弓曲，单手撑地，两腿旋转蹬踢，破了魏芝祥这一抓，翻个跟头掠起身来。

两人出手极快，这几招只如火石电光，虽然交手了几个回合，可只不过是转眼之间。武岳阳一伙甚至对刚刚发生的惊险一幕没有半点察觉，只知道两人你来我往，乍合即分。

一招“鹞子翻身”虽令丁敏化险为夷，可她认为自己手持利器，与手脚不便的晚辈过招，竟被对方逼得如此狼狈，她面色铁青，咬牙道：“这十二年，你俩倒也长了些本事！”

魏芝祥本打算趁机跟上前去，与丁敏贴身肉搏，削弱她武器上的优势，怎奈他的意图早被丁敏洞悉。丁敏翻转之际不忘挥动拂尘，封死了魏芝祥追击的线路。魏芝祥含恨站住。他同样感到惊诧，塔中十二年苦练，合四师弟两人之力，不但拿不下丁敏，而且竟在争斗中处于下风，这十二年囚禁之苦，白受了吗？魏芝祥面庞抽动，冷笑道：“嚯嚯，彼此彼此！”

两人拉开架势，重新打过。

丁敏使开了二十八式武当太乙拂尘，一招接着一招，流水般滔滔不绝地抢攻，丝毫不给魏芝祥喘息的机会。魏芝祥则以塔中自创滑行身法配合先天罡步，变换使用鹰爪功、伏虎拳等重手法与丁敏战在一起。徐凤春不远不近协助在魏芝祥身侧，相机出手。

丁敏瞧出双方胜负的关键在徐凤春身上。她有意先击伤徐凤春，可是试着追了几次，徐凤春都远远躲开，一味辅助魏芝祥与她缠斗。丁敏就断了先制伏徐凤春的念头，心道：“看你这两把竹签，能用到什么时候！”

武岳阳正琢磨着要不要上去助拳，后衣摆被狠狠拽了一下。

“书呆子！看得好戏！”骚猴儿压着嗓子道。

“干吗？”武岳阳回头问。

“赶紧跑啊！你寻思啥呢？”骚猴儿瞪着一对儿三角眼道。

姚青向后撤了几步，悄声道：“此时不走，更待何时？”

麻耗子没有吭声，跟着退后几步。

武岳阳向被丁敏缠住无法脱身的魏芝祥和徐凤春看去，面露踟蹰。

“好，你留下吧！”骚猴儿转过身，说完转身向山下跑去。

姚青看看武岳阳，扭头问麻耗子：“你走不走？”

麻耗子见武岳阳有些为难，他挠挠头，将手伸到后腰，按在一处凸起上，想拿出衣服下面掩盖之物，又看了看仍在打斗中的魏芝祥，终于没有将那件器物掏出。

麻耗子点点头，就要随姚青和麻耗子一起下山。忽听一阵微弱的呼救声自远处传来。

“是谁？你们听！”武岳阳侧耳道，“是老孙！”

麻耗子和姚青也听出是老孙的声音，麻耗子还听出呼救声是从黑塔中传来，他抬头望向黑塔。

“我去瞧瞧！”武岳阳丢下麻耗子和姚青，返身跑回黑塔。

武岳阳从第一层逐层向上搜索，直到登上塔顶第八层，也没见到一个人，倒是意外地在第八层石室中找到了被夺走的天蓬尺。天蓬尺失而复得，武岳阳颇感心安，想到必是先前只顾注意变了脸的俞青红——也就是此刻的白袍老妇丁敏，而没有注意到天蓬尺。他拾起天蓬尺，暗叹冥冥中或许自有天意，自己若不上塔来找艄公老孙，如何能找到天蓬尺！

“可是老孙哪儿去了？”武岳阳走到坍塌的窗口向下张望。这一望不要紧，果然发现了玄机——老孙竟又被绑了手脚，勒住了嘴，让人捆成一团塞在塔后的基座的角落处，仍在拼命挣扎着。

武岳阳赶紧顺阶下塔，姚青和麻耗子也循声来到塔后。三人给老孙解了绑。

“快走快走……那蒙面女娃发觉了，准是回去搬救兵去啦……”老孙上气不接下气道。

姚青直视着武岳阳：“你还要磨蹭吗？”

武岳阳走到塔基另一侧，向魏芝祥、徐凤春和丁敏打斗处看了几眼，心里知道帮不上什么忙，只能添乱，即便帮忙降服丁敏也未必是好事。魏、徐二人这十二年来被囚在黑塔中，可远眺外面天地，闻百鸟鸣唱，嗅草木清香，却始终难出石室一步，早被困得变了脾气秉性。现如今乖张暴戾，出手就要伤人性命，正邪难料，还是远远躲开为好。

武岳阳叹口气："走吧！"

他话音刚落，塔前传来一声闷响。原来徐凤春手中竹签用尽，只能上前以拳脚与丁敏相斗。尽管魏芝祥和徐凤春前后夹击，无奈两人行动毕竟受手镣脚铐所限，兼之丁敏有紫藤拂尘相助，只几个回合，就双双被紫藤拂尘拂中数下，身上都挂了彩。徐凤春更是被丁敏一招"马后扬鞭"以拂尘卷住手铐铁链，重重摔在地上。

魏芝祥独木难支，又走了几个回合，一个不留神，被拂尘缠住左腿，他挣脱不得，眼看丁敏一脚直奔胸口踢来，当下凝气于手，对准丁敏抬起的脚抓去。

第八十章　东洋师叔

魏芝祥这一抓与丁敏那一脚来了个硬碰硬，只听“咔”“刺啦”两声相叠在一起。

丁敏侧翻在地，胫骨处鞋袜被抓出个洞来，连着皮肉掉落一旁，露出惨白的伤口，血渗出，立即将伤口染成血糊糊的红色。丁敏看了看伤口，筋骨并无大碍，她似笑非笑地站起身。

魏芝祥隔着四五步远，站在对面，将右臂藏在身后。武岳阳向前走了几步，从他的角度望去，可以发现魏芝祥手腕斜向下垂着，整条胳膊不可抑制地微微颤抖。武岳阳瞧着魏芝祥一动不动，知道他伤得不轻。

丁敏向躺在地上的徐凤春走去，魏芝祥急忙截住，挡在徐凤春身前。

“你腕骨断了，还怎么用鹰爪？”丁敏耷拉着眼皮，仰头道。

魏芝祥有意将双腿间的脚铐晃动出声，冷笑道：“好威风吗？”

“我又不是跟你比武较艺！”丁敏厉声道，“我没耐心继续跟你俩耗下去，你二人是穆师弟失去踪迹前，最后遇到的人。他生不见人，死不见尸，你俩又期期艾艾说不清楚。我念同门之情，不忍相害，当真以为我不会杀你们吗？”

“妖妇！别在这假惺惺装慈悲！龙虎山怎么出了你们两个监守自盗的叛徒！作为龙虎山弟子，恨不能生啖你肉。我和老四早就商量好了，这两条烂命，你随时来取。只是那姓穆的，你永远也别想见他一面！”魏芝祥面容抽动道。

丁敏太阳穴跳动几下，皱紧了眉头，脸上细密的皱纹更似深了几分，她咬咬牙，似乎以最大的耐心道：“好，你们不怕死。我倒要瞧瞧，你们怕不怕别人死。”

丁敏话音未歇，挥动紫藤拂尘抢攻。魏芝祥无徐凤春相助，心知凭自己万难敌过丁敏，索性大开门户，毫不招架，与丁敏对攻。

这种无赖的打法对丁敏丝毫不起作用。丁敏左右腾挪，仗着紫藤拂尘之利，并不让魏芝祥近身，她不急于重招击伤魏芝祥，只是一点点建立优势，不时地在魏芝祥身上留下血痕。这场厮杀，比之前更为凶险，也更为快速。三招两式过后，魏芝祥恼羞成怒，以搏命的手法迎着拂尘抓去。

丁敏抖动拂尘木柄，将拂尘丝从魏芝祥五指间抽走，将他手掌割得鲜血淋漓。

魏芝祥豁出挨了这一计拂尘，另一只手悄然从左肋下疾出，一把抓住拂尘木柄。丁敏哪容拂尘有失，一手攥住拂尘不肯撒手，另一只手弯曲两指成钩状，对准魏芝祥双目袭去。魏芝祥侧头避过，丁敏勾指下滑，顺势掏向魏芝祥胸口。

丁敏这一招两用，一为袭敌，二为夺物。魏芝祥不肯松手放开拂尘，更不愿后退——徐凤春就躺在脚后，魏芝祥自然不肯让他受制于人。

魏芝祥不得不提起受伤的右手，全力使出一招伏虎拳，摆臂击向丁敏头额。

丁敏先发制人，二指钩破魏芝祥胸口衣襟，留下极深的两道指痕。不等此招用老，她手势由指变掌，按在魏芝祥小腹，缩身推掌，只听两声闷响。丁敏肩头挨魏芝祥一拳，倒退一步，半边身子发麻。魏芝祥倒退四五步远，一跤跌倒，张嘴吐出一口血来。

魏芝祥挣扎着想起身，稍一用力，丹田就似针扎般痛。他面如死灰，手捧紫藤拂尘，血水竟将拂尘染红了半边。

“两个时辰内，你还是不要发力的好。”丁敏劈手从魏芝祥怀里夺回紫藤拂尘，轻轻抖动，粘在拂尘丝上的血水竟似从油滑的草尖沙沙滴落，拂尘瞬间又恢复成银白色，纤尘不染。

魏芝祥咬紧了牙，额头和脖子上青筋暴起，汗水顺脸颊大滴大滴滚下，他怒瞪着丁敏，缓缓站起，一字一顿道：“有死而已！”

徐凤春也硬撑着爬起来，一步三晃地走到魏芝祥身旁，与魏芝祥并肩站定：“九师叔，今个你要代我们师父清理门户哇？好好好，从来没求过师叔，今日要求师叔一件事……”

“老四！”魏芝祥喝断徐凤春。

徐凤春笑了笑，说道："我是想求师叔，清理完咱们师兄弟，如果可以的话，尽量将你我尸骨送回龙虎山。如果不方便，让那几个娃娃送回去也好。这山上的风景我可看厌啦。"

丁敏先将拂尘在肩后插好，继而突然出手，风一般掠过魏芝祥身旁，一把将徐凤春扣住，以魏芝祥惯用的鹰爪功掐住徐凤春的喉咙，对魏芝祥道："说出穆师弟的下落，对你们有什么损害不成？你们到底要隐瞒什么？"

魏芝祥闭口不答。

丁敏手指收紧，徐凤春咳嗽几下，喘不上气来。

魏芝祥大叫一声，滑步上前，埋头向丁敏直撞过去。

丁敏不避不让，一脚将魏芝祥踢了个跟头。

"说不说？说不说？"丁敏凄厉叫道。

魏芝祥咬碎了钢牙，将双腿间脚镣挣得咯咯响："你杀了他吧！"

"好！"丁敏手上力道又添了两分。

徐凤春眼珠外凸，脸憋得通红。

武岳阳眼见徐凤春要命丧丁敏之手，哪忍得下去？他拾起一块拳头大小的石块，就要上去与丁敏拼命。麻耗子赶紧拉住他。

"松开我！"武岳阳甩脱麻耗子拉他的手，跑近几步，挥臂将石块向丁敏掷出。

丁敏侧身闪过，将晕死过去的徐凤春丢到地上，向武岳阳走去。

武岳阳再捡几块岩石向丁敏抛掷。

丁敏躲闪间来到武岳阳面前，一把将他抓起，拖到魏芝祥跟前。

"你可认得这个娃娃？"丁敏看着魏芝祥的眼睛问。

魏芝祥探了探徐凤春鼻息，发现他只是昏迷过去，稍稍松一口气，扭头问："不认得！怎么？"

"他的眉眼像极了小三子，我觉得他出现在此地，不是一个巧合！"丁敏意味深长道。

"人是你抓来的，问我们有何用？"魏芝祥叫道。

"别跟我装蒜！"丁敏捏住武岳阳的喉咙，"这两天我在塔顶，可没少听你们说话。难道你们没怀疑他的身份吗？"

“嚯嚯，怀疑又怎么？不怀疑又怎么？”魏芝祥怪笑道。

“他若果真是小三子的后人，那就是姓张了，你们自然是他师叔，难道你们愿意眼睁睁地看着他被我掐死吗？”丁敏冷笑道。

魏芝祥又是一阵怪笑：“你打的好算盘！从哪儿找来这么一个娃娃就想骗我们上当，也太把人瞧扁了。你想拿他要挟我们，别做梦了！”

“好！那我就不留着他了！”丁敏攥紧手指。武岳阳立即痛苦呻吟，挥胳膊蹬腿竭力挣扎。

“砰！”一声枪响。

丁敏肩膀微晃，后背先是发麻，继而传来灼痛。她转过头来，看见麻耗子正站在身后十步远处，仍旧举着枪。丁敏手上没了力气，武岳阳掰开她手指，躲瘟神似的，打个滚逃到一旁。

丁敏后背枪眼流出暗红的血来，她双眼一眨不眨地看着麻耗子，缓缓倒下。

魏芝祥扑到徐凤春身旁，又是掐人中，又是揉胸口，一番忙碌，终于将徐凤春救醒。

武岳阳乍脱险境，尚自惊慌失措，他有意拉开与丁敏和魏芝祥的距离，站在不远处，打量着这三个怪人。

麻耗子和姚青慢慢地走近武岳阳，老孙战战兢兢地不敢上前。倒是枪声引出了躲在远处山石后面的骚猴儿，他贼手贼脚地走回来，看看躺在地上的丁敏，再看看魏芝祥和徐凤春，问麻耗子：“耗子，你他奶奶的都弄着枪了，干吗不早点儿拿出来！”

麻耗子犹豫一下，一言不发将盒子炮递给武岳阳。

武岳阳接过盒子炮，划上保险，掖在后腰衣衫下面。

“倒是说话啊！哑巴啦？”骚猴儿叫道，仍旧没人理会。

丁敏轻咳两声，从怀中掏出一个瓷瓶，丢给魏芝祥：“内服外敷，都是这药……轻揉气海穴，可助你顺脉导气。”

魏芝祥瞪她一眼，并不捡药瓶，倒是将手按在小腹，轻轻旋转。

丁敏稍稍坐起，长叹道：“鸟之将死，其鸣也哀；人之将死，其言也善。我虽长你们一辈，不过是因为入门早些。咱三个年纪相仿，都是土埋半截的人了……你二位别一味记恨我关你们十二年，想想昔日咱们师叔侄一起在龙虎山学艺修道的日子吧，再想想这十二年间，我替你们照料着宜宾地界上的袍哥，将三江社壮大到如今的规模，我可是一个十恶不赦之人吗？我不过是想知道穆师弟的下落，你们有意隐瞒，那也罢了，总是我们不对，说破天去，也是我们鬼迷心窍，盗宝背叛师门在先。鹤鸣悠悠在耳，今日我将西去，你们忍心让我死不瞑目吗？”

魏芝祥“嚯嚯”冷笑数声，却不说话。

徐凤春待呼吸顺畅了，看魏芝祥一眼，不见他反对，于是说道：“九师叔或许还不知道吧，十三师叔，是日本人。”

“什么？”丁敏眉头皱起。

徐凤春不顾丁敏诧异，自顾自说道：“十四年前，我们奉了天师之命，来蜀地追寻龙虎山丢失的宝物。为了增加人手，我和大师兄收服附近地界上的几伙袍哥，广布眼线，四处寻找。两年下来，没有找到丝毫关于龙虎山失宝的音讯，却意外打探到关于张献忠宝藏的消息。”

第八十一章　真相

武岳阳竖起了耳朵，留心倾听徐凤春讲述这段龙虎山的师门恩怨。

徐凤春继续道：“张献忠的宝藏，据传埋在彭山、新津一带。当时正逢清军入蜀，吴三桂所率汉奸走狗，豪格所率满清铁骑，杨展所率明军，三军进逼成都。张献忠腹背受敌，打个几个大败仗，他所剩人马无几，决定放弃成都，北上陕西抗击清军。张献忠征战多年，掠夺财宝累以亿万，这些金银辎重不便携带，他将财宝分为两半，一半埋入深山，另一半沉至江中，指望暂时避过风头，他日挖出藏宝，招兵买马，东山再起。

“张献忠杀人无数，生性多疑，藏宝地点全凭记忆，并不留地图，只挑了些夫役运送财宝，等埋好财宝便将一众夫役尽数毒死。他回城后又杀净了妻妾子女，心想再无拖累，就要逃出成都去。哪知清军意欲斩草除根，怎肯放虎归山？

“豪格派鳌拜等勇士，分率八旗护军，昼夜兼程，轻装疾进，对张献忠发动突袭。张献忠哪料到满清铁骑如此迅猛，领兵仓皇应战，因兵力相差悬殊，不敌满清铁骑，受困于西充凤凰山。张献忠突围不成，死于乱箭之下，被清军枭首示众。

“张献忠一死，他的藏宝就成了无主之物，普天之下，谁人不眼红？可是张献忠并未留下只言片语，这笔宝藏按理就成了永远的谜。然而世事难料，这天底下，还真有一人知道张献忠的藏宝地。”

丁敏轻咳一声，问道：“你说的这些，与穆师弟有干系吗？”

“不仅与十三师叔有关，与诸位全有干系。”徐凤春看丁敏面色惨白，话锋一转，“我快些说便是。”

“不妨，我未知真相，可舍不得闭上眼！”丁敏道。

“张献忠的得力干将，也是他的义子，孙可望，不知怎么得知了张献忠藏宝的所在。他在张献忠死后，一直想挖出宝藏，据为己有。无奈汉中已被清军占领，孙可望唯有向南退到云贵一带发展势力。几年间，竟也将兵马发展到一定规模，成为满清颇为忌惮的一支武装力量——大西军。

“可是随后大西军内部因联明抗清一事发生分歧，进而引发孙可望与张献忠另一义子李定国的决裂。大西军因此内斗，孙可望不敌李定国，兵败降清，做了吴三桂一样的汉奸。顺治听闻张献忠留下这么一个宝藏，自然很是担心，这笔宝藏价值亿万，若清军得了，可以充实国库，稳固江山，若被居心叵测的人得到，免不了为害一方。顺治很清楚，这笔宝藏是张献忠给虽然入主中原但立足未稳的满清留下的一个祸根，他无论如何也要从作为张献忠义子的孙可望身上着落出藏宝地点来。

“顺治十日设宴三次，赐银一万二千两，又赐房赐地，隆情款待，只为套出张献忠的藏宝地。可是孙可望对宝藏咬死不透露半点风声，却偷着将两处宝藏的地点记录下来，绘制到两张羊皮上。这两张羊皮他每日随身携带，不让任何人知道。顺治密令鳌拜暗查此事，鳌拜软硬兼施，手段用尽，仍撬不开孙可望的嘴。

“其间又逢董鄂妃病逝，顺治万念俱灰，一门心思出家做和尚，江山都不要了，哪里还顾得张献忠那劳什子宝藏？政务全都推给几个大臣打理，孙可望就落到了鳌拜的手中。

“鳌拜本是粗人，尤其不拿汉人当人看，之前还顾忌着顺治的皇威，不敢擅自处置孙可望，现今没了约束，哪还瞻前顾后？一次出猎之时，他约了几个王公贵族，并带上了孙可望，将孙可望当作猎物乱箭射杀。

“孙可望死后，这两张羊皮便落到了鳌拜手中。可是鳌拜得了这两张藏宝图，发现除掉孙可望过于鲁莽了，原来孙可望谨慎狡侩，这两张藏宝图竟以只有他自己能看懂的图案和隐语绘制，别人不经他指点，万难破解。鳌拜不甘心看得见肥肉却吃不进嘴去，便想着寻到藏宝的大致方位，广派兵丁全军挖掘，以蛮力搜寻。须得熬死顺治才好动手。

“鳌拜果然没有等多久。董鄂妃病死后没几个月，顺治不思饮食。他本就骨瘦如柴，又染了天花，很快一命呜呼。鳌拜作为新君康熙的诰命大臣，为所欲为，可是他几次派兵入蜀，都没能找到宝藏。鳌拜虽然贪婪无度，但终失耐心，在与康熙的漫长斗法中，逐渐放下了寻找张献忠宝藏一事。

“鳌拜后来权势过大，被康熙设计生擒，并死于囚牢。鳌拜家产被抄没时，兵丁从一个不起眼的檀木匣子里找到两张羊皮。朝廷官员多不识此物，正要毁弃，康熙帝师陈廷敬接过羊皮，细细观看。陈廷敬虽在大清做官，却是个汉人，他生平好学，知识广博，对图谶、隐语、藏头诗均颇有造诣。他见了这两张羊皮，立即觉得此物非同寻常。

“这两张羊皮因被硝熟而呈淡黄色，都是手帕大小。一张羊皮上凌乱地缝满了黑线，这些黑线纵横交错，形成一个蜘蛛形状的怪图；另一张羊皮上则只写着五个字：石牛对石鼓。

“陈廷敬密报康熙，这两张羊皮，或许就是孙可望所绘的藏宝图。康熙深知此事不宜声张，密旨派人前往蜀地寻宝。可是派人寻了三次，结果和鳌拜一样，没有丝毫收获。更在最后一次，藏宝图竟在康熙委派的御前二等侍卫曹佐领手中丢失了。[1]

“世上哪有不透风的墙？这事不知怎么走漏了风声，有人议论康熙所托非人，定是他所委派的侍卫曹某见财起意，私吞了藏宝图；也有人说是天地会暗中拦截，将藏宝图偷走……众说纷纭，总之藏宝图不见了。

“藏宝图丢失后，再没有音讯，得到羊皮的人，不知是未破解怪图和石牛石鼓的诗句，还是不急于挖宝，张献忠宝藏因此得以销声匿迹，安静了二百七十余年之久……”

“你说这么多废话！”丁敏叫道。

徐凤春笑笑，不急也不怒，说道：“让我说，我就将前因后果说明白。你不愿意听，捂住耳朵就是。”

丁敏冷哼一声，虽是极其焦躁，却不再说话。

“我和大师兄到四川寻找龙虎山失宝，两年很快过去，没有失宝的半点线索。正要回龙虎山复命，忽接到老友的一封信。”徐凤春神色黯淡下来，停顿了半刻，叹口气道，“信中的内容就不说了，随信附带了两块竹简，正是孙可望所绘藏宝羊皮纸的简图。

[1]　佐领：八旗制度，亦作“齐固佐领”，即“包衣汉军佐领”，满名“旗鼓牛录章京”，是八旗包衣基层编制单位的长官之一。每佐领额设一人，武秩从四品。掌管本佐领下户籍、军政诸事，并率属以供内务府或王公各府之使令执事。

“须知张献忠的藏宝可不是寻常人家的菜窖，挖掘起来定是个极大的工程。我和大师兄虽然收服远近的袍哥码头，能张罗起挖宝的人力物力，可这事非同小可，我俩并不敢擅自做主，打算立即报知龙虎山，请天师定夺。

“正巧十三师叔云游途经青城，顺路来宜宾见我和大师兄。我们便将张献忠藏宝一事坦诚相告，托他回龙虎山送信。十三师叔一口应承下来，我们设宴送他启程。

“十三师叔生性沉稳，坚忍卓绝，天资高，悟性又好，师父曾夸他是难得的‘载道之器’。我当时听师父夸他，心中很是不以为然，可后来发生的那些事，的确让我们认识到十三师叔是个不简单的人物，不只是我们看错了他，就连师父也从没真正认识过他……”

“你直接说发生了什么事！”丁敏面无血色，硬撑道。

徐凤春望着虚空道：“十三师叔是龙虎山上的一个怪人，你对他应该尤其了解。他不喝酒，不贪吃，不喜说话，不喜笑，是一个极其克制极其无趣之人，这大家都是知道的。那天我们设宴送他，临行前，我和大师兄因宝藏的事心里欢喜，就劝着十三师叔吃了几杯酒。结果，他不胜酒力，说出了许多让我和大师兄难以相信的话来。

“十三师叔先是嫌酒过于浓烈，说想念家乡的清酒。他一边喝酒一边放声大笑，换了个人似的手舞足蹈，大叫大嚷。他唱着我们听不懂的曲子，我和大师兄便问他唱的是什么，他笑着回答是日本北海道的《樱花落》。我和大师兄起疑，门中谁人不知，十三师叔是关东人，自幼父母双亡，十岁就上了龙虎山，他什么时候去过日本？我和大师兄趁他醉酒，接连相问。十三师叔迷迷糊糊间，知无不言。

“十三师叔说他是日本人，生在一个武士世家，穆纯是他的化名，本名叫木村胜平。他来龙虎山修道是抱有别的目的。龙虎山的失宝是他和九师叔做的手脚，九师叔当然知道，那也不必说了。”

第八十二章　诡计多端

徐凤春又说：“十三师叔拿出几件龙虎山的宝物，要分与我和大师兄，借此拉拢我俩入伙，平分张献忠的宝藏。我和大师兄不习惯做这种吃里爬外的勾当，当场与他说翻，在江边的茶楼里跟他动起手来。我和大师兄前后夹攻，本可将他制伏，可是他衣下穿着组金无缝服，我们伤他不得，被他冲出茶楼。”

丁敏浑身筛糠般颤抖，一言不发。

“若换作平时，我俩怕接不了十三师叔几招。可是他醉酒，反应迟钝，被我和大师兄逼到江边。眼见就能生擒了他，谁知他一头扎进江里。我们派几十条船顺流寻找，却始终没有他的踪迹。不几日你就找上门来，想必是接到十三师叔的密信，前来接应。我们宁可死，也不愿你二人再聚到一起狼狈为奸。至于谎称十三师叔已经身死，我们确是没有更好的说辞，因为当日并未搜到他的浮尸，他生死难料，我们也说不准。你说我们含糊其词，这便是缘由。”徐凤春一口气将前因后果说了个清清楚楚。

“穆师弟死不了……”丁敏喃喃自语，“可这十二年来，他为何不来见我？哈哈，哈哈哈哈……”她仰头长啸，啸声中掺着哭腔，凄厉如鬼，倏忽起身，横眉扫众人一眼，双臂微展，衣衫舞动，竟飞也似的下山去了。

麻耗子举着盒子炮，却迟迟没有开枪，眼看着丁敏跑远。

魏芝祥和徐凤春没想到丁敏后背挨了一枪，流了一摊血，竟似无大碍，能飞奔如常。更没想到以丁敏的身份，也使这种不光彩的手段。徐凤春望着丁敏消失的方向，若有所思地捻了捻胡子，魏芝祥则是连连冷笑。

“麻子，你不开枪寻思个蛋呢！”骚猴儿叫道。

麻耗子合上保险，将盒子炮扔给武岳阳，干咳着说道：“打不中的，咳咳……我不擅用枪。”

武岳阳将盒子炮端在手里，没有急于别到后腰，他两眼谨慎地打量着魏芝祥和徐凤春。

徐凤春没好气道："怎么？要造反了？"

武岳阳将攥着盒子炮的手背到身后，说道："两位前辈，伤势无碍吧？"

"死不了。"徐凤春缓缓站起，看着远处恨恨道，"这么好的机会，还是让她跑了！"

"'狐猫'是白叫的吗？那么容易死，她也不是丁敏了。"魏芝祥道。

徐凤春捡起丁敏先前丢在地上的药瓶，拔开木塞闻了闻。

魏芝祥提醒道："老四，小心些！"

"田七丹，不会错。"徐凤春倒手心上几粒，扬手送进口中，吞服而下。他将药瓶塞好递给魏芝祥："捏碎了敷住伤口吧。"

魏芝祥顺手将药瓶扔到地上："我不用她的东西！"

徐凤春摇摇头，一副无奈的模样。倒是骚猴儿忍不住撇嘴嘀咕道："在塔上吃人家的饭菜不算哪？"

"你说什么？！"魏芝祥厉声喝问，吓得骚猴儿一溜烟躲到麻耗子身后。

姚青急着赶路，见魏芝祥和徐凤春虽然都受了伤，可是未损及筋骨内脏，并无大碍，于是催促武岳阳："人已救出，还留在这山上看风景吗？"

"饿死了，快走快走！"骚猴儿揉着肚子道。

老孙畏畏缩缩地从一旁走出来，也劝道："要得要得！快下山去才是正事，那婆娘若是搬救兵回来，想走也走不了嘛。"

武岳阳也不愿过多耽搁，冲魏芝祥和徐凤春抱拳道："两位前辈伤势若无大碍，咱们就尽快下山吧。到县上寻一个铁匠铺，好歹先将您二位身上的手铐脚镣去了。"

"嚯嚯！"魏芝祥冷笑道，"一口一个'前辈'，先前不是称呼'师叔''师伯'吗？记恨我对你动手了，是不是？"

武岳阳没有说话，算是默认了。

徐凤春打了个哈哈："别怨你师伯，先前在塔中，谁知道你是不是那疯婆子故意派来套话的奸细。你大师伯出手已经留了分寸，不然的话，你铁打的喉咙也禁不住他的鹰爪。"

武岳阳虽然心知徐凤春所说不假，可毕竟救两位前辈出来，却险些被恩将仇报，心里难免不是滋味，他将盒子炮在后腰别好，拽长褂遮在盒子炮外面。

“抓紧下山吧，你那几位小友怕是已经不耐烦了。”徐凤春道。

武岳阳就要答应，魏芝祥忽然将头微侧，闭目皱眉。众人见他神色有异，都猜到有事情发生，没人发声说话。

山下突然传出一阵枪声，噼噼啪啪地响了好一阵。

“麻子！山下咋还打起来了？你昨晚惹啥祸了吗？”骚猴儿噌噌爬到一棵树上，向山下眺望。

麻耗子挠挠头：“咳！那个叫‘郝老六’的袍哥率领了十来艘船，停在岸边浅水处，监视着来往的船只，防止有人登岸上山。咳咳……”

“他奶奶个爪儿的！还真瞧得起咱几个，犯得着这么如临大敌地防着咱们吗？”骚猴儿从树上远远望出去，只能看见江边大大小小几十条船似蚂蚁掐架般聚在一起。他刺溜刺溜从树上滑下来：“好像来了不少船，跟袍哥打得这么热乎，不会是官兵吧？”

“昨晚来了一伙人，听说话像是警察治安队的，咳咳，他们跟郝老六一伙吵了几句就掉船头返回去了。今日莫不是还是他们？”麻耗子干咳道。

武岳阳将目光投向姚青，询问着她的意思。

“看我干吗？”姚青没好气道。她眼睛瞥着魏芝祥和徐凤春，话中之意分明是“这两个前辈是主事人，你又何必问我”。

徐凤春道：“听闻她‘俞青红’将宜宾地界上的码头都聚拢到一起，帮会壮大了十几倍，今日咱们去见识见识吧。”

“嚯嚯，去瞧瞧也好。”魏芝祥道。

“我先走一步，这帮兔崽子要闹翻天！”徐凤春话音未落，衣袂扬起，铁链哗啦作响，人已经蹿出去几十米远。

魏芝祥回头见武岳阳一伙并未跟上，问道：“你们还磨蹭什么？”

老孙搓着手，向西侧小路走去：“多一事不如少一事。管他是谁，总不是好事。咱们从西面下去，远远躲开吧。”

“嚯嚯！快些将头缩进龟壳里去，然后夹紧了尾巴逃跑吧，免得再被袍哥逮起来活活饿死。”魏芝祥冷嘲热讽道，头也不回地向山下走去。

魏芝祥不说这两句话，骚猴儿也许会随老孙一起从山坡另一侧绕下山去，可经魏芝祥这么一激，被囚困这几日积攒的委屈和怨气爆发出来，瞪起一对三角眼，叫道：“他奶奶的，傻狍子没头没脑地把咱们抓来折磨这么一番，以为小爷好欺负吗？我操他姥姥！”他跳脚大骂，起身向魏芝祥追几步，回身道：“大公子……”

“倒有一个不是脓包的！”魏芝祥头也不回道。

姚青蛾眉微蹙，看着两条下山的路，踟蹰不定。她瞧一眼武岳阳，扭头问麻耗子道：“麻子，你来说，咱们去不去？”

麻耗子不假思索道：“去。”

“为什么要去？”姚青追问。

麻耗子干咳两声，说道：“那怪妇人已中枪遁去，余人不足惧。”

“她那蒙面的徒弟身手也不错。”姚青提醒道。

“我正要再找她较量较量！”麻耗子道。

武岳阳先前听徐凤春的语气，似乎他与宜宾地界上的袍哥帮会有什么渊源，又见徐凤春火急火燎地下山去，更觉可疑。他寻思着这两位前辈性情古怪，身手虽然了得，可毕竟双双受了伤，更兼手脚不便，若有什么闪失，自己难道会心安吗？武岳阳见除了艄公老孙，余人都不反对随魏、徐下山，也觉得有必要跟去瞧瞧，当下便道：“那咱们小心跟在后面，相机行事便是。”

“走吧走吧，那疤癞和尚都去远了。”骚猴儿拔腿向魏芝祥追去。武岳阳、姚青和麻耗子随后跟上。艄公老孙低声咒骂几句，无奈地跟在队伍最后。

曹正芳，十五岁就混在宜宾警察分局，那时“捕快”的称谓早过时了，可他还没穿上警察的深色藏青制服，更没揣上带响的“二把盒子”。当然，那时还在用光绪的年号，警察局也不叫警察局，“保甲局”刚刚撤掉不久，朝廷设道建署，州县级警察机构叫作“巡警署”。

曹正芳做治安队队长已有十多个年头了，别人三年一小升，五年一大升，但他将板凳坐穿，仍旧戴着巡长的帽子。曹正芳理所当然地将自己的不得志归结于袍哥引起的治安混乱。

虽然早就看袍哥不顺眼，可曹正芳并不敢贸然对其动手。从推翻大清起，袍哥帮会就开始迅猛发展，渗透进各行各业，就是在警察局里，也有许多长警或明或暗地拜了袍哥码头。曹正芳担心一旦除恶不尽，必定反受其害，他苦苦隐忍，一直等待一个机会。

这个机会最终还是被他等到了。

1937年11月16日，国民党因日军入侵南京，向全国发出迁都到重庆的通告。迁都事大，举国哗然。曹正芳却乐得拊掌大笑。他知道，国军入川，必定要保证治安，袍哥的好日子到头了。

武岳阳一行五人正赶在这当口进入宜宾地界，被郝老六所率的众袍哥所截，进而火烧茶楼、大肆争斗，麻耗子出刀伤人，引发出一场命案。

曹正芳经过前一晚的交涉，打探清楚了郝老六一伙袍哥的虚实。第二日一早，他调来事先安排下的警局的所有长警，共计六十余人，分乘五艘船进逼宜宾南岸七星山。

第八十三章　江口混战

曹正芳所率船队不过六艘，治安队员也不及郝老六一伙袍哥的一半，可这已经是他能动员警力的极限了。好在每名长警都配了支中正式，使得曹正芳一伙在武器装备上弥补了些同袍哥实力上的差距。

日头初升，江上渐渐起风，水面弥漫的一层雾气很快被吹散。

曹正芳有意耍了个回马枪，天乍一亮就率船队出发，每艘船都张满了帆，借着风势，直扑向江口南岸。

郝老六一伙袍哥经过昨夜的风波，此时尚在熟睡，等放哨的袍哥被异样的风浪声惊醒，曹正芳的治安警察船队已呈伞形气势汹汹地包围过来。那几个放哨的发一声喊，袍哥顿时乱作一团。郝老六被老崔拍醒，没好气地骂一句："狗日的，姓曹那傻儿脑壳糟了吗？没完没了搞个锤子？"他瞪着通红的眼珠，爬上甲板。

曹正芳仍旧一副笑弥勒的模样，眯缝着小眼道："郝兄弟，还是咱们有缘，又碰头啦。"

郝老六扫一眼对面合围过来的几艘船，压着火气道："曹队长，摆起这么大的龙门阵，要吓死人哪！你到底是要弄啥子？直说嘛！"

曹正芳收起笑脸，一本正经道："牟阿海和刘伢子，这两个是跟着你郝兄弟吃水路的吧？"

"是又怎么样？他两个的仇，自有我们智永堂去报，那是咱袍哥的家事，犯不着你们来管！"郝老六大声道。

"话不能这么说。"曹正芳不紧不慢道，"聪明人装糊涂没的意思，今个咱兄弟打开天窗说亮话。你们在江面上操营生，将这宜宾江口当成了自家的后院，没少做些偷拿卡要的买卖。兄弟咱从来都是睁一只眼闭一只眼，只要不出什么大乱子，可没有找过你们的麻烦。可是这次不同，毕竟闹出了人命，而且一下就是两条。上峰有话，责令严查！郝兄弟无论如何也得跟咱走一遭。"

“不是说过了吗？凶手就在这山上，你缠着我做啥子？”郝老六粗声道。

“有嫌犯我们当然抓嫌犯，可是现今嫌犯在郝兄弟手里，我当然得跟您要人。”曹正芳向山上看了看，“要不这样，我们上山去搜嫌犯，若是抓住了自然不用再麻烦郝兄弟，可如若山上无人……那只好有劳郝兄弟了。”

郝老六冷哼一声：“我再说一次，此事不用你们管！”

“我一定要管。”曹正芳道。

“你不妨试一试！”郝老六撇一下头。

袍哥全都抄起了家伙，刀枪棍棒，鱼叉，铁浆，各式武器不一而足。

眼见双方说僵，就要大打出手。郝老六手下的一众袍哥和曹正芳所率的长警已经相互指鼻叫骂。老崔赶紧从郝老六身后挤到前面，摆手道：“莫吵莫吵！曹队长听小老儿一言。那杀害牟阿海和刘伢子的嫌犯正被我们困在七星山上，再等几日，我们将嫌犯抓住，一定将他们押至警局。你看今日闹这么大的阵仗，多是误会，传出去无缘无故让人笑话，先让兄弟们撤回去吧。”

“曹某奉令行事，身不由己。郝兄弟，得罪了！”曹正芳挥动手臂，甲板上的治安队员齐齐端起中正式，将子弹上膛。曹正芳拱拱手：“郝兄弟，走一趟吧。”

老崔张口又要求情，郝老六向两侧扒拉一下衣衫，挺着胸脯瞪眼道：“拿了喷子好了不起吗？来来来，你把我们全打死！”

“敬酒不吃吃罚酒！”曹正芳一张圆脸阴沉下来，“让他们知道，咱们的铁家伙可不是纸糊的！”

长警们端起枪，咔嚓咔嚓划保险拉动枪栓，“砰！砰！砰砰砰砰……”纷纷对空鸣枪，之后重新推子弹上膛，低下枪口，对准了郝老六一伙袍哥。

“妈勒批！”郝老六低骂道，一溜烟钻进船舱。说狠话归说狠话，好汉不吃眼前亏，他可没傻到一动不动站在船头挨枪子的程度，尽管他知道曹队长未必真敢开枪打人。

曹正芳满以为开枪必定会震慑住袍哥，哪知一眨眼的工夫，对面十几只船的甲板上几百号人全都钻进了船舱。

郝老六一伙的十余条船是跑水运的夹板大帆船，最小的也有十五六米长。而曹正芳临时征用的几艘渔船，最大的一艘也不过十米出头，相比之下，更似竹排舢板。曹正芳见袍哥全都躲进船舱，立即感到不妙。果然，随着咔啦啦一阵声响，四艘夹板船摇动绞索，拔起船锚，又咯吱吱响了片刻，各从两侧伸出一排船桨来。

这四艘夹板船掉转船头，冲向治安队的小船。袍哥的意图很明显，摆明要生生撞沉曹正芳一伙。

“停船！停下……听到没有？开枪啦！”曹正芳喊道。

袍哥不闻不顾，船桨一下接一下滑动，夹板大船径直向治安队渔船碾轧过去。

“开枪！”曹正芳大叫道。治安队长警们立即开火，噼噼啪啪响过枪声，并未对迎面而来的甲板大帆船有丝毫阻碍。

曹正芳等夹板大船驶到近前才慌忙叫道：“散开散开！”

治安队所乘的渔船船小灵活，紧急避让，堪堪躲过三艘夹板大船的第一轮撞击。可是袍哥不给治安队喘息之机，横冲直撞，将曹正芳一伙警察撵得狼狈逃窜。最终还是有一艘渔船躲避得慢了，被大船撞翻，十来个长警尽数落水。

曹正芳见手下警员落水，急红了眼。他将头顶大檐帽揪下，掼在甲板上：“× 他先人！大勇，你们去救人！余下的全随我来，龟儿子别胡乱开枪！只靠上郝老六那条黑船，擒贼擒王！”

治安队所乘的几条渔船立即四散开来。这几艘小船不停地左右转舵，一边躲避着夹板大船撞击，一边向郝老六藏身的铁皮黑船靠近过去。

曹正芳的这点小伎俩自然瞒不过郝老六一伙，不等小船靠近，早有大船横过来拦截。这两伙船队在江面上你追我赶，乱成一团。又过了一会儿，治安队小船再被袍哥的夹板大船撞翻两艘。不过剩下的那两艘小船终于贴到铁皮黑船船帮上，曹正芳率领二十来个长警冲上夹板大船，将船舱包围起来。

除了登上铁皮黑船的曹正芳和二十来个长警，治安队警员已悉数落水被擒。虽然这登船的二十来个长警将郝老六堵在舱里，可是其他船上的袍哥也围了过来，形成反包围的局势。铁皮黑船被挤在当中，别说驶出去，就连掉转船头的空间也没有。

外围的几个长警持枪与围过来的袍哥对峙着，防止有人上船来。曹正芳从腰间掏出一把盒子炮，走到舱门口，伸手要推舱门，突然“哐”一声响，舱门由内向外被一脚踢开。郝老六拎着一把砍刀迎面走出来。

“姓曹的，你欺人太甚！”郝老六骂道。

曹正芳倒退几步，枪口指着郝老六：“只是喊你去警局录个口供，还要造反不成？”

“你说录口供就录口供？”郝老六攥紧了砍刀。

“不用啰唆，今个由不得你！”曹正芳枪口微抬，对准了郝老六眉心，“把刀放下！识相的乖乖走一趟。”

七八个袍哥跟出来，挤在船舱口，每个袍哥手里都拎着刀棒等物。老崔冲曹正芳挤个笑脸：“别开枪别开枪，容我再劝劝他，别开枪……”他拦在郝老六前面，苦口婆心劝道：“老六哇，这都什么关头了！你说两句软话，跟曹队长解释清楚。闹这么大误会……”

“嘛子误会？狗日的心怀鬼胎！诚心找咱的麻烦！拿了喷子怎么了？你开枪打死我，你手下那些瓜娃子一个也别想活！”郝老六破口大骂道。

铁牛也挤上前来，扒拉开老崔，将郝老六挡在身后，瞪起一对牛眼叫嚷：“你要抓人，我随你去！”

四周夹板船上的袍哥跟着大叫起来：“来抓我，来抓我嘛……”

铁皮黑船上的这十几个长警纷纷举枪呵斥：“别动！老实点！”

眼见局势就要失控，有人突然翘脚望着远处江面道：“有船，有船来啦！”

两伙人暂时安静下来，一起望向江面。

待船驶近了，有人叫道：“是冷姑娘。”

小船靠近，袍哥并不阻拦。小船上的蒙面女子撑竹篙跳上铁皮黑船，扫一眼曹正芳，问郝老六道：“这是怎么回事？”女子声音悦耳，但冰冷冷的不含一丝情感。此蒙面女子正是化名俞青红的丁敏唯一的徒弟秋蝉。

郝老六道：“这些警察跟咱们过意不去，要抓我去警察局。”

曹正芳见来了一个蒙面女子，本不以为意，可见她跃上大船，显然会些功夫，又见众袍哥对她恭恭敬敬，不免心中起疑，谨慎道：“治安队办案，无关人员请速去。”

蒙面女子秋蝉不理曹正芳，问郝老六道：“可曾见师父上山去，或下山来？”

郝老六摇摇头。

秋蝉毫不迟疑，跃下铁皮大船，重新上小船，上岸去了。

曹正芳虽有满肚子疑惑，可顾不得许多，一心要先抓了郝老六再说。正要下令逮捕，岸上传来打斗声。两伙人再向岸上望去，却见林中钻出的一个双臂缚着铁链的老人，蒙面女子秋蝉一动不动，被他单手拖拽而行。

徐凤春走到江边，将冷秋蝉丢到地上，纵身而起，跃上小船，看也不看撑船的艄公：“向那蒙了铁皮的黑船靠过去。”

第八十四章　徐舵把子

“你们还有多少人，一遭都喊出来吧。”曹正芳看着驶近的小船，对郝老六道。

郝老六皱着眉头没有答话，他看徐凤春有些眼熟，隐隐记得曾经见过，可具体什么时候在哪里见过又想不起来。他正琢磨着，小船贴到铁皮大船上，徐凤春双手五指弯曲成爪，如锥探出，抓进船板，双手交替，壁虎般爬上船尾。

船上不管是郝老六一伙袍哥还是治安队的警员，对徐凤春显露的这一手功夫无不咂舌。虽然船尾木料上没有蒙铁皮，可是船身全由杉木涂抹桐油打造，坚硬油滑，风浪不侵，在这怪人手里竟如败絮腐土，他所过之处，留下两排颇深的梅花指印坑洞。

徐凤春单臂下撑，一个筋斗翻过船舷，顺势从船舷围板上抠下一块木料，稳稳当当落到甲板上。

“哎！你是哪个？”近旁一条大船上有袍哥问道。

徐凤春斜睨一眼，旁若无人地向郝老六、曹正芳一群人走去。他手上发力，发出咯吱吱的声响，木料被他攥成无数碎块。

曹正芳在这次抓捕行动出发之前就预感到不会一帆风顺，可也没料到会生出这许多的波折。自己一伙分明是突袭而来捉捕郝老六，竟反被袍哥捉去大半长警，连自己也险些落水被擒，他心里窝了一团火，本打算速速捉了郝老六，哪承想一再受挫。曹正芳心中暗骂：“哪来这么些妖魔鬼怪？身手再好，好过枪子吗？”

曹正芳掉转枪口，对准徐凤春：“治安队捉拿嫌犯，请回避！”

徐凤春从头到脚，又从脚到头打量曹正芳几遍：“今天是个好日子，不宜打打杀杀，都散了吧。”

曹正芳瞧着徐凤春大大咧咧地走近，瞧他一身打扮，似乎刚从古墓里爬出来的明朝道士，头上不伦不类地顶着包子一样的发髻不说，连身上的道袍都是破破烂烂的，有几处还挂着新鲜的血迹。双臂间更锁着手铐铁链，面目倒是清瘦矍铄，胡须一拃长短，两眼闪闪发光。曹正芳皱着眉头，将袍哥问的话重问一遍:“你是哪个？”

徐凤春搓着手里的木料，想了想，道:“十二年未在江湖上走动，名号说出来怕也无人识得了，不说也罢。我提一个人，范少征，杨森部下第七师师长，此人是否尚在？”

“范老总现在在刘湘手下带兵，七七事变后，他主动请缨，到上海打小鬼子去了！你问他干吗？”曹正芳放下枪道。

“现今宜宾县知事是谁？”徐凤春又问。

“知事？宜宾只有个县长，叫苟富达。”曹正芳道。

“哪个苟富达……黄胡子苟眼镜是吗？”徐凤春想了片刻道。

曹正芳道:“你敢这么称呼他！你认识他？”

“呵呵，我当面喊他‘老苟’也不妨。听你话里的意思，老苟就是你们的长官了，是不是？”徐凤春笑道。

“那还用说！我这次来拿这几个袍哥归案，正是奉了苟县长的命令。”曹正芳盯住徐凤春的眼睛，看他是不是在诈自己。

“回去告诉他，袍哥大爷，可不是谁想抓就能抓。顺便跟他说，徐凤春回来了，过两日我亲自去找他，他若等不及，来找我也是一样。”徐凤春说着双手齐挥，手中木屑簌簌弹出，似下了一阵雨，“噗噗”打在甲板上。

等徐凤春收了手，众人这才瞧清楚，治安队十多个长警脚前的甲板上都贴脚尖钉着一截尖木，若是偏移少许，准会钉在脚面上。曹正芳更觉手腕受到一股大力撞击，枪管里不知什么时候多了一截木条。

众人心里明镜似的，这怪老道亮的一手功夫，无非要敲山震虎。曹正芳向被俘的三十多个长警看去，只见大伙衣服湿透，尚自向下滴水，无不冻得瑟瑟发抖。他心知拖延不得，想尽快抓了郝老六，要挟这伙袍哥就范，可瞧着袍哥里三层外三层围得铁桶一般，又有这横空钻出来多事的怪老道，计划早被搅乱，再想捉郝老六回去已是千难万难，可这么灰头土脸地撤退，又心有不甘。

曹正芳正犹豫不定，另艘夹板大船上有袍哥像是突然回过神来，盯着徐凤春，揉眼睛叫道：“徐凤春……铁木鱼徐凤春！徐舵把子，你是徐舵爷！你真是徐舵爷？！”

一语惊醒梦中人，众袍哥交头议论：“徐舵爷？莫不是十几年前突然失踪的徐舵爷？”

“徐舵爷？他是徐舵爷？”

“徐舵爷是哪个……”

“老把头铁木鱼，果真就是他吗？”

曹正芳心里咯噔一下。十多年前，宜宾的保卫团刚刚改编成警察队，曹正芳也才穿上“甲长”的制服不久，一次县知事荀富达设宴款待袍哥大爷徐凤春，商议铲除烟帮等事，作为警卫的曹正芳因此与徐凤春有过一面之缘。徐凤春没留意曹正芳，可曹正芳哪能对徐凤春没有印象？

“既然徐舵爷重出江湖，有您一句话，那比什么都管用。我回去禀报县长，恭候舵爷去县长大人府上做客。”曹正芳收了盒子炮，恭敬道。

徐凤春见曹正芳客客气气，也就收了倨傲的态度，笑道：“好说，好说，两日后正午，徐某亲自负荆请罪。”

“你是那个郭子吧？把人放了！”徐凤春扭头冲旁边夹板大船上最先识出他的那名老汉道。

老汉答应一声，和几个袍哥为被俘的长警松绑。

郝老六这时也明白了为什么看徐凤春有些眼熟，徐凤春做舵把子的那会儿，他还是一个刚入会不久的“老幺”，只在“单刀会”和“团年会”时见过徐凤春几次。（哥老会中每年例行举办的几个聚会，无非引进新人、调整帮会人员地位等级、讲规矩论恩怨之用）郝老六是丁敏提拔起来的“巡风六爷”，自然对这位刚冒出来的徐舵头有些抵触，他想出声阻止郭子放人，胳膊却被人攥住，回头看见老崔对他摇摇头。郝老六忍住没有出声，拎着砍刀冷眼打量徐凤春。

曹正芳率着治安队下了夹板帆船，回到矮棚渔船，向北岸驶远。

“别垂头丧气！主动权在咱们手里，一次不行两次，两次不行三次，做猫就要有耐心，没耐心怎么逮耗子？”曹正芳掏出盒子炮来，拔出枪管里的木条，弹落水中。

长警们一个个耷拉着脑袋，都无精打采的没半点士气。曹正芳也懒得再劝，一个人站在船尾，望着逐渐远去的郝老六船队，“× 他先人！”他掏出一块干布来，使劲地擦拭着盒子炮。

郝老六狠狠地打了个喷嚏，暗骂一句：“哪个龟儿子咒我？”他脸色铁青，眼看着曹正芳带领治安队扬长而去，他将手中砍刀用力劈在甲板上：“老子的匣子枪怎么不见啦？船上什么时候遭贼了？”

铁牛哪管船上遭没遭贼，他看郝老六放走治安队，粗声嚷道：“真放他们走啊？我追上去全把他们撞沉算逑！六哥，你说话嘛！”他见郝老六一言不发，又扭头问老崔：“老崔，咱这是放虎归山！你哑巴了，不劝劝六哥？”

“你少说两句！”老崔训斥一句，转过头，冲郭子使个眼色，让他盘问徐凤春。

郭子心领神会，他抬起双臂，十指交叉握在一起，拇指相对，举过头顶，缓缓落到胸前，说道：“徐舵爷，咱们兄弟奉了俞青红俞舵爷的令，守在这七星山下。您老似乎刚从七星山下来，不知您遇见俞舵爷没有，她有没有什么指派？”

徐凤春冷笑几声，说道：“我被那贱妇困在山顶黑塔上十二年，今日刚出塔来。她受伤逃走，不知所踪，你们没瞧见她下山来吗？”

众袍哥摇摇头，一脸的迷茫。

“靠岸，接那几个人上船。”徐凤春吩咐道。

魏芝祥和武岳阳等人早到了岸边。魏芝祥隔岸喊道：“老四，可受伤了？”

徐凤春回答道：“没有。码头上的弟兄，还识得我这张老脸。”

魏芝祥嚯嚯一阵怪笑。

武岳阳、姚青几个少年人围在蒙面女子冷秋蝉身边，不知道该不该救她。麻耗子蹲下，从冷秋蝉袖筒中取出原属于自己的两把匕首。

“她怎么在这里？这……怎么处置？”武岳阳问道。

姚青、麻耗子和骚猴儿都不说话，艄公老孙远远蹲在一旁。

武岳阳抬起头：“大师伯？”

魏芝祥疤脸抽动几下，说道：“别问我，你们自己做主便是。”

骚猴儿不耐烦道：“那有什么好说的！依着我，咔嚓一刀送她回姥姥家就得了。”

麻耗子默默地将一柄匕首递给骚猴儿。

“哎你个死麻子，你这借刀杀人啊？有能耐自己动手，俺们天台山的虽是盗匪，可盗亦有道，不干这种趁人之危的买卖！”骚猴儿叫道。

麻耗子收回匕首。

“没人动手就放了她吧。”武岳阳推冷秋蝉几下，但她并未清醒。武岳阳起身去江边将水囊灌满水回来，揭开冷秋蝉的面纱，要喂她些水喝。

一张冰冷精致的面孔显露出来，柳眉樱口，鼻梁修长，脸颊略显清瘦。她两眼紧闭，睫毛弯翘，眉头微微皱在一起，仿佛一个受了委屈刚刚睡熟的婴孩。

武岳阳捏着水囊悬停在她嘴旁，愣住了。

第八十五章　约战

郝老六对徐凤春大咧咧地喧宾夺主，进而指挥船只靠岸很是不满。他不顾老崔几次三番递送过来的眼色，将大砍刀从甲板上拔起，叫道：“哎哟，莫不是都要造反啦？哪个让你们靠岸了？铁牛，你个傻儿瞎眼了？管一哈！”

铁牛刚挨了老崔的训斥，心中正觉得憋屈，听到郝老六发令，顿时振奋起来，操起一支船桨，指东打西：“造反哪造反哪造反哪……”铁牛将众撑篙的袍哥胡打一气，摔了船桨，气势汹汹地奔船舵走去。

徐凤春虎着脸，将手中仅剩的两块碎木攥得咯吱吱直响，掉落许多木屑粉末。

众袍哥没人敢说话，冷眼瞧着铁牛向徐凤春走近。了解徐凤春的几个上了年纪的袍哥心里都很清楚，铁牛这次是跑不了要吃亏的。

铁牛人高马大，似铁塔一般，扭头俯视着徐凤春，根本没把这个叫花子样的干瘦老头放在眼里。

徐凤春待铁牛走到两步远近，手指连弹，将两块碎木弹出，“啪啪”击中铁牛两腿膝盖。同时徐凤春闪电出手，扯住铁牛左侧臂膀，顺势回带，将铁牛上身扭偏绕到铁牛身后，抓住铁牛后腰腰带，单臂上举，另一只手托住他脊背，竟生生将铁塔般的铁牛举过头顶。

铁牛似翻壳的螃蟹，手脚挥舞大声叫骂，可空中浑不受力，他空有一身力气，竟转不过身来。

“去吧！”徐凤春向船舷紧走几步，双臂发力，将铁牛横着丢下船去。

江面“扑通”一声，溅起老大一个水花。铁牛浮出水面，仍旧不停叫骂，快速向船游近。船上有人递竹竿过去拉铁牛上船，徐凤春并不阻止，对先前和他说话的那老汉道：“郭子，我记着水路上的买卖，我都交在刘大牙手里，他人呢？”

“回总舵爷话，三年前咱们跟一伙从金沙江窜来吃黑食的水匪来争水路，老刘挨了冷青子，失血过多……那次咱们眼看着要吃瘪，是郝六哥豁了命带领弟兄们冲杀，他让人家砍成了血葫芦，终于拖住这伙水匪，等兄弟们赶来，全歼了他们。郝六哥立下大功，才被提拔成六排巡风六爷，兄弟们是确实服了他。”那叫郭子的袍哥老汉道。

郝老六不顾天寒地冻，几下脱光了膀子，露出满身的伤疤，炫耀军功章似的展露给徐凤春看。

徐凤春险些被他气笑，瞧着郝老六一副杀剐由你的泼皮模样，他抖抖铁链道：“好了不起吗？昔日门内那些老家伙，哪个不比你的功劳大？可也没见哪一个似你这般狂悖无礼，卖功劳？你差远啦！赶紧把你这身细皮嫩肉包起来，免得伤风受寒流鼻涕。念你初犯，我饶你一次，更因这一身伤疤，仍保留你这六排的座椅，你可知道好歹？”

老崔贴在郝老六身后，压低了声音劝他赶紧同意。

郝老六不耐烦地抖肩将衣服重新穿好：“莫在这红口白牙胡说！他们识得你，我可不识得。有道是一山不容二虎，咱们码头向来也没有两个舵把子。你凭空冒出来就想指挥咱们兄弟，俞青红俞婆婆呢？她可说前一位舵把子早死了。难保你不是假扮的，你敢找她出来当面把事情说清楚吗？”

“好得很。她八成就在这山上，你们不妨上山将她搜出来。我也好与她当面对质给你们看！”徐凤春浅笑道。

“你明明晓得七星山是三江社的禁地，不经俞婆婆同意，哪个敢上山？”郝老六向七星山上望一眼，说道。

徐凤春见船慢慢靠到岸边，耐着性子道：“那你们便守在此地，直到候到她下山来，好不好？”

“那有什么不好？”郝老六生怕徐凤春反悔，大声道，“抛锚！”

武岳阳一手揭开冷秋蝉脸上遮挡的面纱，顿时为之惊呆。

冷秋蝉看着并不比姚青漂亮，只是相较姚青要朴雅淡然许多，似乎不食人间烟火，平添出一分缥缈之气。

“哎哎，哈喇子都流出来啦！”骚猴儿撇着嘴嘲讽道

麻耗子脸唰的红了，抹抹嘴，转过头去。

武岳阳不知骚猴儿说的是麻耗子，他心里发虚，手一抖，从水囊里洒出些水来，落在冷秋蝉脸上，将她惊醒。

冷秋蝉看清四周围着武岳阳一伙，立即要起身来。她刚一用力，立即感到喉咙发紧，忍不住咳喘起来。冷秋蝉将领口向下扒了扒，微微透过气来。众人瞧她脖子上赫然印着紫红的手指印，显然是徐凤春用以重手留下的。

“这事本与你无关，他才手下留情没掐断你的脖子。快说，你师父躲哪去了？”魏芝祥不偏不倚，挡住冷秋蝉瞅准要逃生的方向。

冷秋蝉颤巍巍站起，冷冷道：“我还要问你们呢。”

“问我们？”魏芝祥向江中看了看，“你不是来接应她的？”

冷秋蝉嗤之以鼻：“你们既已闯出黑塔来，还扮什么糊涂？我师父呢？”

魏芝祥摸摸满头的疤瘌：“我倒真有些糊涂了。你师父刚下山来，你没撞见？”

“我师父从未上山去，如何下山来？”冷秋蝉眉头微挑道。

江上传来阵阵叫骂声，紧接着响起“扑通”的落水声。魏芝祥盯着冷秋蝉看了好一会儿：“这么说，你不知道你师父一直藏在塔顶吗？”

“你休要……”冷秋蝉说到一半，忽然停住。她似猛然醒悟，想这几天一直未见师父踪影，师父为探听穆师叔的消息，确是有可能一直藏身在塔顶。

“看来你确实被蒙在鼓里。你师父为寻访那人的消息，可谓机关算尽。我们落在她手里，被困十二年。今日你落在我们手里，我倒要好好琢磨一番，要怎么折磨你才能解我心头之恨。嚯嚯嚯嚯！”魏芝祥怪笑道。他两眼闪亮，如恶狼盯住了羔羊。

冷秋蝉倒似乎并不关心自己的安危：“瞧你们这狼狈相，虽然凭着人多，怕是也没在我师父手里讨到什么便宜。我这点三脚猫本事，就不在您两位前辈面前献丑了。水里水里去，火里火里去，要不你们也关我十二年，看看我师父会不会来救我。”

“牙尖嘴利！”魏芝祥恨恨道，“你师父可是我师叔，她仗着利器与我们两个锁住手脚的后辈动手，招招阴狠致命。你我平辈，我双腿还被脚镣所困，出手教训教训你，不算欺负你吧？”

冷秋蝉面色平淡如水：“你想出气，我不动就是。”

“不动也要你动！”魏芝祥滑步上前，单手成爪，以鹰爪径直掏向冷秋蝉咽喉。冷秋蝉不闪不避，木人桩一般站立不动。

魏芝祥手指触碰到她领口，突然变招，手腕翻转，以食指中指挖向冷秋蝉双目。

冷秋蝉视而不见，眼皮眨也不眨。

“快出手！下一招要你的命！”魏芝祥喝道。

“你好啰唆！”冷秋蝉道。

魏芝祥本就是个粗人，年少时就被大火烧毁面容，紧跟着又受同门所害，囚禁黑塔十二年之久，一腔的侠骨热肠全都化作了愤懑戾怨。他见冷秋蝉一副目中无人的模样，顿时怒火中烧，一记伏虎拳击出，带着风声直袭冷秋蝉小腹。这一拳魏芝祥全力打出，冷秋蝉若是挨中了，万难保住性命。魏芝祥不信冷秋蝉不躲。

“不可！”徐凤春见魏芝祥下了重手，远远喊道。

魏芝祥立即收劲，并变拳为掌。可为时已晚，他堪堪收回半分劲力，一掌推在冷秋蝉小腹上。冷秋蝉顺势后仰，卸力不少，饶是如此，也摔出十余步远。她闷声轻吟，一口鲜血吐在地上。

徐凤春快步走近，瞧瞧冷秋蝉，又看看魏芝祥，连连摇头。

“是她自己寻死！”魏芝祥道。

徐凤春叹口气，又走回冷秋蝉身旁，说道：“丫头，你这又何苦？替你师父还债吗？”

冷秋蝉脸色煞白，她擦净嘴角的残血，强撑着站起身来：“还有什么手段，一起使出来吧。今日我若不死，他日必报此仇！”

“嚯嚯……好大的口气！”魏芝祥怪笑道。

冷秋蝉一双黑白分明的杏目逐一扫过魏芝祥、徐凤春和武岳阳一伙，似乎要将众人牢牢记住。她回望一眼七星山顶的黑塔，向靠岸小船走去。

徐凤春好意提醒道：“你伤势不轻……”

“两位师兄要硬留我吗？”冷秋蝉回身冷冷道。

徐凤春又是摇摇头，叹着气摆摆手，示意冷秋蝉可以离开了。

魏芝祥连声冷笑，却也不再阻拦。

冷秋蝉刚要迈步，有人突然喊道：“站住！”

麻耗子追上前去，他左右袖口各垂下一支刀柄。

“你也要趁火打劫？”冷秋蝉背水而立。

麻耗子咳嗽一阵，涨红了脸，说道："先前我身上有伤，受制于你。咳咳……现下你也受伤了，正好扯平，咱们再比试一场吧。"

"哎呀我操，麻子你要脸不要？你好歹也是个爷们儿……"骚猴儿叉着腰讥讽麻耗子，见姚青怒瞪自己，赶紧住口。

冷秋蝉喘息几口，待气喘匀了，说道："有多少暗青子，你只管招呼就是。"

麻耗子衣袖微动，袖筒里手指紧捏刀尖，他死鱼眼翻了几下，瞧见冷秋蝉的双腿正不住地抖动着。麻耗子干咳两声，心中默默改了主意，他缓缓抬起右臂，将匕首露出："今日不便，等你我养好伤再比试吧。接着！"麻耗子将匕首向冷秋蝉甩出。

冷秋蝉接过匕首，看一眼麻耗子："依你。"她登上岸边小船，吩咐撑船的袍哥将小船向北岸驶去。

"明年今日，我来宜宾找你！"麻耗子叫道。

冷秋蝉回身望着南岸，扶船舷坐下，一言不发地将匕首放进袖口。

第八十六章　送佛送到西

徐凤春原本就是宜宾地界上袍哥码头的总舵把子，十几年前，“铁木鱼徐舵爷”名头正响，打着徐舵爷旗号混饭吃的袍哥何止千人。虽然他此刻破衣烂衫，略显窘迫，可目光凌厉，竟丝毫未将郝老六一伙放在眼里。徐凤春轻而易举说退了治安队，替郝老六解了围，又一招擒住铁牛，掷稻草人一般将他扔到江里，自然而然被这一伙袍哥重新认作首领。

岸边只留下两只船，不到二十个袍哥跟着郝老六，守在七星山下。俞府已经空无一人，郝老六仍派了几个手下在院墙外守着，其余袍哥都拥立新君一般随徐凤春驾船驶离南岸。

船舱中经过重新布置，窗明几净，桌椅整齐。徐凤春和魏芝祥一人一把木椅，靠舷窗而坐，武岳阳一伙和包括郭子在内的五六个袍哥有些不自然地挤在一起。

徐凤春向这几个袍哥询问了这些年帮内发生了什么大事。郭子从徐凤春失去音讯、俞青红以非常手段执掌三江社开始讲起，挑这十二年内帮中重要大事一一讲出，徐凤春双眼微闭，神情漠然。相反魏芝祥倒是听得全神贯注。他一会儿皱眉轻叹，一会儿颔首微笑，更不时紧握拳头，面目狰狞。

等郭子讲完，徐凤春将手中盘摸的铁链松开，一句话也没说，只晃了晃手。郭子和这几个袍哥一头雾水地出舱去。

武岳阳站得两腿发麻，听到骚猴儿喉咙和鼻孔不停地发出唧唧咕咕的声响，知道他等得不耐烦了。再看姚青，也是眉头紧蹙，一脸的焦急。艄公老孙蹲在舱门旁边，做贼一样偷瞧着魏、徐二人。麻耗子则是一脸木然地透过舷窗向江面眺望，一双死鱼眼隔会儿眨动几下，间或干咳数声。

武岳阳知道这几人都急着离开，却不好贸然开口，这话只能自己来说。武岳阳犹豫再三，终于打破安静，他冲魏芝祥和徐凤春拱手道：“师叔师伯，今日我们几个误打误撞，侥幸助两位前辈脱困。我们之前惹了一些祸，与袍哥兄弟发生些误会，现今看来，都是受那怪妇人蛊惑挑唆。码头上的事，还要麻烦两位前辈妥当安抚。我们几个急着追寻仇敌，不便叨扰，就此别过。”

这几句话武岳阳小心照顾着魏芝祥和徐凤春二人的脸面，他明白，虽然明明是自己一伙救两人出塔，可是江湖中人注重声誉，越是有身份名望的长辈，越是爱惜羽毛。两个成名已久的江湖上响当当的人物，被困十二年，竟让自己一伙四个乳臭未干的毛孩子救出，这传到江湖上，无论如何也不是一件光彩的事。

“还是个急性子，嚯嚯嚯嚯……”魏芝祥怪笑道。

徐凤春打量武岳阳一眼，淡淡道：“别急着叫‘师叔师伯’，我先问你，你爹是不是张金栓？”

武岳阳愣了一下，他看了看魏、徐二人的脸色，还是决定实话实说：“我只知道我爹叫武兴华，你说的张金栓，我听二爷爷提过，他也说我爹本名唤作张金栓，说在龙虎山时，别人都喊他小三子。二爷爷说的话，我原本不信，可是这些天经历了这些事，我却渐渐有些信了。我急着赶去南京，不止为了追寻仇人，还抱着另一个目的，我要找我爹问清楚，他到底是不是张金栓。”

“他去南京做什么？”徐凤春问道。

“小鬼子要打南京了，我爹率部赶去保卫南京城。”武岳阳道。

“哦……”徐凤春若有所思，又道，“你在塔中说过，你那位‘二爷爷’叫张元顺。如果那人果真是张元顺，那你爹就必是张金栓无疑了。怪不得你长着这副让人生厌的眉眼。”

武岳阳一张脸唰地阴沉下来：“我尊敬两位是前辈，请两位不要倚老卖老！”

“嚯嚯！脾气更像。”魏芝祥面颊抽动。

武岳阳怒目而视。

徐凤春没想到一句话就将武岳阳惹恼了，他冷哼道：“你爹当年做的好事，难道你那二爷爷没对你讲？”

武岳阳并不回答徐凤春的问题，退后两步，冷冷道：“告辞！”说罢转身就要出舱去。骚猴儿一把将他拦住。

“你干吗？”武岳阳没好气道。

骚猴儿险些跳起来，叫道："你眼珠子瞪那么大干啥？出了船就是江面，你倒说说你想往哪'告辞'？"

武岳阳无从反驳，又不肯拉下脸来求魏、徐二人，正自犹豫，徐凤春起身来："凭你们几个，还想到南京？依我看，连重庆都过不去！"

徐凤春来回踱了几步，看了看魏芝祥。

魏芝祥抓过茶壶，揭开盖，灌了一大口浓茶，皱皱眉头，问道："怎么？你要一路护送他们到南京？"

徐凤春走到船舱门口，推开舱门，看着江面道："瞧着今天的架势，那些大头兵似乎来者不善，我得先替崽子们将码头上的事处理干净。这几个小祖宗急三火四地要去追赶什么人，要不，大师兄辛劳些，替我走一遭吧，送佛送到西。"

"嚯嚯，我倒不怕什么辛劳。你瞧他几个看我的眼神，咱还是别用热脸贴人家的冷屁股吧！"魏芝祥冷笑道。

"可别把人瞧扁了！"骚猴儿一只脚踏在长凳上，抓起一根不知从哪里顺来的鸡腿，张嘴撕下一大块肉来，一边吞咽一边说，"您二位可还是哥几个舍命救出来的呢！"

"哼！"徐凤春甩袖出了船舱。他叫过郭子等十几个较为年长的袍哥，贴耳细细吩咐。

姚青瞥一眼魏芝祥，对武岳阳道："你们的家事，我们懒得掺和。如果能走，一会儿咱们换艘快船，将这几天耽搁的时间都追回来。如果不能走，你说句话，咱们也好分道扬镳，别耽误我们赶路。求你与这些怪人问问清楚，尽快给个准话。"

魏芝祥哪能听得别人称他"怪人"，不等武岳阳答话，当即皱眉道："丫头，你比那脱光了衣服的野人还要狂悖无礼！"

魏芝祥说的野人自然就是郝老六了。

姚青不理他，转头问麻耗子和骚猴儿："你们什么打算？"

"自然听大公子的。"骚猴儿将两根手指伸到嘴里，抠出塞在牙齿间的肉屑，扣指弹出。

麻耗子仍旧一副出家人无欲无求的模样，只是语气颇显郑重："不能再耽搁。"

徐凤春推门进来，先对魏芝祥说一句:“送他们一程吧，好歹出了四川。”

魏芝祥怪笑几声，没有说话。

武岳阳听到船舱外一阵喧闹，从舷窗向外看到，旁边几艘船正用舢板向这条三桅铁皮夹板大船上运送盐巴、粮谷和蔬菜。

“我只能将你们送出四川，后面的路，还得你们自己走。”徐凤春重新在舷窗旁坐下，看着武岳阳道。

武岳阳感觉到大船掉转了方向，顺流向下游驶去，面露惭色，冲徐凤春拱拱手:“有劳四师叔。”

徐凤春摆摆手:“其实我和你大师伯都比你爹年长，不说这个……你怎么称呼都好。我想知道，你们究竟怎么被那妖妇抓住的？你几次说急着去追人报仇，报什么仇？你后背背着的天蓬尺从何而来？是你二爷爷给你的？他怎么没与你在一起？”

武岳阳从怀中掏出水囊，润润喉咙，从灰袍老人到索家岭引天雷劈树讲起，将自己如何被灰袍老人劫至荒山，二人如何对赌，灰袍老人又如何传他十二式怪招，自己又如何混进团结会的车队被劫上天台山一一细说。讲到母亲林淑芳与阿公被特务害死的时候，武岳阳眼眶立即变红了。他哽咽着将自己上山寻仇、马三率团结会剿匪、三人跌落枯井、发现密道、找到张献忠宝藏、马三炸山、灰袍老人夺宝、灰鹤传书灰袍老人急忙回山、三人结伴追击马三、宜宾江口遭遇袍哥拦阻、被化名俞青红的丁敏困上七星山石塔等事，不分巨细，和盘说出。

徐凤春和魏芝祥静静地听武岳阳讲完，好半天说不出话来。

姚青、骚猴儿和麻耗子也都默不作声，尽管后面的事情是几人一起经历过的，可是前面的几件事，连姚青也知之不详。

武岳阳打破寂静，问徐凤春道:“若是四师叔……四师伯没有什么问题补充，我有三个疑问想请教四师伯。”

“你说。”徐凤春道。

“第一，我从你们的语气听出来，你们似乎不太尊敬二爷爷，你们有什么过节吗？第二，二爷爷因山中有事，走得急促，只留下了这根他很看重的天蓬尺，二爷爷说这根天蓬尺是张献忠宝藏中难得的三件重宝其一，我想知道它有什么特殊之处；第三，化名俞青红的怪妇人丁敏到底是人是妖？我们初次见她还是一个三十多岁的貌美少妇，可是今日与您二位打斗的那年过半百的老妇明明也是她的声音。她戴了面具吗？她将我们几个抓到塔上，不是巧合吧？”

“嚯嚯……”

“哈哈哈哈！”魏芝祥和徐凤春同时大笑。

“你这哪是三个疑问。想知道这些，说来话长！”徐凤春叹口气，眼前浮现出十几年前龙虎山的画面来。

第八十七章　山门陋习

徐凤春喊随行的几个袍哥整治了些饭菜，这几人草草填饱了肚子。

魏芝祥和徐凤春身上都有几处轻伤，各自重新敷了些草药。

徐凤春换过一身整洁的皂色长褂，洗净头面，重新挽了发髻。原本蓬头垢面的乞丐形象转眼间消失，取而代之的是仙风道骨的一个世外高人。

魏芝祥依旧破衣烂衫，他吃饱喝足，气色恢复一些，不过仍旧一副疤癞和尚模样。“这狗链子何时才会褪去？”魏芝祥将脚腕上的锁链挣了挣。

“我已让手下那些崽子回去寻东洋钢锯去了，他们寻到后会立即送来。”徐凤春道。

魏芝祥不介意地摆摆手：“你忙你的。”

徐凤春见武岳阳早已端坐在一张蒲团上，一动不动地盯着自己，他清清嗓子，环视一圈：“各位小友，船舱里气闷得很，到外面透透气可好？”

姚青等人自然听出他要单独讲给武岳阳听，这是人家门里的隐秘事，当然不愿外人知道。姚青、骚猴儿、麻耗子和艄公老孙先后出舱去。

徐凤春问武岳阳道：“你二爷爷既然对你讲了当年你爹做的好事，不知他有无对你讲，你爹放火的缘由。”

“那还用说，自然是因为祖母和曾祖母无端被害。此事二爷爷说过。”武岳阳道。

“他可说清被谁害了吗？”徐凤春道。

“二爷爷没说，他应该并不知情。不过，倒不难猜出是谁。”武岳阳挠了挠脑门，抬头道，“是化名俞青红和穆纯的丁敏与木村胜平二人吧？”

魏芝祥原本微闭着眼，似乎睡熟，听武岳阳说了这句，猛睁开眼，问道：“你如何得知？”

“那有什么稀奇？这二人既然从龙虎山盗宝出来，怕是早蓄谋已久。不捅出点乱子，他二人如何下手？二爷爷说龙虎山失火那晚，山中宝物从大殿中救出，摆放在院中，由门中高手以八卦锁龙阵看护，却还是丢了几件。有什么高手能从这种阵法中神不知鬼不觉地盗出宝物去？二爷爷百思不得其解。现在想来，他哪里是百思不得其解？他是不愿往‘内鬼’这个方向怀疑罢了。我虽没有什么证据，可我敢断定，大伯伯天赐准是被这对叛徒害死的，祖母和曾祖母也是他们害死的。龙虎山失火，说不准也是二人所为，故意嫁祸在我爹头上。”武岳阳没好气道。

“嚯嚯嚯嚯……你倒懂得为你爹辩白！”魏芝祥笑道。

徐凤春道：“天赐的死因，不能凭空猜测。你们张家愿意将这笔债记在他们二人头上，那是你们的事。至于真相，目前还没有定论。龙虎山失火那晚，我们是亲身经历过的，你爹自家都承认了，你休要胡搅蛮缠！”

“反正我不信，我总要就此事找我爹，听他亲口说个清楚。”武岳阳道。

“寻到你爹，他自会讲给你。你既然抛出三个疑问，那就先听我怎么说。”徐凤春面露不悦道。

武岳阳赶紧闭了嘴，乖乖听徐凤春说话。

徐凤春呷一口茶，悠悠说道：“那天夜里，你爹放了火便逃走。大师兄去火里救人，虽然将人救出，可是毁了容貌。”

徐凤春向魏芝祥看了一眼，魏芝祥面容抽动，“嚯嚯”地怪笑几声。

徐凤春接着道：“众人恐怕火势蔓延到正殿，便将正殿中宝物搬出，摆放在后院。同门八人以八卦锁龙阵守护宝物，我有幸位列其中，不想出了大丑，宝物在眼皮底子下被人盗走，却丝毫没有发觉，第二日清点数目时发现少了几件宝物，我还不信。亲自清点了好几遍，才相信，确是丢了六件宝物。”

山中失宝一事，灰袍老人张元顺对武岳阳讲过，武岳阳张口想打断徐凤春，见他黯然神伤，明显仍在自责，就闭上了嘴。幸好徐凤春将茶杯放下，讲起后面的事。

“如果不是十三师叔醉酒，我们怕要永远被蒙在鼓里。也是他过于自负，性格使然吧。”徐凤春眼望虚空，“十三师叔长九师叔一岁，长我三岁，若当年江边一场恶战他不死的话，算起来，现今也得有四十四五岁了吧。而当年，他十岁入门，既勤奋，悟性又高，平时沉默寡言，只是一味苦练，修为以惊人的速度激增。等到我入门那会儿，十三师叔年纪不过二十岁，却已成天师十四弟子中的佼佼者。龙虎山失火那年，我二十岁，九师叔和十三师叔都是二十三四岁年纪。九师叔貌美如花，十三师叔年少有为，两人早暗生情愫。二人垂涎山中宝物，相互勾结，一直伺机盗宝。那晚山中失火，二人见机会难得，本欲直接去大殿盗了宝物远走高飞，可是又知道龙虎山势力大，恐江湖虽大，没有他二人容身之地，计议一番，最终决定瞒天过海，嫁祸于人。如今细细想来，他二人那晚的行动也谈不上有多繁复、严密，不过是一壶掺了特质迷粉的苦丁茶罢了。”

武岳阳趁徐凤春叹气的空当追问道：“你和他二人年纪相仿，大师伯更要比他们年长几岁，为什么矮他们一辈？”武岳阳又摆手补充道：“我知道帮会门派中弟子不论年纪、只按先后入门来进行排辈的道理。难道大师伯不比那木村胜平入门早吗？”

“你指的‘入门’是拜师学艺，我们指的‘入门’是得入龙虎山的山门。”徐凤春解释道。

“有什么不同吗？”

“我拜在点尸判官贺东方门下，大师兄则是六师叔赤脚仙于大海的大弟子，我们算是‘再传弟子’，未得天师亲传。”徐凤春道。

“哦，明白了。”武岳阳点头道。

徐凤春继续道：“二人偷走的那几件宝物，对龙虎山来说，乃是无价之宝，可是到了寻常人手中，怕也值不了几两银子。他二人虽有本事盗出山去，可敢拿出手来见天吗？既然如此，他二人又为何要冒此大险行这叛逆之事？对这些，你不好奇吗？”

武岳阳又点点头：“我正想问。”

徐凤春冷笑道：“哼，所有的根源都在于龙虎山的陈规陋习：天师一脉，世袭相承，非张氏血脉，不得真传。”

“难道你们所学武艺……”

“我们这点本事，走走江湖还可以，可永远达不到登峰造极的境地。就好似将你领到山腰，却不告诉你通往山顶的路。我们若是从不曾仰望山巅的蝼蚁倒也罢了，自然也不会有所期冀。可是，我们入门多年，已经能感觉到山顶的罡风了。”徐凤春满腔怨气道。

“所以你们尽管身为龙虎山正一道人，却对师门深有不满，对张氏一脉也是又羡又妒。等到时机，更会监守自盗，背叛师门。是不是？”武岳阳无意中已将自己立场放在了龙虎山张氏这一边。

“背叛师门的事，我们不齿也不屑去做。毕竟受人恩惠，负恩忘义的事我们做不出。九师叔和十三师叔的所作所为是很下作，但也并非不可理解。”徐凤春道。

武岳阳嗤之以鼻。

“第一个问题回答你了，关于天蓬尺的第二个问题不妨放一放，其实第三个问题也没什么好说。”徐凤春杯中残茶渐冷，他一口饮尽，“十四年前，我和你大师伯来四川寻找失宝。为了增加眼线，便收服了本地的袍哥势力。可是两年过去，没有查到关于失宝的半点音讯。倒是远在江苏的一位洪帮老友传了一封古怪的信过来。信封内附着两张图纸，这两张图纸引得十三师叔原形毕露。你不妨猜一猜，究竟为何？”

武岳阳稍作沉吟，立即答道：“莫不是那张献忠藏宝图？”

“嚯嚯！”魏芝祥怪笑出声。

徐凤春也是面色微变：“嗯，不错。正是张献忠的藏宝图。确切说来，是一张图，一首隐诗。我知道此事事关重大，想立即回报龙虎山，等天师定夺。后面的事你应该听我对那妖妇讲过。姓穆的妄图私吞宝藏，酒醉之后被我和你大师伯打落江滩，从此消失不见。几日后，姓丁的妖妇赶来，趁你大师伯和我不备，各个击破，将我二人囚于黑塔。我将图纸牢牢记住，便毁了藏宝图，对她绝不吐露半个字。妖妇无奈，又不能取了我们性命，软硬兼施，将我们这一关就是十二年。她为防止我二人破门逃出，故意特制了这副手铐脚镣限制住我俩。而我二人虽然手脚不便，可也没有眼巴巴地守着等死。那黑塔时常引来一些飞鸽筑巢。我们便以饭食将飞鸽引入石室，将画好藏宝图的布条绑在飞鸽腿上。希望张献忠宝藏传播出去，造成轰动，进而引来龙虎山的同门中人——那宝藏里据传有一卷龙虎山早年丢失的古籍，这本古籍对龙虎山来说至关重要……”

武岳阳打断道：“你干吗绕这么一个弯，将七星山黑塔的位置直接画出来，令人来山上救你出去不是更快一些？”

第八十八章　木能克金

“你说的我们不是没想过，但这么做，如果飞鸽将黑塔位置传给寻常人，不但救不出我们，反而打草惊蛇，惹得丁敏知道，必会将我们换个所在重新囚禁，以后就再难有获救的机会了。我们考虑了很久，觉得还是如实传藏宝图出去要更好一些，因为那宝藏可不是一两个人能独吞的。无论飞鸽将布条传到何人手里，最终都会引来世人争抢，龙虎山也定会派人前来。我们早年在宜宾统领袍哥码头，门中弟兄是知道的，这些年一直没有音讯，若天师闻讯派人来寻找古籍，难道不会顺路到宜宾寻找我们二人吗？”徐凤春捻须道。

武岳阳感慨道：“是啊，让你们赌中了。龙虎山派了二爷爷前来。后面发生这些事，虽然曲折离奇，却也都在情理之中……”他想起一事，突然问道：“这么说丁敏现今也不过四十四五岁年纪，为什么我们初次见她是一副雍容美貌少妇模样，这次却变成了年过花甲的老妇模样？”

“她修炼妖术，走火入魔，这满脸皱纹的老妇人，才是真正的她。雍容美少妇，不过是她用来隐藏真实身份的假面孔，就如‘俞青红’一般，是她造出来的一个见不得光的人物。”徐凤春道。

“还剩最后一个疑问了。”武岳阳抽出后背的天蓬尺，“咣当”一声，很随意地扔在面前地上，“这根木头就是从张献忠宝藏中取出的，你倒说说，它是什么宝贝？”

徐凤春一眼窥去，看了半晌，神情凝重地走上前来，脚尖一踩一挑，天蓬尺就到了他手中。魏芝祥也是死死地盯住天蓬尺，皱眉道：“怎么有金石的脆鸣声？它外面包着铁吗？”

徐凤春将天蓬尺捧在手中，凑到魏芝祥跟前，两人一起细细打量。

魏芝祥平摊开手掌，在天蓬尺上抚过，翻转过来，看了看两端截面，又将天蓬尺凑近鼻孔闻了闻。徐凤春则将天蓬尺掂了掂，冲魏芝祥点点头。

“这根木头……你二爷爷怎么说？”徐凤春扣指轻弹，天蓬尺发出“铮铮”的长音。

“二爷爷说过它是道家的法器，唤作天蓬尺。好像还说过它是什么稀有名木制成，夸它极其珍贵。二爷爷临走时匆匆将其送给我，我没来得及问他。这根灰突突的木头，能有什么文章？”武岳阳掏出盒子炮来，一边问一边擦拭着枪管。

徐凤春微微侧头，从舷窗向外面张望。

麻耗子到船尾，左后张望一番，解开裤子，对着江面，撒了好大一泡尿。

姚青本来以为麻耗子要偷条舢板，从魏、徐这两个怪道手中逃走，眼睛一刻也没离开麻耗子，却见他是到船尾解开腰带，褪下裤子小解，赶紧嫌恶地转过头去。

麻耗子长舒一口气，抖了两抖，提好裤子返回。

姚青等麻耗子走近，阴着脸道：“这么耽搁了好几日，你那马长官怕都过了重庆了，咱们就这么慢吞吞地追，明摆着越追越远！”

麻耗子木愣愣地站住，说道：“哦。”

姚青见他一副呆头鹅模样，火气平添三分，恨不能一脚将他踹下船去。麻耗子见姚青粉面含煞，不敢触她霉头，转过身，又走回船尾，向江面眺望。

“骚猴儿。”姚青唤了一声。

骚猴儿正扒着船舱门，全神贯注地从门缝向里面窥探，姚青的声音无意中被他过滤掉。姚青看他做贼般偷听别人说话，畏畏缩缩地平白丢了天台山的脸面，她当即从甲板上抄起一支鱼叉，甩臂向骚猴儿掷去。鱼叉贴着骚猴儿脸颊，“噌”的刺中舱门，木柄上下咯唧唧一阵颤动。

骚猴儿“妈呀”一声，吓得尖叫着跳起来，就要张口骂人。

姚青抢先道：“你聋啦！”

骚猴儿挖了挖鼻孔，指指船舱：“大公子……”

“有人来了！”麻耗子顺船尾望着下游方向。

说话间一艘小船顺流破浪追来，很快追到近前，靠到大船一侧。

从船头走过来几个袍哥，其中一个穿着蓑衣的舵手样的袍哥道：“冯三娃嘛，你来弄啥子？”

小船上一名袍哥抓缆绳爬上大船，将一长条和一圆鼓鼓的两个包裹递给穿着蓑衣的袍哥：“老郭，你喊胡伢子给你找的这玩意？包那么紧密，是个金疙瘩吗？”

郭子接过两个包裹，横冯三娃一眼：“管那么多干吗？忙你的去！”

姚青、麻耗子、骚猴儿和蹲在桅杆下的艄公老孙，一齐看着郭子走近舱门，不轻不重地敲了几下。

“徐舵爷！东西找来了。”郭子上身微躬道。

“进来吧。”里面传出徐凤春的声音。

郭子将两个包裹毕恭毕敬地送进去，很快退出来，掌舵去了。

姚青使了个眼色，骚猴儿立即又贴到门缝向里面窥视。

徐凤春先打开条形包裹，从里面取出银光闪闪的三根东洋钢锯：“崽子们手脚倒挺麻利！”说完又打开另一个圆鼓鼓的包裹，露出黝黑锃亮的一个铁质木鱼来。徐凤春解开包裹前已经知道里面会是此物，可是亲眼看到，心中仍是抑制不住激荡，他双手颤抖，抱亲生骨肉似的捧起木鱼，一手不住地轻轻抚摸，眼中泛起一层雾气，喃喃道：“老伙计……咱又见面啦……”

“先不忙跟你的宝贝叙旧，锯开这手铐脚镣，咱们回去找九师叔，重新跟她讨教几招。”魏芝祥抓过一根钢锯，按在脚镣上就刺啦刺啦地锯起来。

脚镣常年箍在他脚腕上，早磨掉了棱角，溜光水滑仿佛大一号的镯子，钢锯划上去左右摆动，一时间竟无法留下固定的凹痕。魏芝祥哪顾这些，按着钢锯，一味推拉，将脚踝蹭出数道血痕也毫无察觉。

徐凤春从铁木鱼的空腔里掏出一根精钢鼓槌，擦净浮灰，试着在铁木鱼上敲了两下，“叮，叮”，一种独特的击玉敲金之声传出，清脆而铿锵。徐凤春抬头看武岳阳盯着自己，于是放下铁木鱼和钢槌，从矮桌上抓过天蓬尺，说道：“你二爷爷很少在江湖走动，对于江湖传闻怕是知之不多。他能瞧出这根天蓬尺是件宝物，却未必知道它为何是件宝物！他可对你说过它的来历吗？”

武岳阳摇摇头。

“哼，想必他不知道。”徐凤春将天蓬尺掉转过来，给武岳阳看天蓬尺底部横面，“瞧清楚了，‘政和二年’，这是宋徽宗时候的物件，相传曾是道君皇帝赵佶喜爱之物，整日随手把玩，听说逛窑子也不离手。后来金人南侵，发生了靖康之变，徽、钦二宗被金兵掳走，这根天蓬尺失去音讯，数百年间销声匿迹。直到明末清初，满人入关，天下大乱，这根方木不知怎么又突现江湖，流传到张献忠的手里，也深受他喜爱，更被他配了金丝锦囊随身携带。你从张献忠宝藏中得到此物，想必假不了，应该就是当年那根天蓬尺。”

“我只想知道它究竟有什么用处？”武岳阳很不喜欢包括灰袍老人在内这些道士故弄玄虚的模样，皱眉道。

徐凤春听出武岳阳不以为然的语气，说道：“旁的用处说出来你也不懂，只说一样你能懂的，据说这根木头，可以克金。”

“克金？”魏芝祥停下手里的动作，抬头问。

“五行金木水火土，相生相克，自古都是金克木。可是，这根木头偏偏有‘木克金’的传说。”徐凤春道。

魏芝祥没好气地将手中钢锯丢到一旁。锯了这么半天，他脚腕上的脚镣也只锯出米粒大小一个缺口。魏芝祥摊开双腿，伸手抓过舷窗下一根六棱铁棍，在地上摆好，将铁链铺在上面：“怎么个克法？你让它克给我瞧瞧！”

“我也只是听说。”徐凤春抄起天蓬尺，看一眼武岳阳，作势要用天蓬尺去敲铁链。

武岳阳稍稍抬下手臂，一副悉听尊便的模样。

徐凤春咬咬牙，手腕上使了三分力气，将天蓬尺向铁链砸去。

“咔！”一声脆响，铁链被敲中的一段碎成几块，散落开来。

魏芝祥和徐凤春惊得瞪圆了眼，武岳阳更是瞠目结舌，险些惊掉下巴。

“哎呀妈呀……”骚猴儿惊叹出声，姚青赶紧捂住他的嘴。

徐凤春和魏芝祥向舱门望了一眼，虽然知道骚猴儿他们三个在偷听，可也没有前去驱赶。

“嚯嚯，嚯嚯嚯嚯……”魏芝祥喉咙里传出一阵怪笑。

“传言果然不假！”徐凤春检查着天蓬尺顶端，发现没有丝毫破损。

魏芝祥将两腿脚腕一齐放在六棱铁棍上：“把脚镣敲碎。”

徐凤春一手握着天蓬尺，试着向另一只手的手掌心拍了几下，犹豫道："这根木头遇刚则刚，遇柔则柔。可裂土开石，击铁碎玉。若击打在人身上，怕是脏腑受损、骨骼迸裂，发肤反而无损。"

"你及时收力即可，快些，风火轮等不及了。"魏芝祥满不在乎地催促道。

武岳阳担心发生意外，转过身去。

徐凤春仔细比量几下，抖手将天蓬尺向魏芝祥两腿上的脚镣砸去。

第八十九章　扣押

“啪……”一声脆响，就像是西洋玻璃被敲碎的声音，一只脚镣似冰块般被铁锤击碎，散成几十块碎屑掉落脚下。

武岳阳担心发生意外，盯着魏芝祥双腿，稍稍向后躲闪，只见精钢脚镣竟也和铁链一样，轻易被天蓬尺敲碎。他心中惊喜交加，却又想不通这么结实的精钢脚镣，在这根灰突突的木棒下面怎么竟脆弱如斯？

“嚯嚯。好，好哇！”魏芝祥笑道，“快把这个也敲碎！”魏芝祥说着将另一只腿向徐凤春挪近少许。

徐凤春如释重负，又举起天蓬尺：“大师兄小心了！”

伴着第二声脆响，徐凤春将魏芝祥另一只腿上的脚镣也敲碎了。

“嚯嚯嚯嚯！”魏芝祥双腿交错，如踩了一只风火轮，他化成一片幻影，在船舱中四处飘忽移动。

徐凤春捻了捻碎成瓜子大小的碎铁屑，又摸摸光滑平整丝毫无损的天蓬尺，连连咂舌摇头，满脸的不可思议。

魏芝祥在徐凤春面前停下，一把抓起天蓬尺：“老四，今日便是你我重生之日！”

徐凤春拾起地上的六棱铁棍，在木桌上放好，将手臂平放上去。魏芝祥两下敲碎手铐，将徐凤春双臂解放出来。

魏芝祥凭空挥舞几下天蓬尺，呼呼生风：“走！咱们亲自回去搜那妖妇出来。我要好好找她老人家讨教一番，倒要瞧瞧，她失了利器的优势，还能跋扈什么！”

“她怕是早去得远了。”徐凤春道，“她既然得知了十三师叔未必死去的消息，凭她的性子，便是有一丝希望，也会满世界寻找十三师叔，直到寻到为止，绝不会罢休。”

魏芝祥将天蓬尺向下一顿，天蓬尺插入舱底木板半尺余深，似墓碑一般立在地上。

“这根木头的神奇之处，你也看到了。夸它‘宝物’二字，可过分吗？”徐凤春搓揉着被铁铐束缚了十二年的双臂道。

武岳阳连连笑道：“不过分不过分。”

“只是这宝物到了你手中，不知是福是祸。按理说，你二爷爷不该给你此物。”徐凤春皱眉说道。

武岳阳见魏芝祥和徐凤春解除了手铐脚镣，心中疑惑也得到解答。他有意尽快上岸去，一为骑马追赶特务头子马三，毕竟水路相较陆路过于缓慢；二为避开魏、徐两人，武岳阳总觉着这两人喜怒无常，有种伴君如伴虎的感觉。他看了一眼杵在舱底的天蓬尺，说道：“既然两位伯伯已经脱困，整件事情的前因后果咱们也都已讲清楚。送君千里终须一别，两位伯伯送我们上岸吧。这根天蓬尺，虽是宝物，却于我无用，不如送给两位伯伯。它原本就是道家之物，到两位伯伯手中也算是物归原主。”

“你倒大方。这根天蓬尺原本是宋徽宗征花石纲征来的一方奇异的阴沉木，此木掘于金沙江河岸，出土之日天降异象，晴空霹雳。整株阴沉木都被雷劈成焦炭，唯独留下这么两尺长的一段木芯。宋徽宗赵佶找来能工巧匠打磨平整，亲自刻字，这几个瘦金体的年号，旁人可模仿不来。话说回来，你肯送人，你二爷爷怕也不会同意。”徐凤春不等武岳阳回话，扭头向舱门外喊道，“别偷看了，你们几个进来。”

姚青、骚猴儿和麻耗子推门进了船舱。老孙仍旧蹲在舱外，假装没听到，一双贼眼却不停向船舱内偷瞟。

徐凤春瞧着这几人进舱来，手指从桌上抠下一块木屑，扣指弹出，木屑“砰”的一声，击中门板，舱门随之关闭。徐凤春手中捧着铁木鱼，不停地摩挲着。他眼望武岳阳，目光逐个从麻耗子和骚猴儿脸上滑过去，最终与魏芝祥对视一眼。

“你先挑吧，到了我这儿，哪个都一样。”魏芝祥没头没尾说了这么一句。

四个少年男女被徐凤春瞧得心里发毛，相互看看，都搞不清楚他葫芦里卖的什么药。四人噤若寒蝉的模样惹得徐凤春哑然失笑：“怕个什么？你们几个助我师兄弟脱困，我师兄弟还能吃了你们不成！”

武岳阳一伙没人吭声。

“听说你们几个娃娃要找什么人报仇，而且那个人好像是个特务头子。”徐凤春稍作停顿，发问道，“凭你们几个，能成事吗？”

“能成事要去做，不能成事，也要去做。”武岳阳迟疑了一下，郑重道。

“嚯嚯嚯嚯。”魏芝祥连连怪笑。

“我的本意是留下你们，踏踏实实跟我们两个老家伙学几招本领，也好过到江湖上不明不白地丢掉小命。可眼下瞧这架势，明显留你们不住。这样吧，送你们到重庆，从重庆到南京，有火车还走什么水路？你说呢大师兄？”徐凤春不管武岳阳四人是否同意，转头问魏芝祥道。

魏芝祥沉吟片刻，说道：“滩口码头上的事，你不管了？你不是与那曹队长约好了吗？”

“我已让郭子派人送信回去，码头上的事迟几日也不妨。倒是这几个小祖宗让我头疼。”徐凤春“铮铮”地弹了天蓬尺几下，盯着武岳阳四人，满面阴沉道。

武岳阳硬头皮道：“两位伯伯……”

“你别多说了，我们师兄弟向来不白白受人好处，趁着这几日路上的空闲，索性传你们几招日后行走江湖用以保命的本事。你们几个，不怕吃苦的尽可以留下，若吃不得苦，去舱外等候便是，我们也乐得清闲。”徐凤春打断武岳阳道。

骚猴儿立即转身向舱外走，走几步又回身来，悄悄地拉了拉姚青衣袖，冲她挤眉弄眼，连连使了几个出去的眼色。姚青狐疑地看看徐凤春和魏芝祥，随骚猴儿出了船舱。

徐凤春目光越过武岳阳，问麻耗子道：“你想好了，我说的吃苦可不是唬你们。这几天还不扒你们一层皮！”

“我想与你学打暗器。”麻耗子道。先前麻耗子瞧到徐凤春和丁敏打斗，自然见识到他将竹签当暗器劲射出去的威力。这时见到机会，毫不犹豫就准备跪下拜师。

麻耗子两膝微曲，但“噗噗”两块木屑击中他左右膝盖，他向后退了一步，险些跌倒。麻耗子抬头愕然看着徐凤春。

“教你几招，又不是收徒，拜师礼就免啦。”徐凤春微微笑道。

武岳阳见徐凤春这算是同意了指导麻耗子，自己也就不用挑了，他冲魏芝祥一拱手，还未说话，魏芝祥抢先阻止道：“我不教张家的人！”

不待武岳阳有所反应，魏芝祥轻拍座椅扶手，如一阵风蹿出船舱，将门后偷听的骚猴儿一把按住，揪住后背衣服，拎狗一样将他拎回船舱。

“放开我！放开我！操他奶奶个爪儿……”骚猴儿大叫大嚷，手脚乱抓乱蹬。可他哪里挣得脱？他话未说完，就被魏芝祥横着摔在甲板上。骚猴儿被摔得岔了气，眼冒金星，面色痛苦，张着嘴说不出话。

“你教那一个，我教这一个。”魏芝祥说着踢开一块方形盖板，露出下面黑洞洞的底舱。

骚猴儿喘匀了气，立即骂道：“小爷本事大着呢，谁要跟你学……”

“不学也要你学！下去！”魏芝祥一把将骚猴儿推下底舱。

随着“扑通”一声，舱底接着传出骚猴儿“哎哟哎哟”夸张的惨叫。

牛不饮水强按头，哪有师父强收徒弟的道理？武岳阳担心骚猴儿摔伤，要去底舱口查看，忽然魏芝祥抓起盖板，纵身跃下，并顺手将盖板封住舱口。

姚青追进舱来，徐凤春横跨一步挡住她，不让她去揭开盖板：“能得到大师兄指点，是他小子天大的福气，多少人求也求不来！”

“谁知道你们要什么阴谋诡计！”姚青凤目含煞，一个箭步到武岳阳身后，眨眼间将武岳阳腰后别着的盒子炮抽出，单手拨开保险，食指钩住扳机，瞄准徐凤春眉心，冷冷道：“速速送我们上岸！”

武岳阳哪想到这么一瞬间竟突生变故。他手足无措，一边想要夺回盒子炮，一边又怕姚青情急开火，慌忙张开手，挡在弹道上：“有话好好说，先把枪放下……”

姚青退后两步：“你滚开！”她在药铺吃过武岳阳的亏，心里谨慎了许多，故意拉开和武岳阳的距离，提防他要诈夺枪。

武岳阳想不起枪里的子弹自己有没有卸除，犹豫着没动。徐凤春捋须呵呵笑了两声，手臂放下之际，砰砰弹出两枚碎木屑。木屑带着风声从武岳阳手掌旁飞过，一枚击中姚青手腕太渊穴，一枚击中她臂肘曲池穴。姚青只觉整个右臂一阵酸麻，嘤咛一声，手中枪当啷落到地上。

武岳阳赶紧抢回盒子炮，合上保险，退出弹夹。里面还有三颗子弹。

徐凤春没事人一样看一眼麻耗子，问道：“你甩飞刀，可有这个准头？”

麻耗子面无表情地摇摇头，只是一双死鱼眼竟生出艳羡的亮光来。

“你俩都出去吧，我们师兄弟传他俩几招，等到了重庆，自然放你们上岸。”徐凤春抓起铁木鱼来，捧在手心，一手持着精钢鼓槌，敲了两下。

武岳阳和姚青以目光询问麻耗子。

麻耗子翻了翻死鱼眼：“不必担心。”

第九十章　苦练

骚猴儿骨子深处有典型的“敌弱我强，敌强我逃”的土匪习性，这种习性是容不得吃亏的。即便因敌我实力相差悬殊而暂时避让，他也会如野狼一般，时时紧盯对方的一举一动，寻找反扑之机。

在被强行关进底舱这种违反他主观意愿的情形下，不管对方是敌是友，也不管敌我实力差距有多大，更不管对方抱着怎样的意图。骚猴儿首先做的是：扯开了嗓子，破口大骂。

骚猴儿先被摔岔了气，刚缓过来，又从方形底舱口跌落舱底。虽说不是很高，舱底更有被褥缓冲，可这么毫无准备地摔落下来，他仍差一点儿扭伤脚踝。

“哎哟！我操你奶奶个爪儿！小爷好歹将你们救出塔来，反倒恩将仇报！简直狼心狗肺！禽兽不如……”骚猴儿仰头对着底舱口大喊大叫。没骂两句，魏芝祥举着盖板忽然跃入舱底。盖板“嘭”的一声将底舱口封住，底舱一片黑暗。

几缕灰尘沙沙落下，骚猴儿缩着脑袋，立即收声。他倒退到底舱角落，扶着一侧船板，竖起了耳朵留神倾听。

“你怎么不骂了？”魏芝祥冷冷道。

骚猴儿恨不得屏住呼吸，哪敢出声？然而魏芝祥仿佛并不受黑暗影响，好似能看见骚猴儿一般，脚步声起，径直向骚猴儿走来。

骚猴儿如蜡像一样一动不动地贴在船帮上，听到魏芝祥走近，正犹豫要不要躲开去。“啪”的一声，他左腿似被竹条抽中，钻心的痛，他立即号叫着蹿到底舱另一侧。骚猴儿想不通那疤癞老道手里什么时候多了一根竹条。

“这么屁大点儿的地方，你能逃到哪里去？”魏芝祥又向骚猴儿走近。

骚猴儿在地上摸索一阵，随手抓起被褥、竹筐、网兜等杂物向魏芝祥丢去。魏芝祥轻易躲过，他接近骚猴儿，更不答话，挥竹条又是一下。

“你奶奶……”骚猴儿突然记起，他跌下底舱的瞬间，明明看到有把梯子搭在方形舱口上。他号叫着逃窜，绕过魏芝祥，两手四处胡乱挥动，一下打在木梯上，如抓住救命稻草，迅速攀登而上。

不等骚猴儿爬高，魏芝祥一把抓住骚猴儿小腿，将他扯下来摔到地上。

骚猴儿见躲也躲不掉，索性拿出死猪不怕开水烫的架势，坐在地上不再起身，梗着脖子叫道：“士可杀不可辱！来呀，你杀了我！”

魏芝祥单手握住木梯，猛向上一送，将底舱出口的盖板撑开一道巴掌宽窄的缝隙。外面光亮透射进来，底舱虽然仍旧黑暗，但完全可以看清人的轮廓。魏芝祥瞧到一侧船帮下面有三四个空酒坛，他提膝一腿扫去，“砰砰”连响声中，酒坛碎成一地碎片。

徐凤春站在盖板缝隙旁边，低头向下面张望，说道：“大师兄，可别闹出人命。”

“我有分寸。”魏芝祥道。

徐凤春还是有些不放心，想了想说道：“要不这样，咱们比试比试，这两个娃娃现下都是空瓶子，没什么差别。只用这几天，看你教的那小子本领强些，还是我这个更有长进。”

“嚯嚯，再好不过。”魏芝祥笑道。

骚猴儿远远躲开，瞪着一对三角眼，猜不透魏芝祥搞什么名堂。

“从那铺盖上，撕些布条下来，将这些坛罐碎片绑些在身上。”魏芝祥吩咐道。

“你到底想要什么把戏？”骚猴儿缩在角落里。

魏芝祥提起竹条，满面凶色：“我没工夫和你啰唆，让你做什么，你照做便好！”

骚猴儿恨得牙痒痒，可是不敢再倔强——竹条可是货真价实地抽打在自己身上。反抗不了就逃，逃也逃不掉，那只有暂且隐忍了，骚猴儿“刺啦刺啦”地将被褥撕扯成一地布条，然后将酒坛碎片缠绕在身上。他咬咬牙，问道：“还要怎样？”

“将手臂、腿上都多绑一些，缠结实了！”魏芝祥阴着脸吩咐道。

骚猴儿只能照做。待他将酒坛碎片在浑身上下缠绑得有如铁铠一般之后，魏芝祥才微微点头：“你身上现在负重约莫着能有四十斤，仍旧太轻，不过没有办法，此地又寻不到锡瓦铁衣，也只好将就将就了。”

魏芝祥所要传授给骚猴儿的正是他最为得意的轻身功夫“铁锡碑”，铁锡碑即使用锡瓦铁衣附于身上，走负重练法这条路，所谓“欲轻而先重”。须得辅以吐纳呼吸之法，运气行气，驱血延脉。旨在气血顺畅、固精培元，进一步强筋壮骨，生肌长力。初始习练者因负重而行动不便，往往稍加走动便会大汗淋漓，肌肉酸痛。但经过艰苦锻炼一段时间，就会逐渐适应而不觉沉重。一旦除去身外重物，自然就轻松万分，行走奔跳也会极其轻松、迅疾。比及时日长久，蹿上纵下如飞鹰落叶，在平地行走，则步履轻疾，不扬微尘。只要脚下有一点凭借之物，微微借力，即可如履平地。如若配合精妙步法，往返折转，随意更换方向，当真是形如鬼魅。

不消说锡瓦铁衣，这几块酒坛碎片也令骚猴儿气喘吁吁。

“绕底舱跑几圈。”魏芝祥道。

骚猴儿不敢违抗，呼哧呼哧地喘着粗气，绕舱底跑两圈就停下不跑了。

“腿酸了是不是？”魏芝祥冷哼道。

骚猴儿点点头。

“内观丹田，舌抵上颌，引气下行，沿腿聚于涌泉，自觉无限生机自足下生……”魏芝祥见骚猴儿满脸的迷惑，“你听不懂？”

骚猴儿又点点头。

魏芝祥面皮一阵抽动。骚猴儿怕他暴起伤人，小心翼翼地向后倒退几步。幸好魏芝祥只是微微闭眼，以极大的耐心道：“那好，先教你行气。”

“先教你行气！”徐凤春在让麻耗子甩了几次飞刀之后，也如此吩咐道。

“好。”麻耗子从摆在门口充当靶子的木椅上拔下匕首，将木椅重新摆正。

徐凤春将行气诀窍告诉麻耗子，又指点了他吐纳呼吸要注意的事项，让麻耗子慢慢练习。徐凤春自己则端坐一旁，有一下没一下地敲着铁木鱼。过了片刻，他终于忍不住问：“小子，你这飞刀不伦不类，既不是柳叶刀，也不是三棱刃，又重又笨，做匕首怕都不趁手。可是捻刀尖的手法却又明明是受过行家指点的，瞧着像是……”徐凤春放下钢槌，捋了捋胡须：“有些像少林破戒刀惯用的捻指。可是少林一脉，向来注重根基，为何只教你架势不传你发劲的气诀？”

麻耗子轻轻地抚过匕首一侧锋刃：“教我本事的，是马长官请来给我们做教练的赵师傅，他具体叫什么我不知道，只知道他姓赵。赵师傅武艺极高，十八般武器样样精通，但很没耐心，教我们武艺最多教三遍，且只指点每人一种武艺……”

“还是缺斤短两的武艺！”徐凤春没好气道。

麻耗子眨了眨眼，他倒是很感激赵师傅，虽然自己这一手飞刀绝技在这铁木鱼道士眼里连三脚猫也不如，可是换作寻常人，一枚飞刀就是一颗子弹，就是一张催命符。

徐凤春找了些筋绳，将断成几截的铁链连接起来，缠绕在麻耗子双臂上，又取过两个水桶，分别盛满了水，令麻耗子反复提举。

武岳阳心里很不是滋味，他虽然一言不发地站在船头，将二爷爷张元顺传他的十二式怪招一遍又一遍练习下去。可是由于心不在焉，竟屡屡出错。

“你想不通就静静坐一会儿，何必装出一副若无其事的模样？”姚青对这套功法并不熟悉，根据武岳阳并不连贯的动作和一副苦大仇深的表情，也看出他怀着心事。

武岳阳看也不看姚青，装作没听见。

“你爹明明是武团长，干吗他们都说你姓张？难道你们果真是龙虎山张天师一脉？”姚青靠船舷坐下，拄着腮道。

武岳阳忍了忍，仍旧没有作声。

姚青像是问武岳阳，又像是在自言自语，喃喃道：“若真是这样，他二位和你系属同门，又是你长辈，为什么不传你武艺，反而传给两个外人……”

武岳阳缓缓吐出一口气，收势，转身，直视着姚青：“你啰唆什么！”

“哼！有火别发在我身上。”姚青冷笑道，朝船舱方向一努嘴，“你的师叔师伯没学到真本事，怨你们张家‘传里不传外’，现在机会正好，他二人以彼之道还施彼身。”

“好稀罕吗？即便他们想教，得看我想不想学！”武岳阳骤然昂首大声道。

姚青无意激怒武岳阳，她揉揉已经渐渐长好的肩部伤口，盯着武岳阳腰间的盒子炮：“盒子炮借我用用。”

武岳阳微微皱眉，目光透出疑惑和警惕。

“你怕什么，我只是想练练枪法。”姚青道。

武岳阳卸了弹夹，将空盒子炮丢给姚青。

“没子弹你让我练什么？”姚青凤目微挑。

“你也知道练枪需要子弹？这几颗子弹就别浪费了，好枪手都是成千上万发子弹喂出来的，眼下哪有这个条件！”武岳阳将弹夹揣进衣囊，将天蓬尺扔给姚青，“将它系在枪管下面，你先将手腕练稳再说。”

第九十一章　抵达重庆

徐凤春一边教麻耗子如何催气发力，一边试图纠正麻耗子过于偏好使用匕首做飞刀的坏习惯。

“你要知道，打暗器是江湖上最为人不齿的一种‘手段’，连称它是一门‘武艺’或‘技艺’都不够格！你们那赵教练可告诉过你们究竟为何吗？”徐凤春见麻耗子将他那几把匕首擦得锃亮，宝贝似的塞入袖筒，终于忍不住发问道。

麻耗子摇摇头：“他只教我们如何更快更省力气杀人，其余一概不闻不问。”

“那你们长官干脆找个神枪手教你们把枪法练准便好了，干吗费力气请人费时费力教你们这些过时的玩意儿？”徐凤春道。

“有时环境较为特殊，须得悄无声息地完成任务，枪声会暴露我们自己。”麻耗子道。

徐凤春抿一口茶水，将茶杯放在桌上，笑道：“你们这支队伍还挺古怪。”

徐凤春没有过问麻耗子具体身份，麻耗子也懒得不打自招，他眨眨死鱼眼，绕过自己的身份，故意将别动队训练事项详细介绍出来：“赵师傅只将我们培养成独具一项本领的杀人武器，至于侦察、跟踪等搜集情报的基础科目，提高队员的体能、战术运用、经验等方方面面，则全由马长官指挥训练。换句话来说，赵师傅只管挖掘每一名队员的深度，马长官则负责拓宽大伙的综合能力。”

“哼。精专固然胜于博杂，你若是从一开始就专心练习一种合适的暗青子，那倒也没什么。可是瞧瞧你这几把匕首，虽是上好的精钢打造，极其锋利，可这也仅仅是‘青子’，不能称为‘暗青子’。暗青子，当然越小越隐蔽越好！”徐凤春说着将洒落在桌子上的一摊水迹不经意地抹到地上去。

麻耗子突然虎口发麻，手中匕首“叮”地发出一声脆响。他俯下身，从脚旁拾起半截生锈的洋钉。

“你那赵教练让你用匕首做暗青子，如果不是蠢到了家，就是故意应付糊弄你。”徐凤春道。

麻耗子知道徐凤春冤枉了赵师傅。这几把匕首，是麻耗子离家前他母亲追出十几里路塞给他的。麻耗子心中怨恨着父亲母亲，从不愿想起自己的身世，逢人问及，总是回答自己“无父无母，无名无姓”。麻耗子有意完全断绝与家人的联系，可是，这几把匕首他一直带在身上。在他选中暗器作为傍身本领的时候，赵教练曾提出金钱镖、甩手箭、飞铙、飞蝗石、如意珠、乾坤圈、铁鸳鸯、铁蟾蜍、梅花针、铁蒺藜、镖刀、流星锤、飞爪、绳镖、袖箭等多种暗器供他选择，哪知他默默地从衣袖里掏出几把匕首来，执意以此为暗器。

赵师傅也和徐凤春一样对麻耗子指出匕首作为暗青子的缺点，可麻耗子油盐不进，只是一味坚持。他至今仍记得赵师傅苦笑着说的那句话：“其实对我来说，用哪个都一样。对你来说，用匕首或许的确不同。”

这些事麻耗子自然不愿讲给徐凤春，他不解释原因，只反复强调自己的态度：“我只用匕首做暗器。”

徐凤春感觉自己像是秀才遇见了兵，将“蠢牛、倔驴”安在麻耗子头上暗骂了无数遍，不过他很快从麻耗子嵌在木瓜脸上的那对死鱼眼中，察觉到一丝似曾相识的味道——这种眼神就像一池波澜不惊的死水，乍看平如镜面，只有将头探入水中，才会发现水底隐藏着一座蓄势待发的活火山。这种眼神徐凤春曾在十三师叔穆纯眼中看到过。

这一刻徐凤春有些后悔，自己为何要将最拿手的本事传给这小子？

然而徐凤春并未犹豫多久，他端着铁木鱼敲了几下：“你既然坚持用匕首，那就由得你吧。”他放下木鱼，从麻耗子手中夹过匕首，又道：“如果换在十二年前，看到你那赵师傅的这种手法，我多半只会给你做些改进，可今时今日，我要你完全忘记他的那种捻刀手法。暗青子的威力只有两条：准度和力度。其中准度又在很大程度上由力度决定，咱们只有几天的时间，我教不了你太多的东西，只教你最实用的一种。催气发力你须得慢慢掌握，我先教你手法，你看好了……”

铁皮大船顺长江而下，昼夜不停，不几日就进入重庆地界。

这几日麻耗子跟徐凤春苦苦习练，鲜少出船舱去。武岳阳和姚青每日在舱外吹冷风，只有入夜才能入舱打个盹。

骚猴儿最是难熬，他被魏芝祥关在底舱，吃喝拉撒都在底舱解决，一次也未被放出。更惨的是，魏芝祥性情暴躁，稍不如意就用竹条抽打骚猴儿。饶是骚猴儿绑了满身的酒坛碎片，可魏芝祥总能找到不被遮掩的地方狠狠抽打，骚猴儿每每号叫着逃窜开去。

不过骚猴儿的罪倒没有白受。魏芝祥将先天罡步融合这十二年来自己在塔中悟到的错滑步法，独创出一种既可长途疾奔又可在狭小空间辗转腾挪的身法，他相信练好这套身法，定会远远超过自己的“风火轮”，于是给其取名为“赶风步”，并全盘教给骚猴儿。

骚猴儿前几日尚不熟练催气发力，两腿总是互绊，连连跌倒，等到能感觉到一股热流顺双腿向下，直抵脚心，两腿竟不受控制地屈伸的时候，他才猛然体会到“气”的妙处，开始慢慢地尝试控制“气”，才算走进所谓的“行气”的门槛。

这两日，骚猴儿不经意间发现自己跌倒次数大大减少，可是挨打的次数丝毫不减。魏芝祥似乎填喂牲口一般，要将赶风步一遭全塞进骚猴儿的身体里。

麻耗子在徐凤春的指点下，一手飞刀也大有进步，甩臂抖腕间，匕首激射而出，已渐渐从刀尖入靶半寸到刀尖入靶一寸。不过徐凤春仍不满意，他将一枚铜钱按在木耙上，告诉麻耗子，什么时候刀身完全没入铜钱方孔才算“小成”。

徐凤春还告诉麻耗子，“后发先至”“一手多打”等中成水平，他还差得远。至于“漫天开花”“羊肠九曲”等大成水平，徐凤春对麻耗子连一丝妄想也没有。

眼见即将抵达重庆，这一天夜里，等到船上众人都已睡熟，徐凤春拍醒武岳阳，将他引到舱外。

夜风正凉，一弯月牙刚刚升起。

“明日就能到重庆码头，送你们上岸后，我们立即回返，宜宾码头上大事小事都得我回去一一处置。过了今晚，咱们叔侄不知什么时候才会再次见面，你没有话对我说吗？”徐凤春在船头负手而立。

“愿四伯伯身体康健，诸事如意……”

“别说废话！”徐凤春斥道。

武岳阳索性什么也不说。

“你还真生我们两个怪物的气了？呵呵，我和你大伯未传你武艺并不是因为你是张家的人，我们是对张家有些怨气，可也不至于小肚鸡肠到这种田地。不传你武艺，是出于两个缘由。其一，你二爷爷活死人张元顺是我们两人的师叔，我们未经他老人家同意便传你武艺，于理不合；其二，你二爷爷传你的这套十二式怪拳，分明是行气、练气的功法，他只传你功法不传你武艺招式，怕是有什么用意，我们不知道他的用意，哪敢自作主张？”徐凤春道。

武岳阳点点头，心想是这么个理儿。

徐凤春又道：“你若当真想学些本事，不妨从你那两个同行的小子身上动动脑筋。我和你大伯伯最拿手的两样功夫都传了他们，他们愿意传谁，那是他们的事，我们没收他二人为徒，自然无法约束他们。”

话说到这份上，武岳阳若是再听不出，那就真成了傻子了。他冲徐凤春一拱手，感激道：“谢谢四伯伯！”

“先是称呼前辈，之后叫四师叔，现今又改成四伯伯。算啦，以后再见面，你干脆叫我徐老道就好。”徐凤春笑道。

“不敢不敢！”武岳阳连忙道。

徐凤春突然收回笑容，探手入怀，握住一个拳头大小的方盒，犹豫了一下，又塞回去。他向远处江岸望去，重庆港口上的点点灯火繁如星光。徐凤春道：“明日我送你们上岸。”

一夜无话。

天蒙蒙亮，大船靠了岸。早有三四条船围上来，十几个吃水运饭的袍哥前来对切口。这些小事不消徐凤春出面，郭子三言两语就打发了他们。

魏芝祥留在船上，徐凤春带着武岳阳这几个少年下船上岸。老孙抱着桅杆不肯撒手，生怕武岳阳一伙拖他上岸。武岳阳让麻耗子将前几日下山偷盒子炮时顺到的十几块大洋留给老孙。骚猴儿一双三角眼瞪得溜圆，老孙看着银圆，舔舔嘴唇，却哪里敢接。

“大伯伯喊你回底舱。”武岳阳冲骚猴儿道。

骚猴儿头发险些竖起，他招呼也不打一声，逃也似的蹿上岸去。众人见他起势快，落足轻，似脱兔，又似狸猫，这几日的功夫果然没有白练。

武岳阳将银圆塞给老孙，随徐风春、姚青、麻耗子几人，追骚猴儿上岸去了。

第九十二章　拜山

重庆朝天门码头仿佛暴雨来临前夕的蚂蚁窝，人群进进出出，一派繁忙景象。江岸黑压压几十上百条船，横七竖八挤在一起。江口下游，仍有船只源源不断地驶来，试图从拥挤的船只缝隙中穿过去，结果大多都没能如愿。

想出的出不去，想进的进不来，港口吵闹嘈杂堪比集市。

“这是怎么了，哪来的这些穿军装的？”骚猴儿一口气跑出老远，见魏芝祥没有追来，才敢停下来等姚青。

“听说蒋介石有迁都的打算，瞧眼下这局势，莫不是真要放弃南京了？”姚青向江上眺望道。

“国民政府前些日子已向全国发过迁都重庆的通告。”麻耗子道。

“他奶奶个爪儿的，还没打就逃跑，难怪小日本要吞了中国！你们国军都是割了卵子的阉牛吗？猴子跳到背上拔毛挖肉也不知道尥蹶子？”骚猴儿看着麻耗子骂道。

麻耗子怔了一下，罕见地多说了几句：“八一三战役（淞沪会战），战场上国军伤亡近二十万人，后撤途中伤亡人数还在统计，但保守估计也得有十万人。一场战役，国军损失了三十万热血男儿。”

“你们死伤三十万人，倒是拉上多少鬼子垫背？”骚猴儿不依不饶道。

淞沪会战是国军同日军的第一场大规模战役，双方出动兵力近百万人，战役持续了三个多月。这场战役虽然粉碎了日军三月灭华的狂言，但着实令国军元气大伤。马长官曾对别动队队员说起过这场战役，是以麻耗子对这些数字印象极深。

“四五万吧。”麻耗子道。

“伤亡超过五比一，真饭桶！”骚猴儿撇嘴道。

麻耗子死鱼眼向上翻一下，说道：“打天台山的时候，咱们的伤亡比超过十比一。”

骚猴儿被这句话噎住。姚青脸色唰地变了："若不是天台山内部出了乱子，凭你们？"

麻耗子见姚青变脸，心想闹僵了大家都不好看，他本就不善与人争执，更不愿争执的对方是女人，他看姚青一眼，转过身子。

"都少说两句！"武岳阳颤声道。他琢磨着父亲武团长随川军出川到前线抗战，彼时国军在战场上已由鏖战、对峙转为防御。作为增援部队的川军刘湘部，应该赶上了会战的收尾阶段。可是从麻耗子的只言片语中，可以明确得知国军战场失利，损失惨重。那么，父亲武兴华是否在这场战役中安然无恙？自己此行去南京，是否还能见到父亲？武岳阳不敢深想下去。

见姚青、麻耗子和武岳阳的面色都不对，骚猴儿眨巴眨巴一对三角眼，悻悻地闭了嘴，腿上发力，趁机练习起"赶风步"来。

徐凤春懒得管这几个少年之间的小摩擦，他见江面一片拥堵，嘶喊声和鸣笛声此起彼伏，庆幸提前靠岸是明智之举。若泊船入港，不知何时才能上得岸来。徐凤春疾步向前，门额上刻有"古渝雄关"四个大字的朝天门古城城门早被拆除，他心里不是滋味，带领四个少年绕过物资堆积如山的朝天门码头，上岸去寻找另一个码头，他不知道十几年前的"渝水码头"是否还在。

郭子也跟了来，徐凤春问他："渝水码头这些年变动不小吧？现在谁主事？"

郭子摇摇头："舵把子还是吕耀连。咱们跟他们没什么过往……不过传言因这次迁都，重庆地界的码头堂口受国军抑制，已由地上转为地下。"

徐凤春轻叹一声，举步向城内走去。

旧城门拆了，渝水茶楼却屹立如昔。

一行六人走过两条街，远远见到古色古香一栋茶楼，飞檐脊兽琉璃瓦，红门折窗青石砖，当真是丹楹刻桷、画栋雕梁。茶楼高峻不失精巧，古朴中透着风雅。武岳阳没心情欣赏古建筑，也忍不住多看两眼。

茶楼门口不同于酒肆、客栈，既不见挑着酒招子，也没有书写着空余客房数量的宣传板。只在树荫下摆着两张方桌、四个圆凳，干净而整洁。

徐凤春领头进了渝水茶楼，选一张空桌坐下。

跑堂的小哥肩头搭条麻布，快步过来将本就光可鉴人的桌子重擦一遍，不经意地扫一眼武岳阳一伙，目光最后落在徐凤春身上，笑道："爷儿几个打尖还是住店？咱这儿有新到的上品竹叶青，爷儿几个尝尝吗？"

徐凤春点点头。

“好嘞，这就来喽。”店伙计拉着长音沏茶去了。

不到片刻，店伙计端着放满茶壶茶杯的方盘回来，将茶水斟好，等徐凤春一伙吩咐饭菜。

徐凤春并不着急喝茶，他看一眼郭子，然后望着窗外枯黄的落叶和门口来来往往的行人，一言不发。郭子心领神会地将茶盖搭在茶托上，然后看店伙计的反应。

店伙计刚要催促点菜，见郭子这般摆放茶盖，已经明白了几分。他看看徐凤春，知道这是位有身份的，而且这位主儿是不屑搭理自己的。他脸上仍挂着笑，不过笑容里多了一丝恭敬：“从远方来？”

郭子稳坐不动，只是一拱手：“从山上来？”

“哪座山？”

“瓦岗山。”

“可拜神吗？”

“只拜关二爷。”

“烧的啥子香？”

“三炷半香。”

“老哥稍坐！”店伙计拱了拱手道。

店伙计到柜台附耳对那肥头大耳的掌柜低声细语一番。那胖掌柜本就眯着一对绿豆眼盯着徐凤春这伙刚进门的顾客瞧，听了店伙计的话，立即从柜台后绕出，走向徐凤春一伙。

胖掌柜老远便拱起了手：“行客拜坐客！”

郭子赶紧站起，上前两步，端起双手，将左手放在右手上面，右手拇指跷起，左脚前跨半步，脚尖翘起，身子微侧，行了个礼，说道：“英雄拜豪杰！”

“英雄入堂，蓬荜生辉！”胖掌柜眯缝着眼道。

“兄弟姓生铁子（姓郭），名遇久，宜宾三江社智永堂六排巡风老幺。闻得贵码头老摇（舵把子、舵头、掌舵的）吕耀连吕大爷有能有志，有仁有义，在此拈旗挂帅，招聚天下豪杰。兄弟栽下桃李树，结下万年红，特来与吕大爷做随班护卫。初到贵市宝码头，理当先用草字单片，到吕大爷龙虎宝帐，投到请安，禀安挂号，有宝献宝。只是兄弟少在书房，多在山岗，礼仪不周，交结不到，理义不周，衣帽不整，不知不识，无能无智。所有金堂银堂，位是明堂，上四排哥子，下四排兄弟，上下满园哥弟，兄弟请安不到，拜会不周，全仗称哥子，金咐银咐，与兄弟我出个满堂上咐。”郭子流利对答道。

武岳阳傻了眼，心中暗道，“唱戏吗？这许多台词！”

哪知道胖掌柜对口也不简单。

胖掌柜点点头，脸上的笑意更浓了：“好说好说，不知哥哥驾到，未曾收拾少安排，接驾来迟休见怪。早知道你哥哥驾到，自当五里排茶亭，十里摆香案，三十里铺毡，四十里结彩，派三十六大满，七十二小满，摆队迎接你哥哥才是兄弟的道理。”

正式的对口比这还要啰唆许多，都是客套奉承的虚话，胖掌柜嫌麻烦，故意隐去一半。

郭子听出胖掌柜耐着性子跟自己对切口，也知道对方少说了不少，可对方是主人，自己是客，主人可以随意些，客人却少不得谨慎谦恭。郭子回身看徐凤春一眼，见他正不动声色地摆弄几个茶杯，只好硬头皮道：“岂敢岂敢。”

“不知哥哥是旱路来，水路来？”胖掌柜问道。

“兄弟旱路也来，水路也来。”

“旱路多少湾，水路多少滩？”

“雾气腾腾不见湾，大水茫茫不见滩。”郭子继续打太极，含糊过去。

胖掌柜见问不出什么，歪头看着徐凤春一桌人，说道：“这五位哥子弟兄……”

徐凤春一直不说话，郭子以为徐凤春要隐藏身份，不想出头，只好自己随机应变，他琢磨着如何应付，却看见徐凤春不声不响地将六个茶杯摆成一排。

胖掌柜见徐凤春摆了个“单鞭阵”，这是求自己助其一臂之力的意思。他瞧着这人端坐桌前，一副仙风道骨的模样，打扮得又像个道士，手里却摩挲着个黑亮黑亮的铁木鱼，姓郭的几次看他，眼里分明透着一股子敬畏。胖掌柜是个懂眼色的，他拱拱手，说道："天下袍哥本一家。一眼就知道，哥哥不是外人。有什么事不妨直说，火里火里去，水里水里去。"

徐凤春站起，言简意赅道："徐某昔日与吕舵爷曾有一面之缘，哥子能否传个话与他，说宜宾铁木鱼来访。"

胖掌柜脸色微变："敢问哥哥高姓大名。"

郭子郑重道："这是我们宜宾三江社老把头，徐凤春，徐舵爷！"

胖掌柜眨眨小眼，仔细地想了想，似乎猛然记起徐凤春的名字，他吃了一惊，小眼瞪得老大，可随之又是一副为难的表情："徐舵爷，你就是铁木鱼徐舵爷……久仰大名久仰大名！换了别的事，兄弟还能做得主。这件事……不是兄弟不帮忙……"

第九十三章　出川

“怎么？”徐凤春道。

“瞧瞧眼下的局势，国民党迁都过来，咱们袍哥成了他们的眼中钉，码头上屡遭迫害。各堂口的袍哥多已散去，莫说你要寻吕舵爷，便是我，也寻他不到。”胖掌柜摊开手，无奈道，“你们也看到了。从你们一进门，我就瞧出哥弟几个都是咱们拜码头的，可还是少不了跟诸位啰唆这么半天。为啥？因为时有奸细特务混进来搞破坏。前几日一个堂口失了花名册，第二日持枪的巡警挨家挨户搜索，将整个堂口近百人全部逮去警所，前几日放回来几个，其余的仍关在地牢里，不知道要关到什么时候。”胖掌柜招呼徐凤春和郭子坐下，自己仍旧站着，一脸的苦相。

徐凤春原指望凭借昔日和吕舵爷的一面之缘，豁出老脸求他一次。吕舵爷在重庆码头坐摇把子这许多年，定是一手遮天，凭他一句话，好歹将这几个小祖宗送上火车去。既然胖掌柜已经将话说死，求人不如求己，难不成没了登云履，还不走路了？

武岳阳他们急三火四地要赶去南京，徐凤春又得尽快回宜宾去收拾烂摊子，一伙人哪里有心情填肚子？

“既然如此，便不叨扰了。”徐凤春带众人起身，向茶楼外走去。

“几位不妨喝壶热茶，我这就喊后厨为哥弟们准备些饭菜，不管怎么说，这地主之谊我是要尽的。”胖掌柜阻拦道。

“心领了！”徐凤春一拱手，出了店门。

门口旁坐着两桌袍哥，见徐凤春所率六人出了茶楼，便要起身。胖掌柜连连摇头，两桌袍哥缓缓坐下，只是转身盯着门外。

“车站离这儿不远，咱们直接过去吧。”徐凤春回身对武岳阳一伙道。

众人无异议，这就要上路。胖掌柜追出茶楼，将众人拦住。

“你们去车站干什么？”胖掌柜道。

徐凤春面色一沉，疑惑地上上下下打量胖掌柜几遍。他顾忌着身份，隐忍不发，郭子刚要张嘴，骚猴儿抢先道：“你管得着吗？”

“放肆！”徐凤春瞪眼斥责骚猴儿道。

听到耳中，胖掌柜更觉得像是在说自己。胖掌柜是个有城府的，他笑了笑：“徐舵爷，几位哥弟，我无意偷听你们的谈话，只是担心诸位的安危。车站那边去不得，国军迁都过来，码头那边你们也看到了，堆积成山的物资，车站那边更甚。当兵的将附近都封锁了，你们几位面生得紧，瞧着一不是本地的百姓，二不是来往的商贩。巡警撞见，少不得将哥弟几个当‘有身份’的抓了。躲都来不及，咱何苦自家撞上门去？”

胖掌柜说得合情合理，徐凤春很是发愁。水路又慢又不安全，指望改乘马车，可是又遇到国民党迁都这一档子事，难道真去撞枪口试一试？

见徐凤春有些犹豫，胖掌柜趁机道：“若有什么难事，哥弟们不妨直说。若能帮上忙，兄弟绝不含糊！”

徐凤春决定如实相告：“这几个娃娃要去南京，水路太慢，我琢磨着有重庆到南京的车队，送他们坐马车去便是。打算找你们吕舵爷帮帮忙，可是现今又寻他不着……”

“这事何必找吕舵爷？”胖掌柜颇为不解道。

“这几个娃娃惹了祸，见不得光。”徐凤春盯着胖掌柜的眼睛道。

胖掌柜是个玲珑人儿，听出徐凤春意有所指，打哈哈一笑，含糊道：“眼下这世道，咱们拜码头的，哪还有能见光的？几位哥弟稍等，这件事包在我身上。”

徐凤春没有更好的办法，到了人家的地盘，也只能静观其变。他带领武岳阳一伙重新回了茶楼。

武岳阳感觉胖掌柜过于热心肠，担心他别有图谋，于是凑近麻耗子，跟他附耳低语一番。

胖掌柜当下便安排人去车站打听。很快得到回信，第二天就有一队运送棉花的马车去往南京。车站主事的是堂口里的“三爷”，胖掌柜虽然与其沾亲带故，可是在求他留出一辆带车篷的马车这件事上仍旧费了不少唇舌。

武岳阳一伙煎熬了小半天，可算等回来这来之不易的好消息。众人出一口气，感叹有幸遇到贵人之余，不免再三感谢胖掌柜。

胖掌柜无利不起早，极尽能事卖徐凤春这个人情，无非是因国民党迁都到重庆来，大肆打击袍哥帮会。他原本就起了换个落脚点的念头，正瞌睡，就有人来送枕头。徐舵爷虽然销声匿迹多年，可是十几年前，蜀地的大小码头，哪有不知“铁木鱼”的名头的？

一夜无事。

第二天天未亮，胖掌柜将徐凤春一伙送到车站，“三爷”没有露面。一行人扮成搬运货物的力工，借着夜色掩护，混到之前约好的车队。

武岳阳、姚青、骚猴儿和麻耗子钻进黑咕隆咚的车篷中去。

“这些干粮留给你们路上吃。”郭子递上去两个鼓鼓的包裹。

徐凤春犹豫再三，将武岳阳单独叫到一旁，盯着武岳阳的眼睛，似乎要看到他的灵魂深处：“他们几个，虽各有各的小心思，可真遇上什么事，似乎都拿你当主心骨。”

武岳阳点点头：“或许是因为我救过他们吧。”

徐凤春又迟疑片刻，终于还是从怀里掏出巴掌大的方木盒来，递给武岳阳：“江浙一带，是青红帮的地盘，这东西给你，平时切莫轻易示人，等到性命攸关之时方可取出。”

武岳阳没有伸手，他仰头看一眼墨蓝色的晨曦，有些担心这话说晚了：“四伯伯……你能弄到子弹吗？几十发就好。”

果然，徐凤春皱眉道：“车队这便要上路了，你怎么这时候才想起要子弹来？”

“山高路远，心里没底。”武岳阳道。

“有子弹也不会给你。”徐凤春压低声音道，“赶尽杀绝的事不能做，有道是‘做事留一线，日后好相见’。不动枪，你们或许只会受些欺负，若是动了枪，你们取了别人的命，自己的命很快也会被人取走。人在江湖，任你通天的本事，也要懂得忍让。”

武岳阳说不出话来。

队伍前面领头的伙计甩了几个响鞭，大喊几声，招呼车队启程。徐凤春催促武岳阳进了车厢。一时间人喊马嘶，车轮滚滚，几十辆马车首尾一字相连，逶迤向东。

没有告别，没有挽留，没有更多的叮嘱，也没有依依不舍、泪沾衣襟。

四个少年男女坐在黑漆漆的车厢里，虽然看不见什么，可全都睁着眼，各自想着心事。

两个月前，武岳阳还在国立四川大学读书。他记得最后一堂课上，平时温文尔雅的教书先生摔了教材，以尖刀扎破手指，以鲜血在白板上写下“抗战到底”四个大字。

两个月前，姚大脑袋还未死，姚青也还是天台山上刁蛮任性的大公子。她几次张罗带几十个兄弟下山去，砸了还未做大的团结会的窑，哪想到姚大脑袋一拖再拖，最终养虎为患。

两个月前，骚猴儿巴望着偷偷下山去，潜入县上川军大营，将武兴华早年间缴获的那把武士刀顺走，回来好献给姚大脑袋作为他的生日贺礼。姚大脑袋最是喜欢好兵器，若他夸奖自己几句，大公子也会高看自己一眼。

两个月前，马长官将别动队众特工集合起来，做了任务部署。麻耗子忘不了马长官激昂的动员致辞：“康公虽然担着复兴社总社书记，可是戴笠越来越受委员长器重，连软禁张学良和杨虎城都交给他去做，更有传言，明年统计局[1]要改编扩大，委员长有意提拔戴笠。戴笠何德何能？不过是纵容孙殿英掘了东陵，凭墓中宝物四处贿赂，才得以飞黄腾达罢了。康公令我等寻找张献忠宝藏，却是为了补充国库，旨在购置抗战枪械之用，我等当奋力前进前进！复兴复兴……”

时间不长，仅仅两个月而已，四个少年男女的生活就发生了天翻地覆的变化。命运的线绳没有道理地将这四个毫不相干的少年人交织在一起，将他们一起推向未知的抗战前线。

天色渐亮，四个人在咣当咣当的车轮声中逐渐睡去。

车轮滚滚，马蹄嘚嘚。太阳钻出地平线，第一缕阳光冲出天际，刺破朝霞，从车篷间的缝隙中透射进车厢来，照在武岳阳怀中的天蓬尺上。那一排排罕有人能看懂的奇怪字符，瞬间闪耀出金色光芒。

（未完待续，请关注《道魂之青红客栈》）

[1] 国民政府军事委员会调查统计局。

图书在版编目（CIP）数据

道魂之大西宝藏 / 西狂峰著 . —北京：民主与建设出版社，2018.3
ISBN 978-7-5139-1920-3

Ⅰ. ① 道… Ⅱ. ① 西… Ⅲ. ① 长篇小说 – 中国 – 当代 Ⅳ. ① I247.5

中国版本图书馆 CIP 数据核字（2018）第 013804 号

道魂之大西宝藏
DAOHUN ZHI DAXI BAOZANG

出 版 人 许久文
著　　者 西狂峰
责任编辑 郭长岭
封面设计 刘绮梦
内文排版 大观世纪
出版发行 民主与建设出版社有限责任公司
电　　话（010）59417747　59419778
社　　址 北京市海淀区西三环中路 10 号望海楼 E 座 7 层
邮　　编 100142
印　　刷 北京嘉业印刷厂
版　　次 2018 年 3 月第 1 版
印　　次 2018 年 3 月第 1 次印刷
开　　本 710mm × 1000mm　1/16
印　　张 28.5
字　　数 250 千
书　　号 ISBN 978-7-5139-1920-3
定　　价 39.80 元

注：如有印、装质量问题，请与出版社联系。